Athanasius der Große und die Kirche seiner Zeit, besonders im Kampf mit dem Arianismus

Joh. Adam Möhler

Athanasius der Große und die Kirche seiner Zeit, besonders im Kampf mit dem Arianismus

Unveränderter Nachdruck der Originalausgabe von 1827.

1. Auflage 2022 | ISBN: 978-3-36827-878-6

Verlag: Outlook Verlag GmbH, Zeilweg 44, 60439 Frankfurt, Deutschland
Vertretungsberechtigt: E. Roepke, Zeilweg 44, 60439 Frankfurt, Deutschland
Druck: Books on Demand GmbH, In de Tarpen 42, 22848 Norderstedt, Deutschland

Athanasius der Grosse

und

die Kirche seiner Zeit,

besonders

im Kampfe mit dem Arianismus.

In sechs Büchern.

Von

Joh. Adam Möhler,

ausserordentlichem Professor der kath. theolog. Facultät an der Universität zu Tübingen.

I. Theil. I—III. Buch.

Mainz, 1827.

Bei Florian Kupferberg.

Non statim boni atque utilis sacerdotis est, aut tantummodo innocenter agere, aut tantummodo scienter praedicare: cum et innocens sibi tantum proficiat, nisi doctus sit, et doctus sine doctrinae sit auctoritate, nisi innocens sit. Non enim apostolicus sermo (Tit. 2, 7—8) probitatis honestatisque hominem tantum saeculo conformat ad vitam, neque rursum per doctrinae scientiam scribam synagogae instituit ad legem: sed perfectum ecclesiae principem perfectis maximarum virtutum bonis instituit, ut et vita ejus ornetur docendo, et doctrina vivendo. Denique ipsum illum, ad quem ei (Paulo) sermo, erat Titum istiusmodi decreto consummandae religionis instruxit: «in omnibus te ipsum bonorum factorum praebens exemplum, docentem cum veneratione verbum sanum, irreprehensibile: ut adversarius revereatur, nihil habens turpe aut malum nobis dicere.» Non ignoravit doctor hic gentium, et, ex conscientia loquentis atque habitantis in se Christi, ecclesiae electus magister, morbidi eloquii grassatura esse contagia, et adversus suavitatem verborum fidelium, desaevituram doctrinae pestiferae corruptionem, quae impiae intelligentiae luem usque ad sedem animae demergens, profundo serperet malo. Ob quod sani sermonis in episcopo voluit esse doctrinam, fidei conscientiam, et exhortationum scientiam, adversus impias, et mendaces, et vesanas contradictiones obtinentem.

S. Hilar. Pictav. de trinit. L. VIII. c. 1.

Seinem

geliebten Oheim,

dem Hochwürdigen

Herrn General-Vicariats-Rath

Phil. Jos. Messner

in

Rottenburg am Neckar,

widmet dankbar diese Schrift

der

Verfasser.

Vorrede.

Schon als ich meine erste Bekanntschaft mit der Kirchengeschichte machte, erschien mir Athanasius von so großer Bedeutung, seine Schicksale so ausserordentlich; seine Unterdrückung um des Glaubens willen, seine Wiedererhebung, sein abermaliger Sturz und wiedererfolgtes Steigen, die hohe christliche Würde, die Erhabenheit über jegliches Unglück, die uns aus seiner Geschichte entgegenleuchtet, nahmen meine Theilnahme so sehr in Anspruch, daß eine tiefe Sehnsucht in mir rege wurde, den großen Mann genauer kennen zu lernen, und ihn in seinen eigenen Schriften zu studiren. Das dunkle Gefühl, das mich zu diesen hinzog, wurde nicht getäuscht: eine reiche Quelle geistiger Nahrung floß mir aus ihnen zu. Je mehr ich aber das, was ich in Athanasius selbst fand, mit dem verglich, was ich in andern Büchern über ihn antraf, desto mehr schmerzte es mich, daß dieser große Kirchenvater lange in weitern Kreisen nicht so gekannt und anerkannt sei, als er es so sehr verdient. Dies brachte in mir den Entschluß hervor, ihn zu bearbeiten, die in ihm verborgenen Schätze christlicher Weisheit und Erkenntniß zu Tage zu fördern, so wie seine gesammte Geschichte zu beschreiben.

Um sich zu überzeugen, wie wenig Athanasius gekannt sei, darf man nur lesen, was Henke (Allgemeine Geschichte der christlichen Kirche, 5te Auflage. 1818. I. B. S. 212.) von dem Streite mit den Arianern im Allgemeinen sagt: man habe gar kein praktisches Moment in demselben hervorgehoben, sondern beide streitende Haufen hätten den Gegenstand desselben nur als ein gelehrtes Problem betrachtet, ob man nämlich so oder anders denken oder reden müsse; und S. 273. bemerkt er: «Wenn Athanasius früher gestorben wäre, so würde wohl früher Ruhe geworden sein, denn dieser hochmüthige Starrkopf, den Alter und Leiden nur immer unbiegsamer gemacht hatten, war durch sein ausgebreitetes gebietendes Ansehen, der Urheber von vielen Verwirrungen und von dem Unglücke vieler tausend Menschen geworden.» Ob alles das nur den mindesten Anspruch auf historische Wahrheit machen dürfe, wird seine Geschichte lehren. Gibbon, der doch Alles nur vom politischen Standpunkte aus betrachtete, urtheilt im Ganzen weit unbefangener und mit weit mehr Sachkenntniß als der genannte Theolog. Er sagt in seiner history of the decline and fall of the Roman Empire ed. Bas. 1787.: the persecution of Athanasius, and of so many respectable bishops, who suffered for the truth of their opinions, or at least for the integrity of their conscience, was a just subject of indignation and discontent of all Christians, except those who were blindly devoted to the Arian faction, und hält sich mit sichtbarer Vorliebe bei der Geschichte des Athanasius auf (von S. 280—314.)

Wie wenig aber seine dogmatischen Untersuchungen überhaupt und seine Apologie für die Trinitätslehre insbesondere gekannt und gewürdigt sind, zeigt unter Andern Schmidt in seinem Handbuch der christlichen Kirchengeschichte erste Ausg. II. B. S. 172.; er sagt nämlich, nachdem er der Schriften des Athanasius, des Hilarius, des Eusebius von Vercelli u. A. erwähnt hat: «in allen diesen Schriften ist indessen doch die Sache mit so wenigem Scharfsinne behandelt, und mit so weniger Darstellungsgabe vorgetragen, daß schon um deßwillen ihr Werth sehr gering ist», und erst mit Basilius, den beiden Gregoren von Nazianz und von Nyssa, läßt er diejenigen beginnen, die sich am meisten Ruhm in der Vertheidigung des nicäischen Bekenntnisses erworben hätten. Twesten (Vorlesungen über die Dogmatik 1826. I. B. S. 221. u. ff.) erwähnt in seiner Uebersicht der Geschichte der christlichen Dogmatik nicht einmal des Athanasius, während er gemäß seiner ganzen Geistesrichtung ihn gewiß gewürdigt hätte, wenn Athanasius in seinem wahren Werthe überhaupt gekannt wäre; ja Twesten hätte von seinem Standpuncte aus dem Athanasius Vorzüge vor den beiden Gregoren zugestehen müssen.

Diese beiden geistvollen und scharfsinnigen Kirchenväter urtheilen über ihr Verhältniß zu Athanasius selbst ganz anders als die bisher angeführten neuern Schriftsteller, und wir werden im Verlaufe der Geschichte des letztern Gelegenheit genug haben, es hervorzuheben. Ganz wahr ist, was Photius, dem Niemand in Bezug auf scharfe Beobachtungsgabe, die er auch immer richtig anwendet, wenn er nicht durch äussere Einflüsse gehindert ist, das gebührende Lob versagen wird, urtheilt: ἐν οἱς, φησιν, ὁτι σαφης μεν ἐστι την φρασιν, ὡσπερ ἁπανταχου των λογων αὐτου, και ἀπεριττος και ἀφελης· δριμυς δε και βαθυς, και λιαν τοις ἐπιχειρημασι εὐτονος· και το γονιμον δε αὐτου ἐν τουτοις ἠλεκον ὁσον φησι θαυμασιον, λογικοις δε μεθοδοις, οὐ τι γυμνως και μειρακιωδως ὡσπερ οἱ παιδες και ἀρτιμαθεις, ἀλλα φιλοσοφως και μεγαλοπρεπως ἀποκεχρηται. γραφικαις τε μαρτυριαις και ἀποδειξεσιν εἰς το καρτερον κατωχυρωται· και μαλιστα γε ὁ κατα Ἑλληνων, ὁ τε περι της ἐνσωματωσεως του θεου λογου εἰρημενος, και ἡ κατα Αρειου πενταβιβλος, τροπαιον οὐσα κατα πασης μεν αἱρεσεως, ἐξαιρετως δε της αρειανης· και ἀν τις τον θεολογον Γρεγοριον, και τον θειον Βασιλειον, ἐκ ταυτης ὡσπερ ἀπο πηγης ἀρυσαμενους φαιη της βιβλου τους καλους ἐκεινους και διαυγεις των οἰκειων λογων κατα της πλανης ῥευσαι ποταμους, οὐκ ἀν οἰμαι σφαλειη του παραδειγματος. Hic, (Photius) inquit, et in sermonibus ubique locutione clarus est, brevis et simplex; acutus tamen et altus et argumentationibus omnino vehemens, et in his tanta ubertas, ut admirabilis sit. Logicis autem methodis nihil tenuiter, nihil juveniliter, ut pueri et rudes, sed philosophice, sed magnifice utitur. Scripturarum testimoniis ac demonstrationibus ad confirmationem communitus est, et imprimis sermo ille contra gentiles et qui de humanitate verbi Dei habitus est, quinque in Arium libri, qui revera sunt omnis haereseos tropaeum, sed de Arianae potissimum. Et si quis Theologum Gregorium et divinum Basilium diceret ex hoc libro tanquam fonte quodam haurientes, orationis suae pulchros ac pellucidos contra errorem fundere fluvios, non erit, ut arbitror, procul a Verisimilitudine. (Dieses Urtheil des Photius ist einem Manuscripte der Werke des Athanasius vorangesetzt.)

Wegen dieser Stellung, die Athanasius in der Geschichte der christlichen Kirche einnimmt, wurde er stets von den katholischen Theologen besonders hoch geachtet, und großer Fleiß ihm gewidmet. Die Arbeiten des Doctors der Sorbonne Hermant, des berühmten Mauriners von Montfaucon, des großen Geschichtforschers Tillemont werden immer mit ausgezeichneter Achtung genannt werden. Ich würde es nicht einmal gewagt haben, nach solchen Vorgängern eine Geschichte des Athanasius zu schreiben, wenn ich mir nicht einen ganz andern Zweck vorgesetzt hätte, als der ist, den sie erreichen wollten. Mit Untersuchungen über Chronologie, und Authentie der Schriften des Athanasius u. A. befasse ich mich hier nicht. Die genannten Männer haben das Mögliche hierin geleistet. Ich richtete meine Aufmerksamkeit vorzüglich auf das Innere des Streites, in welchen Athanasius verflochten wurde; ich wollte vorzüglich zeigen, mit welcher geistigen Ueberlegenheit die Kirchenväter auftraten, ich wollte hervorheben mit welch' tiefem, christlichen Sinn und Geist sie den Gegenstand des Streites behandelten, überhaupt das evangelische und wissenschaftliche Sinnen, Denken und Wirken des Athanasius wollte ich hauptsächlich beschreiben. Das war aber der Zweck der genannten Gelehrten nicht, wenn sie sich mit Athanasius beschäftigten: die Bedürfnisse ihrer Zeit forderten keine solche Bearbeitung, wie ich sie mir vornahm. Die äußere Geschichte desselben habe ich jedoch keineswegs vernachläßigt, sondern mit Sorgfalt aus den Quellen geschöpft: wenn man das innere Leben des Athanasius kennen gelernt hat, bekömmt man erst den Schlüssel zum Verständniß seines Aeußeren, und das Aeussere erscheint als eine schöne Bestätigung seines Innern.

Im ersten Buche habe ich die Geschichte der Lehre von der Trinität in den ersten drei Jahrhunderten dargestellt: die Gründe davon habe ich im Eingange desselben entwickelt. Das Concilium von Nicäa, dessen Vertheidigung dem Athanasius alle seine Verfolgungen zuzog und seine Geschichte hervorrief, trat nicht, den frühern Bestand der Lehre von Christus plötzlich abbrechend, in die Geschichte herein, wie man so oft behauptet hat; sondern in organischem Wachsthume wurde die Zeit desselben nur die der vollendeten Begriffs-Entwickelung des mit der Kirche selbst gepflanzten Glaubens vom Sohne Gottes. Eben darum konnte aber auch die Betrachtung der früheren Gestalt dieser Grundlehre des Christenthums nicht umgangen werden.

Ich vermuthe auch kaum, daß es große Einwendungen erleiden werde, wenn man bemerkt, daß ich im vierten und fünften Buch der Entwickelung der Theorien des Marcellus von Ancyra und des Eusebius von Cäsarea, so wie der herrlichen Vertheidigung des Kirchenglaubens vom heil. Hilarius von Poitiers eine Stelle gegeben habe. Da Athanasius als der Mittelpunkt der ganzen Zeit erscheint, als der Träger und Beweger derselben, so konnte auch, was durch ihn und mit ihm sich bewegte, nicht unbeachtet gelassen werden. Es wird auch die Darstellung selbst zeigen, wie natürlich sich alles das an die Geschichte des Athanasius anschließt, und wie seine eigene Geschichte nur in dieser Umgebung begriffen werden kann. Auch sind die Eigenthümlichkeiten des Marcellus, Eusebius und Hilarius keineswegs so erörtert, daß eine neue Untersuchung unnöthig wäre.

Rücksichtlich der Diathese des Stoffes, konnte ich drei Wege verfolgen. Ich mußte entweder die theoretischen und praktischen Lehren des Athanasius von seiner äußern Geschichte trennen, und beides abgesondert behandeln; oder ich konnte, chronologisch seine Geschichte verfolgend, je den Inhalt eines Buches dann beschreiben, als er es herausgab; oder endlich diese beiden Methoden mit einander zu einer dritten verbinden, so daß zwar Geschichte und Lehre mit einander abwechselnd vorgetragen werden, in der Weise jedoch, daß zusammengehörige Lehrstücke, zu was immer für einer Zeit seines Lebens sie Athanasius behandelt haben mochte, ohne Unterbrechung vorgelegt würden. Die erstgenannte Art mochte ich nicht wählen, weil, was im Leben verbunden ist, zu sehr durch die Darstellung getrennt würde, auch die Geschichte an Anschaulichkeit und manche Grundsätze des Athanasius an Interesse verlören, da sie nur in der historischen Verbindung, in welcher er sie vortrug, recht gewürdigt werden können. Auch wäre es mir dann unmöglich gewesen, die, wie ich glaube, nicht unwichtigen Episoden über Marcellus, Eusebius, Hilarius u. A. mit dem Ganzen zu verbinden: ich hätte das sie Betreffende nur anhängen können. Durch die zweite Art wäre Geschichte und Lehre zu oft unterbrochen und Beides unverständlich geworden. So zog ich denn die dritte Methode vor.

Die Darstellung und Entwickelung der Lehren und Ideen des Athanasius hat aber besondere Schwierigkeiten. Man scheint mit Recht die Anforderung zu machen, daß der Ideengang eines Schriftstellers vorgelegt werde, daß also der Bearbeiter nicht selbst willkührlich verbinde und trenne. Ich habe, wo es nur immer möglich war, mich nach dieser Forderung bequemt, obschon eine systematische Darstellung hie und da eine andere Reihenfolge der Gedanken erheischt hätte. Am öftersten war es aber ohne allzuwiderliche Wiederholung und Verwirrung nicht möglich. Denn Athanasius schrieb selten systematisch; oft schrieb er mitten in der Verfolgung in aller Hast, mit Lebensgefahren bedrohet, wenn eben neue Gründe gegen die Arianer in ihm von selbst aufstiegen, oder durch äußere Veranlassungen hervorgerufen wurden; öfters mußte er bei einer Gelegenheit wieder sagen, was er bei einer andern schon gesagt hatte, ja er hatte den Grundsatz, daß gewisse Wahrheiten nicht oft genug gesagt, nicht oft genug angewendet werden könnten, die er denn auch bei jeder Gelegenheit, und in jeder Verbindung wieder vorbringt. Der geneigte Leser wird wohl diese Umstände, die nothwendig auf die Bearbeitung des Athanasius Einfluß haben mußten, berücksichtigen.

Den 1. Juli 1827.

Der Verfasser.

Inhalt.

Erstes Buch.

Was die ältesten Kirchenväter, die ohne Polemik nach aussen geschrieben haben, oder was Clemens von Rom, Barnabas und Hermas vom Sohne Gottes und dem heil. Geiste lehrten. Lehre der ältesten Apologeten gegen Häretiker, oder des Ignatius und Irenäus, dann der ersten Apologeten gegen Heiden und Juden, oder des Verfassers des Briefes an Diognet, des Justin, Tatian, Athanagoras und Theophilus von Antiochien über die genannten Glaubenspuncte. Betrachtungen über die Distinction des λογος ἐνδιαθετος und προφορικος. Untersuchung und Widerlegung der Behauptung Münschers u. A., daß die bisher genannten Kirchenlehrer nur eine Fleischwerdung, nicht eine Menschwerdung des Sohnes Gottes angenommen haben. Betrachtung über die häretischen Systeme dieser Zeit: sie bestätigen die katholische Lehre vom Sohne Gottes. Der Glaube des Tertullian, des Clemens von Alexandrien, des Origenes und des Dionysius von Alexandrien an die Trinität. Ueberblick der öffentlichen und Privat-Symbole.

Zweites Buch.

Anfänge des heil. Athanasius. Allgemeine Schilderung seines Charakters. Sein kirchlicher Charakter. Lehre von Kirche, Schrift und Tradition. Grundsätze, die daraus für seine schriftstellerische Thätigkeit folgten. Seine Schriften vor dem Ausbruche der arianischen Irrlehre: Widerlegung des Heidenthums und Vertheidigung des Christenthums. Ursprünglicher Zustand des Menschen. Sündenfall. Was das Böse sei. Möglichkeit des Bösen. Folgen der Sünde. Erbsünde. Deduction der Naturvergötterung aus der Sünde. Wie durch die Sünde das Bewußtsein eines über die Natur erhabenen Gottes sich verlor, so auch das Bewußtsein der Verschiedenheit der menschlichen Seele vom Leib. Beweis, daß Gott von der Welt verschieden sei (Einheit Gottes) und die Seele vom Leib (Unsterblichkeit des menschlichen Geistes). Beweis der Nothwendigkeit der Menschwerdung des Logos aus der Vernunft. Wie die Erlösung Aller in Christo bewirkt wurde. Möglichkeit einer unmittelbaren

Offenbarung Gottes. Der Zweck der Wunder Christi ist Darstellung der Wahrheit, daß Gott über die Natur erhaben sei. Christus ist sittliches Vorbild. Zusammenhang des Todes Christi mit dem Zwecke der Menschwerdung. Abzweckung der Auferstehung Christi. Beweis, daß Christus auferstanden und lebt, weil er geheimnißvoll fortwährend in den Seinigen wirkt: die Gottheit Christi leuchtet aus seinen göttlichen Wirkungen in der Geschichte hervor: Umgestaltung der Welt durch ihn. Nothwendigkeit der eigenen innern Erfahrung, um an ihn zu glauben. — Auftritt des Arius. Sein Charakter. Aeußere Veranlassung des durch ihn erzeugten Streites. Innerer Grund der so schnellen Verbreitung seiner Lehre. Zusammenhang aller seiner Behauptungen: er vernichtet das Wesen des Christenthums. Entwickelung seiner dialektischen und biblischen Gründe für seine Irrlehre. Diese ist dem Glauben vom Sohne Gottes, wie er sich in den ältesten Kirchenvätern findet, innerlich und wesentlich entgegengesetzt.

Drittes Buch.

Constantin will den innern Streit zwischen der katholischen und arianischen Lehre auf eine äußerliche Weise beilegen. Synode von Nicäa. Geschichte derselben. Des Arius Lehre wird verworfen, und er von Constantin verbannt. Athanasius zeichnet sich vor Allen als scharfsinniger Gegner des Arius zu Nicäa aus. Vertheidigt den katholischen Glauben in mehreren Schriften. Widerlegung des Arianismus aus den Grundanschauungen des Christenthums. Seine bewunderungswürdigen philosophisch-biblisch-dialektischen Argumente gegen denselben. Auflösung der arianischen Schriftbeweise gegen die Lehre von der Gottheit Christi. Vertheidigung der Gottheit des heil. Geistes. Athanasius bestreitet den Sabellianismus. Betrachtungen über das Verhältniß der katholischen, zur arianischen und sabellianischen Trinitätslehre: die arianische trennt Gott von der Welt, die sabellianische vermischt Gott und Welt, die katholische unterscheidet Gott und Welt wie den Schöpfer von dem Geschöpfe ohne sie mechanisch zu trennen. Prüfung der Schleiermacher'schen Abhandlung «über den Gegensatz der athanasianischen und sabellianischen Trinitätslehre.»

Viertes Buch.

Athanasius wird Bischof von Alexandrien. Constantin nimmt den Arius wieder gnädig auf; auch Eusebius von Nikomedien und andere Anhänger des Arius werden vom Exil zurückberufen, und setzen bald mehrere katholische Bischöfe ab, die nicht widerstehen konnten. Nur Athanasius wagt Gegenbewegungen. Constantin befiehlt ihm wiederholt unter scharfen Drohungen dem Arius die Kirchengemeinschaft wiederzugeben. Er giebt sie ihm nicht. Die Meletianer und Eusebianer vereinigen sich gegen Athanasius. Dieser widerlegt ihre wiederholten Klagen bei Constantin, und versöhnt diesen mit sich. Abermalige Klagen gegen ihn. Die schmähliche Synode von Tyrus. Athanasius wird nach Trier verbannt. Marcellus von Ancyra will die Synodalbeschlüsse gegen Athanasius nicht unterschreiben und wird von den Eubianern der Ketzerei angeklagt und abgesetzt. Eusebius von Cäsarea schreibt fünf Bücher gegen Marcellus, den er nicht verstehet. Was Marcellus gelehrt hat. Sich selbst überall widersprechende Theorie des genannten Eusebius. Der Grund davon liegt in seiner äusserlichen Auffassung des Erlösungwerkes. Verhältniß des Athanasius zu, und Urtheil über Eusebius und Marcellus. Die Gemeinde des Athanasius nimmt auch in der Abwesenheit ihres Bischofs den Arius nicht auf. Tod des Arius. Constantin stirbt, und seine Söhne rufen den Athanasius zurück. Neue Klagen vor dem arianisch gesinnten Constantius gegen Athanasius, der von einer eusebianischen Synode zu Antiochien wieder abgesetzt, und mit Heeresmacht aus Alexandrien vertrieben wird. Verfolgung der alexandrinischen Kirche. Papst Julius nimmt den Athanasius, der nach Rom reiset, in Schutz. Herrlicher Brief des Julius für Athanasius. Die Synode von Sardika setzt den Athanasius wieder ein: ihre Geschichte, und Schreiben an Julius. Wie sich in den arianischen Streitigkeiten die Nothwendigkeit eines sichtbaren Oberhauptes der Kirche zeigte. Der bisherige Feind des Athanasius, der Kaiser Constantius, beruft den Athanasius zu sich und bewundert ihn. Erläßt mehrere Schreiben für ihn. Festlicher Empfang des Athanasius in Alexandrien. Wie Athanasius in seiner Gemeinde jetzt wirkte. Wirkungen seines Aufenthaltes im Occident. Bringt die Mönche dahin, und stellt dem Occident den Antonius als Ideal eines Mönchs auf. Großer Werth seiner Schrift über den heil. Antonius.

Fünftes Buch.

Magnentius empört sich und sucht die Gunst des Athanasius. Constantius versichert den Athanasius auch seiner Gewogenheit, um die des Athanasius sich zu erhalten. Schämt sich nachher seines Schrittes. Die Arianer benützen diese Stimmung des Kaisers und klagen den Athanasius wieder an. Die Synoden von Arles und Mailand gegen Athanasius. Fall des Dionysius von Capua. Eusebius von Vercelli, Dionysius von

Mailand, Lucifer von Cagliari, der Papst Liberius, Hosius von Corduba und Hilarius von Poitiers nebst Andern werden als Vertheidiger des Athanasius, des kathol. Glaubens und der Selbstständigkeit der Kirche verbannt. Große Wahrheiten, die dem Kaiser über die Unabhängigkeit der Kirche vom Staate gesagt werden. Athanasius wird wieder vertrieben. Große Verfolgungen, die die Kirche erleidet. Constantius will den Arianismus allgemein machen. Allenthalben werden arianische Bischöfe eingesetzt. Die kathol. Kirche stehet am Rande des Verderbens. Hoffnungen der Kirche. Thätigkeit der vertriebenen Bischöfe; sie sind so ungebrochenen und freudigen Muthes, daß sie gerade jetzt die kathol. Wahrheit am scharfsinnigsten vertheidigen. Hilarius von Poitiers vertheidigt den Glauben als solchen gegen übermüthige Menschenweisheit, die katholische Kirche als solche gegen die Häretiker und die Trinitätslehre insbesondere. Die Arianer haben jetzt auch den Muth, zu sagen, was sie immer dachten, und trennen und vernichten sich dadurch selbst. Die arianischen Symbole. Furchtbarer Zwang des Kaisers gegen die katholische Bischöfe. Heftige Schriften katholischer Bischöfe an und gegen Constantius und seine Tyrannei.

Sechstes Buch.

Constantius stirbt. Der Kaiser Julian ruft die kathol. Bischöfe zurück. Vereinigungsversuche. Grundsätze für die Vereinigung, die Athanasius und Hilarius aufstellen; die unirende Synode von Alexandrien. Julian verbannt den Athanasius, weil die Heiden der Kraft seiner Rede nicht widerstehen können. Briefe Julians gegen Athanasius. Jovian ruft den Athanasius, den er vor Allen ehrt, zurück, und der Kaiser Valens verbannt ihn wieder, fürchtet ihn aber und widerruft bald seinen gegebenen Befehl. Athanasius kann nach dem fünften Exil ruhig in Alex. bleiben. Sein jetziger großer Wirkungskreis, Einfluß und allgemeine Verehrung. Unter ihm noch wachsen die künftigen Stützen der kathol. Kirche heran; nimmt den heil. Basilius, in Betreff seiner Lehre vom heil. Geist, in Schutz, und genießt noch die Freude, in ihm einen großen Bekenner des kathol. Glauben zu erkennen. Athanasius hat in seinem höchsten Alter noch die frische jugendliche Kraft. Seine zwei Bücher gegen den Apollinarismus. Die Apollinaristen lehren eine blos imputative Gerechtigkeit, um ihren Hauptirrthum zu unterstützen. Athanasius widerlegt Beides. Sein Tod. Nachtrag: Er trägt die katholische Lehre von der Gnade vor, und lehrt die reelle Gegenwart Christi im heil. Abendmahl.

Athanasius der Grosse

und

die Kirche seiner Zeit.

Erstes Buch.

Der Glaube der Kirche der drei ersten Jahrhunderte in Betreff der Trinität, der Person des Erlösers, und der Erlösung.

Indem ich den heil. Athanasius zu bearbeiten mir vorgenommen habe, glaubte ich, um die Verbindung seiner Zeit mit der ihm vorangegangenen zu zeigen, um anschaulich zu machen, was seiner Zeit und ihm eigen, und was hinwiederum seiner Zeit und ihm mit den vor ihm thätigen Kirchenvätern gemein ist, eine kurze Darstellung der Lehre von der Trinität in den ersten drei Jahrhunderten geben zu müssen; denn der Begründung dieser Grundlehre des christlichen Glaubens war das Denken und Sinnen, das ganze Leben des heiligen Athanasius, gewidmet. Um aber den Zweck besser erreichen zu können, den ich mir bei der Entwickelung des vornicäischen Glaubens von der Trinität vorgesetzt habe, glaubte ich auch, die hieher gehörigen Begriffe nicht mit strenger Absonderung von allem Andern entwickeln zu dürfen, sondern sie in dem Zusammenhange vorlegen zu müssen, in dem sie mit den übrigen Lehren und Anschauungsweisen der Kirchenväter, besonders aber mit ihren Darstellungen von der ganzen Person des Erlösers und dem Erlösungswerke, stehen. Die Nothwendigkeit dieses Verfahrens wird aber erst gegen das Ende des zweiten Buches recht anschaulich werden. Zu dem kamen die Lehren von der Person des Erlösers und der Erlösung in den arianischen Streitigkeiten und ihren Folgen nothwendig zur Sprache und weitern Entwickelung. Dem Leser sollte darum auch eine Vergleichung der spätern Gestaltung dieser Lehren mit ihrer früheren Form erleichtert werden.

Folgende Ordnung aber schlug ich ein. Zuerst berücksichtige ich jene Kirchenväter, die ohne polemische Gesichtspunkte gegen Häretiker, gegen Heiden und Juden über den fraglichen Gegenstand sich in der den Aposteln zunächst gelegenen Zeit aussprachen; hier begegnen uns Clemens von Rom, Hermas und Barnabas. Dann sollen jene Kirchenväter folgen, die zuerst gegen die Häretiker auftraten, Ignatius und Irenäus; sofort jene, die das Christenthum gegen die Heiden oder Juden oder gegen beide zugleich vertheidigten, Justin, Tatian, Athenagoras und Theophilus. Die Kirchenschriftsteller aber, die auf die eben genannten folgten, schrieben gegen Häretiker und Heiden zumal, und zugleich für die katholischen Christen ausschließend; hier kann also jene Sonderung rücksichtlich der nächsten Tendenz der Schriften der Kirchenväter nicht mehr statt finden, und ich werde ihre Zeugnisse blos so entwickeln, wie die Väter selbst der Zeit nach auf einander folgten.

Ich beginne also mit Clemens von Rom. Der Zweck seines an die Korinther geschriebenen Briefes ist, die unter denselben statt gefundenen Spaltungen beizulegen; sie hatten sich gegen ihren Bischof und das Presbyterium empört, ließen sich die von den Aposteln gegebenen Ordnungen nicht gefallen, und zerfielen in Parteien. Clemens erkannte, daß in dem innersten Grunde des christlichen Lebens der Korinther eine Umwälzung müsse statt gefunden haben, deren äussere Erscheinung nur jene Spaltungen seien. Er setzt sich also vor, jene innere Zerrüttung der Gemüther, jenes innere Erkranken und Siechthum zu heben, in Folge dessen die äusserlich erschienene Krankheit sich von selbst heben müsse. Er sucht daher den Glauben und die wichtigsten Glaubenspunkte den Korinthern einzuschärfen. Unter andern beginnt von C. XXXII. an folgende Erörterung: 1) Nicht durch seine Werke, die der Mensch unabhängig von Christi Leiden und Wirken verrichten möge, könne er gerecht werden vor Gott; Gerechtigkeit werde uns nur in Christo. Da es aber auch Einige gab, die in dieser Gerechtigkeit in Christo saumselig ruheten, die sie blos äusserlich auffaßten, und ernstliche innere Heiligung nicht damit verbanden, die die Nothwendigkeit der Offenbarung der wahren innern Gerechtigkeit in guten Werken nicht anerkannten, und vielleicht gerade von daher die Spaltungen gekommen waren; so macht er sich wie Paulus im Briefe an die Römer den Einwurf: «Sollen wir nun lassen von der Liebe und den guten Werken?» Nein, entgegnet er, denn auch Gott offenbare seine innere Herrlichkeit in der Schöpfung nach aussen; so müsse auch der Christ, der wahrhaft gerecht geworden, seine Gerechtigkeit nach aussen offenbaren. 2) Nur durch heiligen Sinn und Wandel gelange man zum Verständnisse Christi, des Abglanzes der göttlichen Majestät, und durch ihn zu Gott. Da also der Christ innerlich geheiligt seyn müsse, so seien alle bösen Menschen Feinde Gottes; die Guten aber müßten als Geheiligte und von der Liebe Erfüllte einen Leib in Christo bilden, dessen Glieder sie seien, und die Anordnungen sich gefallen lassen, die eine so erhabene Person für die Kirche getroffen habe.

Die Stellen heißen also: «Alle sind verherrlicht worden, nicht durch sich oder durch ihre Werke und ihre Gerechtigkeit, die sie übten, sondern durch seinen (Gottes) Willen. Auch wir sind demnach durch seinen Willen in Jesu Christo berufen, und werden nicht durch uns gerecht, nicht durch unsere Weisheit, oder Einsicht, oder Frömmigkeit, oder die Werke, die wir in der (eingebildeten) Heiligkeit unseres Herzens verrichtet haben, sondern durch den Glauben, durch welchen uns Gott der Allmächtige von Ewigkeit gerechtfertigt hat.» C. XXXII. «Was sollen wir also thun, Brüder? Sollen wir träge sein in guten Werken und die Liebe verlassen? Keineswegs möge das der Herr geschehen lassen! Sondern mit Eifer und Freudigkeit laßt uns eilen, jegliches gute

Werk zu verrichten. Denn auch der Weltschöpfer und Allherrscher freut sich seiner Werke. Denn durch seine Allmacht hat er die Himmel gegründet, und durch seine unbegreifliche Weisheit geschmückt. Alle Gerechte haben sich mit guten Werken gezieret und selbst der Herr erfreute sich, nachdem er sich mit Werken als mit seinem Schmucke umgeben hatte. Nach diesem Vorbild laßt uns freudig seinen Willen vollziehen.» C. XXXIV. «Wie selig und bewunderungswürdig, Geliebte, sind die Gaben Gottes: Leben in der Unsterblichkeit, Glanz in der Gerechtigkeit, Wahrheit in Freiheit, Glauben im Vertrauen, Enthaltsamkeit mit innerer Heiligung. — Laßt uns also mit allem Eifer uns bestreben, in der Zahl der Harrenden gefunden zu werden, um Theil zu nehmen an seinen Gütern. Wie aber mag das geschehen? Wenn das Vertrauen unseres Geistes auf Gott fest gegründet ist, wenn wir das ihm Wohlgefällige suchen, wenn wir das seinem heiligen Willen Entsprechende thun, dem Wege der Gerechtigkeit folgen, wenn von uns jegliche Ungerechtigkeit und Gesetzlosigkeit, Habsucht, Streit, böser Sinn und Betrug, Hochmuth und Prahlerei, nichtige Ruhmsucht und eitles Wesen entfernt ist.» C. XXXVI. «Das ist der Weg, auf welchem wir unser Heil, Christum Jesum, finden, den Hohenpriester unserer Opfer, den Sachwalter und Gehülfen unserer Schwäche. Durch ihn schauen wir die Höhen der Himmel, durch ihn erblicken wir sein heiliges höchstes Antliz, durch ihn wurden die Augen unseres Herzens geöffnet, durch ihn blühet unser unverständiger, verfinsterter Sinn zu seinem wunderbaren Lichte auf; der Herr wollte, daß wir durch ihn seine unsterbliche Kenntniß schmecken, durch ihn, der der Abglanz seiner Majestät ist, und um so viel erhabener als die Engel, einen je ausgezeichneteren Namen ererbte. Denn also steht geschrieben: «er gebraucht die Engel wie Winde und seine Diener wie Feuerflammen.» Zu seinem Sohne sprach der Herr: «du bist mein Sohn, heute habe ich dich gezeugt, verlang' es von mir, die Völker will ich dir zur Erbschaft geben u. s. w.» C. XXXVII. Nun die Anwendung auf die Kirche, daß er die Ordnungen getroffen habe, daß Alle seine Glieder seien, u. s. w.

Ich habe nicht ohne Absicht diese Stellen in ihrer ganzen Ausdehnung übersetzt. Denn aus einzelnen Worten ist überall nichts zu entnehmen: der ganze Geist einer Schrift muß zeigen, was der Schriftsteller gedacht hat, und welcher Sinn sich hinter seinen Worten verbirgt.

1) Christus ist hiernach der Abglanz, das Bild der göttlichen Majestät; die Engel sind seine Diener; er ist erhaben über die erhabensten Geschöpfe, und darum hat er auch einen ausgezeichneteren Namen geerbt, den Namen «Sohn.» Man ersieht, daß der Name «Sohn Gottes» etwas anzeige, das ihn über die Geschöpfe erhebt.

2) Nur durch heiligen Sinn ist er zu erfassen. Wer ist aber der, den du nur erkennst, wenn du heilig bist oder zu werden strebst? Erhabener als Clemens hat keiner von Christus gesprochen, als wenn er sagt, nachdem er den heiligen christlichen Wandel geschildert hat: «das ist der Weg, auf welchem wir unser Heil, Christum Jesum, finden.»[1])

3) Sagt Clemens, durch keine blos menschliche Bestrebung wird der Mensch gerecht; in Christo allein ist des Menschen Heil. In ihm sind wir gerecht vor Gott. Gott sieht uns in Christo als gerecht an, und wir sind es wirklich. Ueberall wo dieser Glaube ausgesprochen ist, da ist der Glaube an Christi Gottheit ausgesprochen, und stünde auch von seiner höhern Würde sonst kein Laut aufgezeichnet. Daß er das Opfer für unsere Sünden geworden, und daß aus dem Glauben an ihn eine innerlich heiligende Kraft ausströme, wie ist das zu fassen, als allein in dem Glauben,

---

1) Man könnte geneigt sein, diese Stelle so zu verstehen: «nur so werden die Zwecke des Christenthums an uns erreicht.» Allein dies wäre nicht im Sinne der Alten, denen alles auf die Person Christi ankam, die glaubten, seine anderweitigen Lehren und Forderungen könnten nur gewürdigt werden, wenn man die Lehre von seiner Würde gläubig festhalte.

er sei wahrhaft im eigentlichen Sinne Gottes Sohn und Gott selbst? Durch die ganze Geschichte hindurch bestätigt es sich, daß wo der beschriebene Glaube sich fand, auch die wahre Gottheit Christi geglaubt wurde; und wo diese gelängnet ist, hörte auch jener Glaube immer auf.

Wie Clemens durch diese Erneuerung des Glaubens an den beseligenden Opfertod des Herrn, unsern Hohenpriester, der unsere Schwäche in Kraft verwandelt, das innere Leben der Korinther wieder herstellen will, so leitet er auch im Beginne des Briefes ihren früheren blühenden Zustand aus diesem Glauben ab. Er sagt C. II. « Alle waret ihr demüthigen Sinnes; ohne prahlendes Wesen, mehr euch Andern, als Andere euch unterordnend, lieber gebend als nehmend. Mit Gottes Speise zufrieden, mit Eifer auf seine Lehren horchend, waren eure Herzen erweitert, und seine Leiden waren vor euern Augen. So war ein tiefer und reicher Friede euch gegeben, und eine nicht zu stillende Sehnsucht nach guten Werken. » Die Worte: « Seine Leiden » beziehen sich auf das vorhergehende: « Gottes Speise. » Das Leiden Christi wird demnach Gottes Leiden genannt. Wie er also später auf die Leiden Christi hinweis't, um das frühere, schöne, gottgefällige Leben der Korinther zu erneuern, so leitet er dieses aus dem lebendigen Glauben an die Thätigkeit Christi für unsere Erlösung ab; nur daß er hier ausdrücklich Christi Leiden das Leiden Gottes nennt [2]).

Petavius [3]) macht mit Recht darauf aufmerksam, daß Christus ὁ κυριος (mit dem Artikel) genannt werde; dieses

---

2) Es ist darum eine ganz müßige Conjectur von Junius, daß anstatt παϑηματα, μαϑηματα (Lehren) gelesen werden müsse. Ohne durch die Auctorität eines einzigen Manuscriptes unterstützt zu sein, wagt er eine Conjectur, die schlechterdings dem ganzen Briefe entgegen ist. Auch hatte ja Clemens unmittelbar zuvor von der Lehre schon gesprochen.

3) Petav. theolog. dog. tom. II. praefat. c. II.

hat in der ganzen Kirchensprache eine hohe Bedeutung, und hier um so mehr, da Clemens, wenn er von Gott schlechthin spricht auch «der Herr» sagt, z. B. C. XXXVII. Ferner bemerkt Petavius, daß die Gläubigen Christi Glieder genannt würden C. XLVI. In der That, berücksichtigt man, was die Kirche stets darunter verstand, nämlich, daß Christus die in den Gläubigen wirksame Kraft sei, nicht blos durch seine Lehre, sondern in dynamischer Weise, so liegt gewiß ein großes Gewicht darin, um die wahre Vorstellung des heil. Clemens von Christus zu bestimmen. Wie können die Geschöpfe Glieder eines Geschöpfes genannt werden? Endlich erbittet Clemens am Schluß seines Briefes die Gnade Christi des Herrn für die Korinther. Wer ist der, der Gnade spendet? [4])

Des heiligen Geistes wird nur in seiner Beziehung zur Kirche erwähnt, so wie im Grunde auch des Sohnes nur in so fern Erwähnung geschieht, als der Glaube an ihn in das gesammte christliche Leben verflochten ist. So ist denn der heilige Geist der Spender der Gnadengaben, C. XLVI.; der, der die Propheten erleuchtete, C. XLV. u. s. w. Des Vaters, Sohns und des heiligen Geistes wird zugleich gedacht in der Stelle: «Haben wir nicht einen Gott, einen Christus, und einen über uns ausgegossenen Geist der Gnade?» C. XLVI. So viel von Clemens.

Der Zweck des Briefes, welcher dem heil. Barnabas zugeschrieben wird, ist im Briefe selbst angegeben: er will seinen Lesern eine vollkommene Erkenntniß ihres Glaubens verschaffen [5]). Die, an welche der Brief gerichtet ist, haben schon die göttliche Gnade in ihr ganzes Leben aufgenommen, «denn in Wahrheit erblickt er in ihnen den ausgegossenen Geist, aus der heiligen Quelle Gottes», mit Klarheit nur sollen

4) C. LIX. ἡ χαρις του κυριου ἡμων Ιησου Χριστου μεθ' ὑμων.

5) C. I. ἀφ' οὑ ἐλαβον μερους, ἐσπουδασα κατα μικρον ὑμιν πεμψαι· ἱνα μετα της πιστεως ὑμων, τελειαν ἐχητε και την γνωσιν.

sie noch der Gründe ihres schon festen Glaubens und ihrer Hoffnung gewiß werden [6]). Dies sucht nun der Verfasser durch Entwickelung der Vorbilder und Prophezeiungen, die im alten Testamente auf Christus niedergelegt seien, und durch Darstellung des innern Zusammenhangs der Lehren zu bewirken.

Christus, der Sohn Gottes, sagt er ihnen, ist der Schöpfer des Weltalls; nach dem Sündenfalle sandte er die Propheten, und er prophezeite durch sie auf sich hin; « hier siehst du seine Herrlichkeit, denn in ihm ist Alles, und auf ihn bezieht sich Alles » [7]). «Da er ursprünglich die Menschen geschaffen, heißt es weiter, so mußte auch er sie um und neu schaffen. Denn zu ihm sprach der Vater bei der Weltschöpfung: «« laßt uns den Menschen machen »»; so wird also erfüllt, was bei Ezech. 36, 2. geschrieben steht: «« siehe ich werde das letzte wie das erste machen. »» Da er uns nun neu geschaffen hat, durch die Hinwegnahme der Sünde, so gab er uns einen ganz andern Charakter, so daß wir an der Seele dem Kinde gleichen, denn er selbst hat uns umgebildet. Siehe, sprach der Herr: «« ich will ihnen die steinernen Herzen nehmen, und fleischerne geben; »» Ezech. 11, 19. Denn er mußte im Fleische erscheinen und in uns wohnen; ein heiliger Tempel ist dem Herrn die Wohnung in unsern Herzen.»

Der Verfasser begründet also die Hoffnung und das Vertrauen der Christen dadurch, daß der Weltschöpfer selbst sie neu geschaffen habe, der Gott der Propheten, in dessen

---

6) Naturalem gratiam accepistis. Propter quod plurimum gratulor mihi, sperans liberari; quia vere video in vobis infusum spiritum, ab honesto fonte Dei. Weiter unten erhellet, daß der gr. Text für naturalis ἐμφυτος hatte, denn C. IX. übersetzt der Dolmetscher ἐμφυτον δωρεαν mit naturale donum. Richtig Menardus ad h. l. « naturalis gratia est firma, altius radicata et plantata in anima justi, » bei Gallandi I.

7) C. 12. ἐχεις και ἐν τουτῳ την δοξαν του Ιησου, ὁτι ἐν αὐτῳ τα παντα, και εἰς αὐτον.

Auftrage sie sprachen. Und welcher Nachdruck liegt nicht in den Worten: « er selbst hat uns umgebildet? » So spricht der Verfasser, um die Wiedergeburt in ihrem wahren Ursprunge und Werth darzustellen [8]).

Einige Stellen noch glaube ich in ihrer ganzen Ausdehnung hieher setzen zu müssen. « Deßwegen, sagt er, übergab der Herr seinen Leib dem Tode, daß wir durch die Hinwegnahme der Sünde geheiligt würden, d. h. durch die Vergießung seines Blutes. Denn so steht von ihm geschrieben. Wir müssen also dem Herrn danken, daß er die Vergangenheit enthüllt und uns weise gemacht, wegen der Zukunft aber uns nicht ohne Einsicht gelassen hat. Deßwegen hat der Herr für uns gelitten, weil er der Schöpfer des Erdkreises ist; zu ihm hat (der Vater) vor der Weltschöpfung gesprochen: «« laßt uns den Menschen nach unserm Bilde machen. »» Lernet nun, wie er für die Menschen gelitten hat. Von ihm haben die Propheten ihre Gabe, und auf ihn hin weissagten sie. Damit er den Tod vernichte, und die Auferstehung von den Todten zeige, erschien er im Fleische, und litt, auf daß er erfülle das den Vätern gegebene Versprechen. Er bereitete sich ein neues Volk und offenbarte dadurch, daß er nach der Auferstehung richten werde. Er lehrte Israel, that so große Zeichen und Wunder und liebte es über Alles. Als er die Apostel zur Verkündigung seines Evangeliums auswählte, wählte er die größten Sünder, um zu zeigen, daß er nicht gekommen sei, um Gerechte zu berufen, sondern Sünder. (Wenn er nicht im Fleische erschienen wäre, wie hätten wir ihn sehen und leben können? Können doch die Menschen sein Werk, die Sonne, die vergehen wird, nicht anschauen). Der Sohn Gottes kam also deßwegen im Fleische, damit er das Maaß der Sünde derer vollende, die seine Propheten bis in den

---

8) L. c. ἐπει οὐν ἀνακαινισας ἡμας, ἐν τῃ ἀφεσει των ἁμαρτιων, ἐποιησεν ἀλλον τυπον, ὡς παιδιον ἐχειν την ψυχην ὡς ἀν και ἀναπλασσομενος αὐτος ἡμας. κ. τ. λ.

Tod verfolgt hatten.» C. V. Es leuchtet aus dieser Stelle, wie aus den vorher angeführten ein, daß Barnabas Christum, den Sohn Gottes, als den Weltschöpfer darstellt 9). Das scheint aber einer ganz besondern Aufmerksamkeit würdig zu seyn, daß der Verfasser die alttestamentliche Vorstellung, Gott könne nicht von einem Menschen ohne Hülle gesehen werden, ohne daß dieser sterbe, auf Christus anwendet, um zu erklären, warum er, als er zur Erlösung kommen wollte, Mensch geworden sei: ein Grund, der zwar allerdings zeigt, daß dem Verfasser des Briefes keine völlig klare Vorstellung von der Nothwendigkeit der Menschwerdung des Sohnes Gottes vergönnt war, der aber desto deutlicher ausspricht, welche Anschauung er vom Erlöser hatte.

Anderwärts vergleicht er Moses mit Christus also: «Moses als Diener hat sie (die Gesetzestafeln) empfangen, uns aber hat sie der Herr selbst gegeben (αὐτος δε ὁ κυριος ἡμιν ἐδωκεν) seinem Erbvolke, indem er für uns litt. Und abermal sagt der Prophet: «« Siehe, ich habe dich zum Lichte der Völker gemacht, auf daß du zum Heil bis ans Ende der Erde seiest; so spricht der Herr, der dich erlöset hat,»» Jes. 59, 6. Er erschien selbst, (ἱν' αὐτος φανεις, das wichtige αὐτος haben beide Uebersetzungen bei Gallandi nicht ausgedrückt) auf daß er unsere schon vom Tode verschlungenen und der irreführenden Gesetzlosigkeit

---

9) Man muß sich wundern, mit welcher Dreistigkeit Martini, Prof. der Theol. zu Rostok (pragmat. Gesch. des Dogma von der Gottheit Christi) S. 26, den Verfasser des Briefes den größten Unsinn sagen läßt: «Alle diese Prädicate beweisen indessen nur soviel, daß der Verfasser Jesum für einen der erhabensten Geister hielt» u. s. w. Wie viele der erhabensten Geister waren denn in der Welt, ehe die Welt geschaffen wurde? Meinte aber Martini, der Verfasser des Briefes habe gnostische Vorstellungen gehabt, so würde dieser Ansicht der ganze Inhalt widersprechen. Ueberhaupt können Martini und Münscher den Brief nicht gelesen haben, weil sie mehrere der wichtigsten Stellen gar nicht anführen.

übergebenen Herzen von der Finsterniß befreie, und durch sein Wort seinen Bund in uns gründe. — Erkennet also, von wem wir sind erlöset worden.» C. XIV. Es bedarf hier gar nicht erst aufmerksam darauf gemacht zu werden, wie der Heiland über Moses erhaben geschildert wird: wenn Gott dem Moses einst auf Sinai das Gesetz gab, auf daß dieser es dem Volke Gottes überbringe, so übergibt es im neuen Bunde der selbst, der im alten einen vermittelnden Diener gebrauchte.

Noch muß ich folgende Stelle anführen, in welcher der Briefsteller klagt, daß die Juden ihr Vertrauen auf einen irdischen Tempel gesetzt hätten, dann sagt, daß die Zerstörung desselben sei vorher verkündet worden, und am Ende bemerkt, wie fortan ein wahrer ewiger Tempel Gottes müsse errichtet werden. «Laßt uns sehen, ob es einen Tempel Gottes noch giebt. Ja, denn er hat gesagt, er werde sich selbst einen erbauen. Es steht geschrieben: ««wenn die Wochen erfüllt sind, so wird ein herrlicher Tempel Gottes erbaut werden; im Namen des Herrn.»» (Dan. C. IX.). Ich finde, daß es einen Tempel des Herrn giebt. Wie wird er nun im Namen des Herrn erbaut werden? Erfahret es. Bevor wir an Gott glaubten, war die Wohnung des Herzens dem Verderben unterworfen und schwach: als ein in der That von Händen erbauter Tempel. Denn es war ein Haus voll von Götzendienst und Dämonen, weil Alles gethan wurde, was Gott entgegen war. Er wird aber im Namen des Herrn erbaut werden. Merket nun, auf daß der Tempel des Herrn in Herrlichkeit erbauet werde. Wie? Dadurch, daß wir die Vergebung der Sünden erhielten und im Namen des Herrn Vertrauen haben, sind wir neu geworden, völlig wieder umgeschaffen. Daher wohnt in unserer Wohnung Gott auf eine wahrhafte Weise. Wie? Das Wort seines Glaubens, seine verheißene Berufung, die Weisheit seiner Rechtfertigungen, die Vorschriften, die er gab (sind in uns); er prophezeiet in uns, wohnt in uns, öffnet uns, den

Sklaven des Todes, die Thüren seines Tempels, indem er uns Sinnesänderung gab; so führt er uns in seinen unverweslichen Tempel. Wer daher erlöset zu werden sich sehnet, der schaue nicht auf den Menschen, sondern auf den, der in ihm wohnet und spricht. Das ist der geistliche Tempel, der dem Herrn erbaut wird.» C. XVI. Wer zweifeln möchte, ob in dieser Stelle, wo stets «Herr» und «Gott» ununterscheidbar abwechseln, der Sohn gemeint sei, (und es scheint, daß man zweifle, da die Dogmen-Historiker diese Stelle gar nicht berücksichtigen, was jedoch vielleicht auch daher rührt, daß sie gar nicht beachtet wurde), den verweise ich darauf, daß er die Vorstellungen des Verfassers, wie sie sich im ganzen Briefe finden, vergleichen wolle. Wenn er hier sagt: «deßhalb wohnt Gott wahrhaft in unserer Wohnung,» διο ἐν τῳ κατοικητηριῳ ἡμων ἀληθως ὁ θεος κατοικει ἐν ἡμιν, so vergleiche man, was er C. VI. also ausdrückt: «ὁτι ἐμελλε ἐν σαρκι φανερουσθαι, και ἐν ἡμιν κατοικουσθαι· ναος γαρ ἁγιος, ἀδελφοι μου, το κατοικητηριον ἡμων της καρδιας;» «er mußte im Fleische erscheinen und in uns wohnen, denn ein heiliger Tempel, meine Brüder, ist dem Herrn die Wohnung unseres Herzens.» In dieser Stelle ist aber begreiflich der Sohn Gottes gemeint. Ueberhaupt ist hier die Beschreibung des neuen Tempelbaues, mit dem an andern Stellen beschriebenen Erlösungswerke völlig dasselbe: wie der, der den Tempel erbauet, der Herr und Gott ist, so ist der, der erlöset, Gott, und er erbauet ihn sich, um in ihm zu wohnen. Wie wollte man aber, um von allem Anderen zu schweigen, die Worte erklären: «wer gerettet werden will, schaue nicht auf den Menschen, sondern auf den, der in ihm wohnt und spricht,» wenn sich das Vorhergehende nicht auf Christus bezöge? Dieser Satz enthält eine ermahnende Schlußfolge; der Verfasser will sagen, glaubet wahrhaft, daß ihr Gottes theilhaft, daß ihr Gottes Tempel geworden seid durch den Glauben an Christus; denn nicht auf den Menschen, in dem er erschien, sondern auf den, der in ihm thätig sich erwies, kommt es an; er war mächtig genug, Gott in euch einen Tempel zu erbauen, da er ja selbst der Herr und Gott ist. Der Sinn des Ganzen aber ist: Gott erbaut sich selbst in uns einen Tempel, indem er uns erlöset und geheiligt hat; wir können uns demnach wohl über den Untergang des Tempels in Jerusalem trösten.

Wer demnach Christus, diesem Briefe gemäß, seiner höhern Natur nach sei, bedarf kaum einer kurzen Zusammenfassung. Er ist der Weltschöpfer, also nothwendig vor aller Welt, er ist der Jehova der Juden, derselbe, der auf Sinai das Gesetz gegeben; er hat in den Propheten die Zukunft angedeutet, er ist der Weltrichter und Gott selbst. Wenn nicht mehrere Stellen auf eine Unterscheidung des Sohnes vom Vater sehr klar aufmerksam machten, wie C. XII.; ferner C. XIV. und XVI. wo der Vater zum Sohne spricht u. s. w., so könnte man vermuthen, der Verfasser habe Vater und Sohn für schlechthin Eins nach der Art des Sabellius gehalten.

Was aber die Erscheinung des Sohnes Gottes für Zwecke hatte, werden wir also zusammen fassen können. Nachdem die Sünden der Welt in der Kreuzigung des zu ihrem Heil gesandten Sohnes Gottes auf ihren höchsten Grad gestiegen waren, hatten sie zugleich ihr Maaß und damit ihre Vernichtung erreicht. Denn der, an dem die Welt ihr Aeusserstes that, nahm sie eben dadurch hinweg. Er nahm sie hinweg durch seinen Tod: um der Verdienste Christi willen sind uns unsere Sünden vergeben. Wahrscheinlich dachte er sich ferner die Wirkungen des Todes des Erlösers so, daß er durch seine Liebe bis in den Tod, die in den Menschen ertödtete Liebe Gottes aus ihrem Schlafe erweckte; wenigstens scheint es aus den Worten C. V.: « er liebte Israel bis aufs höchste, » verglichen mit C. IV.: « die Liebe Jesu sollte in unserer Brust besiegelt werden, » hervorzugehen. Auf keinen Fall dürfte man dieses aber so verstehen, daß Christus blos durch sein Beispiel eine so große Wirkung habe hervorbringen sollen, denn er wirkt auf eine verborgene, geheimnißvolle Weise durch seinen Geist in den Menschen, (C. 1.) und wohnt selbst wirksam in ihnen, wie die angeführten Stellen zeigen. Ferner belebt er die Menschen durch das gestärkte Vertrauen auf Gott, in so fern Gott in ihm die längst gegebenen Verheißungen eines Erlösers erfüllte, und seine Treue durch die That erwies [10]. Endlich war der Zweck seiner Ankunft, daß er durch seine Auferstehung die Menschen von der Wahrheit der Unsterblichkeit überführe, und den Beweis gebe, daß ein Gericht bevorstehe und er selbst der Weltrichter sei. Dieses lehrt er C. VI. Der Zusammenhang, in welchen der Verfasser des Briefes das eben zuletzt berührte Moment mit seinen sonstigen Lehren setzte, ist der: der neue Bund verlangt eine innere Heiligung, nicht blos eine äussere Gerechtigkeit, wie die Juden meinten; darum muß es ein Gericht geben, in welchem einem jeden nach seinen Werken vergolten wird. Indem also Christus wahre Heiligkeit verlangte, und die Unsterblichkeit factisch erwies, ist die Nothwendigkeit eines Gerichtes mitgegeben, und Christus, der ewige Gesetzgeber, ist auch der Richter. Dies ergiebt sich durch Vergleichung des vierten mit dem fünften Capitel. Was sich aber auch aus dieser Darstellung des Erlösungswerkes für die Nachweisung der Ueberzeugung ableiten läßt, die der Verfasser des Briefes von dem Höhern in Christo hatte, bedarf keiner weitern Erörterung mehr.

Ich komme nun zu Hermas. In seinem Buche «der Pastor» will er zeigen, wie das Leben der Christen erworben werde und innerlich beschaffen seyn müsse, und dann wie es sich nach aussen gestalte. Darauf bezieht sich Alles in dieser Schrift voll von Wahrheit, Einfalt und Herzlichkeit; sie ist rein praktisch. In dieser rein auf das Leben gerichteten Beziehung, kommt denn nun auch das vor, was Hermas vom Sohne Gottes in der Kirche gehört hatte, und selbst wieder vortragen will; er hebt seine höhere Würde hervor, um ein

10) C. 6. τῃ πιστει της ἐπαγγελιας και τῳ λογῳ ζωοποιουμενοι.

unbedingtes, unerschütterliches Vertrauen auf ihn zu erwecken, und zu zeigen, wie jeder seinen Namen tragen müsse, wer immer das Reich Gottes sehen wolle. Er beschreibt die ganze Art, wie der Christ gebildet wird, in dem Bilde eines Thurmbaues. Die Gesammtheit der Christen, die Kirche, wird gebauet auf einen alten Felsen, mit einem neuen Thore. Der Hirt fragt seinen Begleiter, der ihm das Bild erklärt: was das bedeute? Er erhält zur Antwort: «Der Fels ist Christus. Der Sohn ist älter als alle Creatur, denn er war seinem Vater zu Rathe bei der Weltschöpfung. Neu aber ist das Thor deßwegen, weil er in der Fülle der Zeit in den jüngsten Tagen erschienen ist, auf daß die, die das Heil erlangen, durch ihn in das Reich Gottes eingehen.» Der Hirt fragt weiter: «Herr, zeige mir, warum der Thurm nicht auf die Erde, sondern auf den Felsen und das Thor gebauet wird?» Du fragst, weil du einfältig und ohne Einsicht bist, erhielt er zur Antwort. Der Hirt sprach nun weiter: «Es thut mir Noth, über Alles mich zu befragen, denn ich begreife gar nichts, und deine Antworten sind groß und herrlich, so daß der Mensch kaum sie fassen kann.» So höre, erwiederte sein Lehrer: «Der Name des Sohnes ist groß und unermeßlich, und der ganze Erdkreis wird von ihm getragen. Wenn also alle Creatur Gottes von seinem Sohne getragen wird, warum ist er nicht auch Träger derer, die von ihm berufen sind, die seinen Namen tragen, und in seiner Lehre wandeln? Siehst du also nicht auch, fuhr er fort, daß er die trägt, die mit voller Brust seinen Namen tragen? Er also ist ihr Grund, und gerne trägt er jene, die seinen Namen nicht nur nicht verläugnen, sondern mit Freuden auch um seinetwillen dulden.» (l. III. sim. IX. c. 14. 23.)

Hier bedarf es keiner weitern Erklärung: Der Weltschöpfer ist der Welterlöser, er trägt alle Creatur. Wie aber der Brief des Barnabas über das Verhältniß des Sohnes zum Vater keine näheren Aufschlüsse enthält, so auch die Schrift des Hermas nicht. Doch es bedarf keiner näheren als derjenigen, die sie geben. Noch weniger darf man hier eine strenge Entwickelung darüber suchen, wie der heilige Geist sich zu beiden verhalte. Hermas sprach vom Sohne was Noth thut, auf daß der Gläubige wisse, wem er vertraue, weiter nichts; so vom Geiste, auf daß der Gläubige gewiß sei, wer mit ihm wirke, und daß eine göttliche Kraft dem Menschen die Welt besiegen helfe. Der heilige Geist erweckt den Glauben im Menschen, und läßt keinen Zweifel und keinen Wankelmuth übrig. Er erzeugt eine feste Ruhe des Geistes; wo er weht, ist Freudigkeit in Gott, und der düstere, finstere Sinn verscheucht; das Gebet in diesem Zustande ist freudig und zuversichtlich, munter und froh steigt es zu Gott hinauf, das Gebet der finstern Traurigkeit hingegen wird wegen seines irdischen Gehaltes von der Erde angezogen, und vermag nicht himmelan sich zu erheben; der heilige Geist lehrt die Geheimnisse Gottes leicht, tief und sicher zu fassen, denn dem himmlischen Sinn, den er bewirkt, werden Aufschlüsse gegeben, die dem irdischen Sinne stets versagt bleiben; er lehrt die Geister unterscheiden, er lehrt vor allem Demuth, erzeugt die Liebe, und verbindet Alle zu einem Ganzen, so daß sie ein Geist und ein Leib sind. Das ist es, was Hermas lehrt vom heiligen Geiste. (l. II. Mand. IX-XII.) Hier ist heilige Stätte; und entfernen sollen sich die mit unreinen Ohren, die klügeln, ob das wohl auch der rechte heilige Geist sei, und ob Hermas ihn vom Sohne unterscheide und wie, und ob er vom spätern heiligen Geiste der Kirchenlehre nicht verschieden sei. Hermas giebt kein dogmatisches System; darum muß man auch keine festen Formeln suchen; und wie er vom heiligen Geiste würde gelehrt haben, falls er zu einer solchen Formel wäre veranlaßt gewesen, aus der Analogie des Glaubens seiner und der angrenzenden Zeit erschließen. So redet er denn auch von mehreren Geistern: der Glaube, die Mäßigkeit, die Geduld, Einfalt, Unschuld, Keuschheit, Wahrhaftigkeit, Erkenntniß, Eintracht, Liebe sind solche. In diesen Wirkungen des heiligen Geistes, die er personificirend eben so viele Geister nennt, faßt er Alles zusammen, was er von der Thätigkeit des heiligen Geistes in der Kirche zu sagen hatte. (Simil. IX. C. XV.) Daß er auch von dem Sohn die Benennung «heiliger Geist» gebraucht (Simil. V. C. V.) hat gar nichts anstößiges, und der Sohn (Geist) ist hier im Gegensatz vom menschlichen Leib zu fassen, den er trug, wie es in der Kirchensprache, selbst bei Hilarius noch sehr häufig der Fall ist.

Die Ordnung, die ich mir vorgesetzt habe, führt mich nun zu Ignatius, dem Schüler des heil. Johannes, und zu Irenäus, dem Zögling Polykarps, der auch ein Schüler des genannten Apostels war. Es ist bekannt, daß wir von den Briefen des heil. Ignatius eine längere, interpolirte Ausgabe besitzen und eine kürzere, die auch von Einigen unter dem Vorwande verdächtigt wird, daß, weil schon einmal eine Veränderung mit diesen Briefen hervorgegangen sei, man wohl keiner Recension derselben trauen dürfe. Allein da wir aus den sichersten Zeugnissen des Alterthums wissen, daß Ignatius Briefe geschrieben hat, und nicht minder an wen; da die Briefe, die wir wirklich noch haben, an jene Gemeinden und Personen gerichtet sind, die Eusebius anführt; da ferner die einzelnen Excerpte, die die ältesten Kirchenväter in ihren Schriften aus Ignatius niedergelegt haben, in den kürzeren Briefen treu sich wieder finden, so kann keine besonnene Kritik sie in gerechten Zweifel wegen ihrer Aechtheit und Integrität stellen [11]. Und gewiß, fände sich bei Ignatius die bischöfliche Würde nicht klar und über allen Widerspruch erhaben bestättigt, man hätte in frühern Zeiten nie an ihrer Aechtheit gezweifelt. Anstatt sich belehren zu lassen, was es mit dem Bischofe für eine Bewandtniß in historischer Beziehung habe, läugnete man lieber, daß die Urkunden unverfälscht seien. So ist es leicht, den mächtigen Ruf der Geschichte unbeachtet vor sich vorübergehen zu lassen. Ich glaube

11) Münscher, Martini pragmat. Geschichte S. 29, um nur von solchen zu reden, die den nämlichen Gegenstand wie ich behandeln, verwerfen sie als unächt.

nur noch Folgendes zu meiner Vertheidigung wegen des historischen Gebrauchs, den ich von den Briefen des Ignatius mache, anführen zu müssen. In diesen Briefen herrscht ein so durchgeführter Zusammenhang, eine solche innere Verkettung der Gedanken, daß wenn man nur einen wegnehmen wollte, das Ganze haltlos wäre und auseinander fiele. Wie der Bischof ein nothwendiges Element in der katholischen Kirche ist, ganz in das Wesen derselben verschlungen, so ist in den genannten Briefen die Stellung des Bischofs in alles Uebrige verflochten: Ignatius hat, unendlich tief, alles Einzelne in großartiger Verbindung wahrhaft katholisch aufgefaßt: darum erscheint der Bischof unzertrennlich in das Ganze aufgenommen. Wer Alles nur fragmentarisch aufzufassen pflegt, wie diejenigen, die die Aechtheit dieser Briefe bestreiten, es dem Charakter ihrer Confession gemäß gewohnt sind, dem erscheint allerdings der Bischof in den Briefen des heil. Ignatius als eine Interpolation, gleichwie sie den Episcopat überhaupt für eine Interpolation in der Kirche halten. Allein nicht so ist es bei Ignatius, in dessen Gemüth das ganze Wesen der katholischen Kirche in einem herrlichen Bilde widerstrahlt. Ferner ist zu beachten: in allen Briefen, nur in dem an die Römer ausgenommen, kehrt die Aufforderung zur engen Anschließung an den Bischof wieder. Woher diese Erscheinung? Warum nicht auch im Briefe an die Römer dieselbe Aufforderung? Wer Interpolationen annimmt, wird sie sich nicht erklären können. Der Brief an die Römer hatte ein blos persönliches Interesse zum Gegenstand: daß sein bevorstehender Martyrertod nicht verhindert werde, will Ignatius durch ihn bewirken. In allen andern Briefen ist ein allgemein kirchliches Interesse sichtbar: den aufkeimenden gnostischen Secten den Eingang zu verwehren; daher überall die Aufforderung zur festen Anschließung an den Bischof. In Rom befürchtete Ignatius keine Irrlehre, denn nur in Kleinasien fanden sich damals jene Secten. Deßwegen findet man im Briefe an die Römer auch keine Ermahnung zur Einheit unter dem Bischofe. Hätte ein Interpolator, dem es nur um Einführung der Bischöfe zu thun war, nicht auch hier seine Zusätze gemacht? So ist alles dem Ort und der Zeit angemessen, und die Briefe haben in ihrer ganzen Ausdehnung eine innere Wahrheit. In den neuern Zeiten ärgerte nebst dem Bischof auch die Gottheit Christi, die in den Briefen so deutlich ausgesprochen ist. Ob aber die Stellen interpolirt sind, die die Gottheit des Erlösers verkündigen, wird der noch zu erwähnende Zusammenhang dieser Lehre mit dem ganzen Geiste seiner Briefe darthun. Soviel für jetzt von der Aechtheit dieser Briefe.

Ignatius lebte zu einer Zeit, in der auf der einen Seite noch Judenchristen die Gemeinden beunruhigten, auf der andern aber gnostische Irrthümmer, namentlich der Doketismus sich verbreiteten. Die strengen Judenchristen, die das mosaische Gesetz Allen auferlegen wollten, konnten nicht an die Gottheit des Erlösers glauben; es war ein inneres Hinderniß vorhanden. Da sie Gerechtigkeit durch das Gesetz noch suchten, so mußte ihnen die Würde des Erlösers nothwendig gering, wenigstens konnte sie ihnen nicht in ihrer ganzen Fülle erscheinen. Daß von Christus allein eine göttliche Kraft ausströme, die ins ewige Leben führt, daß er darum selbst das ewige Leben sei und wahrhafter Gott, mußte ihnen verborgen bleiben, da sie an eine Gerechtigkeit, außer ihm und neben ihm noch glaubten. Das Hängen an einem Aeußern, das zur Seligkeit unbedingt nothwendig sein sollte, verhüllte ihnen die innere Herrlichkeit der Christen, und darum nothwendig die Herrlichkeit dessen, an dem sie Theil nehmen. Indem die Doketen aber die wahre Menschheit des Erlösers läugneten, fiel die Erniedrigung Christi bis zur Knechtsgestalt, fiel der wahre Werth des Leidens Christi, in welchem die Christen die Liebe des Vaters erkannten, hinweg; eben so seine Auferstehung, die Hoffnung der unsrigen. Gegen Beide nun kämpfte Ignatius, und kämpfte mit einer solchen Fülle des Geistes, mit so klarem Bewußtsein, daß er nur in der Annahme der Gottheit und Menschheit des Erlösers selbst erlöset sei, daß sein Glaube den eines jeden empfänglichen Lesers lebendig machet.

Christus, lehrt Ignatius, ist seiner höhern Natur nach vor allen Zeiten beim Vater gewesen [12]; es ist ein Gott, und Jesus Christus, sein Sohn, ist sein ewiger Logos [13]; dieser ist selbst auch Gott [14]. Die Stellen, in welchen Ignatius ausdrückt, was ihm die Menschwerdung Jesu bedeute, wörtlich hieher zu setzen, schien mir zweckmäßiger und nützlicher, als Alles in allgemeinen todten Formeln zusammen zu fassen. « Ich preise Gott Jesum Christum (δοξαζω Ιησουν χριστον τον θεον), der uns so weise gemacht hat. Denn ich weiß, daß ihr vollkommen seid im unbeweglichen Glauben, wie wenn ihr mit Leib und Seele an dem Kreuze Jesu Christi angeheftet wäret; (ich weiß) daß ihr fest gegründet seid in der Liebe im Blute Christi; daß ihr fest glaubet an unsern Herrn, der wahrhaft dem Fleische nach aus dem Geschlechte Davids ist, Sohn Gottes nach dem Willen und der Kraft des Vaters, wahrhaft geboren aus einer Jungfrau, — — geheftet für uns an das Kreuz unter Pontius Pilatus. Aus dieser Frucht, aus diesem gottseligen Leiden sind wir entsprossen; auf daß er durch seine Auferstehung für ewige Zeiten den Heiligen und den Gläubigen an ihn ein Zeichen errichte, Juden und Heiden, die in den einen Körper seiner Kirche vereinigt werden sollten. » Habt ihr je eine solche Sprache von Solchen gehört, die in Christo nicht den Sohn des lebendigen Gottes finden? Wer kann in den Leiden eines Menschen oder eines Engels, überhaupt eines endlichen Wesens, den Grund zu solchen tief gefühlten Ausdrücken finden? Man

---

12) Ad Magnes. VI. Ιησου χριστου, ὁς προ ἀιωνων παρα πατρι ἠν, και ἐν τελει ἐφανη.

13) Ad Magnes. VIII. εἱς θεος ἐστιν ὁ φανερωσας ἑαυτον δια Ιησου χριστου, του υἱου αὐτου, ὁς ἐστιν αὐτου λογος ἀϊδιος.

14) Ad Philadelph. seid ἀχωριστοι θεου Ιησου χριστου. ad Rom. Ueberschrift πλειστα ἐν Ιησου χριστῳ τῳ θεῳ ἡμων χαιρειν.

urtheile aufrichtig, ob Ignatius nicht den Heiland für Gott halten mußte. Wer blos Kritiker ist, wird es freilich nicht finden.

Eine besondere Wendung des Glaubens an die Gottheit Christi findet sich in folgender Stelle. « Wenn euch Jemand den Judaismus vorträgt, so höret nicht auf ihn, denn es ist besser von einem Beschnittenen die Lehre Christi zu hören, als von einem Unbeschnittenen den Judaismus. Wenn aber beide Christum nicht predigen, so sind sie mir Bildsäulen und Grabmähler, auf welchen die Namen von Menschen geschrieben sind» (ep. ad Philad.) d. h. sie predigen, daß ein bloßer Mensch gelitten hat, und in den Tod gegangen ist; ein Glaube, der den Menschen selbst todt läßt, aus dem keine belebende Kraft ausströmt. Hier ist ganz augenscheinlich der Tod eines Menschen, dem Leiden und Sterben Christi entgegengesetzt, — dessen Kreuz und Grabstätte mit dem Namen: «Gottes Sohn» überschrieben ist. «Das Alles hat er unsertwegen gelitten, sagt er anderwärts, (ad Smyrn. I.) damit wir erlöst würden. Und wahrhaft hat er gelitten, wie er auch wahrhaft sich auferweckt hat, nicht wie einige Ungläubige sagen, daß er nur dem Scheine nach gelitten habe: sie selbst sind nur ein Schein, und wie sie gesinnet sind, so wird es ihnen ergehen, den gehaltlosen und gespenstergleichen» [15]). (Sie können keine gehaltvolle Christen sein, da sie die Hauptmomente der Erscheinung Christi, durch welche wir uns belebt fühlen, nicht glauben). «Wenn er nur dem Scheine nach das Alles gethan hat, so bin auch ich nur dem Scheine nach gefesselt. Nur im Namen Jesu Christi, um mit ihm zu leiden, dulde ich Alles, er stärkt mich, der vollkommener Mensch war.» l. l. IV. «Niemand täusche sich. Auch die Himmelsbewohner, die Herrlichkeit der Engel, die herrschen, sowohl die sichtbaren als unsichtbaren, werden gerichtet werden, wenn sie nicht an das Blut Christi glauben.

15) Ad Smyrn. II. και καθως φρονουσι συμβησεται αὐτοις, οὐσιν ἀσωματοις και δαιμονικοις.

Wer es fassen kann, fasse es. Keine (äussere) Stellung mache aufgeblasen. Das Ganze ist der Glaube und die Liebe, das Vortrefflichste von dem wir wissen. Betrachtet nur diejenigen, die den rechten Glauben an die Gnade Jesu Christi gegen uns nicht haben, wie sie der göttlichen Gesinnung so fremd sind! Sie kümmern sich nicht um die Liebe, nicht um die Wittwen und Waisen, nicht um die Bedrängten, Dürftigen, Gefesselten, nicht um die Hungrigen und Dürstenden.» l. c. VI.

«Nur im Tode Christi haben wir das Leben, und die alten Propheten erwarteten ihn im Geiste. Wenn nun die, welche nach dem alten Gesetze lebten, zur neuen Hoffnung gekommen sind, nicht durch die Sabbathfeier, sondern durch ihr Leben im Herrn, in welchem auch unser Leben aufgegangen ist, durch ihn, durch seinen Tod nämlich, welchen Einige läugnen; (in diesem Geheimnisse haben wir den Glauben erhalten, und haben die Zuversicht als Schüler Jesu Christi unseres einzigen Lehrers erfunden zu werden) wie können wir leben ohne ihn?» Ad Magnes. IX. Alles faßt er in folgender Stelle zusammen: «Jede Fessel der Bosheit wurde gelöst, jede Unwissenheit entfernt, das alte Reich zerstört, als Gott Mensch wurde, um das ewige Leben wieder herzustellen (θεου ἀνθρωπινως φανερουμενου εἰς καινοτητα ἀϊδιου ζωης). Das von Gott Bereitete gieng voran; sofort wurde Alles mitbewegt, weil es die Vernichtung des Todes sann.» (Ad Ephes. XIX.) d. h. Christus überwältigte zuerst den Tod; und alle die Seinigen von seiner Kraft bewegt, überwinden ihn (das Böse) auch. — So stellt Ignatius die Beziehung dar, die der Glaube an die Gottheit und die Menschheit des Erlösers zu dem gesammten Christenthume habe. Man sieht, daß ein überschwengliches Gefühl im Ganzen waltet, aus der unendlichen Fülle seines ganz mit Christus vereinigten Seins wurde ihm gewiß, daß der Christ alle Liebe, allen Muth in Gefahren, alle heiligen Keime, alle Wahrheit, alle Hoffnung eines ewigen Lebens Christum verdanke, daß er der wahre Erlöser sei, auch für alle vorhergehende Geschlechter durch die Hoffnung auf ihn, daß Christus Gott und Mensch zugleich müsse gewesen sein, und daß Christi Tod ein Hauptmoment sei. Das aber bin ich gewiß, daß Niemand aus unserer Kirche die Stellen, in welchen Ignatius Christum Gott nennt, für unterschoben halten wird; denn halten wir nicht auch deßwegen an diesem Glauben so fest, weil wir nur in ihm, wie Ignatius, Alles besitzen, und ohne ihn gar nichts zu haben überzeugt sind? Wenn darum auch nicht einmal ausdrücklich der Heiland in diesen Briefen Gott genannt würde, so würden wir doch überzeugt sein, daß dieses der Glaube des Ignatius gewesen, daß unser Glaube der seinige sei. Wir sind durch denselben Geist mit Ignatius verbunden, und verstehen, was er sagt. Uebrigens hat Alles, was Ignatius schreibt, ein so eigenthümliches Gepräge, daß in der ganzen kirchlichen Literatur nichts seinem Styl und seiner Art und Weise gleicht. Wer kann Solches unterschieben? Es mußte aber das Ganze unterschoben werden, oder Nichts, denn der Charakter des Ganzen ist, wie oben schon gesagt wurde, in allen Theilen.

Auch ist an einigen Stellen von den drei göttlichen Personen zugleich die Rede, aber nur in unmittelbarer Beziehung auf ihr Verhältniß zu den Gläubigen und zu der Kirche. «Lasset sie nicht aussäen unter euch (die Häretiker); verstopfet die Ohren, um das von ihnen ausgestreute nicht aufzunehmen. Ihr seid Steine im Tempel des Vaters zubereitet zu seinem Bauwerke, in die Höhe empor gezogen vermittelst des Gerüstes Jesus Christus, d. h. durch sein Kreuz; gebrauchend als Seil den heil. Geist;» d. h. wir werden des Vaters theilhaft durch das Leiden seines Sohnes, vermittelst der Wirkungen des heiligen Geistes in uns. Da aber Ignatius nach biblischen Bildern des Vaters Reich als einen großen Bau betrachtet, so ist ihm das Kreuz seines Sohnes das Baugerüst (μεχανη) und der heilige Geist das Seil (σχοινιον) an demselben. Ephes. IX.

«Beeifert euch also, sagt er abermal, in der Lehre Jesu Christi und seiner Apostel befestigt zu werden, damit alles was ihr thut, äusserlich und innerlich durch den Glauben und die Liebe, im Sohne, im Vater und im heiligen Geiste gesegnet werde; und seid unterthan dem Bischofe und einander selbst, wie Jesus Christus dem Vater nach dem Fleische, und wie die Apostel Christo, dem Vater und dem Geiste, auf daß Einheit sei, sowohl äusserlich als innerlich.» (ἱνα ἑνωσις ᾐ πνευματικη και σαρκικη) ad Magn. X. Hier ist noch besonders zu bemerken, daß Ignatius den Gehorsam Christi gegen den Vater nur auf seine Menschheit bezieht. Damit ist zu vergleichen, wie Ignatius Ephes. I. Christum (γεννητον und ἀγεννητον) geworden und nicht geworden nennt, je nachdem man ihn als Gott oder als Mensch betrachte; ferner, nach eben dieser Unterscheidung den Leiden nicht unterworfen, und denselben unterworfen. (ἐν σαρκι γενομενος Θεος, ἐν ἀθανατῳ ζωη, και ἐκ Μαριας και ἐκ Θεου, πρωτον παθητος και τοτε ἀπαθης, Ιησους Χριστος ὁ Κυριος ἡμων). Wahrscheinlich hatten die Vertheidiger der ebionitischen Vorstellungen aus der Geburt Christi geschlossen, daß er in jeder Beziehung endlich, geworden, also nicht Gott sei; dasselbe mochten sie auch aus seiner Unterwürfigkeit unter den Vater, von welcher Christus selbst öfters spricht, gefolgert haben. Ignatius machte also darauf aufmerksam, daß Christus in einer zweifachen Beziehung betrachtet werden müsse, und nur nach seiner Menschwerdung, ein Werden in der Zeit von ihm prädicirt werden könne. (Athanasius de synodis beruft sich schon auf diese Stelle.) Bei Ignatius ist also, und das sei der Schluß, die wahre Gottheit und Menschheit in Christo ganz bestimmt gelehrt.

Irenäus setzte den Kampf gegen die gnostischen Doketen vorzüglich, aber auch gegen die ebionitischen Vorstellungen fort. Er lehrt: Eva wurde durch ihren Ungehorsam sich und dem ganzen Menschengeschlechte die Ursache des Todes. l. III. c. 22. Der Mensch, ursprünglich göttlicher Natur, wurde in den unnatürlichen Zustand versetzt Satans Diener zu sein. l. V. c. 1. Er verlor den belebenden göttlichen Geist und war nur noch Seele und Leib; die Aehnlichkeit mit Gott war dahin, und der Tod beherrschte Alles.. Der Mensch war nur noch animalisch und fleischlich, somit unvollkommen, und ergeben dem Endlichen. l. V. c. 6. Gott aber nach seiner Menschenfreundlichkeit hatte den zum Erlöser aus Satans Dienste bestimmt, durch den er die Welt geschaffen hatte; der von Anfang an dem Menschengeschlechte beistand, und Allen Gott offenbarte, die ihn kannten. l. IV. c. 6. Er wurde durch den heiligen Geist aus einer reinen Jungfrau geboren, um zu zeigen, daß ein neues Geschlecht beginne, und daß wir, wie wir durch die erste Abstammung (aus Adam) den Tod erbten, so durch diese zweite das ewige Leben. l. V. c. 1. n. 3. Das Wort Gottes, Jesus Christus unser Herr wurde durch seine unendliche Liebe was wir sind, damit wir durch ihn würden, was er ist. l. V. praef. Nicht anders konnten wir lernen, was Gottes ist, wenn nicht unser Lehrer, der Logos, Mensch geworden wäre. Denn kein Anderer konnte, was des Vaters ist, uns hinterbringen, als sein Logos. Wer kennt den Sinn des Herrn, oder welcher Andere ist sein Rathgeber? Aber anders konnten wir nicht lernen, ausser indem wir unsern Lehrer sahen und seine Stimme vernahmen: auf daß wir seine Werke nachahmten und seine Reden erfülleten, und so in seine Gemeinschaft versetzt würden: von dem Vollkommenen, von dem, der vor aller Creatur war, empfiengen wir die Vervollkommnung (a perfecto et eo qui est ante omnem conditionem augmentum accipientes). — Er ist in Allem vollkommen, als Gottes mächtiges Wort; und als wahrer Mensch erlös'te er uns auf eine vernünftige Weise, indem er sich als das Lösegeld für uns hingab, die wir in die Gefangenschaft geführt waren. l. V. c. 1. n. 1. Wenn er aber selbst nicht gelitten hat, sondern von Jesus wegflog, (die Basilidianer sagten, der Aeon Christus habe sich beim Leiden vom Menschen Jesus entfernt) warum ermahnte er auch seine Schüler, ihr Kreuz auf sich zu nehmen und ihm zu folgen, da er es selbst nicht auf sich nahm? Wenn er selbst nicht wahrhaft gelitten hat, so hat er keine Gnade ertheilt, weil er nicht litt; und uns, die wir uns dem Leiden unterziehen, verführt er nur, indem er uns ermahnt, uns schlagen zu lassen, und auch den andern Backen darzureichen, da er doch selbst nicht zuerst in Wahrheit gelitten hat; und wie er jene täuschte, (die ihn ans Kreuz schlugen) so daß er schien, was er nicht war, auf gleiche Weise täuschte er uns, indem er uns das zu erdulden auffordert, was er selbst nicht erduldet hat. Wir würden sogar über dem Lehrer sein, indem wir erdulden und leiden, was er nicht duldete und litt. Aber weil er allein unser wahrer Lehrer ist, der wahrhafte gute Gottessohn, so hat er gelitten und das Wort Gottes des Vaters ist Mensch geworden. Denn er hat gekämpft und gesiegt: er war Mensch, kämpfend für unsere Väter und lös'te durch seinen Gehorsam unsern Ungehorsam; er hat den Starken gefesselt, die Schwachen gelöst und seinem Geschöpfe die Erlösung gegeben, indem er die Sünden zerstörte. Denn er ist der mildeste barmherzige Herr, der das Menschengeschlecht lieb hat.

Er hat also den Menschen mit Gott verbunden. Denn hätte der Mensch den Feind des Menschen nicht besiegt, so wäre der Feind nicht in gerechter Weise besiegt worden. Hinwiederum, wenn Gott nicht das Heil gegeben hätte, so hätten wir es nicht fest und dauerhaft. Und wenn der Mensch nicht mit Gott verbunden gewesen wäre, so konnte er nicht der Unverweslichkeit theilhaft werden. Denn der Mittler zwischen Gott und den Menschen mußte wegen Verwandtschaft mit beiden, beide in Freundschaft und Einigkeit zurückführen, und bewirken, daß Gott den Menschen wieder aufnehme, und der Mensch sich Gott ergebe. Denn in welcher Weise konnten wir seiner Sohnschaft theilhaft werden, wenn wir nicht durch seinen Sohn die Gemeinschaft mit ihm wieder erhalten hätten, wenn nicht sein Wort sich mit uns in Verbindung setzte, indem es Fleisch wurde? Die also, die glauben, daß er nur dem Scheine nach erschienen, nicht im Fleisch geboren, nicht wahrhaft Mensch geworden sei, diese sind noch unter dem altem Fluche,* vertheidigen die Sünde, da der Tod nach ihrer Vorstellung nicht besiegt wurde. l. III. c. 18. n. 5—7.

So begründete Irenäus den Glauben der Christen gegen die Doketen, überhaupt gegen jene, die es bestritten, daß Christus wahrer Mensch gewesen sei. Gegen den ebionitischen Irrthum sprach er also: «Diejenigen, die behaupten, Christus sei bloßer Mensch gewesen, gezeugt von Joseph, bleiben in der alten Knechtschaft des Ungehorsams und sterben darin, indem sie nicht vereinigt werden mit dem Logos Gottes des Vaters, und durch seinen Sohn die Freiheit nicht erlangen, wie er selbst sagt: «wenn der Sohn euch befreiet hat, dann seid ihr wahrhaft frei.» Joh. 8, 36. Indem sie den Emmanuel aus der Jungfrau nicht kennen, werden sie seiner Gabe beraubt, die da ist das ewige Leben; indem sie das unverwesliche Wort nicht annehmen, verharren sie im sterblichen Fleische und sind Schuldner des Todes, da sie das Gegenmittel zum Leben nicht nehmen. «Ich habe gesagt: ihr seid Götter und Söhne des Höchsten, ihr aber werdet als Menschen streben.» Das ist zweifelsohne jenen gesagt, die die Gabe der Sohnschaft nicht annehmen, sondern die reine Menschwerdung des Sohnes Gottes verachten, die den Menschen des Weges zu Gott berauben und undankbar sich erweisen gegen das Wort Gottes, das unsertwegen Fleisch geworden ist. Denn deßhalb ist das Wort Gottes Mensch, und Gottessohn des Menschensohn geworden, daß der Mensch, vereinigt mit dem Logos Gottes, die Sohnschaft empfange, und Gottes Sohn werde. Denn anders konnten wir nicht die Unverweslichkeit und Unsterblichkeit empfangen als durch die Vereinigung mit der Unverweslichkeit und Unsterblichkeit. Wie konnten wir aber mit der Unverweslichkeit und Unsterblichkeit verknüpft werden, wenn nicht vorher die Unverweslichkeit und Unsterblichkeit geworden wäre, was wir sind, auf daß verschlungen werde das Verwesliche von dem Unverweslichen und das Sterbliche von dem Unsterblichen, damit wir die Kindschaft Gottes erhielten? Deßhalb heißt es:

«wer wird seine Zeugung aussprechen?» Jes. 4, 8. — Daß aber überhaupt Niemand unter Adams Söhnen Gott genannt wird, wie er, haben wir aus der heil. Schrift gezeigt; daß er aber im eigentlichen Sinne mit Ausschluß Aller, die damals lebten, Gott und Herr und ewiger König und der Eingeborne und das eingefleischte Wort von allen Propheten, von dem Geiste selbst und den Aposteln genannt wird, können Alle einsehen, die nur ein wenig die heil. Schrift berührt haben. l. III. c. 19. cf. c. 6.

Diese Stellen habe ich aus Irenäus angeführt, um zu zeigen, wie er den Glauben, daß der Erlöser sowohl Gott als Mensch sein mußte, erwies. Schon seine ganze Betrachtungsweise der Erlösung in Christo zeigt, für wen Irenäus den Erlöser gehalten hat. Diese angeführten Betrachtungen sind gewiß auch aus dem innersten Wesen des Christenthums genommen. Gott mußte der Erlöser sein, um die Menschen mit Gott zu verbinden, wahrer Mensch, um in Wahrheit das Vorbild der Menschen sein zu können; im Leiden, Kämpfen und Siegen gegen alle Unnatur. Von Christus als Gott erhielt der Mensch die göttliche Kraft zum Siege, von ihm als Mensch, die Form, in welcher sich die göttliche Kraft bewegen müsse. — In welcher Beziehung steht nun der Tod Christi 16) zum Erlösungswerke nach Irenäus? Das ist für unsere Untersuchung nicht unwichtig. Eine Beziehung ist schon bemerklich gemacht: Christus ist durch sein Leiden das Vorbild eines guten Kämpfers geworden. Allein ausserdem hat der Tod Christi noch eine weit tiefere und allgemeinere Bedeutung bei Irenäus. Er faßt in demselben stets Alles zusammen, was uns Christus erworben hat; er ist ihm das Centrum, von welchem aus

16) Münscher hat sich B. II. S. 314. 3te Auflage sehr geirrt, wenn er dem Irenäus die Meinung beilegt, Christus habe dem Teufel auf dem Wege des Vertrags, indem er ihm seine Seele als Lösegeld gab, die Menschen entrissen. Es heißt vielmehr, er habe die Menschen sanft überzeugt, ihm nicht mehr zu dienen, und sie also von ihm befreit.

er Alles anschaut. Bei einer Vergleichung der Leiden der Sophia der Valentinianer mit dem Leiden Christi sagt er: «er litt, um die, welche vom Vater sich verirrt hatten zu seiner Erkenntniß und zu ihm zurückzuführen, und uns das Heil zu geben; Stärke und Kraft ist seine Frucht. Denn indem der Herr durch das Leiden am Kreuze in die Höhe stieg, hat er die Gefangenschaft gefangen geführt und den Menschen Gaben gegeben; (Eph. 4, 18.) er gewährte denen, die an ihn glauben, auf Schlangen und Scorpionen zu treten, und jede Macht des Feindes, d. h. des Fürsten des Abfalls zu besiegen. Er hat durch sein Leiden den Tod zerstört, den Irrthum gelöst, die Verweslichkeit vernichtet, die Unwissenheit aufgehoben, den Weg gezeigt, die Wahrheit eröffnet, und die Unverweslichkeit geschenkt.» l. II. c. 20. Das Leiden des Gottessohnes ist dem Irenäus also ein Geheimniß, dessen Schleier er nie aufzuheben wagt; eine verborgene Kraft strömt ihm aus demselben, welcher die Christen Alles verdanken. So heißt es anderwärts: «Anders können die Menschen von der alten Wunde der Schlange nicht befreit werden, ausser wenn sie an den glauben, der in der Aehnlichkeit des sündlichen Körpers an dem Martyrerholze erhöhet wurde, und Alles an sich zieht, und die Todten belebt.» l. II. c. 2. «Deßwegen ist Christus gestorben, damit der enthüllte Bund des Evangeliums, gelesen von der ganzen Welt, zuerst die Knechte frei mache, sofort aber zu Erben seines Eigenthums einsetze; die Erbschaft aber besitzt der Geist.» l. V. c. 9. n. 4. Aus der ganzen Umgebung der letztern Stelle so wie aus andern noch zu bezeichenden geht hervor, daß Irenäus die Ausgießung des heil. Geistes, als uns verdient durch Christi Tod betrachtet. Nach allem scheint er somit den Tod Christi als das den Menschen äusserlich erschütternde und formgebende betrachtet zu haben, das aber zugleich innerlich den göttlichen Geist in den Menschen zieht. Dieser Geist nun, der uns um Christi willen gegeben wurde, erweckt den Menschen, und belebet seine ertödteten Glieder. l. V. c. 9. n. 3. «Der Thau Gottes ist uns nothwendig, um nicht verbrannt zu werden und unfruchtbar zu sein —; deßwegen empfahl der Herr dem heil. Geist seinen Menschen, der unter die Mörder gefallen war, dessen er sich erbarmt und dessen Wunden er verbunden hatte, auf daß wir durch den Geist das Bild und die Aufschrift des Vaters und des Sohnes empfangend, den uns anvertrauten Denar wuchern lassen und ihn vervielfältigt dem Herrn zurückzahlen.» l. III. c. 17. «Wie also im Anfang unserer Schöpfung in Adam, Gottes Lebenshauch, der mit den Menschen vereinigt wurde, ihn belebte und als vernünftiges Wesen darstellte; so haben am Ende das Wort des Vaters und der Geist Gottes sich vereinigt mit dem alten Adam und ihn neu belebt und vollkommen gemacht, so daß er fasse den vollkommenen Vater; wir aber, wie wir im fleischlichen Adam Alle sterben, werden in dem geistigen Alle leben. — Und deßwegen haben am Ende der Zeiten die Hände Gottes (so nennt er den Sohn und Geist) nicht nach dem Willen des Fleisches, nicht nach dem Willen des Mannes, sondern nach dem Wohlgefallen des Vaters den Menschen belebt, auf daß Adam nach dem Bilde und der Aehnlichkeit Gottes geschaffen werde.» l. V. c. 1. Das ist nun der ganze Umfang der Lehre des Irenäus von der Erlösung und dem Erlöser: was für unsern Zweck daraus folgt, ergiebt sich von selbst. Was nun aber andere Zeugnisse des Irenäus betrifft, worin er von dem Sohne Gottes, abgesehen von seiner Menschwerdung und ihren Zwecken spricht, und gezwungen wurde er dazu durch die theosophischen Speculationen der Gnostiker, die ihn nur für einen Aeon ausgaben, so will ich auch einige anführen, obschon sie nach dem bereits Gesagten kaum nöthig zu sein scheinen, um seinen Glauben von der Gottheit Christi nachzuweisen. Er sagt: «der, der Alles gemacht hat, wird mit seinem Logos allein Gott und Herr genannt.» l. III. c. 8. Christus ist es, von dem Paulus sagt: «er ist Gott gepriesen über Alles in Ewigkeit» [17]. l. III. c. 16. Er ist von Anfang

17) Es ist also unrichtig, wenn Münscher I. B. S. 430. sagt, Tertullian habe der erste diese Doxologie auf den Sohn bezogen.

an vollkommen, und der, der gesagt hat, ehe Abraham war, bin ich. l. IV. c. 13. «Er ist im eigentlichen Sinne Gott und Herr und ewig.» l. III. 19. Ipse proprie Deus et Dominus et aeternus. Et bene, qui dicit, ipsum immensum Patrem in filio mensuratum, mensura enim Patris, filius, quoniam et capit eum [18]. — Des heiligen Geistes wird sehr häufig mit dem Sohne erwähnt, er wird ihm gleich gestellt, und gesagt, daß er ewig bei dem Vater sei wie der Sohn. l. III. c. 21. Wenn übrigens der heil. Geist und der Sohn die Diener des Vaters genannt werden, so ist die Beziehung zu beachten, in welcher Irenäus dies sagt; er setzt diese, gleichsam Organe, die der Vater in sich hat, äussern Gehilfen entgegen, deren er nicht bedürfe, da er seinen Logos und den Geist, die Weisheit stets bei sich habe, die in dem Vater nach aussen wirken; denn, so sagt er, das Unsichtbare des Sohns ist der Vater, und das Sichtbare des Vaters der Sohn; d. h. der Sohn offenbart den Vater nach aussen, aber der Vater ist im Sohne und der Sohn im Vater, wie er denn das letztere auch ausdrücklich sagt. l. IV. c. 6. l. III. c. 6.

Uebrigens erwähnt Irenäus häufig des Vaters, Sohns und Geistes zugleich; z. B. in folgender Stelle l. III. c. 4. n. 4.: «auch ich rufe dich an: Herr Gott Abrahams, Isaaks und Jakobs, Vater unsers Herrn Jesu Christi; o Gott, dem

---

18) Petavius theolog. dog. tom. II. de trinit. praef. c. III. bemerkt sehr richtig zu dieser Stelle: tanta est horum verborum majestas, et dignitas, ut ad commendandam Patris et filii absolutam aequalitatem instar sint amplissimi voluminis. Nam si immensus est Pater, et infinitus: et hunc tamen capit et metitur filius, aequari cum illo necesse est, ac proinde infinitum, et immensum esse: ut eum extra infinitum nihil sit, nihil prorsus desit ei, qui mensura est infiniti. Uebrigens ist es begreiflich, wenn Martini: Geschichte der Gottheit Christi, S. 64. von Irenäus sagt: «er selbst war übrigens ein sehr eingeschränkter Kopf. Zeit und Umstände aber haben dem Manne eine Autorität in der Kirche verschafft, die weit über sein Verdienst hinausgeht.» Eben so Henke!

es durch die Fülle deiner Erbarmungen gefallen hat, die Erkenntniß deiner uns mitzutheilen, o du, der du Himmel und Erde geschaffen hast und Alles beherrschest, du einiger und wahrer Gott, über den kein Gott ist, gieb auch durch unsern Herrn Jesus Christus, daß die Gabe des heiligen Geistes in unsern Herzen herrsche: verleihe einem jeden, der diese Schrift liest (er meint die seinige) dich zu erkennen, der du allein Gott bist, in dir befestigt zu werden, und abzustehen von häretischen, gottlosen und unfrommen Lehren.» Hier sieht man zugleich die Form der Gebete in der alten Kirche.

Eine andere Gestalt nimmt die Darstellung der Grundwahrheiten des christlichen Glaubens in den gegen die Heiden gerichteten apologetischen Schriften des zweiten Jahrhunderts an; nur den Brief an Diognetus müssen wir ausnehmen, der völlig den Charakter der bisher berührten Schriften hat, und zwar aus besondern Gründen. Es konnte in diesen apologetischen Schriften die eigentliche Bedeutung der Gottheit Christi und des heiligen Geistes in der christlichen Oekonomie nur berührt, nicht umfassend vorgetragen und entwickelt werden, weil ja die Heiden Christum nicht als Erlöser betrachteten. Die bisher angeführten Väter, sowohl jene, welche ohne alle eigentlich polemische Tendenz schrieben, als jene, die eine solche hatten, richteten ihre Schriften an Christen, die also Christum als Erlöser anerkannten; sie entwickelten darum die Bedeutung, die der Glaube an dessen Gottheit habe, und bemühten sich nur, jene, die davon überzeugt waren, zu befestigen, und jene, die sie läugneten, obschon sie Christum als Erlöser anschauten, zu deren Anerkennung zu führen. In der Polemik gegen die Heiden aber, die den Begriff des Sohnes Gottes anstritten, und zunächst nicht seine Bedeutung im Erlösungsgeschäfte, die nur unbegreiflich fanden, wie, wenn man doch einmal gegen den Polytheismus sich richte, noch ein Sohn Gottes angenommen werden könne, hier mußte der bloße abstracte Begriff gerechtfertigt werden; d. h. wie es denkbar sei, daß Gott einen Sohn habe, ohne daß dabei die Einheit Gottes verletzt würde. Freilich konnte das nicht ohne alle Beziehung auf die Wirksamkeit des Sohnes entwickelt werden; es wurde aber doch auch in diesem Falle mehr sein Verhältniß zur Welt im Allgemeinen, was auch die Heiden interessirte, hervorgehoben, als dargestellt, wie die neue Oekonomie in ihm ruhe: wenigstens steht das Letztere gewissermaßen im Hintergrund, namentlich bei einigen Apologeten. Dies mag wohl auch Ursache geworden sein, warum man sowohl zu ihrer Zeit, als auch, und noch mehr, später, mit ihren Darstellungen nicht zufrieden war; sie konnten, wie es scheint, nach ihrem ganzen Standtpunkte nur einseitig werden.

Eine Ausnahme macht nun, wie schon angedeutet wurde, der Verfasser des Briefes an Diognetus, ein Schüler der Apostel. Der Grund liegt darin: Diognet, ein Heide, wurde mächtig bewegt von den Sitten der Christen, und fragte deshalb, worin der Grund dieser herrlichen göttlichen Erscheinung liege. Hier also waren ganz andere Rücksichten: begreiflich sagte der Verfasser der Antwort auf diese Frage, daß der Grund im Glauben der Christen liege, und zwar in dem Glauben an die Menschwerdung des Sohnes Gottes zur Erlösung und Versöhnung der Menschheit. Er geht von der tiefen Sündenschuld, in welche das Menschengeschlecht verstrickt sei, und der Ueberzeugung aus, daß es sich selbst nicht retten konnte. « Nachdem wir gezeigt hatten, daß wir durch uns selbst nicht in das Reich Gottes eingehen können, wurden wir durch Gotteskraft fähig dazu. Als unsere Ungerechtigkeit das volle Maaß erreicht hatte, und uns unfehlbar der Lohn der Sünde, die Strafe und der Tod erwartete, und die Zeit gekommen war, die Gott bestimmt hatte zur Offenbarung seiner unendlichen Liebe und Menschenfreundlichkeit; (zur Offenbarung) daß er uns nicht hasse und verstoße, und unserer Missethaten nicht gedenke — — da nahm er unsere Sünden selbst auf sich; er gab seinen eigenen Sohn als Lösegeld hin, den Heiligen für die Sünder, den Schuldlosen für die Schuldigen; den Gerechten für die

Ungerechten; den Unverweslichen für die Verweslichen, den Unsterblichen für die Sterblichen. Denn was anders konnte unsere Sünden zudecken als seine Gerechtigkeit?» n. IX. «Der Beherrscher und Schöpfer des Weltalls, der unsichtbare Gott selbst hat die Wahrheit und den Heiligen, Unbegreiflichen unter den Menschen wohnen lassen, und in ihren Herzen befestigt. Nicht irgend einen Diener hat er den Menschen geschickt, wie man vermuthen könnte, einen Engel, einen Herrscher, oder einen, der über die Verwaltung des Irdischen gesetzt ist, oder dem die Sorge für das im Himmel anvertraut wäre, sondern den Baumeister und Schöpfer des Weltalls selbst, durch den er die Himmel gegründet, und die Meere in ihre Grenzen eingeschlossen hat, dessen Geheimnisse (verborgene Gesetze) treu alle Elemente bewahren, dem der Mond gehorchet, wenn er befiehlt, in der Nacht zu scheinen; dem die Sterne gehorsamen, die dem Laufe des Mondes folgen; der Alles geordnet und mit seinen Grenzen umschrieben hat, — — diesen hat er gesandt. Etwa, wie man vermuthen möchte, um seine Gewalt auszuüben, oder Schrecken zu verbreiten? Nein, in Milde und Sanftmuth, wie ein König, seinen Sohn den König schickt; als Gott hat er ihn geschickt zu den Menschen, um ihnen zu dienen.» Nun sagt er, aus diesem Glauben sei es begreiflich, daß die Christen unter allen Verfolgungen treu bleiben und Gott wieder lieben. n. VII. «So haben wir den Vater kennen gelernt; wenn du ihn aber kennst, wie sehr wirst du den lieben, der dich zuvor geliebt hat?» n. X. Christus der Gott-Mensch wird demnach als der dargestellt, der das Opfer für unsere Sünden geworden ist, der sie getilgt hat, und dadurch die Gegenliebe der Menschen anfacht. Indem Christus, Gott selbst, durch seine Menschwerdung Gott als die Liebe kennen gelehrt hat, ist er auch der wahre Lehrer der Menschen geworden. «Denn wer hat unter allen Menschen Gott gekannt, bevor er erschien?»

So stellt der Verfasser des Briefes den Erlöser als Gott dar, um die heiligen Sitten der Christen zu erklären. Zugleich sehen wir, wie er das Erlösungswerk auffaßte: um des Sohnes willen hat uns Gott die Sünden vergeben, und in seinem Tod liegt die sündentilgende Kraft, die der Glaube empfängt.

Ich suche nun Justins Glauben und Vorstellungen zu entwickeln. Er schrieb gegen Heiden und Juden. Jenen hebt er Christum als den Logos, den Weltbildner und die Quelle aller Weisheit hervor, sich anschließend an die gerühmte Liebe der Griechen zu derselben; diesen als den Messias, sich anschließend an die Weissagungen und Vorbilder im alten Testament; so jedoch, daß auch bei jenen die Rede davon ist, was er bei diesen vorzüglich hervorhebt, und umgekehrt. Justin hat aber Christum nur als die absolute Weisheit klar in seinen Schriften entwickelt; die Idee, daß Christus das Versöhnungsopfer für die Sünden der Welt geworden sei, ist nur unbestimmt und im allgemeinen gehalten; und von daher mag es innerlich kommen, daß er von Widersprüchen in der Lehre von der höhern Natur Christi nicht frei ist. Aeußerlich waren seine philosophischen Ideen Ursache, wie wir sehen werden. Die Idee von dem Opfertod Christi, von der innern und wesentlichen Vernichtung der Sünde durch ihn, ist die Hauptsache im Christenthum; indem er aber hierüber seiner Stellung gemäß nicht hinlänglich sich verbreiten und darum sich selbst die tiefe Bedeutung desselben nicht ganz klar machen konnte, so mußten auch Mängel in seiner Darstellung sich einschleichen.

Ich stelle seine Ueberzeugung dar, von den niedrigsten Momenten anfangend, und sie durchführend bis zum Höchsten. Es giebt Einige, sagt er, die Jesum zwar für den Christus, aber doch nur für einen Menschen, von Menschen gezeugt, halten. Des Glaubens bin ich nicht, würde es auch nicht sein, wenn selbst der größte Theil derer, die meine Ueberzeugung theilen, so dächten. dialog. c. Tryph. c. 48. Auch giebt es Andere, die zwar sagen, daß in Christo eine göttliche Kraft gewesen; aber nicht Gott selbst. Wie die Engel, die zu den Menschen gesandt würden, nur göttliche Kräften seien, so der Sohn Gottes, meinen sie. Diese würden zuweilen auch δοξα Herrlichkeit (Gottes) genannt; auch Mann und Mensch, endlich Wort Gottes, weil so des Vaters Wille den Menschen hinterbracht werde. Diese Kraft, sagen sie, könne vom Vater nicht getrennt und abgeschnitten werden; vielmehr sei es wie mit der Sonne am Himmel; wenn sie untergehe ziehe sie ihr Licht zusammen, und nehme es mit sich. Das ist aber Irrthum. Wie die Engel selbstständige Wesen sind, so auch der Sohn Gottes (οὐχ ὡς το του ἡλιου φως ὀνοματι μονον ἀριϑμειται, ἀλλα και ἀριϑμῳ ἑτερον τι ἐστιν) Tryph. c. 128. Der Sohn ist also nach Justin weder bloßer Mensch noch eine unpersönliche Kraft Gottes, sondern der Zahl nach ein anderer, als der Vater.

Er ist Gottes-Sohn im eigentlichen Sinne (ιδιως, κυριως) und nicht gezeugt nach Menschen Art Apol. I. c. 21. 23. Apol. II. c. 6. Er ist der Logos Gottes in besonderer Gestaltung, der persönliche Logos λογος μορφωϑεις. Apol. I. 5. Alle Weisheit der Menschen ist ein Ausfluß, eine Mittheilung der seinigen; (σπερμα του λογου) auch die der heidnischen Philosophen; in der Fülle der Zeit aber erschien der göttliche Logos selbst (πας ὁ λογος) Apol. II., 8. Wenn es daher heißt: auf ihm wird der Geist Gottes ruhen, der Geist der Weisheit, der Einsicht, des Raths und der Stärke u. s. w. so will das nicht sagen, es werde ihm alles das erst mitgetheilt; sie werden in ihm ruhen, d. h. im Volke der Juden aufhören, es wird nach ihm kein Prophet mehr kommen. Auch wenn bei seiner Taufe der Geist Gottes herabsteigt, so erhält er nicht erst dadurch den göttlichen Geist, sondern den Umstehenden sollte nur ein Zeugniß seiner Sendung gegeben werden. (Tryph. c. 87. 88.).

Wie er unter den Heiden Weisheit ausspendete, so erschien er unter den Juden auch. Nicht der Ungezeugte selbst ist es, der im alten Testamente den Patriarchen erschien, sondern sein Logos. Die erzählten Theophanien sind seine, des Logos

Erscheinungen. (Der unbegreifliche Vater selbst kann nicht erscheinen. Tryph. c. 57. 61.) Er ist Gott und Herr, dem Anbetung gebührt. (αἱ γραφαι προσκυνητον και θεον ἀποδεικνυουσι. Tryph. c. 68. κυριος και θεος n. 73. l. l. θεος καλειται, και θεος ἐστι και ἐσται. c. 58: l. l. Apol. I. c. 63. und oft.)

Er war bevor die Welt war, vor allen Geschöpfen, die Gott durch ihn erschaffen hat. Apol. II. 6. Tryph. c. 48. c. 61. Er hat zu Moses aus dem Dornbusche gesprochen: « ich bin, der ich bin, der Gott Abrahams, Isaaks und Jakobs. » Apol. I. c. 63. Er ist der Gott und der Herr der Heerschaaren. Tryph. c. 36. (er ist der Jehova des alten Testaments, der Allmächtige). Wenn man sich ein Bild von dem Hervorgehen des Sohnes aus Gott machen will, so mag es dieses sein: Wenn wir ein Wort aussprechen, so erzeugen wir ein Wort, nicht so jedoch, daß es von uns abgeschnitten würde (eine Theilung vorginge) daß die Vernunft in uns vermindert würde. Es ist auch wie mit dem Feuer: eines wird von dem andern angezündet, und das, an welchem angezündet wird, bleibt wie zuvor (d. h. der Sohn ist aus dem Wesen des Vaters, ohne daß dieses eine Verminderung erlitte) Tryph. c. 61.

Das ist Justins des Martyrers und Philosophen Lehre von Christus. Dessen ungeachtet hat man mancherlei vorgebracht, um seinen Glauben nicht mit der Kirchenlehre übereinstimmend finden zu lassen. Justin hat allerdings manche Schwächen. Es ist aber leicht zu zeigen, daß er sich selbst Widersprechendes gesagt hat; aber, die Sache im Grunde betrachtet, dem Glauben der Kirche widerspricht er nicht. Sein Glaube und der der Kirche, auch der spätern sind Eins; aber dessen Darstellung im Begriffe und die Begründung desselben ist in etwas verschieden von der späteren. Petavius schon hat bei seiner sehr gelehrten Darstellung der platonischen Trinität bemerkt, daß der platonisirende Jude Philo die Theophanien im alten Testamente dem Logos, einem niedern göttlichen Wesen zugeschrieben habe[19]. Aber diese Klippe bemerkte Justin, den Philo nachahmend, im heiligen Eifer nicht. Er sagt: «wenn es heiße, Gott stieg zu Abraham herab, der Herr sprach zu Moses, Gott schloß die Arche Noa's, müsse man keineswegs glauben, es sei der ungezeugte Gott; denn der unaussprechliche Vater und der Herr des Weltalls sei nie erschienen, er gehe nicht herum u. s. w.; er bleibe immer an demselben Orte, wo dieser auch sein möge, scharf hörend und sehend, obschon nicht mit Augen und Ohren, sondern durch seine unbegreifliche Kraft; er sehe Alles, wisse Alles und Keiner von uns sei ihm verborgen. Er bewege sich nicht, und keine räumlichen Verhältnisse seien auf ihn anwendbar. Die ganze Welt fasse ihn nicht, da er ja schon gewesen sei, ehe die Welt war. Dieser könne also Niemanden erscheinen, mit Niemanden reden, nicht in einem kleinen Theile der Erde gesehen werden.» Tryph. c. 127. Mit einem Worte: er will sagen, der Vater hat eine zu große Herrlichkeit, als daß er erscheinen könnte in beschränkter Form. Dies ist der Hauptpunkt, durch welchen Justin den Juden die Gottheit Christi beweisen will. Der Vater kann nicht erscheinen, sagt er: es ist ihm unmöglich, und doch ist Gott erschienen, wie ihr zugebet. Also, schloß er, ist es ein Anderer, der erschienen ist, sein Sohn, der auch Gott ist. Allein Justin bemerkte den doppelten Widerspruch nicht, in welchen er sich verstrickte. Der Vater, sagt er, könne nicht erscheinen, weil er der Herr des Weltalls sei, der schon vor der Schöpfung, seinem Werke, gewesen. Aber alles das, sagt er ja auch vom Sohne aus: er war ja auch vor der Schöpfung: denn durch ihn ist sie gemacht; er ist der Herr der Heerschaaren. Aus demselben Grunde, aus welchem er es für unmöglich hielt, daß der Vater erscheine, mußte er also auch dem Sohne die Möglichkeit der Erscheinung absprechen. Dies ist eine Bemerkung. Die zweite ist die: um seinen Beweis recht streng zu machen, daß neben

19) Theolog. dogmat. de trinitate l. I. c. 2.

dem Vater noch eine göttliche Person sei, hebt er jenen so sehr, daß er eigentlich diesem, wenn man nur auf seine Beweisführung achtet, die Göttlichkeit abspricht; seine Art zu beweisen hebt also selbst das auf, was er beweisen will. Er verwickelt sich demnach in seinen Demonstrationen, und bringt gerade das Gegentheil davon heraus, was er ganz streng demonstriren wollte. Wir sehen aber daraus, daß er selbst die Folgerungen nicht zugegeben haben würde, die man aus seiner Beweisführung ziehen konnte. Darum erfordert es die Billigkeit, blos darauf zu sehen, was er beweisen wollte; nicht auf seinen Beweis, und die Folgerungen, die man aus diesem ziehen kann. Selbst aus der unglücklichen Demonstration ersieht man, daß er Christum als wahren Gott glaubte: die Fülle seines Glaubens wollte das Letztere; aber die Voraussetzungen, von denen er annahm, daß sie die Juden selbst nicht läugnen könnten, reichten nicht hin, um auf sie, als Basis, den christlichen Glauben vom Sohne Gottes setzen zu können. Seinen Glauben wird man demnach nicht in jeder Beziehung mit der Darstellung desselben im Begriffe verwechseln dürfen. Ich könnte auch aus andern Stellen nachweisen, daß sich Justin in solche Widersprüche gegen seinen Willen verflochten hat, und daß darum etwas anders als Resultat seiner Argumentation hie und da heraus kam, als er selbst beabsichtigte. So sagt er Apolog. II. c. 6.: «sein Sohn aber, der allein im eigentlichen Sinne Sohn genannt wird, der Logos, der vor allen Geschöpfen war, der bei ihm war und gezeugt wurde, als er im Anfang Alles durch ihn schuf und ordnete, heißt Christus, weil Gott Alles durch ihn gesalbt und geordnet hat, ein Name, der selbst unbegreiflich ist, wie auch die Benennung «Gott» kein Name sondern die Ueberzeugung von einem der menschlichen Natur angebornen unaussprechlichen Gegenstande ist.» Hier sagt Justin, der Name Christus sei unbegreiflich, und doch hatte er in der vorhin angeführten Stelle ihn gewissermaßen als begreiflich und faßbar dargestellt, den Vater allein hingegen nahm er von der Begreiflichkeit aus. Gleich darauf spricht er von seiner Zeugung, deren Zeit er wisse, daß sie nämlich vor der Weltschöpfung erfolgt sei; aber er sagt zugleich das Gegentheil, denn er bemerkt: «er war bei ihm.» Dies drückt sein ewiges Sein beim Vater aus, und «er wurde gezeugt als u. s. w.» eine Zeugung zu einer gewissen Zeit; und auch diese Zeit hebt er wieder auf, als sie ja vor der Weltschöpfung d. h. vor aller Zeit vor sich gieng. Daraus aber, daß Justin sagt, vor der Weltschöpfung erst sei der Logos gezeugt worden, hat man aber gefolgert, daß er keine ewige Persönlichkeit des Logos angenommen habe. Aber wie unbillig dieses ist, sieht Jeder von selbst. Aus der unvollkommenen Darstellung des Justin, die seine eigenen Gedanken gar nicht ausdrückte, sollte man nicht dergleichen Schlüsse zu ziehen wagen. Ich aber bin weit entfernt, Justin wegen seiner unvollkommenen Darstellung tadeln zu wollen; es waren die ersten Versuche über den Sohn Gottes schulgerecht und streng begriffsmäßig zu sprechen, und ihn zu erklären, worin dem größten Geiste Menschliches begegnen konnte. Das Resultat des Ganzen aber ist: Justin will den Sohn Gottes als wahren Gott, der Eins ist mit, aber doch verschieden von dem Vater, darstellen; er nennt ihn wirklich Gott, aber die Begriffsentwickelung hat Mängel und Unklarheiten.

Auch den heiligen Geist nennt Justin neben dem Vater und Sohn, als den, der mit diesen angebetet werde. Apol. I. n. 13.: «Wir beten den Schöpfer des Weltalls an; an der zweiten Stelle den Sohn, an der dritten den prophetischen Geist.» Dies sagt er, um den Vorwurf des Atheismus von den Christen zu entfernen, den man ihnen machte. Man hat aus dieser Stelle gefolgert, daß Justin den Sohn und heil. Geist als geringer ansehe, denn den Vater, da er ja eine ordentliche Stufenfolge festsetze, und sage, an der zweiten Stelle, an der dritten. Ich kann mir aber nicht vorstellen, wie Justin Stufen in der Anbetung sollte angenommen haben; Anbetung ist doch wohl nur sich selbst gleich; wer weniger angebetet wird, als ein anderer, wird gar nicht angebetet; es giebt hierin keinen Zusatz und keine Wegnahme [20]). Justin bediente sich also jenes Ausdrucks, um recht klar und handgreiflich, so zu sagen, den Heiden zu zeigen, daß die Christen auch Jemanden als Gegenstand ihrer höchsten Verehrung hätten, und daß ihr Gott, weit entfernt keiner zu sein, sogar in drei Personen bestehe. Damit sie aber auf diese Drei ja recht merkten, verlängert er die Rede durch jene Zusätze: «an der ersten Stelle, an der zweiten» u. s. w., und giebt durch diese einen Nachdruck. Endlich konnte ja doch Justin, so wenig als wir, alle Drei auf einmal aussprechen, sondern nur nacheinander, nach dem Gesetze unseres Geistes, in dem ein Gedanke und eben so ein Wort, dem andern nur folgen kann. Vielleicht wollte er dadurch auch den Vater als den Grund der Gottheit des Sohnes und Geistes darstellen, um den Schein des Polytheismus zu vermeiden.

Daß aber der heilige Geist von Vater und Sohn personenmäßig verschieden sei, geht nicht nur aus der angeführten Stelle, sondern auch aus Tryph. c. 46. hervor. Hier erklärt Justin den Ps. 24; über die Stelle: quis est iste rex gloriae? bemerkt er, es sei in ihr angedeutet, daß, wenn Christus von seiner erlösenden Thätigkeit in den Himmel zurückkomme, die Engel, in ihm nur einen Menschen vermuthend, fragen würden, quis est iste rex et cet. der heil. Geist aber antworte in seines oder in des Vaters Namen: «der Herr der Herrlichkeit selbst ist jener König.» Hier sind also abermal Vater, Sohn und Geist als persönlich verschieden dargestellt. Ueberhaupt kann an der persönlichen Verschiedenheit des heil. Geistes von Vater und Sohn, nach Justins Vorstellungen, gar nicht gezweifelt werden; man vergleiche mit dem Gesagten noch, wie er in seiner Beschreibung der Feier der Eucharistie sagt, daß Gott durch Christum in dem heil. Geist Dankgebete gebracht würden; überall findet

20) Uebrigens spricht selbst Athanasius von dem Vater als dem ersten, dem Sohn als dem zweiten und dem Geist als dem dritten. ep. IV. ad Serap. c. V.

sich diese Unterscheidung. Die Thätigkeit des heil. Geistes aber in der Kirche, als der erleuchtenden und erwärmenden göttlichen Kraft hat Tillemont nach Justins Lehre ganz vorzüglich gut beschrieben.

Nun folgt Tatian, ein Schüler des heil. Justin. Tatian läßt nach einigen Stellen, in welchen sich das tiefste Gefühl der Sündhaftigkeit ausdrückt, vermuthen, daß er eine ganz vorzügliche Darstellung der Erlösung würde gegeben haben, wenn er Veranlassung dazu gehabt hätte. Als der Mensch aus des Schöpfers Hand, sagt Tatian, hervorging, lebte er in Gemeinschaft mit Gott; der göttliche Geist wohnte in ihm und erhielt ihn in der Höhe (war die Flügel, die Schwingen seiner Seele, wie er sich ausdrückt). Allein durch die Sünde verlor er die Schwingen seiner Seele, und fiel auf die Erde; der himmlischen Gemeinschaft beraubt, lebte er allein im Umgang mit dem Irdischen. Er hat nur noch Schwingen wie die Küchlein, die zwar ein kraftloses Bestreben äussern in die Höhe zu steigen, aber sogleich wieder auf die Erde fallen; kaum einige Funken höhern Geistes blieben in ihm zurück; er wurde Finsterniß. Apolog. c. 13. 14. 20.

Von diesem Zustande der Finsterniß befreite uns Jesus Christus, indem er uns Lehrer wurde und Vorbild (*την του λογου μιμησιν ἀναγέννηϑεις, και την του ἀληϑους καταληψιν πεποιημενος*); ferner erlöste er uns durch sein Leiden, das uns seinen Geist verdiente. Denn das letztere ist darin ausgedrückt, wenn Tatian den heiligen Geist, den Diener des leidenden Gottes nennt (*διακονον του πεπονϑοτος ϑεου*) c. 13. So wird der Mensch nach Tatian wiedergeboren, und seine Gemeinschaft mit Gott erneuert. In der eben angeführten Stelle ist zugleich genau ausgesprochen, wer im Glauben Tatians der Erlöser war. Auch c. 21. nennt er ihn « Gott in menschlicher Gestalt. » (*ϑεος ἐν ἀνϑρωπου μορφῃ*). Er ist ferner der Schöpfer aller Dinge, der Engel und Menschen; der vor der Schöpfung aus Gott hervorgieng. Er ist gut, vermöge seiner Natur, nicht wie Engel und Menschen durch Freiheit [21]). Er ist aus dem Vater entstanden durch Theilnahme an dem Wesen des Vaters, wie Licht vom Lichte; nicht durch Theilung (des Wesens des Vaters) und ist Eins mit ihm. Die Stelle in welcher sich Tatian über die Entstehung des Sohnes Gottes näher erklärt, heißt also: «Gott war im Anfang; wir wissen aber, daß der Anfang die geistige Macht war (την δε αρχην λογου δυναμιν παρειληφαμεν). Denn der Allmächtige, der Grund von Allem, war in Bezug auf die noch nicht erfolgte Schöpfung allein. Indem aber jegliches Wesen, die unsichtbaren sowohl als die sichtbaren, in ihm ihr Bestehen haben; so war Alles mit ihm, denn in ihm bestand auch durch seine geistige Kraft der Logos, der in ihm war. Durch seinen einfachen Willen aber geht der Logos hervor. Der Logos (das Wort) ging aber nicht ins Leere; er wird der Erstgezeugte des Vaters. Von diesem wissen wir, daß er der Ursprung der Welt war. Er entstand aber durch Mittheilung nicht durch Theilung. Denn das Getheilte ist vom Ersten getrennt. Derjenige aber, der das Wesen gemeinsam hat und die freiwillige Verwaltung (der Welt) übernimmt, macht den nicht leer, von dem er es empfangen hatte. Denn wie von einer Fackel mehrere Lichter angezündet werden, und die erste Fackel durch Anzündung mehrerer Lichter des Lichts nicht beraubt wird, so beraubte der Logos, indem er aus der Kraft des Vaters hervorging, den Vater nicht des Logos.» c. 5. So Tatian. Um diese so oft mißverstandene, ganz gegen den Sinn Tatians gedeutete Stelle zu verstehen, ist zu bemerken, daß er unmittelbar zuvor c. 4. sagt, nichts

21) C. 5. ὁ μεν οὐν λογος προ της των ἀνδρων κατασκευης ἀγγελων δημιουργος γινεται. το δε ἑκατερων της ποιησεως ειδος αὐτεξουσιον γεγονε, τ'αγαθου φυσιν μη ἐχον, ὁ πλην μονον παρα τῳ θεῳ: Nur Gott ist gut von Natur; die beiden Glieder der Schöpfung, Engel und Menschen, sind es nur durch Freiheitsgebrauch. Hier also ist Christus Gott schlechthin mit dem Vater. Mich wundert sehr, daß die gerühmten Dogmengeschichtschreiber solcher Stellen nicht erwähnen.

Endliches und Irdisches bete der Christ an, daß es keinen Polytheismus gebe, daß hingegen Gott allein, der ja die gesammte Welt, von welcher die Heiden einige Theile anbeteten, hervorgebracht habe, anbetungswürdig sei. Nun zeigt er c. 5. wie die Welt von Gott geschaffen worden sei, der Logos, der aus Gott ist, habe sie hervorgebracht, und schließt: «denn nicht anfangslos wie Gott ist die Materie, und keineswegs ist sie von gleicher Macht wie Gott, als wäre sie anfangslos, sondern geschaffen ist sie, und von keinem Andern gemacht, sondern allein von dem Schöpfer des Universums.» Tatian erwähnt also des Hervorgehens des Logos aus dem Vater nur deßwegen, um zu zeigen, daß auch er im Vater die Quelle seiner Gottheit habe, daß also Gott, indem er durch seinen Logos die Welt schuf, der wahre und alleinige Schöpfer sei. Um dieses zu leisten, denkt er sich den Vater als ursprünglich schlechthin allein gewesen, weil ja der Logos in ihm seinen Grund hat, und nicht in sich selbst, da ja sonst ein Polytheismus angenommen würde. Indem er sich nun den Vater als den Grund des Sohnes denkt und beschreibt, wie er aus ihm ausgegangen, kann er es nicht anders, als daß er sich in Zeitformen ausdrücket, ohne eigentlich eine Zeit annehmen zu wollen, in welcher der Logos nicht als der existirt habe, der er ist; wenigstens sind wir durch nichts berechtigt solches anzunehmen. Ferner bemerkt jedermann, daß Tatian, indem er sagt, die Welt sei von Gott hervorgebracht und den Logos vorher als den Schöpfer bezeichnete, ihn allem Endlichen entgegen setze, und mit dem Vater Gott nenne.

Man sucht gewöhnlich dadurch darzuthun, daß der Sohn nach den platonisirenden Vätern ein geringeres Wesen sei, daß man annimmt, sie hätten sich den Logos nach Platon's oder Philo's Weise gedacht; allein Tatian zeigt sich in gar vielen Punkten antiplatonisch. Nicht nur in der Verwerfung der platonischen Lehre von einer ewigen Existenz der Materie, sondern auch in seiner Vorstellung von der Weltseele. Hätte nämlich Tatian den Logos platonisch gedacht (ich sehe von der Frage ab, ob überhaupt der Logos bei Plato und Philo ein persönliches Wesen sei) so hätte er auch den heiligen Geist als die Weltseele annehmen müssen, wie die Platoniker. Allein von der Weltseele sagt Tatian ausdrücklich, daß sie nur ein niedrigerer Geist sei, und vergleicht sie mit der Seele des Menschen. Nun nimmt er aber ausser der Seele einen Geist im Menschen das πνευμα, das eigentlich vergöttlichende in ihm an. Dieses πνευμα im Menschen ist aber die Mittheilung des heiligen Geistes, der Christi Werk fortführt. Es ist also der heilige Geist von der Weltseele unterschieden, wie das πνευμα im Christen von seiner ψυχη. Wie demnach Tatian vom heil. Geiste und der Weltseele anders als die Platoniker dachte, so mußte er es auch in Betreff des Logos, von dem er überhaupt wesentlich anders spricht als die Platoniker von ihrem Logos. Und damit habe ich zugleich bewiesen, daß Tatian unter jener Weltseele eine niedrigere Kraft, nicht den heiligen Geist, verstanden haben könne [22]).

Wir kommen nun zu Athenagoras. Ohne das ganze zehnte Kapitel seiner Presbeia zu übersetzen, um nicht allzu weitläufig zu werden, führe ich blos die Hauptgedanken desselben mit andern sonst zerstreuten Aussagen an, die übrigens noch mehr in platonischen Formen vorgetragen sind, als die Gedanken Justins und Tatians. Die Hauptmomente sind folgende: Wir glauben, sagt er, an einen ungezeugten, unsichtbaren, dem Leiden nicht unterworfenen Gott, der nicht gefaßt und begriffen werden kann; nur sein Logos begreift ihn (νῳ μονῳ και λογῳ καταλαμβανομενον. Ich glaube den νους und λογος auf den Sohn Gottes beziehen zu müssen, nicht auf den Geist des Menschen; denn C. XXIV. heißt der Sohn Gottes auch νους und λογος; ohnedies hätte sonst die Stelle keinen Sinn).

---

22) Münscher scheint, Dogmengesch. 1. B. 442., eine Identität beider anzunehmen. Wenigstens kann er sich aus der Sache nicht finden.

Den Sohn Gottes, bemerkt er weiter, muß man sich nicht wie die Göttersöhne denken; (er ist nichts müßiges und von aussen herzukommendes, sondern ist etwas im Wesen des Vaters gegründetes, mit nothwendiger Beziehung zur Welt). Denn er ist der Logos Gottes sowohl im idealen als realen Sinne (ἐν ἰδεᾳ και ἐνεργειᾳ): «denn nach ihm und durch ihn ist Alles gemacht worden;» d. h. der Logos trägt die Ideen aller Dinge in sich (nach ihm) und prägt sie wirklich den Dingen ein (durch ihn). (προς und δια heißt es im Text; προς ist nicht ὑπο, wie man schon vermuthet hat; denn Athenagoras sagt sonst: ὑφ' οὑ (θεου) γεγενηται το παν, δια του λογου).

Der Sohn ist die erste Zeugung des Vaters; jedoch muß man sich nicht vorstellen, als wäre er geworden, denn Gott ist von Anfang, da er die (absolute) Intelligenz ist; er hatte also auch in sich den Logos, da er ewig λογικος ist; vielmehr ging er nur aus Gott hervor in sich tragend die Urbilder aller Dinge und sie eindrückend in die gestaltlose Materie.

Dadurch ist aber der Sohn nicht getrennt worden vom Vater; denn der Vater ist im Sohn, und der Sohn im Vater, da beide Eins sind.

Diese Einheit besteht in der Einheit und Kraft des Geistes. Geist ist = Gottheit wie sehr häufig bei den Alten.

Wer möchte uns also für Atheisten halten, die wir an Gott Vater, θεον πατερα an Gott Sohn θεον υἱον und an den Geist glauben, und ihre Kraft in der Einheit, ihre Verschiedenheit aber in der Ordnung zeigen? (Was diese «Kraft in der Einheit» bedeute, erklärt Athenagoras c. 24. wo er sagt, Gott, sein Sohn und der Geist seien Eins κατα δυναμιν; δυναμις ist = Gottheit. Die Verschiedenheit in der Ordnung aber ist die Verschiedenheit der Personen, die Justin die Verschiedenheit in der Zahl nennt). Das nun ist die Theorie des Athenagoras von der Trinität. Wer in seiner Darstellung wesentliche Differenzen mit der spätern Kirchenlehre findet, der will sie finden.

Von Theophilus glaube ich, weil er ganz mit den bisher genannten Apologeten übereinstimmt, nur so viel bemerken zu müssen, daß er der Erste ist, der die den bisher angeführten Darstellungen seiner Zeitverwandten zu Grunde liegende Distinction zwischen dem λογος ἐνδιαθετος und προφορικος ausdrücklich mit den eben angeführten Wörtern bezeichnete, und der Erste das Wort τριας gebrauchte: die Bezeichnung einer Sache, die so alt ist, als die Kirche. Auf die eben berührte Unterscheidung zwischen dem λογος προφορικος und ἐνδιαθετος werden wir sogleich wieder zurückkommen.

Es sei mir erlaubt einer Stelle aus Tertullian, die er ganz mit den genannten vier griechischen Apologeten gemein hat, hier schon zu erwähnen, um nicht später wieder auf das Frühere zurückkommen zu müssen. Die Stelle heißt also: «Einige haben den Anfang der Genesis so übersetzt: « im Anfang hat Gott den Sohn erschaffen.» Allein Gründe aus der Beschaffenheit Gottes, in welcher er vor der Schöpfung bis zur Zeugung des Sohnes war, hergenommen, bestimmen mich es anders zu nehmen. Vor Allem war Gott allein; er war sich Welt, Raum und Alles. Allein war er aber (in dem Sinne), weil Nichts außer ihm war. Er war aber auch da nicht allein; denn er hatte den Gedanken bei sich, denn denkend (rationalis) ist Gott; und der Gedanke war in ihm, und darum ist auch Alles aus ihm. Dieser Gedanke ist sein Sinn. Die Griechen nennen ihn (den Gedanken, ratio) Logos, Logos heißt aber auch Wort. Durch eine unrichtige Uebersetzung ist es schon bei uns gebräuchlich zu sagen, im Anfang war das Wort bei Gott, Joh. 1, 1. da man doch den Gedanken für früher halten sollte; Gott sprach ja nicht im Anfange, wohl aber dachte er vor allem Anfang; und auch das Wort hat sein Bestehen im Gedanken, und zeigt dadurch an, daß es in diesem als dem frühern gegründet sei. Jedoch auch so; es liegt nichts daran. Denn Gott, obschon er sein Wort noch nicht ausgesandt hatte, hatte es doch in sich und bei sich in seinem Gedanken; indem er stillschweigend in sich dachte und anordnete, was er demnächst durch sein Wort aussprechen wollte. Denn indem er durch seinen Gedanken bei sich sann und ordnete, machte er ihn zum Wort, da er sich durch die Rede mit sich selbst mit ihm beschäftigte. Damit du aber das leichter verstehen mögest, so fasse dich bei dir selbst, als ein Bild und Gleichniß Gottes; denn Gedanken hast du in dir, als ein denkendes Thier, und von einem denkenden Künstler nicht nur gemacht, sondern auch durch sein Wesen belebet. Merke nun: wenn du in dir selbst mit dir zusammentriffst, so geht dasselbe in dir vor durch den Gedanken: er begegnet dir bei aller Bewegung deiner Betrachtungen, und bei allen Erregungen deines Sinnes. Was du denkst ist Wort; was du sinnest ist Gedanke. Du mußt es in deiner Seele aussprechen; und wenn du sprichst, so ist es das Wort, das mit dir redet; in demselben ist der Gedanke selbst; durch ihn sinnest du, wenn du sprichst, und in ihm sprichst du, wenn du sinnest. So ist gewissermaßen das Wort in dir ein Zweites; denn denkend sprichst du mit ihm; und in ihm denkst du sprechend: das Wort ist ein Anderes. Um wie viel voller nun findet das in Gott statt, dessen Ebenbild und Gleichniß du bist; auch er hat in sich den Gedanken und im Gedanken das Wort. Ich habe also wohl nicht unbedachtsam angenommen, daß auch vor der Schöpfung des Weltalls Gott nicht allein gewesen sei, indem er in sich den Gedanken und im Gedanken das Wort hatte, welches er zum Zweiten in sich machte; wenn er in sich selbst zu Rathe gieng. Diese Kraft ein inneres Verhältniß (dispositio) des göttlichen Besinnens, kömmt auch in der heiligen Schrift unter dem Namen der Weisheit vor. Denn was ist weiser als der Gedanke, oder das Wort Gottes? Deßwegen höre auch die Sophia, oder die zweite gewordene Person. Vorerst: «« Gott schuf mich zum Anfang seiner Wege; bevor er die Erde machte u. s. w. erzeugte er mich; »» in seinem Sinne nämlich schuf und zeugte er. Nun erkenne auch, wie sie Beistand leistete selbst in der Trennung: «« Da er die

Himmel ordnete, war ich bei ihm »» u. s. w. denn sobald Gott das, was er in sich mit dem Gedanken und dem Worte der Sophia geordnet hatte, in ihren eigenthümlichen Wesen und Gestaltungen schaffen wollte, so brachte er zuerst das Wort hervor; das unzertrennlich den Gedanken und die Sophia bei sich hatte, damit durch ihn das Weltall entstehe, durch welchen es auch ausgesonnen und geordnet war, ja schon gemacht, nämlich in Beziehung auf den Sinn Gottes; (in der Idee) denn nur das fehlte ihnen noch, daß sie auch in ihren Gestaltungen und eigenthümlichen Beschaffenheiten erkannt und festgehalten würden. Dann nahm auch der Sohn seine Gestaltung an und seinen Schmuck, den Schall und das Wort, als Gott sprach: « es werde Licht. » Das ist die vollkommene Zeugung des Sohnes, als er aus der Gottheit hervorgieng; indem er zuerst unter dem Namen Sophia zum Denken erzeugt wurde: (wie die Stelle beweis't) «« Gott schuf mich im Anfange seiner Wege, »» dann auch zur Thätigkeit: «« als er die Himmel bereitete, war ich bei ihm. »» (adv. Prax. c. 5—7.) So Tertullian.

« Ganz deutlich, sagt nun Münscher B. I. S. 427., liegt hier die ganze Vorstellung Tertullians am Tage. Gott dachte bei sich, entwarf den Plan der Welt durch seinen in ihm befindlichen Verstand; (den λογος ἐνδιαθετος) bei der Schöpfung sprach Gott: Es werde Licht! und nun gieng der Logos aus ihm hervor, und fieng an besonders zu existiren » 23). Es fehlt viel, daß ich dieser falschen Ansicht bei-

---

23) Petav. de trinit. l. I. c. 3. sagt: « λογον ἐνδιαθετον hoc est intimum, et inclusum in Dei visceribus fuisse dicit antequam gigneretur. Nondum ergo filius dicebatur, sed idem erat ac Pater; nempe ipsa ejus mens et sapientia, quam tum protulit, cum procreandae universitatis consilium cepit. » l. l. c. 5. Ita sermo divinus ac Sophia in Dei sensu, ac dispositione, veluti praeparatus ex omni aeternitate, non prius substantiae suae proprietatem accepit, quam hanc rerum universitatem creare instituit. Von diesem großen Jesuiten sind die Klagen gegen manche alte Kirchenväter in den neuern Zeiten ausgegangen. Die Ein-

stimmen konnte. Praxeas bestritt die Persönlichkeit des Sohns, wie wir später hören werden, weil sie der Einheit Gottes zuwider sei. Tertullian sucht daher die Persönlichkeit des Sohnes Gottes zu beweisen und zugleich zu zeigen, daß, wenn auch dieser vom Vater als besondere Person verschieden sei, darum doch die Einheit Gottes nicht aufgehoben werde,

---

seitigkeiten dieses Mannes hat man angenommen, aber die trefflichen Bemerkungen, die er zur Vertheidigung des katholischen Glaubens zu gleicher Zeit machte, übergangen. Aber wundern muß man sich in der That, wie weit dieser Mann gehen konnte. Es fehlte nicht viel, daß er den Athanasius beschuldigte, dem Origenes eine Stelle unterschoben zu haben, blos weil sie seiner Ansicht über Origenes Lehre nicht entsprach. a. a. O. c. 4. n. 7. Etwas weiter unten tadelte er den Dionysius von Alexandrien; und wohl wissend, daß dieser sich gut rechtfertigte, bemerkte er, er habe seine Uebereinstimmung mit der Kirchenlehre nachgewiesen, wenigstens vorgegeben. Er läßt es also unentschieden, ob Dionysius sich nicht verstellt habe. Hieraus leuchtet eine gewisse Leidenschaftlichkeit hervor, mit der Petavius einige vornicäische Väter beurtheilte. Dies wird um so einleuchtender, als er bei andern, nicht philosophirenden Vätern auch die kleinsten Momente benützte, um ihre Uebereinstimmung mit der Kirchenlehre darzuthun. Was Georg Bullus in der Vorrede zu seiner defensio fidei Nic. sagt, daß er absichtlich ungerecht gegen einige vornicäische Väter verfahren sei, um nämlich dadurch recht einleuchtend zu machen, daß die Infallibilität der Kirche nothwendig sei, ist eben so sehr aus der Luft gegriffen, als was der Socinianer Sand l. I. enuclat. hist. eccles. meint, daß nämlich Petavius bewiesen habe, die arianische Lehre sei die der ältesten Kirche gewesen. Aehnliches hat auch erst kürzlich Bretschneider in seinen Proselyten wiederholt. Man lese aber nur allein de trinit. praefat. c. VI. um sich vom Gegentheil zu überzeugen. Ich glaube, daß Petavius seiner Entdeckung, daß einige Kirchenväter platonisirten, zu viel nachgegeben habe; bei der Freude ob solcher Entdeckungen geschieht es oft, daß man sie unabsichtlich mit Gründen unterstützt, die keinen Werth haben, und zu weit gehet. Welchen Sinn soll es z. B. haben, wenn Petavius sagt, nach Tertullian sei der Sohn ex omni aeternitate zubereitet worden! Also nach Ablauf einer ganzen Ewigkeit wäre er geschaffen worden!

da ja der Sohn seinen Grund im Vater habe; wie das zu denken sei, soll der Inhalt der eben angeführten Stelle nachweisen. Gehen wir nun von der Voraussetzung aus, hart beim Buchstaben sei Tertullian zu fassen, so müßten wir zugleich annehmen, er habe sich einen wahren Götzen unter Gott gedacht. Eine Annahme, die durch gar nichts begründet werden kann. Gott geht mit sich selbst zu Rath, faßt einen Entwurf der Welt, ordnet und regelt, und wenn es sich endlich fügen will, dann fängt er an, seinen Plan in die Wirklichkeit hinzustellen, wie ein Werkmeister. Recht ordentlich in einer Zeitreihe geht alles vor sich; wie bei Menschen. Können wir es nun wirklich für möglich halten, daß Tertullian eine so abgeschmackte Vorstellung von Gott gehabt habe? Wir haben uns also hier eine Beschreibung der Entstehung des Logos zu denken, die als Beschreibung nur in der Zeit sich entfalten kann; was in Gott ewig gesetzt ist, wird als in der Zeit sich entwickelnd dargestellt. Und begreiflich: nehmen wir an, daß Tertullian keine eigentliche Berathung in Gott sich denke, so müssen wir nicht minder annehmen, daß der Logos immer der war, der er nach dem Schein der Darstellung erst geworden wäre. Nebstdem, daß Gott, wenn man diesem Scheine folgt, völlig in die Zeit versetzt würde, ginge auch insofern noch recht eigentlich eine Veränderung in Gott vor, als der bloße Gedanke sich erst in der Zeit zu einer Person gleichsam verhärtet habe; eine Veränderung, die begreiflich nicht blos den Sohn, sondern auch dem Vater afficirt hätte, dessen Gedanke ja zu einer Person geworden wäre.

Diese rohen Vorstellungen, welche nothwendig den Vätern beigelegt werden müßten, wenn man, wie gewöhnlich die Distinktion zwischen dem λογος ἐνδιαθετος und προφορικος fasset, sind wir deßwegen zu entfernen gezwungen, weil sie sie wirklich nicht hatten. Ohne mich in weitere Erörterungen über ihre Vorstellungen von Gott einzulassen, berufe ich mich ausschließend auf Tertullian selbst, der ausdrücklich in der Schrift gegen Praxeas c. 27. sagt: caeterum Deum immutabilem et informabilem credi necesse est, ut aeternum. Dies sagt er vom Sohne Gottes, gegen eine Vorstellung nämlich, nach welcher er sich bei der Menschwerdung in den Menschen verwandelt hätte. Er spricht in diesem Satze Christus als Gott alle Veränderungsfähigkeit ab, und zwar weil er ewig sei; würde er nun in demselben Buche behaupten, daß der bloße Gedanke Gottes sich mit dem Beginne der Weltschöpfung in eine Person verwandelt habe, so würde er sich gewiß selbst widersprechen, und den Grundsatz, den er von Gott aufstellt, als dem ewigen und deßwegen unveränderlichen, selbst aufheben.

Alle diejenigen, die die gnostischen Systeme verstehen, behaupten, daß Valentin mit der Aeonenreihe, die er als nach und nach sich entfaltend vorstellt, durchaus keine Entwickelung, die in der Zeit in Gott vorgegangen wäre, gemeint, sondern daß er vielmehr das ewig in Gott gesetzte, nur in eine Art von Geschichte eingekleidet habe. Warum unterfangen sich nun Einige, die griechischen Apologeten und Tertullian so unbillig zu behandeln? In der neuern Zeit hat man, wie Tertullian von dem Menschen, als Gleichniß Gottes, ausgehend, gesagt: wie im Menschen das anschauende Ich und das angeschaute sich unterscheiden ließen, und sich in dem Acte der Anschauung wieder vereinigten, so sei es auch in Gott, in dem eben darum auch eine Dreieinigkeit statt finde. Wenn nun jemand diese seine Meinung auch, wie Tertullian, sehr in die Länge und Breite beschriebe, und man ihm dann vorwerfen wollte, er betrachte zwei göttliche Personen als erst später geworden, so würde Niemand anstehen, einen solchen Vorwurf als sehr unbesonnen zu betrachten; und so scheint es mir auch mit Tertullian.

Unter dem Logos ἐνδιαθετος hat man demnach blos das zu denken, daß der Sohn Gottes im Vater gegründet sei, und unter dem προφορικος, daß er die Welt geschaffen habe; er war aber ewig sich selbst gleich, ewig Person; als ἐνδιαθετος war er aber nur im Vater, als προφορικος zugleich in ihm, und in der Welt.

Nun erst soll die ganze Stelle Tertullians genauer betrachtet, und bis zur Evidenz gezeigt werden, daß er eine ewige Persönlichkeit des Logos gelehrt habe. Tertullian unterscheidet nämlich eine zweifache Zeugung des Logos, die eine als Logos, die andere als Sohn, aber bei der ersten Zeugung schon wurde er Person; er heißt aber nach Tertullian nur seit der Weltschöpfung Sohn, was freilich ein sehr seltsamer Einfall ist. Er sagt: im Anfang war Gott allein, nämlich, wie er sich hierüber näher erklärt, in Bezug auf etwas ausser Gott Existirendes; aber in Bezug auf sich war er nicht allein, denn er hatte den Logos bei sich. Der Mensch bietet, um das zu erläutern, eine Analogie dazu dar; er denkt und spricht mit sich selbst. Nun bemerkt Tertullian weiter: «um wie voller (kräftiger) findet das in Gott statt? Quanto ergo plenius hoc agitur in Deo?» Der Mensch ist ja nur ein Gleichniß Gottes. Was soll nun das plenius bedeuten? Etwa, daß Gott desto mehr Zeit zum Denken brauche, je größer er ist als der Mensch? So scheint man sich die Sache vorzustellen, oder diese Stelle gar nicht zu berücksichtigen. Sie kann nur den Sinn haben: der Gedanke Gottes ist nicht bloßer Gedanke, er ist eine Person; und nur so paßt es auch gegen Praxeas, der sich unter dem Logos nichts Persönliches dachte. Sofort heißt es: «Ich habe also wohl nicht unbedachtsam angenommen, daß auch vor der Schöpfung des Weltalls Gott nicht allein gewesen sei, indem er in sich den Gedanken und im Gedanken das Wort hatte, welches er zum Zweiten in sich machte,» quem secundum a se faceret agitando intra se; also: der Gedanke Gottes ist ein Zweites in Gott. Hierauf heißt es: «diese Kraft, ein inneres Verhältniß des göttlichen Besinnens kömmt auch in der heiligen Schrift unter dem Namen der Weisheit vor. Höre deßwegen auch die Weisheit als die zweite göttliche Person: ut secundam Personam conditam. Als ἐνδιαϑετος war also der Logos schon gezeugt und Person. Aber jetzt ist sie nur noch in Gott; als aber die Welt wirklich geschaffen wurde, ist sie zugleich auch (so zu sagen) ausser Gott: «erkenne nun auch wie sie, die Sophia, Beistand leistete in der Trennung: «da er die Himmel anordnete, war ich bei ihm.» Am Schlusse wiederholt Tertullian das Ganze nochmal: «das ist die vollkommene Zeugung des Sohnes, indem er zuerst unter dem Namen Sophia zum Denken erzeugt wurde, dann zum Wirken.» Conditus ab eo primum ad cogitatum in nomine Sophiae — dehinc generatus ad effectum. Zwischen conditus und generatus ist kein Unterschied, so daß man etwa vermuthen könnte conditus beziehe sich blos auf den Gedanken als solchen und generatus auf die Person. Denn oben hatte er beide Ausdrücke zugleich von der Hervorbringung des Logos gebraucht, als er nur noch in Gott war: «in sensu scilicet *condens* et *generans*. Der Gedanke, den Gott hatte, war daher die Zeugung des (persönlichen) Logos.

Daß Tertullian annimmt, der innere Logos sei eine Person, geht endlich unwidersprechlich aus seiner Schrift gegen Hermogenes hervor. Hier beweis't er die Entstehung der Materie durch Gott daraus, daß er sagt, selbst der Logos sei aus Gott entstanden. Si enim intra Dominum, quod ex ipso, et in ipso fuit, sine initio non fuit; Sophia scilicet ejus exinde *nata* et *condita, ex quo in sensu Dei ad opera mundi disponenda coepit agitari*, multo magis non capit (οὐκ ἐνδεχεται, ist nicht möglich) sine initio quidquam esse, quod extra dominum fuerit. Hier ist offenbar vom λογος ἐνδιαθέτος die Rede; aber er sagt, er sei geboren und hervorgebracht worden, als u. s. w. Ausdrücke, die doch offenbar nur von einer Person gebraucht werden können. Daß aber Tertullian mit dem Worte «Anfang» nicht meine 24), es sei eine Zeit zu denken, in

24) Initium ist das griechische ἀρχη, das zwei Bedeutungen hat: Anfang und Grund. Hermogenes behauptete nicht nur die Ewigkeit der Materie, sondern auch, daß sie nicht von Gott hervorgebracht sei. Den Gegensatz soll das initium habere ausdrücken,

welcher Gott die Sophia nicht in sich gehabt habe, geht zur Genüge aus der früher ausführlich angeführten Stelle hervor, in der er sagt: «vor allem war Gott allein — —; er war aber auch da nicht allein, denn er hatte den (persönlichen) Gedanken bei sich.» Man müßte denn annehmen, wenn man das sine initio und exinde drücken wollte, daß Tertullian meine, es sei eine Zeit gewesen, in welcher Gott noch gar nicht an die Erschaffung der Welt gedacht hätte, und daß er erst später darauf verfallen sei! Ferner erscheint der Logos durchaus als Gottes Gedanke. Man müßte darum voraussetzen, Tertullian habe gemeint, Gott sei eine zeitlang ohne Gedanke gewesen und habe diesen erst später hervorgebracht. Diese Stelle aus Hermogenes ist abermal ein offener Beweis, daß Tertullian gegen Praxeas nur zeigen wollte, wie man die Einheit Gottes dennoch festhalte, wenn gleich dem Logos eine Persönlichkeit beigelegt werde [25]. Hieraus nun muß erklärt werden, warum Tertullian sagt,

es bezeichnet also nur, daß die Materie von Gott hervorgbrachte sei, da ja selbst der Sohn aus dem Vater stamme.

25) Man vergleiche noch adv. Prax. c. 14. Tertullian, wie Alle zugeben, behauptet vom Sohne, daß er eine besondere göttliche Person sei, nur geben sie nicht zu, daß er nach ihm vor der Weltschöpfung schon eine solche war, weil er damals blos im Sinne Gottes gewesen. Allein eben das sagt er auch vom Sohne, ohne daß daraus gefolgert werden kann, er sei unpersönlich. Pater enim sensu agit; filius vero, *qui in Patris sensu est*, videns agit. und c. 20. In principio erat sermo et sermo erat apud Deum, et Deus erat sermo. — Nam si haec non aliter accipi licet, quam quomodo scripta sunt, indubitanter *alius* ostenditur, qui fuerit a principio; *alius* apud quem fuit; *alium* sermonem esse, *alium* Deum. Hier ist offenbar von einer Persönlichkeit des Logos ἐνδιαθετος die Rede. Und diesen ewigen Logos nennt er in derselben Stelle Sohn: licet et Deus sermo, sed qua filius, non qua Pater, alium per quem omnia, alium a quo omnia. Nun vergleiche man die oben aus Petavius angeführten Worte: nondum filius dicebatur, sed *idem* erat ac Pater; da doch Tertullian so bestimmt sagt alius.

der Vater sei nicht immer Vater gewesen, weil er nämlich in der Idee, im bloßen Gedanken, um die Einheit Gottes zu bewahren, ein Vorhersein des Vaters annimmt, und darum auch eine Zeit fingirt, in welcher dieser nicht Vater gewesen sei.

Aus der Gesammtheit der bisherigen Darstellung ergiebt sich:

1) Als allgemeine constante Lehre der Kirche im ersten und zweiten Jahrhundert:

a) Christus der wahre Gottessohn ist wahrhafter Gott und Eins mit dem Vater.

b) Er ist eine vom Vater verschiedene Person, der Weltschöpfer und deßwegen der, der stets den Vater geoffenbart hat, und in der Fülle der Zeit Mensch geworden ist.

c) Eben so wird auch der heil. Geist als eine göttliche Person geglaubt und angebetet.

2) Von dem Kirchenglauben müssen wir die speculativen Erörterungen Einzelner trennen; was geglaubt werden soll, ist Ueberlieferung, und in dieser stimmen alle miteinander überein. Wie der Glaube aber mit Vernunftideen in Uebereinstimmung gesetzt werden könne, geht den Kirchenglauben nichts an. Fehler und Einseitigkeiten in diesen Versuchen können nichts gegen die allgemeine Kirchenlehre beweisen: ja selbst aus den fehlerhaften Constructionen und Demonstrationen leuchtet diese klar hindurch: man sieht, daß die Väter die wahre Gottheit des Sohnes, als die Lehre der Christen beweisen wollen, obschon der Beweis irrig sein mochte. Hätten die Apologeten den Glauben an die Gottheit Christi erst erfunden, wie man sagt, so hätten sie sich ja selbst Schwierigkeiten in der Vertheidigung des Christenthums gemacht. Aber Niemand, der etwas vertheidigen will, erschwert sich die Vertheidigung selbst. Sie vertheidigten also die Gottheit Christi, weil sie diesen Glauben vorfanden.

3) Der Glaube an Vater, Sohn und Geist als Einen Gott, findet sich überall; aber nicht nur die speculative und biblische Begründung ist nicht gelungen, sondern er ist auch noch nicht als Verstandesbegriff klar gedacht. Es ist allerdings eine richtige Bemerkung, die schon oft gemacht worden ist, daß man die Ausdrücke der ältern Kirchenväter nicht so streng abwägen dürfe. Allein die Unklarheit im Ausdruck, das Schwankende und hie und da sich Widersprechende, setzt eine Unklarheit und ein Schwanken im Begriffe selbst voraus. Dieser mußte erst noch genauer entwickelt werden. Nicht im Glauben, sage ich, treffen wir etwas Schwankendes an, sondern im Begriffe von diesem Glauben, in der menschlichen Reflexion über denselben. Es bedurfte noch des häretischen Widerspruchs, damit der Begriff so fest und bestimmt wurde, als der Glaube es stets war.

4) Was die speculativen Erörterungen nun noch insbesondere betrifft, so hatte man sich durch platonische Ideen hie und da irre führen lassen. Die Lehre von der Trinität ist, nach meiner innigsten Ueberzeugung, durch keine Speculation zu begreifen. Aber nie werden die Bemühungen der Menschen ruhen, um sie zu begreifen. Wie unschuldig ist es daher, sich der platonischen Ideen hiezu bedient zu haben? Was Plato hierüber sagte, ist ungemein dunkel, und die Platoniker, die ihn erklärten, stimmen selbst nicht unter sich überein, was denn eigentlich Plato gemeint habe [26]). Aber die menschliche Vernunft hatte doch etwas zur Erklärung und Erläuterung der positiven christlichen Lehre gesagt, und mit Freude stützte man sich hierauf, als wäre es wirklich ein Beweis, da doch Platons Dogma noch dunkler war, als das christliche und ja selbst erst eines Beweises bedurfte. Man erinnere sich, wie in unsern Zeiten so viele höchst verehrungswürdige Theologen sich der Naturphilosophie erfreuten, und in einigen ihrer Anschauungen die unverkennbarsten Beweise

---

26) Petav. de trinit. l. I. c. 1. weis't dieses sehr gelehrt nach.

der Trinität fanden. Es ist aber kein Zweifel, daß sie sich unter dem leidenden Gott, unter der Menschwerdung Gottes etwas ganz anders dachten, als der Stifter jener Philosophie; und stimmten sie mit ihm auch überein, welcher thörichte Schluß wäre es, zu behaupten, die ganze katholische Kirche wäre naturphilosophisch gewesen? Diese Vorstellungen fanden sich in den Köpfen weniger, und die Kirche, als solche, wußte gar nichts davon. So war es auch damals. Die Kirche bekannte in Einfalt und Treue den Erlöser als Gott, und war selig in diesem Glauben.

Dieser Glaube ist auch das Substantielle in allen Forschungen der philosophirenden Kirchenväter über diesen Gegenstand, was jeder anerkennen muß, welche Meinung man sonst auch über ihre Ansicht haben mag; und darum hat die Untersuchung über das, was in ihren Darstellungen individuell ist, selbst für den Katholiken einen blos historischen, keineswegs einen kirchlichen Werth. Zudem hat das leicht Mißverständliche ihrer Darstellungen und das Mangelhafte derselben schon zu ihrer Zeit Unzufriedenheit erzeugt, wie wir aus Irenäus ersehen. So viel hierüber.

Dem mir gesetzten Plane gemäß, auch von der Menschwerdung des Sohnes Gottes das Allgemeinste zu berühren, müssen nun auch über diesen Punct noch einige allgemeine Bemerkungen nachgetragen werden. Man hat behauptet, die Kirchenväter der Zeit, die wir eben behandeln, hätten eine bloße Fleischwerdung angenommen; d. h. gemeint, einen Leib und eine sinnliche Seele (ψυχην) blos habe der Heiland angenommen, oder gar nur einen Leib. Zuerst nun einige Stellen, die sich hierüber verbreiten. Clemens von Rom sagt in seinem Briefe an die Korinther: «In Liebe hat uns unser Herr Jesus Christus aufgenommen nach dem Willen Gottes, sein Blut hat er für uns gegeben, sein Fleisch für unser Fleisch, seine Seele für unsere Seele.» c. XLIX. Justin bemerkt in seiner zweiten Apologie: «Christus, der wegen uns erschienen ist, war die vollkommene Vernunft, und Leib und Vernunft und Seele.» c. X. [27]). «Durch sein Blut hat uns Jesus Christus erlös't, indem er seine Seele für unsere Seele, sein Fleisch für unser Fleisch dahin gab,» sagt Irenäus l. V. c. 1. Ich begnüge mich vorläufig mit diesen Stellen. Die Gründe aber, die Münscher [28]) anführt, um zu beweisen, daß die Kirchenväter eine bloße Vereinigung des Logos mit einem menschlichen Leib geglaubt hätten, sind zuvörderst aus den Ausdrücken genommen, «der Logos ist Fleisch geworden,» σαρκωσις, σαρκοποιεισθαι, ἀναλαμβανειν σαρκα. Allein hier fällt es gewiß sehr auf, daß bei diesem Grunde der biblische und allgemeine kirchliche Sprachgebrauch völlig unberücksichtigt geblieben ist. Fleisch bedeutet den ganzen Menschen. Wenn Christus zu Petrus sagt: «das hat dir nicht Fleisch und Blut geoffenbart,» so will er gar nicht damit sagen, daß das Bekenntniß Petri, Christus sei der Sohn des lebendigen Gottes, nicht vom Körper ausgegangen sei, weil von diesem überhaupt kein Gedanke ausgeht, sondern daß selbst die sich überlassenen geistigen Kräfte des Menschen, ohne den Vater im Himmel, zu dieser Einsicht nicht gekommen wären; der ganze Mensch wird der höhern unmittelbar einwirkenden Thätigkeit des Vaters im Himmel entgegengesetzt. Darum heißt es bei Johannes 1, 12—14.

---

27) Δια τουτο λογικον το ὁλον τον φανεντα δι' ἡμας χριστον γεγονεναι, και σωμα, και λογον, και ψυχην. λογος ist nicht der göttliche Logos, wie man gewöhnlich es nimmt; dieser ist in dem λογικον το ὁλον schon gemeint; aber nebst dem war Christus noch σωμα, λογος, ψυχη. In dieser Stelle ist also gerade das Gegentheil von dem klar enthalten, was Münscher daraus ableitet. Λογος και ψυχη ist ψυχη λογικη. Es müßte sonst auch ὁ λογος heißen. Denn der Logos an sich heißt nicht blos λογος, sondern nur dem μερος του λογου giebt J. keinen Artikel. Wenn es weiter unten von Christus heißt, λογος γαρ ἠν και ἐστιν ὁ ἐν παντι ὡν, so kann das nicht dagegen eingewendet werden, denn das ὁ ἐν παντι ὡν vertritt die Stelle des bestimmenden Artikels.

28) II. B. S. 168.

«Die ihn aber aufnahmen, denen gab er die Kraft Söhne Gottes zu werden, die glauben in seinem Namen; die nicht aus dem Blut, nicht aus dem Willen des Fleisches, nicht aus dem Willen des Mannes, sondern aus Gott geboren sind. Und der Logos ist Fleisch geworden.» Dieser Sprachgebrauch gieng in die Kirche über, und herrscht selbst bei solchen Kirchenvätern, von welchen Niemand noch gezweifelt hat, oder zweifeln kann, daß sie mit dem vollesten Bewußtsein annahmen, der Logos habe sich mit einer vernünftigen Seele vereinigt. So bei Origenes, Athanasius u. a. Ferner sagt Münscher «in der ältesten Kirche habe man überhaupt keine klare Vorstellung von der Seele des Menschen gehabt, und ihren Unterschied vom Leibe nicht gekannt, vielmehr den Hauptcharakter des Menschen in den Besitz eines Leibes gesetzt! Darum habe man in Christo auch nur eine sinnliche Seele angenommen, keine vernünftige. Bei den apostolischen Vätern finden wir allerdings weder eine Theorie von der menschlichen Seele aufgestellt, noch zerstreute Stellen, aus welchen wir vollständig ihre Ansichten hierüber entwickeln könnten. Jedoch hat der Verfasser des Briefes an Diognet, ein apostolischer Schüler, sich klar genug hierüber ausgesprochen. Er sagt: «die Seele wohnt zwar in dem Leibe, aber sie ist nicht aus dem Leibe,» ferner, sie sei im Leibe wie in einem Gefängnisse. c. VI. Ueberhaupt hätte man diese Stelle lesen sollen, worin sehr weitläufig der Gegensatz zwischen Seele und Leib abgehandelt, und mit dem Gegensatz zwischen dem Christen und der Welt verglichen wird, ehe man so anmaßlich über die apostolischen Väter absprach. Wenn Clemens sagt, Christus habe seine Seele für unsere Seele hingegeben, so hat doch gewiß das Wort «Seele» von der Seele Christi und unserer gebraucht, dieselbe Bedeutung. Wer mögte nun aber glauben, Clemens habe eine thierische Seele gemeint, die blos sensitive, wie sie alle lebendige Wesen haben, für die Christus gestorben sei? War es aber eine vernünftige Seele, das heißt eine solche, mit der Clemens seinen Brief selbst so vernünftig schrieb, für die Christus gestorben ist, und gab Christus eine solche Seele für uns hin, wer kann zweifeln, daß er geglaubt habe, Christus habe sich mit einer vernünftigen Seele vereinigt?

Welche Vorstellungen Irenäus, Justin, Tatian u. s. w. von der Seele gehabt haben, wissen wir noch umständlicher. Sie ist ein mit Freiheit, Willen und darum mit Zurechnungsfähigkeit begabtes denkendes, des Gottesbewußtseins theilhaftiges Wesen. Ist nun eine solche Seele nicht die vernünftige? Wer eine andere als eine solche unter den Menschen kennt, mag sie nennen. Sie glaubten daher auch, daß sich der Sohn Gottes mit einer solchen vereinigt habe, wenn sie sagen, er habe eine Seele gehabt [29]. Nun führt aber Münscher die platonische Trichotomie an, nach welcher der Mensch aus dem Leib, der Seele und der Vernunft bestehe, σωμα, ψυχη und λογος. Da nun die platonisirenden Kirchenväter dieselbe Eintheilung angenommen und unter der Vernunft ein Theilchen des Logos verstanden hätten, so müßten sie geglaubt haben, sagt er, der Logos habe sich nur mit einer sinnlichen Seele, was ψυχη in dieser Trichotomie bedeute, vereinigt. Allerdings sagt Justin, der Logos sei über alle Menschen ausgegossen; daß nun aber der Logos in Christo die Stelle der Vernunft im Menschen vertreten, und sich darum nicht mit einer vernünftigen sondern blos sinnlichen Seele vereinigt habe, folgt daraus noch gar nicht. Es liegt diesem Schlusse eine sehr materielle Vorstellung über Justins Ansicht von der Einpflanzung des göttlichen Logos in allen

29) Sogar Neander Tertull. S. 403. theilt Münschers Meinung, und de Wette in seinem Theodor, II. B. S. 277., so wie in seiner Geschichte der christlichen Moral. Christl. Sittenl. II. Thl. erste Hälfte S. 156. « Gefährlicher, sagt er, war der Irrthum, in dem sich fast alle älteren Kirchenlehrer, obschon unbewußt, befanden, daß sie den Logos in Christo nicht mit einem menschlichen Leibe und einer menschlichen Seele zugleich, sondern blos mit einem menschlichen Leibe vereinigt dachten. » Dann beruft er sich auf Münscher, der den Beweis geführt habe!

Menschen zu Grunde. Münscher meint gleichsam, Justin habe geglaubt, ein trennbares Theilchen des Logos sei jedem Menschen zugeflossen und das sei des Menschen Vernunft. Wäre das, so müßte der ganze Logos, wenn er Mensch wurde, sich allerdings nur mit einer sinnlichen Seele vereinigt haben, da er wie das Ganze zu dem Theile sich verhielte, und man nicht sagen könnte, der ganze Logos habe sich mit einem Theilchen von sich vereinigt, sondern das Theilchen der ganzen Vernunft, das sich gewöhnlich mit der sinnlichen Seele vereinigt, sei hier durch die ganze Vernunft vertreten worden. Allein so würde Justin haben meinen müssen, daß, als der ganze Logos in einem Menschen erschienen sei, in Christo nämlich, er den Logos aus allen übrigen Menschen an sich gezogen, und somit Alle der Vernunft beraubt habe. Will aber Münscher diese unsinnige Vorstellung dem Justin nicht beilegen, sondern wie recht und billig, und aus vielen Stellen beweisbar ist, der Meinung sein, Justins Rede, der Logos sei allen Menschen eingesenkt, bedeute, alle Menschen seien das Bild des Logos, d. h. sie hätten eine denkende mit dem Uebersinnlichen in Verbindung stehende Seele, die freithätig sei, und dadurch nur sei sie eine menschliche Seele, und darin bestehe das Wesen der menschlichen Seele, so wird er auch behaupten müssen, daß, indem sich Christus mit einer menschlichen Seele vereinigt, auch nach Justin die Vereinigung mit einer vernünftigen Seele statt gefunden habe.

Damit ich mich aber nicht blos im Allgemeinen herumbewege, so liegt mir ob, aus Justin näher zu zeigen, was er sich unter der ψυχη gedacht hat. Im Eingang des Gesprächs mit Tryphon, in welchem Justin erzählt, wie er aus einem Platoniker ein Christ geworden sei, spricht er sich sehr klar hierüber aus. « Wird je, fragt der Alte, der Geist des Menschen (ὁ ἀνδρωπου νους) Gott schauen, es sei denn, er sei geschmückt durch den heiligen Geist »? « Platon sagt, erwiederte Justin als noch nicht bekehrter Platoniker, eben darin bestehe das Auge des Geistes, und deßwegen sei es uns gegeben, daß wir mit ihm dem reinen, das Sein an sich schauen, die Ursache aller geistigen Wesen, das weder Farbe, noch Gestalt, noch Größe habe, das unaussprechlich und nur gut und schön sei, das plötzlich in den gutgearteten Seelen (ἐν πεφυκυιαις ψυχαις) aufblitze eben wegen ihrer Verwandtschaft mit Gott, und der Liebe ihn zu schauen.» Hier sagt Justin nach Platon, die Seele sei das Gottverwandte im Menschen, und durch eine ihrer Kräfte, den Geist, νους, schaue sie Gott; dieser von Sünden reine Geist war ihm damals der heilige Geist. — Hierauf sprachen sie von der Präexistenz der Seele und der Seelenwanderung, welche beide Vorstellungen Justin als Platoniker vertheidigte; der Alte widerlegt sie, und schließt: «die Seelen schauen also Gott nicht (in gleichsam körperlicher Weise), sie wandern nicht in andere Körper; denn wüßten sie, daß das zur Strafe geschehe, so würden sie auch gewiß die geringste Sünde späterhin vermeiden. Daß sie aber einsehen können, daß Gott sei, und daß Gerechtigkeit und Frömmigkeit etwas Gutes seien, darin stimme ich bei.» Diese Vorstellung des Alten von der Seele theilte nun Justin. Was demnach Justin unter der Seele sich dachte, ist keinem Zweifel unterworfen: die Vernunft gehört zu ihrem Wesen, und es gibt keine menschliche Seele, die keine Vernunft hätte. Wenn darum Justin von Christus sagt, daß er eine Seele gehabt habe, so konnte er keine andere meinen, als die, von welcher er überhaupt wußte; er wußte aber von keiner andern, als von einer vernünftigen. Auch ist oben gesagt worden, daß Justin dem Menschen die Freiheit beilege. Er sagt nun wohl nicht, welchem Theil des Menschen er sie als eigenthümlich betrachte, indem er ganz allgemein sich erklärt, der Mensch sei frei. Apolog. I. c. 17. II. c. 7. Ich denke aber, daß wir wohl thun, anzunehmen, Justin habe die Freiheit der Seele und nicht dem Leibe zugeschrieben. Ueberhaupt kennt er nur einen Gegensatz zwischen Leib und Seele; und namentlich in Beziehung auf die Freiheit sagte er Apolog. I. c. 17. «die, so Böses thun, werden in denselben Körpern (mit welchen sie das Böse begangen) nebst ihren Seelen gestraft werden.» Giebt er nun der Seele Freiheit, so ist sie doch gewiß vernünftig; würde er aber die Freiheit einem von der Seele nach verschiedenen Logos geben, so wäre es doch wohl seltsam, daß die Seele, die unfreie, gestraft werden solle, während der Logos im Menschen aus Freiheit die Sünde zwar begangen hätte, aber ohne Strafe ausgienge. So sehen wir auch hieraus, daß Justin nur eine vernünftige Seele kannte.

Tatian theilt den Menschen in Leib, Seele und das Pneuma, Geist, ein. Durch die Sünde verlor der Mensch das Pneuma. Dieses ist aber nicht der vernünftige Theil im Menschen; dieser blieb stets; denn der Mensch hatte ja auch nach dem Verlust des Pneuma noch ein Gottesbewußtsein, wenn gleich ein sehr verdunkeltes und kraftloses, wie Tatian sagt, und Freiheit u. s. w. Die Psyche ist also vernünftig, und das Pneuma ist der heilige Geist in ihr, durch welchen allein das wahre Gottesbewußtsein möglich wird.

Von Irenäus sagt Münscher, er habe die Vorstellung, der Logos habe sich ursprünglich mit dem Menschen, worunter er blos den Körper verstehe, vereinigt, und dadurch sei der Mensch, d. h. sein Körper, vernünftig geworden. Wenn folglich Irenäus von der Menschwerdung des Logos spreche, so sei immer nur seine Vereinigung mit dem Leibe oder höchstens der sinnlichen Seele zu verstehen. Er führt folgende Stelle aus Irenäus als Beweis an: «Wie bei dem Anfang unserer Bildung in Adam der göttliche Lebenshauch sich mit dem geformten Körper verband, den Menschen beseelte, und zu einem vernünftigen Geschöpf machte; eben so vereinigte sich am Ende der Logos mit der alten in Adam gebildeten Substanz und bewirkte einen lebendigen und vollkommenen Menschen, der den vollkommenen Vater faßte.» Hiezu bemerkt nun Münscher: «hienach ist der Logos in dem Körper Christi eben das, was der Hauch Gottes, die Seele, in dem Körper Adams war, wodurch der Körper ein vernünftiges Wesen ward. Damit wird das Dasein einer vernünftigen Seele außer dem Logos ausgeschlossen, und wenn Irenäus auch der Seele Jesu Erwähnung thut, so ist darunter nur eine sinnliche Seele zu verstehen» 30).

Um diese Sache ins Reine zu bringen, ist zu bemerken, daß Irenäus unterscheidet zwischen Ebenbild (imago) und Aehnlichkeit (similitudo) Gottes. Das Ebenbild Gottes trägt der Mensch, indem er die Seele hat; ähnlich ist er aber Gott, wenn er den heiligen Geist hat und heilig lebt; diese heiligen Menschen nennt Irenäus auch geistige, (spirituales) vernünftige (rationales) und vollkommene. Ich werde daher zeigen, daß «der göttliche Lebenshauch, der den Menschen beseelte und zu einem vernünftigen Geschöpf machte», nicht die Seele des Menschen sei, die wir vernünftig nennen, sondern der heilige Geist im Menschen, der die von uns vernünftig genannte Seele voraussetzt, und durch welchen diese erst zur wahren Gotterkenntniß gelangt. Irenäus sagt, «der vollkommene Mensch besteht aus drei Theilen, aus dem Fleische, der Seele und dem Geiste: der eine befreiet und bildet, und das ist der Geist, der andere wird vereinigt und gebildet, das Fleisch; zwischen inne ist die Seele, welche zuweilen dem Geiste folget und von ihm gehoben wird; zuweilen aber dem Fleische beistimmt, und in irdische Begierde fällt.» l. V. c. 9. Diese Seele ist nicht die sensitive, denn sie wird ja dem Leib entgegengesetzt, und kann gegen den Leib handeln. Wie Irenäus hier der Seele die Freiheit zuspricht, so auch l. IV. c. 37. «Frei schuf Gott den Menschen von Anfang an; er hat seine Selbstständigkeit, so wie seine Seele, um den Willen Gottes freithätig zu vollziehen, und nicht gezwungen; denn Gewalt ist nicht bei Gott, wohl aber guter Rath.» l. IV. c. 39. n. 1. wird dieses freie Princip im Menschen auch mens νους genannt. Ist der Nus aber nicht eben die Vernunft? Die ψυχη des Menschen ist also ihrem Wesen nach νοητικη und der Nus ist eine wesentliche

30) II. B. S. 172.

untrennbare Eigenschaft derselben. Diese freie Seele ist auch unsterblich, der Körper sterblich. Zu der Stelle des Apostels: «der Christum, von den Todten auferweckt, wird auch unsere sterblichen Leiber beleben,» I. Kor. 6, 14. bemerkt Irenäus: «Wer sind diese sterblichen Leiber? Etwa die Seelen? Denn unkörperlich sind die Seelen verglichen mit den sterblichen Leibern. — Sterben heißt die Kraft, zu leben, verlieren — — das aber kömmt der Seele nicht zu, denn sie ist ein Hauch des Lebens.» l. V. c. 7. Diese Seele ist wegen ihrer Freiheit das Ebenbild Gottes: «denn weil der Mensch (durch seine Seele) von Anfang an frei ist, und auch Gott frei ist, nach dessen Bild er gemacht ist, so wird ihm immer der Rath gegeben, das Gute zu bewahren.» l. IV. c. 37. Diese von dem Körper nun verschiedene freie, unsterbliche Seele, nennen wir vernünftig, und von einer andern weiß Irenäus nicht. Christus mußte also wohl eine solche Seele haben, wenn ihm Irenäus überhaupt eine gab, und daß er ihm eine gab, haben wir gesehen.

Irenäus, im ächt supernaturalistischen Sinne, nennt nun allerdings einen aus Leib und (der, wie wir sagen, vernünftigen) Seele bestehenden Menschen noch nicht wirklich vernünftig, dazu gehört die Wiedergeburt: «diejenigen also, sagt er, die das Unterpfand des Geistes haben, den Begierden des Fleisches nicht dienen, sondern sich selbst (mit Freiheit) dem Geiste (Gottes) unterwerfen, und vernünftig in Allem leben, solche nennt der Apostel mit Recht Geistige, weil der Geist Gottes in ihnen wohnt. Unsere Substanz, d. h. Leib und Seele (sind Worte des Irenäus) vereiniget mit dem Geiste Gottes, bewirket, daß der Mensch geistig sei.» l. V. c. 8. Hier sieht man, was «die alte Substanz» von welcher in der fraglichen Stelle die Rede ist, und worunter Münscher blos den Leib versteht, bedeutet. Eben so wird nun auch in derselben Stelle der göttliche Lebenshauch, der den Menschen vernünftig machte, als gleich bedeutend mit dem durch den Logos gegebenen heiligen Geist genommen, durch welchen der Mensch den vollkommenen Vater faßt.

« So viele derer sind, die Gott fürchten, sagt Irenäus weiter, und die Ankunft seines Sohnes glauben und durch den Glauben in ihren Herzen den heiligen Geist befestigen, Solche werden mit Recht Menschen genannt, und reine, und geistige und in Gott lebende, weil sie den Geist des Vaters haben, der den Menschen reiniget, und ihn zum göttlichen Leben erhebt. » l. V. c. 9. Im zehnten Capitel desselben Buches lös't er den Einwurf der Gnostiker gegen die Auferstehung des Fleisches, den sie aus den Worten Pauli: « Fleisch und Blut werden das Reich Gottes nicht sehen » entnahmen, damit, daß er sagt, Fleisch und Blut bedeute den fleischlichen Sinn; der Apostel verstehe demnach unter Fleisch und Blut den Menschen, (mit Leib und Seele), der durch den Glauben nicht eingeimpft sei im heiligen Geiste (homo non assumens per fidem spiritus insertionem). Endlich sagt Irenäus, der Mensch, der auch durch die Thätigkeit des heiligen Geistes den geistigen Sinn habe, der sei nach dem Ebenbilde und der Aehnlichkeit Gottes zugleich geschaffen. « Wenn nun dieser G e i s t mit d e r S e e l e und mit dem G e b i l d e verknüpft wird, durch die Ausgießung des Geistes, dann entsteht ein geistiger und vollkommener Mensch, und dieser ist nach dem Bilde u n d der Aehnlichkeit Gottes gemacht. Fehlt aber der Seele der Geist, so ist ein Solcher wahrhaft thierisch, fleischlich und unvollkommen. » Hier kann man den Sprachgebrauch mit dem Worte Fleisch und fleischlich kennen lernen.

Wie nun der Mensch aus dem Leib und einer vernünftigen Seele besteht, aber deß ungeachtet nicht vollkommen ist, sondern erst mit Freiheit den göttlichen Geist empfangen muß, um den vollkommenen Vater zu fassen, so hat Christus auch einen Leib und eine vernünftige Seele gehabt; a b e r w a s i m S c h ü l e r C h r i s t i d e r h e i l i g e G e i s t i s t, d a s w a r i n C h r i s t u s s e l b s t d i e G o t t h e i t, d e r S o h n G o t t e s. Nicht also mit einer sinnlichen Seele hat sich die Gottheit vereinigt, sondern mit einer vernünftigen; und das will es bedeuten, wenn Irenäus sagt, die

Gottheit mußte sich mit der Menschheit vereinigen, wenn der Mensch erlös't werden sollte. In der Stelle demnach, worauf sich Münscher beruft, sprach Irenäus nur von dem göttlichen Geiste, durch dessen Einhauchung der Mensch Gottes Aehnlichkeit erhielt, ohne von der Einhauchung der (vernünftigen) Seele, des Ebenbildes Gottes besonders zu sprechen; denn er setzt voraus, daß man nicht blos abgerissene Stellen, sondern das Ganze im Auge habe. Was Irenäus aber vernünftig nennt, ist mehr, als was unsere Zeit vernünftig, und wohl allein vernünftig nennen will. Dem Körper Adams hauchte Gott eine vernünftige Seele ein, und diese besitzt jeder Mensch; aber auch einen Geist, der verloren gehen kann, und auch durch die Sünde verloren gieng. Diesen erhielt die vernünftige Seele in Christo wieder, und wurde so vernünftig im Sinne des Irenäus, wie sie es schon anfangs war.

Indem wir durch das Bisherige den kirchlichen Sprachgebrauch mit dem Wort «Fleisch» kennen gelernt haben, wird es leicht sein, zu urtheilen, wie sehr Herr Münscher sich geirrt hat, wenn er aus folgender Stelle des Ignatius eine Begründung seiner Ansicht ableitet: «Wir haben Einen Arzt (Jesum Christum) der fleischlich und geistig, geboren und ungeboren ist, den in das Fleisch gekommenen Gott» u. s. w. Wie hier nämlich geistig, wie sehr oft, göttlich bedeute, so sei, meint Münscher, dem Göttlichen das blos Körperliche, Fleischliche entgegengesetzt, wobei somit nicht daran gedacht werde, daß Christus mit dem Fleische eine Seele angenommen habe. Nach den bisherigen Entwickelungen ist es nicht mehr nöthig hierauf besonders Antwort zu geben. Dem Göttlichen ist nicht das von uns sogenannte Fleischliche, sondern das Menschliche entgegengesetzt, und dieses meinte Ignatius.

Zu den bemerkten Entwickelungen wurde Irenäus durch die Bekämpfung der Gnostiker geführt. Diese behaupteten, blos die pneumatischen Naturen, (die rein geistigen) im Gegensatz gegen die hylischen, (ganz materiellen) und psychischen (worunter sie die Katholiken verstanden, so wie unter den hylischen die Heiden) seien göttlichen Ursprungs. Irenäus behauptet nun dagegen, daß dem Ursprunge nach alle Menschen gleich wären, daß alle eine Seele und einen Leib hätten, und den Geist, den heiligen, empfangen sollten, durch Freiheitsgebrauch; denn die Freiheit erkannten die Gnostiker meistens nicht an. Er zeigt, wie weder die Seele allein, noch der Leib allein, den Menschen ausmachen könnten, und eben so wenig der heilige Geist allein, der ein Gnadengeschenk sei; es gebe also auch keine Menschenklassen, die von Natur blos fleischlich, blos seelisch u. s. w. seien l. IV. c. 37. und besonders l. V. c. 6. Wie aber Irenäus durch den Kampf mit den Gnostikern veranlaßt worden sei, eine wahre Menschheit in Christo sehr gründlich zu vertheidigen, ist schon früher dargestellt worden; und die bisherigen Erörterungen haben auch wohl gezeigt, was er unter der wahren Menschheit sich gedacht habe. Ich verlasse nun diesen Gegenstand, indem ich glaube, mich für meinen Zweck hinlänglich hierüber verbreitet zu haben.

Indem wir an der Grenzscheide des zweiten und dritten Jahrhunderts stehen, scheint es angemessen, die verschiedenen Meinungen außerhalb der katholischen Kirche über Christum seiner höhern Natur nach noch im allgemeinen zu berücksichtigen, um auch hieraus einige Schlüsse für die Kirchenlehre und die älteste Ueberlieferung zu ziehen. Solcher, die Christum für einen bloßen Menschen hielten, giebt es nur Wenige. Theodotus, der Gärber, der, von einer innern Feigheit geschüttelt, Christum in einer Verfolgung verläugnete, führte als Grund an, er habe blos einen Menschen verläugnet. Theodotus, der Wechsler, stand auf seiner Seite, und einige Andere, die zwar zugaben, daß Christus durch den heiligen Geist, also ohne Sünde empfangen worden sei, übrigens aber auch in ihm nur einen bloßen Menschen erkannten. Wie diese, waren der Gesinnung nach Ebioniten auch Artemon und seine Anhänger, die Gleiches mit den eben Genannten vorbrachten; aber historisch ihre Irrthümer zu begründen sich bemühten. Sie beriefen sich auf das Urchristenthum, in welchem man Christum nur für einen bloßen Menschen gehalten habe, und sagten, also sei es geblieben bis auf Papst Victor, dessen Nachfolger Zepherinus, plötzlich die Gottheit Christi eingeführt habe. Da sie historisch die Lehre von Christus angriffen, widerlegte man sie auch historisch, d. h. traditionell, und berief sich auf die ältern Kirchenväter, und auf die Kirchengesänge, die Christum als Gott prießen. Die Schriftbeweise für Christi Gottheit widerlegten die Häretiker leicht; indem sie die Stellen, worin sie ausgesagt ist, entfernten. Victor schloß schon Theodotus den Gärber von der Kirchengemeinschaft aus. Gegen die Mitte des dritten Jahrhunderts schloß sich Paul von Samosata, der Christum für einen sehr weisen Menschen hielt, an dieselbe Meinung an.

So hatten sich diese mit ihrem Verstande abgekauft; Andere versuchten es also, daß sie mit Aufhebung des Personenunterschiedes sagten, Gott schlechthin sei in Christo erschienen und Mensch geworden. Auf dieser Seite waren Praxeas, Noetus, Beryllus und Sabellius. Näher verwandt mit diesen, als man oft anzunehmen geneigt ist, sind jene, welche in Christo eine vorübergehende Einsenkung der Gottheit in einen Menschen annahmen, die schon von Justin bestritten wurden.

Die zuerst angeführte ebionisirende Classe hat geradezu ein Urchristenthum sich erdichtet; denn Alles, was bisher angeführt wurde, von Clemens von Rom und Ignatius an, ist dagegen. Die zweite Classe giebt aber ein sehr wichtiges historisches Zeugniß für die Kirchenlehre. Sie fand den Glauben an die Gottheit Christi und seine göttliche Verehrung in der Kirche vor, und dies von Anfang an; dies konnte sie nicht in Abrede stellen, und das christliche Interesse ließ es auch bei ihnen nicht zu. Nur glaubten sie die Lehre der Kirche anders erklären zu müssen, als man sie verstand; die Einen identificirten den Sohn gänzlich mit dem Vater, und die Andern glaubten, Gott möge er ja immer auch genannt worden sein, und genannt werden können, wenn auch nur eine vorübergehende Ausstrahlung einer göttlichen Kraft in ihm gewirkt habe. So zeugen diese selbst durch ihre Abweichung von der Kirchenlehre für dieselbe. Der Sabellianismus ist Hyperkatholicismus, in mehr als einer Beziehung, wie wir weiter unten sehen werden. Daß er möglich wurde, setzt das Dasein der katholischen Lehre voraus. Daß aber die Kirche stets einen Personenunterschied behauptet habe, zeigt alles bisher Gesagte, und die Ausschließung derer von der Kirchengemeinschaft, die ihn läugneten; oder die Nothwendigkeit wenigstens ihn anzunehmen, wenn sie in der Gemeinschaft bleiben wollten, zeigt, daß tief im christlichen Gemüthe und in der Kirchenlehre derselbe vorhanden war. Zwar hat man behauptet, daß Justin diejenigen, die in Christo nur eine göttliche Kraft anerkannten, nicht als zur Kirche nicht gehörend betrachtet habe. Allein ein Beweis hiefür wurde nicht geliefert. Justin widerlegt vielmehr diese Ansicht eben so, wie jene, daß Christus ein bloßer Mensch gewesen sei. Wie man nicht annehmen kann, daß die letztere Ansicht in der Kirche geduldet worden sei, eben so wenig kann es von der erstern ausgesagt werden. Justin bezeichnet beide Ansichten als Irrthum, obschon er von keiner ausdrücklich sagt, daß sie von der Kirche ausschließe. Man müßte denn annehmen, beide Meinungen seien in der Kirche geduldet worden, was aber nicht nur aller Geschichte widerspräche, sondern dem Justin selbst, der sich mehr als einmal einer durchgängigen Uebereinstimmung im Glauben in der Kirche rühmt. Justin, als Apologet, handelt als Repräsentant des Ganzen, seine Widerlegungen sind darum Widerlegungen der der Kirchenlehre entgegenstehenden Ansichten; die τ'αυτα μοι δοξαντες, die in der katholischen Kirche, die Uebereinstimmenden dial. c. Tryph. c. XLVIII. sind also der Gegensatz der ἑτεροδοξουντες der ausserhalb derselben sich befindenden, der Andersdenkenden (ein Ausdruck, der sich schon bei Ignatius findet ad Smyrn. c. VI.) Wie er demnach in dieser Stelle, in der er jene widerlegt, die Christum für einen bloßen Menschen hielten, die ganze katholische Kirche in seinem Glauben repräsentirt, so auch c. CXXVIII., wo er jene widerlegt, die in Christo blos eine göttliche Kraft annahmen, die sie den Logos oder wohl auch Gott selbst nannten. Merkwürdig aber ist, daß die angeführten alten Häretiker behauptet haben, in Rom sei Christus bis auf Zepherinus nicht für Gott gehalten worden; in den neuern Zeiten behaupten Viele, Victor, der vor Zepherin lebte, habe ihn mit Praxeas für den Vater gehalten, d. h. für die Gottheit schlechthin!

Wie aus der Ansicht derer, die glaubten, daß in Christo entweder die Gottheit schlechthin, oder eine göttliche Kraft, wegen welcher Christus Gott oder der Logos Gottes genannt werden möge, unläugbar der uranfängliche Glaube der Kirche an die Gottheit Christi sich bestätigt, eben so auch wird er bekräftiget durch die Systeme der Gnostiker. Die meisten Gnostiker hielten Christum nicht für Gott geradehin, aber für ein weit höheres Wesen, als den niedern Weltschöpfer; er ist ihnen ein Aeon, der nächste oder einer der nächsten Ausflüsse aus dem höchsten Gott; nach Valentin höchst wahrscheinlich ein unpersönliches Wesen. Diese Gnostiker, häufig sehr gemüthliche, tief fühlende Menschen, würden gewiß Christum als wahren Gott anerkannt haben, wäre ihnen nicht die verkehrte Vorstellung eingewurzelt gewesen, daß der höchste Gott die Welt nicht könne geschaffen haben, wegen des in derselben vorhandenen Bösen; auch wurden sie dadurch verhindert, daß sie annahmen, er könne aus seinen unergründlichen Tiefen nicht heraustreten. Aber aus der hohen Vorstellung die sie von dem Erlöser hatten, ersieht man, welcher Glaube in der Kirche vorhanden war, nur konnten sie ihn nicht mit ihren Vorurtheilen vereinigen, und verfielen deßwegen in unzählige Spiele der Phantasie. Die Kirche hielt immer nach dem Evangelium Johannis und der Lehre Pauli den Weltschöpfer für den Welterlöser: der die Menschen schuf, mußte sich auch der Menschen, der gefallenen, annehmen. So die katholische Kirche. Die Gnostiker suchten aber von der einen Seite den Erlöser höher zu stellen, als die katholische

Kirche, indem sie ihn über den Weltschöpfer hinaufsetzten, auf der andern Seite aber erniedrigten sie ihn jedoch wieder, indem sie ihn nicht als den wahrhaften Sohn des höchsten Gottes anerkannten. Jedermann, so scheint es, muß in dieser Stellung der Gnostiker erkennen, worin die Lehre der ältesten Kirche bestanden habe. Hätten die Gnostiker die Weltschöpfung von Gott abgeleitet und geglaubt, Gott könne sich mit der Welt verbinden, was konnten sie ihrem ganzen Charakter nach anders in Christo finden, als Gott? Wollte man aber einwenden, daß doch aus den Meinungen der Gnostiker das hervorgehe, daß die alte Kirche keinen bestimmten Glauben in Betreff des Göttlichen in Christo gehabt habe, so glaube ich, daß man wohl entgegnen könne: so wenig man aus der Meinung der Gnostiker, die niedere Welt sei von einem niedrigeren Wesen geschaffen worden, folgern könne, daß deßwegen auch in der katholischen Kirche eine Verschiedenheit von Ansichten hierüber statt gefunden habe, eben so wenig sei man befugt, aus ihrer Meinung von Christus auf eine Verschiedenheit von Ansichten über seine höhere Natur in der kathol. Kirche zu schließen.

Das Gesagte wird noch einleuchtender, wenn wir erwägen, daß es sogar Gnostiker gegeben habe, die glaubten, daß in Christo Gott schlechthin erschienen sei. Neander vermuthet es blos von Marcion, allein es ist wohl ganz gewiß. Denn der Sohn Gottes, der Weltschöpfer und ewige Offenbarer des Vaters nach aussen, wie die ältesten Kirchenväter Christum darstellen, konnte von Marcion nicht in dieser Eigenschaft anerkannt werden, weil er ja die Welt und alle Offenbarungen vor Christus nicht als Offenbarungen des wahren Gottes annahm; somit konnte er auch jenes innere Verhältniß in der Gottheit nicht annehmen, unter dessen Voraussetzung allein von Gott als Weltschöpfer und Offenbarer gesprochen werden konnte. — Sonach leuchtet auch wieder aus den gnostischen Systemen der Glaube der Urkirche hervor. Ich sage der Urkirche, denn Basilides lebte schon gegen das Jahr 125, und nur etwas später Marcion und Valentin.

Nach dieser Erörterung mögen nun die Zeugnisse der vorzüglicheren Schriftsteller des dritten Jahrhunderts folgen, und zuerst Tertullian, der es mit einigen Classen, der eben berührten Häretiker aufnahm: nämlich mit den Gnostikern und denen die in Christo die Gottheit schlechthin, in welcher sie keinen Personenunterschied annahmen, glaubten. Mit Praxeas nahm er es auf. Dieser kam aus Kleinasien nach Rom unter dem Papste Victor (J. 192.) Er verbreitete wohl in Rom schon seinen Irrthum, wurde aber veranlaßt, denselben aufzugeben; «der Lehrer hatte sich gebessert und für den alten Glauben Bürgschaft geleistet, die Handschrift liegt noch bei den Psychikern, bei welchen damals die Sache verhandelt wurde, sofort beruht sie auf sich», sagt Tertullian[31]). Allein bald wurde sein Irrthum von neuem verbreitet, und Tertullian meint, Praxeas habe nur aus Verstellung seine Lehre zurückgenommen [32]).

Die Lehre des Praxeas drückt Tertullian also aus: «der Vater selbst habe sich in die Jungfrau herabgelassen, er selbst sei aus ihr geboren worden, habe gelitten, er selbst endlich sei Jesus Christus.» adv. Prax. c. I. Alle Gründe, die Praxeas für seine Irrlehre angiebt, beweisen, daß ihn Tertullian recht aufgefaßt habe; auch ist sich Tertullian in der ganzen Beweisführung gegen ihn stets gleich. Die Gründe des Praxeas aber waren folgende. Es läßt sich die Einheit Gottes nicht festhalten, wenn man den Sohn für eine von dem Vater verschiedene Person hält, c. II. wer anders glaubt, predigt zwei und drei (Götter). Wir halten die Monarchie fest. c. III. [33]). Im alten Testamente ist auch

---

31) Denique caverat pristinum Doctor emendatione sua; et manet chirographum apud Psychicos, apud quos tunc gesta res est. Exinde silentium adv. Praxe. c. I. Tertullian nennt die Katholiken Psychiker, weil er damals schon dem montanistischen Schisma beigetreten war.

32) Ita aliquando per hypocrisin latitavit, et nunc denuo erupit l. l.

33) Itaque duos et tres jactitant a nobis praedicari — Monarchiam, inquiunt tenemus.

stets nur von Einem die Rede, und ausdrücklich heißt es: «ausser mir ist kein Gott» c. XVI. Auch: «ich allein habe die Himmel ausgebreitet» c. XIX. In der Apokalypse heißt es: «ich bin der Herr, der Allmächtige, der ist, der war, der kommen wird.» Auf jeden Fall könne das «der Allmächtige» nur auf den Vater bezogen werden. (Also schloß wohl Praxeas weiter, ist er es, der kommen wird, d. h. er ist Christus). c. XVI. Ferner sage Christus selbst: «ich und der Vater sind Eins.» «Wer mich sieht, sieht den Vater.» Wenn demnach der Vater auch Sohn heiße, so sei es so zu nehmen, daß er sich selbst zum Sohne gemacht habe. Und wer könne wohl zweifeln, ob das Gott möglich sei? Gott sei alles möglich. c. X. Der Sohn sei aber nur der Mensch Jesus, Christus sei der Vater; in dieser Beziehung würden Beide von einander unterschieden. So Praxeas.

Er scheint demnach gemeint zu haben, daß Christus als Mensch, der Sohn Gottes sei; weil sich aber die Gottheit mit diesem Sohne Gottes vereinigte, eine Person war, so könne der Name des Sohnes auch auf die Gottheit in Christo, auf den Vater übergetragen werden.

Diese Gründe nun bestreitet Tertullian zuerst durch die Berufung auf die Tradition, die die persönliche Verschiedenheit des Vaters und Sohnes (in kirchlichem Sinne) stets behauptet habe. Praxeas sei erst von gestern her (hesternus Praxeas.) c. II. Wenn Praxeas sagte, die Einheit Gottes könne nur durch seine Lehre bewahrt werden, so entgegnet Tertullian: «Gleich als wäre nicht auch auf diese Weise Einer Alles, wenn aus Einem Alles ist, durch die Einheit des Wesens (substantiae) nämlich. So wird zugleich das Geheimniß der Oekonomie bewahrt, welche die Einheit als eine Dreiheit auffaßt, indem sie drei annimmt, den Vater, Sohn und Geist. Drei, die nicht dem Sein, sondern der Ordnung, nicht dem Wesen, sondern der Person, nicht der Macht, sondern der Eigenthümlichkeit nach verschieden sind, aber ein Wesen, ein Sein und eine Macht haben, weil ein Gott ist, aus welchem jene Ordnungen, Personen und Eigenthümlichkeiten unter dem Namen des Vaters, des Sohnes und des heil. Geistes abstammen. Wie eine Zahl ohne Trennung möglich sei, wird die folgende Untersuchung zeigen [34]). Die Zahl und die Verhältnisse in der Trinität halten sie für eine Auflösung der Einheit; da die Einheit, die aus sich selbst eine Dreiheit ableitet, durch diese nicht gestört, sondern unterstützt wird [35]). Sie geben sich für die Verehrer Eines Gottes aus, als könnte nicht auch eine unvernünftig behauptete Einheit eine Häresie (Irrthum) und eine vernünftig gedachte Dreiheit, Wahrheit sein. Aufgelöst wird die Einheit, wenn eine Macht, die für sich bestehet und ein eigenes Sein hat, angenommen, und dadurch eine feindliche Macht eingeführt, und ein anderer Gott gegen den Schöpfer geglaubt wird. c. III. Da ich aber den Sohn nicht anderswoher, sondern aus der Substanz des Vaters ableite, der Nichts thut ohne des Vaters Willen, der alle Gewalt vom Vater erhalten hat, wie kann ich so durch meinen Glauben die Monarchie zerstören, die ich als vom Vater dem Sohne übergeben im Sohne aufrecht halte? Dasselbe soll von der dritten Ordnung gesagt sein, weil ich glaube, daß der heil. Geist vom Vater durch den Sohn sei.» c. IV.

Nachdem nun Tertullian die früher schon besprochene Genesis des Sohnes aus dem Vater entwickelt hatte, um zu zeigen, daß, indem der Sohn aus dem Vater sei, und

---

34) Adv. Prax. c. II. Quasi non sic quoque unus sit omnia, dum ex uno omnia, per substantiae sc. unitatem, et nihilominus custodiatur oeconomiae sacramentum, quae unitatem in trinitatem disponit, tres dirigens Patrem et Filium et spiritum sanctum. Tres autem non statu sed gradu; nec substantia sed forma, nec potestate sed specie, unius autem substantiae et potestatis et unius status, quia unus Deus, ex quo gradus isti, et formae et specia in nomine P. et f. et sp. S. deputantur.

35) L. l. numerum et dispositionem trinitatis, divisionem praesumunt unitatis, quando unitas a semetipsa derivans trinitatem, non destruatur ab illa, sed administretur.

das våterliche Wesen in sich habe, keine Mehrheit von Göttern eingeführt werde, fährt er fort: «das Wort ist also immer im Vater, wie er selbst sagt «« ich bin im Vater.»» Wir behaupten also, der Sohn sei vom Vater ausgegangen, nicht getrennt. Denn er brachte das Wort hervor, wie auch der Paraklet lehrt, wie die Wurzel den Stamm, wie die Quelle den Fluß, wie die Sonne den Strahl, aber der Stamm wird nicht von der Wurzel, der Fluß nicht von der Quelle, der Strahl nicht von der Sonne getrennt, wie auch das Wort nicht von Gott. Nach diesem Bilde bekenne ich, daß ich Zwei annehme. Denn auch die Wurzel und der Stamm sind zwei Dinge, aber verbunden. Wo aber ein Zweiter ist, da sind Zwei. Wo ein Dritter, Drei. Denn der Dritte ist der heilige Geist.» c. VIII. Die persönliche Verschiedenheit beweiset Tertullian also: «der Sohn selbst sagt: «der Vater ist größer als ich.» Denn es heißt im Psalm: «« ein wenig unter die Engel.»» Der Vater ist also ein Anderer als der Sohn, indem er größer ist; ein Anderer ist es, der zeugt, ein Anderer, der gezeugt wird, ein Anderer schickt, ein Anderer wird geschickt. (Man sieht, daß er das: der Vater ist größer als ich, blos auf die Menschwerdung bezieht, wie die angeführte Stelle aus dem Psalm zeigt. Vergleiche c. XVI. wo noch deutlicher derselbe Vers auf die Menschwerdung angewendet wird. Er will also nur zeigen, daß, wenn der Sohn sage, der Vater sei größer als er, der Vater das nicht könne gesagt haben, da er ja gesagt haben würde, er übertreffe an Größe sich selbst).

Ein vorzügliches Gewicht legt Tertullian auf die Benennung Vater und Sohn. «Der äussern Benennung müsse ein inneres Verhältniß entsprechen, sagt er: denn das Wort deute die Sache an: besonders bei Gott, bei dem nur sei Ja, Ja; Nein, Nein. Damit also der Vater, Vater sei, müsse er einen Sohn haben, und damit der Sohn, Sohn sei, einen Vater. Es sei dies eine Ordnung, die von Gott selbst komme, die er darum auch bewahre. (Er will sagen, nach allgemeinen Gesetzen denke sich der menschliche Geist wenn von einem Sohn die Rede sei, wirklich einen Sohn; und diese Nothwendigkeit des menschlichen Denkens, habe Gott selbst gegründet; wenn darum von einem Sohne Gottes in der heil. Schrift, in der Gott selbst spreche, die Rede sei, so bewahre er wohl auch ein Gesetz, das er gegeben. Der Vater sei sich also nicht selbst Sohn, und der Sohn Vater). (Sehr verschieden sei aber: einen Sohn haben, und sein eigner Sohn sein. Damit Jemand ein Gatte sei, müsse er eine Frau haben, nicht selbst seine Frau sein. So auch, damit Jemand Vater sei, müsse er einen Sohn haben, nicht es sein.» Es fragt sich aber, wie Tertullian auf diese Weise gegen Praxeas argumentiren konnte, da ja dieser eigentlich nur die Menschheit Christi den Sohn nannte. Offenbar meinte Tertullian, der Erlöser werde von dem Höhern in ihm benannt, die Menschheit Christi werde Sohn genannt, weil das Göttliche in ihm der Sohn Gottes sei, und nicht umgekehrt könne das Göttliche in ihm den Namen vom Menschlichen erhalten. Sei demnach das Göttliche in Christo das Namengebende, so könne es nach den Gründen, die er angiebt, nicht der Vater selbst sein.

Mit der allgemeinen Sentenz, fährt er fort, Gott ist Alles möglich, sei nichts ausgerichtet; angewendet könne sie nur werden, wenn von irgend einer Sache schon durch andere Gründe nachgewiesen wäre, daß ihr Wirklichkeit zukomme, aber die Wirklichkeit selbst könne man nicht durch die Möglichkeit begründen, man könnte so alle Einfälle rechtfertigen wollen. Beweisen müsse also Praxeas, daß der Vater gesprochen habe: «ich bin mein Sohn, ich habe mich heute gezeugt.» Er setzt hinzu: «Warum sprach Gott nicht so? Was fürchtete er? Nichts als die Lüge. Indem ich also glaube, daß Gott wahrhaftig sei, so glaube ich auch, daß das innere Verhältniß und der Name sich entsprechen.» c. X. und XI. Ein weiterer Grund Tertullians ist, daß der Sohn stets den Vater geoffenbart habe, daß der Vater seiner Natur nach nicht erscheinen könne. Wenn es aber im alten Bund heiße: «ausser mir ist kein Gott», «ich allein habe die

Himmel ausgebreitet," so sei eben der Sohn nebst dem Vater darunter verstanden. Denn vom Sohne heiße es ja auch: durch ihn sei Alles gemacht worden. Es würden aber keine zwei Götter und zwei Herrn dadurch eingeführt, wenn gleich auch der Sohn Gott und Herr genannt würde, auch wenn von ihm allein die Rede sei (so daß man meinen könnte, da der Vater und der Sohn, auch wenn von ihnen allein die Rede sei, Gott genannt würden, zwei Götter gemeint seien), denn Zwei glaube man nur in so fern, als man an Vater und Sohn glaube, diese Beide seien aber Eins und unzertrennlich; Eins dem Sein und nur verschieden der Oekonomie nach [36]). Die Stelle in der Apokalypse:

36) Schleiermacher, theologische Zeitschrift Heft III. 317. beruft sich auf Tertullian adv. Prax. 17. mit dem Vorwurfe: «Oder wenn es so zart steht um die Gottheit des Sohnes, daß für sich allein zwar Christus kann Gott genannt werden, kommt er aber mit dem Vater zusammen vor, dann nicht Gott, sondern Herr, wie sollte wohl eine Gleichheit zwischen beiden statt finden?» Dieser Vorwurf kann nur gemacht werden, wenn man die Stelle Tertullians mißverstanden hat. Dieser erklärt nämlich, wie nicht zwei oder drei Götter dadurch geglaubt würden, wenn gleich der Sohn und Geist Gott seien. Obschon alle Drei und jeder für sich Gott sei, so sei es doch nur ein Gott. Um aber nicht sagen zu müssen, wenn vom Vater und Sohn zugleich gesprochen werde: «die Götter oder Herren,» so folge er dem Apostel, der in diesem Falle den Vater Gott, den Sohn den Herrn nenne. Gott und Herr werden sich nicht entgegengesetzt, als sei das eine mehr als das andere; sondern die gleichen Prädicate will er nur unter beide austheilen, um nicht sagen zu müssen, Götter, Herren. Das ist völlig dem Sinn des Tertullian fremd, daß vergleichungsweise dem Vater das Prädicat Gott, dem Sohne nur das Prädicat Herr gebühre, und daß deßwegen um den Unterschied beider zu zeigen, und ja dem Vater nichts zu vergeben, so gesagt werden müßte. Denn so meint es der Einwurf Schleiermachers, den vor ihm schon Andere auch gemacht haben. Duos tamen Deos et Duos dominos nunquam ex ore nostro proferimus, non quasi non et Pater Deus, et filius deus, et spiritus sanctus deus, et deus unus quisque — Itaque deos omnino non dicam, nec

« ich bin der Herr der Allmächtige, der ist, der war, der kommen wird » sei von dem Sohn zu verstehen, und das « Allmächtig » dürfe nicht hindern, denn der Sohn des Allmächtigen sei auch Allmächtig. Cum et filius omnipotentis tam omnipotens sit, quam Deus Dei filius. c. XIII. XVIII. XIX.

Vergebens berufen sie sich, fährt er fort, auf die Stelle: « ich und der Vater sind Eins. » Man müsse, sagt er, das ganze Johanneische Evangelium betrachten, ob in demselben Vater und Sohn schlechthin identificirt wurden. Schon im Anfange desselben werde der Vater und der Sohn unterschieden. Anders dürfe es doch nicht genommen werden, als die Worte lauten: dann aber sei ein Anderer im Anfang gewesen, und ein Anderer sei es, bei dem er gewesen: « ein Anderer ist Gott, ein Anderer der Logos, obschon der Logos auch Gott ist; aber in sofern er Sohn ist, nicht in sofern er der Vater sein soll, ein Anderer ist der, von welchem, ein Anderer, durch welchen Alles gemacht ist. »

Es heiße: « So sehr hat Gott die Welt geliebt, daß er seinen eingebornen Sohn dahin gab. » « Der Vater wirkt bis jetzt, und ich wirke. » Wie dort beide unterschieden seien, ein Anderer, der dahin gegeben und in die Welt geschickt werde, ein Anderer aber schicke, so sei hier ausdrücklich gesagt: der « Vater » und « ich. » c. XX. und XXI. An den Worten bemerkt er sofort: « ich und der Vater sind Eins », halten sie sich fest. Aber sie sehen nicht, daß es heißt: ich und der Vater, wodurch also schon Zwei bezeich-

---

dominos, sed apostolum sequar, ut si pariter nominandi fuerint Pater et filius, Deum Patrem appellem, et Jesum Christum dominum nominem. Solum autem Christum patero deum dicere, sicut idem apostolus. Dann bringt er ein Beispiel von der Sonne, und sagt, sie selbst werde Sonne genannt, und ihre Ausstrahlung. Obschon man aber die letztere auch Sonne nenne, so wolle man deßwegen doch nicht zwei Sonnen einführen, und sage deßwegen, wenn von Beiden die Rede sei, die Sonne und ihr Strahl, und zeige so die Einheit und Verschiedenheit zugleich.

net werden; ferner «wir sind» (sumus) was doch wieder nicht eine Person anzeigt; und endlich «Eins», nicht «Einer.» C. XXII. «Der Sohn betet zum Vater, sagt Tertullian, bei der Erweckung des Lazarus, bei seinem Leiden. Der Sohn bittet auf der Erde, der Vater verspricht vom Himmel. Warum machst du den Vater und den Sohn zum Lügner, wenn entweder der Vater vom Himmel zum Sohn sprach, da er doch selbst der Vater im Himmel war? Was soll das sein, daß der Sohn dasselbe von sich erbittet, denn das würde der Fall sein, wenn er den Vater bittet, da er doch selbst der Vater war? Oder daß der Vater sich selbst etwas verspricht, da der Sohn ja der Vater war?» C. XXII. Daraus ersieht man, sagt er weiter, was es heißt: «wer mich sieht, sieht den Vater;» es ist ganz gleichbedeutend mit dem: «ich und der Vater sind Eins.» Der Sohn sagt nämlich also, weil er der Weg ist, weil Niemand zum Vater kömmt, als durch ihn, und Niemand zu ihm, es sei denn der Vater ziehe ihn; weil ihm der Vater Alles übergeben hat, und weil, wie der Vater, so auch der Sohn belebet, und wer den Sohn kennet, auch den Vater kennet. Zu der Stelle: «wer mich sieht, sieht den Vater», setzet Christus hinzu: «ihr glaubet nicht, daß ich im Vater bin und der Vater in mir ist.» Nach euch müßte er sagen: ihr glaubet nicht, daß ich der Vater bin. Das ganze Evangelium schließt: das ist geschrieben, daß ihr glaubet Jesus Christus sei der Sohn Gottes. Nicht: er sei der Vater. C. XXIV. XXV. Endlich ist in der Taufformel die Verschiedenheit angezeigt; daher die dreifache Untertauchung. C. XXVI.

Da aber Praxeas zwischen Sohn Gottes und Vater den Unterschied gemacht hatte, daß Sohn Gottes blos den Menschen bedeute, die in ihm wohnende Gottheit aber der Vater sei, der jedoch aus dem oben angegebenen Grunde Sohn genannt werde, so verbreitet er sich sofort hierüber und widerlegt den Grund, den Praxeas für seine Meinung anführte: «was aus ihr geboren wird, wird Sohn Gottes genannt werden», damit, daß er sagt, es heiße auch: «was aus ihr geboren werden wird, ist Immanuel, d. h. Gott mit uns.» Dieser Theil der Schrift ist der dürftigste. Zum Schluß berührt er die Gehaltlosigkeit der Unterscheidung zwischen Christus und Jesus, die Praxeas gemacht hatte.

Wie Tertullian gegen die Gnostiker die wahre Gottheit Christi entwickelt, kann ich meines Zweckes willen, den ich verfolge, nicht mehr darstellen. Das aber ersehen wir, daß 1) Tertullian sagt, Vater, Sohn und Geist seien eine Substanz; sie sind mithin nach ihm dem Wesen nach gleich, eines Wesens. 2) Sie haben dieselbe Macht, und den Sohn nennt er darum auch allmächtig, wie den Vater. 3) Der Sohn ist ewig; und Alles das gilt auch von dem heiligen Geist, den er ausdrücklich Gott nennt, indem er in einer schon angeführten Stelle sagt et Pater Deus, et Filius Deus, et Spiritus Sanctus Deus, et Deus unusquisque. 4) Sie sind ungeachtet der Einheit des Wesens, dennoch der Person nach verschieden.

Es ist nicht zu verkennen, daß sich durch den Kampf, in welchen die Vertheidiger der ursprünglichen christlichen Lehre verwickelt wurden, eine weit größere Gewandtheit, dieselbe zu vertheidigen, und eine weit größere Klarheit der Begriffe entwickelte. Was Justin Licht vom Licht nennt, nennt Tertullian Einheit des Wesens. Und um wieviel richtiger lös't er den Einwurf des Praxeas, der aus dem alten Testamente hergenommen wurde: «es ist kein Gott außer mir» als Justin, dem Trypho auf seine Behauptung, der Sohn sei wirklich Gott, Aehnliches entgegenhielt. Trypho hatte gesagt, es heiße: «ich werde keinem Andern meine Herrlichkeit geben.» Justin führt nun Stellen an, um zu zeigen, daß Gott doch Christum seine Herrlichkeit gegeben habe! und schließt: «ihr sehet Freunde, daß sich Gott selbst erklärt, er werde dem, den er zum Lichte der Völker bestimmt hat, und (nur) keinem Andern seine Herrlichkeit geben, daß also Gott keineswegs für sich allein den Ruhm behalte.» dialog. c. Tryph. c. 65. Aus dieser Stelle konnte Manches, ganz gegen die Absicht Justins, erschlossen werden. Dagegen sagt Tertullian, unter Gott habe man sich zugleich den Sohn mit dem Vater zu denken; weil beide eine und dieselbe Gottheit seien.

Allein demungeachtet finden sich auch in Tertullian noch bedeutende Unklarheiten; seine Begriffe waren noch nicht durchgängig abgerundet, und seine Ausdrücke nicht immer unter sich übereinstimmend. So läugnete er, um sich gegen Praxeas zu behaupten, wie Justin, um einen festen Fuß für die Gottheit Christi gegen Tryphon zu gewinnen, daß der Vater nicht erscheinen könne; wohl aber könne es der Sohn, pro modulo derivationis. Und doch behauptete er sonst, der Sohn sei allmächtig, wie der Vater, weil er Gott aus Gott sei: eine Behauptung, die die andere geradezu aufhebt. Und was den genannten Ausdruck noch auffallender macht, er sagt, wegen der unzertrennlichen Einheit beider, sei der Vater im Sohn auch erschienen (c. XIV.) Was sollte also das pro modulo derivationis? — Allerdings sagt er c. XVI. in Bezug auf die alttestamentlichen Theophanien, die er dem Sohne Gottes beilegt: wenn sie nicht geschrieben stünden, so wären sie auch vom Sohne nicht anzunehmen, (weil er zu mächtig und herrlich sei). Aber er setzt doch bei: «vom Vater dürften sie aber vielleicht nicht einmal zu glauben sein, wenn sie auch von ihm geschrieben stünden.» Das sind Widersprüche, in welche Tertullian verfallen ist, um ja dem Praxeas recht fest entgegen zu stehen. Andere Ausdrücke, die man anführte, um zu zeigen, daß Tertullian den Sohn für geringer als den Vater gehalten habe, sind nur aus Mangel der Berücksichtigung des Zusammenhangs so gedeutet worden. So habe ich das schon von der Stelle, in welcher Tertullian die Worte Christi anführt: «der Vater ist größer als ich» bemerkt. Die Stellen, worin er den Vater mit der Sonne, den Sohn mit dem Strahl vergleicht, besagen blos, daß beide Eins seien und doch verschieden. Denn wollte man das Wort «Strahl» drücken, und daraus ableiten, in der Größe liege der Vergleichungspunct, so könnte man auch sagen, Tertullian behaupte, der Sohn sei größer als der Vater, weil er diesen mit der Wurzel, jenen mit dem Stamme vergleicht, diesen mit der Quelle, jenen mit dem Flusse.

Tertullian wurde im Kampfe mit den Gnostikern zu den tiefsten und schönsten Gedanken über die Menschwerdung des Sohnes Gottes geführt [37]). Den allgemeinen Zweck derselben setzt er in die Befreiung der Sünder, und in die Mittheilung eines göttlichen Sinnes und Wandels: « Gott lebte unter den Menschen, damit der Mensch wie Gott zu leben lernen möge; Gott stellte sich dem Menschen gleich, damit der Mensch Gott gleich würde; Gott wurde klein erfunden, damit der Mensch recht groß werden möge [38]). Endlich in die Zurückführung aller Dinge zum Anfang, damit wie von Christus Alles ausgegangen, so in ihm und durch ihn Alles sich ende [39]). Die Mittel durch welche Christus Alles dies bewerkstelligte, sind nicht einseitig aufgefaßt; sein gesammtes Wirken und Leiden führte dahin: de orat. c. V. de Monogam. c. III. adv. Marc. l. III. c. 8. Uebrigens hat Tertullian klar die menschliche Seele von dem menschlichen Leibe in Christo unterschieden, und mit Bestimmtheit behauptet, daß er eine vernünftige Seele gehabt habe.

Bei Clemens von Alexandrien ist es vorzüglich der tief durch die Sünde mit der menschlichen Natur verstrickte Irrthum, von welchem sich der Mensch nicht loswinden konnte, der ihn zum Erlöser führte; von diesem Gesichtspuncte aus sucht er auch vorzüglich die Gottheit des Erlösers

37) Die einzelnen Stellen sind gesammelt von Petavius, von Lumper, hist. theol. vol. VI. p. 333. ff. Neand. Tertull. p. 364.

38) Adv. Marc. l. II. c. 27. cf. Petav. de incarnat. l. II. c. 11.

39) De Monogam. c. V. Deum proposuisse in semetipso ad dispensationem adimpletionis temporum, ad caput, i. e. ad initium reciprocare universa in Christo, — et adeo in Christo, omnia revocantur ad initium. Irenäus drückt das schon mit ἀνακεφαλαιωσασθαι aus. Ueber dieses Wort und seinen Sinn vergleiche Petav. de incarnat. l. II. c. 7.

zu begreifen. Daher: «die durch das böse Leben verursachte dicke Unwissenheit hat er durch sein göttliches Wort entfernt, und das wiedergegeben, was das Beste und Vorzüglichste ist, Selbst- und Gottes-Kenntniß. Er ist es, der in Wahrheit zeigt, wie wir uns selbst kennen müssen, der den Allvater offenbart, wem er will, und wie es die menschliche Natur zu fassen vermag. Denn Niemand kennt den Sohn, als der Vater, und Niemand den Vater, als der Sohn und wem es der Sohn offenbart.» Strom. l. I. §. 28. Weil die Unwissenheit im bösen Herzen wurzelte, mußte der Lehrer, der Herzenskundige, der Sündenlose und der sein, über welchen überhaupt die Sünde nichts vermag (ἀναμαρτησια). «Als Solche, deren Leben von einer tiefen Finsterniß gefesselt war, bedürfen wir eines Wegführers, der nicht anstößt, und zuverlässig ist — der scharf sieht und die Herzen durchschaut.» Paedag. l. I. c. 3. Er ist der ewige Lehrer, bei dem Alles lernt, und der darum vollkommen ist: «Wenn ein Lehrer im Himmel ist, wie die Schrift sagt, so sind nothwendig Alle auf der Erde Schüler — denn also verhält sich die Sache: die Vollkommenheit ist die Eigenschaft des Herrn, der immer lehrt; anzuerkennen aber, daß wir Knaben und Unmündige sind, kommt uns zu, die wir stets lernen.» Da er der ewige Lehrer des Menschengeschlechts ist, so ist alle Wahrheit, wo sie sich findet, sein Geschenk, aber sie war stets mit Endlichem und Irrigem, der Zugabe der Menschen gemischt; aber endlich erschien die Wahrheit selbst, die Wahrheit an sich, der Sohn Gottes. «Anders spricht einer über die Wahrheit, anders erklärt sich die Wahrheit selbst; ein anderes ist ein Schatten, ein anderes die Sache an sich.» Strom. l. I. c. 7. Von daher kömmt die Kraft der christlichen Lehre: die griechische Wahrheit ist von der unsrigen verschieden, obgleich sie denselben Namen hat, durch die Fülle der Erkenntniß, durch ihre tüchtigere Ueberzeugungsfähigkeit, durch ihre göttliche Kraft und dergleichen. Denn wir sind Gottgelehrte, unterrichtet in der wahrhaft heiligen Wissenschaft vom Sohne Gottes.

bewegt sie auf eine so verschiedene Weise die Seelen.» a. a. O. l. I. c. 20. Aber das äußere Wort bringt allein diese Früchte nicht hervor. Clemens mußte weiter gehen, weil er auch die Ursache des Irrthums in der Sünde suchte. Daher konnte ihm selbst Christus, als sittliches Vorbild, noch nicht genügen; als welches er ihn sehr oft darstellt, vorzüglich aber und in den erhabensten Ausdrücken Paedag. l. II. c. 3. Christus ist außerdem ein unbegreifliches, ein unerklärliches Opfer geworden; durch seinen Tod am Kreuze hat er den Tod besiegt. Strom. l. IV. n. 10. 13. Cohort. ad Gent. fol. 83. 84. 86.[40]). In wiefern er aber dem Tode Christi eine so große Kraft beilegte, hat er nicht bestimmt erklärt: es blieb eben als Geheimniß in seinem Gemüthe tief verschlossen, und er fühlte nur die Wirkungen. Aber durch Christum haben wir den heiligen Geist gesendet erhalten, durch den der Mensch gehoben wird, durch welchen ihm aufgeschlossen wird, was er, der sinnliche, nicht fassen kann, der ihn zur heiligen Gesinnung und damit zur Erkenntniß der Wahrheit führt. Strom. l. VI. n. 18. l. V. 13. Daher ist unsere Stärke der Herr. Strom. IV. n. 7.

Alle Wohlthaten Christi faßt er darum in Folgendem zusammen. «Da nun der Logos selbst vom Himmel zu uns kam, so scheint es mir, wir müßten nicht in verkehrtem Eifer zu menschlicher Weisheit gehen; nach Athen, in das übrige Griechenland, nach Jonien. Denn wenn unser Lehrer der ist, der Alles mit heiligen Kräften erfüllt, durch seine neue Schöpfung, Erlösung, menschenfreundlichen Sinn, durch seine Gesetzgebung, Prophetie und Lehre, so lehrt der Lehrer Alles, und Alles (wo Christus gepredigt wird) ist bereits Athen, und Hellas

40) Quis dives salv. c. 7. erklärt Clemens, was er darunter versteht: «Tod ist es, wenn man ihn nicht kennt; seine Erkenntniß aber, die Gemeinschaft mit ihm, seine Liebe und die Verähnlichung mit ihm, ist allein das Leben.»

durch den Logos geworden (d. h. voll ächter Weisheit)» Protrept. fol. 51. Vorzüglich ist eine Stelle in der Schrift von der Seligwerdung des Reichen merkwürdig. Der Erlöser wird also redend eingeführt: «ich habe dich wiedergeboren, der du von der Welt zum Tode geboren warst. Ich habe dich frei gemacht, geheilt, das Lösegeld für dich gegeben. Ich zeige dir das Antlitz des guten Vaters; nenne Keinen auf Erden deinen Vater. Die Todten sollen ihre Todten begraben, du aber folge mir. Ich führe dich zum Genusse unaussprechlicher, ewig dauernder Güter, die kein Aug gesehen u. s. w. Ich bin dein Ernährer, gebe mich selbst als dein Brod: Keiner der davon kostet, wird den Tod schmecken; täglich gebe ich mich zum Trank der Unsterblichkeit. Ich, der Lehrer himmlischer Weisheit, habe für dich bis zum Tode gekämpft, deinen Tod getilgt, den du für deine Sünden und deinen Unglauben zu bezahlen schuldig warst.» c. 23.

Aus dieser Auffassung der Erlösung erhellet schon zum voraus, wie bestimmt sich Clemens für die wahre Gottheit Christi werde ausgesprochen haben. Er ist darum das Urlicht (το ἀρχετυπον φως), der wahrhafte (γνησιος) Sohn Gottes, der Weltschöpfer (ᾧ τα παντα δημιουργηται) der ist in dem, der ist, (ὁ ἐν τῳ ὀντι ὠν) er ist der lebendige Gott, (πιστευσον θεῳ ζωντι) der Gott aller Menschen (παντων ἀνθρωπων θεος). Daher giebt er ausdrücklich noch folgende Verbindung seines Erlösungs-Geschäftes mit seiner höhern Würde an: «der Logos, der von Anfang an, das Leben als Weltschöpfer gegeben hat, gewährte uns durch seine Erscheinung als Lehrer heilig leben zu können, damit er nachher als Gott das ewige Leben schenke.» Protrept. fol. 78. Er ist gleich dem Vater (τῳ δεσποτῃ των ὁλων ἐξισωθεις) Protrept. fol. 86. In der Erlösung Gott-Mensch (θεος ἐν ἀνθρώπου σχηματι) Paedag. l. I. c. 2. Er ist immer, allenthalben, allwissend, unbegränzt; ihm ist das Heer der Engel unterworfen, er ist allmächtig, er ist zeitlos, das anfangslose Princip (ἀρχη ἀναρχος) der heilige Gott (ὁ δε ἡμετερος παιδαγωγος ἁγιος θεος, Ιησους) der Vollkommene aus dem Vollkommenen (τον λογον τελειον ἐκ τελειου φυοντα του πατρος) Strom. l. VII. n. 1. 2. Paedag. l. I. c. 6. 7.

Am Ende seiner Schrift «der Pädagog» fordert er auf, zu preisen «den Einen, Vater und Sohn, den Sohn und Vater, den Sohn mit dem heiligen Geiste, den, der durchaus Eins ist, in welchem, und durch welchen Alles, dessen Glieder wir Alle sind, dessen Ruhm die Ewigkeit ist, den Allguten, den Allschönen, den Allweisen, den Allgerechten, dem die Herrlichkeit gebührt von nun bis in Ewigkeit.» Alles das von Vater, Sohn und Geist zugleich. Vater, Sohn und heiliger Geist sind daher Ein gleicher Gott. Vom Sohn und Vater heißt es noch anderwärts insbesondere: «beide sind Eins, die Gottheit nämlich (ἐν γαρ ἀμφω, ὁ θεος) Paedagog. l. I. c. 5.[41]).

Nach solchem Zeugnisse, das Clemens Christo giebt, erscheint es als eitle, durch und durch nichtige Kritelei, wenn man einzelne Stellen ausspäht, in welchen Clemens sich nicht schulgerecht ausgesprochen hat. Ich will sie nicht sammeln, da sie höchst unbedeutend sind, und schon viele Andere sich damit beschäftigt haben [42]). Wichtiger aber scheint es mir, die Ursache davon aufzusuchen, und wenn ich sie vielleicht, als ich von andern Kirchenvätern sprach, schon anzugeben Gelegenheit gehabt habe, so bietet sich doch hier eine ganz besondere dar. Philo sagte von der Gottheit, sie sei ganz prädicatlos, und nichts könne von ihr gesagt werden, als daß sie sei. Dieser platonisirende Mysticismus gieng zu den Gnostikern über, und einer ihrer wesentlichsten, einflußreichsten Irrthümer war eben dieser. Aber auch die Kirchenväter konnten sich nicht ganz rein davon halten, und gegen ihren Willen floß er öfters in ihre Schriften. Bei

41) Daher sieht man, wie gehaltlos die Bemerkung des Fellus und Segaar zu quis dives salv. ab c. 42. ist, daß die daselbst vorkommende Doxologie eine Interpolation sei.

42) Petavius de trinit. l. I. c. 4. sehe man statt Aller.

Clemens finden wir ihn in folgender Gestalt. Er legt dem Logos als Weltschöpfer nothwendig die Prädicate allmächtig, allweise, zeitlos, unendlich bei. Aber alle diese Prädicate kommen ihm eben zu, in Beziehung auf diese Welt, die sein Werk ist, im Gegensatz zur gesammten Endlichkeit. Daher ist der Logos durch Prädicate bestimmbar. Aber diese Prädicate bezeichnen den höchsten Gott noch nicht, dessen Eigenthümlichkeit eben diese ist, daß Nichts von ihm prädicirt werden kann. Wäre Clemens nicht weiter gegangen, so hätte er in Christo blos den gnostischen Demiurgos erhalten. Da aber das christliche Herz einen Erlöser bedurfte, der noch weit mehr sein mußte, als jene Prädicate enthielten, die gesammte katholisch christliche Kirche aber den Weltschöpfer und Erlöser identificirte, so ist ihm Christus auch der heilige, der ἀναμαρτητος (Paedagog l. I. c. 2.) der barmherzige. Allein auch das sind noch Prädicate; der also beschaffene Gott ist noch menschlich; der höchste Gott ist noch weit mehr nach Platons Schule, kurz er ist ganz unmenschlich zu denken, dann erst wird der menschliche Geist befriedigt! Dieser philosophische Gott, wie ihn Tertullian nennt, mischte sich hie und da unwillkührlich in die Reden des Clemens ein, daher folgende Stelle, die gar keinen Sinn hat, und durch und durch sich selbst, nicht nur andern Stellen des Clemens widerspricht: « die Natur des Sohnes ist die vollkommenste, die heiligste, die herrlichste, die allgebietende, allbeherrschende, die gütigste, die dem, der allein allmächtig ist, am nächsten kömmt » [43]). Wer kann sich so ausdrücken mit klarem Bewußtsein? Die heiligste, die vollkommenste Natur, ist diese nicht Gott geradezu, kommt sie ihm nur nahe, ist also nicht der Sohn, der diese Prädicate hat, dem Vater ganz gleich?

---

43) Strom. l. VII. c. 1. τελειοτατη, και ἁγιωτατη, και κυριωτατη, και ἡγεμονικωτατη και βασιλικωτατη και εὐεργετικωτατη ἡ υἱου φυσις, ἡ τῳ μονῳ παντοκρατορι προσεχεστατη. Diese Stelle hat schon Petavius urgirt, und neuerlich Schleiermacher, aber höchst einseitig.

Man sieht, daß eine solche Rede, nur möglich war, wenn jener Gott der Philosophen seine dunkle Gewalt noch in etwas ausübte. Clemens stund mit der Fülle seines Lebens in der Kirche, er wußte, daß diese nur dann sich begnügen, und sich wahrhaft erlös't finden, sich selbst begreifen könne, wenn der Gläubige mit Gott schlechthin verknüpft sei, darum drückte er in den oben angeführten Stellen ihren Glauben auch also aus, daß er sagte, der Sohn Gottes, der Erlöser, sei gleich dem Vater, er sei Eins mit ihm, er sei vollkommen aus dem Vollkommenen; aber eben darum sehen wir den Widerspruch jener Stelle nur noch mehr ein. Wir sehen ein, daß sich ganz fremdartige Bestandtheile in seine Darstellung gemischt haben, unverträgliche Elemente, die er im innersten Grunde seines christlichen Lebens verabscheute; aber eben deßwegen sehen wir auch, daß auch ihm eine völlig klare, nach allen Beziehungen sich bewußte Auffassung des Verhältnisses des Sohnes zum Vater noch nicht vergönnet war. So nun glaube ich obige Stelle erklären zu müssen, keineswegs aber nehme ich, wie Petavius, an, daß Clemens den rechten Glauben nicht gehabt habe, sondern leite sie aus einem, wie gesagt, ihm selbst unbewußten Einfluß fremder Philosophie ab. Clemens nennt den Sohn den Vollkommenen; er hat sich selbst (quis dives salv. n. 10.) das Urtheil gesprochen, wenn er sagt: «wer ist vollkommener, als der Vollkommene.» Wenn er selbst einen solchen Grundsatz unter seinen Begriffen hatte, so sieht man, daß die berufene Stelle seinen Glauben nicht ausdrückte. Aber der Glaube der Kirche leuchtet herrlich selbst durch die noch dunklen Partien bei Clemens hindurch. Dies wird um so merkwürdiger, als Clemens selbst sagt, er habe seinen christlichen Glauben von Männern erhalten, die in allen Theilen der Kirche zerstreut lebten. Ein Egyptier, ein Syrier, ein Christ aus Palästina, ein Assyrier waren seine Lehrer. Die Blüthezeit des Clemens fällt aber schon ins Jahr 200; also die Zeit seines Unterrichtes gegen 180. Und die seiner Lehrer?

Wenn Photius sagt, daß Clemens in dem verlornen Buche seiner Hypotyposen viel Irriges in Betreff der Gottheit Christi gelehrt habe, so verdient er gar keine Beachtung. Photius war auch mit Clemens von Rom u. A. nicht zufrieden: als steifer Dogmatiker war er ganz in seine Formeln verstrickt, und konnte in der Verschiedenheit des Ausdrucks die innere Einheit nicht finden. Zudem scheint er sich in eine starre Orthodoxie versteckt und diese absichtlich allenthalben hervorgehoben zu haben, um in anderer Beziehung desto frevelhafter sein zu können. Wie kann man einem Manne ein zuverlässiges Urtheil hierin zutrauen, der die lateinische Kirche der Ketzerei beschuldigte, weil sie beim Abendmahl ungesäuertes Brod gebrauche? Anklagen der Art sollte gegen Clemens man billig aufgeben. Nun zu Origenes.

Bellarmin hat ganz wahr bemerkt, daß von Clemens auf seinen Schüler Origenes geschlossen werden müsse: wie nämlich jener treu das Dogma der Kirche wiedergegeben habe, so sei es schon deßwegen auch von diesem zu erwarten und der Bischof Huetius hat die Wahrheit dieses Schlusses sehr einseitig geläugnet, wie er denn überhaupt in der Darstellung der Lehre des Origenes über das Dogma von der Trinität nicht gründlich und vorurtheilsfrei verfahren ist. Hingegen hat der Benedictiner Prudentius Maranus, dieses Muster eines wahren, umsichtsvollen Gelehrten, den Origenes wahrhaft verstanden und die allseitigste Darstellung seiner Lehren über die Trinität gegeben.

Wäre es doch nie dem Rufinus in den Sinn gekommen, den Origenes verbessern zu wollen! Er hat nicht nur den Hieronymus dadurch noch mehr gereitzt, sondern auch dem Verdacht und der Phantasie der Spätern noch mehr Raum zum Vermuthen gegeben, wie sehr Origenes sich von der Kirchenlehre müsse entfernt haben. Hieronymus aber hat den großen Mann höchst unbillig behandelt. Er hat nur einzelne Stellen einseitig herausgehoben, und selbst diesen öfters eine Uebersetzung gegeben, zu welcher ihn nur seine einmal gefaßte

Abneigung gegen Origenes berechtigte; öfters scheint er nur durch Schlüsse zu seinen Vorwürfen geführt worden zu sein; am meisten fehlte er aber darin, daß er den Origenes mit den Arianern darum zusammenstellte, weil er hie und da im Ausdruck mit diesen zusammen stimmt. Bei Origenes ist aber der innerste Kern gut und gesund, wenn auch seine Schale nicht an jeglichem Orte ohne Fleck und Tadel ist; bei den Arianern hingegen war der Kern faul und wurmstichig. Wenn man des Origenes Schriften lies't, fühlt man sich wie vom göttlichen Geiste angeweht, und zum Heilande, dem Versöhner zwischen Gott und den Menschen, dem Gott-Menschen durch einen geheimnißvollen Zug hingeführt, und dieses Gefühl muß uns mehr gelten, als einzelne Stellen, in welchen sich die menschliche Schwäche zeigt, die des Geheimnisses, welches das Gemüth erfüllte und beglückte, nicht Herr und Meister werden konnte. Aber auch Hieronymus ist zu entschuldigen; denn zu seiner Zeit, in der gewaltigen Verwirrung und Gährung, die allenthalben herrschte, war es nur Wenigen, wie einem Athanasius, der den Origenes auch vertheidigte, vergönnt, tiefer zu schauen, und nicht Jedermann streng nach dem Buchstaben des nicäischen Bekenntnisses zu richten.

Origines war der erste, der die christlichen Lehren in eine Art von System brachte. So also widmete er auch Christus einen eigenen Artikel in seinem Periarchon; worin er jedoch meistens nur die Namen, die Christus hat, erklärt, und an diesem Faden die Lehre von seiner Person entwickelt. Dasselbe geschieht im ersten Tom seiner Erklärungen über das Evangelium Johannis. Ich werde, mit Uebergehung des wegen Rufins Uebersetzung verdächtigen Periarchon, aus jenem dasjenige hervorheben, was nach Origenes, der Erlöser der Menschheit geleistet hat, und hierin zeigt sich am reinsten, was Origenes unter dem Göttlichen in Christo sich dachte.

Das Evangelium Jesu Christi ist dem Origenes, um dieses zuerst zu sagen, das Licht der Erkenntniß, das uns von dem alten Buchstaben zu dem neuen nie alternden Geiste führt. in Joh. Tom. I. n. VIII. Es ist eine Einseitigkeit, wenn man blos erforschet, sagt er weiter, was das Wort λογος bedeutet; denn Jesus wird auch das Licht der Welt, die Auferstehung, das Leben, der Weg und die Wahrheit, die Thüre und der gute Hirt u. a. genannt; die Bedeutung von allem dem muß untersucht werden. n. XXIII. Jesus ist «das Wort,» Gott bei Gott; dies ist nur einer seiner Namen, den er noch dazu nicht selbst sich gegeben, den ihm erst Johannes beigelegt hat. Er heißt nun das Licht, das wahre Licht, welches jeden Menschen, der in diese Welt kommt, erleuchtet. Joh. 1, 7. Die Sonne bewirkt ein Zweifaches. Einmal erleuchtet sie durch ihr Licht alle sinnlichen Gegenstände, und macht auch sie sichtbar, dann verdunkelt sie durch ihr Licht alle anderen Lichter. So ist es mit Christus, der Sonne der Geister; durch sein Licht schauen wir die übrigen geistigen Dinge, und er macht alle andere Lehrer entbehrlich. n. XXIV. Weil er aber bewirkt, daß wir alle Sterblichkeit ablegen, und anziehen das im eigentlichen Sinne sogenannte Leben, wird er die Auferstehung derer genannt, die vom Tode auferstehen und in Wahrheit ihn fassen. Das wirkt er aber nicht blos in jenen, die jetzt sagen können: «wir sind mit Christus begraben (in der Taufe), und mit ihm auferstanden, sondern um vieles mehr in dem, der alle Sterblichkeit abgelegt hat, und in dem neuen Leben des Sohnes wandelt, wenn wir wahrhaft gefördert sind, so daß das Leben Jesu in unsern Leibern sich offenbart.» n. XXV.

«Auch die Wahrheit wird der Eingeborne genannt, weil er sie in ihrer ganzen Fülle, und einem jeden nach seiner Würdigkeit mittheilt.» Hier war es dem Origenes aus einem innern christlichen Interesse daran gelegen, ob Christus alle Wahrheit, wie sie überhaupt in Gott ist, wisse. Denn die Würde des Christenthums und die Hoffnung des Christen beruht hierauf. Wenn in Christo nicht alle und die höchste Wahrheit ist, so hätten wir noch einen höhern Erlöser zu erwarten, und wahrer Gott könnte auch dann der Erlöser nicht sein. Origenes antwortet: «weil er die Wahrheit ist, so weiß er alles Wahre: es müßte denn Einer sagen, es gebe etwas Wahres, was über die Wahrheit erhaben sei.»

Die Quelle des eigentlich sogenannten, reinen und mit allem fremdartigen unvermischten Lebens ist der Erstgeborne aller Schöpfung. Aus dieser schöpfen die, welche Christi theilhaftig sind und das wahrhafte Leben leben. Diejenigen, die ausserhalb derselben zu leben meinen, wie sie nicht das wahrhafte Licht haben, leben auch nicht das wahrhafte Leben; darum heißt er das Leben. n. XXVII. XXVIII.

Weil aber Keiner im Vater und bei dem Vater sein kann, außer derjenige, der bis zur Gottheit des Sohnes sich erhebt, durch welche man zur Seligkeit des Vaters emporgeführt wird, so heißt der Erlöser auch die Thüre. XXIX. Er wird auch Christus genannt und König. Im Psalm 44. heißt es von ihm: er habe die Gerechtigkeit geliebt, und die Ungerechtigkeit gehaßt, und wegen dieser Liebe der Gerechtigkeit habe er verdient, gesalbt zu werden (Christus zu werden). Dies bezieht sich auf Christum, insofern er Mensch ist. Die Salbung nämlich bedeutet bald den Priester, bald den König. Glaubst du nun, das Reich des Sohnes Gottes sei endlicher Natur, und nicht mit ihm selbst geboren? Wie sollte er erst König geworden sein, und darum, weil er die Gerechtigkeit liebte, da er ja die Gerechtigkeit selbst ist? Daher bezieht sich «Christus» auf seine menschliche Natur; nach welcher auch gesagt wird, daß sich seine Seele betrübt habe. Der Ausdruck König (Ps. 71, 2.) aber bezieht sich auf seine Gottheit. In diesem Psalm wird eines Königs erwähnt, und eines Königs Sohnes, dem die Gerechtigkeit gegeben wird. Der König ist der Erstgeborne aller Creatur, der Königs-Sohn, der Mensch, den er angenommen, und der von ihm nach der Gerechtigkeit gebildet wurde. Beide aber sind Eins geworden. Der Heiland machte beides zu Einem. Denn er hatte in sich selbst (in seiner Person) das Vorbild derer, die Eins werden, gezeigt. Dieses beziehe ich auf die Menschen, deren Seele mit dem heiligen Geiste vereinigt ist.

Wie also in der Person Christi die Gottheit der König, die Menschheit der Königs-Sohn ist, so sind das die wahren Schüler Christi, in welcher er (sein Geist) regiert. n. XXX.

Wir sehen aus dieser Stelle, wie Origenes veranlaßt wurde, eine vollkommene Menschheit, d. h., nebst dem Leib auch eine vernünftige Seele in Christo anzunehmen. Alttestamentliche Weissagungen, die er auf Christum bezog, fand er nur zum Theil auf Christus passend, nämlich auf seine menschliche Natur, deren geistiges Wesen einer Bildung zur Gerechtigkeit fähig ist, da hingegen das Göttliche im Erlöser als stets dasselbe, nicht als etwas erst Werdendes dargestellt werden könne. Dies fand er übereinstimmend mit der heil. Schrift neuen Testaments, die auch von der Seele in Christo sage, daß sie betrübt worden sei; wieder eine Aussage, die er mit dem Göttlichen im Erlöser nicht in Uebereinstimmung bringen konnte. Endlich wurde er, wie Irenäus, deßwegen dahin geführt, weil er eine wirkliche Vereinigung des Göttlichen mit jedem Christen glaubte, deren Vorbild die Vereinigung der Gottheit mit der Menschheit in Jesu Christo gewesen sei. Es ist daher ungegründet, wenn behauptet wird, Origenes sei erst durch die Polemik mit Celsus dahin geführt worden, nicht nur einen Körper, sondern auch eine vernünftige Seele in Christo anzunehmen [44].

Jetzt erst werden wir eine Stelle des Origenes in der Schrift gegen Celsus verstehen, worin er ähnlich wie Irenäus sagt: «Jesus und seine Schüler wollten, daß diejenigen, so sich ihm naheten, nicht allein seiner Gottheit, und seinen Wundern glaubten, gleichsam als hätte er nicht mit der

44) Münscher, 2. Bd. Neand. Tertull. S. 392. Ueberhaupt muß man, um hierüber ein richtiges Urtheil fällen zu können, vergleichen Comment. in Math. Tom. IV. fol. 726—27; dann die feine Bemerkung Com. in ep. ad Rom. Tom. IV. fol. 514. ed. de la Rue. Endlich ist ja auch das Werk de princip. früher als die Schrift gegen Celsus geschrieben worden. Und wie klar trägt er in derselben die Lehre von der Vereinigung der Gottheit mit einer vernünftigen Seele schon vor?

menschlichen Natur sich verbunden, und das menschliche Fleisch, das gegen den Geist streitet, angenommen. Denn was die, in die menschliche Natur und in menschliche Verhältnisse herabgestiegene Kraft, die einen menschlichen Leib und eine menschliche Seele annahm, betrifft, so sahen sie, daß durch den Glauben zum Heile der Gläubigen die Seele mit dem Göttlichen sich verbinde. Sie sahen ein, daß von ihm an (vom Erlöser) die göttliche und menschliche Natur sich zu vereinigen anfiengen, damit die menschliche Natur, durch ihre Vereinigung mit der göttlichen nicht allein in Christo göttlich werde, sondern in Allen, die durch den Glauben an Jesum das Leben annehmen, das Jesus gelehrt; denn dieses führt zur] Freundschaft und Gemeinschaft mit Gott.» adv. Cels. l. III. n. 28.

In den folgenden Nummern des ersten Toms seiner Erklärungen über das Evangelium Johannis erklärt zwar Origenes die Bedeutung davon, daß Christus die Erlösung, Gerechtigkeit und Heiligung der Christen genannt werde; (I. Kor. 1, 30.) da er sich aber in seinen Commentarien über den Brief an die Römer weitläufiger und bestimmter hierüber erklärt hat, so nehme ich aus denselben, was hieher zu gehören scheint. Er sagt:

Was heißt es nun: «Gott bestimmte Christum zum Versöhnungsopfer durch den Glauben in seinem Blute?» Röm. 3, 25. Es ist gleichbedeutend mit dem: «dieser ist das Lamm Gottes, das die Sünden der Welt hinwegnimmt.» Joh. 1., 19. Er giebt Allen durch Vergießung seines Blutes Nachlassung der vergangenen Sünden: eine Versöhnung, (propitiatio) die jedoch nur durch den Glauben erlangt wird. in ep. ad Rom. l. III. n. 8. Das Lösegeld ist er geworden, (redemptio) indem er sich selbst den Feinden hingab; er gab ihnen sein Blut, wornach sie dürsteten l. l. n. 7. Die Gerechtigkeit ist er: «weil demjenigen, der vollkommen an ihn glaubt, sein Glaube als Gerechtigkeit angerechnet wird. Sehr richtig sagt also der Apostel in Bezug auf die Vergebung der Sünden, daß dem Menschen (der Glaube) als

Gerechtigkeit angerechnet werde, obschon er noch keine Werke der Gerechtigkeit vollbracht hat, sondern deßwegen allein, weil der Sünder an den glaubt, der ihn rechtfertigt. Denn der Anfang der Rechtfertigung von Gott ist der Glaube, der dem Rechtfertigenden vertrauet. Und dieser Glaube ist gegründet in dem Innersten der Seele, und verhält sich wie eine Wurzel, die den Regen empfängt; so daß, wenn er durch das Gesetz gebildet wird, aus ihm die Zweige herauswachsen, die als Früchte die guten Werke tragen. Die Wurzel der Gerechtigkeit stammt also nicht aus den Werken, sondern aus der Wurzel der Gerechtigkeit wachsen die Früchte der Werke, aus jener Wurzel der Gerechtigkeit nämlich, durch welche Gott die Gerechtigkeit ohne Werke annimmt.» l. IV. n. 1. Es ist aus dieser Stelle sehr einleuchtend, daß Origenes keine blos äussere Gerechtigkeit annimmt, daß die äussere und innere bei ihm zusammenfallen. Den Glauben an die Gerechtigkeit in Jesu Christo betrachtet er nämlich als eine heilige Kraft, aus welcher die heiligen Werke hervorsprossen. In dem unmittelbar Folgenden sagt er noch, daß sich an die Stelle des Bösen eine heilige Gesinnung setze, die nach und nach alle Spuren der Sünde vertilge, und daß Gott dann keine Sünde mehr anrechnen könne [45]).

Daß Origenes ganz das Wesen der Paulinischen πιστις erfaßt habe, läßt sich gar nicht bezweifeln. Um so auffallender ist es, wenn man ihm die Meinung aufbürdet, er habe eine äussere Loskaufung vom Satan angenommen. Ihm ist überall Knechtschaft der Sünde, und damit die Knechtschaft unter Satan Eins und dasselbe, und das ist doch wohl ganz biblisch, und wahr an sich [46]). Die Befreiung von

---

45) Ubi vero jam ad perfectum venerit, ita ut omnis de ea malitiae radix amputetur, eo usque, ut nullum in ea vestigium inveniri possit nequitiae, ibi jam summa perfectae beatitudinis promittitur, cum nullum possit dominus imputare peccatum.

46) L. l. l. III. n. 8. sagt er: Detinebatur ergo apud hostes humani generis captivitas *peccato tamquam bello superata.*

der Sünde ist also auch zugleich Befreiung von Satans Gewalt. Aber wie stellte sich's denn Origenes vor, daß der Tod des Erlösers eine solche hohe Kraft habe? Sehr häufig nennt er, wie Clemens, den Tod Christi das Mysterium des christlichen Glaubens. Aber an einigen Stellen sucht er es einigermaßen aufzuhellen. Dahin gehört, wenn er erklärt, warum Christus bei Jesaias auch der auserlesene Pfeil genannt werde. Er sagt: «Wer sieht, daß so Viele durch die göttliche Liebe verwundet werden, der wird finden, daß das so viele Seelen zur Liebe Gottes verwundende Geschoß kein anderes sei, als der, der gesagt hat: «er hat mich zum auserwählten Pfeile gemacht.» Er will sagen, die Liebe, die Gott durch die Hingabe seines Sohnes gezeigt hat, verwunde die Herzen, und erzeuge Gegenliebe. Tom. I. in Joh. n. XXXVI. Man vergleiche hiemit in ep. ad Rom. l. IV. n. 12. «Ich weiß nicht, sagt er weiter, wie von Jemanden mit Recht gesagt werden kann, er sei mit Gott durch Christi Blut ausgesöhnt, der in den Werken bleibt, die Gott haßt. Wie wäre denn der versöhnt, der das thut, was feindlich ist? Paulus sagt also mit Recht von sich und den ihm Aehnlichen: ««da wir Feinde waren, sind wir durch den Tod seines Sohnes versöhnt worden.»» Denn es verletzt das Schamgefühl sehr, daß wir, nachdem eine solche Versöhnung uns geworden ist, nachdem die Feindschaft zwischen Gott und den Menschen nicht durch das Wort eines Sünders, sondern durch das Blut des Mittlers aufgelös't wurde, uns wieder zur Feindschaft zu wenden, und das thun, was jener haßt, mit dem uns nur die Vergießung des heiligen Blutes versöhnt hat.» Hier also leitet Origenes die Erregung des Dankgefühles aus dem Tode des Erlösers ab, das den Menschen abhalten müsse von der Sünde. Und gegen das Ende des vierten Buches ist auch ihm der Tod Christi das Vorbild des Kampfes gegen die Sünde bis in den Tod. Aber stets kehrt die unmittelbare geheimnißvolle dynamische Einwirkung des Erlösers auf die Menschen zurück. So im ersten Tom seiner Erklärungen über Johannes «wie konnte aber Christus unser Fürsprecher I. Joh. 2, 1. und der Versöhner sein, ohne Gottes Kraft, die unsere Schwäche vernichtet, die sich in die Seele der Gläubigen ergießt, die durch Jesus vermittelt wird, denn er war früher, als sie (die menschliche Schwäche) da er die Kraft Gottes an sich (αὐτοδυναμις του Ֆεου) ist? Durch ihn kann man sagen: «ich vermag Alles durch den, der mich stärkt, in Christo Jesu.» n. 38.

Nun läßt sich leicht zusammenfassen, wie und wodurch Origenes glaubte, daß uns Christus Erlöser geworden sei. Um seinetwillen sind uns unsere Sünden vergeben: dies ist an sich schon geeignet, uns zum Guten anzuspornen, aus Liebe und Dankbarkeit gut zu sein. Diese Gesinnung wird unterstützt, indem er uns sittliches Vorbild und Lehrer wurde; aber vollendet und kräftig wirkend wird alles, durch die aus ihm strömende, durch ihn uns verdiente, (δι' αὐτου διακονουμενης) göttliche Kraft; so daß wir durch diese, die sich mit der freien Seele des Menschen vereinigt, wie die Gottheit mit der Menschheit im Erlöser, göttlich handeln und vollkommen Eins werden mit Gott und selig in ihm. Wer nun alles das billig und ernsthaft, wie sich es geziemt, überlegt; wie muß er sich aussprechen, wenn er ein Urtheil darüber geben will, was Origenes von dem Erlöser geglaubt habe, auch wenn man blos das betrachtet, wie er Christum in seiner versöhnenden Thätigkeit darstellt?

Nun die nähere Bestimmung dessen, was Origenes von der höhern Natur des Erlösers dachte. Es kann hiebei nicht darauf ankommen, einzelne Stellen aufzusuchen, in welchen Origenes von Christus aussagt, daß er Gott sei, denn solche finden sich allenthalben, sondern darauf kommt es an, was er sich darunter vorstellte, wenn er sagt, Christus sei Gott. Das Erstere ist völlig ausreichend, um die Kirchenlehre zu bestimmen; das Letztere ist nöthig, um näher auszumitteln, was des Origenes individuelle Vorstellung gewesen sei. Origenes legt Christo die göttlichen Prädicate bei. Auch aus Mathäus 16, 8. beweiset er Christi Allwissenheit; woraus, wie er hinzusetzt, folge, daß allerdings auch aus dem Evangelium Matthäi Christi Gottheit bewiesen werden könne, was Einige läugneten. Tom. XII. n. 6. in Math. Jedoch sagt er Tom. I. in Joh. n. 6. daß Keiner so rein Christi Gottheit dargestellt habe, als Johannes: οὐδεις γαρ ἀκρατως ἐφανερωσεν αὐτου την θεοτητα, ὡς Ιωαννης παραστησας αὐτον λεγοντα· ἐγω εἰμι το φως του κοσμου. ἐγω εἰμι ἡ ὁδος, και ἡ ἀληθεια, και ἡ ζωη κ. τ. λ. Christus ist ferner die Weisheit, die Gerechtigkeit, die Wahrheit an sich αὐτοσοφια, αὐτοαληθεια, αὐτοδικαιοσυνη. Tom. XIV. n. 7. in Math. Contra Cels. l. V. n. 64. Er ist der göttliche Logos an sich αὐτολογος, und wer noch Vernunft hat, nimmt nur Antheil an der seinigen. Tom. II. in Joh. n. 3. Er ist aus dem Wesen des Vaters, wie der Strahl aus der Sonne, hom. IX. in Jerem. n. 4. und sonst sehr oft. Er ist ewig vom Vater gezeugt, und es gab keine Zeit, in welcher der Sohn nicht war. Er sagt: « es heißt: «« du bist mein Sohn, denn heute habe ich dich gezeugt; »» das heute ist soviel als immer; denn es giebt bei Gott keinen Abend und keinen Morgen, sondern, daß ich so sage, die mit dem ungezeugten und ewigen Leben zugleich sich ausdehnende Zeit, ist ihm der heutige Tag, an welchem der Sohn gezeugt worden ist. Es wird also kein Anfang der Zeugung gefunden, so wie auch nicht des Tages. » Tom. I. in Joh. n. 32. Athanasius hat eine Stelle aus Origenes aufbewahrt, die sich hierüber also ausspricht: « wenn er das Bild des unsichtbaren Gottes ist, so ist auch er ein unsichtbares Bild. Ich möchte noch hinzusetzen, daß es, weil er die Aehnlichkeit des Vaters ist, keine Zeit giebt, in welcher er nicht war (ὁτι οὐκ ἐστιν, ὁτε ουκ ἠν) denn, wann hatte Gott den nicht, den Johannes das Licht nennt, den Abglanz seiner Herrlichkeit, so daß sich Einer unterstehen möchte, dem Sohn einen Anfang zu geben, als wäre er vorher nicht gewesen? Wann war das Bild des unaussprechlichen Wesens des Vaters nicht, der Logos, sein Abdruck, der den Vater kennt? Wer sich also zu sagen getraut: es war eine Zeit, in welcher der Sohn nicht war, der sage auch: die

Weisheit war einst nicht, der Logos war einst nicht; das Leben war einst nicht.» de decretis Nic. In der IX. Homilie über Jeremias n. 4. «So lange das Licht seinen Glanz erzeuget, so lange wird der Abglanz der Herrlichkeit Gottes erzeugt. Der Vater hat also den Sohn nicht erzeugt, er hat ihn nicht aus der Zeugung entlassen, sondern immer erzeugt er ihn.» (Wenn nämlich Origenes Gott ewig und unveränderlich dachte, so konnte er nicht zugeben, daß ein Act in ihm vorüber gegangen sei, dadurch würde er ihn in die Zeit zu versetzen, geglaubt haben [47]).

An andern Orten sagt Origenes, Alles was im Vater sei, sei auch im Sohne παντα γαρ ὁσα του θεου, τοιαυτα ἐν ἀυτῳ ἐστιν. hom. VIII. in Jerem. n. 2. Ebenso adv. Cels. l. VIII. n. 13. «Was wir wissen von Gott, das ist auch der von einem solchen Vater Gezeugte.» Daher sagt er Tom. XII. in Joh. n. 36. von dem Sohne, sein Willen sei in Allem gleich dem Willen des Vaters (ἀπαραλλακτον του θεληματος του πατρος) und daher sage der Sohn: «ich und der Vater sind Eins und wer mich sieht, sieht den Vater.» Daß Origenes ferner behaupte, die Erkenntniß des Sohnes sei so groß, als die des Vaters, da er die Wahrheit schlechthin sei, ist schon angeführt worden. Wenn aber Origenes zu behaupten scheint, der Sohn sei blos dem Willen nach Eins mit dem Vater, so widerspricht dieser

47) Vergl. de la Rue ad hunc loc. Tom. IV. seiner Ausg. im Anhang fol. 134. Ich weiß wohl, daß Petavius theolog. dogmat. de trin. l. I. c. 4. keinen besondern Werth auf dies Prädicat der Ewigkeit legt, weil ja Origenes auch eine ewige Schöpfung angenommen habe. Ebenso Schleiermacher. Allein jeder, der den Unterschied zwischen der Ewigkeit des Sohnes und der Schöpfung nach Origenes sehen will, dem ist er nicht verdeckt. Origenes nennt den Sohn ἀγενητον; οὐτε γαρ τον ἀγενητον καὶ πασης γενητης φυσεως πρωτοτοκον κατα ἀξιαν εἰδεναι τις δυναται, ὡς ὁ γεννησας ἀυτον πατηρ. adv. Cels. l. VI. c. 24. Ferner sagt Origenes, die Geschöpfe haben einen Anfang, der Sohn aber nicht. de princip. II. 9. dies liegt auch in dem ἀγενητος.

Annahme nicht nur seine schon angeführte Ueberzeugung, daß der Sohn nicht gezeugt worden sei, sondern stets gezeugt werde, also immer mit dem Vater Eins sei, und nie getrennt von seinem Wesen, sondern auch das, daß Origenes eben unter dem Willen, das Wesen des Vaters versteht. Das hat schon Prudentius Maranus sehr siegreich nachgewiesen [48]). Endlich nennt Origenes den Sohn «den wahren Gott.» τον ἀληϑινον ϑεον hom. II. in I. Reg., und den, der von Natur Gott ist. Pamphilus führt aus dem V. Tom. der Erklärungen des Origenes über das Evangelium Johannis, den wir nicht mehr ganz besitzen, folgende Stellen an: «der eingeborne Sohn, unser Heiland, der allein aus dem Vater geboren ist, ist allein von Natur und nicht durch die Annahme, (Adoption) Sohn Gottes.» «Einer also ist unser Gott, der allein die Unsterblichkeit hat, und das unzugängliche Licht bewohnt. Tim. 6, 16. Einer und wahrer Gott: damit wir nämlich nicht glauben, daß Vielen der Name «wahrer Gott» zukomme. Es sind daher auch jene, welche den Geist der Kindschaft empfangen, in dem wir rufen Abba, Vater, allerdings Söhne Gottes; aber nicht, wie der eingeborne Sohn. Denn der Eingeborne ist von Natur Sohn, und immer und untrennbar Sohn; die Uebrigen haben aber nur deßwegen die Macht erhalten, Söhne Gottes zu werden, weil sie den Sohn Gottes in sich aufnahmen. Wenn nun diese allerdings nicht aus dem Blute, nicht nach dem Willen des Fleisches, noch nach dem Willen des Mannes, sondern aus Gott geboren sind, so sind sie doch nicht so geboren, wie der eingeborne Sohn. So groß also der Unterschied zwischen dem wahren Gott, und jenen ist, zu welchen gesagt wurde: «ich habe gesagt, ihr seid Götter,» eben so groß ist auch der Unterschied zwischen dem wahren Sohn, und jenen, an welche die Rede ergieng: ihr seid alle Söhne des Höchsten.» Opp. Tom. IV, fol. 99.

---

48) De divinitate Christi l. IV. c. 15. Er urgiert besonders das ταυτοτης του βουληματος adv. Cels. l. VII. n. 12.

So also sprach sich Origenes aus, und also mußte er sich aussprechen, wenn er den Glauben an das Göttliche des Erlösers mit seiner Idee von der Erlösung selbst in Uebereinstimmung halten wollte. Das meiste Lob gebührt ihm aber deßwegen, weil er auf die Beziehung, in welcher die Person des Heilandes zur Erlösung steht, seine Gottheit gründet, denn deßwegen sagte er ja, sei die Gottheit Christi bei Johannes mehr, als sonst hervorgehoben, weil er hier das Licht der Welt, der Weg, die Wahrheit und das Leben und die Thüre genannt werde.

Allein deßungeachtet finden wir nicht wenig Stellen, die, wenn sie auch nicht den angeführten widersprechen, dennoch zeigen, daß es auch Origenes noch nicht zu einer völlig klaren Ausbildung in diesem Puncte gebracht habe. Ich rechne hier keineswegs, daß Origenes den Vater αὐτοθεος und ὁ θεος, den Sohn nur θεος nennt. Denn αὐτοθεος bedeutet keineswegs «höchster Gott» wie es Münscher sehr ungeschickt übersetzte, sondern im Gegensatz zum Sohne, daß der Sohn nämlich im Vater die Quelle seiner Gottheit habe, also wie es Petavius und Prudentius Maranus geben, Deus per se, wo hingegen der Sohn Deus de Deo ist. Origenes erklärt sich hierüber so klar, daß kein Zweifel obwalten kann; denn er befürchtete selbst Mißverständnisse, und widmet, um sie möglichst zu verhindern, ihrer Beseitigung eine lange Auseinandersetzung. in Joann. Tom. II. §. 3. Ebensowenig kann es dem Origenes angerechnet werden, daß er die Stelle Joh. 17, 7. «daß sie dich erkennen, den allein wahren Gott,» blos auf den Vater bezieht; keineswegs ist deßhalb der Sohn, wie Petavius klagt, nach Origenes ein gewordener Gott, da er in andern Stellen, die schon angeführt sind, den Sohn allerdings wahren Gott nennt, und von Natur Gott. Er setzt hier ἀληθινος θεος dem αὐτοθεος und ὁ θεος gleich, dem θεος aber, der aus diesem seine Gottheit hat, entgegen. Völlig abgeschmackt aber ist es, wenn man dem Origenes vorwirft, er behaupte, der Sohn sehe den Vater nicht, und auch der heilige Geist sehe den Sohn nicht, da sich das auf ein Sehen mit körperlichen Augen bezieht, welches sehr begreiflich Origenes nicht dem Sohne und heiligen Geiste andichten will. Ausdrücklich sagt er Tom. II. in Joann. n. 2. «Das Urbild mehrerer Bilder ist der Logos, der bei Gott ist, der im Anfang war, und durch das Sein bei Gott ewig Gott bleibt, und das nicht hätte, wenn er nicht bei Gott wäre, und Gott nicht bliebe, wenn er es nicht bliebe durch die ewige Anschauung der väterlichen Tiefe.» Aber mehr hat es schon auf sich, wenn Origenes die Worte Jesu: «Gott allein ist gut,» nur auf den Vater bezieht. Allerdings meinte er es zunächst nur so, daß der Vater auch die Quelle der Güte des Sohnes sei, des Abbildes der Güte des Vaters. Tom. XV. in Math. n. 10. Και ὁ Σωτηρ δε, ὡς ἐστιν εἰκων του ϑεου του ἀορατου, ὀντως και της ἀγαϑοτητος αὐτου εἰκων. Uebrigens setzt er noch hinzu: «der Erlöser übertrifft in höherem Grade an Güte jene, die unter ihm sind, da er das Bild der Güte Gottes selbst ist, als er von Gott übertroffen wird, von welchem er sagte: der Vater, der mich gesandt hat, ist größer als ich.» Allein indem auch Origenes hier sagt, daß ein größerer Unterschied zwischen dem Sohne und den guten Geschöpfen statt finde, als zwischen dem Vater und dem Sohne, so nimmt er doch einen Unterschied der Güte zwischen Beiden an, und scheint so mit dem Sohne absolute Güte abzusprechen. Hier sieht man, wie Origenes zuweilen etwas sagte, wobei er nichts gedacht hat. Den Sohn nennt er die Wahrheit an sich, die Weisheit an sich, die Gerechtigkeit an sich, die Macht an sich u. s. w. und übersieht es, daß es unmöglich sei, dem, welchem diese Prädicate zukommen, die absolute Güte abzusprechen. Wie konnte Origenes vergessen, daß er anderwärts eine ταυτοτητα του βουληματος und βουλημα ἐν ἀπαραλλακτον des Vaters und des Sohnes behauptet und gesagt hatte, daß der ganze Wille jenes in diesem sei? Tom. XII. in Joann. n. 36. Wie Origenes den Sohn absolut weise und gerecht nannte, obschon er Beides vom

Vater erhielt, so mußte er ihn auch absolut gut nennen, und sich nicht deßwegen darin hindern lassen, weil der Sohn sein Gutsein vom Vater habe. Hier also erscheint Origenes durch einige biblische Stellen befangen, und dadurch zu Urtheilen veranlaßt, die seiner Grundanschauung von Christus widersprechen [49]. Dahin gehört auch, wenn er an einigen Stellen zweifelt, ob der Sohn den Vater ganz kenne, und seine Erkenntniß ganz so groß sei, wie die des Vaters; da er doch anderwärts die Gleichheit der Erkenntniß Beider behauptet, und sagt, der Sohn fasse die ganze Herrlichkeit des Vaters. Tom. XXXII. in Joann. n. 18. [50]).

Vom heiligen Geiste lehrt Origenes, daß in ihm die göttlichen Eigenschaften seien, wie im Sohne Tom. XIII. in Joan. n. 36. Tom. XII. in Math. n. 20. In der ersten Stelle sagt er, der ganze Wille des Vaters sei im heiligen Geiste, wie im Sohne; in der letztern vergleicht er Vater, Sohn und Geist, drei ewig neben einander bestehenden Tagen. Ueberhaupt stellt er sehr oft Vater, Sohn und Geist als eine untrennbare Einheit dar, die in den Gläubigen wohnen hom. VIII. in Jerem. n. 1., und gebraucht den umfassenden Ausdruck τριας ἀρχικη, τριας προσκυνητη, die herrschende

49) Jedoch vergleiche man Prudentius Maran. de divinitate Christi. l. IV. c. 16. n. 1. Im Ganzen läuft alles dahinaus, daß der Sohn nicht αὐτο το ἀγαθον sei, weil er nicht αὐτοθεος ist. Eine Analogie bietet Clemens Alex. quis dives c. 6. dar.

50) Huetius Origen. l. II. n. 26. tadelt noch den Ausdruck σπασαντα της θεοτητος εἰς ἑαυτον, wegen des Genitivs, und Schleiermacher nach ihm rügt dasselbe. Allein konnte denn Origenes την θεοτητα του πατρος sagen? Dann hätte man ihm vorgeworfen, er meine, der Sohn habe den Vater verschlungen, und wie sich Origenes ausdrücken mochte, hätte man ihn getadelt. Wenn aber Schleiermacher meint, daß uns Origenes die Aussicht eröffne auch Söhne Gottes, wie der Sohn zu werden, nämlich durch die θεᾳ της θεοτητος του πατρος, so hat er ganz übersehen, daß wir Söhne Gottes κατα χαριν durch den Sohn Gottes werden; er es aber durch seine Natur ist, oder ἀρχηθεν υἱος, wie Origenes Tom. II. in Joan. n. 6. sagt.

Dreiheit, die anbetungswürdige Dreiheit; er sagt demnach ein Reich und eine Anbetungswürdigkeit der drei göttlichen Personen aus, wie Prudentius Maranus richtig bemerkt. Der Geist geht übrigens vom Vater durch den Sohn aus, und aus diesem Verhältniß ist es zu erklären, wenn er einige Mal sagt, der heil. Geist sei geringer als der Sohn; wie er nämlich den Sohn als geringer, denn den Vater darstellt, weil dieser die Quelle von jenem ist, so auch den heil. Geist, und in keinem andern Sinne.

Für meinen Zweck ist es hinreichend, nur noch des Dionysius von Alexandrien zu erwähnen, und der höchst bedeutenden Entwickelung, die durch ihn in der Lehre von der Trinität veranlaßt wurde. Diese besteht darin: bisher war die Art, wie der Sohn aus dem Vater hervorgeht mit den Worten ποιειν, γεννᾷν und γινεσθαι abwechselnd, jedoch häufiger mit γεννᾷν bezeichnet worden; eben so wechseln bei Tertullian die Ausdrücke condere und generare, ab. So Justin dialog. cum Tryph. n. 64. του θεου και αὐτον τουτον ποιησαντος, Christum nämlich. Dagegen n. 62. προ παντων των ποιηματων τουτ' αὐτου και γεννημα ὑπο του θεου γεγεννητο. Bei Origenes ist es an einigen Stellen zweifelhaft, ob er vom Sohne γενητος oder γεννητος gesagt habe, denn Hieronymus übersetzt factus, Rufinus natus[51]). Auf jeden Fall gebraucht Origenes vom Sohne θεοποιουμενος. Tom. II. in Joan. n. 2. Der Ausdruck ποιειν hatte aber einen sehr weiten Umfang; man gebrauchte ihn von Künstlern, die einen ausser ihnen vorhandenen Stoff bearbeiten, von der Erzeugung der Kinder (ποιεισθαι, παιδοποιεισθαι), auch von den Erzeugungen der Philosophen und Dichter, daher ποιημα und ποιητης in engerer gewöhnlicherer Bedeutung; im kirchlichen Sprachgebrauch ist auch ποιειν wie

---

51) Siehe über diese Worte γενητος und γεννητος und ihren Unterschied, Huetius Origen. l. II. quaest. II. n. 23. Weitläufiger hat Petavius de trinit. l. V. c. 1. über ihre Verschiedenheit gesprochen.

κτιζειν, von der Schöpfung der Welt aus Nichts genommen; jeder einzelne Theil der Schöpfung ist auch ποιημα und κτισμα. Ποιημα hatte also einen sehr unbestimmten Gebrauch; aber man konnte es in einem Sinne anwenden, der dem γεννᾶν völlig entspricht, wie wenn das Erzeugniß des Dichters ποιημα genannt wurde.

Aber eben aus der Unbestimmtheit der Bedeutung des ποιημα geht hervor, daß, wenn es auch von dem Hervorgehen des Sohnes aus dem Vater gebraucht wurde, man nicht mit völliger Klarheit den Unterschied aufgefaßt hatte, welcher zwischen der Hervorbringung des Sohnes aus dem Vater, und der Welt aus Gott statt finde, obschon Justin, Athenagoras, Irenäus und Origenes darauf aufmerksam machten. Wurde aber dieser Unterschied noch klar aufgefaßt, so fehlte in der vollständigen, klaren Entwickelung der Trinitätslehre auch für den Begriff nichts mehr. Dionysius von Alexandrien gebrauchte nun in seiner Bestreitung der Meinung des Sabellius vom Sohne den Ausdruck, er sei ein ποιημα des Vaters. Er wollte dadurch recht klar anzeigen, daß der Sohn nicht der Vater sein könne, und setzte noch hinzu, er sei vom Vater verschieden, wie der Weinbauer vom Weinstock. Ein Ausdruck, den Dionysius sehr unglücklich zur Bezeichnung seiner Gedanken gewählt hatte; denn, wie wir sogleich sehen werden, er dachte sich etwas ganz Anderes, als seine Worte andeuteten. Er wurde deßwegen bei dem Papste Dionysius angeklagt. Die Art, wie sich Dionysius von Alexandrien vertheidigte, zeigt vortrefflich, auch von den Schriftstellern vor ihm, daß es nur an der Klarheit des Begriffes, und der daraus abstammenden Unbestimmtheit des Ausdruckes gefehlt habe, wenn nicht selten der Sohn nicht in seiner ganzen Würde bei ihnen erscheint, keineswegs aber am Glauben.

Dionysius von Rom schrieb unter Anderem Folgendes nach Egypten: « Die Ordnung führt mich nun darauf, gegen jene zu sprechen, die die erhabene Lehre der Kirche Gottes zerreißen, zersplittern, und damit zerstören, gegen jene, die

die Monarchie in drei Mächte, in drei getrennte Wesen und drei Gottheiten auflösen. Denn ich habe erfahren, daß bei euch einige Lehrer des göttlichen Wortes sind, die diese Meinung hegen. Diese sind geradezu das Widerspiel des Sabellius; (οἱ κατα διαμετρον, ὡς ἐπος εἰπειν, ἀντικεινται τη Σαβελλιου γνωμη) denn dieser irrt, indem er sagt, der Sohn sei der Vater; jene aber predigen gewissermaßen drei Götter, indem sie die heilige Einheit in drei völlig von einander getrennte Wesen zertheilen. Nothwendig aber ist mit dem Gott aller Dinge der göttliche Logos vereinigt, und auch der heilige Geist wohnt und lebt in Gott; man muß sofort die heilige Dreiheit nothwendig in einem Puncte, ich meine den Gott aller Dinge und den Allmächtigen, zusammenfassen und vereinigen. Die sind sehr zu tadeln, die den Sohn ein ποιημα nennen, und vorgeben, er sei erschaffen wie ein wirklich geschaffenes Wesen (και γεγονεναι τον κυριον ὡς ἑν τι ὀντως γενομενων); da doch die heil. Schriften passend bezeugen, daß er erzeugt sei, nicht gebildet und erschaffen (των θειων λογιων γεννησιν αὐτῳ την ἁρμοττουσαν και πρεπουσαν, ἀλλ' οὐχι πλασιν τινα και ποιησιν προσμαρτυρουντων). Denn wenn der Sohn geworden ist, so war eine Zeit, in welcher er nicht war (εἰ γαρ γεγονεν ὁ υἱος, ἠν ὁτε οὐκ ἠν). Er war aber immer, da er in dem Vater ist, wie er selbst sagt, und da Christus der Logos, die Weisheit und die Macht ist. — Wenn nun der Sohn geworden ist, so folgt, daß diese (der Logos, die Weisheit und Macht Gottes) zu irgend einer Zeit nicht gewesen seien, was ganz abgeschmackt ist. Man muß also die heilige Einheit nicht trennen in drei Gottheiten, sondern an den Vater glauben, den Allmächtigen, an Jesus Christus, seinen Sohn, und an den heiligen Geist; den Logos aber vereinigt denken mit dem Gott des Alls, da er sagt: ich und der Vater sind Eins: So wird die Dreiheit und die Einheit gerettet.» Athanas. de decret. Nic. n. 26.

Hier finden wir die erste völlig bewußte Unterscheidung der Art und Weise des Hervorgehens des Sohnes aus Gott, von der der endlichen Wesen: jene wird Zeugung, diese Schöpfung genannt, und zwar deßwegen, weil der Sohn ein nothwendiges inneres Verhältniß in der Gottheit, und darum mit dieser ewig gesetzt sei, die erschaffenen Dinge aber endlich, und (gewissermaßen) zufällig seien. In diesem Streit wurde auch zuerst ὁμοουσιος im kirchlichen Sinne des Wortes gegen Dionysius von Alexandrien gebraucht, um anzuzeigen, daß der Sohn kein Geschöpf und kein vom Vater getrenntes Wesen sei.

Dionysius von Alexandrien aber schrieb an den Papst: er sei über jene Vergleichung (des Sohnes und Vaters, mit einem Weinstock und Weinbauer) als weniger brauchbar schnell hinweggegangen; bei angemessenern Vergleichungen aber habe er desto länger sich aufgehalten. Allerdings sei der Sohn mit dem Vater gleiches Wesens ὁμοουσιος: ein Wort, welches er zwar weder bei den Vätern, noch in der Schrift finde, mit dessen Gehalte aber doch seine gegebene Darstellung übereinstimme. Denn er habe ja auch ein Beispiel von der menschlichen Erzeugung genommen, wo natürlich der Erzeuger und der Erzeugte gleichen Wesens seien; nur habe er wieder darauf aufmerksam gemacht, daß deßungeachtet die Eltern verschieden seien von ihren Kindern. Auch habe er sich des Gleichnisses von einer Pflanze bedient, aus deren Wurzel sie selbst entspringe; der Saame oder die Wurzel seien mit der Pflanze selbst gleicher Natur, und doch verschieden. Auch des Bildes vom Bach und der Quelle habe er sich bedient, die Eins und doch von einander unterschieden wären. Das Alles hätten seine Ankläger nicht beachtet, sondern blos seien sie bei jenen Wörtchen stehen geblieben. Athanas. de sent. Dionys. Alex. n. 18.

Athanasius führt auch noch folgende Stellen in seiner meisterhaften Vertheidigung des Dionysius aus den Schriften des letztern an. «So erweitern wir also die ungetrennte Einheit in eine Dreiheit, und fassen die Dreiheit unverkümmert in eine Einheit zusammen.» Οὑτω μεν ἡμεις εἰς τε την τριαδα την μοναδα πλατυνομεν ἀδιαιρετον, και την τριαδα παλιν ἀμειωτον εἰς την μοναδα συγκεφαλαιουμεθα. l. l. n. 17. Ferner: «Als Abglanz des ewigen Lichtes ist er (der Sohn) gewiß auch ewig. Denn da das Licht ewig ist, so muß nothwendig auch sein Glanz ewig sein. Das Licht erweiset sich durch seinen Glanz, und es liegt in der Natur des Lichtes zu leuchten. Wenn eine Sonne ist, so ist Helle, so ist Tag, ist beides nicht, so fehlt viel, daß die Sonne da sei. Wenn nun die Sonne ewig ist, so hört auch der Tag nicht auf. Setzt nun den Fall, daß die Sonne anfange, so fängt auch der Tag an, nehmt an, daß sie aufhöre, so hört auch der Tag auf. Das ist aber im Vorliegenden nicht der Fall; denn Gott ist ewig Licht, das weder anfängt, noch aufhört. Der ewige Glanz ist also auch anfangslos, und ewig gezeugt bei ihm. Wenn der Vater ewig ist, so ist auch der Sohn ewig, das Licht aus dem Lichte, denn wenn der Erzeuger ist, so ist auch der Erzeugte. Allein der Sohn ist ewig bei dem Vater, und erfüllt mit dem, der da ist; so ist er selbst der, der da ist, aus dem Vater.» Μονος δε ὁ υἱος ἀει συνων τῳ πατρι, και του ὀντος πληρουμενος, και αὐτος ἐστιν ὢν ἐκ του πατρος. n. 15.

So haben wir nun von den Schülern der Apostel an die Lehre von der Trinität bis gegen das Ende des dritten Jahrhunderts verfolgt, und wohl werden wir behaupten können: stets war der Glaube der Kirche sich selbst gleich, obschon eine Entwickelung statt gefunden hat, obschon der Glaube im Begriffe immer schärfer bezeichnet worden ist. Noch Weniges nun nur noch von den Glaubensbekenntnissen. Ich werde es um so weniger umgehen können, mich kurz hierüber zu verbreiten, da auch in der jüngsten Zeit noch die Sache sehr entstellt wurde, auf jeden Fall aber die Erörterung hierüber helles Licht über die gesammte bisher vorgetragene Geschichte wirft, und gleichsam alles Gesagte in einem verjüngten Bilde wieder vor die Augen führt. — Wann und wie das Symbolum, welches wir das apostolische nennen, entstanden sei, lasse ich ununtersucht. Nur das muß ich bemerken, daß mir die Erklärung derjenigen, die es für eine allmählige Erweiterung der Tauffformel halten, nicht genügt. Man hat nämlich gesagt, daß, als die Lehre vom Vater, dem Weltschöpfer durch die Gnostiker bestritten zu werden anfieng, dieser Punct zu der Tauffformel sei hinzugesetzt worden; eben so, als durch dieselben Häretiker, die wahre Geburt, das Leiden und der Tod Christi in Anspruch genommen worden sei, habe man auch dieses beigefügt u. s. w., je nachdem ein Punct weiter angegriffen wurde. Allein das Bedürfniß, in einem kurzen Abrisse die wesentlichsten Lehren des Evangeliums zusammenzufassen, wurde gewiß fühlbar, ehe die genannten Häretiker sie bekämpften, und man hat gewiß Gründe genug anzunehmen, daß das noch während der Lebzeiten der Apostel geschehen sei. Jedoch ist das geschichtlich gewiß, daß in den spätern Zeiten auf die genannte Art das apostolische Symbolum erweitert wurde.

Dieses ist in einer großen Allgemeinheit, und scheinbaren Unbestimmtheit abgefaßt. Es sagt von Christus seiner höhern Würde nach blos, daß er der eingeborne Sohn des Vaters sei. Man konnte dabei Manches, auch das Entgegengesetzteste und sich Widersprechendste denken, und die Geschichte beweißt, daß es geschehen ist. Allein daraus folgt keineswegs, daß in der Kirche, die von Anfang an war, d. h. in der katholischen, auch nur völlig Unbestimmtes dabei sei gedacht worden. Es läßt sich streng beweisen, daß, um vom schriftlich gewordenen Evangelium zu schweigen, von den Briefen des Clemens, des Barnabas, des Ignatius an, stets der wahre eigentliche Sohn des Vaters (υιος γνησιος, ἰδιος, υιος κυριως) also Gott aus Gott sei dabei geglaubt worden.

Unter die Glaubensbekenntnisse mag auch die Aussage der von Plinius Secundus verfolgten Christen gezählt werden. Diese legten das Zeugniß ab, daß sie Christum als Gott verehrten. (ep. l. X. 97.) Einen öffentlichen Charakter hat auch der Schluß des Gebetes, das Polykarpus auf dem Scheiterhaufen sprach, denn offenbar hat es den Charakter einer, in den Versammlungen der Christen gebräuchlichen Doxologie. Sein ganzes Gebet lautet also: «Herr, allmächtiger Gott, Vater deines geliebten und gepriesenen Sohnes Jesu Christi, durch den wir dich kennen gelernt haben, Gott der Engel und Mächte, und des gesammten Geschlechtes der Gerechten, die vor dir wandeln: ich preiße dich, daß du mich heute in dieser Stunde gewürdiget hast, mich in die Zahl deiner Blutzeugen aufzunehmen, und Christi Kelch zu trinken, zur Auferstehung des Leibs und der Seele, zum ewigen Leben, in der Unverweslichkeit, die der heilige Geist verleihet. O möchte ich doch heute unter sie von dir aufgenommen werden, durch das reiche und angenehme Opfer (ἐν θυσιᾳ πιονι και προςδεκτῃ), gleichwie du es, der treue und wahrhafte Gott, vorbereitet, vorhergezeigt und erfüllt hast [52]). Deßhalb und aller deiner Gaben wegen, lobe ich dich, preiße ich dich und verherrliche dich mit dem ewigen und himmlischen Jesus Christus [53]), deinem geliebten Sohne, mit welchem dir und dem heiligen Geiste Preis und Ehre sei jetzt und durch alle künftige Zeiten. Amen.»

Ich enthalte mich aller weitern Bemerkungen hierüber, da es klar ausgesprochen ist, wer Christus und der heilige Geist im Glauben der Christen waren, die beide als ewig und mit dem Vater gleich anbetungswürdig im Gemüthe und in der Ueberzeugung festhielten.

Die katholische Kirche hätte aber vielleicht nach ihrem ganzen Charakter das, was sie gläubig tief im Gemüthe bewahrte, nie weiter entwickelt, die genannten gepflanzten Keime nie weiter in Begriffen entfaltet, wenn nicht Menschen aufgestanden wären, die sich unter der allgemeinen und eben darum unbestimmt gefaßten Lehre, etwas ganz Anderes, als sie gedacht haben, und noch dazu ihre kümmerliche, dürftige oder abentheuerliche Ansicht als die wahre zur allgemeinen

52) Ich glaube gegen die beiden Uebersetzungen ἐν θυσιᾳ κ. τ. λ auf den Erlöser beziehen zu müssen.

53) Euseb. l. V. c. 1. hat δια του αἰωνιου ἀρχιερεως Ιησου χριστου, του ἀγαπητου σου παιδος. Ich habe nach dem Text bei Gallandi übersetzt. Bibliothec. vet. Patrum I. fol. 619.

Anerkennung hätten erheben wollen. Nun sprach sich die Kirche bestimmter aus, aber wieder nur in sofern sie veranlaßt wurde; die weitere Darstellung fromm und ehrfurchtsvoll einer fernern Röthigung überlassend. Irenäus, zu dessen Zeit die Kirche schon so vielfach bewegt und aufgeregt war, trägt darum den allgemeinen Glauben der Kirche schon um vieles bestimmter vor. Er legt denselben in folgendem Bekenntnisse dar: «die Kirche, zerstreut über den ganzen Erdkreis von einem Ende bis zum andern, hat von den Aposteln und ihren Schülern den Glauben empfangen an einen Gott, den allmächtigen Vater, den Schöpfer Himmels und der Erde, und des Meeres, und alles dessen, was darin ist; und an einen Jesum Christum, den Sohn, Gottes, der für unser Heil Fleisch geworden, und an den heiligen Geist, der durch die Propheten die Heilsanstalten, die Ankunft und die Geburt unsers geliebten Herrn Jesus Christus, aus einer Jungfrau, sein Leiden und die Auferstehung von den Todten, seine Himmelfahrt mit dem Leibe, und seine Wiedererscheinung vom Himmel in der Herrlichkeit des Vaters verkündet hat, auf daß er Alles auf den Anfang zurückführe, und alles Fleisch der gesammten Menschheit auferwecke, damit sich vor Christus Jesus unserm Herrn und Gott, unserm Heiland und König, nach dem Wohlgefallen des unsichtbaren Vaters jegliches Knie im Himmel und auf der Erde und unter der Erde beuge, und jegliche Zunge ihn verherrliche, damit er in Allem ein gerechtes Gericht halte, und die Geister der Bosheit, die sündigenden und abgefallenen Engel, die Unfrommen, Ungerechten und Gesetzlosen und die Gottesverächter unter den Menschen in das ewige Feuer schicke; die Gerechten aber und die Heiligen, die seine Gebote hielten, und in seiner Liebe verharrten, die durch ihre Buße des Lebens gewürdigt wurden, mit der Unsterblichkeit und ewigen Herrlichkeit belohne.» lib. I. adv. haer. c. 10. Wer weiß, was die Häretiker zur Zeit des Irenäus bekämpften, wie sie die Weltschöpfung und das alte Testament einem andern Gott zuschrieben, die Gottheit Christi läugneten, wie sie ein Gericht nach den Werken eines Jeden verwarfen, und blos von einem beseligenden Glauben oder einer seligmachenden Gnosis und von natürlichen Ansprüchen auf die Seligkeit etwas wissen wollten, der wird begreifen, warum Irenäus ausdrücklich die Gottheit Christi, die Inspiration der Propheten durch den heiligen Geist, die Zurückführung aller Dinge zum Anfang durch Christus, seine Wiederkunft zum Gericht u. s. w., als allgemeines Bekenntniß der Christen aufgestellt habe. Hätten sie noch andere Lehren direct und unmittelbar geläugnet, so würde er auch diese in das Symbolum aufgenommen haben.

Tertullian hatte einigemal Gelegenheit, das allgemeine Symbol der Christen niederzuschreiben. Man sehe de praescript. c. 13. Es stimmt ganz mit dem des Irenäus überein, nur daß einige Lehren etwas unbestimmter gehalten sind. Man hat sich schon öfters darauf berufen, wie einfach doch der Glaube der ältesten Kirche noch im Anfang des dritten Jahrhunderts gewesen sei, daß man in allem Uebrigen Freiheit gehabt habe, unbeschadet der Gemeinschaft mit der Kirche. Das ist nicht wahr. Als Tertullian gegen Praxeas schrieb, nahm er auch in die Glaubensregel, von der er erzählt, daß sie von Anfang an in der Kirche festgehalten worden sei, das auf, daß der Sohn und Vater zwei Personen seien, und nicht Eine nur. Er sagt: «wir haben stets an einen Gott zwar geglaubt, jedoch mit der Eigenthümlichkeit, die wir die Oekonomie nennen, daß der Eine Gott einen Sohn habe, den Logos, der von ihm ausgegangen, durch den Alles gemacht worden ist, und ohne welchen nichts gemacht wurde; daß dieser in eine Jungfrau vom Vater gesendet worden, daß aus ihr geboren sei, der Gott Mensch, des Menschen und Gottessohn, und daß er Jesus Christus genannt worden sei. — Daß diese Regel von Anfang an gewesen sei, auch eher noch als es Häretiker gab, geschweige eher als Praxeas, der von gestern ist, war, das beweis't der spätere Ursprung aller Häretiker sowohl, als die Neuheit des Praxeas selbst.» adv. Prax. c. 2. So lautet das Glaubensbekenntniß gegen Praxeas.

Allerdings lag es stets im Bewußtsein der Christen, daß der Vater und Sohn verschiedene Personen seien, und sie drückten das von Anfang an deutlich genug aus; nur kam es nicht zum völlig klaren Bewußtsein, ehe es bestritten wurde; aber sobald durch den Streit die Verschiedenheit im Bewußtsein klar aufgegangen war, wurde es auch in die Symbole aufgenommen, seien nun diese öffentliche oder private, und die, so dagegen handelten, in der Kirche nicht geduldet. Man ersieht daraus, daß wie ich oben sagte, die Unbestimmtheit des apostolischen Symbolums nur eine scheinbare ist, und daß die Christen allerdings einen bestimmten Glauben, der kirchlichen Ueberlieferung gemäß, hatten.

Ehe Origenes seine wissenschaftliche Darstellung des christlichen Glaubens, wenn man so sagen will, beginnt, setzte er fest, was der allgemeine Glaube der Christen sei, und drückt ihn in der vorliegenden Beziehung also aus: « durch die apostolische Predigt wird überliefert, daß Ein Gott ist, der Schöpfer aller Dinge —, daß dieser Gott, gleichwie er es durch seine Propheten versprochen hatte, in den jüngsten Tagen unsern Herrn Jesum Christum gesendet hat, zuerst zur Berufung Israels, nach dessen Unglauben aber, zur Berufung aller Völker — dann, daß Jesus Christus selbst, der gekommen ist, vor aller Creatur, aus dem Vater geboren wurde. Nachdem er bei der Weltschöpfung dem Vater gedient hatte, denn durch ihn ist Alles gemacht worden, hat er sich in den jüngsten Zeiten selbst erniedrigt, und wurde Mensch und Fleisch, da er Gott war, und obschon er Mensch geworden ist, so blieb er doch, was er war, Gott. — — Dann haben sie überliefert, daß der heilige Geist in Ehre und Würde dem Vater und Sohn vereinigt sei. Jedoch wird nicht unterschieden, ob er geboren oder nicht geboren, ob er auch für einen Sohn Gottes zu halten sei oder nicht. » de princ. praef. Man sieht, wie sich die Kirchenväter klar bewußt sind, daß ihre Lehre von den Aposteln stamme; wenn sich gleich die Form derselben allmählig bestimmter ausgeprägt hatte.

Das Symbolum des Gregorius Thaumaturgus nennt Christum die substantielle Weisheit, die Macht und das ewige Bild Gottes; den durchaus Vollkommenen des Vollkommenen, Gott gezeugt aus Gott [54]), den wahren Sohn des wahren Vaters, den ewigen Sohn dessen, der von aller Ewigkeit ist; das Leben und den Grund aller derer, die leben, die heilige Quelle und die Heiligkeit selbst, den Urheber der Heiligung Aller. Vom heil. Geist heißt es, es giebt nur einen heil. Geist, der von Gott ausgeht und vom Sohn gegeben wird. Endlich wird gesagt: das ist die vollkommene ungetheilte Trinität, eine in der Herrlichkeit, Macht und Ewigkeit [55]). Das nun ist der Glauben der drei ersten Jahrhunderte von der Trinität.

---

54) Es entgeht mir nicht, daß Basilius ep. IV. LX. sagt, Gregorius habe den Sohn ποιημα und κτισμα genannt. Allein vergleicht man damit, daß er nach demselben Berichte auch gesagt hat, der Vater und Sohn seien ἐπινοιᾳ μεν δυο, ὑποστασει δε ἐν, so kann es keinem Zweifel unterliegen, daß er unter ποιημα, γεννημα verstanden habe. ὑποστασις ist hier = οὐσια. Also sagte er, Vater und Sohn seien Eines Wesens.

55) Das einem Concilium von Antiochien gegen Paul von Samosata zugeschriebene Bekenntniß, herausgegeben von Turrian, ist, wie es scheint, unterschoben. Hierüber, so wie über die Aechtheit eines anderen Symbolums der vornicäischen Zeit siehe Du Pin Nouvelle Biblioth. Tom. I. p. 214.

Zweites Buch.

Von dem Charakter des Athanasius und seinen Schriften im Allgemeinen. Seine Apologie des Christenthums. Auftritt der Arianer.

Die Erziehungsgeschichte des heiligen Athanasius verliert sich in ein nicht mehr aufzuhellendes Dunkel. Beinahe in demselben Augenblicke, in welchem er nach der zuverlässigen Geschichte zuerst die Kirche begrüßte, ist er so groß, als bei seinem Abschiede von derselben. Geheimnißvoll bereitet der göttliche Geist die Lebenskeime derjenigen, die er sich auserwählt hat; sie sind durch nichts Aeusseres zu erklären. Der innere Reichthum einer heiligen, großen Natur, ist das Wunder der Geschichte zu jeglicher Zeit: immer sehen wir Ursachen bei ihrer Erscheinung in der Reihe der übrigen Erscheinungen, bei ihrer Bildung zur Eingreifung in dieselben, thätig, die nicht die Ursachen sind; unmittelbar wirksam ist Gotteskraft. Eltern, Erzieher und Freunde mögen die göttlichen Keime begießen und pflegen, aber der Herr nur ist's, der sie pflanzt. Allerdings nehmen wir in der Geschichte eine stete Entwickelung wahr, so daß die Keime der Zukunft schon in der oft fernen Vergangenheit gelegt sind: aber daß die Fäden richtig aufgenommen werden, und keiner derselben sich verliert, das ist das dem menschlichen Auge verborgene Werk Gottes, das Werk seiner geheimen schöpferischen Kraft, die Jedem austheilt, wann und wo und wie es nützlich ist. So mögen wir uns trösten ob des

Mangels an Nachrichten, die wir so gerne von der frühesten Entwickelungsperiode des heiligen Athanasius, zu haben wünschen.

Gott hatte eine schwere Aufgabe auf die Brust des heil. Athanasius gelegt; er sollte in einer verwirrten, entsetzlichen Zeit die Stütze seiner Auserwählten sein; alle Stürme, die die Gemeinde des Heilands erschütterten, nachdem kaum das Heidenthum seine letzte Wuth an ihr verübt hatte, sollten lange Zeit hindurch über ihn vorzüglich hereinbrechen, aber auch sich brechen an ihm. Die Waffen der Dialektik sollten den Glauben der Einfalt verwirren, während die feinsten Gewebe menschlicher Schlauheit im Bunde mit der weltlichen Macht diejenigen umstricken und verderben sollten, die auszuharren entschlossen waren bis ans Ende. Mit den Gaben nun rüstete der Heiland den heil. Athanasius aus, die das Gegengewicht gegen solche Angriffe enthielten. Er hatte ihm einen tiefen, unerschütterlichen Glauben gegeben. Während aber vielen Jüngern Christi dieselbe Gnade ertheilt wird, die jedoch dadurch nur selig in sich selbst sind, und sich nur einer kleinen Wirksamkeit in der nächsten Umgebung erfreuen; verband er damit eine große praktische Gewandtheit, die Gabe, die verwirrtesten Verhältnisse zu durchschauen, und zu einem höhern Zwecke zu ordnen, eine Umsicht und eine Gegenwart des Geistes, die durch die betrübteste Lage und die gegenwärtigsten Gefahren nicht geschwächt wird. Waren darum die Feinde der Kirche klug, er war noch klüger: er verband, wie der Herr es sagte, mit der Einfalt der Tauben, die Klugheit der Schlangen. Die Kirche Gottes bedurfte nicht blos einer leidenden, mit Geduld und gläubiger Ergebenheit vertrauenden Tugend, sondern eines starken, thätigen, in die Verhältnisse weiter Kreise mit Geschick und Kunst eingreifenden Geistes.

Die Dialektik der Arianer both Athanasius durch eine bei weitem überlegene, feinere und schärfere auf. Während sie von aller tieferen Speculation entblößt waren, besaß er einen ächt speculativen Geist und einen großen Reichthum von Ideen. Er wußte diese mit bewunderungswürdiger Klarheit und ächter Beredsamkeit zu entwickeln. Das einfachste Talent kann der Einfalt seiner Rede folgen, wenn es auch nicht immer die strenge Consequenz, den tiefen Zusammenhang aller seiner Gedanken durchschaut.

Er hat nie eine christliche Lehre entwickelt, die er nicht in Verbindung mit dem Wesen des Christenthums angeschaut, und auf dieses mit dem klarsten Bewußtsein zurückgeführt hätte. Eben diese Eigenschaft giebt seinen Untersuchungen einen unerschütterlichen Halt. Sie sind aber frei von dem Zwange des Systems geführt, und der platonische Dialog, obschon nicht der Form nach, findet sich in seinem Wesen bei Athanasius: er hat den Plato, und die griechischen Philosophen überhaupt sorgfältig studirt: man bemerkt es genau, obschon er seine Bekanntschaft mit ihnen nirgends zu Schau trägt.

Athanasius war in seiner Jugend eine zeitlang Ascet; und diese Periode seines Lebens war es, in welcher er mit dem heiligen Antonius, seinem Führer in der Ascese, ein Freundes-Verhältniß anknüpfte, das, so lange dieser lebte, fortgesetzt wurde. Athanasius hinterließ seinem Freunde ein schönes Denkmal. Wer immer den Athanasius näher kennen lernte, gewann ihn lieb: mit rührender Innigkeit war ihm aber besonders seine Gemeinde zugethan. Er schätzte die Verdienste Anderer und erkannte sie öffentlich an. Gegen gewöhnliche menschliche Schwäche, selbst wenn sie auf den Glauben Einfluß hatte, zeigte er große Nachsicht, entschuldigte sie, hob lieber das Wahre, das dem Falschen beigemischt war, hervor, und unterschied genau die innere gläubige Gesinnung von den Fehlern in der Darstellung 1). Wenn er

1) Epist. ad Serap. IV. legt er einen schönen Beweis hievon rücksichtlich des vielfach angefeindeten Origenes ab. Er nennt ihn den φιλοπονον, und bemerkt von seinen mannigfaltigen nur gar zu oft seltsamen und wunderlichen Meinungen, er habe sie nur untersuchungsweise aufgestellt, was auch Origenes selbst sagt. Von

einen Charakter in seiner Gesammtheit aufgefaßt hatte, und in demselben eine innere Gesundheit entdeckte, nahm er ihn in seinen Schutz gegen alle Verläumdungen. Wenn er sich gezwungen sah gegen Männer zu schreiben, die ihm sonst lieb waren, so schrieb er gegen ihre falschen Grundsätze und nannte die Namen derjenigen nicht, die es eigentlich galt. Er war kein Mann, der todte Formeln mit dem Leben verwechselte; er hielt beides genau auseinander. Aber er kannte diejenigen, die dieses in jenen bekämpften. Gegen die Sünde, die zum Bewußtsein ihrer selbst kam, war er schonend, und betrachtete bei Menschen, die in sich giengen mehr die Gegenwart als die Vergangenheit. Diese Liebenswürdigkeit seines Charakters, verbunden mit seinem heiligen Wandel und seinen ausgezeichneten Verdiensten um die Kirche, erwarb ihm die Freundschaft aller Gutgesinnten, die sich selbst lieber dem Exil und jeglicher Verfolgung preiß gaben, als seine Sache verließen, die freilich mit der der Kirche auf das innigste verflochten war.

Die Schande derjenigen aber, deren sich eine innere Fäulniß bemächtigt hatte, die die Kirche wie ein schlechtes Mittel zu ihren schlechten Zwecken gebrauchten, deckte er mit heiligem Eifer unnachsichtlich auf. Seine Liebe zum Heilande, seine Liebe zur Kirche, seine innigste Sorgfalt für das Heil der Gläubigen, das er gleich seinem eigenen, und mehr als dieses suchte, entflammte zu einem heiligen Zorne bei dem Anblicke der Verwüster der Seelen, die Christus theuer, die er mit seinem Blute erkaufte, und sein Wort schnitt in solchen Fällen, wie ein zweischneidig Schwerdt, durchdringend Mark und Gebein. Athanasius konnte nach seiner ganzen Geistesrichtung nicht anders. Ein heiliger Ernst, eine tiefe Ehrfurcht vor dem was Gottes ist, erfüllte ihn schon in seiner Jugend, ehe ihn seine geheimnißvolle Bestimmung,

---

spätern Männern, die auf Abweichungen von der Kirchenlehre verfielen, und dem Verhältnisse, in welchem Athanasius zu ihnen stand, wird später die Rede sein.

die ihm von Anbeginn an geworden war, in das Schicksal der Kirche so eng verschlungen hatte, sprach er sich aus, wie das Heilige zu behandeln und zu würdigen sei. «Nimm von dieser Schrift Veranlassung, sagt er, dich dem Studium der heiligen Schriften zu widmen; wende ihnen mit Einfalt und Aufrichtigkeit deinen Geist zu und du wirst ihren Inhalt verstehen und vollkommener und schärfer auch einsehen die Richtigkeit meines Vortrags; denn jene wurden vermittelst göttlicher Männer von Gott verfaßt und niedergeschrieben. Wir aber wurden von gotterleuchteten Lehrern, die sich ihnen widmeten, und Zeugen der Gottheit Christi geworden sind, unterrichtet, und so übergeben wir ihre Lehre deiner sorgfältigen Betrachtung. — — — Um den Sinn der Schrift zu erforschen, und sie wahrhaft zu verstehen, bedarf es eines frommen Lebens, einer reinen Seele, einer Gesinnung, die nach Christus geschaffen ist, auf daß der Geist in ihr wandelnd, seine Sehnsucht befriedigen, und das Wort von Gott verstehen möge, in wie weit es der menschlichen Natur erreichbar ist. Denn ohne reinen Sinn und Nachahmung des Lebens der Heiligen, kann wohl Niemand die Reden der Heiligen verstehen. Denn wenn einer das Sonnenlicht sehen will, so reinigt er seine Augen, und hellet sie auf, wie der Gegenstand seiner Sehnsucht auch hell ist und rein; denn nur, wenn sein Auge selbst licht geworden, kann er das Licht der Sonne sehen, weil beide das Organ und der Gegenstand sich ähnlich sind. Eben so muß derjenige, der den Sinn der von Gott Gelehrten (der heiligen Schriftsteller) erfassen will, von seiner Seele die unreinen Flecken nehmen, zu den Heiligen durch die Aehnlichkeit seines Wandels sich erheben, damit er mit ihnen durch die Gleichförmigkeit des Lebens verbunden, erfasse, was ihnen von Gott geoffenbart wurde, und in der Lebensgemeinschaft mit ihnen (ἐκεινοις συναφθεις) von der Sünde abstehe.» (de incarnat. c. 56. 57.) Gegen diejenigen, die Christum herabwürdigten, sagt er daher: «Wir aber haben Christum nicht also kennen gelernt, wenn wir anders, von ihm belehrt, ihn kennen gelernt haben, indem wir den alten Menschen, der durch die trügerischen Lüste verdorben ist, abgelegt und angezogen haben den neuen, der nach Gott geschaffen ist in Gerechtigkeit, Heiligkeit und Wahrheit.» (or. IV. cont. Arian. c. 34.) So also war er überzeugt, daß wie die gesammte heilige Schrift, so insbesondere die höhere Natur Christi nur in dem von ihm in uns geschaffenen neuen höhern Leben verstanden werden könne.

Athanasius stund mit allen Wurzeln seines Lebens, so tief und so weit sie sich auch verbreiten mochten, in der Kirche: er schaute sich stets nur in der Gemeinschaft der Kirche, und in ihrer ganzen Vergangenheit an. Denn er lehrte, Christus habe sich innigst mit der Kirche verbunden, ähnlich wie mit der Menschheit, mit welcher er eine Person ausmacht, so daß sie Christus Selbst gleichsam sei. Zu den Worten des Psalmisten: «die Weisheit (Christus) hat sich ein Haus erbaut,» bemerkt er: «der Apostel erklärt dies, indem er sagt: ««sein Haus sind wir.»» So also, fährt er fort, steht die Kirche fest, denn sie ist auf einen Felsen erbaut, und die Pforten der Hölle werden sie nicht überwältigen.» (or. cont. Arian. c. 34.) Zu Ps. 88, 38.: «sein Thron ist wie die Sonne vor ihm,» bemerkt er: «der Thron Christi ist die Kirche, denn er ruhet in ihr. Die Kirche also, weissagt der Psalmist, wird überstrahlen und beleuchten die ganze Erde unter dem Himmel, und stets wird sie bleiben, wie die Sonne und der Mond [2].» Die Einheit des Vaters und des Sohnes ist ihm daher nach Johannes das Vorbild der Einheit und Einigkeit in der Kirche. «Wie der Vater im Sohne ist, so sollen wir, auf sie als Vorbild schauend, Eins sein unter einander in Eintracht und in Einheit des Geistes, auf daß wir uns

---

2) Cf. in Ps. XVIII. σκηνην αὐτου την ἁγιαν ἐκκλησιαν σημαινει, ἐν ᾗ κατασκηνιωσαι ἐπηγγελται.

nicht trennen, wie die Korinther, sondern dieselben Gesinnungen haben, wie jene fünf tausend in der Apostelgeschichte, die wie eine Seele waren» 3).

Die Unzertrennlichkeit der heiligen Schrift und der Kirche stand darum fest bei Athanasius, so wie die Identität der Lehre der Kirche und der heiligen Schrift. Er berief sich daher beständig auf beide als auf Eines und Dasselbe. So sagt er (or. II. c. Ar. c. 40.) «Wenn sie selbst eingestehen, daß das Ihrige neu sei, so sollen sie nicht läugnen, daß ihre Häresie von den Vätern nicht abstamme, sondern etwas Fremdes sei. Was aber nicht von den Vätern stammt, sondern jetzt erst erfunden wurde, was soll das anders sein, als das, wovon Paulus I. Tim. 4, 1. spricht?» «Laßt uns noch, sagt er (ep. IV. ad Serap. c. 28.) die ursprüngliche Ueberlieferung, die Lehre und den Glauben der katholischen Kirche (την ἐξ ἀρχης παραδοσιν και διδασκαλιαν και πιστιν της καθολικης ἐκκλησιας) betrachten, die der Herr gegeben, die Apostel verkündet und die Kirche bewahrt hat. Denn auf diesem ist die Kirche gegründet, und wer aus ihr hinaus fällt, der möchte weder ein Christ sein, noch genannt werden.» (οὐτ᾽ ἀν εἰη, οὐτ᾽ ἀν ἐτι λεγοιτο χριστιανος).

Er hatte den Grundsatz bei der Interpretation der heiligen Schrift, daß man die Grundanschauung von Christus und seinem Erlösungswerke, wie sie die Kirche darbiete, mit sich bringen müsse, und alles Einzelne in diesem Geiste auffassen solle. So sagt er gegen die Arianer: «man wird leicht einsehen, daß ihre Ansicht faul ist, wenn wir die Grundlage unsers christlichen Glaubens ins Auge fassen und diese als die Richtschnur festhalten. Denn, indem die Christusfeinde diese ausser Acht ließen, irrten sie ab von

---

3) Cf. in Ps. XXVIII. zu den Worten: «προσκυνησατε τῳ κυριῳ ἐν αὐλῃ ἁγιᾳ» sagt er: σαφως δια τουτων ἡμιν παραγελευεται, ὡς ἐξω της ἐκκλησιας οὐ δει προσκυνειν, τουτο δε δια τας των ἑτεροδοξων συναγωγας.

dem Wege der Wahrheit.» (or. III. c. Ar. c. 28.). Der Hauptinhalt der heiligen Schrift ist nun nach ihm der, daß Gott Mensch geworden sei zu unserer Erlösung. (Σκοπος τοινυν και χαρακτης της ἁγιας γραφης εἰναι, ὁτι τε ἀει θεος ἠν, και ὁτι ὑστερον δι' ἡμας σαρκα λαβων, ἀνθρωπος γεγονε l. l. c. 29.) «Wären sie nun davon ausgegangen, und hätten sie die Grundlage der Kirche wie einen Anker des Glaubens festgehalten, so hätten sie nicht Schiffbruch gelitten am Glauben» [4]). Daher beruft er sich so häufig auf ein den Christen einwohnendes Grundgefühl, das sich durch ihre erste Erziehung in der Kirche gebildet habe. (Τις δε ἀκουσας ὁτε κατηχειτο κατα την ἀρχην οὐχ οὑτως ἐδεξατο κατα την διανοιαν, ὡς νυν φρονουμεν, — — το μεν γαρ σπειρομενον ἐξ ἀρχης ἑκαστη ψυχῃ κ. τ. λ. or. II. c. Ar. c. 35.) Deßhalb sagt er so häufig: «das ist nicht der Glaube der Christen, das ist der Kirche fremd.» (or. I. c. 36. c. 38. ἀλλ' οὐκ ἐστι χριστιανων ἡ πιστις αὑτη; ἀλλ' οὐκ ἐστι τουτο της ἐκκλησιας). Hier spricht sich das innere Widerstreben gegen gewisse Lehren, ein der Natur des Christen inwohnender Abscheu gegen solche aus; es ist ein unwillkührlicher Drang des christlichen Gefühls, das sich derselben zu erwehren sucht, weil das Leben des Christen in seiner Wurzel bedroht wird. Das ist das Wesen der Tradition, das sich in solchen Wendungen nur in andrer Weise kund thut, als man sich gewöhnlich auf sie zu berufen pflegt. Wenn man darum den ererbten Glauben durch Berufung auf die heilige Schrift zu beeinträchtigen suchte, so bemerkte er, daß auch Satan durch geborgte Sprüchlein sich anzusetzen versucht habe. (or. I. cont. Ar. c. 8.) Die heilige Schrift ist darum, wie er sagt, zur Verkündigung der Wahrheit hinreichend, allein die Kirche schließt ihren Sinn auf [5]).

4) Ταυτα ἐι οὑτως διενοουντο, τον τε σκοπον τον ἐκκλησιαστικον, ὡς ἀγκυραν της πιστεως, ἐπεγινωσκον, οὐδ' ἀν ἐναυαγησαν περι της πιστεως. or. III. c. Ar. c. 58.

5) Contr. Gent. c. 1. ἀυταρκεις μενγαρ εἰσιν αἱ ἁγιαι και θεοπνευστοι γραφαι προς την της ἀληθειας ἀπαγγελιαν. εἰσι δε

Athanasius hatte darum eine aufrichtige, innige Liebe zu den Vätern der Kirche. So sagte er den Arianern: «was haben die Väter versäumt, was noch zur Frömmigkeit gehörte? Ist nicht vielmehr ein hoher und frommer Sinn bei ihnen, der Christum lieb hat? (Και οὐ μαλλον ὑψηλη διανοια και φιλοχριστος εὐσεβεια παρ' αὐτοις). So müssen wir von den Vätern denken, so gesinnt sein, wenn wir nicht unächte Söhne sind; sondern von ihnen die Ueberlieferungen und die fromme Lehre haben.» Da man einen Widerspruch in der Lehre der Kirche damit nachweisen wollte, daß man sagte, die gegen Paul von Samosata versammelten Väter hätten das ὁμοουσιος verworfen, die von Nicäa aber angenommen, bemerkt er: «Es ziemt sich nicht, Beide in einen Widerstreit gegen einander zu versetzen. Denn alle sind Väter. Es ist also nicht erlaubt zu sagen, daß die Einen recht, die Andern schlecht gedacht haben. Denn Alle sind in Christo entschlafen. Man muß nicht streiten, man muß nicht die Zahl der Einen berücksichtigen, damit nicht die Dreihundert (von Nicäa) die Andern in Schatten stellen; auch muß man nicht die Zeit messen, damit die frühern durch das Alter die spätern nicht verdunkeln. Alle sind, wie gesagt, Väter.» (de synod. c. 40. 47. 43.) 6). Wie schön

και πολλοι των μακαριων ἡμων διδασκαλων εἰς ταυτα συνταχθεντες λογοι· οἱς ἀν τις ἐντυχοι, εἰσεται πως μεν την των γραφων ἑρμηνειαν, ἡς τε ὀρεγεται γνωσεως τυχειν δυνησεται. Diese Stelle muß mit andern verglichen werden.

6) Συγκρουειν γαρ τουτους προς ἐκεινους ἀπρεπες· παντες γαρ εἰσι πατερες· διακρινειν δε παλιν, ὡς αὐτοι μεν καλως, ἐκεινοι δε τ'οὐναντιον εἰρηκασιν, οὐχ ὁσιον. οἱ παντες γαρ ἐκοιμηθησαν ἐν χριστῳ. οὐ γαρ χρη δε φιλονεικειν, οὐδε των συνελθοντων τον ἀριθμον συμβαλλειν, ἱνα μη δοκωσι οἱ τριακοσιοι τους ἐλαττονας ἐπικρυπτειν, οὐδ' ἀυ παλιν τον χρονον ἀναμετρειν, ἱνα μη δοκωσι, οἱ προλαβοντες ἀφανιζειν τους μετα ταυτα γενομενους. οἱ παντες γαρ ὡς προειρηται, πατερες εἰσι. Gegen Paul von Samosata wurde ὁμοουσιος in einem ganz andern Sinne verworfen, als in Nicäa gebraucht.

ist doch in dieser Stelle die Ueberzeugung von der Stetigkeit des Glaubens in der Kirche niedergelegt! — Zuweilen konnte Athanasius in einen rechten Eifer für diesen seinen Glauben, der dem Gemüthe der alten Christen das größte Bedürfniß war, und stets das Bedürfniß der Christen sein wird, versetzt werden. «Welchen Glauben, sagt er, verdienen wohl sie, die den der frühern Zeiten vernichtet haben? Oder wie mögen sie jene Väter nennen, auf welche sie folgten, sie, die ihren Glauben des Irrthums anklagen? — — Was wollen sie ihrem Volke sagen? Daß die Väter im Irrthum waren? Wie wollen aber sie sich Vertrauen erwerben bei jenen, die sie gelehrt haben, ihre Lehrer zu verachten? Mit welchem Auge werden sie die Grabstätte ihrer Väter anschauen, die sie Ketzer nennen? Warum verwerfen sie des Valentin, der Montanisten, der Manichäer Lehren, die aber, die nach ihrer Meinung eben so sehr fehlen, nennen sie Heilige? Wie können sie Bischöfe sein, die von Ketzern, wie sie sagen, ihre Sendung erhalten haben? Wenn sie im Irrthum waren, und durch ihre Ueberlieferung die Kirche betrogen haben, so soll ganz und gar ihr Andenken aufhören. Verwerfet ihre Schriften, werfet aus den Gottesäckern ihre Gebeine, auf daß Jedermann wisse, daß sie Verführer waren, ihr aber Vatermörder seid.»

«Gewiß lobte der Apostel die Korinther, fährt Athanasius fort, wenn er sagt: ««weil ihr in Allem meiner gedenket, und es festhaltet, wie ich es euch überliefert habe.»» I. Kor. 11, 2. Ihren Gesinnungen von den Vorfahrern gemäß, müssen aber diese gerade das Gegentheil dem Volke sagen: ««wir loben euch nicht, daß ihr die Ueberlieferung der Väter bewahrt: wir preißen euch, wenn ihr sie verwerfet.»» Sie sollen sofort klagen über ihre eigene Mißgeburt, und ausrufen: nicht fromm Gesinnte, Ketzer haben uns erzeugt. Solches geziemt sich für jene, die die Verehrung der Väter der Arianern aufopfern, und sich nicht scheuen vor dem, was in den Sprichwörtern geschrieben steht: «ein schlechtes Gezücht, das den Vätern fluchet.»

30, 11. Für ihre Häresie nun streiten sie so hartnäckig. Lasset euch aber nicht erschüttern, und haltet ihre Frechheit nicht für Wahrheit. Denn sie sind unter sich selbst im Kampfe; da sie von den Vätern (der durch sie überlieferten Lehre) abgefallen, so stimmen sie nothwendig unter sich selbst nicht überein, sondern in mannigfaltigen und entgegengesetzten Veränderungen, bewegen sie sich herum. Sie streiten gegen die Synode von Nicäa, selbst aber versammeln sie viele Synoden, setzen in jeder ihren Glauben auseinander, und bleiben bei keinem. Sie werden aber nie aufhören, dieses zu thun; weil sie auf schlechtem Wege suchend, die Wahrheit, die sie hassen, nicht finden werden.» (c. 13—14. l. l.)

Mit diesem Glauben, daß Christus stets in seiner Kirche seine Wahrheit erhalte, war es ihm ein Abscheu, daß die Christen nach Menschen sich benennen lassen. Denn jede Lehre wird nach altem Brauche nach ihrem Urheber benannt; weil aber Christus allein der Gründer unsers Glaubens ist, so sollten auch, wie Athanasius mit der gesammten Kirche meinte, alle Anhänger Christi nur Christen genannt werden. Mit der Ansicht aber, daß der Kirche die Wahrheit je entgehen könne, ist dies nicht zu vereinigen: es werden dann immer Menschen-Namen mit dem Namen Christi verwechselt, und beide zugleich gehört werden. Daher sagt er: «die, so die Häresie annahmen, wurden in ihrem Geiste verkehrt und fielen in Thorheit, so daß sie den Namen des Herrn der Herrlichkeit in die Aehnlichkeit des Bildes eines vergänglichen Menschen verwandelten. (Röm. I., 23.) (Menschen und Menschenwerk vergöttern). Dies ist das Kennzeichen ihres unfrommen Sinnes. Sie sollen keine Ausflüchte suchen, und nicht schelten gegen die, die nicht sind, wie sie, indem auch sie die Christen (die katholischen) nach ihren Lehrern nennen, damit es scheinen möge, auch sie (die Arianer) seien noch Christen. Sie sollen sich ihres schmählichen Namens nicht schämen. Wenn sie sich aber schämen, so sollen sie sich verbergen, oder sich von ihrem unfrommen Sinne entfernen. Denn nie hat eine Gemeinde von ihrem Bischofe ihren Namen erhalten; sondern von Christus an welchen sie auch glaubet. Obschon die Apostel unsere Lehrer gewesen sind, und das Evangelium des Heilandes uns überbracht haben, so werden wir doch nicht von ihnen genannt, sondern von Christus sind und heißen wir Christen. Indem sie aber von Andern den Anfang dessen haben, was sie Glauben nennen, so haben sie auch mit Recht ihren Namen, als deren Eigenthum.» (ὡς αὐτων γενομενοι κτημα or. I. contr. Arian. c. 2.) 7).

So eingewurzelt mit seinem ganzen Sein in die Kirche und ihre ganze Vergangenheit, und verwachsen mit ihr, wurde er ihr treues Abbild; ihre Festigkeit und wesentliche Unveränderlichkeit, theilte sich dem Athanasius in vollem Maaße mit. Aber diese Lebenseinheit mit der Kirche hatte noch eine andere Folge. Da er ganz aus ihrer Fülle sich genährt hatte, und lebendig mit der Kirche verbunden war, und in und durch sie mit Christus, oder auch durch Christus mit der Kirche, (denn beides ist zugleich gegeben) so war er an sich mit diesem innern Reichthum zufrieden und selig

---

7) Im Kampfe mit den Arianern kam überhaupt die Lehre von der Tradition häufig zur Sprache. So sagt Basilius de spirit. c. 10. Id quod impugnatur fides est, isque scopus est communis omnibus adversariis et sanae doctrinae inimicis, ut soliditatem fidei in Christum concutiant, apostolicam traditionem solo aequatam abolendo. Ea propter, sicut solent qui bonae fidei debitores sunt, probationes e scriptura clamore exigunt, Patrum testimonium, quod scriptum non est, velut nullius momenti rejicientes. C. 27. Ex asservatis in ecclesia dogmatibus et praedicationibus, alia quidem habemus e doctrina scripto prodita, alia vero nobis in mysterio tradita accepimus ex traditione apostolorum: quorum utraque vim eamdem habent ad pietatem; nec iis quisquam contradicet; nullus certe, qui vel tenui experientia noverit quae sint ecclesiae instituta. Nam si consuetudines, quae scripto proditae non sunt, tamquam haud multum habentes momenti aggrediamur rejicere, imprudentes evangelium in ipsis rebus praecipuis laedemus, sive potius praedicationem ad nudum nomen contrahemus. War es in unserer Zeit nicht wirklich so?

in ihm: er hätte was ihn beseligte, seiner nächsten Umgebung mitgetheilt, und auch sie zu beseligen gesucht: aber er würde ohne Drang von aussen, ohne den Hülferuf der Kirche, nie geschrieben haben. Er hatte hierin eine Eigenthümlichkeit, die sich durch die ganze Geschichte der katholischen Kirche wieder findet. Schon das Evangelium, ihr ältestes und heiligstes Buch, wurde nicht aus Lust zu schreiben verfaßt. Die drei ersten Evangelien rief das äusserste Bedürfniß hervor, das Evangelium Johannis hatte eine apologetische und polemische Richtung; die Briefe Pauli meistens auch, und Clemens von Rom wurde aus ähnlichen Ursachen an die Korinther zu schreiben vermocht, wie Paulus. Des Ignatius Briefe wurden durch das Andringen der Häretiker veranlaßt; die Ursache, aus welcher die Apologeten ihre Werke verfaßten, zeigt ihr Name schon an; unter Tertullians vielen Büchern, findet sich kaum eines und das andere, das nicht denselben Zweck sich vorgesetzt hätte. Origenes betheuert mehr als einmal, daß ihn nur die ihm klar gewordene Nothwendigkeit, den Schriften der Häretiker und der Heiden die Wahrheit entgegen zu setzen, bestimme, sich in Schriften über die christlichen Lehren zu verbreiten. Der Grund liegt in der ganzen Eigenthümlichkeit der katholischen Kirche tief verborgen: in dem festen Glauben, der innern Ruhe und dem Vertrauen auf Christi Stiftung: dort hingegen, wo sich Alles in Ansichten über die Lehre des Herrn auflösen will; wo man seine Meinungen und Gedanken auszutauschen sucht, um allmählig, wie man sagt, immer mehr ins Reine erst zu kommen, als sei es zweifelhaft, was der Heiland uns gegeben; wo man durch die Ausgleichung der verschiedenen individuellen Hervorbringungen mit Bewußtsein, mit prämeditirter Klugheit, erzwecken zu müssen glaubt, dem Lehrsystem seiner Kirche mehr Wahrheit, Abrundung und Zusammenhang zu geben, da sind begreiflich eben so viele Ursachen im Wesen einer Glaubensgemeinschaft, stets in schriftstellerischer Thätigkeit zu sein, als deren in der katholischen Kirche fehlen.

Athanasius also theilte, wie gesagt, diese Eigenthümlichkeit der katholischen Kirche. Er giebt meistentheils die Ursachen genau an, die ihn bewogen, seine Schriften auszuarbeiten. Gegen die Heiden will er nachweisen, daß das Christenthum ihre Verachtung nicht verdiene, im Gegentheil, daß es vernunftgemäß sei: «auf daß Keiner meine etwas Gemeines sei unsere Lehre und unvernünftig sei unser Glauben an Christus. (Μητε ἀλογον την εἰς χριστον πιστιν) Denn so schmähen stets die verläumenden Griechen, und ein lautes Gelächter erheben sie gegen uns wegen der Lehre vom Kreuze Christi.» (advers. Gent. c. 1.) Er setzt hinzu: «nach Kräften wollen wir also die Unwissenheit der Ungläubigen darthun, damit ihre falschen Einwürfe widerlegt werden, und sofort die Wahrheit durch sich selbst in ihrem Glanze erscheine. Auch sollst du, o Mensch, die feste Zuversicht erlangen, daß du der Wahrheit geglaubt habest, und Christum anerkennend, nicht betrogen worden seiest. Es ziemt sich aber für dich, der du Christum lieb hast, um sein Werk genau zu wissen (τα περὶ χριστου διαλεγεσθαι), da ich hoffe, du seiest der Ueberzeugung, seine Erkenntniß und sein Glaube sei das Kostbarste von Allem.» Er schrieb zwei Bücher gegen die Heiden. Gegen die Arianer zu schreiben fühlte er sich durch folgende Gründe veranlaßt: «sie täuschen durch ihre Berufung auf die heilige Schrift und ihre falschen Schlüsse; sie wollen ihre Lehre für die ächt christliche ausgeben und mit Gewalt wieder in die Kirche.» Er wolle darum, sagt er weiter, ihren krummen Wegen nachgehen, aufgefordert durch die katholischen Christen; die noch nicht Irregeführten sollten darum von ihm verwahrt, den Irregeführten aber die Augen ihres Geistes eröffnet werden. (Or. I. contr. Ar. c. 1.) Seine Arbeiten zur Vertheidigung der Kirchenlehre sind theils biblische und dialektische Begründungen der katholischen Lehre gegen die Arianer; und hieher gehören vier Abhandlungen, die sich vorzüglich mit der Beweisführung für die Gottheit Christi beschäftigen, (λογοι, orationes genannt) und eine kleinere Schrift de incarnatione contra Arianos, dann eben so viele Abhandlungen, die Gottheit des heiligen Geistes betreffend. (Epistolae ad Serapionem) Die Schrift: de trinitate et spiritu sancto, zeigt durch ihre Aufschrift schon, daß sie die Gottheit Christi und die des heiligen Geistes zugleich gegen die Arianer vertheidige. Die zwei Bücher gegen Apollinaris und der Brief an Adelphius begründen den Glauben an die volle Menschheit Christi. Theils lieferte er historische Werke, die die Geschichte des Arianismus beleuchten sollen; dahin gehört seine Geschichte der Arianer und das Buch von den Synoden zu Rimini und Seleucia. Das letztere hat sehr viele Aehnlichkeit mit Bossuets Schrift von den Veränderungen der protestantischen Kirchen; Athanasius will die Unstetigkeit, das Schwanken, und die Widersprüche der Arianer unter sich selbst nachweisen, und so recht anschaulich machen, daß sie den Felsen verlassen haben, auf welchem die Kirche erbaut sei. Auch die zwei Werke «von den nicäischen Beschlüssen» und «von der Gesinnung des Dionysius von Alexandrien» sind historisch-apologetischer Art; das erste entwickelt die Gründe, durch welche die Väter von Nicäa bestimmt wurden, gerade die Formel zu wählen, welche sie wählten, und den Sinn, den sie mit ihr verbanden. Das zweite entkräftet die Behauptung der Arianer, daß Dionysius ihrer Ansicht gewesen sei. Die dritte Klasse von Schriften «die exegetischen» sind gleichfalls apologetisch. Er schrieb eine Abhandlung über die Stelle Matth. 11, 22. und Erklärungen der Psalmen. Auch der vierte Brief an Serapion enthält beinahe nur eine Erklärung von Matth. 12, 32. Die Erklärung der Psalmen nenne ich auch eine apologetische Schrift. Denn beinahe in allen Psalmen fand man Typen und Weissagungen auf Christum. Die Brust unserer Väter war voll von Christus; sie fanden ihn daher überall: sie wollten nichts als ihn, daher begegnete er ihnen aller Orten. In unsern Zeiten, wo man häufig nicht mehr an Christus und seine Erlösung glaubte, fand man ihn nirgends mehr, selbst kaum noch im neuen Testamente. Indem aber die Väter beinahe in allen Psalmen Christum und seine

Kirche vorgebildet fanden, mußten sie auch viel vertheidigen, und nachweisen, wie sie es meinten. Der Brief an Marcellinus jedoch enthält eine Art practischer Einleitung in die Psalmen, ohne apologetische Rücksicht.

Die vierte Klasse von Schriften umfaßt das, was er für seine persönliche Vertheidigung geschrieben hat; dahin gehört die größere Apologie, die viele der schätzbarsten Urkunden für die Geschichte des Arianismus enthält, die meisterhafte Apologie an Kaiser Constantius, eine Apologie wegen seiner Flucht und mehrere Briefe. In die fünfte Klasse können wir eine Reihe von Briefen setzen, die Trost, Ermunterung, Belehrung in verschiedenen Vorfällen seiner Amtsführung meistens mit Beziehung auf die arianischen Streitigkeiten ertheilten; auch Festbriefe finden sich unter ihnen. Die Schrift von dem Leben des heil. Antonius endlich enthält eine Moral für Mönche. So bezieht sich Alles, was er schrieb, nur mit unbedeutenden Ausnahmen auf die Vertheidigung der Kirche und ihrer Lehre.

Athanasius fühlte tief, wie schwer die Aufgabe sei, zu deren Lösung ihn die Verhältnisse riefen; und auch dieses Bewußtsein war ein Hauptgrund, der ihn bestimmt haben würde, sich zu begnügen, für sich die Wahrheit der christlichen Religion zu erkennen, und sie in seinem nächsten Berufe zu entwickeln. Als Lehrer für die gesammte Kirche durch schriftliche Darstellungen und Entwickelungen zu wirken, davon würde ihn eine heilige Ehrfurcht, und das Gefühl menschlicher Schwäche abgehalten haben. Seine Ueberzeugung war nämlich, mit voller Brust den Inhalt des überlieferten Christenthums im Glauben zu ergreifen, fromm und gottesfürchtig zu leben, und sich um das Weitere nicht zu bekümmern. (or. II. c. Ar. c. 32.) Christus auf sein Wort hin unbedingt zu glauben, das sagte ihm eine innere Stimme, sei das Richtige (ἠρκει μεν οὐν και μονον ἀκουοντες ταυτα, λεγοντος του κυριου, πιστευειν· ἐπει και ἡ της ἁπλοτητος πιστις, βελτιων ἐστι της περιεργειας) or. III. c. Ar. c. 1. « Das Erkennen der Gottheit beruhet nicht auf menschlichen Beweisen, sagt er, sondern auf dem Glauben und dem frommen und gottesfürchtigen Nachdenken. Die Heilslehre vom Kreuze hat Paulus nicht in weiser Rede verkündet, sondern in Erweisungen des Geistes und der Kraft.» (ep. I. ad Serap. c. 20. ἡ γαρ θεοτης ουκ εν αποδειξει λογων παραδιδοται, αλλ' εν πιστει και ευσεβει λογισμῳ μετ' ευλαβειας κ. τ. λ.) «Das dem Glauben Uebergebene beruhet auf einer Erkenntniß, die von aller Spitzfindigkeit ferne ist. Die Jünger des Herrn wenigstens, fragten nicht auf eine thörigte Weise, als sie den Auftrag erhielten, zu taufen im Namen des Vaters, des Sohnes und des heiligen Geistes, was soll es denn mit dem zweiten, dem Sohne, und dem dritten, dem heil. Geist? Warum überhaupt eine Dreiheit? Sondern wie sie es hörten, so glaubten sie, und fragten nicht wie ihr.» (ep. IV. ad Serap. c. 5.) Es war ihm eine Thorheit «mit der menschlichen Vernunft über die menschliche Vernunft hinaus zu wollen.» (c. Apoll. l. I. c. 13. τις ουν τοσαυτη υμων φιλονεικια εφευρεσεων, ὡστε ανθρωπινῃ φρονησει, ὑπερ την ανθρωπινην νοησιν, ὁριζεσθαι). Daher begreifen wir, warum er in den Schreiben, mit welchen er seine Untersuchungen gegen die Arianer den ägyptischen Mönchen überschickte, verbietet Abschriften davon zu nehmen. Er giebt den merkwürdigen Grund an, es sei so schwierig, sich mit den höchsten und erhabensten Wahrheiten zu beschäftigen; «und leicht könne es geschehen, daß man der Lehre selbst schade, wenn der Vortrag dürftig sei durch die menschliche Schwäche, und das Mangelhafte der Sprache.» (de morte Arii ad Serap. n. 5.) Mit welchem Ernst, mit welcher tiefen Ehrfurcht, mit welchem innern Erzittern und Bangen er schrieb, zeiget folgende Stelle sehr schön: «was ich im Schreiben erlitten habe, glaubte ich euch anzeigen zu müssen, damit ihr auch daraus einsehen möget, wie wahr es sei, was der Apostel sagt: ««o der Tiefe des Reichthums der Weisheit und Erkenntniß Gottes,»» und damit ihr mir verzeihet, dem schwachen Menschen. Je mehr ich nämlich schreiben wollte, und mich anstrengte über die Gottheit des Sohnes, desto mehr entfernte sich seine Erkenntniß von mir; und ich sah ein, daß ich in dem Maaße von derselben verlassen würde, als ich sie zu erfassen schien. Und was ich einzusehen vermeinte, konnte ich nicht niederschreiben, und was ich schrieb, steht weit hinter dem, was ich in meinem Geiste trug, und es wurde nur ein schwacher Schatten desselben. Ich schrieb, um durch mein Schweigen jene Mönche, die sich mit wissenschaftlichen Untersuchungen beschäftigen, nicht dem Unglauben preis zu geben. Das Begreifen der Wahrheit ist wegen der Schwäche des Fleisches weit von uns; aber es ist möglich die Thorheit der Gottlosen zu erkennen, und wenn man sie erkannt hat, zu sagen, daß sie bitterer sei, als der Tod. — Wenn es unmöglich ist, zu sagen, was Gott ist, so ist es doch möglich zu bestimmen, was er nicht ist. Wir wissen nämlich, daß er nicht, wie der Mensch ist, und daß man Endliches nicht von ihm denken dürfe. So ist es auch mit dem Sohne Gottes; denn wenn wir auch weit von ihm unserer Natur nach entfernt sind, so ist es doch leicht, die Hervorbringungen der Häretiker zu widerlegen und zu sagen: das ist der Sohn Gottes nicht; und: es ist nicht erlaubt, also von seiner Gottheit zu denken, wie sie, geschweige es auszusprechen» (ep. ad Monach. c. 1—2. fol. 343.) So dachte ein Mann, der einen entschiedenen Beruf zu höhern Untersuchungen hatte; aber das ist die Eigenthümlichkeit wahrhaft großer und frommer Männer, daß sie ihre Schwäche einsehen, und weil sie groß sind, auch das Große ehrfurchtsvoll in seiner Größe erkennen, während unbedeutenden oder leichtsinnigen Menschen Alles, wie sie selbst sind, unbedeutend erscheint; und eben darum sprechen sie auch über Alles ab. Man kann übrigens, wie man sieht und noch öfter sehen wird, den Vätern weit eher den Vorwurf machen, daß sie die einseitige Ansicht gehabt hätten, die Entwickelung des Glaubens in klare, bestimmte Begriffe sei zu umgehen, als den entgegengesetzten, der ihnen allein gemacht wird, daß sie nämlich die Einfalt des apostolischen Glaubens, ohne zu wissen, worauf es ankomme, mit geflissentlichem Streben in abstracte Formeln umgewandelt hätten.

Es könnte aus den eben aus Athanasius angeführten Stellen der Schluß abgeleitet werden, daß Athanasius dennoch zu tief sich einzulassen versucht worden sei. Wir müssen darum noch genauer zu bestimmen suchen, welche Grenzen er der menschlichen Untersuchung in der Lehre von der Gottheit anwies. Die kirchliche Lehre von der Trinität hielt er keineswegs für einen Punct, der darum festgesetzt worden sei, weil man sich aus Unwissenheit eine Transcendenz erlaubt habe, in welchem Alles auf Speculation beruhe. Sie war ihm eine geoffenbarte Lehre, ein von den Aposteln überlieferter Glaubenspunct, wie historisch erweislich sei. Und darin hatte er doch wohl mit der gesammten Kirche Recht: es war der Glaube von Anfang an. Nicht die Kirche hat diese Lehre erfunden, sie wurde ihr übergeben. Die früher angeführten Stellen, daß man sich mit dem Wie? nicht befassen solle, zeigen ferner zur Genüge, daß sich Athanasius durchaus consequent blieb, und in transcendente Verirrungen sich nicht einlassen wollte.

Was erschien ihm denn nun so schwierig? Die Nachweisung gegen die Häretiker, daß der Sohn und Geist wahrer Gott mit dem Vater seien. Im Glauben war es ihm gewiß, es lag tief in seinem christlichen Gefühle, daß die Lehre der Kirche wahr sei. Es war ihm klar, daß auf dieser Lehre das Christenthum ruhe; den Zusammenhang nun aber nachzuweisen in klaren Begriffen, und alle die Schwierigkeiten zu entfernen, die aus mancher biblischen Stelle genommen werden konnten, diese Stellen im Geiste des Ganzen aufzufassen und die Einwürfe der Arianer zu entkräften, das war ihm die Aufgabe. Diese liegt aber im Bereiche menschlicher Kraft, und ist keineswegs transcendent. Dieser Untersuchung muß sich auch der menschliche Geist unterziehen, und es trägt viel zur Befestigung des Glaubens bei, sie so klar als möglich sich zu lösen. Es ist gut, daß Athanasius gezwungen wurde, über diese Aufgabe weiter nachzudenken.

Die zwei Schriften zur Vertheidigung des Christenthums, die Athanasius vor dem Ausbruche der arianischen Streitigkeiten verfaßt hat, beschäftigen uns nun zuerst im Besondern, nachdem das Allgemeine über ihn, über seinen persönlichen und schriftstellerischen Charakter gesagt worden ist. Er mußte aber jene Schriften wohl vor dem Ausbruche des Arianismus verfaßt haben, weil gar keine Erwähnung desselben vorkömmt, was Athanasius bei den vielfachen Veranlassungen dazu gewiß nicht unterlassen hätte. Er schrieb sie etwa in einem Alter von 23 Jahren, gegen 319 n. Chr. Geb. Die erste (λογος κατα Ἑλληνων) ist eine Bekämpfung des Heidenthums; die zweite (περι της ἐνανθρωπησεως του λογου) eine eigentliche Begründung des Christenthums. Das Verfahren ist streng wissenschaftlich; er geht von einem sichern Grunde aus, und baut auf diesen fort. Seine Arbeiten sind darum ausgezeichnet und die ersten in ihrer Art. Besonders merkwürdig ist die Schrift von der Menschwerdung des Logos. Sie ist der erste Versuch einer wissenschaftlichen Construction des gesammten Christenthums und der wichtigsten Momente im Leben Christi. Athanasius sucht Alles in Bezug auf den Zweck seiner Ankunft zu begreifen; Alles gewinnt einen festen Zusammenhang und eine sichere Haltung, indem es im Ganzen angeschaut wird. Athanasius konnte nichts aphoristisch denken; so betrat er den sichersten Weg, um den Einwürfen der Heiden zu begegnen: sie konnten am Einzelnen keinen Anstoß mehr finden, wenn sie die Idee des Ganzen billigen mußten: sie konnten also nur diese bekämpfen, und diese selbst wußte er sehr gut zu begründen.

Der erste Mensch wurde von Gott nach seinem Bilde geschaffen. Das Bild Gottes ist der Logos [8]); an diesem

8) Man kann sich wundern, warum Athanasius die Lehre vom Logos unter die Voraussetzungen zählt, an deren Beweis er nicht ein=

nahm er Antheil; der Mensch ist also ein Abbild des Logos, und wie im Logos selbst die Fülle der Gottheit ist, so schauet er im Logos Gott selbst. Abgesehen von diesem Bilde des göttlichen Logos im Menschen ist der Mensch sterblich, durch dieses Bild in ihm, durch seine vernünftige geistige Natur, unsterblich. Bewahrte der Mensch dieses in seiner Reinheit, so lebte er das selige, ewige und wahrhafte Leben [9]. Sich unsterblich wissen, gut und selig und Gottes bewußt sein, ist eines und dasselbe [10]. Im Gottesbewußtsein ist er gut, in beidem ewig lebend, und steht in der innigsten Lebensgemeinschaft mit Gott und den Heiligen [11]. Das ist jener Zustand den die heilige Schrift bildlich das Paradies nennt [12]. Gottes bewußt sein, gut sein und der Unsterblichkeit sich erfreuen ist also das Leben im Paradies, das selige Leben. Wie aber der Logos im Menschen selbst

---

mal zu denken scheint. Wahrscheinlich geschieht dies deßwegen, weil selbst die damals herrschende Philosophie einen Logos lehrte.

9) De incarn. c. 3. Οὐχ ἁπλως, ὥσπερ παντα τα ἐπι γης ἀλογα ζωα ἐκτισε τους ἀνθρωπους, ἀλλα κατα την ἑαυτου εἰκονα ἐποιησεν αὐτους, μεταδους αὐτοις και της του ἰδιου λογου δυναμεως, ἱνα ὥσπερ σκιας τινας ἐχοντες του λογου, και γενομενοι λογικοι, διαμενειν ἐν μακαριοτητι δυνηθωσι, ζωντες τον ἀληθινον και οὑτως των ἁγίων ἐν παραδεισῳ βιον. or. II. c. Ar. c. 78. ἱνα δε μη μονον ὑπαρχῃ τα γενομενα, ἀλλα και καλως ὑπαρχῃ, ηὐδοκησεν ὁ θεος, συγκαταβηναι την ἑαυτου σοφιαν τοις κτισμασι. ωστε τυπον τινα, και φαντασιαν εἰκονος αὐτης ἐν πασι τε κοινῃ και ἱκαστῳ ἐνθειναι.

10) Δυναμις του ἰδιου λογου, die αφθαρσια als Folge; ἡ περι του θεου ἐννοια. ἡ προς αὐτον κατανοησις, ζῃν κατα θεον ἡμιν ἐχαρισατο τῃ του λογου χαριτι ist durchaus auf das engste verbunden bei Athanasius de incarnat. c. 3. 4. 5. Noch mehr wird dies aber durch das Folgende erhellen.

11) Adv. Gent. c. 2. ἱνα την ταυτοτητα (mit dem Logos) σωζων μητε της περι θεου φαντασιας ποτε ἀποστῃ, μητε της των ἁγιων συζησεως ἀπαπηδησῃ.

12) Adv. Gent. c. 2. ἐν ἐκεινῳ τῳ τοπῳ, ὁν και ὁ ἁγιος Μωυσης τροπικως παραδεισον ὠνομασεν.

sein Bild abdrückte, so in der ganzen Schöpfung; in dieser ist seine Weisheit eingeprägt und abgebildet [13]). Daher erfaßte der Mensch, indem er selbst das Bild des Logos ist, die gesammte Schöpfung und verstund sie; er fand den Logos in ihr wieder, denn sie ist ja auch das Bild des Menschen. Das wahre Gottesbewußtsein durch die Verbindung mit dem Logos haben, und gut sein, war also dem Athanasius zugleich das Verstehen und Erfassen der Welt: er nahm einen innigen, den innigsten Zusammenhang zwischen beiden an, zwischen dem urbildlichen Menschen und der Welt nämlich: in der treuen Verbindung mit dem Logos, schaute der Mensch auf eine wahrhafte Weise Welt und Gott. Die Welt demnach, verwandt mit dem Menschen, war ihm in allen ihren Verhältnissen zum Besten; herrlich war das Leben im Paradies. Aber das Gesetz war auch dem Menschen zur Prüfung gegeben; denn mit Freiheit ist er geschaffen: (de incarnat. c. 3. *των ἀνϑρωπων εἰς ἀμφοτερα νευειν δυναμενη προαιρεσις*) er konnte, wenn er wollte, in diesem seligen Zustande bleiben, aber auch aus demselben herausfallen.

Ursprünglich war also das Böse nicht (*ἐξ ἀρχης μεν οὐκ ἠν κακια*); denn auch jetzt noch ist es in den Heiligen nicht; und ist überhaupt in Bezug auf sie nicht. (*οὐδε γαρ οὐδε νυν ἐν τοις ἁγιος ἐστιν, οὐδ' ὁλως κατ' αὐτους ὑπαρχει αὐτη*) Auch wollte Gott das Böse nicht. Denn er gab dem Menschen ein Bewußtsein, und eine Erkenntniß von

---

13) Adv. Gent. c. 2. και των ὀντων αὐτον ϑεωρητην και ἐπιστημονα, δια της προς αὐτον ὁμοιωσεως κατασκευασε orat. II. c. Ar. c. 78. ἐν ᾗ (σοφιᾳ του ϑεου ἐν ἡμιν γενομενῃ) το εἰδεναι και το φρονειν ἐχοντες, δεκτικτοι γινομεϑα της δημιουργου σοφιας. και δι' αὐτης γινωσκειν δυναμεϑα τον αὐτης πατερα. ὁ γαρ ἐχων, φησι, τον υἱον ἐχει και τον πατερα. c. 79. ἐξεχεεν αὐτην (σοφιαν) ἐπι παντα τα ἐργα αὐτου. ἡ δε τοιαυτη· ἐκχυσις αὐτης οὐσιας της αὐτοσοφιας, ἀλλα της ἐν τῳ κοσμῳ ἐξεικονισϑεισης κ. τ. λ. or. I. c. Ar. c. 39. ἧς (σοφιας του ϑεου. d. h. του λογου) τα γενητα παντα μετεχει.

seinem eigenen ewigen Wesen, damit er diese Einheit mit Gott bewahrend (την ταυτοτητα), weder je aus dem Gottesbewußtsein herausfalle, noch der Gemeinschaft mit den Heiligen verlustig werde. Mit diesen Gaben und mit der ihm eigen gewordenen Kraft des väterlichen Logos, sollte er frohlocken, mit Gott in Gemeinschaft bleiben, (συνομιλειν τῳ Θεῳ) und so stets ein ungetrübtes wahrhaft seliges unsterbliches Leben genießen. Denn wenn kein Hinderniß vorhanden ist Gott zu erkennen, schaut der Mensch immer in seiner Reinheit das Abbild des Vaters, den Gott Logos, nach dessen Bild er gemacht ist. Er ist in Wonne, daß er die Leitung des Weltalls durch ihn erkennt, über die Sinnen- und gesammte Körperwelt erhaben, mit dem Göttlichen aber im Himmel und dem Geisterreiche durch die Kraft seines Geistes verknüpft ist. (adv. Gent. c. 2.)

Er sagt weiter: «Das Böse ist weder eine Substanz für sich, wie die Griechen meinen, denn nach ihnen ist das Böse (die Materie); noch kömmt es von dem Schöpfer aller Dinge. Das erste muß angenommen werden, denn sonst wäre Gott nicht der Schöpfer aller Dinge; das zweite, weil ausserdem das Gute auch mit dem Bösen vermischt sein müßte; das Gute hat aber keine mit dem Bösen vermischte Natur, und kann darum auch der Grund des Bösen nicht sein. Wenn die erscheinende Welt (τα φαινομενα) das Werk des Bösen ist, wo ist dann das Werk des guten Gottes? Denn nichts erscheint, als allein die Schöpfung des Urhebers der Welt. Wo wäre dann nun ein Kennzeichen des Seins des guten Gottes, da keine Werke da wären, durch die er erkannt würde? 14) Zwei sich entgegengesetzte Urwesen, kann es überhaupt nicht geben. Was trennt sie

14) Es fehlt der vermittelnde Gedanke: wenn die Materie das Böse wäre, so konnte sich Gott mit ihr gar nicht einlassen; die ganze Weltordnung müßte also, angenommen, daß die Materie bös ist, Gott fremd sein. Allein dann wäre gerade der gute Gott nicht erkennbar, da er sich nicht geoffenbart hätte.

denn? Und was hält sie auseinander? Zugleich nämlich (neben einander) können sie nicht sein, weil sie sich gegenseitig aufheben; auch nicht in einander, weil ihre Naturen unvermischbar und sich entgegengesetzt sind. Was sie also auseinander hielte, ihre Existenz vermittelte, müßte ein drittes sein. Aber von welcher Natur müßte dieses dritte sein? Wieder entweder gut oder bös, denn beides zugleich wäre nicht möglich. So kämen wir also wieder auf den Anfang der Frage zurück. (adv. Gent. c. 6. 7.)

Dagegen behauptet nun Athanasius, das Böse, das an sich nicht ist, und das Gott weder selbst hervorgebracht noch gewollt hat, sei durch die Freiheit des Menschen ausgesonnen und eingebildet worden. Sein Gedanke ist der: der Mensch konnte vermöge seiner Freiheit Gott oder sich selbst (ohne Gott) lieben; er konnte Alles auf Gott und Alles auf sich beziehen; der Mensch konnte Gott in der Welt finden; er konnte sie aber auch zu etwas Anderem gebrauchen: zu sinnlicher Lust. Das bemerkte der Mensch. Er machte den Versuch, und gab sich dem Endlichen hin. Bewegung und Thätigkeit ist dem Menschen natürlich. Er meinte nun, wenn er nur sich bewege, so bewahre er seine Natur und bleibe seiner Bestimmung treu. Der Mensch konnte nach beiden Seiten sich bewegen, nach dem Schöpfer und dem Geschöpfe hin; er glaubte, wenn er nur thue, was er konnte, so sei es schon Recht: er wählte darum, was er konnte, und unterließ, was er sollte. Es geschah aber durch Satans Verführung.

Führen wir nun einige Stellen an: « die Menschen vernachläßigten das Bessere, und waren träg, es zu betrachten und suchten das, was ihnen näher lag, d. h. den Körper und seine Kräfte. Sie entfernten ihren Geist vom Geistigen und fingen an sich selbst zu betrachten. Sich selbst aber betrachtend und strebend nach dem Leibe und der übrigen Sinnenwelt, fielen sie in die Selbstsucht und zogen sich dem Göttlichen vor. — Die Seele erfreute sich der Lust, und sah, daß die Lust etwas Gutes für sie sei; so irregeführt mißbrauchte sie den Namen des Guten, und hielt die Lust für das an sich Gute. Denn da sie ihrer Natur nach leicht sich bewegt, so hört sie, wenn sie sich auch vom Guten abgewendet hat, doch nicht auf, sich zu bewegen. Sie bewegt sich nun zwar nicht mehr nach der göttlichen Gesinnung, noch weniger so, daß sie Gott schauete. Das Nichtseiende vielmehr denkt sie, ändert ihre Kräften um, und mißbraucht sie gemäß ihrer Freiheit zu ihren ersonnenen Begierden. Denn sie bemerkt, daß sie durch ihre Freiheit nach zwei Seiten hin sich des Körpers bedienen könne, zum Sein und Nicht-Sein. Sie kann z. B. die Augen gebrauchen um die Schöpfung zu schauen, und in ihrer Harmonie den Schöpfer zu erkennen. Statt dessen wendet sie sie zur Begierlichkeit und zeigt, daß sie auch dieses könne, und ist der Meinung, daß sie, wenn sie sich auch nur bewege, ihre Würde bewahre, und nicht fehle, wenn sie thue, was sie kann. Nicht einsehend, daß sie nicht zur Bewegung überhaupt, sondern um sich zu dem hin zu bewegen, wohin sie soll, geschaffen worden sei. Es ist gerade so, wie wenn ein Wagenlenker auf der Bahn, sich nicht um das Ziel bekümmerte, das ihm vorgesetzt ist, sondern es ganz bei Seite setzend, nur sein Pferd antriebe in den Tag hinein. Er kann es aber, weil er will. Er stürzt nun bald auf die, so ihm im Wege begegnen, bald in Abgründe und überläßt sich ganz der Schnelligkeit seiner Rosse, schaut nur auf den Lauf, nicht aber dahin, daß er weit vom Ziele läuft. (adv. Gent. c. 3—6.) Das Böse ist nur etwas zu dem Ursprüglichen Hinzugekommenes durch Satans List; die wahre Freiheit hörte auf; nicht sündigen ist der Natur gemäß; sündigen ist Unnatur.» (Κατ' ἀναγκην το ἁμαρτανειν συμβεβηκεν, προδηλον, ὁτι το μη ἁμαρτανειν κατα φυσιν γεγονε adv. Apoll. l. II. c. 6. 7.) Diese Bemerkungen des Athanasius sind gewiß eben so fein als wahr. Er leitet die Möglichkeit der Sünde aus der Freiheit und dem Gesetztsein des Menschen in die Sinnenwelt her. Da es einen erlaubten Gebrauch der letzteren giebt, so ist die Täuschung sehr leicht möglich, daß jeder Gebrauch der rechte sei. Nicht mit Bewußtsein des Bösen als solchen geschieht es Anfangs, sondern im Wahne, daß es gut sei, und gut darum, weil man es ausüben kann. Es passen diese Bemerkungen vorzüglich auch auf den verkehrten Gebrauch des Denkens: man glaubt gar so oft, Alles sei wahr gedacht, was gedacht werden kann.

Er schließt nun also: « Recht hat also die Kirchenlehre, wenn sie behauptet, daß das Böse weder in Gott noch aus Gott und nicht von Ewigkeit sei, sondern kein eigentliches Sein habe. Die Menschen fiengen nach der Entfernung der Anschauung des Guten an, sich auszudenken und einzubilden, was nicht ist. Die Seele des Menschen hat das Aug verschlossen, durch welches sie Gott sehen kann, und sich das Böse eingebildet; sie bewegt sich in ihm, und scheint etwas zu thun, während sie nichts thut. Denn sie erdichtet, was nicht ist. » (adv. Gent. c. 7.) Nun entwickelt er die Folgen der Sünde.

Wie Athanasius das reine Gottesbewußtsein, Seligkeit, moralische Güte, die Anschauung der Welt in ihrer Wahrheit, und die Zuversicht der Unsterblichkeit als völlig zugleich gesetzt betrachtete, so war ihm mit der Sünde auch alles das zugleich verloren. Der Mensch nahm den Charakter der endlichen Dinge an, denen er sich hingegeben hatte; (την προς αὐτας σχεσιν ἐχειν) eine innere Unheimlichkeit, und Furcht bemächtigte sich seiner, Endliches nur konnte er noch denken. (Τα θνητα φρονειν τη ψυχη προσγεγονε) Den Leib für das Höchste haltend, will die Seele sich nicht von ihm trennen, und vergißt die Unsterblichkeit; sie wird ungerecht gegen ihre Mitmenschen, sobald sie das ihr Verwandte (das Sinnliche) nicht nach Wunsch erlangen kann, und mordet sogar. Sterben mußte der Mensch ohnedieß, da ohne die Sünde der Uebergang in die Unsterblichkeit im Himmel, nicht durch den eigentlichen leiblichen Tod bedingt gewesen wäre. adv. Gent. c. 3.

« Das mußte geschehen, denn so hatte es Gott den Menschen voraus gesagt, daß sie sterben würden, wenn sie sündigten; und zwar im Tode bleiben würden und im Verderben; denn was heißt das anders, wenn Gott sagt: »«ihr werdet des Todes sterben,»» als: daß sie nicht nur sterben, sondern im Verderben des Todes bleiben würden? (de incarnat. c. 3.) Durch die Sünde herrschte der Tod gewaltig. (ἐκρατειβασιλευων) Denn die Uebertretung des Gebotes brachte sie auf ihre Natur zurück, so daß sie, gleich wie sie nicht waren, auch den Verlust ihres Seins erlitten, und der Zeit anheimfielen. Und das mit Recht; denn wenn sie ihrer Natur nach das Sein nicht haben, durch die Gegenwart und die Menschenfreundlichkeit des Logos aber ins Sein gerufen wurden, so folgte nothwendig, daß die Menschen, des Gottesbewußtseins beraubt, auch wieder ins Nichtsein zurückfielen. Denn das, was kein Sein hat, ist das Böse; das Gute aber ist das Sein, weil es durch Gott, der ist, geworden ist. Sie mußten aber des Seins für immer beraubt werden; d. h. sie mußten aufgelößt werden in den Tod, und in der Sterblichkeit bleiben. Denn seiner Natur nach ist der Mensch sterblich; weil er auch aus nichts geworden ist. Wegen seines Gleichbildes aber mit dem, der ist, hätte er die natürliche Sterblichkeit verdrängt, wenn er sein Bild durch das Schauen Gottes bewahrt hätte, und unsterblich wäre er geblieben, gleich wie die Weisheit sagt. Unsterblich aber hätte er wie Gott gelebt.» (de incarn. c. 4.)

Ich muß hier einige erläuternde Bemerkungen anknüpfen. Der Tod, das Verderben des Todes, Sterblichsein, ins Nichtsein zurückversetzt werden, bedeutet die Entfremdung von Gott, das Sündenelend; wie auch der Gegensatz «ewiges Leben» (ζωη αἰωνιος) das Leben in Gott so oft bei Athanasius und Anderen bedeutet. Denn, daß der Mensch durch die Sünde seiner Seele nach sterblich geworden wäre, glaubte Athanasius nicht; adv. Gent. c. 33. beweißt er, daß die Seele an sich unsterblich sei [15]. Vorzüglich das liegt aber

15) Dieß muß deßwegen bemerkt werden, weil Manche z. B. Münscher behaupten, IV. B. S. 283, Athanasius habe eine Ver-

in jenen Formeln, daß die Seele das Bewußtsein der Unsterblichkeit und des ewigen Lebens durch die Sünde verloren habe, weil das Bild Gottes im Menschen verwischt wurde. Sterblich werden, ins Nichtsein zurückkehren, heißt demnach, die Kraft nicht mehr in sich haben, sich unsterblich zu wissen, denn diese Kraft ist das Gutsein; gut Sein, und Sein im eigentlichen Sinne ist ihm identisch. Der Sünde dienen, heißt dem Athanasius ein Leben im Tode führen, weil man das Nichtseiende in sich aufgenommen hat, das seinen Charakter dem Menschen mittheilet; es ist ein stetes Schweben zwischen Sein und Nichtsein. Hiernach sehen wir auch, was Athanasius unter der Drohung Gottes « ihr werdet des Todes sterben » verstanden hat. Es heißt, nebst der Nothwendigkeit leiblich zu sterben, Gott verlieren, um sich selbst und seine Würde nicht mehr wissen, aus der Seligkeit herausfallen, ins Vergängliche, in die Finsterniß sich senken (ἀντι του θεου τα φθαρτα και το σκοτος ζητειν. adv. Gent. c. 6. 7.) den Zufälligkeiten dieses Lebens unterliegen, in Furcht sein es zu verlieren u. s. w.

Daß Athanasius dieses Alles darunter sich dachte, geht auch aus folgenden Stellen hervor, in welchen die Erbsünde so klar ausgedrückt ist. « Alle Menschen, von Adam an sterben und bleiben todt; die Menschen, die nur von Adam abstammen, (μονον ἐξ Αδαμ ὀντες) sind gestorben und der Tod herrschte über sie. » (or. I. c. Ar. c. 44.) « Gleich wie durch Adams Sünde auf alle Menschen die Sünde übergieng, so ist durch die Menschwerdung des Herrn auf Alle eine solche Kraft übergegangen, daß sie sagen können » u. s. w. (l. l. c. 11.) Was dort die Todesschwäche genannt ist, die Alle von Adam erbten, ist hier Sünde genannt. « In Adam

---

nichtung der Seele als Strafe Gottes gelehrt. Wunderlich genug widerspricht er sich S. 136 selbst. Er verstand den Sprachgebrauch, wie gar oft, so auch hier nicht. Ins Nichtsein zurückfallen, heißt bei Athanasius ins Böse fallen, weil er ja das Böse, das Nichtseiende nennt.

sind Alle Knechte geworden, so daß sie den göttlichen Sinn nicht mehr aufnehmen.» (Το παραπτωμα, ἐν ᾡ δια παντος ἠχμαλιζετο, ὡστε μη δεχεσθαι τον θειον νουν) «Wir waren vor unserm Dasein, von Anfang an, der Knechtschaft des Verderbens und dem Fluche des Gesetzes unterworfen» (ἡμεις δε το πριν ἠμεν ὑπευθυνοι ἐξ ἀρχης μεν τῃ δουλειᾳ της φθορας και τῃ καταρᾳ του νομου) (or. II. c. Ar. 14.) «Gleichwie Alle die aus der Erde sind, in Adam sterben, so werden Alle, die von oben aus dem Wasser und dem Geiste wiedergeboren sind, in Christo belebet.» (or. IV. c. Ar. c. 30.) Hier ist die Erbsünde, die Sünde Aller in Adam, die völlige Unfähigkeit des Menschen durch sich zu Gott zu gelangen, eben so klar ausgesprochen, als die Bedeutung des Wortes «Tod», der von Adam ausgieng, hinlänglich erklärt ist. Wie die Erbsünde zu erklären sei, beschäftigt übrigens den Athanasius nicht. Ich habe aber absichtlich alle diese Stellen gewählt, um durch die Variationen des Ausdrucks derselben zugleich klar zu machen, was Athanasius unter der Erbsünde und ihren Folgen sich dachte [16]).

Die Sünde des ersten Menschen äußerte sich aber nach allen Beziehungen immer mehr und mehr. Aus ihr gieng auch die Idololatrie hervor. «Die Seele war mit der Erfindung des Bösen nicht zufrieden, sondern zu immer Schlechterem wendete sie sich allmählig. Denn sie lernte die Mannichfaltigkeit der Lüste kennen, umgürtete sich mit der Vergessenheit der göttlichen Dinge, erfreute sich einzig der körperlichen Leidenschaften, des in die Augen Fallenden und des Scheines, und meinte es sei nichts mehr außer dem, was gesehen wird, und nur das Irdische und

---

16) Nun vergleiche man, was Münscher IV. B. S. 147 mit unbegreiflicher Oberflächlichkeit über des Athanasius Lehre von dem Verhältnisse der Sünde Adams zu denen seiner Nachkommen sagt. Marheineke in seinem Ottomar hat gerecht über Münscher geurtheilt, eben auch in Beziehung auf die Erbsünde.

Körperliche sei das Gute. Vergessend, daß sie das Bild des guten Gottes sei, und abgewendet von ihm, schaut sie nicht mehr durch ihre eigenthümliche Kraft den Gott Logos, nach welchem sie geschaffen wurde. Ausser sich selbst aber sich befindend denkt sie sich aus, und bildet sich ein, das Nicht-Seiende. Denn durch das Gewirre der körperlichen Lüste verdeckt sie den Spiegel, den sie in sich hat, durch welchen sie allein das Bild des Vaters schauen kann, und schaut nicht mehr, was sie soll. Allenthalben hin wird sie gezogen und nur noch die Sinnenwelt siehet sie. Angefüllt mit fleischlichen Lüsten, und verwirrt durch ihre falschen Bilder, bildet sie sich sofort den Gott, den sie in sich vergessen, im Köperlichen und Sinnlichen ab; legt der Sinnenwelt den Namen Gottes bei, und verherrlicht nur das, was sie will und (ihrem Zustande) angemessen findet. So wurde die böse Gesinnung Ursache des Götzendienstes. Die Menschen hatten sich einmal das Böse, das kein Sein hat, eingebildet; so erdichteten sie sich auch, nicht seiende Götter. Wie wenn Einer in einem Abgrunde das Licht nicht mehr siehet, und meinte, es gebe gar keines mehr, und nur was er bemerkte, sei das Wahre.» (adv. Gent. c. 8.) «Von Gott einmal abgewendet und herabgezogen in ihre Gedanken, erwiesen sie dem Himmel und der Sonne und dem Monde göttliche Ehre. — In noch größerer Verfinsterung ihrer Gedanken, hielten sie die Elemente der Dinge für Gott; (Feuer, Wasser u. s. w.) wie Solche, die in einen Abgrund auf der Erde fallen, wie Würmer im Schlamme, sich wälzen, so der Mensch; die Gestalten der Menschen, so Lebender, wie Gestorbener, versetzten sie unter die Götter. Sogar vergötterten sie sinnliche Lüste, wie die Aphrodite. Ihre Herrscher und deren Söhne machten sie endlich aus Furcht vor ihrer Tyrannei oder aus Ehrfurcht zu Göttern, wie die Kreter den Zeus, die Egyptier den Osiris, und wie neulich sogar die Menschen den Antinous, aus Furcht vor Hadrian, und wohl wissend, daß er sogar des Kaisers Diener der Wohllust war, verehrten.» (l. l. c. 8.) Diese Bemerkungen über den

Ursprung des Götzendienstes sind tief und wahr. Wer das Christenthum liebt, und sein Wesen kennt, kann das Heidenthum nicht anders als aus der Sünde erklären. Daher hat das christliche Gefühl stets sich also ausgesprochen, bei Justin, Athenagoras u. s. f. obschon in unbeholfener Form und Gestalt. Denn sie meinten beinahe nur die bösen Dämonen hätten sich göttlich verehren lassen, und diese seien die Götter der Heiden. Wenn die heidnische Vielgötterei das Ursprüngliche war, eine nothwendige Stufe der menschlichen Cultur, so ist auch das Christenthum die bloße Folge der höhern menschlichen Entwickelung, und nicht Gott hat sich in dem Erlöser des gefallenen menschlichen Geschlechtes erbarmt, sondern in Christo kam nur die Vernunft zum Durchbruch. Wenn Irrthum und Sünde sich stets bedingen und der heidnische Polytheismus doch offenbar Irrthum ist, so ist er auch durch die Sünde entstanden. In Christo hat sich nicht nur das Bessere entwickelt, sondern das Gute und Wahre schlechthin ist durch ihn uns geworden. Daher hat Irenäus, wie ich angeführt habe, schon sehr richtig bemerkt, daß Christus aus einer Jungfrau durch den heiligen Geist, (also nicht auf dem natürlichen Wege der menschlichen Fortpflanzung) empfangen worden sei, weil mit ihm ein völlig neues (nicht aus dem früheren sich blos entwickelndes) Geschlecht beginne [17]. Die naturgemäße Entwickelung, nachdem die Natur Unnatur geworden war, konnte nur noch Schlechteres, eine völlige Auflösung des menschlichen Geschlechtes sein. Daher ist auch der einzelne Christ aus Gott geboren, und nicht aus dem Willen des Fleisches wie Christus selbst. Wie der einzelne Christ nach der Lehre unserer Kirche nicht den Anfang des Guten machen kann, sondern durch die Gnade,

17) Neuerlich eben so wie Irenäus, Steffens Carricaturen des Heiligsten, II. B. S. 725; vom wahren Glauben und der falschen Theologie S. 19. Tholuk im ersten Bande der Denkw. von Neander S. 17. u. ff. beruft sich in seiner Erklärung des Ursprungs des Heidenthums vorzüglich auf Athanasius.

die ihn innerlich bewegt, wie er also nicht durch eigene Kräfte allmählig zum Guten gelangt, sondern durch die Gnade ein absoluter Anfang gesetzt wird, so ist auch das gesammte Christenthum nicht die Folge einer weitern Bildung des Menschengeschlechtes, sondern es ist aus gar Nichts, das von Seiten der Menschen vorhergegangen wäre zu erklären. Darum ist nothwendig das Heidenthum vom Bösen, obwohl manches Gute und Wahre durchschimmert, und sich erhielt, weil nämlich der Logos unser Geschlecht nicht verlassen hat, obschon es dessen werth gewesen wäre.

Athanasius entwickelt seine Betrachtungen weiter, und zeigt, wie die durch die Sünde empfangene heidnische Vielgötterei, auch wieder nur Sünde geboren und das Böse noch mehr befördert habe. Die Götter seien die Vorbilder der Schlechtigkeit geworden, wie z. B. die Frauen der Phönicier ihre Keuschheit den Göttern zum Opfer gebracht hätten. (adv. Gent. c. 25. 26. auch 10. 13. u. ff.) Allein schon längst hatten die Weiseren unter den Griechen behauptet, und auch den Christen stellte man diese Ansicht entgegen, daß nur die Dichter jene Erzählungen von den Göttern erfunden hätten. Athanasius entgegnet sehr richtig: Entweder nehme man an, daß die Personen mit jenen Erzählungen erdichtet seien, und dann folge ja von selbst, daß sie nicht für Götter gehalten werden dürften; oder man trenne die Personen von dem Spiele der Dichter, und halte zwar jene nicht aber dieses für Wahrheit. Aber auch in diesem Falle dürfe man die Götter nicht für Wahrheit halten, da wir ja von ihnen nichts, als jene Erzählungen der Dichter wüßten. Ueberhaupt setzten solche Ansichten voraus, als hätten die Mythendichter gewußt, was für Gott sich gezieme, da man ihnen sonst nicht zumuthen dürfe, sie hätten blos zum Vergnügen etwas den Göttern angedichtet, das sich an sich nicht also verhielte. Aber diese Voraussetzung sei falsch. Wenn die Dichter gewußt hätten, was für Gott sich gezieme, jene Erzählungen also ein bewußtes Spiel der dichtenden Phantasie wären, dann hätten sie auf Gott nichts Irdisches übertragen. Keiner doch, der die Eigenschaften des Feuers beschreiben wolle, lege ihm die des Wassers bei. Niemand, der die Erde beschreibe, sage, daß sie leuchte, und der die Sonne beschreibe, daß sie besäet werde. Wesen und Eigenschaft entsprächen sich, und aus diesen erkenne man jenes. Legten also die Dichter die berüchtigten Eigenschaften ihren Göttern bei, so zeigten sie an, daß sie nichts Besseres von Gott wußten, ihn mithin überhaupt nicht kannten. (adv. Gent. c. 16.) Auch die Entschuldigung, daß die Mythen symbolisch zu deuten seien, läßt er nicht gelten. Auf jeden Fall, sagt er, habe man das Zeichen mit der Sache verwechselt, und das sei eben die Sünde. So suchte sich Athanasius in seiner Ableitung der Idololatrie zu behaupten.

Er hatte gesagt, daß durch die Sünde der Mensch aus sich selbst hinausgekommen sei, und dadurch auch die Gottheit ausser sich, im Endlichen gesucht habe. Er preißt nun folgenden Weg zur Erkenntniß Gottes an. « Zur Erkenntniß und richtigen Erfassung der Wahrheit und des wahrhaften Gottes haben wir nichts anders nöthig, als uns selbst; der Weg zu ihm ist nicht ausser uns, sondern in uns; durch uns können wir den Urgrund finden, gleichwie Moses lehret, « das Wort des Glaubens ist in deinem Herzen. » Deuter. 30, 19. Das hat auch der Heiland bekräftiget, wenn er sagt: « das Reich Gottes ist inwendig in euch. » Luc. 17, 21. Denn in uns selbst haben wir den Glauben und das Reich Gottes, und schnell können wir schauen und erkennen den König aller Dinge, den heilbringenden Logos des Vaters. Keine Ausflüchte sollen also die Götzendiener, die Hellenen bringen. Auch kein Anderer betrüge sich, als habe er diesen Weg nicht, um darin eine Entschuldigung seines Unglaubens zu finden. Denn wir Alle haben und betreten diesen Weg, wenn ihn auch nicht Alle verfolgen, sondern ausschweifen wollen, durch die Lüste des Lebens nach aussen gezogen. Fragte also Einer, was ist das für ein Weg, so sagte ich: die Seele und der Geist in ihr, durch ihn allein kann Gott erkannt und geschaut werden. Es sei denn, sie müßten wie Gott, so auch ihre Seele verläugnen, die Gottlosen.» (contr. Gent. c. 30.)

Aber das war ja wirklich der Fall, daß die Seele als solche, in ihrem wesentlichen Unterschiede vom Leibe geläugnet, wenigstens selten anerkannt wurde. Wie demnach Athanasius schon bemerkt hatte, daß die Seelen durch die Sünde ganz dem Körperlichen verwandt worden seien, und mit dem Gottesbewußtsein auch sich selbst verloren hätten; so sucht er nun zu zeigen, daß sie nicht einerlei sei mit dem Körper, und geht dann erst auf eine vollständigere Nachweisung der Verschiedenheit Gottes von der Welt über. » Die Seele beurtheilt, sagt er, was außer ihr ist, richtet auch ihre Aufmerksamkeit auf das Abwesende, bedenkt Alles wiederholt, und wählt nach Ueberlegung. Der Mensch umfasset Alles mit seinem Geiste, und besiegt die Begierden durch die Kraft desselben. Dieser ist also von seinen körperlichen Sinnen verschieden. Nur weil er andern Wesens ist, ist er auch ihr Richter. Was jene wahrnehmen, beurtheilt er, erinnert sich wieder und zeigt ihnen das Bessere. Das Auge sieht, das Ohr hört nur, aber was gehört und gesehen werden soll, und das Urtheil darüber, ist Sache der Seele. Das Auge ist von Natur zum sehen, und das Ohr zum hören bestimmt; was hält nun das Auge so oft ab, seiner natürlichen Bestimmung zu folgen, und sieht nicht? Oft wenn der Leib auf der Erde liegt, denkt und schaut die Seele das Himmlische. Oft ruht und schläft der Leib, aber der innere Mensch bewegt sich, schaut, was ausser ihm ist, durchwandert Länder und sieht voraus. Was ist das anders als die vernünftige Seele? Wie kömmt es, daß, da der Leib seiner Natur nach sterblich ist, der Mensch an Unsterblichkeit denkt, und oft aus Liebe zur Tugend das Leben verläßt? Der Leib ist vergänglich, aber oft beschäftigt sich der Mensch mit dem Ewigen, verachtet die Gegenwart, um seine Sehnsucht nach dem Ewigen zu befriedigen. Der Leib, der sterbliche und endliche, beschäftigt sich mit dem ihm Entgegengesetzten nicht. Ist nun der Leib der Seele entgegengesetzt, so ist diese unsterblich, wenn jener sterblich ist. Sieh nur! Im Leib lebt sie oft, wie ausser ihm und schaut Ueberirdisches, und begegnet den Heiligen und den Engeln, und erhebt sich zu ihnen, wenn sie rein ist. Wie sollte sie nicht vielmehr vom Körper getrennt, eine noch offenbarere Kenntniß der Unsterblichkeit haben? Denn wenn sie mit dem Körper verbunden ein unkörperliches Leben lebt, so wird sie noch vielmehr nach dem Tode des Körpers leben, wegen Gott, der sie also gemacht hat durch seinen Logos unsern Herrn Jesus Christus. Denn durch ihn denkt und sinnet sie Unsterbliches und Ewiges, weil auch er unsterblich ist. Sterbliches nur faßt der Leib, darum ist er sterblich, Unsterbliches denkt und schauet die Seele, darum ist sie unsterblich und lebt ewig. Denn die Ideen und Anschauungen des Ewigen lassen nie von ihr; sie sind ihr das Unterpfand der Unsterblichkeit. Deßwegen gewiß auch hat sie das Gottesbewußtsein und nimmt nicht von aussen her die Kenntniß des Logos.» (adv. Gent. c. 30—33.)

Diesen Punct von der Seele schließt Athanasius, gemäß seiner Grundanschauung von der Einheit des Gottes- und wahren Selbstbewußtseins also: «Wir behaupten nun, daß die Heiden, wie schon gesagt wurde, gleichwie sie Gott geläugnet haben und Seelenloses anbeten, so auch dafür halten, sie hätten keine mit Vernunft begabte Seele. Daher beten sie als Seelenlose das Seelenlose an, und verdienen unser Mitleid und unsere Hülfe. Rühmen sie sich aber ihrer Seele und ihres Geistes, warum handeln sie so, als hätten sie keine Seele und keinen Geist? Denn eine unsterbliche Seele haben sie, und eine unsichtbare, und suchen doch Gott im Sichtbaren und Sterblichen. Oder warum fliehen sie nicht wieder zu Gott, gleichwie sie von ihm abgefallen sind? Denn wie sie mit ihrem Geiste von Gott gewichen sind, und das Nichtseiende als Gott sich einbildeten, so können sie auch mit dem Geiste ihrer Seele (τῳ νῳ της ψυχης) wieder zu Gott zurückkehren. Zurückkehren aber können sie, wenn sie die Flecken der Seele, die sie angezogen haben, entfernen, und so sehr sich abwaschen, bis sie alles Fremdartige von der Seele hinweggethan haben, und sie rein darstellen, wie sie geschaffen wurde, damit sie so in ihr den Logos des Vaters sehen können, nach welchem sie von Anbeginne an geschaffen wurden.» (l. l. c. 34.)

Athanasius setzt eigentlich voraus, daß der Mensch durch sein unmittelbares Bewußtsein die Gewißheit von seiner höhern Natur und deßwegen von der Unsterblichkeit der Seele habe; aber deßungeachtet suchte er dies Gefühl sich selbst klar zu machen; eben so nun das Bewußtsein von Gott, als eines von der Welt verschiedenen Wesens, gleich wie auch die Seele von dem Leib verschieden sei. Doch werden wir weiter unten sehen, daß er Gott von der Welt nicht geschieden betrachtete, denn daraus beweißt er die Möglichkeit der Offenbarung Gottes in Christo. Seine Gedanken über die Verschiedenheit Gottes und der Welt, knüpft er übrigens an seinen Erweis von der Einheit Gottes. Da die Heiden einzelne Theile der Welt als besondere Götter verehrten, so sagt er, die Welt sei als ein großer Organismus anzuschauen, alles Einzelne als sich integrirende Theile eines Ganzen; alle bedürfen sich gegenseitig, und nur so sei ihr Bestehen möglich, eines Andern aber bedürftig sein und Gott sein, widerspreche sich [18]. (adv. Gent. c. 28—29.) Da man aber die Totalität der Theile für Gott halten konnte, so entgegnet er, daß Gott nicht aus Theilen bestehen könne, und nicht sich selbst ungleich sei. Er bemerkt

18) C. 28. εἰ γαρ τις καθ' ἑαυτα τα μερη της κτισεως λαβοι, και ἑκαστον ιδιᾳ νοησει, ὁιον ἡλιον καθ' ἑαυτον μονον, και σεληνην χωρις, και γην και ἀερα, και την θερμην και ψυχραν, και ξηραν και ὑγραν ὀυσιαν διελων ἀπο της προς ἀλληλα συναφης, ἑκαστον ἐκλαβοι καθ' ἑαυτο και ιδιᾳ θεωρησειε, εὑρησει παντως μηδεν ἱκανουμενον ἑαυτῳ, ἀλλα παντα της ἀλληλων χρειας δεομενα και ταις παρ' αλληλων ἐπικουριαις συνισταμενα.

ferner, daß in der endlichen Welt Alles aus Gegensätzen bestehe, die sich jedoch zu einer Einheit durchdringen; daß nun das Einzelne sich in seiner Schranke halte, und mit dem Uebrigen ein harmonisches Ganze bilde, kündige laut an, daß ein von allem Einzelnen verschiedenes, und darum auch über die Gesammtheit des Einzelnen erhabenes Wesen da sein müsse, und zwar Ein Wesen, weil Eine Ordnung vorhanden sei. Es ist der physiko-theologische Beweis, den er vom Dasein Gottes führt.

Ich führe einige Stellen an, um den Athanasius in seiner ganzen Art kennen zu lernen. « Betrachtet man den Himmel, den Lauf der Sonne und des Mondes, die Stellungen und den Umlauf der übrigen Gestirne, die sich entgegengesetzt sind, in ihrer Entgegensetzung aber eine Ordnung allesammt beobachten, muß man nicht denken, daß sie sich nicht selbst geschaffen haben, sondern von einem Anderen (einem von ihnen verschiedenen Wesen) geschaffen worden sind und geordnet werden? Wer sieht die Sonne immer täglich aufgehen, und den Mond unveränderlich je nach einer bestimmten Reihe von Tagen scheinen bei Nacht, wie andere Gestirne räthselhaft ihre Läufe verändern, noch andere stets an derselben Stelle sich bewegen, und zieht nicht den Schluß, daß gewiß ein Weltschöpfer sie regiert? Entgegengesetztes ist in der Natur verbunden, und eine Harmonie stellt es doch dar. Das Warme ist entgegengesetzt dem Kalten, das Trockene dem Feuchten, aber eine Einheit bildet es, wie die eines Körpers; muß man nicht denken, Einer verbinde dies Alles? Der Winter weicht dem Frühling, dieser dem Sommer, der Sommer dem Herbst. Sie sind sich entgegengesetzt; denn mild ist der Frühling, heiß der Sommer, nährend der Herbst und tödtend der Winter: aber Alles gewährt dem Menschen einen gleichen und unschädlichen Gebrauch. Da muß doch wohl Einer sein, der erhabener als dies Alles ist, der Alles ausgleicht, auch wenn man ihn nicht sieht. In der Luft werden die Wolken getragen, in den Wolken ist die Schwere des Wassers gebunden; bindet und befiehlt nicht

Einer? Die Erde, so schwer ihrer Natur nach, ist gegründet auf dem Wasser und steht fest auf dem von Natur beweglichen Elemente. Zu bestimmten Zeiten bringt die Erde ihre Früchte, der Himmel sendet Regen, die Flüsse strömen, die Quellen sprudeln, sich entgegengesetzte Thiere zeugen, und das nicht immer, sondern zu gewissen Zeiten nur. Wer bringt die Einheit in Alles? Durch sich selbst könnte sich doch nicht das Alles verbinden wegen des in ihrer Natur gegründeten Gegensatzes. Von Natur schwer ist das Wasser, und die leichten Wolken enthalten es in sich. Nicht Eins mit dem Männlichen ist das Weibliche und sie kommen zusammen, und die Zeugung eines Aehnlichen erfolgt. Hat sich denn, was sich von Natur entgegengesetzt ist, selbst zusammengeführt? Wohl ist da ein mächtigeres Wesen, der Herr von Allem, dem alle Elemente unterthan sind, dem sie folgen und gehorchen. Keines bekämpft, blos auf sich schauend, das Andere; den verbindenden Herrn erkennend, kömmt Freundschaft unter das sonst Feindselige; das Entgegengesetzte liebt sich nach seinem Willen. Aufwärts geht seiner Natur nach das Eine, hinab das Andere; schwer ist Dies und leicht Jenes; wenn die Sonne erhellen wollte, die Luft aber die Strahlen nicht durchließe, welche Verwirrung! Wenn die Nacht dem Tag nicht wiche, wenn die Gestirne, deren Eines oben, unten das Andere schwebet, gegen sich kämpften, da würde gewiß die Ordnung eine Unordnung. (κοσμος ἀκοσμια) Denn Alles vernichtete sich entweder im Kampf, oder das Siegende nur noch bliebe. Auch so wäre keine Welt. Denn bliebe es allein nur noch übrig, so wäre es, wie wenn am Körper alles ein Fuß oder eine Hand nur wäre, es wäre kein Körper mehr. Welche Welt wäre es doch, wenn nur die Sonne noch wäre, oder der Mond, oder die Gestirne? Wenn es nur Wasser oder Erde gäbe, oder wenn alle Elemente sich bekämpften, wie könnte der Mensch leben, da er nicht Dieses oder Jenes nur, sondern Alles bedarf? So erkenne in der Ordnung den Ordner. Aber die Ordnung zeigt nicht viele Götter, sondern einen

Gott an, bei Vielen würde wieder Alles in eine Unordnung sich auflösen. Viele Götter ist so viel als kein Gott.» (ἐλεγομεν την πολυϑεοτητα ἀϑεοτητα εἰναι) adv. Gent. c. 34—37.

So hatte demnach Athanasius wohl recht, wenn er sagte, durch die Sünde sei die wahre Kenntniß der Welt verloren gegangen; und nur der Gute und Fromme besitze sie. Uebrigens kömmt Athanasius in der Bekämpfung des Sabellianismus wieder auf die Verschiedenheit der Welt von Gott zurück.

Der zweite Theil der Apologie des Christenthums, die Athanasius verfaßte, und ein besonderes Buch bildet, enthält nun eigentlich seine Construction des Erlösungswerkes, und der Geschichte des Herrn. Wenn er schon von den Grundwahrheiten aller Religion, dem Dasein eines von der Welt verschiedenen Gottes, der Freiheit und der Unsterblichkeit des menschlichen Geistes sprach, ehe er die Erlösung in Christo beschrieben hat, auch von einem Erkennen Gottes durch die Seele selbst, das nicht von Außen her ihr werde; so war es keineswegs seine Meinung, daß diese Erkenntnisse ohne den Heiland möglich seien; denn er sprach aus dem Christenthume heraus, und setzt nothwendige Bedingungen dieser Erkenntnisse voraus, die Reinheit des menschlichen Geistes, von der er behauptet, daß sie nur durch den Erlöser möglich werde. Daß der menschliche Geist durch sich selbst Gott erkenne, heißt ihm nichts anders, als daß er die innere Fähigkeit dazu in sich trage: er will den Menschen auf seine Würde aufmerksam machen; daß aber diese Fähigkeit in eine wirkliche und wahre Kraftäußerung übergehe, das leitet er wie ursprünglich vom Logos, so auch, nachdem eine bloße Fähigkeit nach dem Falle nur noch übrig geblieben war, abermals vom Logos ab.

Der Logos hatte die Menschen nie verlassen. «An sich, sagt Athanasius, war die Gnade des Bildes Gottes (im Menschen) hinreichend, den Gott Logos zu erkennen, und durch ihn den Vater. Da aber Gott die Schwäche der

Menschen kannte, so begegnete er auch ihrer Nachlässigkeit dadurch, daß, wenn sie in sich selbst Gott nicht finden wollten, sie ihn auch in der Schöpfung erkennen konnten durch seine Werke. Da aber die Fahrlässigkeit der Menschen sich immer mehr zum Schlechteren hinneigte, so gab er ihnen das Gesetz und die Propheten; so sollten sie ganz nahe den Schöpfer erkennen, wenn sie zu träg wären, den Himmel zu schauen; denn leichter wird es den Menschen von ihres Gleichen das Bessere zu lernen. Sie konnten also die Majestät des Himmels betrachten, und die Harmonie in der Schöpfung, und so den Ordner derselben und seinen Vater erkennen, und ausserdem noch durch die Lehren der Heiligen. Sie kannten das Gesetz, und es war möglich dadurch ein tugendhaftes Leben zu führen. Denn nicht blos den Juden war das Gesetz gegeben, und nicht blos ihretwegen waren die Propheten gesandt worden; sondern zu den Juden nur wurden sie gesandt, und von ihnen verfolgt: sie waren aber ein heiliges Lehramt in der Kenntniß Gottes und dem Leben der Seele für den ganzen Erdkreis. (Πασης δε οἰκουμενης ἠσαν διδασκαλιον ἱερον της περι θεου γνωσεως, και της κατα ψυχην πολιτειας). Ungeachtet aber die Güte und die Menschenfreundlichkeit Gottes so groß war, so ließen sie sich doch durch die Lüste besiegen und die Täuschungen und den Betrug der Dämonen, und wendeten sich der Wahrheit nicht zu; sie füllten sich immer mehr mit Bosheit und Sünde an, so daß man sie nicht mehr für vernünftig, sondern unvernünftig halten mußte.» Aber eine Sehnsucht nach der Erlösung, sagt Athanasius anderswo, stieg dennoch aus der Tiefe des gottverwandten Gemüthes hervor, und selbst durch alle Verdorbenheit keimte sie hervor, und gerade dann als das menschliche Geschlecht am tiefsten gesunken war. «Bevor wir waren, sagt er, waren wir dem Fluche des Gesetzes und dem Verderben unterworfen, und waren dienstbar dem Nichtigen und dienten ersonnenen Göttern; den wahren Gott kannten wir nicht, und zogen das Unwahre dem Wahren vor, aber später gleichwie das jüdische

Volk in Egypten seufzte, flehten auch wir in dem uns angebornen Gesetze durch die unaussprechlichen Seufzer des Geistes und riefen: (Jes. 26, 13.) «Herr, unser Gott, erwirb uns wieder.» (or. II. c. Ar. c. 14.) Aber wie konnte und sollte es geschehen?

«Durch die Sünde gieng, sagt Athanasius, der mit dem Gottesbewußtsein begabte Mensch verloren. Gottes Werk gieng zu Grunde. Denn durch ein Gesetz herrschte der Tod über uns. (Durch das Gesetz: «wenn ihr das Gebot übertretet, werdet ihr des Todes sterben»). Dem Gesetz konnte Niemand entweichen, da es von Gott auf die Uebertretung gesetzt war, und wahrhaftig mußte Gott erfunden werden; und doch konnte auch Gott die seines Logos theilhaftigen Wesen nicht zu Grunde gehen lassen. Es widerstritt der Güte Gottes, durch den Betrug des Satans sein Werk zu Grunde gehen zu lassen. Aber der Mensch konnte selbst durch Reue nicht zu Gott kommen; denn konnte er selbst des Seins sich theilhaftig machen, und sich über seine Natur erheben? Zu seiner Wiedererwerbung bedurfte es dessen, der im Anfang Alles geschaffen hat, des Gottes Logos. Ihm kam es zu, das zum Nicht-Sein sich Hinneigende, wieder zum Sein zu führen, und unsere Schuld auf sich zu nehmen, den Fluch des Gesetzes aufzuheben, und des Vaters Antlitz uns wieder zuzuwenden. Er, der Logos des Vaters, der über Alle ist, konnte Alle umschaffen, für Alle leiden, und uns beim Vater vertreten[19]). So wurde er Mensch, und gab seine Menschheit für Alle als Opfer hin, (προσφορα του καταλληλου) und erfüllte das Gesetz durch seinen Tod. Da er aber, der unsterbliche Sohn Gottes, Mensch wurde, wie wir Alle,

19) De incarnat. c. 7. λογος γαρ ὢν του πατρος, και ὑπερ παντας ὢν, ἀκολουθως και ἀνακτισαι τα ὁλα μονος ἠν δυνατος, και ὑπερ παντων παθειν, και πρεσβευσαι περι παντων ἱκανος προς τον πατερα. cf. in Ps. 19. τα ὑμων εἰς εαυτον μετατιθεις, ἱνα παυσῃ την ἀραν, και ἐφ' ὑμας ἀγαγῃ το προσωπον του πατρος.

so zog er Alle mit Unsterblichkeit an. Wie ein König, der in einem Hause der Stadt wohnt, die ganze Stadt beehrt, und Allen seine Gnade bezeugt, so gieng das Leben von dem einen Menschen, mit dem sich der Sohn Gottes verbunden hatte, auf Alle über. So erneuerte er das ursprüngliche Leben wieder (την αρχην ζωης); und wie durch einen Menschen der Tod auf die Menschen sich vererbt hatte, so wird durch die Menschwerdung des Sohnes und seinen Tod, der Tod zerstört und die Wiederbringung des Lebens gegeben.» (de incarn. c. 6—10.)

Wenn wir diese Erklärung der Erlösung in Christo Jesu verstehen wollen, so müssen wir uns erinnern, was Athanasius früher als Strafe der Sünde bezeichnet hat. Diese Strafe ist das Gesetz des Todes, das über alle Menschen herrscht. Der Tod ist aber nicht blos der leibliche, sondern die Sünde mit allen ihren Folgen, der Verdunkelung des Bildes Gottes in uns, des Bildes des Logos. Das Bild des Logos unterlag der Sünde. Der Logos selbst also wurde Mensch und besiegte die Sünde anstatt unser: d. h. er theilt sich den Gläubigen mit, wird Eins mit ihnen im Glauben: darum haben Alle in ihm gesiegt, und er für Alle: seine Lebenskraft, die unvergängliche, theilt sich Allen mit: er vernichtete den Tod, wie das Feuer die Stoppeln. (c. 8.) Er erfüllte das Gesetz anstatt unser, weil wir es in ihm erfüllen. Indem aber Alle in ihm, durch seine Kraft siegen, ist für Alle das Todesgesetz aufgehoben. Athanasius hatte die Strafe der Sünde nicht als eine blos äussere und willkührliche aufgefaßt, sondern als eine innere und nothwendige; so ist die Aufhebung der Sünde und Strafe auch eine innerliche: Christus lebt und wir in ihm. Daher beruft er sich (de incarnat. c. 10.) auf II. Kor. 5, 14. «Einer ist für Alle gestorben, also sind Alle gestorben.» Anderwärts (or. I. contr. Ar. c. 51.) sagt er: «Gleichwie dadurch, daß Adam sündigte, die Sünde Alle ergriff, so geht auch, nachdem der Herr Mensch geworden ist, und die Schlange besiegt hat, eine gleiche Kraft auf Alle über (εἰς παντας ἀνθρωπους ἡ τοιαυτη ἰσχυς διαβησεται); so daß Alle sagen können: „„wir verstehen seinen Sinn."" II. Kor. 2, 11. Deßwegen ist der Herr durch seine Natur unveränderlich, und liebte die Gerechtigkeit, und nahm das veränderliche Fleisch an, und verurtheilte die Sünde und machte es frei, damit es in der Zukunft die Gerechtigkeit des Gesetzes erfüllen könne, so daß wir sagen: „Wir sind nicht im Fleische, sondern im Geiste, da der Geist Gottes in uns wohnt." Das ist der Grundgedanke, der durch Alles hindurch läuft, daß uns der Vater ewig im Sohne anschaue, aber diese Anschauung im Sohne ist eine reale, d. h. wir sind auch wirkliche wahrhafte Söhne Gottes; er hat uns diese Eigenschaft in der That erworben, es ist keine blos imputirte Gerechtigkeit.

Daher drückt er den Zweck der Menschwerdung auch also aus: „Das ist aber die Menschenfreundlichkeit Gottes, daß er durch seine Gnade auch der Vater derer später geworden ist, deren Schöpfer er war. Er wird es aber, wenn die erschaffenen Menschen, wie der Apostel sagt, in ihre Herzen den Geist seines Sohnes aufnehmen, der da ruft Abba, Vater. Das sind aber diejenigen, die, indem sie den Logos aufnahmen, die Macht erhalten haben, Kinder Gottes zu werden. Wir sind nicht von Natur Söhne Gottes, sondern der Sohn in uns, auch ist Gott nicht von Natur unser Vater, sondern Vater des Logos in uns ist er; denn in ihm und durch ihn rufen wir, Abba, Vater." (or. II. c. Ar. c. 59.) Daher stellt er die Vereinigung des Logos mit einem Menschen gleichsam so vor, als habe er sich mit dem ganzen Geschlechte vereinigt, gleichsam eine allgemeine Menschheit gehabt. (or. IV. c. Ar. ἰνα ὡς παντες φορεϑεντες παρ' ἐμοι)[20]). Den XV. Psalm V. 1. erklärend: „Rette mich,

20) Diese Vorstellung ist sehr häufig bei den Kirchenvätern. Gregorius von Nyssa sagt or. catech. n. 32. wir seien mit Christus auferstanden, weil der durch die Auferstehung erhöhete Mensch, den Christus annahm, aus unserm Geschlechte sei. Gleichwie, wenn die gesammte Natur ein Leib wäre, die Auferstehung eines Theiles durch das Ganze dränge. Ambros. de fide l. IV. c. 10.:

o Herr, denn ich habe auf dich vertraut,» bezieht er diese Worte auf Christum und sagt: «die ganze Menschheit vertretend, spricht er also; nicht so fest für sich, als wegen uns und für uns, als Einer aus uns durch die Menschwerdung; er bittet, daß er gerettet werde, wegen der Kirche, die sein Leib ist, (το κοινον ὥςπερ προσωπον της ἀνθρωποτητος ἀναλαβων τους προς θεον και πατερα ποιειται λογους· οὐχ ὑπερ γε μαλλον ἑαυτου, δι' ἡμας δε, και ὑπερ ἡμας ὡς εἱς ἐξ ἡμων δια την οἰκονομιαν κ. τ. λ.) Doch auf diese Anschauung des Athanasius werden wir noch oft zurückkommen, und auch vom Tode Christi ist noch besonders die Rede. Denn in diesen Stellen will er gleichsam nur eine allgemeine Anschauung des Erlösungswerkes geben, nach welcher die Bedeutung der einzelnen Momente im Leben Christi noch besonders entwickelt werden soll. Hier führe ich nur noch die Stelle an, die als nothwendige Folge jener Anschauung des Verhältnisses der Menschen im Sohn Gottes zum Vater hervortritt: «wer den Sohn läugnet, wen soll er anrufen, daß ihm Versöhnung werde? Oder welches Leben und welche Ruhe mag der erwarten, der den abstößt, der sagt, ich bin das Leben» (Joh. 14, 6.) und: kommet Alle zu mir, die ihr mühselig und beladen seid, ich will euch erquicken.» (ep. IV. ad Serap.)

Es gab aber auch damals schon Menschen, welche die Möglichkeit der Menschwerdung Gottes läugneten. Aus der Widerlegung des Athanasius ersieht man, daß sie jene mechanische Ansicht von dem Verhältniß zwischen Gott und der Welt hatten, von welcher auch in unserer Zeit die meisten Einwürfe gegen die Möglichkeit einer übernatürlichen Offenbarung überhaupt gemacht worden sind. Athanasius

«Wir sitzen mit Christus zur Rechten Gottes durch die Einheit des Leibes.» Eben so spricht Leo der Große sermo I. de epiphan. von einer Annahme naturae universae humanitatis. Titus von Bostra in Luc. c. 12. per massae nostrae primitias universam naturam humanam induit. Von Hilarius wird noch besonders die Rede sein.

bemerkt nun: «Sehr muß man sich wundern, daß die Griechen das gar nicht zu Belachende verspotten. Daß der Logos im Fleisch erschienen ist, finden sie ungereimt und belachen es. Wenn sie nun überhaupt läugnen, daß es einen Logos Gottes giebt, so muß man sich wundern, daß sie eine Sache verspotten, die sie nicht verstehen. Bekennen sie aber einen Logos Gottes und geben sie zu, daß dieser der Führer von Allem sei, daß in ihm der Vater die Schöpfung hervorgebracht habe, daß durch seine Weisheit das All erleuchtet und belebt werde und sei, und daß durch die Werke seiner Weisheit er selbst und durch ihn der Vater erkannt werde (wie die Platoniker, die damals das Christenthum vorzüglich bekämpften, eingestanden), dann wissen sie wohl nicht, daß sie sich selbst belachen. Behaupten doch die Philosophen der Griechen selbst, die Welt sei ein großer Leib, und recht haben sie, wenn sie so sagen. Denn wir sehen sie, und ihre Theile fallen in die Sinne. Wenn nun in der Welt, dem Leibe, im Ganzen und in allen Theilen der Logos Gottes ist, was ist denn ungereimtes darin, wenn wir behaupten, er sei auch im menschlichen Leibe erschienen? Denn wenn es überhaupt ungereimt ist, daß er in einem Leibe sei, so ist es auch ungereimt, daß er im Allleib sei, daß er Alles durch seine Weisheit erleuchte und bewege. Kann er aber in der Welt sich befinden, und darin erkannt werden, so war es doch wohl auch möglich, daß er im menschlichen Leibe erschien, daß dieser von ihm erleuchtet wurde, und er in ihm wirkte. Denn ein Theil des Ganzen ist ja auch das menschliche Geschlecht. Geht es aber nicht an, daß ein Theil ein Organ der Gotteserkenntniß sei, so ist es auch vom Ganzen nicht möglich. Abgeschmackt müßten wir doch jenen mit Recht nennen, der, da doch der ganze Körper vom menschlichen Geiste bewegt und erleuchtet wird, sagen wollte, in den Zehen könne seine Kraft nicht sein; denn er gebe zwar zu, daß er das Ganze, aber nicht die Theile durchdringe und in ihnen wirke. Wer demnach zugiebt, daß der Logos im Ganzen sei, und daß das All von ihm erleuchtet und bewegt werde, soll es auch nicht für thöricht halten, daß ein menschlicher Körper von ihm erleuchtet und bewegt werde. Sagen sie aber, deßwegen sei die Menschwerdung nicht möglich, weil der Mensch ein geschaffenes und aus Nichts gemachtes Wesen sei, so müßten sie auch Gott in der Schöpfung läugnen; denn auch diese ist vom Nichtsein ins Sein durch den Logos gerufen worden. Geht es also an, daß er in der gesammten geschaffenen Welt sei, so kann er auch im Menschen sein; denn was vom Ganzen gilt, gilt auch vom Theil. (de incarnat. c. 42—43.)

Ein anderer Einwurf war, daß, wenn der Logos in einem Menschen in seiner ganzen Fülle sein könnte, die Welt, die er doch regirend gedacht werde, von ihm verlassen würde. Er antwortet: «der Sohn Gottes war nicht so in einem Körper eingeschlossen, daß er nicht auch anderwärts, oder daß das All von seiner Macht und Vorsehung leer gewesen wäre. Der Logos umfaßt Alles, er aber wird von Nichts umfaßt. Er ist in der gesammten Schöpfung; außer derselben durch sein Wesen, in Allem durch seine Kraft. So war er im menschlichen Körper und gab ihm das Leben; aber er belebte zugleich das All, und war in und außer ihm. Der Mensch denkt blos die Dinge, aber seine Gedanken üben außerhalb seines Körpers keine Kraft über sie aus; denn er betrachtet zwar den Himmel, bewegt ihn aber nicht. Anders ist es mit dem Logos; er war im menschlichen Leibe und zugleich allenthalben wirksam, und ruhte im Vater allein.» (c. 17.)

Folgende Stelle leitet zu den Betrachtungen über den Zusammenhang der *einzelnen* Theile des Lebens Jesu mit dem Hauptzwecke seiner Ankunft ein. «Da die Menschen des Logos und der wahren Gotteserkenntniß verlustig waren, was mußte geschehen? Was anders, als daß das Gleichbild Gottes, unser Erlöser Jesus Christus erscheine? Es mußte sein Logos sein, denn alle Menschen und Engel waren nur Abbilder des Logos; wir sollten aber den Vater selbst kennen lernen; also konnte auch nur sein Gleichbild erscheinen. Wenn das Bild eines Menschen entstellt ist, wie kann es anders wieder hergestellt werden als durch die Gegenwart dessen, dessen Bild es ist? So kam demnach der Logos zur Sündenvergebung und Wiedergeburt. Luc. 19, 10. Joh. 3, 5. Man kann nicht sagen, daß die Schöpfung hinreichend gewesen wäre, um Gott wieder zu erkennen; denn ungeachtet die Menschen diese hatten, wurden sie doch des Gottesbewußtseins verlustig. Ihr Blick wendete sich nicht auf, sondern abwärts. Deßwegen nahm sich der Sohn Gottes einen Leib gleich dem ihrigen und aus dem Niederen, der Werke wegen, die er durch den Leib verrichten wollte, auf daß die, die ihn aus seiner allgemeinen Vorsehung und Waltung im Weltall nicht erkennen wollten, ihn durch die Werke, die er durch seine Menschheit verrichtete, und durch ihn den Vater erkennen möchten. Wie ein besorgter Erzieher zu den Schülern, die durch sein Höheres nicht gefördert werden, in allweg herabsteigt, und durch das Faßlichere und Dürftigere sie erziehet, so machte es Gott. In der Natur und im Sinnlichen suchten sie mit gesenkten Augen Gott und verehrten sterbliche Menschen und Dämonen. Deßwegen nahm der menschenfreundliche und allgemeine Retter einen Leib, wandelt als Mensch unter Menschen, zieht die Sinne aller Menschen auf sich, damit die, welche im Sinnlichen Gott zu haben glaubten, durch das, was der Herr als Mensch that, die Wahrheit einsehen und durch ihn den Vater erkennen möchten. Denn da sie Menschen waren, und alles Menschliche verstanden, so mußten sie, wohin sie immer ihre Sinne werfen mochten, gewonnen werden, und die Wahrheit anschauen. Denn bewunderten sie die Schöpfung, so sahen sie, daß sie den Herrn bekenne. Waren sie von Menschen eingenommen, sie für Götter haltend, so mußten sie durch die Vergleichung ihrer und seiner Werke erkennen, daß er allein der Sohn Gottes sei, da ihre Werke den Seinigen nicht gleichen. Wollten sie Todte verehren, so mußten sie aus seiner Auferstehung sehen, daß er allein der Herr des Todes sei. Deßhalb also erschien er und wurde Mensch und starb und stand auf und verdunkelte die Werke aller Menschen, die je waren, damit er sie von dem, wovon immer die Menschen gefesselt waren, emporhebe, und seinen wahrhaften Vater sie kennen lehre. Denn da einmal der Geist seine Richtung zum Sinnlichen genommen hatte, so wollte sich der Logos bis zur Erscheinung im Körper erniedrigen, damit er als Mensch die Menschen zu sich hinaufhebe, ihre Sinne auf sich ziehe, und sie, die ihn als Menschen sahen, durch seine Werke überzeuge, er sei nicht allein Mensch, sondern Gott, und der Logos und die Weisheit des wahrhaften Gottes.» (c. 12—16.)

Die Wunder nun nach der eben angeführten Auffassung der Erscheinung des Logos erklärend, fährt er fort: «wie er aus der Schöpfung erkannt wird, so sollten ihn jetzt seine Werke als Herrn der Schöpfung erkenntlich machen. Denn wer, der sieht, daß er Gebrechen heilt, die Mängel der Geburt waren, wie er Blinden von Natur die Augen öffnet, sieht nicht ein, daß er die, die Menschen schaffende Kraft besitze? Wer giebt, was der Mensch durch seine Entstehung nicht hatte, der ist Herr ihrer Entstehung. Er hat sich selbst den Körper in einer Jungfrau gebildet, um zu zeigen, daß, wie er diesen bildete, er auch der Schöpfer der übrigen sei. Er verwandelte Wasser in Wein, um zu zeigen, daß er der Herr des Wassers sei. Er wandelte auf dem Wasser und bewies, daß er die Herrschaft über Alles habe; mit Wenigem ernährte er so Viele, hinweisend, daß er für Alle sorge. Die ganze Schöpfung wurde bei seinem Tode bewegt; so zeigte sie in der Furcht vor seiner Gegenwart, daß sie ihm diene.» (c. 18. 19.)

Es ist gewiß ein sehr geistreicher Gesichtspunct, aus welchem Athanasius die Wunder auffaßte. Er betrachtet sie nicht als mittelbaren Beweis für die Wahrheit der Lehre Christi, sondern als unmittelbare Darstellung, als Offenbarung seiner Gottheit. Wie der Sohn Gottes in der Schöpfung durch die Werke seiner Allmacht sich kund thut, so zeigte er in den Wundern, daß er der Schöpfer sei, daß ihm die Anbetung und der Preis gebühre. Der Herr der Schöpfung erschien, und zeigte darum nothwendig seine schöpferische Kraft. So gieng die Identität seiner mit dem Weltschöpfer hervor, und er zeigte, daß er über der Natur stehe, daß darum nicht diese und die Naturgötter, sondern Er im Vater, die Gottheit sei, von welcher darum auch der Mensch abhängig wäre. So sollte dem Naturdienste ein Ende gemacht werden. Wie die Menschen Gott in der Schöpfung nicht erkannten, sondern ihn mit der Schöpfung verwechselten, so sollte es jetzt unmöglich werden, ihn zu verkennen, und in die Schöpfung herabzuziehen. Natürlich folgte aus dieser Ansicht von den Wundern von selbst, daß seine Lehre die wahre sei. Diese Auffassung der Wunder Christi scheint auch die natürlichste zu sein, sobald man ganz aus dem Christenthum herausspricht, sie in dem Gesammteindruck, den sie machen, anschaut, und die Beziehung des Christenthums zu dem aufzuhebenden Heidenthume, und der gesammten alten Welt, in das Auge faßt. Die Natur ist nur eine Offenbarung Gottes: diese Anschauung der Dinge wurde in dem Wendepuncte der Zeit durch Christi Wunder, unter andern bewirkt.

Aber nicht blos als Herrn der Natur, auch als den sittlichen und heiligen Gott sollte er sich zeigen; indem Gott Mensch geworden, sollte dem Menschen Muth gegeben werden, daß er eines wahrhaft göttlichen Lebens fähig sei, und die Aufforderung zur Nachfolge seines vollkommenen Lebens erhalten. (εἰς ὁμοιωσιν και μιμησιν τελειας εἰκονος προσκαλουμενος adv. Apollinar. l. I. c. 4. 5.) Darum wurde er auch Mensch, um ein vollkommenes Vorbild sittlicher Vollkommenheit zu geben. « Ihrem Wesen nach ist die menschliche Natur veränderlich; die Menschen vor ihm hatten gesündiget und die sittlichen Gesetze nicht beobachtet; wer heute aus ihnen gerecht ist, ist morgen wieder ungerecht. Daher bedurften wir eines unveränderlichen Wesens, auf daß die unveränderliche Gerechtigkeit des Logos uns das Ideal des heiligen Wandels werde. (τυπος και εἰκων της ἀρετης) Das ist sehr gut begründet: der erste Adam war gefallen und dadurch der Tod in die Welt gekommen; der zweite Adam mußte daher unveränderlich sein.» (or. I. c. Ar. c. 51.) Vor Allem wurde er uns durch seine ganze Erscheinung Vorbild der Liebe: «indem der Mensch die Wohlthaten Gottes bemerkt, so vergilt er die Liebe, das größte Geschenk, darum hat auch der Heiland diese als das größte Gebot aufgestellt.» (in Ps. 17.)

Nun führt den Athanasius der Verlauf der Geschichte unsers Herrn noch einmal auf seinen Tod hin. «Alle waren dem Todesgesetze, sagt er, unterworfen, und um dieses zu vernichten war er ja vorzüglich gekommen. Nachdem er durch seine Werke seine Gottheit gezeigt hatte, brachte er für Alle das Opfer, indem er seinen Tempel für Alle in den Tod gab, auf daß er Alle straflos und frei von der alten Uebertretung mache. Er zeigte, daß er mächtiger sei, als der Tod, und stellte in seinem eigenen unverweslichen Leibe den Erstling der Auferstehung Aller dar. Weil aber der Tod Aller in dem Leibe des Herrn erfüllt wurde, so wurde auch der Tod und das Verderben, durch den Logos, der in ihm war, vertilgt. Der Tod war nothwendig; für Alle mußte er sterben, damit die Schuld Aller abgetragen werde. Jetzt hört der Fluch gegen uns auf, da das Verderben durch die Gnade der Auferstehung vertilgt ist; wir werden blos wegen der Sterblichkeit des Körpers aufgelös't (nicht mehr wegen des Fluches des Todesgesetzes), um die bessere Auferstehung zu erlangen» [21]. (de incarnat. c. 20. 21.) Atha-

---

21) Ἐπειδη δε το ὀφειλομενον παρα παντων ἐδει λοιπον ἀποδοθηναι· ὠφελετο γαρ παντας, ὡς προειπον ἀποθανειν, δι' ὁ και μαλιστα ἐπεδημησεν. τουτου ἑνεκεν μετα τας περι της θεοτητος αὐτου ἐκ των ἐργων ἀποδειξεις, ἠδε λοιπον και ὑπερ παντων την θυσιαν ἀνεφερεν, ἀντι παντων των ἑαυτου ναον εἰς θανατον παραδιδους, ἱνα τους μεν παντας

nasius betrachtet also den Tod derer, die an Christus glauben, nicht mehr als Strafe, sondern nur als Uebergang zur Herrlichkeit der Auferstehung. «Gleichwie der Saame, setzt er hinzu, der in die Erde gelegt wird, nicht todt bleibt; so werden auch wir nicht für immer aufgelös't, sondern gelangen zur Auferstehung, da der Tod, durch die uns durch den Erlöser ertheilte Gnade vertilgt worden ist.»

Daß Athanasius einen stellvertretenden Tod Christi lehrte, ist keinem Zweifel unterworfen; aber sein physischer Tod führte die Vertilgung unseres geistigen Todes herbei. Wenn also vom Tode Christi und von unserm Tode die Rede ist, so ist «Tod» jedesmal in einem verschiedenen Sinne genommen. Aus der Verbindung, in welche der Tod Christi mit der Auferstehung gesetzt wird, nämlich, daß er erfolgt sei, um durch die Auferstehung seine Gewalt über den Tod zu zeigen, scheint hervorzugehen, daß Athanasius die Gnade des Todes Christi, in wiefern unter Gnade, die gnädige Gesinnung Christi gegen uns verstanden wird, vorzüglich darein setzte, daß er sich dem Tode sogar aus Liebe zu den Menschen unterziehen wollte, und das wäre das Opfer Christi, um welches willen uns der Vater vergiebt, da nur dadurch die Vollendung des Erlösungswerkes und die Vernichtung der Sünde möglich wurde. Das ist das Verdienst Christi, seine freie Gnade, ohne welche wir im Tode geblieben wären. In wiefern aber die Gnade auf uns übergehend gedacht wird, scheint sie nach Athanasius darin zu bestehen, daß wir durch seinen Tod nicht nur das Vertrauen und die Kraft erhalten, uns von der Sünde und ihren Folgen befreit

ἀνυπευθυνους και ἐλευθερους της ἀρχαιας παραβασεως ποιηση. δειξῃ δε εἁυτον και θανατου κρειττονα, ἀπαρχην της των ὁλων ἀναστασεως, το ἰδιον σωμα ἀφθαρτον ἐπεδεικνυμενος - - ὁτι δε παντων θανατος ἐν τῳ κυριακῳ σωματι ἐπληρουτο, και ὁ θανατος και ἡ φθορα δια τον συνοντα λογον ἐξηφανιζετο. θανατου γαρ ἠν χρεια, και θανατον ὑπερ παντων ἐδει γενεσθαι, ἱνα το παρα παντων ὀφειλομενον γενεται. c. 20.

zu wissen, sondern daß wir durch die auf den Tod folgende Auferstehung von aussen her überzeugt werden, daß auch wir, die an ihn glauben, nicht im Tode bleiben, sondern ihm folgen werden zum ewigen Leben. Er hätte uns also durch seinen Tod die Kraft des Lebens geschenkt, in wiefern er die Gewißheit der Auferstehung factisch dargethan, durch seine ganze erlösende Thätigkeit aber die Kraft zu einer guten Auferstehung gegeben hat. Wir müssen nämlich, um den Athanasius zu verstehen, den Tod Christi eben so wie die Wunder Christi betrachten. Diese faßte Athanasius so auf, daß sie der factische Beweis für das Dasein eines über die Natur erhabenen, derselben gebietenden Gottes seien. Durch sie sollte durch Thatsachen das wahre Gottesbewußtsein, die wahre Erkenntniß von Gott, als eines von der Natur verschiedenen Wesens wiederhergestellt werden. Durch die Auferstehung aber sollte gezeigt werden, also wieder durch eine Thatsache, daß der Mensch unsterblich sei. Nun aber war der Tod Christi die einzige Bedingung, daß er auferstehen konnte, er war der nothwendige Uebergang zur Auferstehung. Mithin ist der Tod Christi etwas sehr vernünftiges, will er sagen, und gehört nothwendig in die ganze Geschichte des Erlösers. Deßwegen sagt er in der angeführten Stelle: «der Fluch hört auf; das Verderben ist durch die Gnade der Auferstehung verschwunden, und in der Zukunft werden wir nur wegen der Sterblichkeit des Körpers aufgelös't.» Ich habe schon öfters bemerkt, daß Athanasius lehrte, durch die Sünde habe der Mensch die Kraft verloren, sich unsterblich zu glauben, und sei von der Furcht gequält worden, gleich dem Körper aufgelös't zu werden. Dies gehörte ja auch zu dem Fluch, der von Gott über die Menschen verhängt worden ist; ein in der Sache selbst gegründeter Fluch. Wie nun aber Christus auferstand, obschon er gestorben ist, so sollte dadurch erwiesen werden, daß auch wir ungeachtet der Sterblichkeit des Körpers, nicht aufhören, sondern nur für ein höheres Leben sterben. Daß es Athanasius so meinte, wird weiter unten bestimmter hervorgehen.

Aber dies ist nur eine Seite der Gnade des Todes Christi; die von einer andern und tiefern verschieden ist. Er sagt nämlich zugleich: «wir werden frei von der alten Uebertretung,» d. h. von der Sünde; «der Tod Aller wurde in dem Leibe des Herrn vollendet,» d. h. der geistige Tod, die Sünde hört auf. Der Tod Christi ist ihm also nicht blos mit der durch ihn bedingten Auferstehung die Darstellung davon, daß auch unser Tod nur zur Auferstehung führe; sondern er ist noch weit mehr. Wie durch die Sünde der Glaube an die Unsterblichkeit aufhörte, oder doch bis auf die letzten Keime geschwächt wurde, so könnte, wenn die Sünde noch fort bestünde, da sie den Geist ganz dem Körper verwandt macht, unsere Unsterblichkeit und die Auferstehung Christi nicht einmal geglaubt werden. Durch Christi Tod, setzt er also noch hinzu, ist die Sünde selbst vernichtet. Aber wie? Er sagt: «der Tod und das Verderben wurde durch den Logos in ihm vernichtet.» Aber in welcher Weise haben wir uns auch das wieder zu denken? Verglichen mit dem schon früher Angeführten wohl also: durch den Tod Christi wurde gleichsam die bisher in ihm allein eingeschlossene göttliche Kraft gelös't; eine göttliche Kraft geht von seinem Tode an auf alle Gläubigen über. Christus ist gleichsam die Gesammtheit derselben, in ihm haben also Alle den Tod besiegt. Alle Gläubige haben in Christo der Potenz nach gekämpft, so wie er später wieder in ihnen kämpft und überwindet in der Wirklichkeit. Sein Tod giebt also die geheimnißvolle Kraft zur Tödtung der Sünde, während seine durch seinen Tod möglich gewordene Auferstehung, es zum Bewußtsein bringt, daß die von ihm geschenkte Kraft zum ewigen seligen Leben führt. So wurde Christus das Opfer für Alle, sein Verdienst ist es in jeder Beziehung, wenn wir Gott gefällig werden.

Es war aber ein immerwährender Vorwurf von Juden und Heiden, daß der Tod des Gottes-Sohnes etwas Beschimpfendes enthalte. Athanasius entwickelt daher die denselben begleitenden Umstände, in Beziehung auf den gesammten Zweck der Erscheinung des Herrn. Er sagt: «eines gewöhnlichen Todes, auf dem Krankenbette konnte der nicht sterben, der das Leben an sich ist (αὐτοζωη); ein solcher wäre schmachvoll gewesen, man hätte ihn für einen gewöhnlichen Menschen, der an Schwäche stirbt, gehalten; das Leben an sich war stark genug auch den Menschen, (den es angenommen) am Leben zu erhalten. Aber doch sollte er sterben, um das Opfer für Alle zu bringen und die Auferstehung zu zeigen. Er konnte nicht auferstehen, wenn er nicht starb. (Δια τι οὖν και τον θανατον, ὥσπερ και το νοσειν ουκ ἐκωλυσεν; ὅτι δια τουτό ἐσχε το σωμα, και ἀπρεπες ἦν κωλυσαι, ἱνα και μη ἡ ἀναστασις ἐμποδισθῃ). Er starb also eines gewaltsamen Todes. Und dieser mußte öffentlich auch vollbracht werden; denn wie sollte die Auferstehung geglaubt werden, wenn der Tod verborgen war? Sollte demnach die Auferstehung beglaubiget und durch Zeugen erhärtet sein, so durfte auch der Tod nicht im Verborgenen erfolgen. Oeffentlich war kund, daß er den Blindgebornen geheilt, daß er Wasser in Wein verwandelt hatte; daß er aber das Sterbliche in das Unsterbliche umgeschaffen hat, auf daß er als das Leben beglaubigt werde, sollte geheim gehalten werden.? — Es war zweckmäßig, daß Christus nur drei Tage im Grabe blieb; denn es war hinreichend zu beweisen, daß er wirklich gestorben sei; und ein längerer Aufenthalt im Grabe hätte die Geschichte Jesu in Vergessenheit gebracht, und über seine Auferstehung gerechte Zweifel verbreitet. Aber so waren die Mörder des Herrn und die Zeugen seines Todes noch vorhanden, und er zeigte, daß er nicht aus Schwäche, sondern zur Vernichtung des Todes gestorben sei.» (c. 21—26.) Athanasius war für solche Forschungen nicht aufgelegt; darum sagt er: «das für solche die ausserhalb der Kirche nur Bedenken auf Bedenken aufhäufen.» (Και ταυτα μεν προς τους ἔξωθεν εάυτοις λογισμους ἐπισωρευοντες). Aber wie diese Einwürfe, waren sie einmal da, zweckmäßiger und geistreicher beantwortet werden könnten, sehe auch ich nicht ein.

Nachdem Athanasius eine innere Zweckmäßigkeit und Richtung aller Theile des Lebens des Herrn, auf einen Punct hin, auf das Heil der Menschen erkannt hatte, so mußte er mechanische Einwürfe, welche durch Heiden hervorgebracht wurden, wie den, « daß Gott durch einen Wink die Menschen hätte erlösen können, » Einwürfe, die zu jeder Zeit der Kirche nur immer in anderer Gestalt wiedergekehrt sind, leicht entfernen können. Auf diesen Einwurf antwortet er: « das Verderben der Menschen sei kein Aeusserliches gewesen, darum konnte auch eine äussere Erlösung nichts nützen. Im Menschen habe der Tod seine Verwüstung entwickelt, im Menschen also auch das Leben erscheinen müssen. « Deßwegen nahm der Heiland die Menschheit, damit der Mensch mit dem Leben vereinigt, nimmermehr sterblich und im Tode bleibe, sondern die Unsterblichkeit anziehend, durch die Auferstehung unsterblich sei. Die äussere Ankündigung der Erlösung hätte stets wiederholt werden müssen, und doch wäre der Tod im Menschen geblieben. » (de incarnat. c. 44.)

Athanasius weis't aber auch, was er durch die Vernunft als nothwendig deducirt hatte, und was in der heil. Schrift und im Glauben der Christen vorhanden war, durch die Wirkungen des Christenthums als wahr, nach. Dieser Theil seiner Vertheidigung ist der anziehendste. Das Christenthum ist eine Sache des Lebens; durch das Leben, durch seine Wirkungen wird es daher auch stets am ergreifendsten in seiner Göttlichkeit dargestellt werden können. Er sagt: daß der Tod vernichtet und durch das Kreuz besiegt ist, und sofort keine Kraft mehr hat, sondern in der That erstorben ist, wird sehr klar dadurch bezeuget, daß er von allen Jüngern Christi verachtet wird, daß sie ihm entgegen gehen, und mit dem Zeichen des Kreuzes und dem Glauben an Christus ihn als Gestorben mit Füßen treten. Denn ehedem, bevor unser Heiland unter uns wohnte, war der Tod selbst den Heiligen furchtbar, und Alle beweinten die Sterbenden als Solche, die vernichtet seien. Da aber der Herr auferstanden ist, ist der Tod nicht mehr furchtbar. Alle, die an

Christum glauben, wollen lieber nun sterben, als seinen Glauben verläugnen, denn wahrhaft wissen sie, (ὀντως ἰσασι) daß sie, wenn sie auch sterben, nicht zu Grunde gehen, sondern leben, und durch die Auferstehung unsterblich geworden sind. Satan aber, der ehedem über den Tod frohlockte, ist nun allein noch wahrhaft todt, da des Todes Schmerzen gelöset sind. Seitdem die Menschen an Christum glauben, gehen sie ihm muthig entgegen, und werden Zeugen von der Auferstehung Christi. Unmündige Kinder schon freuen sich zu sterben, (diese Bemerkung bezieht sich auf Thatsachen während der Verfolgungen) und nicht nur Männer sondern auch Frauen üben sich gegen ihn. Denn wie, wenn ein Tyrann von einem edlen Könige besiegt und gefesselt ist, alle Vorübergehende seiner spotten, vor seiner Wuth und Wildheit nicht mehr sich fürchten, weil der König ihn besiegt hat; so gehen alle die, die in Christo sind, auf ihn los. Da er durch den Heiland besiegt, und an das Kreuz genagelt ist, geben sie Christo das Zeugniß und rufen keck gegen ihn aus: «wo ist, o Tod, dein Sieg, o Hölle, dein Stachel.» (Hier sieht man klar, was in dem Sprachgebrauche des Athanasius, den Tod besiegen, von Christo gebraucht, heißt; es heißt: das feste Bewußtsein der Unsterblichkeit, die freudige Zuversicht des ewigen Lebens geben; nur darf man die Zuversicht von der Unsterblichkeit nicht von allem Uebrigen trennen, was Christus den Christen geschenkt hat.)

Den Tod fürchten ist naturgemäß, fährt er fort, (wir wissen schon, was Athanasius κατα φυσιν nennt) ihn also verachten, heißt die Natur besiegen; so ist es mit dem, der dem Kreuze glaubt. Ist euch das unglaublich? Wollte Jemand zweifeln, daß der Amiant (eine Art von Asbest) vom Feuer nicht besiegt und verzehrt werde, so müßte er sich nur durch die Erfahrung davon überzeugen. Wollte Jemand an der Besiegung des Tyrannen zweifeln, so müßte er nur in die Umgebung des Königs gehen. Ist also Einer ungläubig, und das nach so großen Beweisen, nach so vielen

Zeugen Christi, nach der täglich zu machenden Erfahrung bei so vielen ausgezeichneten Jüngern Christi, der ergreife den Glauben an Christus, und er wird die Schwäche des Todes sehen, und den Sieg über ihn. Denn Viele, die vorher ungläubig waren und spotteten, glaubten später, und verachteten selbst den Tod, und wurden Zeugen Christi.

Dies kömmt nur von Christus; wenn die Nacht über die Erde hin ausgebreitet war, und auf einmal helle wird, wenn die Sonne ihre Strahlen entwickelt, wer zweifelt, daß es die Sonne war, die die Nacht vertrieben und den Tag gegeben hat? Wenn nun gerade die Jünger Christi täglich den Tod verachten im Glauben an ihn, wer ist so sehr ohne Sinn, daß er nicht glaubt, daß Christus, den sie bezeugen, ihnen diese Kraft giebt?

Athanasius beweiset ferner, daß Christus lebt, daraus, daß er so Vielen Leben mittheilt, und vom Sündentod ins Leben der Heiligen führt. Mehr als Worte, bemerkt er, beweiset die Erfahrung, daß der Glaube an die Auferstehung von unserm Heilande, unserm wahrhaften Leben ausgeht; wenn der Tod erstorben ist, so mußte er ja wohl auferstanden sein, und seine Auferstehung als Siegeszeichen gegen ihn aufgewiesen werden. Der aber, den diese Gründe nicht überführen, höre Folgendes. Wenn ein Todter nichts wirken kann, sondern die wohlthätige Wirksamkeit eines Jeden nur bis zu seinem Grabe sich erstrecket, und dann aufhört, wenn Lebendige nur wirken und auf die Menschen Kraft ausüben, da schaue nun wer will, und werde ein wahrheitliebender Richter, nach dem, was er sieht. Wenn der Heiland so Großes in den Menschen wirkt, und täglich von allen Seiten her, von Griechen und Barbaren eine so große Menge zu dem Glauben an sich führt, und zur Beobachtung seiner Lehre; kann Einer noch zweifeln, ob der Herr erstanden sei, ob er lebe, oder vielmehr ob er das Leben selber sei? Ist es Sache eines Todten, die Herzen der Menschen zu verwunden, (κατανυττειν, durch den Schmerz über ihre Sünden) daß sie ihre ererbten Sitten verläugnen,

Christi Lehre aber verehren? Oder wie, wenn er nicht wirkt, und eines Todten Sache ist das Wirken nicht, wie vermag er das (bisherige) Wirken der Lebenden einzustellen, so daß der Ehebrecher die Ehe nicht mehr bricht, der Mörder nicht mehr mordet, der Ungerechte nicht mehr übervortheilt, und die Gottlosen fromm werden? Wie, wenn er nicht auferstanden, sondern todt ist, vertreibt er die falschen Götter, die (bisher) verehrten Dämonen, verfolgt und bändigt sie? Denn wo Christus und sein Glaube genannt wird, da wird alle Götzenverehrung zerstört, und aller dämonische Betrug vernichtet. Das ist nicht Sache eines Todten, sondern eines Lebendigen, und im eigentlichen Sinne, des Sohnes Gottes.

Der Heiland wirkt so Großes alle Tage, zieht hin zur Frömmigkeit, führt zur Tugend, lehrt Unsterblichkeit, leitet zur Sehnsucht nach den himmlischen Dingen, offenbart die Kenntniß des Vaters, haucht Kraft ein gegen den Tod, und bezeuget sich selbst; durch das Zeichen des Kreuzes hört alle Magie auf, alle Zauberkünste sind vernichtet, jegliche unvernünftige Lust versiegt, und Alle schauen von der Erde zum Himmel. Der lebendige und kräftige Sohn Gottes bewirkt Aller Heil, und zeigt die Unkraft des Todes. Wer also die Auferstehung des Leibes des Herrn läugnet, kennt die Kraft des Gottes Logos und die Weisheit nicht. — Wenn also gleich der Logos nicht sichtbar ist, so sind es seine Wirkungen; wären diese nicht, so möchte man ungläubig sein und sein Dasein läugnen. Gott ist es eigenthümlich, durch seine Werke erkannt zu werden. Wenn aber seine Werke laut rufen, warum läugnen sie geflissentlich das Leben, das so offenbar die Auferstehung bewirkt hat? Wenn auch ihr Geist blind ist, so sollten sie mit körperlichen Augen die unwiderstehliche Kraft und Gottheit Christi erkennen. Auch der Blinde sieht das Sonnenlicht nicht, aber ihre Wärme fühlend, weiß er, daß eine Sonne über der Erde ist. Wenn es also seine Werke täglich beweisen, so sei Keiner gefühllos gegen die Wahrheit; offenbar ist es, daß der Heiland seinen Körper erweckte, daß er wahrhaft der Sohn Gottes ist, der in den jüngsten Zeiten zur Erlösung Aller Mensch geworden ist, die Welt vom Vater unterrichtet, den Tod zerstört, und Allen Unsterblichkeit geschenkt hat durch die Verheißung der Auferstehung, als Erstling seinen eigenen Leib erweckt und ihn als Siegeszeichen gegen den Tod und dessen Vernichtung am Zeichen des Kreuzes aufgewiesen.

So viel haben die griechischen Weisen geschrieben und nicht einmal Wenige aus ihrer Nachbarschaft konnten sie von der Unsterblichkeit überzeugen, und zu einem göttlichen Leben bringen; Christus allein durch einfältige Worte vermittelst ungelehrter Männer hat über den ganzen Erdkreis ganze Gesellschaften von Menschen dahin gebracht, den Tod zu verachten, Unsterbliches zu denken, das Sinnliche gering zu schätzen, auf das Ewige zu schauen, irdischen Ruhm für Nichts zu achten, und allein nur das Himmlische anzustreben.

Das sind aber keine bloße Worte, sondern die Erfahrung selbst spricht für ihre Wahrheit. (Ταυτα δε τα λεγομενα παρ' ἡμιν οὐκ ἀχρι λογων ἐστιν, ἀλλ' ἐξ αὐτης της πειρας ἐλει της ἀληθειας μαρτυριαν). Welcher Mensch hat nach seinem Tode oder auch durch sein Leben Keuschheit gelehrt, oder nur nicht das gelehrt, daß diese Tugend von Menschen nicht erworben werden könne? Es trete nun ein Jeder herzu, der da will, und schaue den Beweis der heiligen Gesinnung in den Jungfrauen Christi und den Jünglingen, die in heiliger Enthaltung leben, und den Glauben an die Unsterblichkeit, in dem so großen Chore der Märtyrer. Er schaue, wie allein in seinem Namen der Götzendienst zertrümmert wird; die spottenden Griechen, die schaamlos uns verlachen, sollen es erklären. Wer hat je die Krankheiten der Seele so hinweggenommen, (τις δε οὑτω τα ψυχικα παϑη περιειλεν των ἀνϑρωπων) daß die Unkeuschen keusch werden, die Mörder den Dolch nicht mehr führen, und die Furchtsamen Muth erhalten? Ueberhaupt, wer hat je die Barbaren dahin gebracht, daß sie ihre Wuth ablegen, in Frieden leben, als der Glaube an Christus und das

Zeichen des Kreutzes? Christus Jesus unser Herr hat nicht blos durch seine Schüler gepredigt, sondern innerlich bewegt er die Seelen, (οὐ μονον ἐκηρυξε δια των ἑαυτου μαθητων, ἀλλα ἐπεισεν αὐτους κατα διανοιαν) die Rohheit ihrer Sitten abzulegen, die väterlichen Götter nicht mehr zu verehren, sondern ihn selbst anzuerkennen und den Vater durch ihn zu verehren. Ehedem bekriegten sich die götzendienerischen Griechen und Barbaren, und grausam waren sie gegen ihre eigenen Stammesverwandten. Niemand konnte zu Wasser und zu Land ohne Schwerdt reisen, weil Alle unversöhnlich sich bekämpften. Ihr ganzes Leben wurde in Waffen zugebracht, das Schwerdt diente statt des Stockes und war die eigentliche Stütze jeglicher Hülfe. Und doch dienten sie den Göttern, und opferten den Dämonen: der Götzendienst hatte keine Kraft zur Umänderung des Lebens. Als sie aber Christi Lehre umfiengen, dann legten sie, in ihrem Geiste wunderbar verändert, die Grausamkeit ab, und Feindseliges sannen sie nicht mehr. Friede ist ihnen nun Alles und Freundschaft ihr Sehnen.

Wer ist nun der, der Solches bewirkte, oder wer hat die Feinde in Frieden zusammengefügt, als der geliebte Sohn des Vaters, unser Aller Heiland Jesus Christus, der durch seine Liebe Alles für unser Heil erlitt? Auch war schon lange von dem Frieden durch ihn geweissagt. Jes. 2, 4. Und unglaublich ist der Innhalt dieser Weissagung nicht; denn die Barbaren, denen Wildheit angeboren ist, die wütheten, so lange sie den Götzen dienten, verlassen sogleich den Krieg und wenden sich zum Ackerbau, sobald sie Christi Lehre hören. Anstatt mit Dolchen die Hände zu bewaffnen, strecken sie sie zum Gebete aus; anstatt gegen sich selbst zu kämpfen, streiten sie gegen den Satan und bekämpfen ihn durch Weisheit und die Tapferkeit des Geistes. Das ist ein Beweis der Gottheit des Heilandes, daß die Menschen von ihm lernten, was sie von den Göttern nicht lernten. (Τουτο μεν της θειοτητος του Σωτηρος ἐστι γνωρισμα, ὁτι ὁ μη δεδυνηνται ἐν εἰδωλοις μαθειν οἱ ἀνθρωποι, τουτο παρ' αὐτου μεμαϑηκασι). Christi Schüler streiten nicht unter sich; in der Jugend sind sie keusch, standhaft in der Versuchung, ausdaurend im Leiden, wenn sie geschmäht werden, erdulden sie es, wenn sie beraubt werden verachten sie es. Das Alles wirkt unser Herr der wahrhafte Logos Gottes, der eines jeden Irrthum auf eine unsichtbare Weise heilt. (Ὁς ἀὁρατως ἑκαστου την πλανην ἐλεγχων). Wenn nun Das und Aehnliches nur Menschen Werk ist, so zeige Einer, daß auch in den früheren Zeiten Solches geschehen sei. Wenn es aber nicht Menschen sondern Gottes Werke zu sein scheinen und sind, warum freveln die Ungläubigen so sehr, daß sie den Herrn, der dieses wirkte, nicht anerkennen? Es ist gerade, wie wenn Einer aus den Werken der Schöpfung, Gott den Schöpfer nicht erkennen wollte. Wenn sie aber aus seiner Macht im Weltall ihn erkennen würden, so würden sie auch aus seinen Werken, die er, als er Mensch wurde, verrichtete, erkennen, daß es keine menschlichen Werke sind, sondern Werke des Heilandes Aller, des Gottes Logos. Würden sie aber das einsehen, so würden sie, wie Paulus sagt, den Herrn der Herrlichkeit nicht gekreuzigt haben. I. Kor. 2, 8.

Wie nun Einer, der den durch seine Natur unsichtbaren Gott schauen will, ihn aus seinen Werken erkennt und erfasset, so soll auch, wer Christum durch seinen Geist nicht erfasset, ihn doch wenigstens durch die Werke seiner Menschwerdung erkennen, und entscheiden, ob sie Gottes oder eines Menschen Werke sind. Sind es Menschenwerke, so möge er spotten, sind es aber nicht Menschen, sondern Gotteswerke, so erkenne er ihn an und spotte nicht über das so Ernste. Er staune vielmehr, daß uns durch ein so unscheinbares Werk, das Göttliche geoffenbart wurde; daß durch seinen Tod die Unsterblichkeit zu uns Allen kam, daß durch die Menschwerdung des Logos die Sorge Gottes für alle Dinge erkannt wurde, und der Logos Gottes, der sie schuf und leitet. Denn er wurde Mensch, auf daß wir vergöttlicht werden. (Αὐτος γαρ ἐνανϑρωπησεν, ἱνα ἡμεις θεοποιηθωμεν). Er offenbarte sich im Leibe, damit wir die Kenntniß des unsichtbaren Vaters erhielten, er litt Schmach für die Menschen, damit wir die Unsterblichkeit erbten. Er zwar wurde nicht verletzt, da er dem Leiden und der Vergänglichkeit als der Logos selbst und Gott nicht unterworfen war. Die leidenden Menschen aber, um welcher willen er litt, bewahrte und rettete er durch seine Unleidbarkeit. Doch was der Heiland durch seine Menschwerdung uns für Wohlthaten erwiesen hat, das mag kein Mensch erzählen, so wenig als des Meeres Wellen, da immer neue den alten folgen.

Täglich mehr und mehr sinkt die Nacht der Götter, fährt er fort, und wachset nimmer. Denn wie nach dem Aufgang der Sonne die Finsterniß nichts mehr vermag, sondern, wenn auch noch irgendwo etwas (anfangs) von ihr übrig geblieben ist, auch dieses nach und nach verscheucht wird, so vermag nun nach der Erscheinung des Logos die Finsterniß der Götter nichts mehr; alle Theile der Welt werden durch sein Licht erleuchtet. Das Menschliche hat aufgehört und Christi Wort bleibt, und Allen ist kund, daß das, was vorübergeht, endlich ist, daß der aber, der bleibt, Gott ist, und Gottes wahrhafter Sohn, der eingeborne Logos. Hier muß man doch gewiß die Fühllosigkeit der Heiden bejammern (την ἀναισθησιαν αὐτων οἰκτειρειεν ἀν τις) daß sie das Kreuz verachten und seine Kraft nicht gewahren, die den ganzen Erdkreis erfüllt, und die Gotteserkenntniß Allen eröffnet. So Großes würden sie nicht belachen, wenn sie unbefangen ihr Gemüth seiner Gottheit zuwendeten. Sie würden ihn vielmehr als den Allretter erkennen, und einsehen, daß sein Kreuz nicht das Verderben (wie die Römer glaubten, und deßhalb das Christenthum verfolgten) sondern das Heil der Schöpfung geworden sei. Es ergeht ihnen, wie wenn jemand die unter den Wolken verborgene Sonne schmähete, ihr Licht aber bewundern wollte, wenn er sieht, daß die gesammte Schöpfung von ihr erleuchtet wird. Wie allerdings das Licht zwar schön ist, aber die Quelle des Lichtes, die Sonne, doch noch schöner, so muß man auch anerkennen, daß wenn es göttliches Werk ist, daß die ganze Schöpfung von seiner Erkenntniß erfüllt wurde, der Stifter eines solchen herrlichen Werkes Gott und Gottes Logos sei.» — (de incarnat. c. 21—56. adv. Gent. c. 1. cf. or. I. c. Ar. c. 45.) Was Athanasius hier so schön den Heiden vorwirft, begegnet noch heut zu Tage gar Vielen: die Wirkungen des Christenthums müssen Alle als groß anerkennen, aber der, der da wirkt, ist ihnen klein.

So bewies Athanasius den Heiden die Wahrheit des Christenthums und die Gottheit des Heilandes. In folgender Stelle faßt er aber die Art, wie sich Christus als Logos auf Erden zur Erlösung des Menschengeschlechtes persönlich wirksam erwies, und wie er sich nach seinem Tode noch mehr als solchen erwiesen hat, also zusammen: «Gott wollte nicht mehr, daß er wie in den frühern Zeiten, durch ein Bild und den Schatten seiner Weisheit, wie sie in den Geschöpfen ist, erkannt werde; sondern er veranstalte, daß die wahrhafte Weisheit Fleisch annahm, Mensch wurde und den Kreuzestod erduldete, auf daß durch den Glauben an den Logos in Zukunft Alle, die glauben, errettet werden. Es ist dieselbe Weisheit, welche vorher durch ihr Bild in den Geschöpfen sich geoffenbart hat, und dadurch den Vater. Später aber ist sie, der Logos, Fleisch geworden, wie Johannes sagt, und nachdem sie den Tod vernichtet und unser Geschlecht erlöset hatte, offenbarte sie sich und den Vater noch mehr, denn er bat: «gieb ihnen, daß sie dich erkennen den allein wahren Gott, und Jesum Christum, den du gesandt hast.» (or. II. cont. Ar.) Der Heiland offenbarte sich also, da er, die göttliche Weisheit als Mensch unter Menschen wandelte, aber eine noch größere Offenbarung seiner selbst sollte die Geschichte der christlichen Kirche sein: diese sollte noch mehr von seiner Gottheit zeugen, und wie? Das hat Athanasius in dem oben Angeführten entwickelt.

Aber auch gegen die Juden beweiset Athanasius in derselben Schrift von der Menschwerdung die Wahrheit des

Christenthums. Er führt den Beweis aus den Weissagungen des alten Testamentes, besonders aber aus dem Aufhören der Prophetie. « Thörichtes also bringen die Juden vor, wenn sie (des Messias Erscheinung) erst noch erwarten. Denn wann hörten die Prophetie und die Gesichte auf, als nachdem Christus, der Heilige der Heiligen, erschienen war? Denn ein Zeichen und ein großer Beweis von der Ankunft des Gottes Logos ist es, daß Jerusalem nicht mehr steht, kein Prophet mehr erweckt, kein Gesicht mehr geoffenbart wird. Wenn der Angedeutete erschienen ist, wozu thut es denn auch derer noch noth, die auf ihn deuten? (ἐλθοντος γαρ του σημαινομενου, τις ἐτι χρεια των σημαινωντων ἦν) Ist die Wahrheit erschienen, wozu bedarf es des Schattens? Deßwegen bestand die Prophetie bis die Gerechtigkeit selbst erschien, und der, der die Sünden Aller abgewaschen hat. Jerusalem stand deßwegen so lang, daß man sich daselbst mit den Vorbildern der Wahrheit beschäftige. (Ἰν' ἐκει προμελετωσι της ἀληθειας τους τυπους). Nachdem aber der Allerheiligste erschienen ist, wurden Gesicht und Prophetie versiegelt und Jerusalems Herrschaft hörte auf. Denn Könige wurden so lange bei ihnen gesalbt, bis der Allerheiligste gesalbt wurde. Dies weissagte schon Jakob Gen. 49, 10. und der Herr sprach es aus, Math. 11, 13. Wenn nun noch die Juden einen König haben, ein Gesicht oder einen Propheten, so läugnen sie mit Recht den Herrn. Ist aber Alles das beschlossen, so ist es Gottlosigkeit, diese Erscheinungen zu wissen, und doch Christum, der sie bewirkte, zu läugnen. Es ergeht ihnen, wie jenen, die im Geiste verrückt, die Erde erleuchtet sehen, die Sonne aber läugnen. Denn was sollte die Ankunft des Erwarteten noch leisten? Die Völker etwa rufen? Aber die sind gerufen. König, Prophetie und Weissagung enden? Aber das ist schon geschehen. Die Nichtigkeit des Götzendienstes zeigen? Aber dies ist gezeigt. Den Tod vernichten? Aber der ist schon vernichtet. Wie können also die Juden noch ihres Unglaubens sich freuen? Alles ist vollzogen, die

Erde ist mit der Erkenntniß Gottes erfüllt, die Heiden verlassen die Gottlosigkeit und fliehen zum Gott Abrahams durch die Predigt unsers Herrn Jesu Christi. Auch den Ausgeschämtesten muß es klar sein, daß Christus gekommen, daß er Alle durch sein Licht erleuchtet und die wahre und göttliche Lehre von seinem Vater gelehrt hat.» (c. 40. de incarnat.)

Ich fasse nun die verschiedenen Zwecke und Folgen, welche Athanasius in der Menschwerdung des Sohnes erkennt, zusammen, um das bisher weitläufig Erörterte in einem kurzen Ueberblick zu geben. Ich werde aber hiebei auch die übrigen Schriften des Athanasius berücksichtigen müssen, so wie ich auch in dem Bisherigen manche theils erläuternde Stellen, theils vervollständigende aus denselben angeführt habe.

1) Er kam zur Wiederbringung des wahren Gottesbewußtseins. —

2) Er kam zur Vernichtung der Sünde. Nicht blos zur Vergebung, völlig mit der Wurzel sollte sie aus uns genommen werden (or. II. c. Ar. c. 56. ἱνα ἀυτου ἐνοικησαντος ἐν τῃ σαρκι τελειως ἡ ἁμαρτια ἐξωϑῃ της σαρκος, και ἡμεις ἐλευϑερον ἐχωμεν το φρονημα).

3) Er kam zur Wiedererwerbung der Unsterblichkeit, d. h. der Zuversicht und des klaren Bewußtseins der Unsterblichkeit. Mit der uns von Christus gegebenen ewigen Kraft, werden wir selbst in die Ewigkeit hinüber gezogen und erhalten.

4) Durch die Sünde ist der Götzendienst entstanden; mit der Vertilgung der Sünde in Christo dem Herrn hörte dieser auf.

5) Mit der Sünde war der Mensch in Satans Gewalt und verrichtete seine Werke, der Heiland befreite von diesen. (or. II. c. Ar. c. 55. ὑπερ ἡμων ἀναδέξασϑαι τον ϑανατον, και δια το ἀναστησαι τους ἀνϑρωπους, και λυσαι τα ἐργα του διαβολου ἐληλυϑεν ὁ σωτηρ, και ἀυτη ἐστιν ἡ αἰτια της ἐνσαρκου παρουσιας αὐτου).

6) Durch die Sünde bemächtigte sich eine knechtische Furcht der Menschen vor Gott; dadurch daß sie wissen, daß er seinen eingebornen Sohn aus Liebe zu ihnen gesendet hat, erhalten sie wieder das Vertrauen zu Gott. (οὐκ ἀν παρεστῃ τῳ πατρι ὁ ἀνθρωπος, εἰ μη φυσει ἠν και ἀληθινος λογος ὁ ἐνδυσαμενος το σωμα. or. II. c. Ar. c. 70.)

7) Er kam demnach, um uns mit dem Vater zu versöhnen und zu Kindern Gottes zu machen. (or. I. c. Ar. 38. 37.)

8) Er kam, um uns zu vergöttlichen; (δια τουτο λογος σαρξ ἐγενετο, ἱνα τον ἀνθρωπον δεκτικον της θεοτητος ποιησῃ. (or. II. c. Ar. c. 59.)

9) Er kam, um uns mit dem heiligen Geiste zu verbinden. (συναψαι τον ἀνθρωπον τῳ πνευματι τῳ ἁγιῳ. or. I. c. Ar. c. 49.)

10) Er kam, um Alles auf den Anfang zurückzuführen. « Wegen der Uebertretung, sagt er, waren die Werke unvollkommen und hinkend geworden, deßwegen ist er körperlich erschienen, auf daß er sie vollkommen und gesund mache, und dem Vater eine Gemeinde bereite, die, wie der Apostel sagt, ohne Runzeln und etwas dergleichen sei. In ihm ist also das menschliche Geschlecht vollkommen, und dahin zurückgeführt worden, wie es von Anfang an war. Und zwar mit noch größerer Gnade; denn da wir vom Tode auferstehen, fürchten wir den Tod nicht mehr, sondern in Christo werden wir immer herrschen im Himmel. » (τετελειωται οὐν, και ἀπεκατεσταθη, ὡςπερ ἠν και κατα την ἀρχην γεγονος το ἀνθρωπων γενος, και μειζονι μαλλον χαριτι, ἀνεσταντες γαρ ἐκ νεκρων, οὐκ ἐτι φοβουμεθα τον θανατον, ἀλλ' ἐν χριστῳ βασιλευσομεν ἀει ἐν οὐρανοις).

11) Er kam, um, wie die Menschen mit Gott, so die Menschen unter sich zu vereinigen; wie sie eine Einheit mit Gott wieder bilden, so bilden sie, da derselbe Gott in Christo in Allen wirksam ist, eine Einheit unter sich. Zu Joh. 17, 21. « wie du in mir, u. s. w. » bemerkt er: « er will sagen: wenn diese also vollendet werden, alsdann wird die Welt erkennen, daß du mich gesandt hast; denn wenn ich nicht

gekommen wäre, und ihren Körper getragen hätte, so wäre Keiner von ihnen vollendet worden, sondern Alle wären vergänglich geblieben. Wirke also in ihnen Vater, und wie du mir diesen Leib gegeben hast, so gieb ihnen deinen Geist, damit auch sie in diesem Eins werden, und in mir vollendet. Denn ihre Vollendung verkündet die Ankunft deines Sohnes, und die Welt wird gewiß glauben, daß du mich gesandt hast, und ich erschienen bin, wenn sie sieht, daß diese vollkommen sind und voll von Gott. Vollendet wurde das Werk dadurch, daß die Menschen von der Sünde befreit, nicht mehr todt sind. Sondern vergöttlicht haben sie, auf uns blickend, unter sich das Band der Liebe.» (or. III. c. Ar. c. 23)

Athanasius dachte sich aber das Alles innigst verbunden und als Eins und dasselbe. Nebst den schon hie und da eingestreuten Bemerkungen, um auf diese Einheit aufmerksam zu machen, will ich nur noch das berühren, daß er öfters von den einzelnen eben angeführten Zwecken und Wirkungen des Erlösungswerkes sagt: «das ist der Zweck (τελος) seiner Erscheinung» gleich als wollte er dadurch die übrigen ausschließen; aber eben, weil er sie alle eng verknüpft sich dachte, konnte er es von jedem Einzelnen sagen, da von dem Einzelnen aus auf alles Uebrige hingeleitet wird.

Und wie bewirkte er das Alles? Die Stellen sind schon angeführt, in welchen er sagt, daß wie von dem ersten Adam aus die Todesschwäche auf Alle sich vererbte, so von dem zweiten Adam aus, in welchen sich die Gottheit leibhaft eingesenkt hatte, die Lebenskraft auf Alle übergehe, die an ihn glauben; er drückte das auch so aus, daß er sagt, der Heiland wirke auf eine verborgene, geheimnißvolle Weise zur Wiedergeburt, während seine Jünger das Evangelium in Worten verkünden. Wie Adam der Repräsentant des von Gott abgefallenen Geschlechtes ist, so Christus der erlös'ten Menschheit. Wie in jenem der Fluch über alle Creatur ergieng, so in diesem der Segen. Wie ein geheimnißvoller Zusammenhang zwischen der Sünde aller Menschen und der Sünde Adams statt findet; so zwischen dem Erlöser und den Erlösten in Bezug auf das göttliche Leben. Aber nicht mechanisch sollte die Wiederbringung des Sündergeschlechts vor sich gehen. Der Heiland stellt in seinen Werken sich unmittelbar als den Herrn des Weltalls dar, als die Liebe, besonders durch seinen Tod und zwar durch seinen Tod am Kreuze, und erwies sich durchaus als das Musterbild einer vollkommenen Heiligkeit; endlich erwies er sich durch seine Auferstehung als den Sieger über den Tod. Durchaus als Darstellung, als unmittelbare Offenbarung der höhern Weltordnung erscheint dem Athanasius das Leben Christi. So sollte die innere göttliche Kraft, die durch den Glauben empfangen wird, zum Bewußtsein ihrer selbst gelangen. In seinen Wundern sollten wir erkennen, daß Gott über der endlichen Welt stehe und diese ihm gehorche, dadurch sollte die wahre Erkenntniß Gottes anschaulich gemacht werden. In seiner Liebe, in seinem vollkommenen, heiligen Wandel, das sittliche Leben der mit ihm Verbundenen das Vorbild erhalten. In seiner Auferstehung, sollten die mit der aus ihm strömenden Kraft zum ewigen Leben Erfülleten in einer Thatsache schauen, daß Christus durch alle Jahrhunderte die Seinigen erhalte. So ist durchaus Alles in dem sichern Takt der reichen christlichen Natur des Athanasius, auf die Person des Erlösers zurückgeführt: Alles beruht auf dieser, in Allem erscheint sie wieder. Er stellt in wahrhafter Auffassung des Christenthums als einer positiven Anstalt nicht so fast dar, was Christus gelehrt, als was er verrichtet hat, weil alle Lehre nur in seinen Thaten den Ruhe- und Stützpunct findet.

Während Athanasius, der Repräsentant seiner Zeit, sein reiches Gemüth, seine Brust voll von Liebe zu Christus, in welcher die tiefsten Betrachtungen noch verborgen waren, also zu entfalten und aufzuschließen begann; war die Zeit herangereift, in welcher der hohle Sinn Vieler, die die sichtbare christliche Kirche, in der bis ans Ende der Welt Spreu und Waitzen durcheinander sich befinden werden, umfaßte, an das Licht des Tages treten sollte. In Arius, einem gebornen Libyer, fand er sein Organ, seinen Repräsentanten, der jedoch noch achtungswerther war, als die geistige Richtung, die er repräsentirte. Er besaß alle die Eigenschaften, durch welche das in sich Richtige einen scheinbaren Halt gewinnen, und so glänzend als möglich repräsentirt werden konnte. Er war ein sehr gewandter Dialektiker; viel, wenn gleich kein besonders feiner Verstand, war seine Gabe. Mit einem leichten Geflechte von Begriffen wußte er eine Sache auf der Oberfläche zu umspinnen; aber er ist ohne Tiefe, ohne eine Spur speculativen Geistes. Daher wurden sehr Viele von ihm angezogen, die mit der klaren griechischen Verstandesbildung die Kraft nicht besaßen, weiter als bis zum Scheine zu dringen, und das Bedürfniß nicht fühlten, nur mit dem sich zu beruhigen, dessen Wurzel tief in das Gemüth eingesenkt war. Nur das hat ferner eine wahre und unerschütterliche Folgerichtigkeit nach allen Beziehungen, was, von Christus gelehrt, aus der ganzen Tiefe des Gemüths der Kirche wieder hervorquillt; darum treffen wir auch bei Arius nur eine scheinbare Consequenz.

Arius empfahl sich sehr durch seine umfassende Gelehrsamkeit, und diese muß wohl allgemein anerkannt gewesen sein, weil ihm, bei seinen mannigfaltigen Zerwürfnissen mit den Bischöfen von Alexandrien, die Leitung einer besondern Kirche anvertraut wurde. Aber er überschätzte sich; er nannte sich selbst den Berühmten, dem von Gott Weisheit und Erkenntniß im besondern Maaße mitgetheilt worden sei. Mit dieser Gesinnung konnte er kaum in der leisesten Gemüthsberührung mit der katholischen Kirche stehen, deren Grundzug Demuth ist, in der allein Christo der Ruhm gebührt. Daher rühmten er und seine Anhänger sich öffentlich, eine neue Lehre zu verkünden, und obwohl sie sich hie und da auf frühere Kirchenlehrer beriefen, so scheueten sie sich doch nicht geradezu zu sagen: alle Alten übertreffen sie an Erkenntniß[22].

---

22) Theodoret. l. I. c. 3. Athan. or. I. c. Ar. c. 4. ἤ πως της καθολικης ἐκκλησιας εἰσιν, οἱ την ἀποστολικην ἀποτιναξαμενοι

Man berichtet von ihm, daß er einen sehr ernsten strengen Charakter gehabt habe; 23) dies kann nur halb wahr sein, oder es zeigt sich auch hierin jene Folgelosigkeit, die wir auch in seinem Denken antreffen. Seine Schriften nämlich haben, wie ihm die Alten, und besonders Athanasius sehr oft vorwerfen, etwas Weichliches, Geziertes, Geschwollenes, Erkünsteltes und Unmännliches 24). Der Anfang seiner Thalia lautet: «Uebereinstimmend mit dem Glauben der Auserwählten Gottes, der Gotterfahrenen, der heiligen Söhne, der Rechtgläubigen, die des heil. Geistes theilhaftig geworden, habe ich Folgendes gelernt, von den Besitzern der Weisheit, den fein Gebildeten, Gottgelehrten, in Allem Weisen. Ihre Wege betrat ich, harmonisch mit ihnen gieng ich einher, ich der Berühmte, der Dulder um des Ruhmes Gottes willen; denn von Gott belehrt, wurde Weisheit mir und Erkenntniß.» 25) Das stimmt nicht zur Angabe von dem Ernste seines Charakters. Uebrigens war auch diese Eigenschaft seiner Schriften seinen Bestrebungen sehr vortheilhaft, und die ge-

---

πιστιν, και καινων κακων ἐφευρεται γενομενοι; οἱ τα μεν των θειων γραφων λογια καταλειψαντες, τας δε, Θαλειας Αρειου καινην σοφιαν ὀνομαζοντες; εἰκοτως τουτο λεγοντες, καινην γαρ αἱρεσιν ἀπαγγελλουσι.

23) Epiphan. haer. 69. n. 13.

24) Or. I. c. Ar. c. 4. ἠθος ἐχουσα και μελος θηλυκον c. 2. το μεν γαρ κεκλασμενον και θηλυκον ἠθος μεμιμηται γραφων Αρειος και αὐτος Θαλιας. Socrat. l. I. c. 6. ἰστεον δε, ὁτι Αρειος βιβλιον ἐγραψε Θαλειαν· ἐστι δε ὁ χαρακτηρ του βιβλιου χαυνος και διαλελυμενος τοις Σωταδειοις ἀσμασι παραπλησιος.

25) Athan. or. I. c. Ar. c. 5. κατα πιστιν ἐκλεκτων θεου, συνετων θεου, παιδων ἁγιων, ὀρθοτομων ἁγιον θεου πνευμα λαβοντων, ταδε ἐμαθον ἐγωγε ὑπο των σοφιης μετεχοντων, ἀστειων, θεοδιδακτων, κατα παντα σοφωντε· τουτων κατ' ἰχνος ἐλθον ἐγω βαινων ὁμοδοξως ὁ περικλυτος, ὁ πολλα παθων δια την θεου δοξαν, ὑποτε θεου μαθων σοφιαν και γνωσιν ἐγω ἐγνων. Wer des Griechischen kundig ist, bemerkt sogleich das Geschnitzelte und Erkünstelte.

wandte, dem verweichlichten Geschlechte zusagende, süßliche Darstellung, gewann ihm viele Gemüther. Er legte auch seine Gedanken in Gedichten und Versen nieder, streute sie unter alle Klassen von Menschen, auch die unwissendsten aus; und diese Art sich festzusetzen, wie sie an sich nur oberflächliche Ueberzeugung hervorbringen kann, scheint wohl auch keinen tiefen, ernsten Sinn zu verrathen [26]. Jedoch hatte er den Muth, vor mehr als einer großen Versammlung von Bischöfen seine Meinung zu behaupten; aber, als später Constantin es verlangte, so wie bei andern Gelegenheiten, war er doch auch bereit sie ganz ins Unbestimmte aufzulösen. Er widersprach der Kirche, aber hatte den Muth nicht, sie zu verlassen: innerlich getrennt von ihr, wollte er äusserlich ihr Mitglied sein. Auch vor der Bildung seiner Häresie war er schon einmal auf der Seite des Meletius gestanden, bat aber, als er deßwegen von der Kirchengemeinschaft ausgeschlossen worden war, den heil. Petrus, Bischof von Alexandrien, um Wiederaufnahme, der ihn auch zum Diakonus weihte, aber wegen derselben Sache wieder zu entfernen veranlaßt wurde. Achillas, des Petrus Nachfolger, nahm ihn erst wieder auf, und weihte ihn zum Presbyter. So erscheint uns sein ganzer Charakter haltungslos, wie seine Lehre. Wir haben jedoch keinen hinreichenden Grund anzunehmen, daß ihn etwas Anderes als eine wissenschaftliche Ueberzeugung bestimmt habe, der Ansicht zu folgen, die von ihm den Namen erhalten hat [27].

---

26) Philostorg. l. II. c. 1. ἀσματα τε ναυτικα και ἐπιμυλια και ὁδοιπορικα γραφαι και τα αὖθις ἑτερα συντεθεντα εἰς μελωδιας ἐκτειναι, ἁς ἐνομιζεν ἑκαστοις ἁρμοζειν. Dieses Mittel gegen die Kirche wurde schon von den Gnostikern gebraucht, und nie aufgegeben. Daher sahen sich später auch die Väter gezwungen, ein Gleiches zu versuchen. Ob aber auch Liebesscenen in den Gedichten der alten Häretiker vorkamen, wie im Theodor von de Wette, dessen zweiter Theil beinahe ganz gegen die katholische Kirche gerichtet ist, und im Heinrich und Antonio von Bretschneider, weiß ich nicht.

27) Theodor. l. I. c. 2. erzählt nämlich, daß er seine Meinungen

Bei Vielen seiner Anhänger scheint es aber anders gewesen zu sein. Viele nämlich hatten gar keine bestimmte Ansicht, sondern schlossen sich, voll von der äussersten Frivolität, an ihn an: Alles, was leichtfertig war; Alles, was die Religion zu einem bloßen Spiel zu mißbrauchen sich entschließen konnte, wurde, wenn nicht eigentlich arianisch doch unkatholisch und stund auf seiner Seite. Denn der Grundsatz, daß es eigentlich indifferent sei, ob dem Einen oder dem Andern zu folgen[28]), oder wie man sich wohl jetzt auch ausdrückt, daß das Abweichende von der Kirche nur eine besondere Offenbarung des christlichen Bewußtseins sei, wurde aufgestellt; ein Grundsatz, der nicht nur dem ganzen Charakter des Menschen und der Partei, die ihm folgt, eine Unbestimmtheit und Wandelbarkeit giebt, sondern dem ganzen Christenthume gefährlich ist, weil eigentlich daraus folgt, daß gar nichts bestimmtes in Lehrform geoffenbart sei, sondern Alles von dem Reflexe einer bestimmten Modification des Gefühls abhange. Viele, die gar kein christliches Gefühl haben, glauben sich auf diese Weise eben so berechtigt, bestimmen zu dürfen, was das Christenthum sei, wobei begreiflich gar kein Christenthum am Ende mehr erkennbar ist. Bei den Arianern hielt sich aber das gesammte Christenthum nicht im Gefühle, sondern im Verstande auf, und war in dürren Begriffen beschlossen. Aber ungeachtet ihres Grundsatzes, daß eben nicht soviel darauf ankomme, ob man dieser oder jener Lehre zugethan sei, bemühten sie sich doch auf alle Weise, sich herrschend zu machen. Schon Arius durchwanderte die Häuser von Alexandrien, die Nachbarschaft dieser Stadt, und bald ganze Länder, um Proselyten zu werben. Diese Bemühungen unter-

---

vorgetragen habe, weil er das Bisthum von Alexandrien nicht erhalten habe.

28) Athanas. or. I. contr. Ar. c. 7. ὁμως ἐπειδη τινες των λεγομενων χριστιανων, ἠ ἀγνοουντες, ἠ ὑποκρινομενοι, ἀδιαφορον προς την ἀληθειαν ἡγουνται την αἱρεσιν, και τους ταυτα φρονουντας χριστιανους ὀνομαζουσι, φερε κατα δυναμιν ἐρωτωντες αὐτους, ἀποκαλυψωμεν την πανουργιαν της αἱρεσως.

gruben das Heil von tausend und tausend unsterblicher Seelen. Seine Anhänger giengen auf den öffentlichen Plätzen zu Weibern und Jünglingen, und fragten jene: «Hattest du einen Sohn, bevor du gebarst? Wie du keinen hattest, so hatte auch Gott keinen, bevor er zeugte[29].» Zu diesen: «hat der, der das Sein ist, den, der nicht ist, oder den, der ist gemacht? Hat er ihn als einen gemacht, der schon war, oder als einen, der nicht war? Giebt es Einen Ungezeugten oder Zwei?» (Athan. or. I. cont. Ar. c. 22.) Solche Fragen gefielen den seichten und oberflächlichen Köpfen, aber aus den Herzen wurde alle Unschuld und Unbefangenheit, wurde aller Ernst und alles innige, gemüthliche, religiöse Leben genommen, und man glaubte ein guter Christ zu sein, wenn man nur der Lehre der katholischen Kirche widersprach, und diese des Unsinnes beschuldigte. Denn einem Weibe mußte es freilich thöricht vorkommen, an einen ewigen Sohn des Vaters zu glauben, wenn sie angewiesen wurde, ihr Gebären als Maasstab zu betrachten. Keine Ehrfurcht vor dem Erlöser konnte aufkeimen; und alle vorhandene Spuren derselben mußten noch zerstört werden, wo der Arianismus in solcher Weise sich ansetzte. Am meisten schadeten aber noch die Arianer durch ihr Bestreben sich herrschend zu machen in sofern, als in die meisten Kirchen des Orients, und eine Zeitlang auch des Occidents, eine innere Zerrüttung einbrach: Bischöfe, die Niemand kannte, die das Vertrauen der Gemeinden nicht besaßen, wurden diesen aufgedrungen, und jene Männer, die verwandt waren den Herzen ihrer Anvertrauten, wurden gewaltsam denselben entrissen. Dadurch entstanden Spaltungen in der Kirche Gottes, unerhörte Kämpfe, die nicht selten bis zum Blutvergießen sich ent-

29) Athanas. or. I. c. Ar. c. 31. εἰτα και εἰσερχομενοι προς γυναικαρια, παλιν αὐταις ἐκτεθηλυμενα ῥηματια φθεγγονται, εἰ εἰχες υἱον πριν τεκῃς, ὡσπερ δε οὐκ εἰχες, οὑτω και ὁ του θεου υἱος οὐκ ἠν, πριν γεννηθῃ. τοιουτοις ῥημασι ἐξορχουμενοι παιζουσιν οἱ ἀτιμοι, και τον θεον ἀνθρωποις ἀπεικαζουσι.

wickelten. Die Gläubigen aber blieben oft Jahrelang ohne geistige Nahrung; denn den Eindringlingen wollten sie sich nicht hingeben, und verkümmerten so nicht selten in sich selbst. Die Katechumenen verachteten ihre streitenden Lehrer; das unbefangene, treuherzige Hingeben an die Autorität der Kirche, als einer von Jesus Christus gegründeten Anstalt, hörte auf, und innerlich losgerissen von ihrem Lebensquell, wurden dürre, magere christliche Gestalten von den Arianern herangezogen, die ohne Kraft in sich, ohne allen Stützpunkt und festen Halt, schattenartig dahin lebten, ohne alle religiöse Blüthe und Schöne. Die Heiden spotteten der Christen, ihre Schauspiele machten sie zum Gegenstande der Satyre, und das gesegnete Wachsthum der Kirche, wie es vor den arianischen Zeiten gesehen wurde, hörte an vielen Orten auf. Das innere religiöse Leben der Kirche war gehemmt; wie konnte es freudig und munter nach außen strömen und mit jener unwiderstehlichen Gewalt die Gemüther an sich ziehen, wie früher?

Dieses Alles betrachtend, kann ich der Meinung nicht sein, daß der Arianismus dadurch eigentlich entstanden wäre, daß man die Trinität platonisch zu erklären gesucht habe. Eine innere Kraftlosigkeit, eine innere Lüge hatte die Gemüther so Vieler verpestet; sie konnten Christum nicht verstehen in solcher Beschaffenheit. Er mußte ihnen ein Räthsel werden, wie er denn auch in der arianischen Lehre ein solches ist: ohne Halt im Gefühl, ohne Stütze in der Vernunft, ohne die Autorität der Ueberlieferung. Wäre die Ursache außerhalb der Gemüther gelegen, nie hätten so häßlich die Folgen, nie so grausenhaft die Wirkungen des Arianismus sein können. Bald wäre er geschwunden in sich selbst, gleich wie früher ähnliche Versuche im Aufkeimen schon erstickten. Die Kraft des im Glauben starken Gemüthes hätte ihn nach einigen Jahren ausgeworfen: eine durchgehende Gesundheit der Kirche wäre unangetastet geblieben; weil aber ein Krankheitsstoff überall schon vorhanden war, konnte das Uebel pestartig um sich greifen. Es war aber so viel Siechthum verbreitet, weil ohne innern Beruf mit dem Uebergang der kaiserlichen Dynastie so viele Heiden auch nachfolgten. Der äußerlich überwindenden Kirche schlossen sie sich an, aber die Welt hatten sie nicht überwunden. Wenn darum auch die arianische Lehre mit der sogenannten platonischen Trinitätslehre übereinstimmen mag, so kann doch der Arianismus nicht so äußerlich nur erklärt werden, daß man annimmt blos Platons Begriffe hätten ihn erzeugt.

Durch welche erste Veranlassung aber die verborgene Krankheit eine offenbare wurde, läßt sich nicht mehr genau bestimmen. Ob, wie Sokrates erzählt, (hist. eccles. l. I. c. 9.) der Bischof Alexander von Alexandrien, in einer Versammlung des Klerus den Sohn, gleich ewig mit dem Vater, und gleiches Wesens mit ihm ohne besondere Veranlassung genannt, und Arius davon Veranlassung genommen habe, heftig zu widersprechen; oder ob der Letztere von freien Stücken gegen den Kirchenglauben aufgetreten sei, nach Sozomenus, (l. I. c. 15.) dem Andere mehr oder weniger beistimmen, klärt auch nichts Wesentliches auf. Nur scheint das Letztere deßwegen wahrscheinlicher, weil später die Arianer sagten, sie hätten von Alexander selbst ihre Lehre gelernt, was sie ohne einigen Anschein von Wahrheit doch wohl nicht sagen konnten. Alexander muß sich, wie immer auch die Sache näher gedacht werden mag, unbestimmter Ausdrücke bedient haben, wie das vor der Synode zu Nicäa häufig der Fall war. Wäre aber Arius durch einen Vortrag des Bischofs Alexander erst zu seinen Widersprüchen veranlaßt worden, so konnten sich die Arianer gar nicht darauf berufen, daß sie von ihm ihre Lehre gehört hätten. Auch wissen wir, daß Alexander eine Zeitlang des Arius Vorstellungen mit Geduld ertrug, so lange sie nämlich noch in ihm allein zu sein schienen, und er die Hoffnung einer Besserung noch möglich machte. Auch dieses läßt sich kaum erklären, wenn Alexander in der genannten Rede öffentlichen und hartnäckigen Widerspruch von Arius erfahren hätte. Doch lassen sich beide Nachrichten vielleicht dadurch vereinigen, daß man annimmt, Arius habe seine Vorstellungen Manchen mitgetheilt, Alexander habe davon gehört, und ohne gerade den Arius zu nennen, seine Ansicht in seiner Gegenwart bekämpft, daß aber Dieser, merkend, die Rede gelte ihm, seine Meinung nun auch öffentlich und geradezu ausgesprochen habe. Dann könnten wir auch das angeführte Bruchstück aus der Thalia des Arius sicherer erklären, in welchem er bemerkt, daß er von Gottgelehrten Männern seine Lehre erhalten habe; denn dem Alexander durfte er kaum ein solches Prädicat zu geben gesonnen gewesen sein, was aber angenommen werden müßte, wenn man es so geradezu für wahr hielte, was die Arianer sagten, sie hätten von ihm ihre Lehre erhalten. Nach der gegebenen Ansicht aber erscheinet die Sache in der Gestalt, daß sich Arius auf seine Gewährsmänner als Heilige berufen konnte, ohne von dem Alexander geradezu das Gegentheil auszusagen, als welcher auch, wie gesagt, minder bestimmte Formeln gebraucht haben konnte, auf welche man sich zum Scheine berufen mochte. Der Heilige aber, auf welchen sich Arius so oft berief, war der Martyrer Lucius. Dieser, der vor seinem Märtyrerthum wieder zur katholischen Lehre übergegangen war, war der Lehrer des Arius und mehrerer ihm gleichzeitiger und gleichgesinnter Bischöfe. Unter drei Bischöfen von Antiochien war Lucius von der Kirchengemeinschaft ausgeschlossen [1]). Uebrigens sehen wir hieraus, daß der Arianismus vor Arius schon von der Kirche verurtheilt war.

Alexander forderte vergeblich den Arius in Briefen freundschaftlich auf, (Jahr 320) seine Lehre zu verlassen; er suchte und gewann immer mehr Anhänger. Vergebens war sein Versuch, ihn durch das Ansehen eines Beschlusses

---

30) Siehe Theodor. l. I. c. 4. und die Bemerkungen des Valesius c. c. (u. d. d.) Doch ist es nicht so ganz klar, was Lucius lehrte. Es wird auch berichtet, er habe die Meinungen des Paulus von Samosota gehabt.

der alexandrinischen und mareotischen Presbyter zum Widerruf zu bestimmen; und vergebens endlich auch eine Synode, der zur Metropole von Alexandrien gehörigen Bischöfe. Arius blieb seiner Ansicht treu, und sprach sie vor allen Bischöfen aus. Er wurde nun aber mit seinen Anhängern, die keine unbedeutende Zahl bereits bildeten, von der Kirchengemeinschaft ausgeschlossen. Er wendete sich nun an Eusebius von Nikomedien, um durch dessen Hülfe sich innerhalb der Kirche zu behaupten. Dieser Eusebius, von welchem auch bald die Arianer den Namen erhielten, war früher Bischof zu Berytus gewesen, einer Stadt, die ihm nicht genügte, weswegen er nach einer größern verlangte, so wie er später auch noch zum Bisthum von Constantinopel zu gelangen wußte. Die folgende Geschichte wird ihn genauer bezeichnen. Eusebius verwendete sich bei Alexander für Arius in mehreren Briefen. Sein Schützling erhielt die Kirchengemeinschaft nicht; Alexander versammelte vielmehr seinen Klerus, die Presbyter und Diakonen, und theilte der gesammten katholischen Kirche Nachricht von den Erschütterungen der Kirche von Alexandrien mit. In diesem Briefe bemerken wir den Geist des Athanasius: er war damals Diakon an der Kirche von Alexandrien und Geheimschreiber des Bischofs. Er ist auch gleich allen Presbytern und Diakonen unterzeichnet.

Arius seiner Seits hatte auch nicht gesäumt, sich der Beistimmung mehrerer Bischöfe zu versichern. Er schrieb an solche, die schon von früheren Zeiten her seine Freunde und Mitschüler gewesen waren. Es gelang ihm auch durch ihren Einfluß einige andere und zwar nicht unbedeutende Männer zu gewinnen. Unter ihnen Eusebius von Cäsarea. Jedoch bemerkt Alexander in einem noch vorhandenen Schreiben, daß er sich diese Anhänger nicht ohne Untreue gegen seine eigenen Grundsätze erworben habe. Er stellte ihnen nämlich seine Ansichten nicht in aller Schärfe dar. Auch entstellte wohl Arius die Behauptungen seiner Gegner, wie wir sehen werden. Alexander setzt hinzu, daß Arius die Briefe, die er auf diese Weise von seinen Gönnern erhalten habe, in den Versammlungen der Seinigen fleißig vorlas; (denn sie bildeten bald eine abgesonderte Gemeinde), um durch das Ansehen der ihm gleichgesinnten Bischöfe sie in der Treue gegen sich zu befestigen und keine Reue wegen ihres Schrittes aufkeimen zu lassen [31]). Arius selbst begab sich nach Palästina und versicherte sich noch mehr seiner Gönner und Anhänger. Von Palästina reis'te er nach Nikomedien zu seinem alten Freunde; und hier arbeitete er seine Thalia aus. Eusebius von Nikomedien gewann ihm des Kaisers Schwester Constantia; eine Hauptstütze der Arianer, und eine hinlängliche Entschädigung dafür, daß abermalige Versuche bei Alexander, dem Arius die Gemeinschaft wieder zu geben, fehl schlugen. Ueberhaupt wußte Arius Frauen zu gewinnen: Epiphanius erzählt, daß gleich vom Anfange seiner Bewegungen mehrere hundert gottgeweihte Jungfrauen auf seine Seite traten. Doch ist die Zahl sehr unwahrscheinlich und Alexander spricht in dem angeführten Briefe mit Verachtung von dem Charakter der Frauen, die sich an Arius anschlossen. Eusebius von Nikomedien munterte auch Bischöfe, die keine Parthei ergreifen wollten, auf, sich offen für Arius zu erklären. So schrieb er an Paulinus, Bischof von Tyrus, wie sehr es ihn schmerze, ihn, einen solchen Mann unthätig zu wissen; sein Schweigen halte er für ihre (der Arianer) Niederlage. Er forderte ihn auf, die Lehre des Arius schriftlich zu vertheidigen, und vorzüglich nach der heil. Schrift. (Theodoret l. I. c. 6.) (Die Tradition verwarfen sie ja). Derselbe Eusebius und mit ihm auch der von Cäsarea und Patrophilus von Scythopolis beriefen sogar Synoden, in welchen sie den Arius für unschuldig erklärten, und ermächtigten, seine bisherige Stelle als Pfarrer an einer Kirche von Alexandrien fernerhin zu begleiten; je-

31) Theodor. l. I. c. 4. οὐχ ὅπερ παρ' ἡμιν πονηρῶς ἐδιδαξαν και διεπραξαντο, ὡμολογουσιν αὐτοις. ἀλλα ἡ σιωπῃ ταυτα παραδιδοασι, ἡ πελασμενοις λογοις και ἐγγραφοις ἐπισκιαζοντες ἀπατωσι. κ. τ. λ.

doch so, daß er und die Seinigen stets ihren Bischof um Wiederaufnahme bitten sollten. (Soz. l. I. c. 15.).

Es kann nicht befremden, daß Arius bald so viele und unter ihnen achtungswerthe Anhänger zählte. Denn abgesehen davon, daß Arius nicht allerwärts sich offen und bestimmt erklärte, ist es bei Streitigkeiten dieser Art immer der Fall, daß der Fragepunct nicht sogleich von Jedem klar ins Auge gefaßt wird; und noch häufiger trifft das ein, daß die Beziehungen des bestrittenen Punctes, sein Eingreifen in das Ganze des Glaubens von Vielen entweder gar nicht, oder nur einseitig beachtet werden. Unterdessen war es doch sehr erfreulich, daß sehr wenige Bischöfe nur, entweder des Arius Irrthümer theilten, oder sich täuschen ließen. Denn Alexander erhielt von allen Seiten her die Zustimmung zu seinem Verfahren gegen Arius, und dadurch die Versicherung, daß sein Glaube der Glaube der Kirche sei. (Theodoret. l. I. c. 4.) Aber in Egypten und Palästina, im gesammten Oriente kam es jetzt schon zu den ärgerlichsten Auftritten. Theodoret bemerkt dabei mit Schmerzen: « nicht mehr kämpften wie früher Heiden gegen Christen, sondern die Christen, die Glieder eines Leibes, bekämpften sich selbst! » (l. l. c. 6.) Das waren aber nur die Einleitungen zu dem großen Elende, das die Christen über sich selbst noch verhängen sollten.

Suchen wir nun den Arianismus selbst, ehe wir weiter die Geschichte verfolgen, genauer kennen zu lernen. Der Charakter des Arianismus ist Trennung der Welt von Gott. Als obersten Grundsatz, aus dem alles Uebrige fließt, und auf welchen Alles zurückgeht, glaube ich die Behauptung ansehen zu müssen: die **Schöpfung könne die unmittelbare Thätigkeit Gottes auf sie nicht ertragen, Gott könne an sich nicht in unmittelbarer Berührung mit dem Endlichen stehen, und es gezieme sich auch für seine Würde nicht**[32]. Daher stellten die

32) Or. II. c. Ar. c. 24. φασι δε ὁμως περι τουτου, ὡς ἀρα θε-

Arianer ein Zwischenwesen zwischen Gott und der Welt auf, das beide zu vermitteln die Aufgabe hat. Das ist ihnen der Sohn Gottes. Gott schuf zuerst die Welt durch ihn, dann erlös'te er sie durch ihn. Wenn sie aber sagten, Gott schuf die Welt durch seinen Sohn, so meinten sie nicht, daß dieser eigentlich die schöpferische Kraft in sich selbst gehabt habe. Den eigentlichen Logos Gottes, die wahrhafte göttliche Weisheit, die eigentliche schöpferische Kraft, erkannten sie im Sohne nicht an. Sie hielten diesen vielmehr für einen bloßen Künstler, und sagten, er habe das Schaffen gelernt, von Gott nämlich Athan. or. II. contra Ar. c. 28. Sie drückten das auch so aus: die Schöpfung komme dem Vater zu, die Geschöpfe gehörten dem Sohne [33]. Dies kann wohl keinen andern Sinn haben als den: der Vater ist der eigentliche Herr des Universums, und der Schöpfer der Gesetze, nach welcher es geformt werden sollte; da er aber auf dasselbe nicht unmittelbar einwirken konnte, ohne es gleichsam bei seinem Entstehen durch seine Gegenwart, durch seine Majestät, die das Geschöpf nicht aushält, wieder zu vernichten, so trat der Sohn an seine Stelle, übernimmt das Technische der Schöpfung und sorgt für die Erhaltung der Geschöpfe. Die Ideen nimmt der Sohn vom Vater und trägt sie auf die wirkliche Schöpfung über. Daher ist der Sohn Gottes nach dem arianischen System nicht weit von dem gnostischen Demiurgos verschieden, und mit einigen

---

λων την γενητην κτισαι φυσιν, ἐπειδη ἑωρα, μη δυναμενην μετασχειν της του πατρος ἀκρατου, και της παρ' αὐτου δημιουργιας, ποιει και κτιζει πρωτως μονος μονον ἑνα, και καλει τουτον υἱον και λογον, ἱνα τουτου μεσου γενομενου, οὑτως λοιπον και τα παντα δι' αὐτου γενεσθαι δυνηθη. ταυτα οὐ μονον εἰρηκασι, ἀλλα και γραψαι τετολμηκασιν ὁ Ἐυσεβιος τε και Αρειος και ὁ θυσας Αστεριος.

33) Or. II. c. 25. ἀλλως τε και μειζον ἀτοπον τοις τουτο λεγουσιν ἁπαντα, διαιρουσι γαρ τα κτισματα και την δημιουργιαν. και το μεν του πατρος ἐργον, ταδε του υἱου διδοασιν ἐργα.

Darstellungen des Demiurgos mag er auch beinahe ganz zusammenfallen.

Da die Welt durch den Sohn erschaffen wurde, und ihn mußte ertragen können, um von ihm erschaffen zu werden, so ist er nicht aus dem Wesen des Vaters, er ist nicht wahrer Gott; denn sonst hätte auch er sich mit der Welt nicht in unmittelbare Verbindung setzen können. Er ist daher mit den Geschöpfen seiner Natur nach Eins, und darum selbst ein Geschöpf. Sein Vorzug vor allen andern Geschöpfen besteht aber darin, daß diese durch ihn geworden sind.

Da er nicht aus dem Wesen Gottes, und auch nicht aus einer vorhandenen Materie ist, weil ja durch ihn diese erst geschaffen wurde, so ist er aus Nichts. Geschaffen, um die Welt zu bilden, und nicht wahrer Gott, nicht aus dem Wesen Gottes, ist er auch nicht von Ewigkeit, denn dem wahren Gott nur kömmt Ewigkeit zu. Er wurde geschaffen, als es Gott gefiel die Welt zu bilden. Dem Sohne kömmt darum kein ewiges Sein, aber ein vorweltliches zu. Nicht wahrhafter Gott, ist er seiner Natur nach beschränkt, und nur so viel kennt er von Gott selbst, als es seine Schranken zulassen, gleich wie auch wir Gott nach den Schranken unseres Geistes erkennen. Er ist also nur dem Namen nach Gott, Gott im uneigentlichen Sinne, ein gewordener Gott. Niemand aber ist unveränderlich, als wer seiner Natur nach Gott ist, es ist darum nicht unmöglich, daß der Sohn aufhöre, gut zu sein. Nach einem allgemeinen Gesetze sind alle Wesen außer dem wahrhaften Gott nur gut durch ihre Freiheit. So lange der Sohn einen guten Freiheitsgebrauch macht, bleibt er gut; er kann aber auch durch bösen Freiheitsgebrauch aus seiner relativen Güte herausfallen. Er ist daher seiner Natur nach veränderlich. Seine Freiheit mußte aber auch geprüft werden, wie die aller endlichen Wesen. Diese Prüfung bestand der Erlöser bei seiner Menschwerdung. Weil Gott voraussah, daß er rühmlich die Prüfung erstehen werde, bestimmte er gerade ihn zum Schöpfer der übrigen endlichen Wesen, und zum Heilande derselben. Seine Herrlichkeit ist also der Lohn seiner Verdienste, und sein Wandel unter den Menschen seine Prüfungszeit.

Zwei endliche Wesen können nicht eine Person bilden; daher ist das, was im Menschen die Vernunft ist, der Sohn Gottes im Erlöser. Ohnehin mußte er ja eigentliche Tugend durch Freiheitsgebrauch, durch seine Treue und seinen Gehorsam im Leiden erwerben. Der Sohn Gottes als solcher also hat gelitten [34]).

Das ist die Lehre der Arianer vom Sohne Gottes. Da später auch noch die Lehre vom heil. Geiste mit in den Streit verflochten wurde, so mußte dieser nothwendig noch niedriger als der Sohn gestellt werden, da ihn ja der Sohn sendet. Nichts desto weniger wurde der Vater, der Sohn und der heil. Geist von ihnen angebetet. Daher wurde in der That ein Polytheismus durch den Arianismus eingeführt, und wir können ihn darum auch das Bestreben nennen, ein hellenisirtes Christenthum zu erzeugen, während gleichzeitig von heidnischen Neuplatonikern der Versuch gemacht wurde, einen christianisirten Hellenismus zu Stande zu bringen.

---

34) Athan. adv. Apollinar. l. II. c. 16. δια τουτο και θεον παθοντα λεγετε, ἀκολουθως ἑαυτοις φθεγγομενοι μαλλον δε συμφωνον τοις Αρειανοις. τουτο γαρ ἐκεινοι δογματιζουσι. Epiphan. haer. 69. n. 49. 50. August. de haeres. c. 19. In eo autem quod Christum sine anima carnem accepisse arbitrantur Ariani etc. Wenn aber Augustin meint, diese Ansicht der Arianer sei weniger bekannt, so irrt er sehr. Denn nebst Epiphanius, auf den er sich beruft, vergleiche man Theodoret. dialog. II. gleich im Anfang. Im dritten Dialog fragt er sogar: « Warum legen die Arianer einen so großen Werth auf den Beweis, daß Christus einen Leib ohne Seele gehabt habe? » Er sagt, « um zu zeigen, daß, indem er veränderliche Affectionen gehabt habe, er nicht aus einem unveränderlichen Wesen könne erzeugt worden sein. » Jedoch kam die Voraussetzung, daß Christus blos einen menschlichen Leib gehabt habe, erst spät den Arianern zum klaren Bewußtsein, wie aus Athanas. ep. ad Adelph. erhellet.

Nicht nur deßwegen war aber der Arianismus dem Christenthum entgegen, sondern in mehrfacher Beziehung. Wie konnte der Arianismus von einer göttlichen Gnade sprechen? Ich meine nicht jene Gnade, die die Pelagianer so nannten, die natürliche Anlage des Menschen, die von Christo hinterbrachte Lehre, und sein Beispiel, sondern die innern geheimnißvollen Wirkungen der Gottheit im Herzen der Menschen, durch welche Gott diese berührt, sie innerlich umschafft und wahrhaft göttliches Leben ihnen mittheilt. Diese Gnade konnten sie deßwegen nicht annehmen, weil ja Gott überhaupt nicht in unmittelbare Berührung mit den Geschöpfen treten kann. Der Arianismus ist darum nothwendig Pelagianismus, mit welchem er ohnehin in der mechanischen Vorstellung von dem Verhältnisse Gottes zur Welt übereinstimmt. Die ganze Grundlage des Christenthums wird ferner dadurch durch den Arianismus zerstört, daß Christus das Vorbild ist, wie der Mensch sich selbst Alles verdienen kann, was Gott ihm giebt. Ohnedies stimmt das mit der nothwendigen Verwerfung der innern Gnade zusammen. Endlich läugneten die Arianer die unbedingte Nothwendigkeit der Erscheinung Christi; und daß nur durch ihn uns die wahre Gotteserkenntniß zu Theil werden könne. So bemerkt Athanasius zu der Stelle: « Niemand kennt den Vater als der Sohn, und wem er ihn offenbaren will; » (Joh. 6, 46 und Matth. 11, 27.) obschon es Arius nicht zugeben will. or. II. c. Ar. c. 22. Die Arianer wurden zu dieser Folgerung dadurch gezwungen, daß ja auch der Sohn, obschon ein Geschöpf, Gott kennt, wenigstens insoweit die Schranken seiner Natur es gestatten, warum sollte nun nicht auch jedes Geschöpf Gott ohne den Sohn insoweit stets erkennen, als es ihm möglich ist?

Von einem so tiefen Verfall der menschlichen Natur, wie er in der katholischen Kirche gelehrt wurde, mochte ohnedies nie die Rede bei den Arianern sein können; denn niemals mit Gott in unmittelbarer Verbindung, konnte der Mensch auch nie so weit von Gott sich durch eigenes Verschulden trennen, sein Fall konnte nie eine große Bedeutung gewinnen. Nie innerlich und wesentlich mit Gott vereinigt, konnte er auch nicht innerlich und wesentlich mit Gott je verbunden werden wollen; daher war ein äusserer Mittler hinreichend, seine Lehre und Beispiel. So hängt Alles mit dem ersten Satze von Christus, dem räthselhaften Mittler der Geschöpfe und Gott, den sie als Gott nicht anerkannten, und auch nicht geradezu Geschöpf wollten sein lassen, zusammen; und das gesammte Christenthum erhält eine andere, nämlich eine kraftlose und dürftige, völlig räthselhafte Gestalt, wie der Erlöser selbst.

Doch dieses Alles habe ich nur deßwegen vorgetragen, um mit einem systematischen Ueberblick der arianischen Lehre, zugleich eine Einsicht in ihr innerstes Wesen, in ihre gesammte Auffassung des Christenthums zu gewinnen, und ihren Zusammenhang in sich selbst leicht zu erkennen. Nun müssen aber sowohl die Aussagen der Arianer selbst, als ihre weiteren dialektischen und biblischen Gründe ausführlich vernommen werden. Denn da sie Athanasius bestreitet, so müssen wir auch das in seiner Vollständigkeit kennen lernen, was er bekämpft.

Athanasius führt sehr häufig Stellen aus den Schriften des Arius an. Einige übersetze ich: «Nicht immer war Gott, Vater. Sondern es war eine Zeit, in der Gott allein war, und noch nicht Vater. Später aber wurde er es. Nicht immer war der Sohn. Da Alles ja aus Nichts ist, und Alle Geschöpfe sind und gewordene Dinge, so ist auch der Logos Gottes aus nichts geworden, und es war eine Zeit, in der er nicht war. Er war nicht, bevor er wurde; sondern einen Anfang des Geschaffenwerdens hatte auch er. Allein war Gott (im Anfang) und noch nicht war der Logos und die Weisheit. Als er nun später erschaffen wollte, dann schuf er einen, den er Logos nannte und Weisheit und Sohn, damit er uns durch ihn erschaffe. Zwei Weisheiten giebt es, die eine, die Gott eigen und in ihm ist; der Sohn aber ist durch diese Weisheit geworden, und an ihr theilnehmend wird auch er Weisheit und Logos genannt, denn die Weisheit, (der Sohn) entstand durch die Weisheit nach dem Willen des weisen Gottes. Ein anderer Logos ja auch ist in Gott; an diesem theilnehmend, heißt auch er durch die Gnade Logos.» «Seiner Natur nach ist der Sohn, wie alle Geschöpfe veränderlich; durch seine Freiheit bleibt er gut und so lange er will. Wenn er will, kann er sich auch ändern, wie wir, da er veränderlicher Natur ist. Weil Gott nun vorher sah, daß er gut sein werde, gab er ihm jene Herrlichkeit, die er als Mensch später durch seine Tugend sich erwarb. Durch die Werke also, die Gott voraussah, machte er ihn zu einem solchen.» (or. I. c. Ar. 5.) «Der Vater ist dem Sohne unsichtbar, weder schaut noch erkennt er vollkommen und genau den Vater. Sondern was er sieht und erkennet, erkennet er nach dem Verhältniß seiner Kräfte, wie auch wir nach dem Maaße unserer Kräfte ihn erkennen. Selbst sein eigenes Wesen kennt den Sohn nicht. Sie sind einander durchaus und ins Unendliche unähnlich am Wesen und an Herrlichkeit. Sie sind ihrer Natur nach verschieden, getheilt und getrennt. Die Wesen des Vaters, des Sohnes und des Geistes nehmen keinen Antheil an einander.» (l. l. c. 6. vergl. ep. encyclcc. n. 12.) An andern Orten nennt er den Sohn ein Geschöpf, aber nicht wie eines der Geschöpfe. (or. II. c. Ar. c. 19.) Diese Stellen sind an sich hinreichend, um die arianische Lehre sicher kennen zu lernen; denn Alles, was wir noch von Arius wissen, stimmt damit überein. Was Athanasius in der Schrift von den Synoden noch anführt, des Arius Erklärungen vor den Synoden (Socrat. l. I. c. 6.), denen er zu Rede stehen mußte, die Art der Widerlegung seiner Gegner und die gesammte folgende Geschichte bestätigen das Angeführte.

Jedoch blieb Arius gleich im Anfange seiner Bewegungen nicht sich selbst ganz gleich. Es gab Veranlassungen, die ich schon berührt habe, um welcher willen er von der ganzen Strenge seiner Grundsätze etwas nachließ; aber auch in die seltsamsten Widersprüche mit sich selbst verfiel. Daher müssen wir doch noch Einiges anführen. Ein Brief, den Arius an Eusebius von Nikomedien schickte, drückt sich schon in mancher Beziehung anders aus, als seine bisher angeführten Aussagen. Er lautet nach dem Eingange also: «ich glaubte dich wegen der innigen Liebe, die du gegen die Brüder um Gottes und seines Christus willen hast, benachrichtigen zu müssen, daß uns der Bischof sehr quält und verfolgt, und Alles gegen uns in Bewegung setzt; so daß er uns sogar aus der Stadt vertrieben hat, als wären wir gottlose Menschen, weil wir mit ihm nicht übereinstimmen, wenn er öffentlich sagt: «« immer ist Gott, immer ist der Sohn. Zugleich mit dem Vater ist der Sohn. Der Sohn ist auf eine ungezeugte Weise bei Gott, er ist ewig gezeugt, er ist ohne gezeugt zu sein, gezeugt [35]). Weder in der Vorstellung noch um einen

---

35) Theodoret. l. I. c. 5. συνύπαρχει ἀγεννητως ὁ υἱος τῳ Θεῳ, αειγεννης ἐστι, ἀγεννητογενης ἐστιν. So hat Alexander gewiß nicht gesagt. Anstatt ἀγεννητογενης mochte wohl Alexander gesagt haben ἀγενητογεννης; eben so, statt συνύπαρχει ἀγεννητως, συνύπαρχει ἀγενητως. Denn abgesehen davon, daß einer offenbar sich Widersprechendes sagt, wenn er dem Sohne die Prädicate αειγεννης und zugleich ἀγεννητος giebt, würde Alexander den Sohn gar nicht vom Vater abgeleitet haben. Dies ist aber nicht nur gegen alle Analogie der Väter, sondern selbst gegen die Darstellung des Verhältnisses des Sohnes zum Vater, die Alexander in seinem Rundschreiben bei Theodor. I, 5, an die Bischöfe giebt, wo ihm sogar der Ausdruck υἱοποιησις noch entschlüpfte. Man kann sich kaum des Verdachtes erwehren, daß Arius absichtlich also die Sache hingestellt habe. Die Arianer verwechselten beständig das γεννητος und γενητος, und achteten des Unterschiedes nicht, den die Kirchenväter zwischen diesen Wörtern aufstellten. So sagt Eusebius von Nikomedien in seinem Briefe an Paulinus, Bischof von Tyrus (Theodor. I, 6.) το γαρ ἐκ του ἀγεννητου ὑπαρχον, κτιστον ἐτι οὐκ ἀν εἰη, ἐξ ἀρχης ἀγεννητον ὑπαρχον. Er meint demnach, Alles was aus dem Ungezeugten sei, sei ungezeugt; mithin müßte es auch der Sohn sein, wenn er aus dem Wesen des Vaters wäre. Auch in dem Verlaufe des Briefes an Eusebius von Nikomedien sagt Arius einige:

Augenblick ist Gott früher als der Sohn. Immer ist Gott, immer ist der Sohn. Aus Gott selbst ist der Sohn.»» Und weil dein Bruder Eusebius von Cäsarea (die Bischöfe nannten sich, wie alle Christen, Brüder) Theodor, Paulinus, Athanasius (von Anazarbe) Gregorius und Aetius und alle Morgenländer sagen, daß Gott, der Anfangslose, vor dem Sohne sei, so sind sie verworfen worden. Nur Philogonius, Hellanikus und Makarius nicht, diese unwissenden Häretiker, von welchen der eine den Sohn ein Aufstoßen (ἐρογη, nach eructavit cor meum verbum bonum), der andere einen Ausfluß, (προβολη) der dritte mitungezeugt nennt. Diese Gottlosigkeit kann ich nicht einmal hören, wenn mir auch die Häretiker tausendfachen Tod androheten. Ich aber, was lehre und denke ich, was habe ich gelehrt und lehre noch? Daß der Sohn nicht ungezeugt ist, noch auf irgend eine Weise ein Theil des Ungezeugten, noch daß er aus einer vorhandenen Materie gemacht wurde; sondern daß er durch den Willen des Vaters vor den Zeiten und vor der Welt vollkommener Gott ist, eingeboren, unveränderlich, und daß er, bevor er gezeugt oder erschaffen, oder bestimmt oder gegründet wurde, nicht war. Denn ungezeugt war er nicht. Ich werde verfolgt, weil ich gesagt habe, einen Anfang hat der Sohn; Gott aber ist anfangslos. Deßwegen werde ich verfolgt, weil ich gesagt habe, er ist aus Nichts. So aber habe ich gesagt, weil er weder ein Theil von Gott ist, noch aus einem vorhandenen Stoffe. Deßwegen werde ich verfolgt. Das Uebrige weißt du.» Theodoret bemerkt hiebei, daß Arius die Bischöfe Philogonius von Antiochien, Hellanikus von Tripolis und Makarius von Jerusalem verläumdet habe,

---

mal, er halte den Sohn nicht für ungezeugt. Das sagten aber auch seine Gegner. Und hierin liegt, wie Athanasius auch bemerkt, gewiß ein Kunstgriff der Arianer, um die Köpfe zu verwirren und die eigentliche Streitfrage zu umhüllen. Nachdem aber einmal gegen die katholische Lehre diese Ansichten verbreitet waren, setzten sie sich immer fester, wie wir noch oft genug hören werden.

weil sie vom Sohne gelehrt hätten, er sei ewig und gleiches Wesens mit dem Vater.

In dem folgenden Briefe an Alexander sprach sich Arius mit den Seinigen also aus, um in die Kirchengemeinschaft wieder aufgenommen zu werden: «Unser Glaube, wie wir ihn von unsern Vätern ererbt und von dir gehört haben, ist dieser: wir kennen einen Gott, den allein Ungezeugten, allein Ewigen, allein Anfangslosen, allein Wahrhaften, den alleinigen Besitzer der Unsterblichkeit, den allein Weisen, allein Guten, allein Mächtigen; den Richter Aller, den Fürsorger, den Haushälter, den Unveränderlichen, Unwandelbaren, Gerechten und Guten, den Gott des Gesetzes und der Propheten und des neuen Bundes, der den Eingeborenen vor ewigen Zeiten gezeugt, durch den er die Zeiten und Alles gemacht hat; den er der Wahrheit nicht dem Scheine nach gezeugt hat, dem er das Bestehen gegeben durch seinen Willen, der ein unveränderliches und unwandelbares, vollkommenes Geschöpf Gottes ist (ὑποστησαντα τῳ ἰδιῳ βουληματι ἀτρεπτον και ἀνναλοιωτον κτισμα του θεου τελειον); aber nicht wie eines der Geschöpfe, ein Erzeugtes, aber nicht wie eines der Erzeugten. — Durch den Willen Gottes wurde er vor der Zeit und vor der Welt geschaffen; er hat sein Sein und Leben vom Vater erhalten und ihm hat der Vater die Herrlichkeit mit anerschaffen. Denn der Vater hat, indem er ihm die Herrschaft von Allem ertheilte, nicht sich selbst dessen beraubt, was er ursprünglich in sich selbst besitzt. Denn Gott, die Ursache von Allem, ist ganz allein anfangslos. Der Sohn aber ausser der Zeit vom Vater gezeugt und vor der Welt von ihm geschaffen und gegründet, war nicht bevor er gezeugt wurde, wohl aber wurde er zeitlos vor Allem gezeugt und war allein beim Vater. Aber er ist nicht ewig, oder gleich ewig, oder eben so ungezeugt wie der Vater. Er hat nicht mit dem Vater das Sein, wie Einige in gewisser Beziehung sagen; die also zwei ungewordene Principien einführen. Sondern als die Einheit und der Anfang von Allem, ist Gott vor Allem; darum auch vor dem Sohne.» Athanas. de Synod. c. 16. In diesem Glaubensbekenntniß hebt theils Eins das Andere auf, theils ist es zweideutig; auf jeden Fall dem, was sonst Arius gesagt und geschrieben hat, widersprechend. In Betreff der eben bemerkten Zweideutigkeit bemerke ich nur das besonders, daß in der griechisch angeführten Stelle das τῳ ἰδιῳ βουληματι sich auf Gott beziehen kann: dann hieße es, daß der Sohn durch den Willen des Vaters unveränderlich, d. h. seiner Natur nach unveränderlich sei, es kann sich aber auch auf den Sohn beziehen, und dann wäre der Sinn, daß der Sohn durch seinen Willen unveränderlich, d. h. dem Wesen nach veränderlich, aber nur deßwegen unveränderlich sei, weil er sich nicht verändern wolle.

Athanasius hat uns mehrere Auszüge aus Schriften von Anhängern des Arius aufbewahrt, (de Synod. c. 17. 18.), aus welchen wir den Leichtsinn bemerken, mit welchem sie in der Sache urtheilten, und, wie Athanasius bemerkt, die Sache des Arius in ihrer ganzen Blöse darstellten. So schrieb Athanasius von Anazarbe an Alexander, den er durch die Berufung auf die Parabel von dem Hirten, der 99 Schaafe verläßt, um das Eine verlorne wieder aufzusuchen, also zurecht weisen wollte: «Warum bist du ungehalten auf die Anhänger des Arius, wenn sie sagen: der Sohn Gottes ist ein Geschöpf aus Nichts, und er ist Eines von den Geschöpfen? (ἐν των παντων). Denn wenn unter den hundert Schaafen Alle verstanden werden, so ist auch der Sohn Eines von den Geschöpfen. Wenn nun diese Hundert keine Geschöpfe sind, und keine gewordenen Dinge, oder wenn es außer den Hundert noch Andere giebt, dann ist auch der Sohn kein Geschöpf, und nicht Eines aus Allen. Wenn aber die Hundert alle Geschöpfe umfassen, und ausser den Hundert Niemand ist, als Gott allein, was sagen denn die Arianer Widersinniges, wenn sie den Sohn unter die Hundert mitzählen und mitrechnen, und darum sagen, er sei Einer von Allen.» Unter dem Hirten verstund demnach dieser Anhänger des Arius Gott, und unter den hundert Schaafen die Gesammtheit aller

Dinge ausser ihm, als auch den Sohn Gottes, als Eines derselben.

Georgius, auch zu der Secte des Arius gehörig, ehemals Presbyter der alexandrinischen Kirche, und später in der Geschichte der Arianer übel berüchtigt, schrieb von Antiochien aus an Alexander: «Sei den Arianern nicht böse, wenn sie sagen: es war eine Zeit, in welcher der Sohn Gottes nicht war. Denn auch Jesaias war der Sohn des Amos, und doch war Amos bevor Jesaias war, und Jesaias war nicht vorher, sondern nachher erst ist er entstanden.» Seinen Geistesverwandten aber sagte er: «Warum seid ihr dem Vater Alexander böse, (τῳ παππα Αλεξανδρῳ) weil er sagt, der Sohn sei aus dem Vater? Auch ihr sollt euch nicht scheuen zu sagen, der Sohn sei aus dem Vater. Denn wenn der Apostel sagt: Alles ist aus Gott, gleichwohl aber bekannt ist, daß Alles aus Nichts geschaffen wurde, und auch der Sohn ein Geschöpf, der geschaffenen Dinge Eines ist, so mag wohl auch vom Sohne gesagt werden, er sei aus Gott, so nämlich wie Alles aus Gott ist.» So wollte dieser Mann, von dem Athanasius an einer andern Stelle sagt, daß er völlig unbedeutend sei, und nie über etwas nachgedacht habe, (de Synod. c. 37.) in offenbarem Muthwillen die beiden Parteien, die sich innerlich und wesentlich entgegengesetzt waren, vereinigen!

Einer der rührigsten Anhänger des Arius, und zugleich einer der oberflächlichsten und leichtfertigsten war Asterius, der in einer Verfolgung Christum verläugnet hatte. Von Athanasius wird er gewöhnlich nur der Sophist (σοφιστα πολυκεφαλος) genannt; von Eusebius von Nikomedien aber wurde er dazu verwendet, allenthalben herum zu wandern und des Arius Lehre zu empfehlen. Er mischte sich noch lange in die Verhandlungen, die in Folge der arianischen Streitigkeiten nöthig wurden; auch verfaßte er Schriften, um des Arius Lehre zu vertheidigen und las sie in den Städten vor [36].

36) Sozom. l. II. c. 32. περιιων τας πολεις επεδεικνυτο.

Er getraute sich zu sagen, es liege eben nichts daran, auch den Sohn eine Kraft Gottes zu nennen, da auch die Heuschrecken und Raupen bei Joel also genannt würden! Unter anderm lehrte er noch: «Einer von Allen ist auch der Sohn; denn er ist der Erste der Geschaffenen und eine von den vernünftigen Naturen (εἱς των νοητων φυσεων). Gleichwie die Sonne unter den sichtbaren Dingen unter die Leuchtenden gehört, denn sie erhellet auf Befehl des Schöpfers die ganze Welt, so ist der Sohn Gottes eines der vernünftigen Wesen, und leuchtet und macht Alle hell, die in der vernünftigen Welt sich befinden. — Vor dem Werden des Sohnes hatte der Vater die Wissenschaft ihn zu zeugen; denn auch der Arzt hat vor dem Heilen die Heilkunde. Aus wohlwollender Gesinnung schuf er den Sohn und aus der Fülle seiner Macht. Wenn ferner das Wollen allem Schaffen vorangeht, so auch dem des Sohnes.» Auf einer Synode, die Alexander hielt, sagte ein Arianer, der Sohn sei veränderlich, wie der Satan.

Diese Puncte mußten berührt werden, theils um das Gemälde der Zeit zu vervollständigen, theils um die Kirche zu rechtfertigen, und namentlich den Athanasius, wenn sie gar kein Vertrauen den Arianern schenkten, sie stets mit aller Strenge beurtheilten, und ohne alle Schonung gegen sie verfuhren. Denn bei solchem Muthwillen und innerer Faulheit wäre alle Milde vergeblich, alles Vertrauen umsonst, ja im höchsten Grade unverzeihlich und schädlich gewesen.

Wir haben bei der gesammten bisherigen Erörterung über die Arianer noch keinen aus dem Wesen des Christenthums genommenen Grund entdeckt, aus welchem der Glaube der katholischen Kirche wäre bestritten worden: und wir entdecken überhaupt keinen. Eusebius von Nikomedien schrieb dem Arius im Beginne seines Auftretens gegen die Kirche: «du denkst recht; bitte daß Alle so denken, denn einem Jeden ist es einleuchtend, daß das, was gemacht worden ist, nicht war, bevor es wurde. Das Gewordene hat vielmehr einen Anfang seines Seins.» (Athanas. de Synod.

c. 17.) Aus diesem vermeintlichen Interesse des Verstandes bestritt er die katholische Lehre, und hielt es für werth, seinen Freund aufzufordern, Gott zu bitten, daß Alle ihm gleich gesinnt werden möchten! Es war wohl eben so viel, wie wenn jemand als Bischof, oder als Mitglied der Kirche überhaupt um die allgemeine Anerkennung des nächsten besten geometrischen Satzes zu Gott bitten wollte, der gar in keiner Beziehung mit einem religiösen Interesse steht, ein reines Verstandes-Interesse hat. Daher sagt Athanasius nicht mit Unrecht: «diejenigen, die diese Christen nennen, irren sich sehr, denn sie verstehen weder die Schrift, noch überhaupt das Christenthum, und den Glauben, den es enthält.» (or. I. c. Ar. c. 8.) Das wird sich noch aus folgender näheren Begründung ergeben, welche die Arianer für ihre Lehre aufstellten.

In dem schon angeführten Schreiben des Arius und seiner Anhänger an Alexander führen sie den Glauben an eine Wesensgleichheit des Sohnes und des Vaters auf den Manichäismus zurück. (Athan. de Synod. c. 16.) Wie ist dieser Vorwurf zu verstehen? Die Manichäer in ihrem Pantheismus, nahmen eine Weltseele an, (Jesum patibilem) die in allen guten lebendigen Wesen sich befindend, allmählig aus der Materie, in welcher sie gefangen ist, sich befreiet, und mit jenem ihrem Theile, der nicht von derselben gefangen gehalten wird, (Jesum impatibilem) und im Lichtreiche thront, sich zu vereinigen sucht. So nun nähmen auch die Katholiken eine Theilbarkeit des Wesens Gottes, und eine Wesensgleichheit des Sohnes Gottes, der sich in die Menschheit herabgelassen, mit dem Vater an, der nicht in dieselbe sich eingesenkt habe. So oder ähnlich wird man wohl ihren Einwurf verstehen müssen. Allein sie bemerkten nicht, daß die Katholiken schon deßwegen nicht pantheistisch gesinnt sein konnten, weil sie ja, von allem Andern abgesehen, nebst der Wesensgleichheit zwischen Vater und Sohn einen Personen-Unterschied festhielten, und aus diesem Grunde schon jene manichäische Vorstellung gar nicht zu vergleichen war.

Die Ewigkeit des Sohnes bestritten sie ferner aus dem Worte Sohn, das das Verhältniß des Höhern in Christo zum Vater bezeichne. Wäre der Sohn gleich ewig mit dem Vater, sagten sie, so müßte er vielmehr Bruder, als Sohn des Vaters genannt werden. (or. I. c. Ar. c. 14.) Der durchgängige biblische Sprachgebrauch sei demnach schon für sie. Ohnedies, sagten sie sonst, ist der Erzeuger vor dem Erzeugten. Einer nur sei Ungeworden, und folglich der Sohn geworden; eben deßwegen gebe es eine Zeit, in der er nicht war. (l. l. c. 40.)

Würde der Sohn das volle Gleichbild des Vaters sein, so müßte auch er einen Sohn haben, und dieser abermal, und so ins Unendliche. (l. l. c. 21.) Der Sohn sei entweder durch den Willen des Vaters, oder ohne Willen desselben. Nehme man jenes an, so könne auch der Sohn nicht sein, und dann sei er dem Vater nicht gleich; wende man sich zu Letzterem, so setze man einen Zwang in dem Vater und hebe seine Freiheit auf. (or. III. c. 62.) [37]).

Nebst diesen Gründen, die die Arianer blos aus den Begriffen Vater und Sohn, gegen die katholische Lehre ableiteten, (manche andere Gründe für ihre Lehre sind in den aus ihren Schriften angeführten Sätzen schon enthalten) häuften sie eine Menge von Schriftstellen zusammen. Daß der Sohn Gottes einen Anfang gehabt habe, und zwar nur um der Geschöpfe willen hervorgebracht worden, daß er also der Erste der Schöpfung aber um der Schöpfung willen entstanden sei, leiteten sie aus Sprüchw. 8, 22. ab: «Er schuf mich zum Anfang seiner Wege für seine Werke.» (or. II. c. 44.) Eben dieses folgerten sie daraus, daß er der Erstgeborne der Schöpfung genannt werde; denn wenn er der Erstgeborne der Schöpfung sei, so gehöre er doch auch zur Schöpfung. Nicht minder glaubten sie sich berechtiget, den Begriff eines Geschöpfes auf den Sohn anzuwenden, weil auch die Menschen Gottes-Söhne genannt würden, und

37) Schleiermacher am angeführten Ort S. 324. erhebt dieselben Schwierigkeiten gegen die katholische Trinitätslehre.

Christus ihr Bruder. (or. II. c. Ar. 59—63.) Wie hier der Heiland mit Menschen, so werde er anderwärts mit den Engeln verglichen, Hebr. 1, 4. Hier sei es klar ausgesprochen, daß nur ein Unterschied im Grade der Vollkommenheit statt finde; auch werde in dieser Stelle «γενομενος» factus gebraucht, was ohnedies deutlich beweise, daß er zu den Geschöpfen gehöre; auch sei Apgesch. 2, 36 zu vergleichen. (l. l. c. 53.) Daß aber Christus seine höhere Würde in Folge ausgezeichneter Tugend erhalten habe, schien den Arianern aus Ps. 44, 7. zu folgen. «Du hast die Gerechtigkeit geliebt und das Unrecht gehaßt, deßwegen salbt dich Gott, dein Gott mit Freudenöhl vor deinen Genossen.» Besonders urgirten sie Philip. 2, 6—11., und die Verbindungspartikel «διο» «deßwegen hat ihn Gott erhöhet und ihm einen Namen gegeben.» Das ἐχαρισατο gab ihnen Veranlassung die Erhöhung Christi als χαρις, als Gnade zu bezeichnen [38]). Eben aber, weil Christus in Folge seines Gehorsams erhöhet worden, und etwas geworden sei, was er früher nicht gewesen, sei er veränderlicher Natur. (or. I. c. 43. 46.)

Dieses Werden der Gottheit Christi, fahren sie fort, sei noch in vielen andern Stellen klar ausgesprochen. So sage der Herr selbst, «mir ist alle Gewalt gegeben» Math. 28, 18.; «dem Sohn habe der Vater das Gericht übergeben» Joh. 5, 22. Wäre der Sohn von Natur Gott, so müßte er Alles haben, nicht erst empfangen. (or. III. c. 17. ὑπεροχη ἐστι του διδοντος παρα τον λαμβανοντα. de incarnat. cont. Ar. c. 1.) [39]). Daher lehne Christus das Prädicat

---

38) εἰ δια τουτο ὑψωθη και χαριν ἐλαβε και δια τουτο κεχρισται, μισθον της προαιρεσεως ἐλαβε. προαιρεσει δε πραξας, τρεπτης παντως ἐστι φυσεως. τουτο οὐ μονον εἰπειν, ἀλλα και γραψαι τετολμηκασιν Εὐσεβιος τε και Ἀρειος κ. τ. λ. Daher nennen sie seine Erhöhung ἀθλον της ἀρετης.

39) φασι γαρ εἰ παντα παρεδοθη, παντα λεγοντες την κυριοτητα της κτισεως, ἡν ποτε ὁ τε οὐκ εἰχεν αὐτα· εἰδε οὐκ εἰχεν, οὐκ ἐστι ἐκ του πατρος· εἰ γαρ ἠν, εἰχεν ἀν αυτα αἐι ἐξ

«gut» von sich ab und überlasse es blos dem Vater, verzichte auf die Allwissenheit und sage, nur der Vater wisse den Tag und die Stunde; auf die Heiligkeit der Natur nach, indem er bemerke: «wen der Vater geheiligt und in die Welt geschickt hat» Joh. 10, 36.; auch habe er ja erst den heiligen Geist bei der Taufe empfangen. Die Allmacht komme ihm nicht zu, indem er die Teufel durch Gottesgeist austreibe, nicht durch eigene Kraft; Math. 12, 28. und seine Erweckung von dem Tode schreibe er selbst dem Vater zu. (or. I. c. Ar. c. 47. de incarnat. c. Ar. c. 1.) Was er aber an Herrschaft und Macht habe, übergebe er nach I. Kor. 15, 28. dem Vater wieder, und unterwerfe sich selbst, damit Gott Alles in Allem sei. Joh. 17, 3. werde aber ausdrücklich der Vater, der allein wahre Gott genannt.

Endlich bezogen sie die Stellen, Jesus habe zugenommen, wie an Alter so an Weisheit, Luc. 2, 52. die Worte Christi: «mein Gott, mein Gott, warum hast du mich verlassen,» Math. 27, 48.; «wenn es möglich ist, gehe dieser Kelch von mir» Math. 26, 39. hieher und folgerten noch mehr daraus, als eigentlich in ihrem Systeme lag. Sie sagten nämlich, wie kann das der Logos Gottes sein, durch welchen Alles gemacht wurde? Hingegen war der Schluß ihrem System gemäß: wie kann der, der sagt, mein Gott, warum hast du mich verlassen, dem Wesen nach Eins mit Gott sein? (or. III. c. 17.) Jedoch steht auch diese Folgerung mit andern ihrer Behauptungen, die wir noch anführen werden, im Widerspruch; nämlich mit der Behauptung der Einheit des Willens des Sohnes mit dem des Vaters. Daß sie aber das Zunehmen an Weisheit auf das Höhere in Christo bezogen, ergab sich nothwendig daraus, daß sie keine vernünftige Seele in demselben, nebst diesem Höhern annehmen konnten. Gleichwohl ist es immerhin nicht consequent, wenn sie Christo eine Präexistenz vor der Welt zuschrieben, und ihn für den aner-

---

αὐτου ὢν, και χρειαν οὐκ εἰχε του λαβειν αὐτα. Ath. fol. 105.

kannten, durch welchen Alles gemacht worden sei, deßungeachtet ihn aber im menschlichen Leibe erst an Weisheit zunehmen lassen! Anders verhielt es sich, wenn sie sagten, er habe sich während seiner Erscheinung auf Erden Tugend erworben; denn es war ja nach ihnen auch für Christus eine Zeit der Prüfung festgesetzt, in der er sich in der Tugend befestigen sollte. Nun ist freilich die Zunahme an Weisheit und Tugend innigst miteinander verbunden, und wer das Eine von Jemandem prädicirt, wird sich des Andern auch nicht enthalten können. Aber den an Weisheit als Mensch zunehmen lassen, der alle Menschen geschaffen hat, ist doch zu seltsam, und eher hätten sie die Annahme des Zunehmens an Tugend aufgeben sollen, als Solches aussagen. Aber das konnten sie nicht, wenn nicht alle ihre Behauptungen zusammen fallen sollten. Wir sehen aber schon hieraus, daß das ganze System keinen Halt selbst vor dem Verstande hat. Wollte man aber sagen, einzelne Arianer mochten das wohl behauptet haben, aber nicht gerade Arius und Eusebius von Nikomedien, so könnten wir das immerhin zugeben, weil Athanasius nicht gerade immer bemerkt, diese hätten solche Beweise angeführt, sondern oft im Allgemeinen nur dieselben als Arianisch angiebt. Allein gewonnen wäre für das arianische System doch nichts; eben weil dies Alles doch in das Wesen, in die gesammte Begründung desselben verschlungen ist, würde damit nur das für Arius gewonnen, daß er selbst nicht soweit aus Inconsequenz gegangen wäre, als er gehen mußte.

Die Stellen aber, die die Katholiken stets für die wahre Gottheit Christi angeführt hatten, daß nämlich Christus der Logos Gottes, Gottes Weisheit und Kraft genannt werde, lös'ten sie so auf, wenigstens Asterius, der von Eusebius von Nikomedien für die Secte zu schreiben beauftragt war, daß sie sagten, Christus werde von Paulus (I. Kor. 1, 14) nicht die Weisheit, die Kraft Gottes genannt, sondern nur Weisheit Gottes und Kraft Gottes, also ohne Artikel. Er sei darum nicht die absolute Weisheit. Des Vaters Weisheit und Kraft sei wohl ewig, aber nicht die des Sohnes, des Eingebornen; diese sei nur eine Art von den Kräften und Weisheiten, die Gott geschaffen habe. So würden die Heuschrecken (Joel 2, 25) nicht nur eine Kraft, sondern eine große Kraft Gottes genannt, und der selige David fordere in mehreren Psalmen nicht nur die Engel, sondern auch die Kräfte auf, Gott zu loben. Eine dieser Kräfte sei der Sohn Gottes (or. II. c. Ar. c. 37). Eben so gebe es viele Worte Gottes (λογοι); eines davon sei der Sohn; er werde also nur Logos und Weisheit Gottes genannt, ohne es eigentlich zu seyn. Dies Letztere führt Athanasius aus der Thalia des Arius an (de decret. Nic. c. 16.) [40]. Hienach interpretirte auch Arius Joh. 1, 1. (de sent. Dionys. c. 23.) [41].

Die Stellen endlich, in welchen die Einheit des Sohnes und Vaters ausgesprochen ist, erklärten sie von der Willenseinheit; und die Stelle Joh. 14, 10., wo Christus sagt, er sei im Vater und der Vater in ihm, bezogen sie theils auf die blose Willenseinheit, theils auf das Sein Gottes in allen Wesen, und den vernünftigen insbesondere. Sie sagten nämlich: «was der Vater will, will auch der Sohn, weder in seinen Gerichten noch in seinen Gedanken ist er dem Vater entgegen, sondern in Allem stimmt er mit dem Vater überein; dieselben Lehren und Gesinnungen, die der Vater hat, hat auch der Sohn: das ist ihre Einheit.» (or. III. c. 3). «Wie kann der Vater, der größer als der Sohn ist, im Sohne,

40) Ἐκεινο μονον ἐχουσιν ὑπολειπομενον, ὁ και ἐν ἀσματιοις Ἀρειος και ἐν τῃ ἑαυτου Θαλειᾳ ὡς ἐπαπορων μυθολογει· πολλους λαλει ὁ θεος λογους· ποιον ἀρα λεγομεν υἱον και μονογενη του πατρος; — ἐπειδη δε τονθορυζοντες λεγουσιν ὀνοματα εἰναι του υἱου, λογος και σοφια κ. τ. λ.

41) Ὡς ἀρα ὁ λογος οὐκ ἐστιν ἰδιος του πατρος, ἀλλ' ἀλλος μεν ἐστι ὁ ἐν τῳ θεῳ λογος, οὑτος δε ὁ κυριος ξενος μεν και ἀλλοτριος ἐστι της του πατρος οὐσιας· κατ' ἐπινοιαν δε μονον λεγεται λογος, και οὐκ ἐστι μεν κατα φυσιν και ἀληθινος του θεου υἱος κατα θεσιν δε λεγεται και οὑτος υἱος, ὡς κτισμα.

dem Kleineren sein; er kann ihn nicht fassen. Wie kann man sich daher wundern, wenn der Sohn im Vater ist, da auch von uns geschrieben steht, in ihm leben wir, bewegen wir uns und sind wir? Es ist offenbar, daß er deßwegen sagte, er sei im Vater und der Vater in ihm, weil er selbst die Lehre, die er gab, nicht als die seinige betrachtet, sondern als die Kraft des Vaters, der sie ihm gab» (or. III. c. Ar. c. 1. 2).[42]. So erklärte Asterius jene Stellen. Es ist also gewiß ungegründet, wenn Philostorgius von Asterius berichtet, er sei der Gründer des Semiarianismus gewesen; denn wie man sieht, schrieb er ganz aus dem Herzen des Arius selbst heraus, und dieser lernte sogar noch von ihm; denn Athanasius führt (de decretis Nic. c. 8) Behauptungen des Asterius an, die sich Arius zu eigen gemacht habe. (μεταγραψας δεδωκε τοις ἰδιοις).

So nun lehrten die Arianer, so begründeten sie, was sie lehrten. Die Begründung ihres Systems aber gehört nothwendig dazu, um einzusehen, daß, wie Athanasius sagt, ihre Lehre bitterer sei als der Tod. Vergleichen wir nun in Wenigem die Lehre der Kirchenväter der drei ersten Jahrhunderte mit denen der Arianer. Die Vergleichungspuncte bieten sich zwar von selbst dar, und gerade um eine Zusammenstellung leicht vornehmen zu können, habe ich die vornicäische Kirchenlehre dargestellt. Man wird nun zugleich erst vollständig einsehen, warum ich die Lehre von der Erlösung meistens mit aufgenommen habe. Vergleichen wir diese mit der gleichfalls entwickelten Erlösungstheorie der Arianer, so werden wir erst die ganze Verschiedenheit, den innern Gegensatz zwischen der arianischen und vornicäischen Lehre auch in Beziehung auf das Göttliche in Christo einsehen.

Daß die arianischen Ansichten der vornicäischen Lehre der Kirche wesentlich entgegengesetzt seien, das sieht wohl Jeder ein,

---

42) ἡ πως ὁλως δυναται ὁ πατηρ μειζων ὠν, ἐν τῳ υἱῳ ἐλλαττονι ὀντι χωρειν; ἡ τι θαυμαστον, εἰ ὁ υἱος ἐν τῳ πατρι ὁπουγε και περι ἡμων γεγραπται, ἐν αὐτῳ γαρ ζωμεν,

der, wie sich der christliche Geist ausspricht, auch nur einigermaßen beobachtet hat. Wir können es uns nicht einmal denken, daß ein Arianer einen Brief verfassen könne, wie Clemens von Rom, wie Ignatius, oder wie der Verfasser des dem Barnabas zugeschriebenen Briefes, oder daß ein Arianer Christum von Herzen preisen möge, wie Polykarpus. Ein Arianer kann nicht von einer Gerechtigkeit durch den Glauben in Christo Jesu reden, wie Clemens, es sei denn, man nehme diesem Worte alle wahre Bedeutung, alle Kraft und allen Sinn. Der Arianer wußte nur von einem Verdienst durch eigene Tugend und Freiheitsgebrauch; der Heiland ist ihm ja selbst das Muster, wie man durch sich selbst, durch seine eigenen Verdienste eine Art von Gott werden könne. Und so könnte ein Jünger Christi gedacht haben, dem die «eigene Heiligkeit,» wie Clemens von Rom sagt, eine Thorheit war? Christus wäre ihm das Vorbild der Christen, die doch das Gegentheil ihres Meisters thun müßten! Denn konnte ein Geschöpf durch seine Verdienste göttlich werden, warum nicht Alle? In einem Geschöpfe sollten wir vor Gott gerecht sein, das durch sich selbst gerecht ist, d. h. das allmählig sich Gott wohlgefällig machte? Wer solche Vorstellungen vereinigen kann, der mag glauben, daß Clemens eine Stütze der Arianer sei. Wie konnte ferner ein Arianer sagen, daß wir durch Jesum Christum «die unsterbliche Kenntniß des Vaters schmecken, zu seinem wunderbaren Lichte erhoben werden,» wie Clemens, da jener doch gar nicht glaubte, daß der Heiland selbst den Vater kenne und in seinem wunderbaren Lichte sich befinde?

In dem Briefe des Barnabas ist völlig Dasselbe gegen die arianischen Vorstellungen. Aber außerdem hätte Niemand den Sohn schauen können, wie Barnabas sagt, wenn er nicht im Fleische erschienen wäre. Der Christus der Arianer aber,

---

και κινουμεθα και έσμεν - - εὔδηλον γαρ, ότι δια τουτο είρηκεν, εάυτον μεν έν τῳ πατρι, έν έαυτῳ δε παλιν τον πατερα, έπει μητε τον λογον όν διεξηρχετο, εάυτου φησιν είναι, άλλα του πατρος δεδωκοτος την δυναμιν.

unser natürlicher Bruder, ein Geschöpf gleich uns, ein Sohn Gottes wie wir, der konnte wohl sich sehen lassen, wie er war, in seiner ganzen Blöße konnte er sich sehen lassen, und Niemand wäre ob eines solchen Anblickes gestorben. Er, der ganz wie er war, wuchs und zunahm an Weisheit, dessen Herrlichkeit erst eigentlich recht anfieng, als er aufhörte auf Erden zu wandeln, der hatte nicht nöthig, seine Herrlichkeit im Fleische zu verbergen, auf daß nicht die Menschen, ihn sehend, sterben möchten. «In ihm ist Alles, auf ihn bezieht sich Alles,» sagt Barnabas; die Arianer aber sagten, Christus selbst sei in Gott, wie alle Geschöpfe. Im Briefe des Barnabas ist der Sohn Gottes wahrhafter Sohn, bei den Arianern, ein Sohn wie wir; der Gott des alten Testaments, der Herr der Heerschaaren, der das Gesetz dem Mose gab, ist Christus nach Barnabas Briefe, bei den Arianern findet man keine Spur davon, ja läugnen mußten sie es, und läugneten es.

Hätten es die Arianer nicht für eine Blasphemie gehalten, gleich dem Polykarp zu sagen, daß dem Vater mit Christus und dem heiligen Geiste Ruhm in alle Ewigkeit gebühre; Christo dem ewigen Hohenpriester? Und erst Ignatius! «Unser Gott» sagte er ὁ θεος ἡμων, von Jesus Christus! Ein gewordener Gott (κατα θεσιν) ist nicht «unser Gott.» Seine Hoffnung, sein ganzes Vertrauen setzt er auf ihn; «unser Leben ist Christus» «unser unzertrennliches Leben.» Nein, so konnte kein Arianer reden, dem Christus selbst aus Nichts geworden ist. Er ist der ewige Logos des Vaters, (αἰδιος λογος) was ihm völlig gleichbedeutend ist mit «Sohn», denn jenes steht in der angeführten Stelle als Exegese gleichsam von diesem. Gerade aber das läugneten die Arianer. Einem jeden, der in einer Schrift nicht todte Formeln, sondern den in derselben wehenden Geist beachtet und verstehet, mag das Gesagte hinreichend sein, um einzusehen, daß ein unverkennbarer charakteristischer Unterschied zwischen den Schriften der apostolischen Väter und den Ansichten der Arianer statt finde.

Bei den folgenden Schriftstellern ist aber nicht einmal mehr nöthig auf den Geist ihrer Schriften vorzüglich hinzuweisen, in den klarsten Aussprüchen ist die Differenz niedergelegt. Doch muß man wünschen, daß auch hier der innere Geist mehr berücksichtigt werden möchte, die ganze Betrachtungsweise des Christenthums, der Erlösungsanstalt, wenn man in der Sache urtheilen will. Was die Distinction zwischen dem λογος ἐνδιαϑετος und προφορικος betrifft, so habe ich gezeigt, wie durch die Tendenz der Väter, die Einheit Gottes festzuhalten, wenn gleich der Sohn eine besondere Person sei, dieselbe sei erzeugt worden, daß aber durch Unbeholfenheit des Vortrags Dunkelheit in dieselbe gekommen sei. Bei den Arianern ist es aber nicht Mangel an Gewandtheit im Vortrage, sondern bewußte und absichtliche Behauptung, daß der Sohn in der Zeit entstanden sei. Auf einen andern sehr wesentlichen Unterschied des λογος προφορικος von dem arianischen ἠν ποτε, ὁτε οὐκ ἠν, werde ich sogleich noch besonders aufmerksam machen. Irenäus, Clemens von Alexandrien, Origenes, Dionysius von Rom und Alexandrien haben aber die Ewigkeit des Sohnes so schlechthin und unbedingt ausgesprochen, daß nicht der mindeste Zweifel statt finden kann.

Der λογος προφορικος ist völlig der λογος ἐνδιαϑετος; dieser nur rein in Bezug auf Gott, jener zugleich in Bezug auf die Welt gedacht. Wer aber diese Vorstellung hatte, sagte damit: der Logos ist aus dem Wesen des Vaters; der Sohn ist nach den Kirchenvätern, die entweder klar diese Distinction ausgesprochen haben, oder sie doch voraussetzen, die hypostasirte Weisheit Gottes, freilich nicht blos die göttliche Weisheit; die Arianer aber behaupten, daß der Sohn aus Nichts geschaffen sei. Hier sieht man erst recht, welcher Unterschied es sei, wenn die vornicäischen Väter zuweilen sagen, der Sohn sei ein ποιημα, und wenn die Arianer dasselbe sagen. Beide bezeichnen etwas ganz Anderes damit. Wenn darum gesagt wird, das Arianische ἠν ποτε, ὁτε οὐκ ἠν sei dasselbe, was Tertullian sage,

„im Anfang war Gott allein" [43]), so ist ganz übersehen, daß diese arianische Formel mit der andern ἐξ οὐκ ὀντων ἐστι ganz gleichbedeutend sei. Tertullian aber lehrte aus dem Wesen des Vaters sei der Sohn. Wenn bei Tertullian der Sohn aus der Substanz des Vaters ist, so wird er bei Origenes ewig gezeugt. Hier ist eine Einheit des Wesens bei den Arianern des bloßen Willens. Daher sagen die Kirchenväter, der Sohn ist κυριως Sohn, γνησιος und ἰδιος; die Arianer, er sei es blos κατα θεσιν, κατ' ἐπινοιαν. Bei Irenäus ist der Sohn vere deus (θεος ἀληθως) bei Origenes natura deus; eben so bei Tertullian, Dionysius und Anderen. Bei den Arianern ist er es geworden, d. h. im uneigentlichen Sinne. Origenes und Irenäus sagten, wir werden durch Theilnahme an der Gottheit des Sohnes, Söhne Gottes. Die Arianer, der Sohn Gottes selbst sei nur Sohn wie wir. Jene lehrten eine innere Verbindung des Menschen mit Gott in Christo, diese eine gänzliche Trennung, und weit entfernt, daß wir durch Christus wieder mit Gott wesenhaft verbunden werden, ist es ja nach der arianischen Lehre, nicht einmal möglich. Christus trennt uns nach dieser von Gott und ist darum selbst nicht Gott. Nach des Irenäus, Origenes und Anderer Glauben, vereinigt er uns wieder mit Gott und ist darum selbst Gott; das ist eine wesentliche Differenz. Justin lehrt: der Sohn hat die Weisheit durch sich selbst, und bedarf nicht erst des Lernens und des sich Vervollkommnens, als die Weisheit an sich. Bei den übrigen kommt die Formel αὐτολογος αὐτοσοφια, αὐτοδικαιοσυνη u. s. w. beständig vor. Die Arianer aber lehrten der Sohn sei eine der Kräfte, eines der Worte, die der Vater ausgesprochen, er sei erst weise, gerecht, gut geworden. Daher ist der Sohn bei den vornicäischen Vätern nothwendig unveränderlich; bei den Arianern veränderlich.

---

43) Schleiermacher a. a. Orte S. 318.

Es wäre leicht durch alle einzelne Puncte die Differenzen zwischen den Arianern und den Kirchenvätern der drei ersten Jahrhunderte durchzuführen. Es ließe sich von einem jeden Kirchenvater einzeln darthun, wie völlig entgegengesetzt er den Arianern sei. Es ist mit Bedacht gesagt, völlig entgegengesetzt 44). Endlich erhellet jetzt ganz klar, daß es

44) Namentlich läßt sich das von Origenes zeigen. Ihm ist die Menschheit Christi Mittlerin, seine Seele, die präexistirte, nicht das Göttliche in ihm als solches schon. Man vergl. l. IV. in ep. ad Rom. fol. 514. Tom. IV. ed. Rue. Dann nimmt Origenes eine wirkliche, wesenhafte Gemeinschaft des Menschen mit der Gottheit an, und hierin widerspricht er dem obersten Grundsatze der Arianer, von welchem alles Andere ausgeht und abhängt de princip. l. I. c. 2. Una cum filio suo inhabitans, secundum quod dictum est, ego et Pater veniemus et mansionem apud eum faciemus. c. 6. tunc sunt in beatitudine cum de sanctitate ac sapientia et de ipsa divinitate participant. Dieses mußte Origenes verwerfen, um Arianer zu sein. Außerdem aber ist der Sohn bei Origenes wesentlich von dem arianischen verschieden. Wenn nun Schleiermacher a. a. O. S. 352. meint, schon die ganze Anlage des Buches von den Principien deute darauf, daß der Sohn zwischen dem Vater und den übrigen geistigen und lebendigen Kräften stehe, indem «fast unmittelbar nach der Trinität von den vernünftigen und besonders den höhern Naturen gehandelt werde» so ist zu bemerken, daß Origenes an sich gar keinen Unterschied zwischen den vernünftigen Wesen, den Engeln und den menschlichen Seelen annimmt. Denn alle wurden, sagt er, gleich geschaffen, und nur das verschiedene sittliche Verhalten habe bewirkt, daß einige jetzt höher, andere niedriger stehen, einige erhabene Geister, andere blos Seelen sind. l. II. c. VIII. u. IX. Er nahm eine Präexistenz der Seelen an, und sagt Alle seien nicht nur gleich, sondern auch zu gleicher Zeit geschaffen worden. Wie er also an sich keine Abstufung unter den erschaffenen Wesen annimmt, so konnte er auch den Sohn nicht als den ansehen, durch welchen gleichsam der Uebergang von den höchsten endlichen Wesen zu Gott dem Vater statt finde. Daher handelt der zweite Artikel nach dem heil. Geiste l. I. c. 5. de rationalibus naturis und das c. 8. erst de angelis. Wie auch eine Stufenfolge zwischen dem Schöpfer, für welchen Origenes den

nicht irrig sei, wenn man sagt, aus Mangelhaftigkeit der Darstellung, wegen der noch obwaltenden Unklarheit des Begriffs hätten sich Abweichungen bei den Kirchenvätern von sich selbst eingestellt, wodurch man aber nicht auf eine Verschiedenheit im Glauben von der spätern Kirche zu schließen berechtigt sei. Dieser Mangelhaftigkeit des Begriffs und der Darstellung wurde aber durch die Arianer ein wohlthätiges Ende gemacht, denn die Synode von Nicäa sprach den ursprünglichen Glauben der Kirche in den bestimmtesten Formeln und den abgegränztesten Begriffen aus. Ich gehe nun in folgendem Buche zur Erzählung dessen über, wie die Synode von Nicäa veranlaßt und von Athanasius vertheidigt wurde.

Logos im eigentlichen Sinne hielt und den Geschöpfen statt finden könne, ist nicht abzusehen. Alle erschaffenen Geister sind nach Origenes in den angeführten Stellen veränderlich, der Sohn seiner Natur nach nicht. Welcher Uebergang da gesetzt sei, kann ich nicht einsehen; dieses ist auch Com. in Joh. Vol. II. fol. 235. klar ausgesprochen, wo er ja sagt nicht Vergleichungsweise (οὐ συγκρισει) sei der Sohn besser als die erschaffenen Naturen Alle. Am auffallendsten scheint mir endlich, wie das von Schleiermacher mißverstanden werden konnte, wenn Origenes sagt, der Sohn als θεος verhalte sich zum Vater als αὐτοθεος, wie die λογικοι zum Sohn als αὐτολογος, zu welcher Stelle auch Petavius bemerkt stupor cum impietate certat (de trinit. l. I. c. 4. n. 5.) Es ist ja doch nur der Ursprung hier berücksichtigt, daß nämlich, wie der Sohn im Vater, so die vernünftigen Wesen im Logos ihren Grund haben, ohne daß die Verschiedenheit der Entstehung beider außer Acht gelassen wäre. Denn der Logos ist aus dem Wesen des Vaters gezeugt, die vernünftigen Wesen aber aus Nichts erschaffen. Hier ist kein Uebergang.

Drittes Buch.

Das Concilium von Nicäa. Vertheidigung desselben durch Athanasius.

In den Bewegungen, die die Arianer veranlaßten, finden wir das erstemal eine Macht thätig, und zwar für die christliche Kirche, die bisher immer nur in offener oder verdeckter Feindseligkeit gegen sie befangen war. Der, der Alles leitet, fügte es, daß seine ganz eigenthümliche Stiftung, die christliche Kirche durch den Staat, in welchem sie aufkeimte, beinahe dreihundert Jahre hindurch, in unsäglichen Jammer, unausgesetzte Schrecknisse und Noth versetzt wurde: sie sollte lernen, ein eigenthümliches Leben zu führen, und auf sich zu vertrauen, alle die Formen sollten sich aus ihrem Wesen heraus entwickeln, die diesem am angemessensten sind, die dazu erfordert wurden, in heiterer, freier, edler Selbstständigkeit stets sich zu bewegen, und in ihrer Verschiedenheit vom Staat ein ewiges Zeugniß abzulegen von ihrer höhern Würde, von ihrem unmittelbar göttlichen Ursprung, von der Verschiedenheit des Ewigen und Zeitlichen, auf daß niemals mehr jenes durch dieses verhüllt und gefangen gehalten werde. Dieser Gegensatz des Ewigen und Zeitlichen repräsentirt sich in der Verschiedenheit, und in dem Gegensatze zwischen Kirche und Staat: in der vorchristlichen Zeit war Gott und Welt, Geist und Leib, darum nothwendig Staat und Kirche in einander aufgegangen. Das Geistige und Ewige wurde in seiner Freiheit und Priorität nicht anerkannt. Um dieses zur Anerkenntniß zu bringen, bedurfte es eines harten dreihundertjährigen Kampfes, der aber nie ganz aufhören wird.

Wie aber zwischen dem Ewigen und Zeitlichen, zwischen dem Geistigen und Leiblichen keine absoluten Gegensätze statt finden, so findet auch kein absoluter Gegensatz zwischen Staat und Kirche statt. Das Ewige offenbart sich vielmehr im Endlichen, das Uebersinnliche im Sinnlichen, und dieses wird das Substrat von jenem. Nachdem daher die Kraft des neuen Geistes durch den dreihundertjährigen Kampf die Anerkennung seiner Würde und Selbstständigkeit durchgesetzt hatte, so war der Zweck schon erreicht; es mußte sofort ein Freundschaftsverhältniß eintreten. Wie die allgemeine Offenbarung Gottes in der Welt, und die besondere im Christenthum sich nicht widersprechen, sondern vielmehr jene durch diese zur Anerkennung gebracht wird, so widersprechen sich die unmittelbare Gründung der christlichen Kirche durch Gott, und die mittelbare Stiftung des Staates durch Gott auch nicht; jene bringt vielmehr auch diese zur Anerkennung, und beweiset ihre Würde: nur die Vergötterung des Staates, wie der Welt im Heidenthum, sollte aufhören. Die höhere Einheit zwischen Staat und Kirche liegt demnach darin, daß beide Stiftungen Gottes sind. Wie aber die Stiftung der christlichen Kirche, und die besondere Offenbarung Gottes in ihr nie mit der allgemeinen Offenbarung Gottes darf vermischt werden, damit nicht wieder Gott selbst in der Welt untergehe, so darf auch die Selbstständigkeit der Kirche, das Bewußtsein, daß sie eine unmittelbare Gründung Gottes sei, dem Staate gegenüber nicht untergehen, damit auch dieser als göttliche Stiftung stets anerkannt werde. Die Vergötterung der Natur gieng nämlich am Ende in eine völlige Nichtachtung derselben über, sie wurde als Werk des Zufalls betrachtet, und blos zur Befriedigung sinnlicher Lust und Bedürfnisse gemißbraucht; eben so ergieng es auch am Ende dem Staate, selbst während seiner Vergötterung. Als die römischen Kaiser sich vergöttern ließen, als die Repräsentanten des Staates und seiner Vergötterung; da war Zerstörung aller bürgerlichen Verhältnisse; jeder schaute im Staate blos sich an, und gebrauchte ihn als Mittel zu seinen Zwecken. Bürgerkriege erhoben sich: der Staat verlor alle Würde, und erschien als Werk des Zufalls. So muß demnach stets der Staat die selbstständige Würde der Kirche achten, damit seine Würde geachtet werde. Beide müssen darum auseinander gehalten werden, und jede dieser Stiftungen frei sein und selbstständig in sich. So faßte auch Constantin, der erste christliche Kaiser, das Verhältniß auf; den Bischöfen räumte er willig das Recht der innern Verwaltung der Kirche ein, und lehnte die Aufforderungen, die an ihn ergangen waren, über kirchliche Angelegenheiten zu entscheiden, ab. Das ist gewiß keinem Zweifel unterworfen, daß Constantin die Selbstständigkeit der Kirche anerkannte in der Theorie, wenn es auch nicht schwer sein dürfte Manches aus seiner Handlungsweise anzuführen, was mit seinen Grundsätzen im Widerstreite war.

Gleichwie ferner durch die christlichen Ideen die gesammte Weltanschauung eine andere wurde, so bildeten sie sich auch im Staate ein, und übten ihren Einfluß allmählig auf das öffentliche wie das Privatrecht, überhaupt auf das gesammte Staatsleben und Staatswohl aus. Bewegungen in der Kirche waren daher dem Staate auch nicht mehr gleichgültig, so wie die Kirche von Bewegungen im Staate stets afficirt wurde. Darum konnten auch dem Kaiser Constantin die eben in der Kirche sich zeigenden Gährungen nicht verborgen und fremd bleiben; er wünschte, daß sie sich in Frieden auflösen möchten. Einen ehrwürdigen Greis von sieben und sechzig Jahren, der in der diokletianischen Verfolgung Confessor geworden war, berühmt in der ganzen Kirche durch seine Frömmigkeit und Weisheit, seinen besondern Vertrauten, den Bischof Hosius von Corduba in Spanien, sendete Constantin ab, den Frieden und die Eintracht zu vermitteln. Freilich besaß Constantin die richtige Einsicht in die Sache nicht. Unter dem Einfluß arianischer Parteihäupter meinte er auf eine äusserliche Weise ließe sich die Sache beilegen. Beide Parteien, befahl er, sollten schweigen und ihre Ansichten für sich behalten; die eine Partei habe gefehlt, indem sie eine unbeantwortliche Frage aufgeworfen; die andere, indem sie sie habe beantworten wollen [1]). In der Hauptsache stimmten sie ja doch überein, sagte er, darum könnten sie sich in solcher unwichtigen, eitlen und nichtigen Angelegenheit, einem Gegenstand bloßer Speculation und Dialektik vertragen [2]). Würden sie das sich gefallen lassen, so erleichterten sie sehr das kaiserliche Herz, dem es das Schmerzlichste wäre, die Christen in Uneinigkeit zu sehen; auch werde er durch ihren Streit gehindert, seine Reise nach Syrien und Egypten zu unternehmen, setzte er hinzu, denn er möge das nicht mit ansehen, was ihm schon zu hören so unangenehm gewesen wäre. So schrieb Constantin an Alexander und Arius, der sich damals (324) wieder in Alexandrien aufhielt.

Die Absicht des Kaisers war löblich. Aber sehr schlimm wäre es gewesen, wenn die Christen in dem bestrittenen Gegenstand nicht sichere Antwort hätten geben können. Gerade die aufgeworfene Frage, weit entfernt eine Nebensache, eine bloße Beschäftigung dialektischen Kitzels zu sein, betrifft die Grundlage unseres Glaubens, die Stütze unserer Hoffnung und die Kraft unserer Liebe. Sie hat freilich eine dialektische und speculative Seite, wie jeder Bestandtheil des Glaubens; aber keine Frage konnte das christlich-gläubige Interesse so unmittelbar berühren, als die, ob unser Heiland ein Geschöpf oder Gott sei. Arius konnte schweigen,

1) Socrat. I. 7. τι δηποτε — ὑπερ τινος ματαιου ζητηματος μερους πυνθανοιο — οὐτε ἐρωτᾶν ὑπερ των τοιουτων ἐξ ἀρχης προςηκον ἠν, οὐτε ἐρωτωμενον ἀποκρινασθαι.

2) Τας γαρ τοιαυτας ζητησεις, ὁποσας οὐ νομου τινος ἀναγκη προςταττει, ἀλλ' ἀνοφελους ἀργιας ἐρεσχελια προςτιθησιν, εἰ και φυσικως τινος γυμνασιας ἐνεκα γενοιτο, ὁμως ὀφειλομεν εἰσω της διανοιας ἐγκλειειν — ποσος γαρ ἐστιν ἑκαστος ὡστε πραγματων οὑτω μεγαλων, και λιαν δυςχερων δυναμιν και προς το ἀκριβες συνιδειν, ἠ κατ' ἀξιαν ἑρμηνευσαι;

wenn er wollte; aber die Katholiken nicht, wenn sie auch wollten. Denn der katholischen Kirche ist das Kleinod des Glaubens anvertraut, wie Irenäus sagt, welches sie rein, unverfälscht, und frei und offen und muthig bis ans Ende der Welt verkündigen muß. Aber Arius wollte eben so wenig in sich seine Ansicht verschließen, als Alexander seinen Glauben [3]). So war denn des Hosius Sendung, in andern in Alexandrien zu besorgenden Aufträgen nicht unfruchtbar, hierin erfolglos.

Constantin entschloß sich nun, da der Streit sogar noch um sich griff und immer bedenklicher wurde, eine Synode aller Bischöfe seines Reiches, wie sich wohl vermuthen läßt, nach Berathung der einflußreichsten derselben, zu berufen. Dies schien um so nützlicher zu sein, da noch andere Puncte zu erledigen waren. Die alte Streitfrage wegen der Osterfeier sollte von der ganzen Kirche entschieden werden; auch in Egypten selbst waren noch andere Elemente des Unfriedens vorhanden. Diese müssen um so mehr kurz erwähnt werden, als sie nicht ohne bedeutenden Einfluß auf die Geschichte des Athanasius geblieben sind. Meletius Bischof von Lykopolis hatte in der diokletianischen Verfolgung den Götzen geopfert, und wurde deßhalb von einer Synode, die Petrus, Bischof von Alexandrien berief, abgesetzt. Allein diesem Beschlusse sich nicht fügend, ordinirte er noch ferner Presbyter, ja sogar Bischöfe, bildete eine eigene Partei, zog viele zu derselben hin, und schien sogar eine ganze Provinz von dem Verbande mit Alexandrien trennen zu wollen. Das Schisma erhielt sich nicht nur unter den Nachfolgern des Petrus, unter Achillas und Alexander nämlich, sondern erweiterte sich stets. Auch diesem nun sollte die zu versammelnde Synode ein Ende machen.

Sie wurde nach Nicäa in Bithynien berufen. Die Bischöfe, ungefähr 318 an der Zahl, waren bei weitem

3) Socrat. l. I. c. 8. οὔτε γαρ Αλεξανδρος, οὔτε Αρειος ὑπο των γραφεντων ἐμαλασσωντο.

meistens aus dem Morgenlande; denn aus den Abendländern waren nur zwei Priester der römischen Kirche, Vincentius und Vitus, den Papst Sylvester vertretend, Hosius von Corduba, Cäcilian von Carthago und einige andere zugegen. Athanasius kam mit seinem Bischof Alexander; und war die vorzüglichste Stütze nicht nur seines Bischofes, der persönlich betheiligt war, sondern des Glaubens der Kirche überhaupt. Auch die arianisch gesinnten Bischöfe etwa zwei und zwanzig waren zugegen. Die vorzüglichsten waren Eusebius von Nikomedien, Maris von Chalcedon, Theognis von Nicäa, Patrophilus von Scythopolis in Palästina, Secundus von Ptolomais, Theonas von Marmarika, Paulinus von Tyrus, und Eusebius von Cäsarea in Palästina; doch dieser darf nicht geradezu unter die Arianer gezählt werden.

Die versammelten Bischöfe bildeten einen höchst ehrwürdigen Senat der Kirche. Es war noch jene Zeit der Einfalt, wo in der Regel derjenige Bischof wurde, der durch frommen Glauben, durch christliches Erkennen, und heiliges Leben sich auszeichnete; der etwa als Martyrer oder Confessor in der Verfolgung ein besonderes Verdienst sich erworben hatte, oder der, was freilich ein seltener Fall seiner Natur nach nur sein konnte, durch die Kraft seines Glaubens, Wunder gewirkt hatte 4). Theodoret bezeuget dies unter Andern von Jakob, Bischof zu Antiochien in Mygdonien, der auch zu Nicäa war. Hosius von Corduba war, wie ich schon berichtet habe, Confessor; dem Bischof Paphnutius einem sehr erleuchteten Manne, war das Auge in der Verfolgung ausgestoßen worden. Constantin bat ihn öfters zu sich, und küßte das verletzte Aug; Eustathius von Antiochien, Paulus Bischof von Neucäsarea am Euphrat, waren gleichfalls in den Verfolgungen Bekenner geworden, und trugen die Merkmale ihrer Standhaftigkeit sichtbar an ihrem Leibe, oder wie Theodoret sagt, die Wundmale Christi. Mit einem Worte,

4) Theodor. hist. l. I. c. 7. ἠσαν δε κατ' ἐκεινον τον χρονον πολλοι μεν ἀποστολικοις χαρισμασι διαπρεποντες.

setzt dieser hinzu, man konnte eine Schaar von Martyrern versammelt sehen. Viele, ja wohl der bei weitem größte Theil der Bischöfe, hatten keine eigentlich gelehrte Bildung erhalten; so war der heilige Spirydion, Bischof zu Trimithunt auf Kreta, Schäfer, und blieb es als Bischof [5]); aber wir wissen, daß er die heilige Schrift fleißig gelesen, daß er fest an der Lehre der Kirche gehalten, und ein recht frommes Leben geführt hat. Die Arianer spotteten nachher oft über eine solche Versammlung; und es war sehr natürlich [6]). Ihr Christus war kein Christus des Glaubens, sondern ein Geschöpf ihrer endlichen Begriffe: darum konnten sie auch nicht einsehen, wie man um Christus wissen könne, wenn man nicht in ihrer Art in der Dialektik gebildet war. Aber die Bischöfe von Nicäa trugen den Heiland in ihrem Herzen; sie wußten, daß er, gleichwie die Kirche stets gelehrt habe, daß er wahrer Gott sei, so auch den alten Menschen neu schaffe, und wahrhaft als Gott sich erweise; das war genug. Der Glaube ist eine Gnade und Kraft Gottes, nicht das Erzeugniß menschlicher Weisheit.

Wenn man wissen will, wie man zur Zeit der Synode von Nicäa von der christlichen Wahrheit überzeugt war, und die meisten Heiden überzeugte, muß man lesen, was die alten Kirchengeschichtschreiber von der Bekehrung eines Philosophen sagen, der mit mehrern Andern eben um diese Zeit nach Nicäa gekommen war. Denn sie wollten sich theils näher mit der christlichen Lehre bekannt machen, theils auch die Christen verwirren; und die Zusammenkunft der Bischöfe in Nicäa schien ihnen für die Erreichung beider Absichten

5) Socrates l. I. c. 12. τοσαύτη τῳ ποιμενι προςῆν όσιοτης, ὡς και ἀξιωθηναι αὐτον και ἀνθρωπων ποιμενα γενεσθαι. Soz. l. I. c. 11. ἐγενετο γαρ οὐτος ἀγροικος — ἀλλ' οὐ παρα τουτο τα θεια χειρων.

6) Socrat. l. 1. c. 8. τους μεν ἐν Νικαιᾳ, ὡς ἀφελεις και ἰδιωτας διεσυρε, sagte er von Sabinus einem Macedonianer, der die Acten des Conciliums gesammelt hatte. S. die Bemerkung des Valesius z. d. St.

ganz angemessen. Einer derselben trat mit besonderem Wortgepränge auf, und spottete der Bischöfe. Da näherte sich ihm ein Confessor, der ganz unbekannt mit der Art der Philosophen war, (τοιουτων δε σκινδαλμων και τερθριας ἀμοιρος ὢν) und eben deßwegen den anwesenden Christen große Angst verursachte; denn sie befürchteten, der fromme Mann möge nur verhöhnt werden. Er aber sprach: «Philosoph, höre im Namen Jesu Christi: Ein Gott ist der Schöpfer Himmels und der Erde, und Alles dessen was sichtbar und unsichtbar ist. Er hat Alles das durch die Macht seines Wortes geschaffen, und durch die Weihe seines heiligen Geistes gekräftiget. Dieses Wort nun, das wir den Sohn Gottes nennen, hat sich des Irrthums der Menschen, und ihres viehischen Lebens erbarmt, wurde aus einem Weibe geboren, und gieng mit den Menschen um, und starb für sie. Er wird aber als Richter der Werke der Menschen wieder kommen. Daß sich das also verhalte, glauben wir ohne weitere Umstände. Gieb dir demnach keine vergebliche Mühe, gegen das, was im Glauben feststeht, Widerlegungen zu suchen, oder über die Art und Weise, wie es geschehen und nicht geschehen könne, zu streiten. Glaubst du aber, so antworte.» Diese Sprache voll von Zuversicht, Einfalt und Kraft, erschütterte den Philosophen, und er sagte: ich glaube. Er dankte dem Alten, und gab den ihm früher gleich gesinnten Philosophen den Rath, auch wie er zu glauben; denn er betheuerte, nicht ohne Gottes Hilfe, sondern durch eine unaussprechliche Kraft angeregt worden zu sein, Christ zu werden. (Soz. l. I. c. 18.) Es ist sehr wahrscheinlich, daß der Anblick der heiligen Väter überhaupt, die um einen Punct ihres Glaubens mit einem erhabenen Ernste und einer ergreifenden Redlichkeit bekümmert waren, von welch' Allem die Philosophen in ihren Angelegenheiten keine leise Spur entwickelten, auf den Philosophen einen großen Eindruck machte, der, wenn er sich ihn auch verhehlte, doch verborgen wirkte, und um sich griff. Als sich aber die beseligende Zuversicht und Bestimmtheit des Glaubens, die ihm die Betrachtung des Ganzen darbot, in dem Bekenner gleichsam concentrirte, und ihm so unmittelbar nahe trat, da konnte er nicht mehr widerstehen, und folgte dem innern Zuge des Vaters, der von Aussen durch die Seinigen auf ihn gewirkt hatte.

Aber das wird uns begreiflich, daß bei solcher Gesinnung die Arianer sich nicht befestigen, und mit ihren dialektischen Künsten keinen Eindruck machen konnten: die unendliche Macht des Glaubens wird durch keine endliche Reflexion wankend gemacht. Diese genannten Männer der christlichen Einfalt, denen sich die Lehre der Kirche unmittelbar im wiedergebornen Gefühle als wahr ankündigte, drangen daher darauf, daß man ohne weitere Untersuchungen der alten Lehre treu bleiben und nichts neuern solle [7]). Aber damit begnügten sich begreiflich Andere, und namentlich die entschiedenen Arianer nicht; denn sie glaubten, wenn es zu Erörterungen käme, könnten sie wohl leicht die Oberhand gewinnen. Allein es waren auch Männer vorhanden, die streng wissenschaftlich gebildet, sich nicht scheuten, in gelehrte Untersuchungen sich einzulassen. Denn so schildert Sozomenus die Bischöfe: « einige zeichneten sich durch ihre Einsicht und die Kunst des Vortrags, durch ihre Kenntniß der heiligen Schriften, und ihre übrige wissenschaftliche Bildung, andere aber durch ihre Frömmigkeit, und noch andere durch beides zugleich aus » [8]). So konnte denn nicht blos der Glaube traditionell festgehalten, sondern wissenschaftlich vertheidigt werden. In Conferenzen vor der eigentlichen feierlichen Sitzung begannen nun die Darstellungen der beiderseitigen Gründe. Arius wurde beigezogen, und mit Sanftmuth und Milde um seine Lehre befragt (πραως και φιλανθρωπως. Ath. de decret.

7) Soz. l. I. c. 17. οἱ μεν, μη νεωτεριζειν παρα την ἀρχηθεν παραδοθεισαν πιστιν συνεβουλευον, και μαλιστα οἱς το των τροπων ἁπλουν ἀπεριεργως εἰσηγειτο προςιεσθαι την εἰς το θειον πιστιν.

8) Soz. l. I. c. 17. cf. Eusebius de vita Const. l. III. c. 9. et Socrat. l. I. c. 8.

Nic. c. 3.) Er bekannte und vertheidigte mit der größten Schärfe seine Lehre: daß der Sohn aus Nichts geschaffen sei, daß er auch zum Bösen sich wenden könne u. s. f. Es wird im Allgemeinen berichtet, daß sich Viele sowohl unter den Bischöfen, als dem übrigen Klerus, den sie mit sich gebracht hatten, im Kampfe gegen Arius und seine Anhänger auszeichneten; aber den heiligen Athanasius nennen die Geschichtschreiber namentlich, während sie die Uebrigen im Allgemeinen unter die «Vielen» zählen. Damals, setzen sie hinzu, wurde er zuerst dem Kaiser und dem Hofe bekannt, aber auch den Arianern verhaßt 9).

Am bestimmten Tage wurde die feierliche Sitzung eröffnet. Constantin selbst fand sich dabei ein, und hielt eine Rede, nachdem, wie Sokrates erzählt, Eusebius von Cäsarea, nach Theodoret aber, Eustathius von Antiochien, was wahrscheinlicher ist, zuerst in einem Vortrage den Kaiser begrüßt hatte. Der Kaiser drückte seine Freude aus, so viele Bischöfe versammelt zu sehen, und bezeugte seinen Schmerz über die entstandene Uneinigkeit; denn, so sagte er, Zerwürfnisse in der Kirche seien die traurigste Erscheinung. Er wünsche, fuhr er fort, daß die Bischöfe, als Prediger des Friedens, in Eintracht den streitigen Punct entscheiden möchten. So geschah es auch. Arius nämlich wurde noch einmal vernommen; die frommen Bischöfe aber hielten ihre Ohren zu, als sie seine Rede hörten; so gotteslästerlich erschienen sie denselben. Auch die Vertheidiger seiner Lehre, die Eusebianer konnten sich nicht gegen die Einigkeit der Bischöfe halten. Ein von ihnen überreichtes Bekenntniß wurde zerrissen. Mit allgemeiner Uebereinstimmung, nur einige Bischöfe, die längst als Arianer bekannt waren, ausgenommen, verwarf die Synode die neue Lehre. Arius selbst wurde, da er der

9) Socrat. l. I. c. 8. τουτοις δε γενναιως ἀντηγωνιζετο Αθανασιος, διακονος μεν της Αλεξανδρεων ἐκκλησιας. σφοδρα δε αὐτον δια τιμης ἡγεν Αλεξανδρος ὁ ἐπισκοπος· διο και φθονος ὡπλισατο κατ' αὐτον. Soz. l. I. c. 17. πλειστον εἰναι ἰδοξε μερος της περι ταυτα βουλης.

Verwerfung seiner Ansichten nicht beistimmen wollte, abgesetzt und der kirchlichen Gemeinschaft beraubt. Der Kaiser aber verbot ihm nach Alexandrien zurückzukehren, und befahl sogar, daß alle seine Schriften verbrannt werden sollten.

Während der Sitzung waren die Arianer, als es zur Darstellung ihrer Ansichten kam, unter sich selbst uneins, wie Athanasius erzählt. (de decret. Nic. c. 3.) Dieser Bericht hat eine innere Wahrscheinlichkeit; denn Einige, die dem Arius nicht gerade abgeneigt waren, wie Eusebius von Cäsarea, stimmten doch auch nicht mit ihm zusammen, wie des letztern Brief zeigt, den er an seine Gemeinde schrieb. So unter sich selbst getheilt, mußte ihre Partei noch mehr an Ansehen und Haltung verlieren. Gewiß hier schon zeigten sich die Keime der spätern Semiarianer. Von diesen gilt nun wohl auch nicht, was von dem Benehmen der Arianer, als es sich um die Verfassung der Formel handelte, die man dem Arianismus entgegensetzen müsse, im allgemeinen berichtet wird. Die Väter nämlich wollten, um sich gegen die Ansicht des Arius, daß der Sohn aus Nichts geschaffen sei, bestimmt zu erklären, die Formel «daß er aus Gott sei» wählen. Aber die Arianer waren damit sehr zufrieden, denn sie dachten sich bei dieser Formel etwas ganz Anderes als die Katholiken. Sie sagten unter sich, Alles sei ja aus Gott, nach I. Kor. 8, 16. II. Kor. 5, 17. Nun brachten die Väter das Wort «Wesen» in Vorschlag, und sagten anstatt «der Sohn sei aus Gott,» er sei «aus dem Wesen des Vaters.» Dies konnte nicht mehr so gedeutet werden, daß auch die Geschöpfe eben so wie der Sohn aus Gott seien [10].

10) De Decret. Nic. c. 19. ἀλλ' οἱ πατερες θεωρησαντες ἐκεινων την πανουργιαν και την της ἀσεβειας κακοτεχνιαν ἠναγκασθησαν λευκοτερον εἰπειν το ἐκ θεοῦ και γραψαι ἐκ της οὐσιας του θεου εἰναι τον υἱον· ὑπερ του μη το ἐκ του θεου κοινον και ἰσον του τε υἱου και των γενητων νομιζεσθαι, ἀλλα ταμεν ἀλλα παντα κτισματα, τον δε λογον μονον ἐκ του πατρος πιστευεσθαι. κἀν γαρ ἐκ του θεου παντα λέγηται· ἀλλ' ἀλλως ἢ ὡς ἐστιν ὁ υἱος, εἰρηται.

Ferner wollten die Bischöfe, daß geschrieben werde, der Logos sei die wahrhafte Kraft Gottes, das Gleichbild des Vaters, diesem in Allem ganz ähnlich, unveränderlich, ewig und unzertrennlich im Vater, jedoch mit eigenem (persönlichem) Bestehen. Allein die Arianer wußten auch diese so bestimmten Ausdrücke nach ihrem Sinne zu deuten. Sie verständigten sich insgeheim dahin, daß man vom Sohne wohl Alles dies aussagen könne, ohne daß er aus der Reihe der Geschöpfe herausgenommen werde. Sie bemerkten unter sich: Gott ähnlich sei auch der Mensch; denn es stehe geschrieben: «der Mann ist das Bild und der Ruhm Gottes;» I. Kor. 11, 7.; auch «ewig» möge der Sohn genannt werden, da es von Allen heiße: «ewig leben wir» II. Kor. 4, 11. «In Gott» sei allerdings auch der Sohn, weil auch die Menschen es seien nach Apostelgesch. 17, 28. Auch das Prädicat unveränderlich möge dem Sohn gegeben werden; da die heil. Schrift sage: «nichts trennt uns von der Liebe Gottes.» Auch die Formel «Kraft Gottes» verhöhnten sie nach der schon früher bemerkten Weise.

Athanasius bemerkt weiter: «indem die Väter diese Heuchelei bemerkten, wollten sie auch den Sinn, den sie mit jenen biblischen Worten verbanden, bestimmter und klarer (λευκοτερον) bezeichnen und sagten: ««der Sohn sei gleiches Wesens mit dem Vater.»» Sie wollten dadurch ausdrücken, daß der Sohn nicht nur dem Vater ähnlich, sondern als sein Ebenbild derselbe wie der Vater sei; daß er aus dem Vater, und daß die Aehnlichkeit des Sohnes und seine Unveränderlichkeit eine andere sei, als die unsrige; da sie bei uns nur etwas Erworbenes wäre, und aus der Erfüllung der göttlichen Gebote entstehe. Ferner wollten sie damit bezeichnen, daß seine Zeugung eine andere als die der menschlichen Natur angemessene sei, daß er nicht nur dem Vater ähnlich, sondern unzertrennlich vom Wesen des Vaters, daß er und der Vater ein und derselbe seien; gleichwie der Sohn selbst sagt: er sei im Vater und der Vater in ihm; endlich daß sie sich zu einander verhalten wie die

Sonne zu ihrem Glanze. Das also bezeichnet die Formel der Synode, bemerkt er weiter, und richtig hat sie «gleiches Wesens» geschrieben, damit sie den bösen Sinn der Häretiker vernichte, und zeige, der Logos sei verschieden von den Geschöpfen. Darum setzte sie sogleich hinzu: «diejenigen, die sagen: der Sohn Gottes sei aus Nichts, oder geschaffen, oder veränderlich, oder ein Gemachtes, oder andern Wesens, die verwirft die katholische Synode» Klar ist es also, daß man durch die Worte: «aus dem Wesen, und gleiches Wesens,» nur die gottlosen häretischen Worte: «Geschöpf,» «Gemachtes,» «geworden,» «veränderlich,» «er war nicht bevor er gezeugt wurde,» zerstören wollte. Wer aber nicht arianisch gesinnt ist, muß nothwendig mit der Synode übereinstimmen.» (de decret. Nic. c. 20.) So also entstand die Formel von Nicäa. Man sieht hieraus klar, daß die Synode nur die Häretiker abwehren wollte, und gar nichts — das Gebiet der Speculation berührendes niederschrieb, sondern sich rein auf dem historischen Boden, und dem christlichen Interesse erhielt. Ein jeder aber, der die vornicäischen Väter mit Bedacht gelesen hat, wird anerkennen müssen, daß eine völlige Identität ihres Glaubens mit dem der Väter von Nicäa statt finde; und daß diese sich blos klarer und bestimmter, wie Athanasius sagt, ausgesprochen haben. Endlich leuchtet auch ein, wie ungern die letzteren zur Festsetzung einer Formel schritten, die nicht buchstäblich in der heiligen Schrift enthalten war; daß sie keineswegs leichtsinnig verfuhren, sondern nur durch die äusserste Nothwendigkeit gezwungen, überhaupt eine Formel aufstellten.

Nur wenige arianische Bischöfe, Eusebius von Nikomedien, Maris von Chalcedon, Theognis von Nicäa, Theonas von Marmarika und Secundus von Ptolomais, nach Socrates; nach Sozomenus aber, der auch noch durch anderweitige Gründe unterstützt ward 11), blos die beiden letztern,

11) Siehe Valesius zu Sokrat. l. I. c. 8. n. g. (und zu Sozom. l. I. c. 21. n. a)

waren am Ende noch der Formel entgegen, und zwar wie sie sagten, blos des ὁμοουσιος wegen. Die Gründe aber, die sie für ihre Weigerung anführten, sind Vorwürfe darüber, daß man meinen könne, man habe sich das Hervorgehen des Sohnes aus dem Vater auf eine sinnliche Weise zu denken [12]). Aber deßungeachtet wurde auch gegen Eusebius von Nikomedien und Theognis, das Absetzungsurtheil von ihrem bischöflichen Amte ausgesprochen, und die Strafe des Exiliums über sie vom Kaiser verhängt. Die Gemeinden von Nikomedien und Nicäa erhielten auch vom Kaiser die Weisung, rechtgläubige Bischöfe anstatt der bisherigen zu wählen. Der Grund war, weil sie nicht blos dem Bekenntniß von Nicäa beipflichten, sondern auch die Anathematismen gegen die arianische Lehre unterzeichnen sollten, was sie ablehnten. Secundus aber und Theonas weigerten sich sowohl das Bekentniß anzunehmen, als auch und noch vielmehr die Anathematismen zu unterschreiben.

Einen besondern Weg schlug Eusebius von Cäsarea ein. Er hatte dem Arius sich vielfach günstig erwiesen; er hatte sogar bei den ersten Bewegungen desselben an einen gewissen Euphration geschrieben, « Christus sei nicht wahrer Gott » (ὁτι ὁ χριστος οὐκ ἐστιν ἀληθινος θεος Ath. de Synod. c. 17.) Obschon Eusebius der gelehrteste Mann seiner Zeit war, so war doch ein strenges durch und durch consequentes Denken seine Sache nicht: noch weniger hatte er das Christenthum in seiner ganzen Tiefe klar aufgefaßt. Doch davon weiter unten. Wie er die große Masse dessen, was er in sich und in seinen Schriften aufgehäuft hatte, nie recht zu einem wahrhaft organischen Ganzen zu verbinden wußte, was bei großen Litteratoren häufig der Fall ist; so war auch sein christliches

---

12) Socrat. l. l. ἐπει γαρ ἐφασαν, ὁμοουσιον εἰναι, ὁ ἐκ τινος ἐστιν, ἠ κατα μερισμον, ἠ κατα ῥευσιν, ἠ κατα προβολην· κατα προβολην, ὡς ἐκ ῥιζων βλαστημα· κατα δε ῥευσιν, ὡς οἱ πατρικοι παιδες· κατα μερισμον δε, ὡς βωλου χρυσιδες δυο ἠ τρεις· κατ' οὐδεν δε τουτων ἐστιν ὁ υἱος.

Gefühl im Gegensatz mit seinem Denken: sein ganzes inneres Sein, sein geistiges Leben war nicht in völliger Harmonie. Aber der Wahrheit, sobald und so gut er sie begriff, widersetzte er sich nicht. Als er daher zu Nicäa von Athanasius u. a. eine Darstellung des christlichen Glaubens vom Logos vernahm, die das, was das tiefe christliche Gefühl und die stete Tradition aussagten, mit aller möglichen Schärfe und strengen Consequenz entwickelte, so entzog er sich dieser ihm entgegenkommenden Macht der Wahrheit, insoweit er sie auffaßte, nicht. Er verlangte nur sich bedenken zu dürfen, und das Ergebniß war, daß das Bekenntniß von Nicäa richtig sei [13].

Es war aber offenkundig, daß er den Arianern nicht abgeneigt war; der Ausgang der Synode war zu beschämend für des Arius Beschützer; er warf ihnen wenigstens große Unbesonnenheit vor. Das Gerücht von der Entscheidung der arianischen Sache schien ihm bei seiner Gemeinde schaden zu können: er entschloß sich daher derselben «weil sich allerlei Gerüchte verbreitet haben möchten,» den wahren Verlauf der Sache zu beschreiben. Aber er war noch nicht, so demüthigend auch Alles für ihn war, demüthig genug geworden. Sein Bericht an seine Gemeinde hat keine Wahrheit. Stets hebt er den Kaiser allein hervor; der Kaiser empfiehlt die Formel «gleiches Wesens» und erklärt und vertheidigt sie, wie wenn er der geübteste Theolog wäre, die Theologen selbst aber gar keinen Antheil an der Sache gehabt, und sich völlig leidend benommen hätten; er verschweigt, wie Viele auf seiner Seite standen, wie Viele auf der andern, daß es seine Partei, wenn auch nicht er, so unredlich gemeint, und durch Irrgänge aller Art die Redlichkeit und Einfalt der Bischöfe zu täuschen gesucht; er stellt die Sache so dar, als wenn es blos auf die Formel «ὁμοουσιος» nicht auf ihre Bedeutung angekommen wäre; und

13) Socrat. I. 8. τοτε δε Ευσεβιος — μικρον ἐπιστησας και διασκεψαμενος εἰ δει προςδεξασθαι τον ὁρον τες πιστεως.

umgeht es also, daß die Arianer ihrem Sinne entgegen waren, und so erst der Formel. Worin mag der Grund von solchem Benehmen des Eusebius liegen? Man kann sich kaum der Vermuthung enthalten, daß er, der große gelehrte Bischof, von einem gewissen falschen Schamgefühl irregeleitet, nicht eingestehen wollte, daß es noch tiefere und einsichtsvollere Theologen, als er war, in der Kirche gegeben habe; daß es ihm darum ehrenvoller schien, die Sache so hinzustellen, daß er von einem Kaiser, als daß er von Theologen belehrt worden sei. Aber sein Bericht an seine Gemeinde ist immerhin ein sehr wichtiges Document für die Geschichte der Synode von Nicäa; und er gehört darum in seinen wichtigsten Theilen hieher. Wir sehen daraus, daß er ein eigenes Glaubensbekenntniß eingereicht hatte, welches also lautete: «Wie wir den Glauben von den Bischöfen, unsern Vorfahrern, im ersten Religionsunterricht, und als wir getauft wurden, empfangen, und aus den heiligen Schriften ihn erlernt, wie wir als Priester und Bischöfe geglaubt und gelehrt haben, so glauben wir auch jetzt, und legen euch unsern Glauben also dar:» Wir glauben an einen Gott, den allmächtigen Vater, den Schöpfer aller Dinge, der sichtbaren und unsichtbaren, und an einen Herrn Jesum Christum das Wort Gottes, Gott aus Gott, Licht aus dem Lichte, Leben aus dem Leben, den eingebornen Sohn, den Erstgebornen der Schöpfung, der vor allen Zeiten aus Gott dem Vater gezeugt wurde; durch welchen auch Alles geschaffen worden, der zu unserer Erlösung Fleisch geworden, und unter uns gewohnt hat; der gelitten und am dritten Tage auferstanden, der zum Vater zurückgekehrt ist, und wiederkommen wird in Herrlichkeit zu richten die Lebendigen und die Todten. Wir glauben auch an den heiligen Geist. Wir glauben, daß ein Jeder von diesen bestehe, der Vater als wahrhafter Vater, der Sohn als wahrhafter Sohn, der heilige Geist, als wahrhafter heiliger Geist, gleichwie auch unser Herr, die Apostel zur Predigt aussendend, gesagt hat: «Gehet hin und lehret alle Völker und taufet sie im Namen des Vaters, des Sohnes, und des heiligen Geistes.» Wir bekräftigen, daß wir so gesinnet sind und denken, immer so gesinnt gewesen und bis zum Tode diesen Glauben vertheidigen werden. Wir verdammen deßwegen eine jede gottlose Häresie. Wir bezeugen bei dem allmächtigen Gott, und unserm Herrn Jesus Christus, daß wir stets also von ganzem Herzen gesinnet gewesen, seitdem wir das Selbstbewußtsein haben, und jetzt in Wahrheit so denken und sprechen. Wir können beweisen und euch überzeugen, daß wir auch früher so geglaubt und gelehrt haben.» Er erzählt nun wie Constantin diese Formel gebilligt und bezeugt habe, daß auch er so denke; nur habe er Alle aufgemuntert, die Formel des Conciliums zu unterschreiben, (die Eusebius auch anführt); durch ὁμοουσιος, habe der Kaiser ferner gesagt, würden keine körperlichen Affectionen angedeutet, denn eine unmaterielle geistige Natur vertrage sich nicht mit körperlichem Leiden; die Formel entferne nur jede Aehnlichkeit mit geschaffenen Wesen (και ὁμεν σοφωτατος, και εὐσεβης ἡμων βασιλευς τοιαδε ἐφιλοσοφει). Den Ausdruck «gezeugt und nicht gemacht» (geschaffen) hätten sie auch gebilligt, weil das Letztere den Geschöpfen zukomme, die durch den Sohn ihr Dasein hätten. Auch sage die Schrift, er sei gezeugt; die Art der Zeugung aber, habe der Kaiser gesagt, sei unaussprechlich. Auch die Anathematismen nach dem Bekenntnisse hätten sie nicht für beschwerlich gehalten und für Unrecht, weil in ihnen nur verboten wäre, sich nicht geschriebener Worte zu bedienen; das «er ist aus Nichts, es war eine Zeit, in der er nicht war,» stehe in keiner göttlichen Schrift. Dann sei es ja gewiß, daß der Sohn schon vor seiner Geburt, dem Fleische nach, gewesen sei; daher sei mit Recht der Ausdruck verworfen worden: «er war nicht, bevor er gezeugt wurde.» Auch habe der Kaiser bewiesen, daß der Sohn vor allen Zeiten gewesen. Denn bevor er ἐνεργειᾳ gezeugt wurde, sei er δυναμει ungezeugt im Vater gewesen. Endlich sagt Eusebius, daß sie sich bis auf das Aeusserste widersetzt hätten; bis ihnen klar geworden wäre, daß Alles einen guten Sinn habe [14]). So schrieb Eusebius seiner Gemeinde. Uebrigens ist leicht zu bemerken, daß Eusebius in seinen Erklärungen, die er der Formel von Nicäa giebt, nicht immer mit dem Sinne der Synode übereinstimmt [15]).

Auch einen Bischof der novatianischen Secte, Ascesius genannt, hatte der Kaiser nach Nicäa berufen. Nachdem die ganze Versammlung einstimmig gegen Arius sich erklärt, und den katholischen Glauben ausgesprochen hatte, befragte Constantin auch ihn ob er einstimme. Er antwortete: «Nichts Neues, o Kaiser, ist von der Synode beschlossen worden. Denn also wurde mir von Anfang an, von den apostolischen Zeiten herab der Glaube überliefert.» Es war dies keine Erwiederung, die dem Kaiser zu gefallen gegeben wurde. Denn in dem Puncte worin er von der katholischen Kirche abwich, erklärte er sich frei und offen. Der Kaiser fragte ihn nämlich: «warum also trennst du dich von der Gemeinschaft der Kirche?» Er sagte: «Sünder, die Vergehungen begangen hätten, welche von der heiligen Schrift Sünden zum Tode genannt würden, dürften nicht zur Gemeinschaft der Sacramente zugelassen werden. Zur Buße zwar müsse man sie einladen; aber die Hoffnung, daß ihnen ihre Sünden vergeben seien, könnten ihnen nicht die Priester geben, sondern Gott allein, der die Macht Sünden zu vergeben habe.» So blieb er also im Angesichte des Kaisers, seinen Grundsätzen treu, und würde gewiß auch die Wahrheit des nicäischen Symbolums nicht anerkannt haben, wenn es nicht seine innige Ueberzeugung, die Lehre seiner Gemeinde gewesen wäre. (Socrat. l. I. c. 10.)

---

14) Ath. de decretis Nic. am Ende. Sozom. l. I. c. 8. Theodor. l. I. c. 12.

15) Siehe Henric. Vales. ad Theodor. l. I. c. 12. n. g. Hier bemerkt Valesius auch richtig, daß Sokrates in seinem Berichte die Erklärungen, die gegen den Sinn der Synode von Eusebius gegeben wurden, ausgelassen habe.

Das Concilium erließ nun ein Sendschreiben an die Kirche von Egypten, in welchem es diese zuvörderst von seinen Beschlüssen gegen Arius benachrichtigte. Gegen die Meletianer, heißt es in demselben, sei festgesetzt worden, daß Meletius selbst zwar den Ehren-Namen eines Bischofes beibehalten dürfe, daß ihm aber das Recht benommen sei, zu ordiniren, oder Wahlen in den Klerus vorzunehmen. Seine Anhänger sollten unter der Bedingung wieder aufgenommen werden, daß sie sowohl ihre Würde als ihr Amt behalten; jedoch müßten die meletianischen Bischöfe an den Kirchen, bei welchen sie angestellt seien, die zweite Stelle nach den Bischöfen einnehmen, die stets die Gemeinschaft bewahrt hätten, eben so sei es auch mit den meletianischen Presbytern und Diakonen zu halten. Sie sollten auch die passive Wahlfähigkeit zu höhern Aemtern, wenn sie anders sonst würdig seien, aber keine active haben; jeden Falles aber müsse der Bischof von Alexandrien ihre Wahl bestätigen, der ihnen auch jetzt noch einmal eine würdigere Händeauflegung ertheilen müsse (μυστικωτερᾳ χειροτονια βεβαιωθεντες). Wir werden sehen, daß diese milden Bestimmungen ihres Zweckes verfehlten. Auch theilt das Synodalschreiben den Alexandrinern mit, daß beschlossen worden sei, das Osterfest allenthalben nach der Weise der Römer, zu feiern. Endlich wird die alexandrinische Kirche zur Freude aufgefordert, weil die Häresie vernichtet, und Eintracht und Friede in der ganzen Kirche wieder hergestellt sei; die Synode spricht die Erwartung aus, daß Alexander, der der ganzen Synode so viele Freude durch seine für den Frieden der Kirche so angestrengte Thätigkeit gemacht habe, mit innigem Wohlwollen von den Gläubigen der alexandrinische Kirche werde empfangen werden. (Socrat. l. I. c. 9.) So fest war die Synode überzeugt, daß alles beendigt sei!

Auch Constantin schrieb der Kirche von Alexandrien. Er freuet sich, daß durch Gottes Leitung alle Christen von dem Irrthum befreiet, einen Glauben bekennen; daß der Glanz der Wahrheit gesiegt und mit Mund und Herz Ein

Gott geglaubt werde. Constantin drückt sich nun richtiger als früher über die Wichtigkeit der vorliegenden Frage aus. «Wie Arges und Gefährliches (ἠλικα και ὡς δεινα) haben Einige, sagt er, von unserm großen Heiland, von unserer Hoffnung und unserm Leben gelehrt.» Wir sehen hieraus, daß die Untersuchung wahrhaft christlich und kirchlich zu Nicäa geführt wurde. «Laßt uns also, fährt er fort, die Gesinnung ergreifen, die der Allmächtige uns dargeboten; laßt uns zurückkehren zu den geliebten Brüdern, von welchen uns ein schamloser Diener des Satans getrennt hat; zu unserm gemeinschaftlichen Leibe, zu unsern natürlichen Gliedern laßt uns zurückkehren mit aller Sehnsucht. Das ist eurer Weisheit, eurem Glauben, eurer Frömmigkeit angemessen. Was die dreihundert Bischöfe beschlossen haben, ist nichts Anderes als Gottes Stimme, (του Θεου γνωμη) zumal der heilige Geist sich den Gemüthern so würdiger und edler Männer eingesenkt, und Gottes Willen ihnen eröffnet hat. So kehret denn mit freudigem Eifer zurück, auf daß ich, sobald ich zu euch komme, dem allwissenden Gott mit euch Dank sage, weil er den wahren Glauben uns eröffnet und die ersehnte Liebe wieder hergestellt hat. Gott behüte euch geliebte Brüder.» (Socrat. l. I.) Ein schönes, heiteres, höchst erfreuliches Verhältniß, in welchem sich der erste christliche Kaiser zu seinen Mitbrüdern in Christo anschaute! Er ist persönlich bei ihren wichtigen Angelegenheiten interessirt; als Christ nimmt er Theil an dem Wohle Aller, die zur Kirche gehören. Welche Umänderung hat das Christenthum in dem Verhältnisse der Fürsten zu ihren Unterthanen hervorgebracht! Es giebt einen Punct, wo er ihnen gleich ist, als Bruder in Christo, als Glied eines Leibes, der Kirche. Er nennt sich ihren Mitknecht (συνΘεραπον ὑμετερος, εἱς ἐξ ὑμων)! Aber er maßet sich nicht als Fürst an, über die Kirche zu herrschen; er überläßt ihre Leitung denen, welchen Christus die Sorge für seine Heerde anvertraut hat. Die allgemeine Kirche spricht sich in den Bischöfen aus, und der Kaiser gehorchet als Christ, und freuet sich selbst, die beseligende

Wahrheit gefunden zu haben. Denn nicht auf den dreihundert Bischöfen, auf ihrer Zahl beruhet der Nachdruck; sondern darauf, weil die gesammte Kirche in ihnen, den vom heiligen Geiste Erleuchteten, erschien. Daher berief er aus allen Theilen der Kirche die Bischöfe, wenn auch nicht Alle erscheinen konnten. Das ist nun die Geschichte der Synode von Nicäa.

Wenn aber gleich so viel Anschein zum Frieden der Kirche vorhanden war, so dauerte er doch nicht lange. Die Arianer fanden bald Gelegenheit sich wieder emporzuschwingen, und was in ihnen, wenn gleich nur verborgen zurückgeblieben war, förderten sie bald wieder zu Tage. Athanasius sah sich daher im Verlaufe ihrer Bewegungen gezwungen, seine Gründe, die er gegen die Arianer mündlich schon vorgetragen hatte, schriftlich aufzusetzen, und weiter auszuführen, um die Lehren der Arianer in weiterm Kreise unschädlich zu machen. Wir können aber die Beweisführungen des Athanasius gegen die Arianer in drei Klassen eintheilen. In die erste setze ich jene, die zeigen, daß der Arianismus mit den Gefühlen, Hoffnungen, Erwartungen und Anschauungsweisen der Christen streite. In die zweite Klasse, die speculativ-dialektischen, denen jedoch durchgängig die Aussagen der heiligen Schrift von der höhern Natur Christi zu Grunde liegen. In die dritte endlich, die Widerlegung der Gründe, die die Arianer aus der heiligen Schrift für sich ableiteten.

Athanasius drückt den Charakter der arianischen Bestrebungen treffend aus, wenn er sagt: anstatt zu fragen, warum Christus, obschon Gott, Mensch geworden sei, fragten sie, warum er, da er Mensch wäre, Gott geworden sei; sie machten es gerade, setzt er hinzu, wie die Pharisäer, die, wenn sie auch die offenbarsten Zeichen der göttlichen Sendung des Heilandes gesehen hätten, doch ungelehrig geblieben wären, fragend: warum machst du, der du Mensch bist, dich selbst zum Gott? Da sie vielmehr die Werke Christi sehend, Gottes Barmherzigkeit erkennen, und seinen Haushalt hätten bewundern sollen. (de decret. Nic. c. 1.)

Athanasius war überzeugt, daß die Arianer gar keinen wesentlichen Punct des Christenthums würdigen, den Vater nicht kennen, die Menschwerdung des Sohnes, und eben so wenig den heiligen Geist verstehen, und die Auferstehung fassen könnten, wenn sie nicht den wahren Glauben von der Person des Erlösers hätten. (orat. I. c. Ar. c. 8.) Diese Betrachtungsweise der Sache wird sehr begreiflich, wenn man sich erinnert, wie Athanasius in seiner Schrift von der Menschwerdung Alles dies so innigst verknüpft darstellte. In folgenden Betrachtungen spricht er sich näher aus, wie er es meinte. Er sagt aus der Vorstellung der Arianer, daß der Sohn, selbst ein Geschöpf, die Welt erschaffen habe, weil die Welt Gottes unmittelbare Einwirkung nicht ertragen könne, folge unmittelbar, daß die Welt gar nicht mit Gott in Verbindung stehe; da nach ihr ein von außen kommendes Wesen sie hervorgebracht habe (ἐξωϑεν ἐπειςαγομενος ἐστι και ξενος ἀυτου). Und mit Recht empörte sich der christliche Glaube gegen eine solche Vorstellung. (orat. I. c. Ar. c. 17.) Indem aber dieser sich hierbei nicht beruhigen konnte, folgte auch nothwendig, daß der Logos, durch den Alles geschaffen wurde, was die Arianer nicht läugnen konnten, ein in der göttlichen Natur selbst gegründetes Verhältniß, nichts von Außen Herzugekommenes, erst Erschaffenes sei.

Wir erkennen den Vater, bemerkt Athanasius ferner, nur durch den Sohn; ist nun der Sohn nicht wahrhafter Gott und dem Wesen nach Eins mit dem Vater, so erkennen wir den Vater gar nicht, und umgekehrt, haben wir im Sohne die wahre Erkenntniß des Vaters Joh. 14, 6., 9, 10., so ist der Sohn gleiches Wesens mit ihm [16]). Daß wir den

16) Orat. I. c. 16. διο αὐτος και ὁ πατηρ ἐν εισι, και γαρ ὁ τουτον βλεπων, βλεπει και τον πατερα. — ἡ γαρ του υἱου ἐννοια και καταληψις γνωσις ἐστι του πατρος· δια το ἐκ της οὐσιας αὐτου ειναι γεννημα. Hieher gehört ferner, was Athanasius in seiner Schrift gegen die Heiden sagte, wo er den gnostischen Demiurg deßwegen bestritt, weil man sonst in der Schöpfung Gott nicht erkenne.

Vater wahrhaft im Sohne kennen gelernt haben, ist gewiß ein den Christen wesentliches Interesse, welches der Arianismus verletzt. Um aber den eigentlichen Sinn des Athanasius zu fassen, muß man sich erinnern, daß er keineswegs meinte, bloß durch die Lehre des Erlösers hätten wir den Vater kennen gelernt, sondern daß er das ganze Leben desselben als unmittelbare Darstellung von dem Dasein eines heiligen über die Natur erhabenen Gottes betrachtete. Daher ist ihm die Erkenntniß des Sohnes die des Vaters, und darum Beide dem Wesen nach gleich.

Der Glaube an Gott, sagt Athanasius weiter, ist seiner Natur nach Eins in sich, er ist nicht getheilt; er ist schlechthin Einer und Derselbe. Dieses bemerkt er sehr fein gegen die Arianer, weil sie nicht einen und denselben Glauben an den Vater und den Sohn haben könnten, indem der Vater nur eigentlich Gott, der Sohn Geschöpf sei, und der Christ doch auch an diesen glaube; indem Vater und Sohn nicht Ein Gott seien, jener nicht in diesem, dieser nicht in jenem geschaut werde, würden zwei sich entgegengesetzte unverträgliche Elemente in den an sich einen und denselben Act des Gemüthes aufgenommen 17). Ich zähle wohl mit Recht auch diese Bemerkungen des Athanasius unter die aus dem Wesen des Christenthums entwickelten, weil es gerade diesem eigenthümlich ist, die frühere Zerrissenheit des Gemüthes, die Theilung desselben unter die verschiedenen Götter aufgehoben, und die wahre Einheit des gläubigen Gemüthes in sich selbst durch den Glauben an einen Gott wiederhergestellt zu haben.

17) Orat. III. c. 16. δυο δε πιστεις ἐχειν, μιαν μεν εἰς τον ἀληθινον θεον, ἑτεραν δε εἰς τον ποιηθεντα και πλασθεντα παρ' αὐτου και λεχθεντα θεον· ἀναγκη δε οὑτως τυφλωθεντας αὐτους, ὁτε μεν προςκυνουσι τῳ ἀγενητῳ καταντιζεσθαι τον γενητον, ὁτε δε προσερχονται τῳ κτισματι, ἀποστρεφεσθαι τον κτιστην· ὀυ γαρ ἐστιν ἰδειν τουτον ἐν ἐκεινῳ, δια το ξενους και διαφορους ἀυτων εἰναι τας τε φυσεις και τας ἐνεργειας.

Daher wirft er ihnen geradezu Polytheismus vor, dessen Aufhebung ja gerade das eigenthümliche Verdienst des Christenthums war. Er sagt, weil sie vom Sohn die Vorstellung hätten, daß er ein Geschöpf, etwas von Außen her Entstandenes sei, und ebenso vom heiligen Geiste, (ὁτι ἐξωθεν τον ὑιον κτισμα και παλιν το πλευμα ἑκιου μη ὀντυς βαττολογουσι) beide aber doch als Gott verehrten, so führten sie nothwendig mehrere Götter wieder ein (πολλούς ἀν εἰσαγοιεν δια το ἑτεροειδες αὐτων).

Derselbe Vorwurf kommt in einer andern sehr scharfsinnigen Wendung wieder zum Vorschein. Er sagt: «wir bedurften eines Erlösers, der von Natur unser Herr ist; damit wir nicht durch die Erlösung abermal Sklaven eines Götzen werden 18).» Athanasius geht nämlich von dem tiefen Verderbniß des Menschen aus, und nimmt an, daß sich die Menschen, gegen ihren Erlöser von demselben so verpflichtet fühlen, daß sie ihn als Gott verehren. Wäre demnach der Erlöser nicht in der That wahrer Gott, so würden die Menschen nur in eine neue Abgötterei verfallen sein, und zwar durch jene göttliche Veranstaltung, durch welche sie von derselben befreit werden sollten. Aus dem factischen Bestande

18) Orat. II. c. Ar. c. 16. δι' ἀνθρωπον δε ψιλον τουτο ποιησαι ἀπρεπες ἠν, ἱνα μη ἀνθρωπον κυριον ἐχοντες, ἀνθρωπολατραι γενωμεθα· cfr. c. 16. ὀυ γαρ ἐπρεπε δι' ἑτερον την λυτρωσιν γενεσθαι ἀλλα δια τον φυσει κυριον, ἱνα μη δια υἱου μεν κτιζωμεθα, ἀλλον δε κυριον ὀνομαζωμεν, και πεσωμεν ἐις την ἀρειάνην και την Ἑλληνικην ἀφροσυνην, κτισει λατρευοντες παρα τον κτισαντα θεον. Dasselbe Argument findet sich auch bei Anselm. cur Deus homo l. I. c. 5. An non intelligis quia quaecunque alia persona hominem a morte aeterna redimeret, ejus servus idem homo recte judicaretur? Quod si esset, nullatenus restauratus esset in illam dignitatem, quam habiturus erat, si non peccasset: cum ipse, qui non nisi Dei servus et aequalis Angelis bonis per omnia futurus erat, servus ejus esset, qui Deus non esset, et cujus Angeli servi non essent. In diesem einen Argument sind zwei verflochten; nur die eine Hälfte findet sich bei Athanasius.

der göttlichen Verehrung Christi, die sich in der ganzen Geschichte der Kirche wieder findet, verbunden mit der Ueberzeugung, daß das Christenthum göttliche Anstalt sei, schließt er demnach, daß Christus nicht nach der Vorstellung der Arianer gedacht werden dürfe, weil sonst die göttliche Anstalt mit ihrer Wirkung in Widerspruch gesetzt würde. Freilich ist das ein Argument, das blos vom katholischen Standpunct aus geführt, und verstanden werden kann; denn wer die Ueberzeugung hat, daß die Kirche nicht die Verwirklichung und ununterbrochene, reine Fortsetzung dessen sei, was Christus angeordnet hat, mit einem Worte, daß die Kirche nicht unfehlbar sei, wird diesen Beweis nicht für sich gebrauchen können. Aber daraus folgt nur, daß der, welcher diese Ueberzeugung nicht hat, überhaupt nichts objectiv Wahres und Gültiges von Christus aussagen kann: eben nach der Voraussetzung, daß die Wirkungen der göttlichen Erlösung in Christus selbst in wesentlichen Puncten mit ihren Absichten in Widerspruch stehen können.

Der Zweck der Erlösung, sagt Athanasius weiter, ist die Wiedervereinigung der Menschen mit Gott; ist nun der Sohn ein Geschöpf, so blieb auch der Mensch im Tode, ohne mit Gott vereinigt zu werden; denn kein Geschöpf kann mit Gott vereinigen, da es selbst des Mittlers bedarf. Der Erlöser, der Mittler ist daher wahrhaft Gott [19]. — Ich muß hiebei darauf aufmerksam machen, daß Athanasius eine reelle Vereinigung des Menschen mit Gott annimmt, keine blos mechanische durch Lehre und Begriffe und ihre Wirkung auf den Willen; diese geheimnißvolle Verbindung mit Gott nun, sagt er, konnte Niemand geben als Gott selbst.

Dieses Argument gegen die Arianer kehrt in den mannichfaltigsten Formen wieder. Niemand Anderer als Gott

---

19) Orat. II. c. 69. παλιν δε, εἰ κτισμα ἠν ὁ υἱος, ἐμενεν ὁ ἀνθρωπος οὐδεν ἡττον θνητος, μη συναπτομενος τῳ θεῳ. οὐ γαρ κτισμα συνηπτε τα κτισματα τῳ θεῳ, ζητουν και αὐτο τον συναπτοντα.

selbst konnte uns mit dem göttlichen Geist verknüpfen; niemand Anderer uns wahrhaft vergöttlichen, als der, der Gott in sich selbst ist [20]; Niemand uns wahrhaft heiligen, weil eben die Heiligung nur durch den göttlichen Geist in uns bewirkt wird [21]; kein Anderer kann uns die Sohnschaft Gottes geben, als der, der von Natur Sohn ist (orat. I. c. 37—38.)

Athanasius beruft sich auf Johannes 8, 35.: «wenn euch der Sohn befreit, dann seid ihr wahrhaft frei.» Die Arianer konnten keine eigentliche Befreiung von der Sünde durch den Heiland annehmen, eben weil sie ihn für ein bloßes Geschöpf hielten; eine bloße Ankündigung der Sündenvergebung durch ihn, glaubten sie ja nur. (orat. II. c. 68.) Athanasius entgegnet weiter, wie schon in seiner Schrift von der Menschwerdung den Heiden, daß es nicht darauf abgesehen sein konnte, dem Menschen blos die Versicherung, daß ihm die Sünde vergeben werde, zu geben, während er stets der Knechtschaft der Sünde unterworfen bleibe [22]. Er setzt dann hinzu: «damit das nicht geschehe, hat Gott seinen eigenen Sohn gesendet; er wurde des Menschen-Sohn, und nahm den erschaffenen Leib an damit, weil Alle dem Tode unterworfen waren, er als ein von ihnen Verschiedener (*ἀλλος ὡν των παντων*) seinen eigenen Leib (die Menschheit)

20) Orat. I. c. 49. οὐδε ἀλλου ἠν, συναψαι τον ἀνθρωπον τῳ πνευματι τῳ ἁγιῳ — — ἀγγελων μει παραβαντων, ἀνθρωπον δε παρακουσαντων. Orat. II. c. 70. ὀντως γαρ και προςελαβετο το γενητον και ἀνθρωπινον σωμα, ἱνα τουτο ὡς δημιουργος ἀνακαινισας ἐν ἑαυτῳ θεοποιηση.

21) Orat. II. c. 14. ἐλεησας και πασι θελων γνωθεναι, ποιει τον ἑαυτον υἱον ἐνδυσασθαι σωμα ἀνθρωπινον, και γενεσθαι ἀνθρωπον, ἱνα ἐν τουτῳ ἑαυτον προςενεγκας ὑπερ παντων, τους παντας ἐλευθερωσῃ ἀπο της θεοπλανησιας και της φθορας και παντων γενηται και βασιλευς αὑτος. — Χριστος πεποιηται, τουτ' ἐστι εἰς το ἁγιαζειν τῳ πνευματι παντας.

22) L. l. ἀει ἁμαρτανοντες, ἀει ἐδεοντο του συγχωρουντος, και οὐδεποτε ἠλευθερουντο σαρκες ὀντες καθ' ἑαυτους, και ἀει ἡττωμενοι τῳ νομῳ δια την ἀσθενειαν της σαρκος.

dem Tod für Alle übergebe; denn in ihm sind Alle gestorben und der Fluch hörte auf. Alle werden sofort durch ihn frei von der Sünde und dem Fluche derselben, wahrhaft bleiben sie auferstanden von den Todten, angethan mit Unsterblichkeit und Unvergänglichkeit. Denn indem der Logos die Menschheit annahm, so hat, wie oft schon gesagt, jeglicher Stich der Schlange durch dieselbe aufgehört. Das Böse, das aus den Bewegungen des Fleisches hervorsproßte, wurde abgeschnitten, und mit ihnen der Begleiter der Sünde, der Tod, hinweggenommen, denn so sagt der Herr: «der Fürst dieser Welt kömmt, und findet nichts in mir.» Joh. 14, 30. Und abermal heißt es: «deßwegen ist er erschienen, damit er Satans Werke löse.» (Joh. 7. 8.) Indem nun diese Werke von den Menschen gelös't sind, so werden wir Alle durch die Verwandtschaft mit ihm befreiet und mit dem Logos verknüpft. Mit Gott aber verbunden, bleiben wir nicht mehr auf der Erde; sondern, wie er selbst gesagt hat, wo er ist, sind auch wir. So fürchten wir die Schlange nicht mehr, denn sie ist durch die Menschwerdung des Erlösers vernichtet. In Christus sind wir eine neue Schöpfung, und in Christo ist für uns keine Furcht und keine Gefahr.» Mit solchen Argumenten war freilich zugleich den Arianern zugemuthet, daß sie durch die eigene Erfahrung wüßten, durch den Glauben an Jesus Christus und die Verbindung mit ihm sei den Gläubigen die Kraft gegeben, nicht blos Vergebung der Sünde zu glauben, sondern ihr zu widerstehen; eine Zumuthung, die freilich die Arianer nicht anerkannten, wie aus ihrem ganzen Streit gegen die Kirche hervorgeht.

Athanasius entwickelte weiter gegen die Arianer, daß wir nur durch den Glauben an Christi wahrhafte Gottheit, die Zuversicht hätten, daß die Gnade in Christo bleibend, fest und ewig sei [23]: indem die Gnade in Christo Eins sei

23) Orat. III. c. 13. οὑτω γαρ και ἀσφαλης ἡ εὐλογια, δια το ἀδιαιρετον του υἱου προς τον πατερα, και ὁτι μια και ἡ αὐτη ἐστιν ἡ διδομενη χαρις. Aus dieser Einheit der Gnade

mit der des Vaters, hätten wir diese Zuversicht; dann aber seien auch Vater und Sohn eine unzertrennliche Gottheit. Daher verbinde der Apostel Beides und sage: «Gnade und Friede von Gott unserm Vater und dem Herrn Jesu Christo.» (Röm. 1, 7.) Dieses erscheint auch in folgender Stelle wieder: «Der Satan hätte einen beständigen Krieg mit den Menschen geführt, und wäre ein endliches Wesen (ἀνθρωπος) der Mittler gewesen, so wäre der Mensch stets dem Tode unterworfen geblieben; indem Niemand vorhanden war, in welchem und durch welchen er mit Gott verbunden, frei von jeglicher Furcht würde geworden sein. Daher zeigt die Sache durch sich selbst, daß der Logos kein endliches Wesen (γενετον) sei, sondern vielmehr der Schöpfer derselben. Denn deßwegen nahm er den sterblichen Leib (die Menschheit) an, damit er ihn als Schöpfer neu schaffend, in sich selbst vergöttliche (ἐν εάυτῳ θεοποιηση), und uns die ihm Aehnlichen, in das Reich der Himmel einführe. Der Mensch, mit einem Geschöpfe verbunden, wäre nicht vergöttlicht worden; er hätte sich nicht getrauet, sich vor dem Vater zu stellen, wenn es nicht sein wahrhafter, natürlicher Logos gewesen wäre, der Mensch geworden ist. Und gleichwie wir von der Sünde und dem Fluche nicht wären befreiet worden, wenn er nicht wahrer Mensch gewesen wäre, denn mit einer uns fremden Natur haben wir nichts gemein, so wäre auch der Mensch nicht vergöttlicht worden, wenn es nicht der wahrhafte Logos des Vaters gewesen wäre, der Mensch wurde. Deßwegen erfolgte eine solche Verbindung (συναφη) damit das der Natur nach Göttliche mit dem der Natur nach Menschlichen verknüpft werde, und so des Menschen Erlösung und Vergöttlichung fest werde.» (orat. II. c. 70)[24].

---

von Vater und Sohn leitet Athanasius noch mancherlei Beweise gegen die Arianer ab; es darf darum nicht für leere Wiederholung angesehen werden, wenn wir noch mehr als einmal hierauf zurückkommen werden.

24) Wenn hier Wiederholungen dessen vorkommen, was schon früher gesagt wurde, als ich nämlich die Art und Weise entwickelte, in

Die Arianer beriefen sich auf Sprüchw. 8, 23—25: «vor der Welt, und bevor die Erde war, und die Berge gegründet wurden, hat er mich gegründet,» um zu zeigen, daß der Logos ein Geschöpf, ein gewordenes Wesen sei. Athanasius beruft sich nun auf II. Tim. 1, 8. «er hat uns berufen nicht nach unsern Werken, sondern gemäß seines Rathschlusses zu seiner Gnade, die vor ewigen Zeiten in Jesu Christo gegeben ist;» so wie auf Ephes. 1, 3.: «er hat uns in ihm auserwählt vor der Schöpfung der Welt, daß wir heilig und fleckenlos vor ihm seien, der uns vorherbestimmt hat zu seiner Sohnschaft durch Jesus Christus.» Nachdem nun Athanasius entwickelt hatte, daß in Gott kein Rathschluß in der Zeit gefaßt werde, sondern mit der Schöpfung des Menschen auch dessen Sündenfall vorhergesehen, und dessen Erlösung vorherbestimmt worden sei, daß sich mithin jene Stelle aus den Sprüchwörtern auf die Erlösung beziehe, sagt er: «wie konnten wir zu der Sohnschaft von Ewigkeit vorherbestimmt sein, wenn nicht die Erlösung durch den Sohn auch von Ewigkeit wäre vorherbestimmt gewesen? Wie können wir sie von Ewigkeit haben, die wir doch in der Zeit geworden, wenn die für uns bestimmte Gnade nicht in Christo Jesu gegründet war? Im Gerichte, wenn ein jeder nach seinen Werken empfangen wird, sagt er daher: «kommet ihr Gesegnete meines Vaters,

welcher Athanasius die Erlösung in Christo anschaute, so ist zu bemerken, daß zwar die Gedanken dieselben sind, aber die Anwendung verschieden ist. Hier werden nämlich aus denselben Gedanken Schlüsse gegen die Arianer abgeleitet. Ueberhaupt wird einem jeden Leser die Bemerkung sich aufdringen, daß Athanasius hier nur das, was schon die vornicäischen Väter von der Erlösung sagten, zur Wiederlegung der Arianer anwendet. Hier sieht man denn zugleich, daß es durchaus nur der schärferen Entwickelung des längst in der Kirche Vorhandenen bedurfte, um die nicäische Formel zu bekommen. Dies ist ein wichtiger Beweis für die Identität des Glaubens an die Gottheit Christi in allen Jahrhunderten. Aber eben, um zu dieser Einsicht zu führen, konnten die Wiederholungen nicht vermieden werden.

und nehmet in Besitz das Reich, das euch vor der Weltgründung bereitet ist.» In dem Herrn also, der uns, bevor wir wurden, das Reich zubereitet, sind wir vorherbestimmt; damit wir als auf ihn gebaute, wohl sich fügende Steine, Antheil nehmen an seinem Leben und seiner Gnade. Das aber geschah, wie sich bei einigem frommen Nachdenken ergiebt, damit wir von dem zeitlichen Tode auferstehend, ewig leben können; denn als Menschen von der Erde würden wir dessen nicht fähig sein, wenn nicht von Ewigkeit in Christo die Hoffnung des Lebens und des Heiles gegründet wäre. Daher wird gesagt, er sei vor der Schöpfung der Erde u. s. w. gegründet worden; damit, wenn auch die Erde bei der Vollendung der Dinge mit der gegenwärtigen Zeit vorübergeht, nicht auch wir altern und vergehen, sondern auch nach diesem Allem noch leben können, da in dem Sohne, auch ehe die vorübergehende Welt war, unser Leben und die geistige Segnung uns bereitet war. So aber können wir ein unvergängliches Leben haben, und nach dem Untergang alles Endlichen in Christo noch leben, weil auch vor Allem unser Leben in Christo gegründet war.» (orat. II. c. 77.) Hier ist der Erlöser wieder als die Einheit der an ihn Glaubenden genommen. Die ewige Gottheit des Sohnes ist das Unterpfand unseres eigenen ewigen Lebens, da er uns mit sich in die Ewigkeit zieht, und in sich ewig leben läßt. So nur haben wir die Zuversicht, daß wir bleiben, wenn Alles vergeht, weil der seiner Natur nach bleibt, mit dem wir vereinigt und von dem wir unzertrennlich sind. Daher sagt er auch (orat. I. c. 19.) «Wenn der Sohn einen Anfang hatte, so kann er auch wieder aufhören.» Wenn wir also auf Einen gegründet sind, der in sich die Ewigkeit nicht hat, so sind auch wir unseres ewigen Lebens nicht gewiß.

Wir sehen nun aus Allem dem, wie Athanasius alle Hoffnung, alles Vertrauen, alle Sehnsucht des Christen an die wahre göttliche Person des Erlösers anknüpft, und wie er darum aus dem innersten Wesen des Christenthums heraus die Arianer bekämpft. Alles ist ihm ungewiß und schwebend, ja nichtig, wenn Christus nicht wahrer Gott ist. So haben auch zu allen Zeiten alle wahren Christen gedacht; mit Christus war ihnen Alles gegeben und gewiß, ohne ihn nichts, wenn sie es auch nicht so tief ergründen und darstellen konnten wie Athanasius, der wahre christliche Theolog. Selbst die Gewißheit der Unsterblichkeit knüpft er nur an das Leben in Christo, dem Ewigen und Unvergänglichen.

Ich wende mich nun zu den Gründen gegen die Arianer, welche ich die dialektisch-spekulativ-biblischen genannt habe. Wir werden sehen, daß mit ächt philosophischem Geist und großem Scharfsinn Athanasius die Lehren der Arianer widerlegt hat.

Da in der heil. Schrift vom Logos gesagt ist, daß durch ihn Alles geschaffen sei, und die Katholiken daraus stets seine wahre Gottheit nachgewiesen haben, die Arianer aber diese läugneten, ungeachtet sie jenes biblische Zeugniß nicht verwerfen konnten, so lag ihnen auch ob, zu erklären, warum sie ungeachtet der schöpferischen Kraft des Logos, ihm dennoch die wahre Gottheit absprechen. Sie sagten, wie ich es schon angeführt habe, theils daß die Schöpfung Gottes unmittelbare Thätigkeit nicht ertragen könne, theils daß es ein seiner unwürdiges Geschäft sei. Dagegen, bemerkt Athanasius, spricht die gesammte heilige Schrift. Ueberall wird Gott als Schöpfer vorausgesetzt, oder klar ausgesprochen. Joh. 10, 28. Matth. 10, 29. Vorzüglich beruft er sich auf Matth. 6, 25. «Wenn es nun, schließt er, Gottes nicht unwürdig ist, um so Geringes, selbst um die Haare am Haupte, die Sperlinge und das Gras zu wissen und zu sorgen, so war es seiner auch nicht unwürdig es zu erschaffen. Denn wofür er sorgt, dessen Schöpfer ist er auch durch seinen Sohn.» (or. II. c. 25.)

Wenn der Sohn auch zu den endlichen und erschaffenen Wesen gehört, sagt er weiter, (εἰ της γενητης φυσεως ἐστι) und doch die Schöpfung Gottes unmittelbare Thätigkeit nicht ertragen kann, wie soll allein der Sohn sie ertragen können, und von der reinen unerschaffnen Natur Gottes hervorgebracht worden sein? Entweder mußte, wenn er sie ertragen konnte, die ganze Schöpfung sie auch ertragen können, oder wenn sie nicht, auch er nicht; denn auch er ist, wie ihr sagt, Eines von den Geschöpfen. Oder wenn ein Mittler nothwendig war, weil die geschaffene Natur die eigene Einwirkung Gottes nicht ertragen konnte, so muß nothwendig, da auch der Sohn ein Geschöpf ist, zwischen ihm und Gott ein Mittler sein. Und wenn ein solcher gefunden ist, bedurfte es abermal eines andern Mittlers für diesen, und so fort, da jeder Mittler wieder ein endliches Wesen wäre, ins Unendliche. Oder vielleicht meinen die Arianer, die Geschöpfe bestehen noch nicht, weil sie noch einen Mittler suchen.» (or. II. c. 26.)

Ihr saget, bemerkt er weiter, der Sohn sei Eins von Allen (Geschöpfen). Es ist aber Alles durch ihn gemacht worden nach der heiligen Schrift. Joh. 1, 3. Wenn aber Alles durch ihn gemacht ist, wie kann er zu dem All gehören? (orat. II. c. 24.)

Die Arianer gebrauchten die Formel ἦν ποτε, ὅτε ὁ υἱος οὐκ ἦν, deren Unbestimmtheit wir im Deutschen nicht wohl nachahmen können. Sie wollten nicht geradezu sagen, daß der Sohn in der Zeit geworden sei, und gebrauchten darum solche unbestimmte Formeln, um die Einfältigen zu hintergehen. (orat. I. c. 13.) Es bedurfte daher oft der Umwege um zu zeigen, daß sie wirklich dachten, was sie nicht sagen wollten. Er sagt daher, entweder sei «Vater», oder «Sohn», oder «Zeit» das Subject des ersten Satzes; im ersten Fall heiße die Formel: der Vater war einst, als der Sohn nicht war. Das könnten sie aber wohl nicht meinen, weil man von Gott nicht sagen könne: er war einst. Wäre Sohn das Subject, so heiße die Formel: «der Sohn war einst, als er nicht war», was keinen Sinn gebe, indem der eine Satz den andern aufhebe. Es bleibe demnach nichts übrig, als «Zeit» als das Subject des ersten Satzes anzunehmen, wornach also die Formel heiße: «es war eine Zeit, in welcher der Sohn nicht war.» Nun sagt er, «Ps. 144, 13. heißt es aber: «« dein Reich ist das Reich aller Jahrhunderte.»» Nicht der mindeste Zeitabschnitt läßt sich demnach denken, in welchem der Sohn nicht war. Denn wenn alle Zeitentfernung durch die Zeit gemessen wird, er aber der König der Zeiten ist, und die Zeiten selbst geschaffen hat (Hebr. 1. 2. per quem fecit et saecula), so fällt er nicht selbst in die Zeit; die Formel heißt also: es war eine Zeit, in welcher der Ewige nicht war, was doch wohl unsinnig ist. Daher sagt er auch «ich bin die Wahrheit»; nicht «ich wurde die Wahrheit.» Das «ich bin» zeigt das Sein schlechthin an, so daß an keine Zeitverhältnisse zu denken ist.» (or. I. c. 13.)

Jesus wird das Leben genannt. (Joh. 14, 6.) Das Leben kann er nicht sein, wenn er nicht aus sich selbst zeuget; und wie wäre anzunehmen, daß er das Leben, selbst das Leben in der Zeit empfangen habe, und einst nicht gewesen sei? I. Kor. 8, 16. heißt es: «ein Gott ist und wir aus ihm, und wir gehören ihm an; und ein Herr Jesus Christus durch welchen Alles ist, und wir durch ihn.» Wenn Alles durch ihn ist, so gehört er selbst nicht zu dem «All»; sonst müßte man auch den, aus welchem Alles ist, zu dem All zählen. Wenn er aber nicht zu dem All gehört, so kann man auch nicht sagen, «es war eine Zeit, in der er nicht war.» (or. I. c. 19.) [25]).

Wenn der Sohn das Bild, der Abglanz des Vaters ist, (Hebr. 1, 3.), so mußte er mit dem Vater immer gewesen sein. In dem Sohn schaut sich der Vater selbst; es heißt (Proverb. 8, 30.) «ich war es, in dem er sich erfreute.» Wann hat er angefangen sich selbst in dem Sohne zu schauen, als in seinem Bilde? Wie sollte sich aber der Schöpfer, der Allmächtige, in einem endlichen Wesen anschauen? Denn so muß das Bild sein, wie der Vater desselben ist. Ist nun der Sohn das Bild des Vaters, so dürfen wir nur betrachten, was dem Vater zukommt; er ist ewig, unsterblich, das Licht, der Allmächtige, dasselbe muß auch der Sohn sein. (or. I. c. 20).

---

25) Cfr. ep. encyclic. c. 15. fol. 285.

Im Evangelium Johannis heißt es (5, 17.): «mein Vater wirkt bis jetzt und ich wirke.» In dem «bis jetzt» liegt die ewige Wirksamkeit des Logos; denn dem Logos ist es eigen, die Werke des Vaters zu erschaffen, und nicht ausserhalb desselben zu sein. Wenn nun der Sohn mit dem Vater bei Allem wirksam ist, wenn, was der Vater wirkt, auch der Sohn wirkt, und was der Sohn wirkt, auch Geschöpf des Vaters ist, nach euch aber der Sohn selbst ein Geschöpf ist, so ist der Sohn auch bei seiner eignen Schöpfung thätig; denn Alles, was der Vater wirkt, wirkt auch der Sohn. Das aber, daß der Sohn sich selbst sollte mit dem Vater geschaffen haben, ist doch wohl widersinnig.

Da er die Werke des Vaters schafft oder hervorbringt, durfte er nicht selbst auch ein Werk oder ein Geschöpf sein; damit er nicht die Eigenschaft, die schöpferische Ursache Anderer zu sein, auch auf die Dinge übertrage, die er selbst schafft. Wenn er aus Nichts geschaffen ist, und deßungeachtet andere Dinge von dem Nichtsein ins Sein rufen kann, so müßten das Alle aus Nichts gewordenen Dinge vermögen [26]. Es ist aber ein allgemeines Gesetz, daß das aus Nichts Gewordene, nicht wieder aus Nichts schaffen kann. Auch die Engel können das nicht, weil sie selbst geschaffen sind; obgleich es Basilides, Valentin und Marcion behaupten, denen ihr eure Behauptungen abborgt. Endliche Wesen bilden aus dem schon Vorhandenen, nach den in ihnen liegenden Ideen, die sie in das, was schon ist, einbilden [27].

---

26) Εἰ δε ἁ ὁ πατηρ ἐργαζεται, ταυτα και ὁ υἱος ἐργαζεται, και ἁ κτιζει ὁ υἱος, ταυτα του πατρος ἐστι κτισματα, ἐργον δε και κτισμα ἐστι του πατρος ὁ υἱος· ἡ και αὐτος ἑαυτον ἐργασεται, και αὐτος ἑαυτον ἐστι κτιζων· ἐπειδη ἁ ἐργαζεται ὁ πατηρ, ταυτα και του υἱου ἐστιν ἐργα· ὡπερ ἀτοπον ἀν εἰη και ἀδυνατον· ἡ τα του πατρος κτιζων και ἐργαζομενος, αὐτος οὐκ εἰη ἐργον ουδε κτισμα, ἱνα μη αὐτος ποιητικον αἰτιον ὠν, ἐν τοις ποιουμενοις εὑρισκηται ποιων ὁπερ γεγονεν αὐτος.

27) Ὁ δε ἀνθρωπος ἐπιστημης ὠν δεκτικος, ταυτην την ὑλην

Wenn daher der Logos (aus Nichts) erschaffet, wie es denn die heiligen Schriften aussagen; so ist er nicht selbst ein erschaffenes Wesen.

Die Hellenen lehren allerdings, daß auch Gott die vorhandene Materie nur bearbeitet habe. Dann nenne man aber Gott einen Künstler nicht Schöpfer. Dann mag auch der Sohn als ein Diener Gottes, das Vorhandene bearbeiten.

Ruft aber Gott durch den Logos das Nichtseiende zum Sein, so gehört der Logos nicht auch zu den endlichen Dingen. Vielmehr ist der Logos der schöpferische Gott, und wird durch die Werke des Vaters, die er wirkt, erkannt; so daß er im Vater und der Vater in ihm ist, und daß wer ihn sieht, auch den Vater sieht, wegen der Gleichheit des Wesens, und der Aehnlichkeit des Sohnes mit dem Vater in Allem. Wie schaffet der Vater nun durch ihn, wenn er nicht sein eigenthümlicher Logos, und seine Weisheit ist? Wie wäre er aber des Vaters Weisheit, wenn er nicht aus seinem Wesen hervorgegangen, sondern aus Nichts ist?

Wenn der Sohn wie Alles ein Geschöpf ist, wie kömmt es, daß er allein den Vater offenbart und kein Anderer? Nach der Kirchenlehre begreifen wir, warum es heißt, Niemand kennt den Vater als der Sohn Joh. 6, 46., weil er ihm eigenthümlich ist; nach ihr begreifen wir, warum es heißt, Keiner hat je den Vater gesehen, als der, der bei dem Vater ist, und Keiner kennt den Vater, als der Sohn (Matth. 11, 27.) [28]. Nach euren Ansichten ist dies unbegreiflich;

συντιϑησι, και μεταῤῥυϑμιζει και τα ὀντα ἐργαζεται, ὡς ἐμαϑε· την δε φυσιν ἐπιγιγνωσκον την ἑαυτον, ἐαν τινος δεηται, τον ϑεον οἰδεν αἰτειν.

28) Hilar. de trinit. l. VI. c. 28. sagt mit Berufung auf Joh. 7, 28. 29. Patrem nemo novit, et frequens hinc professio filii est. Idcirco autem sibi solum cognitum esse dicit, quia ab eo sit. Quaero autem, utrum id, quod ab eo est, opus in eo creationis, an naturam generationis ostendat? Si opus creationis est; universa quoque, quae creantur, a Deo sunt. Et

denn ist der Sohn ein Geschöpf, und wir Alle Geschöpfe, so sollte jeder aus uns, den Vater nach dem Maaße seiner Kraft erkennen. Aber es heißt: Niemand als der Sohn erkennt ihn. Es leuchtet also ein, daß der Sohn nicht Eines von den Geschöpfen, sondern von den Geschöpfen verschieden ist. (Hier muß man sich an das früher Gesagte erinnern, daß der Logos allen Geschöpfen sein Bild in der Schöpfung eingedrückt habe, daß sie also nur im Logos den Vater sehen; darum setzt er auch das sonst nicht hieher gehörige Argument in diese Ideenreihe.) Zudem stellt ihr euch die Sache so vor, als habe sich Gott eines Dinges ausserhalb seiner bedient, um die Schöpfung hervorzubringen; er konnte es nach euch nicht durch sich selbst, eines Mittlers bedurfte er; etwa wie der Zimmermann der Säge bedarf. Wie irdisch, sind diese Vorstellungen! Wir wissen, daß Gott Alles durch sein Wissen und Wollen allein schafft, das ist Christenlehre. Er bedarf keines Vermittlers. (orat. II. c. 20—23. 29. und orat. I. c. 26.)

Asterius sagte, das Schaffen hat der Sohn erlernt. Athanasius entgegnete: «aber er sieht die Thorheit nicht, die darin liegt. Denn wenn die Kunst zu schaffen erlernt werden kann, so mag wohl auch Gott durch Lernen sie erhalten haben, und nicht von Natur mag sie ihm eigen sein. Es heißt eben so viel, als: man kann die Weisheit an sich lernen. Was war dann aber die Weisheit, ehe sie lernte? Die Weisheit war sie einst nicht, da sie des Lernens bedurfte. Durch Fortschritte wurde sie die Weisheit. Sie wird also die Weisheit bleiben, so lange sie das Erlernte

---

quomodo Patrem non universa noverunt, cum filius idcirco, quia ab eo est, non nesciat? Quod si creatus potius, quam natus videbitur in eo, quod a Deo est; cum a Deo cuncta sint, quomodo non cum caeteris Patrem, quae ab eo sunt, ignorat? Sin vero idcirco, quia ab eo sit, cum nosse sit proprium; quomodo non hoc ei, quod ab eo est, erit proprium? Scilicet ut verus filius a natura Dei sit, cum idcirco Deum solus noverit, quia solus ab eo sit.

bewahrt, denn was man erlernet hat, kann auch wieder vergessen werden (orat. II. c. 28.) [29].

In Betreff der Meinung der Arianer aber, daß die eigentliche schöpferische Kraft im Vater, die Bildung der Geschöpfe und ihre Erhaltung dem Sohne zukomme, sagt er, Beides könne nicht getrennt werden. (or. I. c. Ar. c. 25.) Und mit Recht, denn Erhalten und Schaffen ist Eins und dasselbe.

Die Arianer suchten aber ihre Ansicht, daß der Sohn der Vermittler der Schöpfung sei, auch dadurch zu begründen, daß sie die Vermittlung der alttestamentlichen Gesetzgebung durch Moses als ähnlichen oder gleichen Fall anführten. Athanasius läugnete begreiflich die Aehnlichkeit, und hob den Unterschied hervor, der darin liege, Gebote zu überbringen und die Welt aus Nichts zu erschaffen; das Letztere komme nur dem Logos, der göttlichen Weisheit zu, sagte er, während zu jenem Dienste nicht nur Moses, sondern viele Andere brauchbar gewesen wären. Hierauf erweitert aber Athanasius seinen Blick und stellt eine Vergleichung zwischen dem Sohne Gottes und den alttestamentlichen Propheten überhaupt an, und sagt: «Wenn die Propheten auch nur das Geringste thun wollten, so hatten sie höhern Aufschluß nöthig. (Er beruft sich auf Gen. 15, 18. Exod. 4, 10. 3, 13. Zach. 1, 12. 17.) Der Logos machte ihnen des Vaters Willen bekannt. Wenn aber der Logos selbst thätig ist und schafft, dann bedarf es keiner Frage und Antwort; denn der Vater ist in ihm und er im Vater. Daher ist sein Wille allein hinreichend. Er sprach und es geschah.» (orat. II. c. 31.) Nicht ohne Grund beruft sich hier Athanasius auf Psalm 32, 9. und auf Gen. 1; denn wenn überhaupt im neuen Testamente dem Sohne die Schöpfung beigelegt wird, so müssen jene alttestamentlichen Stellen auch auf ihn bezogen werden. Athanasius stützt sich überhaupt sehr häufig

29) Aus Hilar. de trinitate l. VII. c. 19. sieht man, daß sie das Erlernen der schöpferischen Kunst aus Joh. 5, 20. ableiteten.

auf ähnliche Stellen des alten Testaments, und mit Recht: wenn man auch im alten Testamente den Sohn Gottes nicht kannte, so war er deßwegen doch nicht ohne Thätigkeit, und begann sie nicht erst im neuem Testament.

Die Arianer sagten, der Sohn als erstes Geschöpf habe die Uebrigen erschaffen. Athanasius entgegnete: die einzelnen Geschöpfe, die das All ausmachen, ergänzen einander, denn was dem Einen gebricht, ersetzet das Andere. Keines derselben steht allein; sondern sie verhalten sich gegenseitig, wie die Glieder eines Leibes, und so bilden sie das Universum [30]). Es giebt keine Ausnahme. Wird demnach der Sohn für ein endliches Wesen gehalten, für ein Glied des erschaffenen Weltalls, für einen Theil desselben, der nur durch die Hülfe Anderer fähig ist, seine Bestimmung zu erfüllen, so ist es gottlos. Darum, setzt er hinzu, sollten sie anerkennen, daß der Logos kein erschaffenes Wesen ist; sondern der dem Vater eigene Logos. (orat. II. c. 28.)

In dieser Stelle hat Athanasius mehr das Widerstreben des christlichen Gefühls ausgesprochen, Christum als ein Glied des Universums zu betrachten, als vollständig seine Gründe entwickelt; er gieng so weit, daß er sagte, diejenigen, welche ihn für ein Solches ausgeben, seien werth, gesteinigt zu werden. Es ist wahr, daß sich in jedem Christen das Gefühl empört anzunehmen, der Heiland bedürfe anderer endlicher Wesen um zu sein, was er ist; welche Voraussetzung doch alle diejenigen machen müssen, die sich etwas dabei denken wollen, wenn sie sagen, er sei ein

---

30) Και όλως ούδε έν μονον, άλλ' έκαστον των γεγενημενων, ώσπερ άλληλων όντα μελη, έν καθαπερ σωμα, τον κοσμον άποτελουσιν. εί τοινυν ούτω και τον υίον ύπολαμβανουσιν είναι, βαλλεσθωσαν παρα παντων, μερος νομιζοντες είναι τον λογον και μερος ούχ ίκανον άνευ των άλλων προς την έγχειρισθεισαν αύτῳ λειτουργιαν. εί δε τουτο έκ φανερου δυσσεβες έστιν, έπιγνωτωσαν, ότι μη των γενητων έστιν ό λογος άλλα του μεν πατρος ίδιος λογος, των δε γενητων δημιουργος.

endliches Wesen. Der, der allem Endlichen die Befreiung und Erlösung bewirkt hat, wie sollte er dessen bedürfen, was durch ihn erlöset und befreiet wird?

Aber in einer andern Stelle hat Athanasius die angegebenen Gründe mehr entwickelt, und die Verwerflichkeit der arianischen Lehre für die Verstandes-Einsicht zugänglicher gemacht. Er zeigt nämlich sehr bündig, daß, wenn der Sohn Gottes der Anfang der göttlichen Wege wäre, wie die Arianer mit Berufung auf Sprüchw. 8, 22. aussagten, oder der Anfang der Schöpfung, die nur in den übrigen endlichen Dingen fortgesetzt worden sei, der Sohn nicht der Eingeborne, und nicht der Herr der Dinge genannt werden könnte. Ja, wenn er ein Theil der Schöpfung wäre, könnte er nicht einmal der Anfang derselben sein, weil die gesammte Welt als ein großer Organismus auf einmal müsse geschaffen worden sein, indem kein endliches Wesen ohne seine Verknüpfung mit allen Uebrigen bestehen könne. Die Stelle heißt also: «Wenn er der Eingeborne ist, wie wird er der Anfang der Wege genannt? Denn wenn er als der Anfang von Allem geschaffen wurde, so konnte er nicht allein sein, indem er Nachfolger haben mußte. Ruben ist zwar der Anfang der Söhne Jakobs, aber er war nicht der Eingeborne; der Zeit nach zwar der Erste, war er der Natur und der Verwandtschaft nach Einer von deren, die nach ihm kamen. Wenn daher der Logos auch der Anfang der Wege ist, so müßte er gleich sein den Wegen selbst, und die Wege ihm, obschon er der Zeit nach ihnen vorangeht [31]). Denn auch der Anfang einer Stadt ist gleich den andern Theilen der Stadt, und die

---

31) Και γαρ και πολεως ἀρχη τοιαυτη ἐστιν, οἱα και τα ἀλλα μερη της πολεως ἐστι, αὐτα τε τα μερη συναπτομενα τῃ ἀρχῃ, ὁλοκληρον και μιαν την πολιν ἀποτελει, ὡς ἑνος σωματος πολλα μελη, και αὐτο μεν αὐτης των ποιουντων ἐστι, το δε των γενομενων, και ὑποκειται τῳ ἑτερῳ μερει, ἀλλα πασα παρα του πεποιηκοτος ἐπ’ ἰσης ἐχει την ἐπιμελειαν και συνεστηκε.

mit dem Anfang verbundenen Theile machen die ganze Stadt aus, und sind wie die vielen Glieder eines Körpers. Ein Theil steht nicht zu den übrigen Theilen im Verhältniß des Schöpfers, und die andern zu ihm im Verhältniß des durch ihn Gewordenen und sofort im Verhältniß der Abhängigkeit; alle Theile bestehen und werden geleitet durch den Baumeister auf gleiche Weise 32). Wird demnach der Herr in dem genannten Sinne als der Anfang des Weltalls geschaffen, so ergänzet er mit Allen die Gesammtheit der Schöpfung, und er ist von den Uebrigen nicht verschieden, obschon er ihr Anfang ist, und ist auch nicht der Herr der übrigen Theile der Schöpfung, wenn er auch der Zeit nach früher wäre als sie: mit allem Uebrigen stünde auch er in demselben Verhältniß zur Weltschöpfung und zu ihrem Herrn. Aber wie mag er denn überhaupt, wenn er wie ihr vorgebet, ein Geschöpf ist, allein und zuerst geschaffen worden sein, so daß er der Anfang wäre, da doch aus dem Gesagten einleuchtet, daß kein Geschöpf für sich bestehen und das Erste sein kann, sondern eine gleichzeitige Entstehung mit den Uebrigen hat, wenn es auch an Würde über die Andern erhaben ist? Denn von den Gestirnen ist nicht das Eine früher, das Andere später entstanden, sondern an demselben Tag und auf denselben Befehl wurden Alle ins Sein gerufen. So entstund auch der Mensch, der nach seinem Bilde geschaffen ist. Denn wenn auch Adam allein aus der Erde gebildet wurde, so sind doch in ihm die Gesetze der Entwickelung des ganzen Geschlechts 33). Alle Theile der Schöpfung entstunden daher

---

32) Εἰ τοινυν και ὁ κυριος οὑτως ἀρχη των παντων κτιζεται, ἀναγκη μετα παντων αὑτον μιαν την κτισιν ἀποτελειν, και μητε διαφερειν των ἀλλων, κἀν ἀρχη των παντων γενηται, μητε κυριον εἰναι των ἀλλων μερων της κτισεως, κἀν τῳ χρονῳ πρεσβυτερος ὠν τυγχανῃ· μετα παντων γαρ και αὑτος ἑνα τον της δημιουργιας ἐχει λογον και δεσποτην.

33) Εἰ γαρ και ὁ Ἀδαμ ἐκ γης μονος ἐπλασθη, ἀλλ' ἐν αὐτῳ ἠσαν οἱ λογοι της διαδοχης παντος του γενους. — Die An-

zugleich und mit den Geschlechtern war Alles in denselben Enthaltene gegeben. Mit den Engeln, Erzengeln, Mächten, Thronen u. s. f. mußte auch der Sohn zugleich entstanden sein, wenn er auch an Herrlichkeit vor ihnen ausgezeichnet wäre. Das ist das Gesetz der Entstehung der Dinge. (των γαρ κτισματων τοιαυτη ἡ γενεσις). Ist also der Sohn geschaffen, so kann er weder der Erste, noch der Anfang der übrigen sein. Ist er aber wirklich der Erste, und vor allen Dingen und in Wahrheit der Sohn Gottes, wie er es denn auch ist, so ist er nothwendig kein Geschöpf, er ist dem Wesen nach von ihnen unterschieden, er ist der Schöpfer und sie sind die Geschöpfe.» (or. II. c. 48–79.)

Mit welcher Klarheit und Einfalt entwickelt Athanasius nicht die feinsten und scharfsinnigsten Gedanken, durch welche in der That der Arianismus recht eigentlich zermalmt wurde! Aber er ist unerschöpflich in seiner Beweisführung für die Erhabenheit des Sohnes Gottes über die Geschöpfe, und dessen wahre Gottheit. (Denn zwischen Geschöpf und Gott ist kein Mittelding, wenn er darum nach den Elementen der Schrift so klar nachwies, daß der Sohn kein Geschöpf sein könne, so war die Schlußfolge für die wahre Gottheit

---

sicht des Athanasius von einer gleichzeitigen Schöpfung aller Dinge, als eines Organismus findet sich auch bei andern Kirchenvätern; z. B. bei Anselm. cur Deus homo l. I. c. 18. Si autem tota creatura simul facta est; et dies illi, in quibus Moyses istum mundum non simul factum esse videtur dicere, *aliter sunt intelligendi*, quam sicut videmus *istos dies*, *in quibus vivimus* etc. Diese Ansicht, wie sie ächt philosophisch ist, steht mit der mosaischen Erzählung in keinem Widerspruch. Die höhern Geschöpfe konnten erst später heraustreten, obschon ihre Elemente ursprünglich im Schöpfungsacte gelegt waren; gleichwie auch das Höhere im Menschen erst später sich entwickelt. So entstehen die Entwickelungsperioden der Schöpfung, welche in der Genesis Tage genannt werden. Einen Commentar über Athanasius findet man gewissermaßen in der Anthropologie von Steffens und in der Einleitung zum zweiten Bande seiner Caricaturen des Heiligsten. S. 4. u. ff.

desselben an sich nothwendig.) Aber wie reich sind seine Entwickelungen, die er aus den wenigen Sätzen der heil. Schrift zu ziehen wußte! Ein anderer Beweis für die katholische Lehre, daß der Sohn kein Geschöpf sein könne, folgt ihm daraus, daß der Sohn der Richter aller Geschöpfe sei. «Jegliches Geschöpf, sagt er, wird Gott ins Gericht führen (Pred. 12, 14.), wegen jedes Werkes, ob es gut oder bös sei. Ist nun der Sohn ein Geschöpf, wird auch er ins Gericht geführt werden? Wo bleibt nun das Gericht, wenn auch der Richter gerichtet wird? Wer wird die Gerechten preisen, und die Bösen bestrafen, wenn auch der Richter gleich uns im Gerichte steht? Nach welchem Gesetz wird der Gesetzgeber gerichtet werden? Die Geschöpfe werden gerichtet: so fürchtet denn in Zukunft den Richter und glaubet dem Prediger, der es sagt. Durch Nichts ist einleuchtender als dadurch, daß der Sohn kein Geschöpf sei, sondern der Logos des Vaters, durch welchen alle Geschöpfe gerichtet werden.» (orat. II. c. 6.)

Wir finden in der Schrift, sagt er anderswo, daß der Herr angebetet wird, sogar von den Engeln. (Hebr. 1, 6.) Vielleicht, weil er, wie ihr saget, ein erhabeneres Geschöpf als Alle ist? Wenn nun blos deßwegen, so folgt, daß jedes Niedrigere das Höhere und Vortrefflichere anbeten müsse. Aber so ist es nicht. Kein Geschöpf betet das Andere an; sondern die Diener den Herrn, das Geschöpf Gott. Thomas sagte zu ihm: «mein Herr und mein Gott,» (Joh. 20, 28.) und er duldete es.» (orat. II. c. 23.) [34]).

---

34) Hilar. de trinit. l. VII. c. 12. Dominus professionis hujus religionem non honoris esse docuit, sed fidei dicens: Quia vidisti, credidisti: beati, qui non viderunt et crediderunt. Videns enim Thomas credidit. Sed quid credidit quaeris? Et quid aliud credidit, quam professus est, Dominus meus, et Deus meus? Resurrexisse enim per se ex mortuis in vitam, nisi Dei natura non potuit: et credita religionis fides hoc est professa, quod Deus est. — Nam utiqui religiosus filius, et qui non voluntatem suam, sed ejus, qui se miserat, faceret,

Nun war es dem Athanasius leicht, die Rede der Arianer, der Sohn sei ein Geschöpf, aber nicht wie die Uebrigen, in ihrem wahren Gehalte darzustellen. Er bemerkt dagegen: «wie betrügerisch und boshaft! Sie wissen, wie wehe es den Christen thut, (το πικρον της ιδιας καταφροσυνης) ihn ein Geschöpf zu nennen, darum sagen sie «er ist ein Geschöpf, aber nicht wie eines der Geschöpfe.» Sie wollen durch trügerische Reden ihre Lehre milder machen, als sie ist. Wenn sie aber sagen, er sei ein Geschöpf, warum nicht schlechthin «Geschöpf»? Aber wie voll von Thorheit ist diese Künstelei, als wenn überhaupt ein Geschöpf wie das Andere wäre! Denn welches Geschöpf ist denn wie das Andere, so daß jene Bestimmung etwas Ausgezeichnetes für den Sohn enthielte? [35]) Betrachtet Alles, was der Herr gemacht hat in den sechs Tagen. Das Licht ist nicht wie das Wasser, die Gestirne sind nicht wie die Erde; die unvernünftigen Thiere sind nicht wie die Vernünftigen. Aber Geschöpfe sind Alle; das ist ihnen gemeinsam. Wenn überhaupt der Logos ein Geschöpf ist, so stelle man ihn geradezu in die Reihe der Geschöpfe. Ist er auch in Vergleichung mit andern herrlicher; ein Geschöpf ist er denn doch. Auch ein Stern ist herrlicher als der andere, aber deßwegen ist

---

et qui non honorem suum, sed ejus, a quo venerat, quaereret, honorem hujus in se nominis recusasset; ne quod ipse unum Deum praedicaverit, solveretur. Sed verae et apostolicae fidei mysterium, confirmans, et naturae in se paternae nomen agnoscens, beatos esse docuit, qui cum se resurgentem ex mortuis non vidissent, Deum tamen per resurrectionis intelligentiam credidissent. Aus dem Umstande, daß wir nirgends lesen, daß die Gegner der Gottheit Christi in der alten Kirche den Beweis aus der fraglichen Stelle durch die Erklärung, sie enthalte nur eine sprichwörterliche Redensart, zu entkräften suchten, ergiebt sich, daß im Alterthum der jetzt übliche Ausdruck der Verwunderung: «mein Gott» nicht Sitte war.

35) Ποιον γαρ ἑτερον των κτισματων τοιουτον ἐστι, οἱον γεγονε και το ἑτερον, ἱνα τουτο περι του υἱου ὡς ἐξαιρετον τι λεγητε;

nicht der eine Stern Herr, der andere Diener; nicht das eine Geschöpf schafft, und das andere entsteht durch selbes. Aber alle Geschöpfe preisen die Herrlichkeit des Schöpfers; er wird von Allen gepriesen, er der sagt: «mein Vater wirkt bis jetzt und ich wirke,» weil er ihr Schöpfer ist. (orat. II. c. 19. 20.)

Die Behauptung der Arianer, daß der Sohn, um die Menschen zu schaffen, geschaffen worden sei, beantwortet Athanasius theils (ep. encycl. c. 15.) mit Berufung auf biblische Stellen, z. B. Hebr. 2, 16. «wegen seiner und durch ihn ist Alles;» theils durch folgende sehr feine und beißende Bemerkungen. «Er müßte dann uns vielmehr Dank wissen, als wir ihm. Wir würden geschaffen worden sein, um zu sein; der Sohn aber nicht um zu sein, sondern als Mittel unsertwegen. Auch müsset ihr sagen, daß wir früher in Gott waren als er; denn nicht nachdem er in Gott war, gedachte Gott uns zu schaffen, sondern nachdem wir in Gott schon waren, gedachte er seiner. Da wollte also wohl Gott den Sohn nicht einmal, sondern uns und um unsertwillen ihn. Dann ist aber auch gar nicht zu begreifen, warum wir nicht früher waren als er; denn da in Gott schon das Wollen das Sein der Dinge ist, so mußten wir sein, sobald er uns dachte; uns muß er aber früher nach euch gedacht haben, da ja er erst das Mittel, um uns zu bekommen, sein sollte. Dann sind ja auch wir eigentlich seine Söhne, nicht er, da ja der Sohn unsertwegen geschaffen wurde.» (or. II. c. 70.) Diese Vorstellung der Arianer war einem der fruchtbarsten Grundsätze des Athanasius entgegen, dem, daß Gott alle Dinge, namentlich die Menschen in seinem Sohne anschauet.

Indem nun aber die katholische Trinitätslehre dem Arianismus entgegentrat, nach welchem der Sohn, durch den der Vater die Welt erschuf und erlös'te, nur als etwas Aeusserliches, zu Gott Hinzugekommenes, nur als Mittel erscheint, und Gott von der Welt überhaupt, und auch den Erlös'ten getrennt wird, so mußte weiter entwickelt werden, wie das Verhältniß des Sohnes zum Vater und Geist, um diese Vorstellungen zu vermeiden, zu denken sei. Aus der bisherigen Beweisführung des Athanasius läßt sich die Auflösung dieser Frage zwar von selbst ableiten; da er aber ausdrücklich ihre Beantwortung übernimmt, so ist sie auch hier aufzunehmen. Er entgegnet den Arianern, die den Logos nicht schlechthin als den Logos Gottes betrachteten, weil er ja nach ihnen dem Wesen nach Gott fremd ist, zuvörderst, daß die heil. Schrift sich anders ausspreche, die ihn schlechthin den Logos (Joh. 1, 1.) und als solchen Gott nenne, durch welchen Alles gemacht sei, und daß eben deßwegen die Welt von Gott nicht getrennt werde. (orat. II. c. 39.) Dann bemerkt er weiter: «insbesondere sollen die Arianer hören, daß ein Logos Gottes sei, der allein als der wahre und eigene Sohn aus dem Wesen Gottes ist, und eine untrennbare Einheit der Gottheit mit dem Vater hat (και ἀχωριστον ἐχων προς τον πατερα ἑαυτου την ἑνοτητα της ϑεοτητος). Wenn es sich nicht also verhält, warum schafft der Vater durch ihn, und offenbart sich in ihm, wem er will? Und warum wird auch der Sohn in der Weihe der Taufe mit dem Vater genannt? Wollte man sagen, der Vater sei nicht hinreichend, durch sich selbst, so wäre das eine gottlose Rede; wenn er aber durch sich selbst hinreichend ist, die Welt zu schaffen und die heilige Taufe zu ertheilen, wozu bedarf es des Sohnes? Oder warum ertheilet ihr den Glauben an einen Schöpfer und an ein Geschöpf? Warum bedarf es denn eines Geschöpfes, um mit Gott verbunden zu werden? Denn mit dem Sohne verbunden zu werden, wenn er ein Geschöpf ist, ist sehr unnöthig, da Gott, der ihn zum Sohne machte, auch uns auf gleiche Weise zu Söhnen machen kann. Als Eines von den vernünftigen Geschöpfe nur, kann er uns keine Hilfe bringen. Warum also wird der Sohn mit dem Vater genannt? Nach meiner Meinung nicht deßwegen, weil der Vater durch sich nicht hinreichend wäre, aber auch nicht ohne Grund und aus Zufall, sondern weil das Wort Gottes stets mit dem Vater ist. Giebt daher der Vater, so wird auch die Gnade des Sohnes gegeben. Denn im Vater ist der Sohn, wie im Lichte der Glanz. Denn nicht eines Andern bedürftig, sondern durch seinen Logos schafft er Alles, und bekräftiget die heilige Taufe im Sohne. Denn wo der Vater ist, da ist der Sohn. Und gleichwie was der Vater bewirkt, auch durch den Sohn bewirkt wird, (das bezeugt der Sohn durch die Worte: «was ich den Vater thun sehe, das thue auch ich» Joh. 5, 19.) so tauft auch der Sohn den, den der Vater tauft, und wen der Sohn tauft, der wird auch durch den heiligen Geist geweihet. Wo der Vater genannt wird, wird daher auch der Sohn genannt, und daher wird die Taufe nothwendig auch auf den Sohn ertheilt. Wegen der unzertrennlichen Einheit des Vaters, Sohnes und Geistes wird demnach die Welt vom Vater durch den Sohn erschaffen; weil der Vater nicht ohne den Sohn, und der Sohn stets im Vater ist.» (or. II. c. 41.) Mit einem Wort: Athanasius will sagen, wenn man nicht höchst unwürdige Vorstellungen auf Gott übertragen wolle, so müsse man, um zu erklären, wie durch den Sohn Alles geschaffen, und die Heiligung nebst dem Vater, auch von dem Sohne im heil. Geist gegeben werde, annehmen, es sei ein inneres nothwendiges Verhältniß in der Gottheit, die aus Vater, Sohn und Geist bestehe, obschon wir es nicht weiter erklären können.

Ferner führt er als Beweise dieses unbegreiflichen Verhältnisses Folgendes noch an: «eben deßwegen sagt der Sohn (Joh. 14, 23.), wenn er den Heiligen Verheißungen giebt: «ich und der Vater werden kommen, und Wohnung bei ihnen machen,» und abermal: «wie ich und du Eins sind, so sollen sie in uns Eins sein.» (Joh. 17, 22.) Auch die Gnade, die uns vom Vater und Sohne gegeben wird, ist Eine; wie Paulus in jedem seiner Briefe lehrt. Er sagt: Gnade und Friede sei euch von Gott unserm Vater und dem Herrn Jesus Christus.» Röm. 1, 7. I. Kor. 1, 3. Ephes. 1, 2. Daher haben die Juden, die den Sohn läugnen, auch den Vater nicht.» In dieser Ueberzeugung von der unzertrennlichen Einheit des Vaters und Sohnes sagt er darum auch mit theilnehmendem Schmerze: «Muß man sie darum nicht mit Recht beweinen, daß sie wegen sinnlicher Lüste ihr eigenes Heil verrathen, und der künftigen Hoffnung beraubt werden? Indem sie von dem, der nicht ist, zu empfangen scheinen, empfangen sie Nichts. Mit einem Geschöpfe vereinigt erhalten sie keine Hülfe. An einen dem Vater Unähnlichen und dem Wesen nach Andern glaubend, werden sie nicht mit dem Vater verknüpft, indem sie seinen wahrhaften Sohn nicht haben, der in dem Vater, und in dem der Vater ist. Von den Arianern irregeführt, bleiben sie leer und entblößt von der Gottheit, diese Unglückseligen.»

Die Arianer suchten auch, wie wir gehört haben, durch die Formeln ἀγενητος und γενητος den Sinn der Christen zu verwirren. Denn, so schien es, wenn nur von Einem, dem Vater ausgesagt werden kann, daß er nicht aus einem andern geworden sei (αγενετος), so müsse der Sohn nothwendig geworden (γενητος), also in der Zeit entstanden und aus Nichts geschaffen sein. Athanasius entgegnet das Prädikat «Nicht geworden» bezeichne Gott im Gegensatz der Geschöpfe; daß nämlich er allein den Grund seines Seins in sich habe, alle Geschöpfe aber in ihm: es heiße also auch so viel als: Gott sei der Weltschöpfer, der Allmächtige, der Alles Beherrschende. Auf den Sohn, durch den Alles geschaffen sei, und regirt werde, sei darum der Gegensatz von «Nicht geworden» und «Geworden» nicht anwendbar, da ja er im Vater der Schöpfer sei. Die griechischen Philosophen, hätten jenes Wortes sich bedient, um Gott als den Allmächtigen zu bezeichnen. Die Christen aber bezeichneten das Verhältniß zwischen Gott und seinem Logos durch Vater und Sohn, und deuteten dadurch an, daß der Sohn kein Geschöpf sei. Indem aber die Christen durch den Sohn auch Söhne Gottes geworden, darum bedienten sie sich, wenn sie vom Vater redeten, nicht des «αγενητος» sondern des Wortes «Vater.» Man müsse darum das leicht mißzuverstehende hellenische Wort meiden. Christus habe nicht gesagt, als er beten lehrte, o Nicht gewordener Gott, der du bist im Himmel, sondern: «unser Vater.» Wir würden nicht getauft auf den Nichtgewordenen und den Gewordenen, sondern im Namen des Vaters und des Sohnes; dadurch würden wir aus bloßen Geschöpfen Söhne Gottes, weil wir an den glauben, der allein wahrhafter Sohn Gottes, kein Geschöpf sei; und erkänneten dadurch, daß der, der uns aus Geschöpfen zu Söhnen Gottes gemacht habe, kein Geschöpf sei, sondern der Logos im Vater. (or. I. c. 34.) [36]).

Es war nach allem diesem leicht durch bloße Schlüsse zu zeigen, daß der Sohn nicht durch eine bloße Willenseinheit Eins mit dem Vater sei, daß er auch nicht im Vater sein könne in dem Sinne, wie alle Geschöpfe in Gott sind. Allein Athanasius würdigte die Einwürfe der Arianer auch in diesem Punkte einer besondern Aufmerksamkeit. Er sagt, das Letztere könne nicht angenommen werden, weil ja durch den Sohn Alles belebet werde und in ihm bestehe. (Kol. 1, 17.) Alles lebe dadurch, daß Gott in ihm sei; aber der Sohn sei das Leben selbst. Wie in den Heiligen durch die Harmonie des Willens sei Gott auch nicht im Sohne; denn die Heiligen würden ja erst heilig, indem sie im Sohne seien, an ihm durch den heil. Geist Antheil nähmen. Wenn der Vater ferner nur im Sohne wäre, wie etwa in den Propheten, so würde ihm nichts Ausgezeichnetes und Höheres beigelegt, wenn er sage: «ich bin im Vater, und der Vater in mir.» Auch habe kein Prophet gesagt, daß er aus eigner Vollmacht gehandelt, wenn er Wunder gewirkt oder geredet habe, sondern nur Jesus Christus, obschon auch jene mit Gott vereinigt gewesen seien. «Auch mußte dann, sagt er weiter, der Heiland sagen: auch ich bin im Vater; damit

36) Οὑτω γαρ τελειουμενοι και ἡμεις ἐκ των ποιηματων ὀντες υἱοποιουμεθα λοιπον, και το του πατρος ὀνομα, λεγοντες, ἐπιγινωσκομεν ἐκ του ὀνοματος τουτο και τον ἐν αὐτῳ τῳ πατρι λογον. cfr. de decret. Nic., wo von dem γεννητος und ἀγεννητος sehr weitläufig und gelehrt gesprochen wird.

er sich den Uebrigen gleich stelle und nichts Ausgezeichnetes sich ungebührlich beilege; er aber sagte schlechthin: «ich bin im Vater» u. s. w.; er ist deßwegen in anderer Weise im Vater als alle anderen Wesen. Jene Stelle heißt, so viel wir uns vorstellen können, (ὥςγε νοειν ἔξεστι): das ganze Sein des Sohnes ist das Eigenthümliche des Wesens des Vaters, wie die Ausstrahlung des Lichtes, das ganze Licht in sich enthält, wie im Worte der Geist ist. So ist es möglich, daß, wer den Sohn sieht, auch den Vater sieht. Die Gottheit des Vaters ist im Sohne; darum ist nothwendig der Vater im Sohn und der Sohn im Vater. Das also ist der Sinn, wenn der Sohn sagt: «ich und der Vater sind Eins» Joh. 10, 30. und «ich bin im Vater und der Vater in mir» Joh. 14, 10.; dieselbe Gottheit und die Einheit des Wesens wird gezeigt (ἱνα την μεν ταυτοτητα της θεοτητος, και την ἑνοτητα της οὐσιας δειξῃ). Er ist nicht in dem Sinne Eins wie Sabellius es meint, so daß Vater und Sohn nur zwei Namen derselben Gottheit wären: sondern der Vater ist Vater und der Sohn ist Sohn. Es ist aber eine Natur; denn der Gezeugte ist dem Erzeuger nicht ungleich. Deßwegen ist auch der Sohn kein anderer Gott, denn er kam nicht von aussen her. Sonst fände eine Mehrheit von Göttern statt. Wenn auch der Sohn, insofern er gezeugt ist, nicht der Vater ist, so ist er doch derselbe als Gott. Er und der Vater sind Eins durch die Gemeinschaft der Natur, und indem in beiden dieselbe eine Gottheit ist (ἐν εἰσιν αὐτος και ὁ πατηρ, τῃ ἰδιοτητι και οἰκειοτητι της φυσεως). Daher wird vom Sohne dasselbe gesagt, was vom Vater; der Sohn heißt Gott Joh. 1, 1.; der Allmächtige, der, der ist, war und kommen wird, Offenb. 1, 8.; Herr, I. Kor. 8, 6.; das Licht Joh. 8, 12.; er vergiebt und nimmt die Sünden hinweg Luc. 5, 24.; und sagt selbst: «Alles, was der Vater hat ist mein, Joh. 16, 15., und was mein ist, ist auch des Vaters.» Joh. 17, 10. (orat III. c. 1—3.)

Dem Einwurf der Arianer, daß, wenn der Vater den Sohn habe zeugen müssen, durch den Zwang die Freiheit Gottes vernichtet werde; sei aber die Zeugung des Vaters freier Wille gewesen, so sei eben der Sohn blos durch den Willen des Vaters da, und ihm nicht gleich, begegnet Athanasius auf eine sehr feine Weise. Er sagt: «Den Gegensatz des Wollens erkennen sie; was aber mehr ist, was über blose Freiheit erhaben ist, sehen sie nicht. Denn wie der Wille der Gegensatz von Zwang ist; so liegt das über dem Willen, und ist höher als er, was aus der Natur hervorgeht. Das, was durch den Willen hervorgebracht wird, hat angefangen zu sein, und ist außerhalb dessen, der es gemacht hat. Der Sohn aber ist die eigene Erzeugung des Wesens des Vaters, und darum nicht außerhalb desselben. Deßwegen berathet er sich auch nicht über ihn; denn sonst würde er sich über sich selbst berathen. Um wieviel also der Sohn mehr ist als Geschöpf, um so viel ist auch das aus der Natur Hervorgehende mehr als das aus dem Willen Entspringende. Sie aber, die vergessen, daß vom Sohne die Rede ist, tragen menschliche Gegensätze auf Gott über [37].» Er fragt hierauf die Arianer, ob sie meinen, Gott sei erst, nachdem er gewollt habe, gnädig und barmherzig geworden, ob sie denn nicht einsehen, daß Gott nach ihrer Ansicht auch in dieser Beziehung entweder etwas müsse werden können, was er sonst nicht sei,

37) Το μεν ἀντικειμενον τῃ βουλησει ἑωρακασι, το δε μειζον και ὑπερκειμενον οὐχ ἑωρακησαν. ὡσπερ γαρ ἀντικειται τῃ βουλησει το παρα γνωμην, οὑτως ὑπερκειται και προηγειται του βουλευεσθαι το κατα φυσιν. — το μεν βουλησει κατασκευαζομενον, ἡρξατο γενεσθαι, και ἐξοθεν ἐστι του ποιουντος· ὁδε υἱος ἰδιον ἐστι της οὐσιας του πατρος γεννημα, και οὐκ ἐστι ἐξωθεν αὐτου. διο οὐ βουλευεται περι αὐτου, ἱνα και μη περι ἑαυτου δοκῃ βουλευεσθαι· ὁσῃ οὐν του κτισματος ὁ υἱος ὑπερκειται, τοσουτο και της βουλησεως το κατα φυσιν. και ἐδει αὐτους ἀκουοντας, ου βουλησει λογιζεσθαι το κατα φυσιν· οἱ δε ἐπιλαθομενοι, ὁτι περι υἱου θεου ἀκουουσι, τολμωσιν ἀνθρωπινας ἀντιθεσεις λεγειν ἐπι του θεου, ἀναγκην και παρα γνωμην.

oder daß er, wenn er nicht die Freiheit habe, auch nicht gütig zu sein, aus Zwang gütig sei? (orat. III. c. 62. 63.)

Daraus aber, daß die Arianer von dem Sohne aussagten, er sei nicht dem Wesen nach Eins mit dem Vater, sondern nur aus dem Willen des Letztern hervorgegangen, folgte ihre weitere Behauptung, der Sohn sei veränderlich. Athanasius aber nimmt sie also auf: «Nachdem sie sich einmal einen Gott aus Nichts gemacht haben, und einen erschaffenen Sohn Gottes, so schließt sich jene Rede genau daran an. Wenn der Sohn aber veränderlich und der Wandelbarkeit unterworfen ist, wie ist der Veränderliche dem Unveränderlichen ähnlich? In welchem Zustand des Veränderlichen soll man den Unveränderlichen erblicken? Wer kann, der den Veränderlichen sieht, den Unveränderlichen gesehen zu haben meinen? (Da doch der Sohn selbst sagt; «wer mich sieht, sieht den Vater.») Wie ist er das Bild des Vaters, da er ihm in der Unveränderlichkeit nicht gleich ist? Seine Einheit mit dem Vater schließt die Veränderlichkeit aus. Daher sagt der Apostel: «Christus ist heute und gestern und in Ewigkeit derselbe.» Hebr. 13, 8. Er ist der Logos in der Weisheit des Vaters. Die Weisheit schließt alle Hinzufügung aus; sonst ist sie nicht die wahre Weisheit. Er ist die Wahrheit Joh. 14, 16; diese ist sich stets selbst gleich. Wenn nun dies der Herr von sich selbst ausspricht, wenn es die Heiligen (die Evangelisten und Apostel) bezeugen, die es gelehrt worden sind, wenn die Idee von Gott aussagt, daß es also fromm sei, woher haben es die Gottlosen anders aussersonnen?» (orat. I. c. 35—36.)

Großentheils beruhete auch die Dialektik der Arianer gegen die katholische Kirchenlehre auf der Vorstellung, daß diese Sinnliches von Gott aussage. Sie sagten ja, wenn der Sohn Gottes wahrhafter Sohn sein sollte; so könnte dies ohne Theilung des göttlichen Wesens nicht gedacht werden; aber eben darum sei der Sohn aus Nichts. Athanasius entwickelte dagegen den allgemeinen Sinn des Wortes

«Zeugen.» Er sagte, Zeugen bedeute nichts Anderes als Jemanden seiner Natur, und seines Wesens theilhaft werden lassen, und Sohn sein, heiße desselben theilhaft sein. Nun würden aber alle Christen des göttlichen Wesens theilhaft nach II. Petri. 1, 4. «Damit ihr theilnehmet an der göttlichen Natur», und Niemand stelle sich dabei vor, daß das göttliche Wesen getheilt werde. So sei es auch mit dem Sohne. Alle werden Söhne Gottes dadurch, sagt er weiter, daß sie durch den heiligen Geist mit dem Sohne in Gemeinschaft gesetzt werden, während er selbst den heil. Geist sende und mittheile. Darum nehme er unmittelbar Theil am Vater, und daher sei er dessen wahrhafter Sohn, ohne daß an eine sinnliche Theilung des Vaters gedacht werden dürfe [38]).»

Als Antwort des Athanasius auf den Vorwurf sinnlicher Vorstellungen, die der katholischen Trinitätslehre zu Grunde lägen, hebe ich nur noch folgende Stellen heraus: «Wenn sie von irgend einem Menschen sprechen, so mögen sie auch menschlich von dem Worte desselben reden; wenn aber von Gott dem Schöpfer der Menschen, so sollen sie nicht menschlich, sondern anders denken, so wie es sich für einen Gegenstand ziemt, der über ihre Natur erhaben ist. Wie der Erzeuger so muß auch der Erzeugte sein. Wie der Vater des Logos, so ist auch sein Logos. Der Mensch in der Zeit geboren, erzeugt auch in der Zeit seinen Sohn. Wie er selbst aus Nichts ist, so hört auch sein Wort auf, und

38) Το γαρ ὁλως μετεχεσθαι τον θεον, ἰσον ἐστι λεγειν, ὁτι γεννᾳ· το δε γενναν, τι σημαινει ἠ υἱον; αὐτου γουν του υἱου μετεχει τα παντα κατα την του πνευματος γενομενην παρ' αὐτου χαριν, και φανερον ἐκ τουτου γενεται, ὁτι αὐτος μεν ὁ υἱος οὐδενος μετεχει, το δε ἐκ του πατρος μετεχομενον, τουτο ἐστι ὁ υἱος. cfr. orat. II. c. 18. τα μεν γαρ κτισματα ἁγιαζεται παρα του ἁγιου πνευματος. ὁ δε υἱος οὐχ ἁγιαζομενος παρα του πνευματος, ἀλλα μαλλον αὐτος διδους αὐτο τοις πασι, δεικνυται μη κτισμα, ἀλλα υἱος ἀληθινος του πατρος ὠν.

bleibt nicht. Gott aber ist nicht wie ein Mensch; sondern er ist das Sein schlechthin. Darum ist auch sein Sohn, und ist auf ewige Weise beim Vater, wie der Glanz bei der Sonne. Das Wort der Menschen ist aus Silben zusammengesetzt; es lebt nicht, es wirkt nicht, es bezeichnet nur die Gesinnungen des Sprechenden; es erscheint und geht vorüber, und ist nicht mehr, weil es auch nicht war, bevor es gesprochen wurde. Das Wort der Menschen ist aber überhaupt nicht der Mensch. Der Logos Gottes aber ist nicht ein Wort, ein bloßes Befehlen des Vaters, sondern er ist die vollkommene Zeugung aus dem Vollkommenen. Darum ist das Wort Gottes Gott, denn Gott ist der Logos. Joh. 1, 1. (orat. II. c. 35.) Man muß nicht fragen, sagt er anderwärts: «warum ist das Wort Gottes nicht gleich dem unsrigen;» denn Gott ist auch nicht wie wir. Darum denke man sich doch auch Gottes Wort nicht wie das des Menschen; obschon dieses ein Bild jenes ist; denn sonst müßte ja Gott ein Geschöpf sein. Viele und verschiedene Worte bringen die Menschen hervor, und sie vergehen, weil auch ihre Erzeuger Menschen sind, in der Zeit leben, und die Worte den Gedanken entsprechen. Sie denken, und denken nachher wieder; so folgen auch ihre Worte auf einander. Sie sind aber bald nicht mehr; denn der Sprechende hört auf, und damit ist sein Wort am Ende. Gott aber ist ewig derselbe, und darum auch sein Wort; er ist ewig sich selbst gleich, und darum auch sein Wort. Man muß daher gar nicht fragen: «warum ist der Logos aus Gott?» Menschen, die so fragen, müßten eigentlich fragen, wie ist Gott, wo ist Gott, woher ist der Vater? Aber solche Fragen zeigen an, daß man Gott gar nicht kenne. (l. l. c. 36.) Ist also die Zeugung Gottes menschlich zu denken? (ἀρ' οὖν ανθρωποπαθης ἡ του θεου γεννησις;) Keineswegs, denn auch Gott ist nicht wie der Mensch, da auch die Menschen nicht sind wie Gott. Denn diese sind aus einem Stoffe, der leidensfähig ist, entstanden. Gott aber ist unkörperlich. Wenn aber dieselben Ausdrücke von Gott, wie von den Menschen in der heiligen Schrift gebraucht werden, so kömmt es einsichtsvollen Männern zu, zu beachten, was sie lesen, so daß man von Gott nicht das Menschliche, und von den Menschen nicht das Göttliche denkt; denn das hieße den Wein mit Wasser vermischen. Die Menschen theilen auch mit Gott das Schaffen und das Sein. Aber jener schaffet aus Nichts, diese aus einer von ihnen unabhängigen Materie; die Menschen sind, aber nicht durch sich selbst; sie sind in räumliche Verhältnisse gesetzt, und bestehen durch Gottes Wort. Aber Gott, der ein wahrhaftes Sein in sich selbst hat, umfaßt Alles, und wird selbst nicht umfaßt. Er ist in Allem durch seine Güte und Macht, und ausser Allem durch sein Wesen. Wie nun beide nicht auf dieselbe Art sind und schaffen, so ist auch das Zeugen Gottes verschieden von dem des Menschen. Wir werden in der Zeit die Väter unserer Kinder; weil auch wir, die wir zuvor nicht waren, später geworden sind. Gott aber, der ewig ist, ist ewig der Vater des Sohns. Daß die Söhne der Menschen aus ähnlichem Wesen stammen, lehrt Jeden der Augenschein. Weil aber Niemand den Sohn kennt als der Vater, und den Vater Niemand als der Sohn, und wem es der Sohn offenbaren will (Matth. 11, 27.); so haben die Heiligen, denen es der Sohn geoffenbart hat, uns ein gewisses Bild aus dem Sichtbaren gegeben und sagen: er sei der Abglanz seiner Herrlichkeit und der Abdruck seines Wesens.» Hebr. 1, 3. Das ist nun freilich ein dürftiges Bild, und drückt das zu Bezeichnende nur dunkel aus (και μικρον έστι το παραδειγμα και λιαν άμυδρον προς το ποθουμενον). Jedoch können wir auch hieraus abnehmen, daß die Zeugung des Sohnes nicht der unsrigen gleich sei. War denn der Glanz der Sonne einmal nicht? Oder wer mag ihn von der Sonne trennen? Wer mag also auch von dem Sohne sagen, er sei einst nicht gewesen, er sei aus Nichts, anderes Wesens als der Vater; er, der sagt, ich bin das Leben, und wer mich sieht, sieht den Vater? So also wollten die Heiligen, daß wir vom Sohne denken, und es ist widersinnig und sehr gottlos, während die heiligen

Schriften solche Bilder gebrauchen, uns andere Vorstellungen zu machen, die weder geschrieben sind, noch zur Frömmigkeit etwas beitragen. (de sent. Dionys. c. 10—12.)

Wenn ihr daher saget, wenn der Sohn dem Vater gleich wäre, so müßte auch er einen Sohn haben; so sind das körperliche und von der Erde genommene Vorstellungen. Die Thiere und die Menschen erzeugen sich einander; und das Erzeugte ist immer aus einem auch gewordenen Vater entstanden. Deßwegen ist Keines aus ihnen im eigentlichen Sinne Vater; denn der Sohn wird auch wieder Vater, wie der Vater Sohn war. Aber bei Gott ist es nicht also; denn wie der Vater nicht aus einem Vater entstanden ist; so erzeugt er auch Keinen, der wieder Vater wird. So ist der Vater im eigentlichen Sinne Vater; und der Sohn Sohn. Wer also fragt, warum der Sohn keinen Sohn habe, der frage auch, warum der Vater keinen Vater habe. Das sind widersinnige Fragen, und voll von Gottlosigkeit. Gerade weil der Sohn das wahre Gleichbild des Vaters ist, bleibt er ewig unveränderlich, wie der Vater. Entgegnend müßte man auch sie fragen: kann ein Baumeister ein Haus errichten, ohne einen vorhandenen Stoff? Also kann es auch Gott nicht. Kannst du sein, ohne dich im Raum zu befinden? Also kann es auch Gott nicht. Gott ist nur sich selbst gleich; also schaffet und erzeuget er auf eigene Weise. (orat. I. c. 21—23.)

Der Einwurf der Arianer, daß wenn der Sohn gleich ewig wäre, wie der Vater, er dann des Vaters Bruder nicht Sohn genannt werden dürfe, war, wie Athanasius selbst bemerkt, Nichts als eine Neckerei der Arianer, die aber ihrem eitlen Denken ganz entspricht. Weil sie aber unbeholfene Menschen doch verwirren, und sie zur Vorstellung, daß der Sohn ein Geschöpf sei, verführen konnte, so antwortet er auch hierauf. Er sagt: Wenn blos eine gleiche Ewigkeit des Sohnes mit dem Vater, nicht aber dessen Sohnschaft zugleich gelehrt würde, so könnte man solches nicht ohne Grund sagen. Aber indem der Sohn aus dem Vater sei, und in ihm seinen Grund habe, so sei es widersinnig solche Einwendungen zu machen. Auch müßte dann ein drittes Wesen ersonnen werden, aus welchem sowohl Vater und Sohn abstammten (or. I. c. 19.) Bei solchen Untersuchungen bittet Athanasius Gott öfters um Vergebung, daß er sich nur in sie einlasse.

Wenn Athanasius, gewiß mit großem und siegreichem Scharfsinne, sich der Beantwortung der dialektischen Einwürfe der Arianer gegen die katholische Kirchenlehre unterzogen hat; so wird man dies gewiß auch von der Auflösung ihrer rein biblischen Einwürfe eingestehen müssen, obschon manche Exegeten unserer Zeit zuweilen sagen dürften, daß sie hie und da mehr scharfsinnig als wahr und überzeugend sei. Allein bei genauerer Betrachtung möchte sich doch zuverläßig das ergeben, daß man einer eben so großen Ueberlegenheit an geistiger Kraft, als an tiefem christlich-evangelischem Sinne auch hier allenthalben begegne. Uebrigens meinte Athanasius selbst nicht, daß alle seine einzelnen Erklärungen gerade treffend sein müßten. Nur das war ihm gewiß, daß keiner Erklärung Wahrheit zukommen könne, welche gegen die Lehre der Kirche sei. Athanasius hatte ja die feste Ueberzeugung, daß die Kirchenlehre und Schriftlehre ganz zusammenfallen, daß mithin der todte Buchstabe der Schrift, durch den lebendigen Geist der Kirche erst Leben und Geist in uns erhalte. Es war demnach nicht nur sein Grundsatz, die gesammte heilige Schrift im Geiste der Kirche zu verstehen, sondern auch, wenn dieses Schwierigkeiten darbot, einzugestehen, daß uns nicht jede Stelle klar sein müsse. Daher sagt er z. B., nachdem er eine Interpretation einer Bibelstelle gegeben hatte: «Diesen Sinn der Stelle halte ich für sehr kirchlich» 39); d. h. mit der Lehre der Kirche stimmt er überein; ob aber deßwegen die Stelle nicht noch besser erklärt werden könne, will ich nicht bestreiten; aber

39) Τοιαυτην μεν οὑν ἡγουμαι την διανοιαν του ῥητου και μαλα ἐκκλησιαστικην οὐσαν.

eine jede Erklärung ist im voraus verwerflich, die gegen die Kirchenlehre streitet.

Ueber die Stelle Matth. 11, 27.: «Alles ist mir von meinem Vater übergeben,» hat Athanasius, wie oben schon bemerkt worden ist, eine eigene Abhandlung geschrieben (tom. I. fol. 103-109.) Er verbreitet sich aber auch sonst über dieselbe. In seiner dritten Rede gegen die Arianer c. 36. sagt er, es folge gerade das Gegentheil von dem aus dieser Stelle, was die Arianer aus ihr ableiteten, nämlich daß der Sohn als Geschöpf zu dem All gehören solle. Denn wenn Alles ihm übergeben sei, so gehöre er nothwendig nicht zu demselben. Wäre er ein Theil des Ganzen, so könnte er nicht zugleich der Erbe des Ganzen sein. Er vergleicht dann damit Joh. 5, 26.: «wie der Vater das Leben in sich selbst hat, so gab er auch dem Sohne, das Leben in sich selbst zu haben.» Aus dem ἔδωκε gehe nur hervor, daß der Vater nicht der Sohn sei: ein Anderer sei der, der gebe, ein Anderer der, der empfange; aus dem οὕτως aber die Gleichheit und Identität der Natur des Vaters und des Sohnes; indem der Vater es so gegeben habe, wie er selbst es besitze. Endlich sagt er noch, durch die arianische Vorstellung vom «Uebergeben» des Alls an den Sohn, der nicht Eins sei mit dem Vater als wahrer Gott, werde die Welt von Gott dem Vater getrennt.

Sehr lange beschäftigt sich Athanasius mit Sprüchw. 8, 23. «Dominus creavit me initium viarum suarum in opera sua.» Er konnte sich einer ausführlichen Interpretation dieser Stelle um so weniger entziehen, als nicht nur die Arianer auf sie sich stützten, um zu beweisen, daß der Sohn für den Zweck der Weltschöpfung geschaffen worden sei, sondern auch die alte Kirche überhaupt sie auf Christus bezog. Auf die Gottheit Christi konnte Athanasius diese Stelle nicht beziehen, da er ja zeigte, daß es unmöglich sei, daß ein Geschöpf Schöpfer werden könne. Er bemerkt nun zuerst, daß in diesem Buche an sich, da es wegen seines poetischen Charakters nicht streng dogmatisch-didaktisch sei, die Ausdrücke nicht streng genommen werden dürften. Dann macht er darauf aufmerksam, daß ein Zweck des Seins des Herrn angegeben sei; dies könne nicht auf seine höhere Natur bezogen werden, da, wenn von dieser die Rede sei, ganz absolut angezeigt werde, daß und wer er sei. So heiße es Joh. 1, 1.: «im Anfang war das Wort, und das Wort war bei Gott und Gott war das Wort.» Hier sei keine Ursache angegeben, warum er dieses sei. So wenig man vom Vater sagen könne, warum er sei, so wenig auch vom Sohn. Sie seien, weil sie seien. Eben so sei es der Fall in andern Stellen, wo von dem Verhältniß des Sohnes zum Vater die Rede wäre; er sage schlechthin: «ich bin im Vater, und der Vater in mir;» darum heiße es schlechthin Joh. 1. 1. «im Anfang war das Wort, nicht im Anfang schuf Gott das Wort,» wie Gen. 1, 1. von der Creatur gesagt sei. Da nun in der fraglichen Stelle eine Abzweckung der Creation des Herrn angegeben sei, nämlich in den Worten in opera, so sei sie von der Einbildung des Logos in die Welt zu verstehen. Athanasius bezieht sie demnach auf das gesammte Verhältniß des Sohnes zur Welt; also erstens auf die Abbildung der ewigen Weisheit, des Logos in der Welt im Allgemeinen und im Menschen, dessen höheres Wesen ein Reflex des Logos im ausgezeichneten Sinne ist, insbesondere. Er der Herr, dessen Bild und Abdruck Alles sei, werde anstatt eben dieses Abdruckes gesetzt, da er abbildlich in Allem sei. «Weil nun ein solcher Abdruck der göttlichen Weisheit uns eingebildet, und in allen Werken ist; so bezog die wahre und schöpferische Weisheit mit Recht ihren Abdruck auf sich, und sagte: «der Herr schuf mich in seine Werke» (εἰς τα ἐργα). Denn was die Weisheit in uns sagt, das sagt der Herr in seiner Person. Er der Schöpfer ist nicht geschaffen; wegen seines in den Geschöpfen geschaffenen Bildes, sagt er es, wie von sich selbst. Und gleichwie der Herr selbst gesagt hat: «wer euch aufnimmt, nimmt mich auf,» weil wir sein Bild sind, so sagt er auch, weil sein Bild und sein Reflex in den Geschöpfen eingedrückt ist: «er schuf mich zum Anfang seiner Wege in seine Werke.» Deßwegen aber wurde den Werken Gottes das Bild seiner Weisheit eingeschaffen, damit die Welt den schöpferischen Logos, und in ihm den Vater erkenne.» Röm. 1, 19. (orat. II. c. 78.)

Zweitens bezieht Athanasius diese Stelle auf die Menschwerdung Christi, und das durch ihn wiederhergestellte Bild Gottes in uns. Nachdem er sich auf Röm. 8, 3. unter andern berufen hatte, fährt er fort: in Bezug auf seine Menschwerdung sagt er es; vorzüglich sehen wir das aus Ephes. 2, 14. «Die Scheidewand hat er niedergerissen, da er die Feindschaft in seinem Fleische aufhob, damit er die Zwei in sich zu einem neuen Menschen schaffe und Frieden mache.» Wenn nun die Zwei (Juden und Heiden) in ihm umgeschaffen worden, die auch in seinem Leibe sind, so wird billig gesagt, indem er die Zwei in sich trägt, daß er gleichsam selbst in ihnen geschaffen worden sei. Denn die Geschaffenen hat er in sich vereinigt, und er, gleichsam sie seiend, ist in ihnen. Da sie also in ihm geschaffen wurden, so wird ganz passend von ihm gesagt, ««der Herr schuf mich.»» Denn gleichwie von ihm, weil er unsre Schwachheit auf sich genommen hat, gesagt wird, er sei schwach geworden, obschon er nicht gesündigt, sondern weil er unsre Sünde und den Fluch getragen hat, so wird auch von ihm, weil er uns in sich (neu) schaffet, gesagt: «er schuf mich in seine Werke,» obschon er kein Geschöpf ist.

Athanasius erläutert sofort die folgenden Verse jener Stelle aus den Sprüchwörtern «fundavit me ante aevum, et priusquam terram faceret, et antequam montes collocarentur.» Nachdem er Christum einmal für die gesammte Masse der an ihn Glaubenden genommen hat, so bezieht er dies auf die Prädestination der Erlösten, deren Heil ewig, selbst vor der Weltschöpfung in Christo gegründet gewesen sei.

Man konnte ihm aber einwenden, daß, wenn man annehme, Christus sei auch anstatt der in ihm Erlösten gesetzt, doch der Ausdruck in opera viel zu allgemein wäre, worunter man nur die Schöpfung verstehen könne; erwäge man nun noch nebstdem, daß er ja der Erstgeborne aller Creatur genannt werde, so zeige sich vollends jene Erklärung als nichtig, und es bleibe nichts übrig als ihn für das erste Geschöpf zur Hervorbringung der Uebrigen, dieser Stelle zufolge, zu halten. Athanasius kömmt aber diesem Einwurfe zuvor, und nimmt allerdings eine Erlösung der gesammten Schöpfung an. Schon Theophilus von Antiochien hatte dafür gehalten, daß die Sünde der Menschen, die ganze Natur verpestet, daß ihr Gift der Natur auf eine geheimnißvolle Weise sich mitgetheilt, und sie dem Verderben übergeben habe, daß nun auch der Mensch und die Natur sich in einem Kampfe befänden, und sich gleichsam zu vernichten suchten. Athanasius aber beruft sich auf Röm. 8, 19., wo der Apostel sage, daß die gesammte Schöpfung der Offenbarung der Kinder Gottes entgegenharre; auch sie werde befreit von der Knechtschaft des Verderbens, in die Freiheit der Herrlichkeit der Kinder Gottes; der Heiland sei darum auch der Erstgeborne in Bezug auf sie, und seine Erlösung beziehe sich auch auf sie. Aber nebstdem zieht Athanasius hieraus noch einen sehr tüchtigen Beweis gegen die arianische Vorstellung von dem Sohne als einem Geschöpfe; er sagt nämlich, die ganze Creatur seufze, nach der paulinischen Stelle mit uns der Befreiung entgegen. Wäre nun der Erlöser selbst eine der Creaturen, so seufzte auch er der Erlösung entgegen; dann könne er aber der Erlöser selbst nicht sein. (or. II. c. 72.)

In der Erklärung dieser Stelle, so wie auch schon in der früher angeführten Dialektik gegen die Arianer wird dem Einwurfe der Arianer begegnet, daß der Heiland deßwegen ein endliches Wesen sei, weil er der Bruder der Menschen, obgleich der Erstgeborne genannt werde. Athanasius erwiedert aber noch insbesondere, der Heiland heiße der Erstgeborne und der Eingeborne; zwei Benennungen die sich gegenseitig aufhöben; wer Erstgeborner sei, habe noch mehrere

Brüder, der Eingeborne schließe aber die Mehrheit von Brüdern aus. Es müsse also wohl beides in verschiedener Beziehung gesagt sein; als Eingeborner sei er der Sohn Gottes, das Wort, die Weisheit. Dieser sei gemeint, wenn Johannes sage: «wir sahen seine Herrlichkeit, die Herrlichkeit des Eingebornen des Vaters;» Joh. 1, 14. und «Gott schickte seinen eingebornen Sohn» 1. Joh. 4, 19. Der Erstgeborne aber heiße er, weil er wegen seiner Barmherzigkeit gegen die Menschen Mensch geworden sei; weil er viele Brüder sich erworben habe (και δια την πολλων ἀδελφοποιησιν). Wir Alle seien ihm einverleibt worden (συσσωμοι τυγχανοντες), indem er Alle durch seine Menschheit erlös'te. Darum sei er auch der Erstgeborne von den Todten; weil er den Tod vernichtet, ihn für uns übernommen habe, und der Erste als Mensch auferstanden sei, indem er für uns seinen Leib auferweckt habe. Denn da er auferstanden sei, stünden auch wir, uns an ihn anschließend in ihm und durch ihn auf. Darum heiße er nicht der Erstgeborne Gottes, sondern der Erstgeborne aller Schöpfung. Der Eingeborne sei aber der Erstgeborne geworden, damit die Nachfolge der Brüder fest bleibe, indem sich an ihn als den Logos, den festen Anfangspunkt Alle anschließen [40]. Er sei also der Eingeborne, weil er allein aus dem Vater sei; der Erstgeborne, weil wir Alle durch ihn Kinder Gottes würden, und befreit von der Knechtschaft des Verderbens, in die Freiheit der Kinder Gottes gelangten [41]. Er heiße der Erstgeborne aller Schöpfung; gehöre er selbst zur Schöpfung in jeder Beziehung, weil er der Erstgeborne sei, so müßte er früher als er selbst gewesen sein, weil er ja zur Schöpfung gehörte, und doch früher, als

40) Orat. II. c. 6. πρωτοτοκος δε ὁ κυριος, ἱν' ἐν τῳ λεγεσθαι πρωτον αὐτον, τα μετ' αὐτον διαμενῃ, ὡσπερ ἐκ τινος ἀρχης του λογου συνημμενα.

41) L. l. c. 63. ὡστε του μην πατρος εἰναι μονογεννητον υἱον δια το ἐξ αὐτου μονου αὐτον εἰναι, της δε κτισεως πρωτοτοκον, δια την των παντων υἱοποιησιν.

die gesammte Schöpfung gewesen sein solle. Aber auch später als er selbst müßte er gewesen sein, weil er die Schöpfung hervorgebracht und darum vor ihr gewesen sein müßte, aber auch wieder in sie hineinfalle, als zu ihr nach der arianischen Voraussetzung gehörig. Daher beziehe sich das «der Erstgeborne» nothwendig auf seine Menschwerdung.

Eine der feinsten Erörterungen ist die über Hebr. 1, 4. «τοσουτῳ κρειττων γενομενος των ἀγγελων.» Wenn die Arianer aus dem «γενομενος» (factus) schon ein Gewordensein des Sohnes Gottes ableiteten, so bemerkt er, daß es nicht absolut dastehe, sondern in Verbindung mit κρειττων (melior); es sei also = ἐστι. Mit Recht wirft er ihnen ein Hängen an dem bloßen Worte vor; es sei gerade wie wenn jemand aus Ps. 9, 10.: «du bist meine Zuflucht geworden» schließen wollte, daß Gott geworden sei. Was der Herr in Bezug auf uns und für uns geworden, das sei in der Stelle ausgedrückt, nicht was er an sich sei, und darum spreche sie auch nicht aus, daß er das, was er an sich ist, geworden sei. Da aber die Arianer das größte Gewicht in das κρειττων legten und schlossen, daß Christus, da er mit den Engeln verglichen werde, zu den Geschöpfen gehöre, ob er gleich als ein vorzüglicheres als die Uebrigen bezeichnet sei; so entwickelt Athanasius, wie Christus in dem κρειττων gar nicht mit den Engeln verglichen, sondern von ihnen getrennt werde (οὐ συγκριτικως ἀλλα διακριτικως). Von Wesen, die zu derselben Art gehörten, und nur durch den Grad der Vollkommenheit von einander verschieden seien, sage man nicht κρειττων, sondern man gebrauche in diesem Falle vergleichende Formen. Bei innern und wesentlichen Verschiedenheiten aber werde κρειττων gebraucht. So sage man Rachel ist schöner als Lea, ein Stern ist schöner als der andere. Aber Sprüchw. 8, 10. heiße es «Weisheit ist besser (κρειττων) als Gold,» weil sie innerlich verschieden seien. So meine es der Apostel; der keine eigentliche Comparation anstelle, sondern die Engel von dem Erlöser, wie Diener vom Sohne unterschiede. Vergleichungen würden nur von Dingen gleicher Art gebraucht (ἐν μεν τοις ὁμογενεσιν ὁμολογουμενως φιλει τα της συγκρισεως γινεσθαι, και ὀυκ ἐν τοις ἑτερογενεσιν). So werde Gott nicht mit den Menschen, der Mensch nicht mit den Thieren verglichen (δια το ἀνομοιον της φυσεως). Gott sei außer aller Vergleichung; der Mensch aber werde mit den Menschen verglichen. Dann gebrauche aber Niemand κρειττων [42]). Wäre also in der vorliegenden Stelle eine Vergleichung, so müsse es etwa heißen, der Sohn ist größer als die Engel, aber nicht κρειττων. Daher werde auch vom Sohn v. 10. gesagt, er habe Alles geschaffen, und v. 5. werde er aus der Reihe der Engel genommen. Darum sage auch der Sohn nicht, der Vater sei «besser» als der Sohn, sondern «größer», weil der Sohn dem Wesen nach, dem Vater gleich sei; eben weil «größer» gebraucht worden, so zeige das eine Wesensgleichheit an, der Ausdruck «größer» werde aber gebraucht, weil der Sohn die Quelle seiner Gottheit im Vater habe.

Um den Sinn jener Stelle zu finden, fährt Athanasius fort, müsse man die Abzweckung des Briefes, und den ganzen Zusammenhang ins Auge fassen. Der Apostel sage, oft und wiederholt habe Gott durch die Propheten zu den Menschen gesprochen, bis er sich in den jüngsten Tagen durch seinen eigenen Sohn geoffenbart habe; der τοσουτῳ κρειττων sei als die Engel, als der Sohn von dem Knechte sich unterscheide. Denn das Gesetz sei durch die Engel vermittelt worden. Nicht um eine Vergleichung anzustellen, sondern den wesentlichen Unterschied hervorzuheben, heiße es mithin τοσουτῳ κρειττων γενομενος. Dieß ergebe sich um so mehr, wenn man mit dem Apostel die Leistungen des Ge-

42) Hoffentlich wird Niemand so ungeschickt sein, dem Athanasius einzuwenden, daß doch ein Mensch besser als der Andere sei und genannt werde. Gut ist der technische Ausdruck von der Moralität der Menschen, und besser in genanntem Sinne nur der höhere Grad von Moralität. Der Mensch aber als Mensch ist nicht besser als der Andere; alle haben gleiches Wesen. Der Mensch ist in Allen derselbe.

setzes und des Evangeliums mit einander vergleiche. Wie diese innerlich verschieden seien, so auch die Ueberbringer beider. Das Gesetz sei durch die Engel vermittelt worden, und doch habe die Sünde von Adam bis auf Christus geherrscht: in Adam seien Alle gestorben, in Christo erst würden Alle zum Leben erhoben. Die Dienste der Engel bezögen sich blos auf die Juden: Christi Werk umfasse alle Völker und Zeiten. In Erfüllung sei gegangen Jesaias Rede: «Alle werden Gottgelehrte sein» (54, 13). Ein wesentlich von den mosaischen Opfern verschiedenes Opfer habe Christus gebracht, eine innerlich verschiedene Hoffnung sei uns geworden. Eine Verschiedenheit finde statt, wie zwischen Gesetz und Gnade, wie zwischen Schatten und Wahrheit u. s. w. Hier werde also nicht Kleines mit Großem nur verglichen, sondern die innere Verschiedenheit werde angegeben, eben weil der Ueberbringer des neuen Bundes über die Geschöpfe erhaben sei (οὐχ ὡς προς μικρα μεγαλαι συγκρινομεναι, ἀλλ' ὡς ἀλλαι προς ἀλλα την φυσιν τυγχανουσαι· ἐπει και ὁ ταυτα οἰκομονομησας κρειττων των γενητων ἐστι. orat. I. c. 55—63).

Bei der Erklärung von Hebr. 3, 2. «der treu ist dem, der ihn gemacht hat», sind vorzüglich die einleitenden Bemerkungen merkwürdig: «zuerst haben wir uns der Natur des Sohnes zu versichern, und darnach die Worte, die zu ihrer Bezeichnung gewählt sind, zu erklären. Als Sohn kann er nun nicht von außen zur Gottheit hinzu kommen, sondern er ist aus dem Wesen des Zeugenden. Man muß demnach nicht um das Wort streiten, wenn auch anstatt «gezeugt,» «gemacht» vorkömmt. Denn auf das Wort kömmt es nicht an, wenn wir die Sache haben. Die Bezeichnungen heben die Sache nicht auf. Das Bezeichnete zieht vielmehr auch die Bezeichnung zu sich hin, und ändert sie um. Denn die Worte sind nicht vor den zu bezeichnenden Wesen, sondern zuerst sind diese, dann erst folgen die Worte.» Athanasius bezieht dann das ποιειν nach dem Contexte auf das hohepriesterliche Amt des Erlösers, mithin auf seine

Menschheit, und sagt, man müsse von 2, 14. bis 3, 2. den Zusammenhang ins Auge fassen, den er sofort erkläret.

Sehr lange hält sich Athanasius bei der Erklärung von Phil. 2, 6. u. ff. auf; (or. I. c. Ar. c. 40—46) er giebt eine sehr geistreiche Interpretation, die ich nicht nur wegen ihrer Eigenthümlichkeit, sondern auch deßwegen entwickeln muß, weil sie die ganze Vorstellung des Athanasius von dem Erlösungswerke erläutert. Zuerst hebt er ächt dialektisch hervor, was in dem Einwurfe liegt, den die Arianer aus dieser Stelle ableiteten. Er bemerkt: « so wäre also die Erhöhung Christi ein Lohn seiner Fortschritte, und natürlich der Fortschritte, die er als Mensch gemacht hätte; denn von seinem Gehorsam bis zum Tode sei ja die Rede, in dessen Folge nach ihnen seine Erhöhung statt gefunden habe. Er fragt nun, was Christus denn vorher gewesen sei, wenn er nun erst erhöht wurde, und angebetet zu werden anfieng? Ohne Umschweif sollten sie darum eingestehen, daß sie eigentlich Christum nur für einen Menschen halten könnten. Ferner sagt er auch hier, daß nach ihrer Vorstellung Christus uns eigentlich Dank wissen müsse, nicht wir ihm, da er uns seine Verherrlichung verdanke.

Nun geht er weiter: der Herr erwähne einer Herrlichkeit, die er vor der Weltschöpfung schon gehabt habe. (Joh. 17, 5.) Er werde also nicht erst durch seinen Gehorsam herrlich. Sofort führt er die Stelle im Briefe an die Philipper ausführlich an, und sagt, nichts sei einleuchtender, als daß er nicht durch sein Menschwerden erst verherrlicht worden sei, da ja von einer Knechtsgestalt die Rede sei, die er angenommen; von einer Erniedrigung, der er sich unterzogen. Der Gottgleiche sei Knecht geworden; das sei keine Erhöhung; der Gnadenspender, der er durch seine Erlösung geworden sei, solle Gnade erst erhalten? Es heiße: « Im Anfang war das Wort, und bei Gott war das Wort, und Gott war das Wort. » Der Höchste nun solle erst erhöhet werden?

Athanasius fand demnach in der Annahme, daß in jeder Beziehung Jesus Christus, von dem zugleich gesagt werde, er habe sich erniedrigt, als er Mensch wurde, und er sei erhöhet worden, durch seine Menschwerdung, solle durch seine Verdienste, die er sich als Mensch erworben, erhöhet worden sein, einen Widerspruch. Er sagt nun, die Erniedrigung in der Menschwerdung, und die damit verknüpfte Erhöhung, sei nicht in derselben Beziehung von der Person Christi ausgesprochen: in wie fern er Gott gleich gewesen, und um Mensch zu werden, sich erniedrigt habe, sei der Sohn Gottes, der Logos gemeint; in wie fern aber von einer Erhöhung die Rede sei, sei es die angenommene Menschheit, die der Erhöhung bedurfte; aber wegen der Vereinigung des Göttlichen und Menschlichen in Christo zu einer Person werde die Erniedrigung und Erhöhung von einem und demselben ausgesagt. Erkläre man die Stelle im Sinne der Arianer, welchen zufolge, der ganze Christus erhöhet worden wäre, so enthalte sie einen unauflößlichen Widerspruch. Unter der erhöheten Menschheit aber verstand Athanasius zunächst den Menschen, in welchem Christus während seines Erdenlebens wirkte, aber auch die gesammte erlös'te Menscheit. Er sagt, gleich wie er als Mensch für uns den Tod erduldet, und sich Gott als Opfer für uns dargebracht habe, gleich wie wir Alle in Christo gestorben seien, so seien wir auch Alle in ihm erhöhet worden. Er vergleichet damit Hebr. 6, 20. wo gesagt sei, er sei **für uns** als der Vorläufer in den Himmel eingegangen. Unsere Erhöhung, die wir ihm einverleibt seien (συσσωμοι ἐκεινου), werde demnach als die Seinige betrachtet. Er werde als Mensch empfangend dargestellt, was er als Gott stets gehabt habe. Das sei eben das Wunderbare, daß die Gnade, die der Sohn vom Vater gebe, so dargestellt werde, als erhalte sie der Sohn selbst, und die Erhöhung, die der Sohn im Vater ertheile, so betrachtet werde, als werde er erhöhet. Mit einem Worte: Athanasius faßt auch hier den Sohn als den Repräsentanten der erlös'ten Menschheit auf. Das ἐχαρισατο, bemerkt er, sei also zwar vom Sohne gesagt, beziehe sich aber auf seine Menschheit und auf uns; das διο aber bezeichne die Verdienste Christi, die Ursache unserer Erhöhung und Verherrlichung.

Der Name über alle Namen, der ihm gegeben werde, sei der Name « Sohn Gottes », welcher nach Joh. 1, 12. Allen denen zu Theil werde, die an ihn glauben, und aus Gott geboren seien. Im Namen Jesu beugen sich alle Kniee, heiße: alle Gläubigen werden durch ihn Kinder Gottes, Tempel Gottes, wahre Verehrer Gottes und verherrlichen in Wahrheit den Vater. (εἰςδοξαν θεου πατρος V. 11.) Alle die, die die Gläubigen so von Gottes Geist erfüllt sähen, erkännten in dankbarer Bewunderung Gotteswerk in der Erlösungsanstalt an, und selbst die himmlischen Geister, die Gott stets angebetet hätten, würden zu noch größerer Freude erhoben, indem sie uns sich einverleibt sehen. « Siehe also das Kreuz, das den Menschen eine Thorheit Gottes schien, wurde uns Allen zur Ehre: denn unsere Auferstehung ruhet in ihm. Nicht allein Israel, sondern alle Völker verlassen die Götzen, und erkennen den wahren Gott, den Vater Jesu Christi: nur noch allein der wahre Gott wird im Namen Jesu Christi angebetet. » Athanasius meint demnach unter den Worten: « im Namen Jesu beugen sich alle Knie » seien die Wirkungen davon ausgedrückt, daß der, dem von Ewigkeit die Ehre gebührte, der Gott von Anfang war, sich bis zum Kreuzestodt erniedrigte, und die Menschen zur Anbetung Gottes zurückgeführt habe.

Doch diese Interpretation wird aus mehreren anderen noch klarer werden, in welchen Christus in seiner vergöttlichten Menschheit als der dargestellt wird, in welchem alle Erlös'ten, so zu sagen, enthalten seien. Unter andern führt Athanasius Apostelgesch. 9, 4. an, wo Christus zu Paulus, der die Kirche verfolgte, sagte: « warum verfolgst du mich », um sich zu rechtfertigen, wenn er öfters das von Christus

Gesagte, auf die Seinigen bezieht [43]). Wenn daher die Arianer, die Salbung Christi Hebr. 1, 9. die Taufe Christi, das Herabsteigen des heil. Geistes auf ihn so deuteten, als wäre Christo dadurch erst etwas ertheilt worden, in dessen Besitz er noch nicht gewesen; so erklärte er es vielmehr so, daß in Christo Alle die Seinigen seien gesalbt, getauft, und ihnen der göttliche Geist sei mitgetheilt worden. « Er wird also nicht mit dem heil. Geiste gesalbt, sagt Athanasius, damit er Gott werde, denn das war er schon; auch nicht damit er König werde, — er ist ewig König. Die jüdischen Könige wurden gesalbt, weil sie es früher nicht waren, der Heiland aber ist ja selbst der Spender des heil. Geistes; daher sagt er Joh. 17, 19. « für sie heilige ich mich, damit auch sie in der Wahrheit geheiligt seien. » Er ist also nicht der Geheiligte, sondern der Heiligende. Nicht von einem Andern wird er geheiligt, sondern er heiligt sich selbst; damit auch wir in der Wahrheit geheiligt würden. Wer sich aber selbst heiligt, der ist der Herr der Heiligung. Wenn also von ihm gesagt wird, er sei gesalbt worden, so heißt es, er heiligt seine Menschheit, damit Alle in ihm heilig werden (orat. I. c. 46.) [44]). So wurde er auch getauft im Jordan, und der heil. Geist stieg auf ihn herab. Das geschah nicht, damit der Herr besser würde, sondern zu unserer Heiligung, auf daß von uns gesagt würde: « wisset ihr nicht, daß ihr ein Tempel Gottes seid, und Gott in euch wohnet. Indem also der Herr als Mensch getauft wurde, wurden wir in ihm getauft und von ihm, und seines Geistes theil-

43) Orat. II. c. 80. και Σαυλου ποτε διωκοντος την εκκλησιαν, ἐν ᾗ ὁ τυπος ἠν αυτου και εικων.

44) Cf. orat. II. 18. το μετ' ἐξουσιας διδοναι το πνευμα οὐ κτισματος, οὐδε ποιηματος ἐστι, ἀλλα θεου δωρον· τα μεν γαρ κτισματα ἁγιαζεται παρα του πνευματος ἁγιου, ὁ δε υἱος οὐχ ἁγιαζομενος παρα του πνευματος, ἀλλα μαλλον αὐτος διδους ἀυτο τοις πασι, δεικνυται μη κτισμα, ἀλλα υἱος ἀληθινος του πατρος ὠν.

haft. Darum heißt es vom heil. Geiste: «von dem Meinigen wird er nehmen.» Joh. 16, 14. Von da an beginnen also auch wir das Siegel zu haben und die Salbung, indem ja der Apostel sagt: «ihr seid besiegelt durch den heil. Geist.» So geht die Heiligung von der Menschheit des Herrn aus, und auf Alle über» (orat. I. c. 47)[45]).

Die Arianer konnten, wie schon gesagt worden ist, das Göttliche und Menschliche in dem Erlöser nicht auseinander halten; das Leiden, überhaupt das der Menschheit in Christo Eigenthümliche mußten sie auch dem Höheren in Christo beilegen: das Menschliche, das in Christo gefunden wird, schien ihnen des wahren Gottes unwürdig, und gerade unter Anderem deßwegen läugneten sie die wahre Gottheit des Erlösers. Athanasius erinnert nun dagegen: «was von Christus in seiner Erniedrigung gesagt wird, wenden sie zu seiner Herabsetzung an. Aber gerade der ganze Charakter des Christenthums ist Herablassung der Gottheit. (πασα δε ἀκριβεια του χριστιανισμου ἐν τοις εὐτελεσι ῥημασι και πραγμασι εὑρισκεται) Wenn sie daher den heil. Paulus, wenn er an die Korinther schreibt: «ihr erkennet die Gnade unsers Herrn Jesu Christi, wie er unsertwegen arm geworden, da er reich war, damit wir durch seine Armuth reich würden;» II. Kor. 8, 9. verstehen könnten, so würden sie nicht sagen, der Sohn sei ungleich dem Vater.

45) Cf. l. l. 8. 48. οἱ ἀνθρωποι εἰσιν, οἱ ἀρχην ἐχοντες του λαβειν ἐν αὐτῳ και δι' αὐτου· αὐτου γαρ νυν λεγομενου ἀνθρωπινως χριεσθαι, ἡμεις ἐσμεν οἱ ἐν αὐτῳ χριομενοι, ἐπειδη και βαπτιζομενου αὐτου, ἡμεις ἐσμεν οἱ ἐν αὐτῳ βαπτιζομενοι· περι δε των τουτων παντων μαλλον ὁ σωτηρ φανερον ποιει, λεγων τῳ πατρι, καγω την δοξαν, ἡν δεδωκας μοι, δεδωκα αὐτοις, ἱνα ὡσιν ἑν, καθως ἡμεις ἑν ἐσμεν· δι' ἡμας ἀρα και δοξαν ἠτει, και το ἐλαβε, και το ἐχαρισατο και το ὑπερυψωσε λελεκται· ἱν ἡμεις λαβωμεν και ἡμιν χαρισηται, και ἡμεις ὑψωθωμεν ἐν αὐτῳ, ὡσπερ και ὑπερ ἡμων ἑαυτον ἁγιαζει, ἱν' ἡμεις ἁγιασθωμεν ἐν αὐτῳ.

Möchten sie doch erkennen, welches die Art seiner Armuth ist, worin die Kraft seines Kreuzes besteht! Daher spricht auch Paulus so nachdrucksam von der Armuth und den Leiden des Erlösers und sagt: «von mir aber sei es fern, mich eines Andern zu rühmen, als allein des Kreuzes unseres Herrn Jesu Christi, durch welchen mir die Welt gekreuzigt ist, und ich der Welt.» Gal. 6, 14. Und abermal, «wenn sie ihn erkannt hätten, so hätten sie den Herrn der Herrlichkeit nicht gekreuzigt.» I. Kor. 1, 28. So auch die Arianer; «wenn sie die Schrift verstünden, würden sie den Schöpfer des Alles nicht ein Geschöpf nennen.»

Indem nun aber die Arianer eigentlich gar nichts schlechthin Uebermenschliches in Christo annahmen, und von dem Menschlichen, das von ihm ausgesagt wird, gerade noch Beweise gegen seine Gottheit hernahmen; so mußten natürlich die Katholiken darauf geführt werden, das Menschliche von dem Göttlichen in Christo schärfer als bisher zu scheiden, um die Einwürfe der Arianer zu entkräften. Es war daher keineswegs ein frivoler Kitzel der Kirchenväter, oder die Hintansetzung dessen, was eigentlich Noth thut, wenn sie auf jene Unterscheidung drangen, wie man späterhin so oft ihnen vorgeworfen hat: gerade um die Hauptsache zu retten, thaten sie es. Denn mit einem kümmerlichen Jammern über die Verwegenheit der Menschen, die Alles ergründen wollten, war den Einwürfen nicht begegnet, und die Frechheit nicht abgewiesen. Da aber das Menschliche von dem ganzen Christus ausgesagt wird, nicht selten von dem Sohne Gottes, also nicht nur von dem Menschensohne; so waren sie auch noch gezwungen klar auszusprechen, daß, ungeachtet die Gottheit von der Menschheit in Christo zu unterscheiden sei, doch eine Einheit der Person statt finde, d. h. daß sich die Gottheit mit der Menschheit in die Einheit eines Lebens vereinigt habe, so daß also, was eigentlich dieser gilt, auch von jener prädicirt werden könne, und umgekehrt; auf dieser Unterscheidung des Göttlichen und Menschlichen in Christo auf der einen, und der Verbindung von beiden zu einer Person auf der andern Seite, beruhet auch schon die bereits gegebene Erklärung des Athanasius von Phil. 2, 6 u. ff.

Es mußte aber ein tieferer Grund von dieser persönlichen Vereinigung nachgewiesen werden, der den denkenden Christen befriedigte. Athanasius sagte, auch vor Christus seien einzelne Menschen geheiligt worden, wie Jeremias im Mutterleibe schon, wie Jesaia und Andere; aber dennoch habe die Sünde von Adam bis auf Christus geherrscht; es sei ein blos vorübergehendes Einwohnen der göttlichen Kraft in einzelnen Menschen gewesen. Sollte daher die Sünde wirklich vertilgt, und ein bleibendes Heil der gesammten Menschheit gegeben werden, so habe sich die ganze Fülle der Gottheit mit der Menschheit vereinigen müssen, die alle Gebrechen der Menschen auf sich nahm, und sie von dem Fluche befreite. « Indem die Gottheit und Menschheit eine Einheit bildeten, ist die Gnade von dem Logos, und wir werden nicht eines Andern, sondern Gottesverehrer. Der Logos litt nicht, er vernichtete vielmehr die Leiden; die Schwächen der Menschen werden auf ihn übertragen und zerstört, und wir in Ewigkeit leidenlos und frei » [46]. Athanasius will demnach dieses: die Fülle der Gottheit, der wahre Sohn Gottes wurde Mensch, damit, was früher blos Einzelnen vorübergehend zu Theil wurde, gleichwie auch gleichsam nur ein einzelner Strahl des Göttlichen in ihnen war, jetzt der ganzen Menschheit stets zu Theil werde; er durchdrang den ganzen Menschen bis zur Einheit der Person, weil sonst nicht er die Schwachheiten und die Gebrechen der Menschen auf sich genommen und getilgt hätte.

Er weiset nun dieses biblisch nach. « Es steht geschrieben, sagt er, das Wort ist Fleisch geworden, und wohnte unter uns. Der Logos wurde also Mensch, und kam nicht blos in

46) Or. III. c. 32—34. οὑτως ἡμεις ὁι ἀνθρωποι παρα του λογου τε θεοποιου μεθα προλεφθεντες δια της σαρκος ἀυτου και λοιπον ζωην αἰωνιον κληρονομουμεν. — λοιπον λογιθεισης της σαρκος δια τον του θεου λογον, ὁς δι᾽ ἡμας ἐγενετο σαρξ.

einen Menschen. Dieses muß man wissen, damit man nicht wähne, daß er auch jetzt so in einen Menschen gekommen sei, wie einst in die Heiligen, und daß er nur wie jene, so auch diesen geheiligt habe. Denn wenn es nur so gewesen wäre, so hätten sich die, die ihn sahen, nicht verwundert, und gesagt: warum machst du dich zu Gott, da du doch Mensch bist? Ein bloßes Einwohnen wäre auch ganz der Gewohnheit gemäß gewesen: aber weil er Mensch wurde, sich selbst erniedrigte, und Knechtsgestalt annahm, deßwegen ist das Kreuz den Juden ein Aergerniß, uns aber Gotteskraft und Weisheit. Denn der Logos ist Fleisch geworden. Wenn auch ehedem der Logos zu den Heiligen kam, und sie heiligte, wenn sie ihn würdig aufnahmen; so wurde doch von Keinem derselben gesagt, wenn sie geboren wurden, daß der Logos selbst geboren worden sei; oder wenn sie litten, daß er gelitten habe. Aber Petrus sagt: «er litt für uns im Fleische.» I. Pet. 4, 1. So wurde gezeigt, daß die Gottheit leibhaft, wie der Apostel sagt, unter uns gewohnt hat» (orat. III. c. 70—73).

Athanasius zeigt sofort, wie wegen dieser Vereinigung der Gottheit und Menschheit, das Menschliche auch von jener, mit einem Wort von dem ganzen Christus ausgesagt werde; ferner wie wenn die Gottheit wirkte, z. B. bei Wundern, auch die Menschheit dabei thätig gewesen sei; wie aber auch bei dem Dulden und Leiden, obschon die leidensunfähige Gottheit nicht afficirt werden konnte, doch diese nicht ausserhalb des Menschen gewesen wäre, weßwegen es auch das Leiden des Wortes Gottes genannt werde.

So erklärte nun Athanasius, wie von Christus ein Zunehmen an Weisheit ausgesagt werden könne, ohne daß deßwegen die Arianer begründet seien, seine Gottheit zu läugnen. Er setzt voraus, daß die menschliche Natur nach ihren Gesetzen nur allmählig sich entwickeln könne; er ist darum weit entfernt, eine magische Weise anzunehmen, durch welche die Menschheit in Christo plötzlich und mit einemmale sich entwickelt gehabt hätte. (του σωματος ἀρα ἡ προκοπη, αὐτου γαρ προκοπτοντος κ. τ. λ. κατ᾽ ὀλιγον αὐξανοντος του σωματος - - ἀλλα το ἀνθρωπινον ἐν τῃ σοφιᾳ προεκοπτεν, ὑπερβαινον κατ᾽ ὀλιγον την ανθρωπινην φυσιν, και θεοποιουμενον). Er stellt sich die Sache darum so vor, der Erlöser habe durch sich selbst und in sich selbst zugenommen (αὐτος ἐν ἑαυτῳ προ- εκοπτε). Wie sich nämlich das Menschliche immer mehr und mehr durch das Göttliche in ihm entwickelt, und das Göttliche habe durchscheinen lassen, habe sich auch die Gottheit immer mehr geoffenbart, das sei es, wenn es heiße, er nahm zu an Weisheit und Gnade.» Nach und nach sei der Mensch ganz vergöttlicht, und so auch das Organ geworden, durch welches die Gottheit sich ganz habe offenbaren können. (και ὀργανον αὐτης προς την ἐνεργειαν της θεοτητος και την ἐκλαμψιν αὐτης γινομενον, και φαινομενον πασι). So war der arianische Vorwurf auf eine genügende Weise entfernt, und allem doketischen zugleich begegnet. Athanasius gewann nun auch noch das, daß er diese allmählige Vergöttlichung der menschlichen Natur als den thatsächlichen Beweis aufstellen konnte, welcher Vergöttlichung und Vervollkommnung der Mensch fähig sei [47]).

Die Einwendung der Arianer, daß der Herr gesagt habe, Zeit und Stunde wisse nur der Vater, entfernt nun Athanasius auf eine meisterhafte Weise. «Der, sagte er, der die Zeiten gemacht hat (Hebr. 1, 2.) soll das Ende der Zeiten nicht wissen? Aber selbst der Zusammenhang zeigt, bemerkt er weiter, daß er es wohl wußte. Denn da er die begleitenden Umstände, Alles was vorher geschehen werde, anzeigt, wußte er doch wohl auch, wenn das Ende selbst sein wird. Es ist gerade, wie wann Jemand einem Reisenden, der in eine gewisse Stadt sich begeben will, genau

47) Τις δε ἐστιν ἡ λεγομενη προκοπη ἡ ἡ παρα της σοφιας τοις ἀνθρωποις μεταδιδομενη θεοποιησις και χαρις, ἐξαφανιζομενης ἐν αὐτοις της ἁμαρτιας και της ἐν αὐτοις φθορας κατα την ὁμοιοτητα και συγγενειαν της σαρκος του λογου κ. τ. λ.

beschriebe, was ihm unterwegs begegnen werde, was vor der Stadt liege u. s. w., aber nicht wissen solle, wo die Stadt selbst sei! Er wußte es also als Gottes Sohn und wußte es nicht als Mensch. Warum es aber Christus nicht sagte, bedürfen wir nicht zu wissen. Doch, Matth. 24, 42., setzt Athanasius hinzu, scheint auch der Grund angegeben zu sein, damit wir nämlich stets wachsam bleiben (orat. III. c. 43.) [48]).

Die Arianer bezogen die Auferweckung Christi von den Todten auf seine ganze Person: weil das Höhere in Christo als endlich auch leiden und sterben konnte, konnte es auch auferweckt werden. Gal. 1, 1. führten sie als Beweis an. Athanasius berief sich auf Joh. 2, 19. wo Johannes erklärend hinzugesetzt habe: «er sprach von seinem Leibe;» darum sei auch in jener Stelle nicht von der Auferweckung des Sohnes Gottes die Rede, obschon wegen der Einheit der Person, die das Göttliche und Menschliche in Christo bildeten, die Auferweckung auch vom Sohne Gottes ausgesagt werden könne. Ueberdem heiße es bei Johannes, er selbst werde seinen Tempel in drei Tagen wieder aufbauen. (de incar. c. Ar. c. 2.)

Die Worte Christi zum reichen Jüngling: «Warum nennst du mich gut? Niemand ist gut, als Gott allein,» erklärt Athanasius so, daß Christus nach der Vorstellung dessen gesprochen habe, mit dem er sprach. Dieser habe ihn nämlich für einen bloßen Menschen gehalten, und doch gut genannt; Christus erkläre also nur, daß das Gutsein nicht dem Menschen, sondern nur Gott zukomme. Aus dem Zusammenhang erhelle aber doch, daß Christus sein Gutsein von sich factisch ausgesprochen habe, er habe nämlich eine

48) De incarnat. contr. Ar. c. 7. sagt Athanasius nicht mehr, daß Christus als Mensch die Zeit und Stunde nicht gewußt habe. So war es auch consequenter; denn da er lehrte, daß sich die Menschheit Christi vergöttlicht habe, so konnte er genau genommen nicht mehr sagen, als Mensch habe er die Frage nicht beantworten können. Man sehe unten den heil. Hilarius hierüber.

unbedingte Nachfolge von dem Jüngling gefordert; was nur in der Voraussetzung, daß er der Gute sei, möglich gewesen; (de incarn. c. Ar. c. 7.) aber Christus habe antworten können, wie er geantwortet habe, weil er Mensch gewesen, dem das Gutsein an sich nicht zukomme.

Die Stelle «mein Gott, mein Gott, warum hast du mich verlassen», sagt Athanasius, habe Christus anstatt unser gesprochen (ἐκ προσωπου ἡμετερου λεγει). Nicht er, der von sich selbst sage, er sei Eins mit dem Vater, sei von Gott verlassen gewesen, sondern wir, und wegen uns Verlassenen sei Christus in die Welt gekommen. Indem er aber die Strafen auf sich genommen, die denen gebührte, die Gott verlassen hätten, um uns zu Gott zurückzuführen, habe er jene Worte anstatt der Menschheit ausgerufen. Und wenn er am Kreuze gesagt habe, «Vater, in deine Hände empfehle ich meinen Geist,» so habe er Alle Menschen, die in ihm belebt werden, seinem Vater in sich empfohlen. Denn sie seien seine Glieder, und die vielen Glieder seien Ein Leib, die Kirche, wie auch Paulus an die Galater schreibe: «ihr seid allesamt Eins in Christo Jesu.» Das Haupt habe für die Glieder gesprochen.» (L. l. c. 2, 5.)

Alles aber faßt Athanasius in folgender Stelle zusammen: «Was also immer Dürftiges von dem Herrn gesagt ist, kommt seiner Armuth zu, damit wir in ihm reich würden, nicht deßwegen, damit wir gegen den Sohn Gottes schmähen. Deßwegen ist der Sohn Gottes Sohn des Menschen geworden, damit die Söhne des Menschen, Adams Söhne, Gottes Söhne würden. Denn der, der auf eine unbegreifliche, unaussprechliche und ewige Weise aus dem Vater im Himmel geboren ist, wird in der Zeit aus Maria der Gottesgebärerin geboren, damit die früher von unten geborenen, von oben wiedergeboren würden, d. h. aus Gott. So erhielt er eine Mutter auf Erden, der seinen Vater im Himmel hat. Deßwegen nennt er sich Menschen-Sohn, damit wir Menschen Gott Vater nennen. Gleichwie nun wir die Knechte Gottes, Söhne Gottes geworden sind, so ist der Herr der Knechte

Sohn des Knechts geworden, Adams Sohn, damit die sterblichen Söhne Adams-Gottes-Söhne würden; gleichwie geschrieben steht, «er gab ihnen die Macht Söhne Gottes zu werden.» Daher schmeckt Gottes-Sohn als Mensch den Tod, damit die Menschen-Söhne an dem Leben Gottes Antheil nehmen. Er selbst nun ist seiner Natur nach Gottes Sohn, wir durch die Gnade. Daher sagt er: «ich gehe zu meinem Vater und eurem Vater, zu meinem Gott und eurem Gott.» Denn Gott ist sein Vater, der Natur nach, unser Vater aus Gnade. Er wurde aber auch sein Gott gemäß der Oekonomie, weil er Mensch ist; unser Gott und Herr aber ist er seiner Natur nach. Deßwegen wurde der Logos und Sohn des Vaters mit der Menschheit vereinigt, er ist Fleisch und vollkommener Mensch geworden, damit die Menschen mit dem Geiste vereinigt, ein Geist werden. Er also ist Gott im Fleische, damit wir Menschen im Geiste werden. Er nahm den Erstling aus dem Wesen der Menschheit, d. i. die Knechtsgestalt, und wurde uns ähnlich, und gab uns aus dem Wesen des Vaters, den Erstling des Geistes, damit wir Söhne Gottes werden und ähnlich dem Gottes-Sohne. Er also, der wahrhafte Sohn Gottes von Natur, trägt uns Alle, damit wir Alle den Einen Gott tragen. Was darum immer nach der heil. Schrift der Sohn empfangen hat, ist wegen des Leibes Jesu Christi gesagt, der der Erstling der Kirche ist. 1. Kor. 15, 23. Indem nun der Erstling einen Namen über alle Namen erhalten hat, so ist in ihm der Kraft (einer ausserzeitlichen Wirklichkeit) nach die ganze Masse erhoben und nimmt an seiner Würde Theil (συνηγερθη δυναμει και το φυραμα και συνεκαθεσθη): «« er hat uns mit auferweckt und mit versetzt ins Himmlische in Christo Jesu.» » (Ephes. 2, 6.) So wird uns von ihm als Gott Alles gegeben, was er als Mensch empfangen hat. Er selbst giebt sich das Leben (seiner Menschheit) und heiligt sich und erhöht sich selbst. Wenn nun gesagt wird, der Vater hat ihn geheiligt, auferweckt, ihm einen Namen gegeben, das Leben; so ist begreiflich, da der Vater Alles durch den Sohn thut, er ihn durch sich selbst geheiligt, auferweckt hat u. s. w., d. h. seinen Körper, und damit seinen mystischen Körper die Kirche, seine Menschheit, und damit die gesammte an ihn glaubende Menschheit.» (de incarnat. c. Ar. c. 8, 12.)

Christum betrachtet also Athanasius durchgängig als den Repräsentanten der erlös'ten Menschheit, aber nicht blos als den leeren Repräsentanten, damit ich so sage; die gesammte Kirche ist in ihm, in seiner Kraft, er ist der Anfangspunkt, und gleichwie im Anfang Alles enthalten ist, so die gesammte Kirche in ihm. Die Kirche ist gleichsam, wenn man sich an dem Ausdruck, der gröblich mißverstanden werden kann, nicht stoßen will, die Entwicklung Christi in der Zeit. Hat man sich der Idee bemächtigt, wie Athanasius Christum auffaßt und darstellt, so wird man finden, daß auch die Interpretation einzelner Stellen, die willkührlich bei dem ersten Anblick erscheinen mag, einen festen Halt durch ihre Anschauung im Ganzen erhält.

Was nun die Antwort betrifft, die Athanasius den Arianern, wegen ihrer Berufung auf Ezechiel 3, 14 und ähnlichen Stellen giebt, so bemerkt er, daß diese Einwürfe gar nicht auf die katholische Lehre passen, eben weil nach ihr Vater und Sohn Ein Gott seien. Von der Stelle Joh. 17, 3 bemerkt er, daß zu den Worten: «damit sie dich, den allein wahren Gott erkennen» zugleich hinzugefügt sei: «und den, den du gesandt hast;» und sagt: wie sich wohl Christus, als Geschöpf, zu dem Schöpfer hinstellen könne? Gerade aus dieser Stelle folge, daß er wahrer Gott und wahrhafter Gottes-Sohn sei. Er verlangt dann, daß mit dieser Stelle I. Joh. 5, 20 verglichen werde. — So viel nun von dem Sohne Gottes.

Die Lehre vom heil. Geiste, die im Beginne der arianischen Häresie ganz im Hintergrunde gehalten wurde, mußte nothwendig auch mit in den Kampf verwickelt werden; denn wie die Arianer vom Sohne unchristlich dachten, so konnten sie vom Geiste nicht christlich denken. Der Sohn, der den Geist sendend dargestellt wird, erschien ihnen als Geschöpf, um wie viel mehr der heil. Geist, der gesendet wird? Zwar sollte man aus einigen schon angeführten Stellen schließen, daß die Arianer den Geist höher gestellt haben, als den Sohn, weil sie sagten, dieser sei durch ihn geheiliget worden. Allein sie müssen sich wohl einen andern Geist, den Vater etwa selbst, eine Ausströmung aus demselben darunter gedacht haben; oder sie haben sich gar nichts dabei gedacht, sondern nur jene Erscheinung bei der Taufe des Erlösers als eine willkommene Veranlassung ergriffen, um Einwendungen gegen die katholische Wahrheit daraus abzuleiten, ohne weiter über ihren Gehalt nachzudenken. Dieß ist an und für sich nicht unwahrscheinlich, wenn wir die Gedankenlosigkeit der Arianer, der wir gar oft begegnen, berücksichtigen. Aber als Geschöpf mußten sie den heil. Geist ansehen, da sie ja den Sohn als das erste Geschöpf, durch welches sofort alles Uebrige geschaffen worden sei, auffaßten. Es ist übrigens zu bemerken, daß Athanasius vorzüglich gegen Solche über den heil. Geist schreibt, die die Gottheit des Sohnes glaubten, und nur die des heil. Geistes verwarfen, wie wir aus ep. I. ad Serap. c. 3 ersehen. Sonst nennt er die Pneumatomacher, gegen welche er sich wendet, Tropiker (l. l. c. 7). Ich weiß nicht warum; vielleicht sagten sie, daß der heil. Geist nur eine Personification einer göttlichen Kraft sei. Damit würde aber nicht zusammenstimmen, daß Athanasius gegen sie die Gottheit, nicht die Persönlichkeit des heil. Geistes beweiset.

Die Beweisführung des Athanasius für die Gottheit des heiligen Geistes ist übrigens der für die Gottheit des Sohnes ganz ähnlich. Jene Stellen aber, worin er aus den dem heil. Geiste in der heil. Schrift gegebenen Prädicaten: allmächtig, allgegenwärtig, u. dgl. seine Gottheit ableitet, übergehe ich; die späteren Dogmatiker haben ihm Alle hierin nachgeahmt. — Er folgert aus der Taufformel, daß der hl. Geist wahrer Gott sei, weil er nicht mit dem Vater und Sohn zugleich würde genannt werden, da kein Geschöpf mit dem Schöpfer zusammengestellt werden könne. Die gesammte Trinität, fährt er fort, sei schöpferisch und wahrer Gott, unzertrennlich, sich selbst gleich, und eine Wirkung gehe von ihr aus, denn der

Vater wirke Alles durch den Sohn im heil. Geist[49]). So nur werde die Einheit der Dreiheit gerettet, aber eben damit die Einheit des Wesens gesetzt.

Der Glaube, der auf die Trinität gegeben werde, sagt Athanasius weiter, sei in sich selbst ein und derselbe; so sei auch die Trinität unzertrennlich, und nicht in sich selbst ungleich; es sei darum nothwendig eine Heiligkeit in derselben, eine Ewigkeit, eine unveränderliche Natur in den drei Personen. (l. l. c. 30.) Auch kömmt dieser Beweis unter der Form vor, daß, da unser Glaube ewig sei, auch die Dreiheit ewig sein müsse, und darum der heil. Geist kein Geschöpf sei. (l. l. 7.) Dieses Argument werden alle diejenigen anerkennen müssen, die die Tauffomel und den Glauben an Vater, Sohn und Geist nicht verwässern. Denn blos zu sagen, die Tauffomel wolle nichts Anderes, als daß wir an den Vater glauben, wie ihn Christus gelehrt habe u. s. w., ist nichtig; nicht so glauben wir an Christum, daß wir blos seine Lehre glauben; er selbst, seine Person, ist das Object unseres Glaubens, wie der Vater; eben so der heil. Geist. Wir können einem endlichen Wesen glauben, aber nicht an ein endliches Wesen. Wir glauben aber an den Vater, Sohn und Geist.

---

49) Τριας τοινυν ἁγια τελεια ἐστιν, ἐν πατρι και ὑιῳ και ἁγιῳ πνευματι θεολογουμενη, οὐδε ἀλλοτριον οὐδε ἐξωθεν ἐπιμιγνυμενον ἐχουσα, οὐδε ἐκ δημιουργου και γενητου συνισταμενη, ἀλλ᾽ ὁλη του κτιζειν και δημιουργειν οὐσα· ὁμοιαδε ἑαυτῃ και ἀδιαιρετος ἐστι τῃ φυσει, και μια ταυτης ἡ ἐνεργεια. ὁ γαρ πατηρ δια του λογου ἐν πνευματι ἁγιῳ τα παντα ποιει. και οὑτως ἡ ἑνοτης της ἁγιας τριαδος σωζεται. ep. III. ad Serap. c. 6. ἐν τριαδι γαρ αὐτην (την πιστιν) ἐθεμελιωσε και ἐῤῥιζωσεν ὁ κυριος, εἰρηκως τοις μαθηταις πορευθεντες κ. τ. λ. (Matth. 28, 19.) κτισμα δε εἰ ἠν το πνευμα, οὐκ ἀν συνεταξεν αὐτο τῳ πατρι, ἱνα μη ᾐ ἀνομοιος ἑαυτη ἡ τριας, ξενου τινος και ἀλλοτριου συντασσομενου. τι γαρ ἐλλειπει τῳ θεῳ, ἱνα ἀλλοτριουσιον προσλαβηται, και συν αὐτῳ δοξαζεται;

Athanasius führt auch dieses Argument auf die eine und unzertrennliche Wirkung der Trinität zurück. « Wenn der heil. Geist in uns ist, so ist auch der Sohn, der ihn giebt in uns, und in dem Sohn der Vater. Diesen Sinn hat die Rede: « « wir werden kommen, ich und der Vater, und Wohnung bei ihm machen. » » Es ist, wie wenn es hieße: wo das Licht ist, ist sein Glanz, und wo sein Glanz, da seine Wirkung, seine leuchtende Gnade. Dieses lehrt auch Paulus, wenn er im zweiten Briefe an die Korinther schreibt: « « die Gnade unsers Herrn Jesu Christi, und die Liebe Gottes, und die Gemeinschaft des heil. Geistes, sei mit euch: » » 13, 13. Die gegebene Gnade nämlich wird in der Dreieinigkeit gegeben, vom Vater durch den Sohn im heil. Geist. Denn wie die Gnade von dem Vater durch den Sohn gegeben wird, so wird man dieser Gabe nur theilhaft durch den heil. Geist. Indem wir nämlich des heil. Geistes theilhaft sind, haben wir die Liebe des Vaters, und die Gnade des Sohnes und die Gemeinschaft des heil. Geistes. Eine Wirkung der Trias leuchtet also auch von daher ein. Denn der Apostel zeigt nicht an, daß von Jedem Verschiedenes und Getrenntes, sondern daß eine Gabe von der Dreiheit gegeben werde, und Alles aus einem Gott sei. » (ep. I. ad Serap. c. 30—31. cfr. ep. III. ad Serap. c. 6.)

Ferner sagt Athanasius, der heil. Geist ist das heiligende Princip. Er führt Röm. 1, 4. I. Kor. 6, 11. Tit. 3, 5. als Beweisstellen an; wer aber Alles heiliget, ist nicht selbst ein endliches Wesen, denn eben diese bedürfen erst der Heiligung 50).

Er ist das belebende Princip Röm. 8, 11.; alle Geschöpfe haben nur das Leben, indem sie an ihm Theil nehmen;

50) Ep. ad Serap. το τοινυν μη ἁγιαζομενον παρ' ἑτερου, μητε μετεχον ἁγιασμου, ἀλλ' αὐτο μετεκτον ὀν, ἐν ᾧ και τα κτισματα παντα ἁγιαζεται, πως ἀν εἰη ἐν των παντων, ἰδιον των μετεχοντων αὐτου;

wer aber das Leben Andern giebt, der hat es in sich selbst[51]).

Der heil. Geist ist das Siegel und die Salbung; I. Joh. 2, 28. Die Geschöpfe aber werden durch ihn besiegelt und gesalbt, und belehrt. Ist aber der heil. Geist das Siegel und die Salbung, in welchem der Sohn Alles salbt und besiegelt, welche Aehnlichkeit hat das Siegel mit dem Besiegelten, und die Salbung mit dem Gesalbten? Das Siegel gehört nicht selbst zu dem zu Besiegelnden, die Salbung zu dem zu Salbenden. (ep. I. ad Serap. c. 23.)

Durch ihn werden Alle Gottes theilhaft I. Kor. 3, 16. Wäre er demnach selbst ein Geschöpf, so hätten wir keine Gemeinschaft mit Gott. Der ist also wohl nicht bei Sinnen, der sagt, der heil. Geist sei endliches Wesens, und nicht aus dem Wesen Gottes. (ep. I. ad Serap. c. 24.) Der heil. Geist ist der Hauch des Sohnes; er prägt Christum in uns aus; er ist darum kein Geschöpf, (d. h. das göttliche Werk der Erlösung in uns vollbringen kann nur Gott, da es nun der heil. Geist vollbringt, so ist er auch Gott).

Gleichwie wer den Sohn sieht, auch den Vater sieht; so hat, wer den heil. Geist hat, auch den Sohn, und ihn habend ist er ein Tempel Gottes. Daher sagt der heil. Paulus: «wisset ihr nicht, daß ihr ein Tempel Gottes seid, und der Geist Gottes in euch wohnet?» Und Johannes: «daran erkennen wir, daß wir in Gott bleiben und Gott in uns, daß er uns von seinem Geiste gegeben hat.» I. Joh. 4, 13. Wenn nun daraus, daß der Vater im Sohn ist, und der Sohn im Vater, folgt, daß der Sohn kein Geschöpf sei, so folgt auch, daß der heil. Geist keines sei, denn indem der heil. Geist in uns wohnt, wohnt auch Gott in uns. Ferner ist der Sohn nur Einer; er ist der Eingeborne; eben so ist auch nur ein Geist; Geschöpfe aber sind viele, viele

---

51) Τα δε κτισματα ζωοποιουμενα ἐστι δι' αὐτου· το δε μη μετεχον ζωης, ἀλλ' αὐτο μετεχομενον και ζωοποιουν τα κτισματα, ποιαν συγγενειαν προς τα γενητα ἐχει;

Engel, Erzengel u. s. w. Mit dem heil. Geiste verhält es sich also ganz so wie mit dem Sohn.» (ep. ad Serap. III. c. 3.)

Ueberhaupt folgerte Athanasius daraus, daß der heil. Geist in demselben Verhältniß zum Vater dargestellt werde, wie der Sohn, daß auch er so wenig wie Dieser zu den Geschöpfen gehören könne. «Aus dem Sohne erkennen wir den heil. Geist. Denn das Verhältniß des Sohnes zum Vater, entdecken wir auch im heil. Geist. Der Sohn sagt: «Alles was der Vater hat, ist mein,» ebenso gilt es auch vom heil. Geist. I. Kor. 2, 11. Wie der Sohn uns zu Söhnen Gottes erhebt, eben so der heil. Geist; denn die, welche vom Geiste getrieben werden, sind Kinder Gottes, im heil. Geiste. Der Vater schickt den Geist seines Sohnes in unsere Herzen, der ruft Abba, Vater. Gal. 4, 16. Wie der Sohn vom Vater kömmt, so der heil. Geist, und der Geist des Sohnes wird zugleich auch der Geist des Vaters genannt: «wenn der Tröster gekommen sein wird, den ich euch vom Vater schicken werde, der Geist der Wahrheit, der vom Vater ausgeht, der wird Zeugniß von mir geben.» Joh. 15, 26. (d. h. der heil. Geist geht nicht nur vom Sohne, sondern zugleich wie der Sohn unmittelbar vom Vater aus). Wie nun der Sohn kein Geschöpf ist, so auch der heil. Geist nicht. (l. l. c. 1.)

Diejenigen, die die Gottheit des heil. Geistes bestritten, beriefen sich, sonderbar genug, auf Amos 4, 13. «κτιζων πνευμα.» Athanasius entwickelt nun die verschiedenen Bedeutungen, die das Wort πνευμα habe, und stellt die Regel auf, daß der heil. Geist nur dann gemeint sei, wenn der Artikel bei πνευμα stehe, oder, wenn es heiße, der Geist Gottes, der Geist des Vaters, der Geist Christi, der Geist des Sohnes. Nur im neuen Bund werde auch zuweilen «Geist» allein gesetzt und bedeute doch den heil. Geist; weil an solche die Rede ergehe, die ihn schon empfangen hätten und wüßten, worin der Glaube an ihn bestehe, wie Gal. 3, 3. In allen übrigen Fällen sei nicht der heil. Geist gemeint; in der bestrittenen Stelle bei Amos aber bedeute πνευμα den Wind; in andern die Wirkungen des heil. Geistes in uns, oder etwas dergleichen. Wie endlich Athanasius die Arianer abweiset, wenn sie sagten (ep. IV. ad Serap. c. 5.), daß, wenn der heil. Geist vom Vater und Sohn ausgehe, derselbe eigentlich der Enkel des Vaters, also der Vater Großvater genannt werden müsse, kann sich jeder wohl vorstellen, der den Geist des Athanasius bisher auch nur in etwas begriffen hat.

Nun können wir zusammenstellen, wie Athanasius die Trinitätslehre darstellt. Er nennt Vater, Sohn und Geist ὁμοουσιοι (ep. I. ad. Serap. c. 27.); eine Gottheit: «es ist ein Glaube an die heil. Dreiheit, weil eine Gottheit in der Dreiheit ist.» (ep. ad. Jov. c. 4. δια το και μιαν εἰναι ἐν τῃ ἁγιᾳ τριαδι θεοτητα). Ungeachtet dieser Einheit der Gottheit in den Dreien, hält er die Verschiedenheit der Personen fest. So sagt er in der Abhandlung über Matth. 11, 22. (tom. I. fol. 108.): «die allgepriesene, verehrte und angebetete Trias ist eine, untheilbar und gestaltlos. Ohne Vermischung wird sie verbunden, ohne Trennung bestehet die Einheit. Denn daß jene verehrungswürdigen drei lebendigen Wesen, heilig, heilig, heilig sagen, bedeutet die drei vollkommenen Hypostasen (τας τρεις τελειας ὑποστασεις δεικνοντα ἐστι); so wie von ihnen, wenn sie sagen «Herr» ein Wesen angedeutet wird.» Aber eben deßwegen, weil Athanasius das Gestaltlose von der Trinität aussagt, und überzeugt ist, daß drei von einander getrennte Personen angenommen werden, wenn man sich die drei göttlichen Personen wie ungefähr drei Menschen denkt, deren Einheit in dem Besitz derselben Menschheit bestehet, so verschmähet er diese Vergleichung. (fidei expos. c. 2. οὐτε τρεις ὑποστασεις μεμερισμενας καθ᾽ ἑαυτας, ὡσπερ σωματοφυως ἐπ᾽ ἀνθρωπων). Endlich lehrt er, daß der heil. Geist auch vom Sohne ausgehe. Er nennt (de incar. contr. Ar. c. 9.) den Sohn die Quelle des heil. Geistes (οἰδε γαρ παρα τῳ θεῳ ὀντα τον υἱον την πηγην του ἁγιου πνευματος).

Gregorius von Nazianz aber ertheilt dem Athanasius (encom. s. Ath. c. 20.) das Lob: «da alle Christen in drei Parteien sich getheilt hatten, und Viele in Betreff des Glaubens an den Sohn eine ungesunde Lehre hatten (die Arianer), noch Mehrere in Betreff des heiligen Geistes irrten, denn wenn man nur weniger ungläubig war, hielt man es damals schon für den rechten Glauben, nur Wenige aber in beiderlei Beziehung gesund waren, da hatte er der Erste und allein oder nur mit sehr Wenigen den Muth klar und ohne Rückhalt die eine Gottheit und das eine Wesen der Dreien in seinen Schriften zu bekennen; und die Gnade, die den Vätern früher in der Erkenntniß des Sohnes zu Theil geworden war, wurde ihm nachher auch in der Erkenntniß des heiligen Geistes geschenkt.» So wurde Athanasius der Vater der kirchlichen Theologie; d. h. nicht des Kirchenglaubens, der nur von Christus kömmt, sondern der schärfern und genauern Darstellung und Entwickelung dieses Glaubens im Begriffe.

In denselben Schriften, in welchen sich Athanasius gegen die Arianer wendet, bekämpft er auch die Sabellianer. Es war dazu um so mehr dringende Veranlassung vorhanden, als in der Bekämpfung des Arianismus manche Katholiken so weit ausschweiften, daß sie diesem nicht anders auswichen, als indem sie sich dem Sabellianismus näherten. Es wird später noch von ihnen die Rede sein. Auch warf man den Katholiken häufig den Sabellianismus vor. Ich bin aber hier gezwungen eine Untersuchung anzustellen, die Mancher als nicht hieher gehörig ansehen dürfte. Allein, um die folgende Beweisführung des Athanasius gegen den Sabellianismus zu verstehen, scheint sie schon nothwendig zu sein; noch mehr aber, um in den Geist des ganzen Kampfes der Kirche für ihre Lehre von der Trinität, den ich beschreibe, einzudringen. Zudem wurde ich durch eine äussere sogleich zu nennende Veranlassung dazu aufgefordert. Es konnte allerdings, dieser Veranlassung zu Folge die jetzt zu gebende Erörterung im ersten Buche angestellt werden, da Sabellius in die vornicäische Periode fällt. Da wir jedoch jetzt die katholische Trinitätslehre nach ihrem ganzen Umfang entwickelt sehen, so scheint auch ihr Verhältniß zum Sabellianismus jetzt erst gehörig verstanden werden zu können. Ihr Verhältniß zum Arianismus wird zugleich mehr Licht bekommen.

Vor einigen Jahren ist nämlich eine sehr scharfsinnige Abhandlung [52]) «über den Gegensatz der Athanasianischen und sabellianischen Trinitätslehre» von einem der geistreichsten Theologen unter den Protestanten erschienen, in welcher der letzteren bei weitem der Vorzug vor der katholischen gegeben wird. Ich sage: es wird in derselben der sabellianischen der Vorzug gegeben; denn sie entscheidet nicht, welche schlechthin die biblische, die geoffenbarte Trinitätslehre sei. Vielmehr scheint sie anzunehmen, daß ursprünglich nur in Gesängen, in poetischen Hervorbringungen, und in rhetorischen Verträgen der Erlöser sei vergöttlicht worden; daß also der christliche Glaube nicht bestimmt seine Gottheit gelehrt habe. Nur das scheidet Schleiermacher als schlechthin unchristlich aus, wenn in Christo nur ein Mensch, der nicht einmal vom heil. Geist empfangen worden, also nicht unsündlich sei, erkannt werde. Ob aber Christus wahrhaft Gott sei, also gleiches Wesens mit dem Vater, jedoch so, daß ein Personenunterschied angenommen werde; oder ob er ein dem Vater untergeordnetes ihm ungleiches Wesen, oder schlechthin identisch mit dem Vater sei, oder wie das Verhältniß immer endlich erklärt werden möge, wenn nur Uebermenschliches und Göttliches in Christo anerkannt werde, das scheint Schleiermacher nicht als durch die christliche Offenbarung bestimmt, anzuerkennen. Daß gerade die katholische Lehre die katholische geworden, scheint ihm gewissermaßen zufällig. (S. 297. u. ff.)

Er erklärt sich aber die Sache so, daß von Alexandrien aus durch Platonisiren, oder ein blos philosophisches, kos-

52) Theologische Zeitschrift von Schleiermacher, de Wette und Lüke. Drittes Heft. S. 295—408. Die Abhandlung ist von Schleiermacher.

mologisches Interesse die kirchliche Trinitätslehre entstanden sei, durch das Interesse nämlich einen Uebergang von den endlichen Wesen zu dem Unendlichen im Sohne Gottes zu erhalten (S. 355); denn wenn dieses nicht vorgewaltet hätte, hätte sich, wie er meint, die sabellianische Trinitätslehre gebildet, die keinen Personenunterschied in der Gottheit annimmt, und lehrt, daß diese unpersönliche Gottheit das Göttliche in Christo und der heil. Geist sei; aber doch auch in Christo und dem heil. Geist eigenthümliche Offenbarungen Gottes anerkennt, weßwegen auch das Wort Trinität von ihr beibehalten wird. Wegen dieses sich einmischenden Menschlichen und Fremden sei so viel Schwankendes bei den Kirchenvätern in Bestimmung des Verhältnisses des Sohnes zum Vater, sagt Schleiermacher weiter; da hingegen die sabellianische Theorie in sich selbst klar und bestimmt sei, weßwegen ihr das Zeugniß der Ursprünglichkeit und Selbstständigkeit schwerlich versagt werden könne. Ohne alle Gründe des Herrn Schleiermacher aufzuzählen, (wozu hier der Ort nicht ist, und ohnedies haben sie mit arianischen Einwürfen öfters viele Aehnlichkeit), bemerke ich nur noch dies, daß er den Tadel ausspricht, die Zeugung des Sohnes, und noch mehr, das Hervorgehen des heil. Geistes sei völlig unverständlich; und den Vorwurf macht, daß, wenn man einmal eine göttliche Eigenschaft zu personificiren angefangen habe, wie den Logos (den göttlichen Verstand) man eben so gut Alle personificiren könne [53]. Ferner sagt er, befriedige die sabellianische Theorie das Interesse der christlichen Frömmigkeit, um das wenigste zu sagen, eben so sehr, als die kirchliche; ja da sie Christum schlechthin für Gott halte,

---

53) S. 322. « Wenn einmal ausser der ewigen Zeugung noch eine andere völlig unbeschreibliche Differenz im göttlichen Wesen, nämlich das Ausgehen des Geistes gesetzt ist, so ist auch in dieser Vorstellung selbst kein Grund, warum es nicht noch mehrere solcher Prozesse geben könne; und wenn der göttliche Verstand sich heraustretend substanziirt, warum nicht auch jede andere göttliche Eigenschaft oder Thätigkeit? »

wohl eher noch mehr als diese. Endlich empfehle sie sich dadurch, daß sie sich blos auf das Verhältniß Gottes zur Welt, und zur Heilsordnung beziehe, während die kirchliche Trinitätslehre transcendent sei.

Ich bemerke vorerst, daß von Christus, wie ich im ersten Buch gezeigt habe, stets gelehrt worden sei, daß er Gott sei, und daß er keineswegs blos in Hymnen und überschwänglichen Ergießungen des christlichen Gefühls sei vergöttlicht worden. Man erinnere sich an den Brief des Barnabas, an den Pastor, und die Briefe des Ignatius. Hier wird mit der klarsten Besonnenheit seine Gottheit gelehrt, und die Beziehungen dieser Lehre zu dem gesammten Glauben und Hoffen der Christen werden entwickelt. Wenn man nun ferner zwar auch zugiebt, daß der Verfasser des dem Barnabas beigelegten Briefes ein Alexandriner sei, was aber noch Niemand bewiesen hat, was sollen wir von dem Pastor und den Briefen des Ignatius sagen? Diese sind doch gewiß nicht von Alexandrien ausgegangen. Aber dieser Schriften, so wie der des Irenäus, der so streng an der Tradition festhielt, und alles Philosophiren so sehr verschmähte, erwähnte Schleiermacher gar nicht. Irenäus steht mit den Alexandrinern in gar keiner Verbindung, weder in Bezug auf Herkunft noch der individuellen Geistesrichtung; und doch ist bei ihm die kirchliche Trinitätslehre beinahe am schärfsten ausgesprochen unter allen vornicäischen Vätern. Die meisten christlichen Apologeten stunden auch keineswegs in einer nähern Verbindung mit den Alexandrinern; ja eine der alexandrinischen entgegengesetzte Geistesrichtung läßt sich in mehreren Puncten auch bei diesen sehr genau nachweisen. Wie stimmen sie nun doch miteinander im Glauben an Christus überein? Gewiß wird sich das übereinstimmende Zeugniß von Anfang an und aus allen Theilen der Kirche nicht anders erklären lassen, als durch die Annahme, daß die kirchliche Lehre apostolische Tradition ist. Sollte aber die Ansicht, daß Christus ursprünglich blos durch überschwängliche Ergüsse des Gefühls vergöttlicht worden sei, nicht so fast nur auf die älteste Kirche als vielmehr auf die Apostel selbst sich beziehen, so gienge Schleiermacher von einer Voraussetzung aus, welche alle Verständigung über diesen Punct unmöglich machte. Daß aber manches Unbestimmte und Unklare bei den Vätern sich findet, läßt sich sehr leicht erklären, und ich glaube es sehr genügend dadurch erklärt zu haben, daß ich zwischen dem Glauben und dem völlig klaren von allen Seiten bestimmten Verstandesbegriffe unterschieden habe: der Glaube wird allerdings stets durch Begriffe erzeugt, aber diese müssen nicht nach allen Beziehungen anfänglich schon entwickelt sein. Die platonisirenden Väter wurden freilich hie und da verwirrt durch fremdartige Einflüsse; aber die Substanz des Glaubens an die Gottheit Christi findet sich vor ihnen, bei ihnen und neben ihnen. Darauf will ich erst gar nicht besonders aufmerksam machen, daß es mir ein Widerspruch zu sein scheint, wenn man die sabellianische Trinitätslehre am Ende doch in der heil. Schrift finden will und dabei sagt, ursprünglich sei Christus nur in Liedern und rhetorischen Vorträgen vergöttlicht worden.

Der Logos ist keine von den Vätern personificirte göttliche Eigenschaft; keine Personbildung des göttlichen Verstandes. Alle göttlichen Eigenschaften sind im Sohne, oder richtiger zu sprechen, das Wesen des Vaters ist im Gleichbilde der Sohn. Daher heißt er bei den Vätern nicht blos der Logos, sondern er ist die αὐτοδικαιοσυνη, αὐτοσοφια, αὐτοζωη, die δυναμις του πατρος, kurz alle göttlichen Eigenschaften legen die Väter dem Sohne Gottes bei: er ist das persönliche Bild des Vaters, nicht blos der personificirte göttliche Verstand, oder die personificirte göttliche Weisheit. Auch sieht man dies ferner daraus, daß die Väter stets gegen Personificationen göttlicher Eigenschaften protestiren, wie Irenäus gegen die Gnostiker. Er giebt zugleich den Grund an, weil Gott nicht aus Eigenschaften zusammengesetzt sei, sondern durchweg Eins in sich selbst, sich ganz gleich ohne alle Verschiedenheit, ganz Geist, (νους) ganz Weisheit, ganz Vernunft, (λογος) ganz Macht. (adv. haer. l. II. c. 13.) Aus dieser Stelle haben Manche, die den Irenäus so wenig als die kirchliche Trinitätslehre verstanden, gefolgert, er habe keinen Personenunterschied angenommen; als wenn Irenäus hätte sagen müssen, Gott sei zusammengesetzt aus Eigenschaften, wenn der Sohn nach ihm eine Person wäre! Allein gerade daraus, weil Gott einfach in sich selbst ist, und dies stets von den Kirchenvätern behauptet wurde, konnten sie keine Personification einer göttlichen Eigenschaft annehmen: weil keine einzeln für sich herausgenommen werden kann, sondern in Jeder alle Uebrigen sind, mußte der Sohn nicht als Personificirung des göttlichen Verstandes, sondern als das Gleichbild des Wesens des Vaters betrachtet werden. So nur konnte Gottes Einfachheit gerettet werden. Mit denselben Gründen bestreitet Athanasius diejenigen, die in Christo nur den unpersönlichen göttlichen Verstand erblickten [54]. Warum aber nennen die Väter den Sohn vorzüglich den Logos? Einmal weil es traditionell und biblischer Sprachgebrauch ist. Dann aber verstunden sie unter Logos keineswegs blos, oder auch nur vorzugsweise den göttlichen Verstand. Man erinnere sich hier nur daran, daß die Väter, von Justin an, zu sagen

54) Orat. IV. contr. Ar. c. 4. εἰ δε φησαιεν ὡς ποιοτητα εἰναι ἐν τῳ πατρι την σοφιαν, ἡ αὐτοσοφιαν εἰναι· ἀκολουθησει τα ἐν τοις ἐμπροσθεν ἀτοπα εἰρημενα. ἐστι γαρ συνθετος — εἱς οὑτος υἱος, ὁς ἐστι λογος, σοφια, δυναμις, οὐ γαρ συνθετος ἐκ τουτων ὁ θεος, ἀλλα γεννητικος. ὡσπερ γαρ τα κτισματα λογῳ δημιουργει, οὑτως κατα φυσιν της ἰδιας οὐσιας ἐχει γεννημα τον λογον. cfr. Hilar. de trinit. l. VII. c. 27. Totum in eo (Deo) quod est, unum est: ut quod spiritus est, et lux et virtus et vita sit; et quod vita est, et lux et virtus et spiritus sit. Nam qui ait, Ego sum et non demutor; non demutatur ex partibus, nec fit diversus ex genere. Haec enim, quae superius significata sunt, non ex partibus in eo sunt; sed totum hoc in eo unum et perfectum, omnia Deus vivens est. Vivens igitur Deus, et aeterna naturae viventis (sc. filii) potestas est. — Dehinc cum dicit, sicut enim Pater habet vitam in semetipso, sic et filio dedit vitam habere in semetipso; omnia viva sua ex vivente testatus est.

pflegten, der Logos habe sein Bild im Menschen eingedrückt (λογος σπερματικος). Unter diesem Bilde des Logos verstunden sie aber bei weitem nicht allein den Verstand des Menschen, sondern seine gesammte geistige Natur, sein höheres Wesen. Eben so bezeichneten sie nun auch mit dem Worte Logos weit mehr, als eine göttliche Eigenschaft nur: was er dem Menschen endlich eingedrückt hat, besitzt er Alles auf eine unendliche und ewige Weise. Das dachten sie sich unter dem Logos. Daher nannten sie auch Gott an sich Logos, nicht nur den Sohn; weil er ein rein geistiges Wesen ist. (Tat. c. 6. Iren. l. II. c. 13.) Wenn aber die Distinction zwischen dem λογος προφορικος und ἐνδιαθετος, die bei einigen Kirchenvätern vorkömmt, gegen das Gesagte zu sein scheint, so muß man sich erinnern, daß sie ein bloßer Erklärungsversuch des schon vorhandenen Glaubens an die Gottheit des Erlösers, und alles Uebrige, was sie nebst dem noch aussagen, damit zu vergleichen sei.

Daß die sabellianische Theorie sich rein aus sich selbst ohne fremdartiges Interesse gebildet habe, ist eben erst zu beweisen. Das Interesse des menschlichen Verstandes ist es, welches sie hervorbrachte, wie man aus den meisten Gründen sieht, welche von jeher gegen die katholische Trinitätslehre vorgebracht worden sind. Würde aber wirklich ein philosophisches Interesse durch die kirchliche Lehre befriedigt, das heißt, das Interesse der Vernunft, was ich wirklich glaube, nur in einem andern Sinn, als Schleiermacher es meint, so könnte ihr das nur eine Empfehlung sein. Athanasius leitet die sabellianische Theorie aus dem Stoicismus ab; ob mit einigem Scheine von Recht, wird sich nachher ergeben. Der Einfluß des Judenthums ist ohnedies keineswegs zu vergessen. Das ἰουδαΐζειν haben die Kirchenväter stets den Sabellianern vorgeworfen, und in mancher Beziehung mit Recht; haben sie doch auch vorzüglich aus dem alten Testamente ihre Beweise abgeleitet. Hingegen hat sich die Kirche rein an die Ueberlieferung gehalten, so groß auch die Schwierigkeiten sein mochten, die aus ihrer Lehre hervorgiengen. Sie hat sie nicht gescheuet, eben weil ihre Lehre Ueberlieferung war: und sie hat gesiegt, weil ihre Ueberlieferung göttlich ist, und Gott für das Seine streitet. Es war nie ihre Sache, dem gefallenen, menschlichen, endlichen Verstande auch nur das Geringste nachzugeben. Ob daher die Zeugung des Sohnes und das Ausgehen des heiligen Geistes auf irgend eine Weise begreiflich gemacht und beschrieben werden könne, kümmerte sie wenig: sie hatte auch keinen Auftrag dazu, dies begreiflich zu machen.

Die innere Bestimmtheit, Klarheit und Einfachheit der sabellianischen Theorie aber dürfte wohl nicht mit Unrecht bezweifelt werden. Welche unsägliche Mühe, welcher Aufwand von Fleiß und Scharfsinn wurde nicht erfordert, um einigermaßen klar zu machen, was Praxeas, Noetus, Beryllus und Sabellius eigentlich gewollt haben? Wie oft war es nicht nothwendig, die Kirchenväter entweder der Beschränktheit, oder der Unredlichkeit und Hinterlist zu beschuldigen? Eine als so einfach gerühmte Lehre sollte doch auch von dem schlichtesten Fassungsvermögen verstanden werden können. Daß aber, ich will von Tertullian und Anderen nichts sagen, daß Athanasius sie nicht verstanden haben solle, dieser scharfe und durchdringende Denker, spricht gewiß ihrer Klarheit das Wort nicht. Daß den Vätern die sabellianische Theorie einmal zu fremd, wie Schleiermacher sagt, gewesen, und daß sie sich deßwegen nicht darin sollten zurecht gefunden haben, scheint mir zu seltsam. Was Schleiermacher für die wahre sabellianische Lehre hält, findet sich in der That bei Athanasius; nur konnte er nicht gewiß werden, ob es die Sabellianer gerade so meinen, oder auch anders; denn in ihren Schriften oder mündlichen Aeußerungen müssen Zeugnisse für das Eine und Andere sich vorgefunden haben. Er führt daher mehrere Ansichten an, die man vom Sabellianismus sich bilden konnte, und widerlegt sie. Mangel an Fähigkeit sich in fremde Meinungen hineinzudenken, war also gewiß nicht die Ursache, wenn er nicht mit Bestimmtheit die sabellianische Theorie vorlegt. Irgend ein Interesse, ihren wahren Gehalt zu verbergen, konnte er aber nicht haben, theils weil sich keines denken läßt, theils weil er die Ansicht vom Sabellianismus wirklich vorträgt, die Schleiermacher für die wahre hält. Ich glaube vielmehr, daß sich die sabellianisirenden Häretiker selbst nicht klar gewesen sind, und leite von daher das Dunkel ab, welches sich über ihre Theorien verbreitet. Ob daher Schleiermacher dem Sabellianismus jene genannten Prädicate der Klarheit u. s. w. geben dürfe, bezweifle ich sehr. Doch auf jeden Fall ist der Sabellianismus klar und einfach, den Schleiermacher gefunden hat, es mag ihn nun Sabellius gelehrt haben oder nicht. Eigentlich scheint es mir fast der Sabellianismus des monophysitischen Patriarchen Damian zu sein. Uebergehen kann ich aber die Bemerkung nicht, daß es eine große Kriegslist von Schleiermacher gewesen sei, den Sabellianismus nur mit unvollkommenen Darstellungen der Kirchenlehre verglichen zu haben. Warum stellte er ihn nicht auch mit der Darstellung und Vertheidigung des Athanasius zusammen, wie doch die Ankündigung der Abhandlung erwarten ließ?

Was aber die Transcendenz der katholischen Lehre betrifft, nämlich, daß sie behauptet, daß Vater, Sohn und Geist, dem Wesen nach Eins und den Personen nach verschieden seien, und seien, was sie sind, auch abgesehen von der Offenbarung in der Welt im Allgemeinen und im Christenthum insbesondere, das hat seinen guten Grund. Wenn ein Christ gefragt wird, ob Gott an sich weise, gut und gerecht sei, so wird er schwerlich anstehen, die Frage zu bejahen, und zu sagen, gerade darum offenbare er sich so, weil er es auch abgesehen von seiner Offenbarung sei; eine solche Offenbarung Gottes sei erst möglich, weil er es an sich sei, und er würde sich nicht also geoffenbart haben, wenn er nicht also an sich wäre. Es sollte eigentlich gar nie bezweifelt worden sein, ob Gott an sich sei, wie er in der Offenbarung erscheint. Das Erstere interessirt uns an sich freilich nicht; aber es ist uns unendlich wichtig, um des Letzteren willen: wir sind des Letztern nicht recht und wahrhaft gewiß, wenn nicht auch das Erstere ist. In diesem Gefühle haben von jeher die Theologen eine Transcendenz unseres Wissens von Gott behauptet; und dieses Gefühl war recht, obgleich sie die Sache übertrieben haben. So ist es auch mit der Trinitätslehre: weil sich Gott als Vater, Sohn und Geist geoffenbaret hat, so ist er auch dieses abgesehen von aller Offenbarung; und es ist uns nicht gewiß, ob Gott Alles das für uns sei, wie der Christ es fordert, wenn er es nicht an sich ist. Das Folgende wird noch mehr Aufschluß hierüber geben.

Das Verhältniß des Arianismus zum Sabellianismus können wir so ausdrücken: nach jenem ist Gott von der Welt getrennt, nach diesem fällt Gott und die Welt zusammen. Der Katholicismus aber hält Gott und Welt auseinander, obschon Gott mit der Welt in innigster Verbindung steht. Daß der Arianismus Gott von der Welt trenne, bedarf keines Beweises mehr. Die biblische Lehre, daß durch den Logos Alles geschaffen worden sei, benützte er dazu, in dem Sohne ein Mittelwesen zwischen Gott und Welt aufzustellen. Vom Sabellianismus aber ist das Gesagte zu erweisen.

Der Sabellianismus kann jene biblische Lehre von der Schöpfung aller Dinge vom Vater durch den Sohn gar nicht erklären: denn der Sohn müßte thätig gewesen sein, ehe er war; der Sohn ist nämlich nach dem Sabellianismus nur die erlösende Gottheit, die besondere Umschreibung des göttlichen Wesens durch die Menschwerdung in Christo, eine besondere Offenbarungsweise derselben, und der heil. Geist die Gottheit in der Kirche. Daß es aber biblische Lehre sei, daß vom Vater durch den Sohn Alles sei geschaffen worden, leuchtet aus mehreren Stellen ein, I. Kor. 8, 6. Kol. 1, 15—17.; Hebr. 1, 1—2. wird der Sohn ausdrücklich der genannt, durch welchen Gott die Welt geschaffen hat (τους αιωνας). Diese Entgegensetzung des Vaters und Sohnes, daß jener durch diesen Alles geschaffen habe, ist sonach biblische Lehre, und der Sohn ist nicht blos die erlösende Gottheit, sondern auch die mit dem Vater schaffende. Dieses Argument haben die Väter stets gegen die sabellianische Theorie vorgebracht, und es ist auch unauflöslich. Diese für den Sabellianismus sich darbietende Schwierigkeit zu lösen hat auch Schleiermacher gar nicht unternommen. Nun sagt er zwar allerdings, um die Persönlichkeit des Logos zu bestreiten, das προς Joh. 1, 1. sei das hebräische אל welches auch ἐν bedeute, und in dem Satze «και θεος ἠν ὁ λογος» sei blos gesagt, daß eben der Logos Gott sei, und θεος bedeute in diesem Satze eben das, was θεος in dem «προς τον θεον» aussage, ohne daß die Abwesenheit des Artikels vor θεος urgirt werden dürfe, wie Origenes es that; so daß also der Sinn wäre, der Logos ist die Gottheit schlechthin. Das kann an sich Alles der Fall sein, wenn man blos die grammatischen Momente berücksichtigt; obwohl es gewiß der Beachtung werth ist, daß Johannes auch sonst (Joh. 12, 5. I. Joh. 1, 2.) nicht ἐν sondern προς und παρα in ganz gleichem Falle gebraucht. Allein die ganze Darstellung des Johannes muß auffallen, wenn wir jene Stelle wie Schleiermacher erklären wollen. Wozu denn dieses weitläufige Wesen des Johannes? Wozu überhaupt das Wort Logos? Wozu die Wiederholung im zweiten Verse, daß dieser Logos im Anfang bei Gott gewesen sei, was sich doch ganz von selbst versteht, wenn er die Gottheit allein und schlechthin ist? Wer wollte denn sagen, daß Gott bei sich selbst (oder in sich selbst) gewesen sei, und das gar noch wiederholen, damit ja Niemandem ein anderer Gedanke komme? Hingegen erklärt sich das Alles sehr leicht, wenn der Logos von Gott (dem Vater) persönlich verschieden ist. Johannes wollte dann zeigen, daß er ungeachtet seiner Verschiedenheit doch innigst mit diesem verbunden und selbst Gott sei. Dies wollte er einschärfen, und wiederholt darum: «dieser war im Anfang bei Gott.» Was aber die Hauptsache ist, im dritten Vers wird gesagt, «durch ihn ist Alles geschaffen worden.» Vergleichen wir nun das, was im zweiten Briefe an die Korinther, in dem an die Kolosser und Hebräer gesagt ist, daß durch den Logos oder Sohn, denn diese Namen nehme ich vorläufig als identisch, der Vater Alles geschaffen habe, so können wir nicht umhin einen Unterschied zwischen dem $\vartheta\varepsilon o\varsigma$ in den Worten: «$\pi\rho o\varsigma$ $\tau o\nu$ $\vartheta\varepsilon o\nu$» und in den Worten: «$\vartheta\varepsilon o\varsigma$ ἦν ὁ $\lambda o\gamma o\varsigma$» zu machen. Vers 1 und 3 ist demnach die Würde dessen beschrieben, von dem in der Folge gesagt ist, daß er Mensch geworden sei; daß er Gott sei, der nämlich durch den Gott der Vater Alles geschaffen habe.

Dieser, der im Anfange bei Gott und Gott war, durch den die Welt geschaffen wurde, wird ferner als der dargestellt, der jeglichen Menschen erleuchtet, der in die Welt kommt; der sich also gewiß schon geoffenbart hatte, ehe er im Fleische zur Erlösung erschienen ist. Dieser mithin, der sich im Fleische geoffenbart hat, (v. 14) ist nicht blos die erlösende Gottheit, sondern gleichwie durch ihn vom Vater Alles geschaffen wurde, so erlösete auch der Vater durch ihn. Nun kann allerdings Sabellius sagen: daß er ja auch eine Gottheit im Erlöser und Weltschöpfer annehme, daß mithin dieser auch jener sei. Allein, von dem bisherigen absehend, Sabellius nimmt zwar dieselbe Gottheit an, behauptet aber dabei, daß sich dieselbe Gottheit anders als Schöpfer, anders als Erlöser geoffenbart habe. Dies ist im höchsten Grade unbiblisch; denn wenn Sabellius unter dem Logos auch nur etwas Klares sich denken will, so wird er die sich offenbarende Gottheit darunter verstehen müssen; nun ist aber der Logos, die in der Schöpfung sich offenbarende Gottheit, eben auch die erlösende: denn der Logos ja ist Fleisch geworden. Johannes sagt: derselbe, durch den die Welt geschaffen worden sei, habe die Menschen später erlös't, d. h. es sei dieselbe sich offenbarende Gottheit; nicht blos die Gottheit sei dieselbe in der Schöpfung, wie in der Erlösung, sondern die Offenbarung derselben im Christenthum sei dieselbe wie im Anfang. Nach Sabellius war aber die Gottheit zwar dieselbe, aber ihre Offenbarung verschieden.

Mit dem Glauben der Kirche, daß im Anfang der Vater durch den Sohn mit dem heil. Geist thätig war, ist ferner ganz übereinstimmend, daß auch im alten Testamente, ja nach einigen Vätern unter allen Völkern vor dem Christenthume Einzelne sich fanden, die eine wahre Gotteserkenntniß hatten, und doch kennt Niemand den Vater als der Sohn, und wem es der Sohn offenbaren will. Durch wen nun erhielten jene ihre Gotteserkenntniß nach dem Sabellianismus? Den Sohn kann dieser hiebei nicht thätig sich denken, als welcher ja erst überhaupt in Christo wurde. Abraham wird als gerecht vor Gott durch den Glauben beschrieben vom heil. Paulus, und Alle, die glauben, sind Söhne Abrahams, wenn sie es auch nicht dem Fleische nach sind. Es gab gerechte und heilige Männer vor dem Christenthum. Gerechtigkeit und Heiligkeit wird aber überall sich selbst gleich sein im Christenthum und vor dem Christenthum, und einen wesentlichen Unterschied wird man nicht behaupten wollen, wenn auch der geringste der Gläubigen größer ist, als der größte Prophet. Durch wen anders nun wurden die heilig und gerecht, die es wurden, als durch den Sohn und den heil. Geist? Denn in anderer Weise ist es überhaupt nicht möglich. Wie mag das ein Sabellianist einfältig und ohne Künstelei erklären, da ja nach ihm der Sohn und Geist und mit ihnen auch die wahre Geistigkeit des Menschen spätere Offenbarungen Gottes sind? Und was man auch sagen mag, die Inspiration im alten Testamente, und die Weissagungen sind ein Werk desselben heil. Geistes, der auch im neuen Testamente thätig ist. Es wird nie ein Unterschied gemacht, wenn vom heil. Geist in Bezug auf den alten oder in Bezug auf den neuen Bund die Rede ist: er heißt überall der heilige Geist. Apgesch. 4, 16. 28, 25. II. Pet. 1, 21.; I. Petr., 1, 11 heißt der Geist, der in den Propheten auf Christus hin weissagte, sogar ausdrücklich der Geist Christi. (Origenes schon setzt daher die Lehre von der Identität des in der Kirche und in den Propheten thätigen heil. Geistes unter jene Lehrstücke, die die gesammte katholische Kirche bekenne de princip. l. I. praef.

und das Symbolum von Constantinopel, so wie mehrere andere sagen von dem neutestamentlichen heil. Geiste: «der durch die Propheten gesprochen hat»). Der heil. Geist entstand darum auch nicht erst mit dem neuen Testamente. Die Wunderkraft wird allgemein dem heil. Geiste zugeschrieben; auch im alten Testamente fehlte es nicht an Wundern. Der heil. Geist, der durch Weissagungen Christum ankündigt, der die Sehnsucht nach ihm erregt, ist auch während der Erscheinung des Sohnes Gottes im Fleische stets thätig; dieser wird durch ihn empfangen; er erscheint bei seiner Taufe; der Sohn haucht ihn den Aposteln ein; wie soll nun der heil. Geist blos die Vereinigung der Gottheit mit der christlichen Kirche sein?

Der Sohn und der heilige Geist (des neuen Testaments) waren also nach Sabellius bei der Schöpfung, überhaupt vor der Erlösung, nicht thätig, nach der Kirchenlehre aber waren sie es. Davon hängt Alles ab. Denn wenn der Sohn und der heil. Geist nicht minder thätig waren als der Vater, so mußte der Mensch schon von Anfang an mit dem Sohn und dem Geiste in Gemeinschaft sein; er war Sohn Gottes durch seine Gemeinschaft mit dem wahrhaften Sohn Gottes, und war heilig im heil. Geist. (Ich nehme «heilig» vom ersten Menschen gebraucht, als das unbewußte Gut- und Einssein mit Gott.) Aber nach dem Sabellianismus konnte der Mensch nicht Sohn Gottes, er konnte nicht im eigentlichen Sinn, im Sinn des Irenäus, vernünftig und heilig sein, da ja der Sohn und heil. Geist erst spätere Offenbarungen Gottes sind. Die Sünde ist daher eine nothwendige Erscheinung nach dem Sabellianismus, in den Gesetzen der Schöpfung gegründet, im Wesen des Menschen gelegen; da ja Gott blos schöpferisch aber nicht in jenen Thätigkeiten sich geoffenbart hat, wodurch der Mensch der Sünde sich zu erwehren im Stande gewesen wäre. Von Sünde und Sündenschuld im eigentlichen Sinne werden wir also schwerlich in irgend einer Beziehung, nach dem System des Sabellius reden dürfen. War denn der Mensch nicht nothwendig an die Creatur gefesselt, da sich ja Gott anfangs nur die Creatur setzend, geoffenbart hat? Und wie können wir uns wundern, wenn die Creatur vergöttert wurde? Den Vater kennt Niemand als der Sohn, und wem es der Sohn offenbart; der Sohn hatte sich aber nicht geoffenbart, wie sollte also der Vater erkannt werden? Nach dem Sabellianismus ist darum auch der Polytheismus eine absolut nothwendige Erscheinung in der Geschichte.

Das nämliche Resultat, ja ein noch viel auffallenderes, ergiebt sich uns von einer andern Seite. Der heilige Geist ist nach Sabellius Lehre der Geist des Ganzen (aller Gläubigen); «nur im Ganzen ist der Geist, denn da der Geist eben die Gottheit ist, so müßte jeder Christ ein Christus werden, wenn der Geist als solcher in jedem einzelnen wäre,» sagt Schleiermacher im Sinne des Sabellianismus, und ihn erklärend. (S. 381). Der Geist verhält sich also zur Kirche, wie die Gottheit in Christo zu seiner Menschheit. So ist nun freilich nicht jeder einzelne Christ Gott, aber wie von der Gesammtheit der Kirche nicht ausgesagt werden müsse, daß sie Gott sei, ist schwer zu begreifen, und wie ihr göttliche Verehrung versagt werden könne, ebenso wenig. Denn wir verehren den ganzen Christus, eben weil die Gottheit untrennbar von der Menschheit ist, und beide ein persönliches Leben bilden. So müssen wir es auch nach Sabellius von der Kirche aussagen. Aber eben das gilt von dem gesammten Universum, welches sich nach denselben Ansichten zum Vater verhält, wie die Menschheit in Christo zu seiner Gottheit, und wie die Kirche zum heil. Geist. «Die Person des Erlösers war nicht vorher da, so daß sich erst nachher die Gottheit mit ihr geeiniget hätte, sondern die Person wurde, als die Einigung wurde; und eben so war auch die Kirche nicht, und hernach einigte sich die Gottheit mit ihr, sondern das Entstehen der Kirche und das Geistwerden der Gottheit war Eins. Und so ist jedes Personwerden der Gottheit auch das zweite und dritte schöpferisch; wie vielmehr noch wird es mit dem ersten sich so verhalten, und das Entstehen der

Welt mit dem Vaterwerden der Gottheit zusammenfallen.» (S. 382). So ist das Universum nicht nur der Leib der Gottheit, sondern selbst Gott, wie der ganze Christus, wie die Kirche auch in ihrer Art der Leib der Gottheit und Gott ist. Gleichwie nun, wie schon gesagt, wegen der persönlichen Vereinigung der Gottheit mit der Menschheit in Christo, auch diese, also der ganze Christus göttlich verehrt wird (eine Lehre, die im sabellianischen System freilich noch etwas ganz Anderes besaget), so war es vor dem Christenthum auch nothwendig, daß das Universum göttlich verehrt wurde. Es ist nur nicht recht abzusehen, warum wir im Christenthum von dieser Verehrung abgehalten werden, da ja die Welt und Gott Vater zusammen fallen.

Freilich kann man wieder nicht sagen, daß die einzelnen Theile des Universums Gott sind, eben so wenig wie die einzelnen Glieder der Kirche, aber das Universum ist es doch. «Alle lebendigen Kräfte in der Welt verhalten sich zum Vater (nach dem Sabellianismus), wie die Gnadengaben in der Kirche zu dem Geist.» S. 386. Aber was ist eine Gnadengabe? «Die Vereinigung des Geistes des Ganzen, (des heil. Geistes) mit dem geistigen Vermögen der Gläubigen.» S. 382. Der Geist des Ganzen ist aber die Gottheit selbst. Was werden wir also von allen lebendigen Kräften in der Welt sagen müssen, was sie seien? Von den lebendigen Kräften in uns selbst? Die rohe Idololatrie der Alten, hätte sich demnach im Christenthum nur vergeistigt, idealisirt, und wir beteten nicht den Alles durchdringenden, Alles belebenden Geist, sondern alles Lebendige, auch unsern Geist an, überhaupt die lebendigen Kräfte auch in uns. So haben wir nun allerdings keine transcendente Theologie; aber ob deßwegen die nicht transcendente nicht dennoch falsch sei, ist mir wenigstens nicht zweifelhaft. Und deßwegen sagte ich, fallen nach dem Sabellianismus Gott und Welt zusammen.

Nach der sabellianischen Trinitätslehre ist der Mensch nicht gefallen. Hatte er je vor dem Christenthum im Sohne den Vater geschaut, und war er im heil. Geiste geheiligt, so daß er durch die Sünde aus seinem heiligen Zustande hätte herausfallen können? Er wurde also auch nicht von einem freien Falle erlöset; das Christenthum ist nicht die Erlösung, und der Mensch wird nicht wiedergeboren in ihm. Sondern in einer nie vorhergewesenen Weise entfaltet sich nur die Gottheit. Das Christenthum ist eine neue Evolution der Gottheit, wodurch gleichsam die ursprüngliche Unreife der Schöpfung gehoben, und die Schöpfung, wenn es gewiß ist, vollendet wird, da die Gottheit in ihrer ganzen Fülle in dieselbe sich ergießet. Was früher die Gottheit gehindert hat, ganz sich mitzutheilen, läßt sich nicht begreifen; und auch das ist nicht gewiß, ob nicht noch eine Evolution der Gottheit erfolge, oder wohl gar noch mehrere; denn wenn es Sitte der Gottheit ist, sich allmählig zu entfalten, und der Grund nur in ihr, nicht im Menschen liegt, daß sie sich im Christenthum später offenbarte, so ist es in der That nicht gewiß, ob wir nicht noch höher hinaufgetrieben, und mit noch einer Evolution erfreuet werden, und was Schleiermacher der katholischen Trinitätslehre vorwirft, trifft gerade die des Sabellius. Schleiermacher sagt nämlich im Namen Sabellius, in der katholischen Theorie von der Trinität liege kein Grund, warum nicht mehr Personen in der Gottheit seien, als drei; und an sich wäre es wohl möglich, daß noch mehrere Processe statt fänden. Nach der sabellianischen sei dies nicht möglich, weil das religiöse Interesse der Christen nicht mehr bedürfe. Allein eben nach der katholischen Lehre können nicht noch mehrere Processionen statt finden, eben weil die drei Personen an sich die Gottheit sind. Gehen wir aber von dem religiösen Interesse aus, und bestimmen darnach die Zahl der göttlichen Prosopen, so werden wir in der gegenwärtigen Zeit eben so wenig bestimmen können, ob nicht noch einige Prosopen oder was immer noch zum Vorschein kommen werde, als man vor der christlichen Zeit wußte, daß die Menschheit in der Zukunft nebst dem schöpferischen Prosopon auch noch ein erlösendes und die Kirche bildendes inne werden werde.

Die Stelle bei Joh. 3, 16. «so sehr hat Gott die Welt geliebt, daß er seinen eingebornen Sohn dahin gab, auf daß Jeder, der an ihn glaubt, nicht verloren gehe, sondern das ewige Leben habe», dürfte schwerlich einen Sinn nach dem sabellianischen Systeme haben. Ich meine nicht allein deßwegen, weil, wenn der Vater den Sohn in die Welt schickte, dieser wohl schon vorher Sohn war, wie die Väter sagten, ehe er in die Welt geschickt wurde, da er als Sohn gesandt worden ist; sondern deßwegen meine ich, weil diese Liebe des Vaters sich darauf bezieht, daß er uns liebte, die wir Sünder waren und ihn nicht geliebt, sondern durch die Sünde verlassen hatten. War aber der Zustand der Menschen vor Christus ein nothwendiger, und er mußte ein solcher gewesen sein, wenn der Sohn und der heil. Geist sich nie noch thätig erwiesen hatten, wie kann es Gottes Liebe, Barmherzigkeit Gottes sein, uns aus einem Zustande zu befreien, in welchen nicht wir uns versetzten, sondern in welchen wir ohne unsre Schuld versetzt wurden? Nach der sabellianischen Theorie erscheint die ganze vorchristliche Periode in einer wesentlich andern Gestalt, als nach dem katholischen Glauben, und damit das Christenthum selbst. Die Erlösung und Heiligung in Christo und dem heil. Geist, ist nach diesem Wiederherstellung des Anfangs, Zurückführung zu dem Anfang. Daher die Ausdrücke Wiedergeburt, neue Schöpfung, neuer Mensch. Dies deßwegen weil ursprünglich der Mensch war, wie er durch das Christenthum wieder werden sollte; weil der Vater im Sohne mit dem Geist schon ursprünglich thätig war. Nach dem Sabellianismus ist zwar durch das Christenthum die Menschheit höher gestellt worden als früher, aber es ist keine Wiederbringung, weil wir nach ihm im Anfang nicht gewesen sind, was wir durch das Christenthum wurden. Mit einem Wort das Christenthum ist eine natürliche Entwickelungsstufe der Menschheit; und weil diese Entwickelung mit den Evolutionen der Gottheit in der engsten Verbindung steht, so wird es eben so schwer, den Vater und die Schöpfung, den Erlöser und die

Erlöseten, den heiligen Geist und die Kirche auseinander zu halten, und die erste Evolution der Gottheit ist eben die Welt, die zweite die Erlösung, wenn man so sagen will, und die dritte die Kirche geworden. Abgesehen von diesen Evolutionen läßt sich von der Gottheit, als einer Monas, die weder Vater, noch Sohn, noch Geist ist, nichts aussagen. Das scheint dem Gregorius von Nazianz vorgeschwebt zu haben, wenn er sagt, indem die Sabellianer alles auf Einen zurückbringen, heben sie Jeden auf [55]; er bezüchtigt sie darum der ἀθεια wie die Arianer der πολυθεια. Indem sie nämlich von Keinem der Dreien sagten, daß er eine Person sei, sondern nach ihnen der Vater wie der Sohn und der Geist nur Offenbarungen, Manifestationen, Entwickelungen der Monas sind, von der man Nichts weiß, indem sie nur als Vater, Sohn und Geist, nicht aber als Monas sich offenbart, so verschwindet allerdings das, was der Christ unter Gott sich denkt. Das scheinen mir nun die wesentlichen und innern Gründe zu sein, aus welchen die Kirche nie den Sabellianismus annehmen konnte, und nie annehmen kann: Gott und Welt fallen nach ihm zusammen. Nicht aus einzelnen Stellen nur, durch den Geist des gesammten Evangeliums wird er widerlegt. Ob nun der Sabellianismus dem Interesse der christlichen Frömmigkeit entspreche, wie die kirchliche Trinitätslehre, das scheint mir nicht zweifelhaft. Anzunehmen, daß in Christo die Gottheit sich geoffenbart habe, ist wohl nicht genug, daß der persönliche Gott sich geoffenbart habe, das erwartet der Christ; dieser persönliche Gott kann aber nur durch die katholische Trinitätslehre festgehalten werden.

Vergleichen wir jedoch mit der sabellianischen die katholische Trinitätslehre noch in einigen Puncten näher. Sie tritt dem Arianismus entgegen, indem sie an den Sohn

55) Orat. I. και μηδε προς την Σαβελλιου ἀθειαν ἐκ της καινης ταυτης ἀναλυσεως, ἡ συνθεσεως ὑπαχθηναι, μη μαλλον ἐν παντα, ἡ μηδεν ἑκαστον εἰναι.

Gottes als wahren Gott glaubt; und indem dieser zugleich der Weltschöpfer ist, und uns mit dem Vater vereinigt, steht die Welt in reeller inniger Verbindung mit Gott. Die Kirchenväter lehren durchweg, daß die innigste Vereinigung der Gottheit mit den Erlösten statt finde; im heil. Geist der mitgetheilt wird, ist Vater und Sohn, wegen ihrer untrennbaren Einheit. So leben die Erlösten wahrhaft in Gott, Gott ist uns unendlich nahe, er ist in uns: wir rufen im Geiste des Sohnes: Abba, Vater. Wir wissen nicht, um was wir bitten sollen, aber der Geist ruft, wie der heil. Paulus sagt, in unaussprechlichen Seufzern in uns. Welche Verbindung mit Gott kann näher, kann erfreulicher, kann trostreicher sein? Aber Gott ist deßwegen doch nicht Wir. Er hat uns und die ganze Welt geschaffen; der Sohn, und das ist ja eines der wichtigsten Momente, das Athanasius hervorhob, der Sohn, durch welchen der Vater Alles erschaffen hat, ist verschieden vom All, verschiedenes Wesens; der heil. Geist eben so. Und wenn manche Väter sagten, wesenhaft sei dieser in uns, so heißt das nichts Anderes, als er selbst wirkt in uns, die wir ihn mit Freiheit aufnehmen, die wir ihn durch die mit Freiheit begangene Sünde wieder vertreiben können; er ist also verschieden von uns, obschon alles Gute in uns aus ihm, durch ihn, und in ihm ist. Eben das gilt vom Sohne, wenn ihn auch Athanasius, und nach seinem Vorgange viele andere Kirchenväter, nachdem er unser Erlöser geworden, als die Einheit aller Gläubigen betrachten; denn in dem Grade ist er von uns, die wir in ihm vergöttlicht werden, verschieden, daß nicht einmal die von ihm angenommene Menschheit, mit der er sich zu einer Person verbunden, eines Wesens mit ihm geworden, in ihm aufgegangen ist, sondern stets verschieden bleibt. Eine Lehre, die, von der sabellianischen Trinitätslehre aus, nie sich hätte entwickeln können. Der Vater war Vater ehe er die Welt schuf, der Sohn war Sohn, ehe er Mensch wurde, und der Geist ist Geist, ehe die Kirche entstand. Gott ist in sich Vater,

Sohn und Geist; und nicht erst mit der Welt, mit der Menschwerdung, mit der Kirche ist er es geworden. Was er nun so in sich ist, ist er ewig und unveränderlich, eben weil er es in sich ist. So ist Gott ausserweltlich und in der Welt, er ist stets verschieden vom Einzelnen wie vom Ganzen, und doch nicht getrennt. Wird aber dieses « an sich sein » aufgegeben, und wird Gott erst Vater mit der Welt u. s. w., wie wollen wir Gott und Welt auseinander halten?

Stets wurde von den Katholiken die Kirche so hoch gehalten; eben weil sie das Haus Gottes ist, erfüllt vom heil. Geiste, die Stiftung des Sohnes, der bei ihr und in ihr bleibt bis an das Ende der Welt. Aber daß sie soweit in ihrer Verehrung sich verirrt hätte, wie es nach der sabellianischen Theorie geschehen muß, das war ihr stets fremd. Wir werden stets bekennen, und nur wenn die Kirche vertilgt würde, würde dieses Bekenntniß mit aufhören, daß der Geist des Ganzen, ihr Gemeinsinn, ihr Gemeingeist, und alle Wahrheit, und alles Herrliche, welches sie besitzt, eine Wirkung des heil. Geistes in ihr sei; aber nie wird sie sagen, der Geist des Ganzen sei eben der heil. Geist, die Gottheit selbst. Dabei war sie auch nie in dem seltsamen Widerspruch, daß sie den heil. Geist zwar für den Gemeingeist oder das Gemeingefühl hielt, wie man sich jetzt sabellianisch häufig ausdrückt; aber zugleich den Gemeingeist sich selbst aufheben läßt, indem ein Glied der Kirche Dinge aussagt, die gegen das stete, das immerwährende Gemeingefühl der Gläubigen sind, und es gerade so betrachten, als wäre es nicht da. Nie hat sich das Gemeingefühl, das doch stets mit dem heil. Geist in der Kirche war, dahin ausgesprochen, daß es selbst der heil. Geist sei. Lös't sich denn so das Gemeingefühl nicht selber auf, und vernichtet es sich nicht selbst, indem es sich setzen will?

Da nach dem Sabellianismus die Kirche durch und durch Gott ist, denn die allgemeinen lebendigen Kräfte, die wie die Kräfte der Natur überhaupt, sich zu dem Vater verhalten wie die Charismen zum Geist, sind doch auch in den Gläudigen, so wäre gewiß der Fanatismus undenkbar, der sich der Kirche bemächtigt haben würde, wenn sie die sabellianische Trinitätslehre angenommen hätte, die Kirche selbst wäre die dritte Person in der Gottheit, wie die Welt die erste, und Christus die zweite. Die Formel «wer der Kirche widerstrebt, widerstrebt Gott», hätte einen ganz andern Sinn erhalten. Denn in der katholischen Kirche hat sie die Bedeutung, daß man mittelbar Gott sich widersetze, weil die Kirche das Organ Gottes ist; aber in der sabellianischen Theorie hätte sie die Bedeutung erhalten, daß man unmittelbar Gott entgegenhandle, weil die Kirche selbst Gott wäre. Welche Betrachtungsweise der Ketzer wäre entstanden? Nach der arianischen Trinitätslehre wäre gar keine Kirche entstanden, weil sie auf eine blos mechanische Weise hätte entstehen müssen, durch bloße Lehre, wodurch überhaupt nichts Lebendiges entsteht; nach der sabellianischen hätte sie sich selbst in lauter Wuth vernichtet. Der weiteren Vergleichungen muß ich mich enthalten, weil sie nicht hieher gehören, und von selbst einleuchtet, wie durchgreifend die Lehre von der Trinität ist. Aber eines dürfen wir auch hier nicht übersehen: wer erkennet nicht in der Kirche die Unfehlbarkeit? Wem dringet es sich nicht auf, daß wahrhaft Christus in ihr sei? Wie war es möglich durch menschliche Kräfte, den so scheinbaren Arianismus und den Sabellianismus, der stets von sich aussagte, daß er Christum mehr ehre als die Kirche, eine Stimme, für welche die Gläubigen so empfänglich sein mußten, zu entgehen, und die evangelische Wahrheit rein zu erhalten, und das Interesse der Christen so ungetrübt zu wahren?

Ich kehre nun nach dieser Digression, in der ich versucht habe, im Geiste der Kirchenväter die Einwürfe kurz zu widerlegen, die Schleiermacher mehr anregend als festsetzend im Geiste des Sabellius gegen die katholische Lehre von Gott und der Trinität gemacht hat, zu Athanasius zurück, um seine Widerlegung des Sabellianismus zu entwickeln. Athanasius konnte nicht recht gewiß werden, ob

Sabellius meinte, daß der Vater die göttliche Monas sei, die sich nachher als Sohn und Geist auch geoffenbart habe, oder ob eine Monas über diesen Dreien stehe, und als Vater, Sohn und Geist sich geoffenbart habe. Aber in jedem Falle, sagte er, werde ein Leiden Gottes (eine Entwicklung Gottes) in der Zeit angenommen, und darum Gott selbst der Zeit unterworfen. Der eigenthümliche Ausdruck der Sabellianer, wenn sie sagen wollten, die Gottheit sei Vater, Sohn u. s. w. geworden, war, sie habe sich ausgedehnt, ausgebreitet (πλατυνεσθαι, ἐκτεινεσθαι) [56]. Athanasius wirft nun dem gemäß ein, die Gottheit sei später etwas geworden, was sie früher nicht gewesen; denn während sie früher zusammengezogen gewesen, sei sie nachher breit geworden [57]: d. h. es habe eine successive Entfaltung der Gottheit statt gefunden. Zwar wird Athanasius nicht der Ansicht gewesen sein, die Sabellianer meinten, daß die Gottheit in sich selbst einen Zuwachs erhalten habe, indem sie Sohn und Geist geworden, oder sie sei in sich selbst breiter geworden, um mit ihm zu reden; aber daß sie gleichsam in sich selbst erst allmählig **reif** geworden sei, um die Evolutionen zu Tage zu fördern, die da zu Tage sollten gefördert werden, dieses Gedankens kann sich Niemand so leicht bei der Betrachtung ihres Systems erwehren, und so meinte es wohl auch Athanasius, wenn er der sabellianischen Gottheit vorwirft: « sie breite sich in der Zeit aus. »

---

56) Jedoch gebrauchten auch manche Katholiken diese Formeln, freilich in einem andern Sinn. Daß es den Sabellianern eigenthümlich war sich also auszudrücken, sehen wir aus Athanasius orat. IV. c. Ar. c. 13.

57) L. l. πρωτον μεν πλατυνθεισε ἡ μονας, παθος ὑπεμεινε, και γεγονεν ὁπερ οὐκ ἠν· ἐκπλατονθη γαρ, οὐκ οὐσα πλατεια· ταυτα δε καταψευδομενος ἀν τις εἰποι του θεου σωμα, και παθητον αὐτον εἰσαγων· τι γαρ ἐστι πλατυνεσθαι, ἡ παθος του πλατυνομενου; ἡ τι ἐστι πλατυνομενον, ἡ το προτερον μη τοιουτον, ἀλλα στενον τυγχανον· ταυτον γαρ ἐστι χρονῳ μονον διαφερον εἁυτου.

Wenn wir die Welt und Gott auf eine irgend genügende Weise nach des Sabellius Theorie auseinander halten könnten, so könnten wir auch die Variationen der Menschheit, und ihre Entwickelungen von den Entwickelungen der Gottheit trennen; da aber beide gar nicht gesondert gehalten werden können, so sind wir auch gezwungen die Evolutionen in der Menschheit, als Evolutionen des göttlichen Wesens zu betrachten, und das sind doch Veränderungen. Die Gottheit entwickelt sich in der Zeit, sie wird endlich und leidend.

Daß Athanasius seine Einwendung so gemeint habe, wie ich sie eben erläuterte, geht noch aus seinem fernern Vorwurfe gegen den Sabellianismus hervor, aus dem, daß, wenn die Welt damit entstanden sei, daß Gott Vater wurde, sie auch wieder aufhören und von der Gottheit wieder verschlungen werden könne. Oder vielmehr Athanasius sagte nicht, daß nach sabellianischer Ansicht mit dem Vaterwerden Gottes die Welt entstanden sei; sondern nach der andern Ansicht, die man vom sabellianischen System haben konnte, nach der der Vater die Monas wäre, und der unpersönliche Logos schöpferisch, sagte er: wenn mit dem Hervortreten des (unpersönlichen) Logos die Welt entstand, so höre sie auch wieder auf, wenn der Logos in den Vater zurückgehe. « Wenn in seinem Werden wir geworden sind (ἐν τῷ γενεσθαι αὐτον), und durch sein Werden die Schöpfung besteht, er aber wieder zurückgeht, um zu sein, was er vorher war, so wird der Gezeugte auch wieder nicht gezeugt sein. Denn ist sein Hervorgehen Zeugung, so ist sein Zurückgehen, das Aufhören der Zeugung. Wenn er wieder in Gott sein wird, so hört Gottes Thätigkeit wieder auf. Hört sie auf, so wird wieder sein, was war, ehe Gott nach Außen wirkte, nämlich Ruhe und keine Schöpfung mehr. Die Schöpfung wird aufhören; denn gleichwie sie mit dem Hervorgehen des Logos geworden ist, so wird sie wieder nicht mehr sein, wenn der Logos zurückgeht. Warum wurde nun aber die Schöpfung, wenn sie wieder aufhören soll? Oder warum wirkte Gott nach Außen, wenn er sich wieder zurückziehet? Warum ließ er denn den Logos aus sich hervorgehen, wenn er ihn wieder zurückruft? Warum zeugte er den, dessen Zeugung wieder aufhören sollte? Was aber dann sein wird ist ungewiß. Denn entweder wird er nie mehr nach Außen wirken, oder wieder zeugen und eine andere Schöpfung bilden. Denn dieselbe wird es nicht mehr sein, sonst hätte er es bei ihr belassen. Eine andere also wird es sein; auch nach dieser wird er sich wieder in sich selbst zurückziehen, und noch eine andere bilden und so ins Unendliche.» (orat. IV. c. 12.).

Nun sagt er, das sei die (pantheistische) Lehre der Stoiker; denn nach ihnen dehne sich Gott bald aus, und damit entstehe die Schöpfung; bald ziehe er sich wieder in sich selbst zurück, und damit verschwinde sie wieder [58]). Dann abermal: «Wenn sich Gott wegen der Schöpfung ausdehnte, so lange er aber Monas war, keine Schöpfung bestand, nach der Vollendung der Dinge er aber wieder Monas, von seiner Ausbreitung zurückgehend, sein wird, so wird die Schöpfung aufgelöst. Denn gleichwie er sich, um zu schaffen, ausdehnte, so wird auch die Schöpfung aufhören, wenn die Ausdehnung aufhört.» (c. 14.) [59]). Diese Folgerungen würde vielleicht Sabellius nicht zugegeben haben; vielleicht gab er sie auch zu, und hatte wirklich mit Bewußt-

58) Orat. IV. c. 13. τουτο δε ἰσως ἀπο των Στωικων ὑπελαβε, διαβεβαιουμενων συστελλεσθαι, και παλιν ἐκτεινεσθαι τον θεον μετα της κτισεως, και ἀπειρως παυεσθαι. Der gelehrte Benediktiner Montfaucon führt zu dieser Stelle folgende aus Diogenes Laertius an: λεγουσι τον κοσμον τριχως· αὐτον τε τον θεον, τον της ἁπασης οὐσιας ἰδιοποιον, ὁς δη ἀφθαρτος ἐστι και ἀγεννητος, δημιουργος ὢν της διακοσμησεως, κατα χρονων ποιας περιοδους, ἀναλισκων εἰς εάυτον ἁπασαν οὐσιαν, και παλιν ἐξ εάυτου γεννων.

59) Ει γαρ δια την κτισιν ἐπλατυνθη, εὼς και μονας ἠν, οὐκ ἠν ἡ κτισις, παλιν δε ἐσται μετα την συντελειαν μονας ἄπο πλατυσμου· ἀναιρεθησεται και ἡ κτισις. ὡςπερ γαρ δια το κτισαι ἐκπλατυνθη· οὑτως παυομενου του πλατυσμου, παυσεται και ἡ κτισις.

sein die pantheistische Ansicht der Dinge. Cap. 12. wird in der That so gesprochen, als setzten die Sabellianer voraus, der Logos gehe wieder in den Vater zurück; da nun das Heraustreten des Logos aus dem Vater mit der Weltschöpfung zusammenfällt, und somit auch das Aufhören derselben, mit seinem Zurückgehen indentisch ist, so scheinen manche Sabellianer wenigstens, jener Ansicht nicht feind gewesen zu sein. Es kommt aber nur darauf an, ob Sabellius, wenn er sich consequent bleiben wollte, sich der genannten Folgerung erwehren konnte. Athanasius scheint nämlich also zu folgern: zum Wesen der Monas (sie als über dem Vater, Sohn und Geist stehend gedacht) gehört es nicht, daß sie Vater, Sohn und Geist sei, sondern an sich ist sie weder das Eine noch das Andere. Das Vaterwerden der Monas, und die Weltschöpfung fallen zusammen, Gott ist im Vater Welt geworden; da nun die Monas erst Vater geworden ist, und alles Werden einen ungewissen Bestand hat, kein Sinn ist; da es wie es geworden, so auch wieder aufhören kann, so kann auch die Monas wieder aufhören Vater zu sein, indem ja das Vatersein nicht das eigentliche Sein Gottes ist; eben darum kann auch die Schöpfung, die mit dem Vaterwerden Gottes Eins ist, in Nichts zurückfallen. Vatersein ist nichts Wesentliches in Gott, denn wesentlich ist ihm nur Monas zu sein; Vatergewordensein mag darum auch nur eine vorübergehende Aeusserung Gottes sein; hört diese auch auf, Gott ist an sich doch was er ist, Monas. Würde man aber annehmen, daß der Vater ewig sei; d. h. würde man nur von einer Monas sprechen, als nothwendiger Voraussetzung, um das Eine in den Dreien festzuhalten, so wäre auch eine ewige Schöpfung, und nicht blos eine ewige, sondern eine nothwendige und mit Gott zusammenfallende, da ja der Vater und die Welt zugleich ja Eins sind. Da nun aber dennoch von einer συντελεια του κοσμου, von einer Vollendung der Dinge in der heil. Schrift die Rede ist; deßungeachtet aber der Vater, der mit dem Weltwerden Gottes Eins ist, ewig ist, was kann diese συντελεια anders sein, als eine Metamorphose des Vaters, wobei zwar er, das Allen Gemeinsame bleibt, wir aber die Einzeldinge aufgelöst werden? 60)

Wir haben früher gesehen, daß Athanasius die Zuversicht der ewigen Fortdauer der Gläubigen an die Ewigkeit des Sohnes knüpfte, weil sie auf das innigste mit ihm, dem Leben an sich, vereinigt, auch in ihm ewig leben. Nach dem Sabellianismus aber, der den Sohn erst werden läßt, der an sich kein Sein hat, da ja dieses nur der Monas zukömmt, der Sohn aber als geworden auch wieder aufhören kann, mußte diese Zuversicht auf den Sohn gegründet, sehr schwankend, ja nichtig werden, weil jenes zu diesem führt. Athanasius klagt daher, daß, wenn der Sohn ein bloßer Name, keine Wahrheit, d. h. ein bloß gewordenes, nichts an sich, und ewig im Wesen Gottes Bestehendes sei, das Christenthum und seine Verheißungen zu einem bloßen Spiele würden. »Es folgt, daß die Namen des Sohnes und Geistes aufhören, wenn ihr Gebrauch aufhört (wenn das παθος der Monas vorüber ist). Am Ende ist Alles, was geschehen, ein Spiel, weil es nicht in Wahrheit, sondern nur dem Namen nach geschehen ist. Wenn aber der Name des Sohnes nach ihnen aufhört, so wird auch die Gnade der Taufe, die auf den Sohn gegeben worden ist, aufhören, und was wird folgen, als die Vernichtung der Schöpfung? u. s. w. 61).

60) Orat. IV. c. 13. και αὐτο μεν ἐστι, πλεον δε οὐδεν ἡ παθος ὑπομενει.

61) Orat. IV. c. Ar. c. 25. ἀναγκη δε παυθησεσθαι και το ὀνομα του υἱου και του πνευματος, της χρειας πληρωθεισης· και ἐσται λοιπον ἀχρι παιδιας τα γενομενα, ὁτι μη ἀληθειᾳ, ἀλλ᾽ ὀνοματι ἐπιδειχθη· πανομενου δε του ὀνοματος του ὑιου κατ᾽ αὐτους, παυσεται και του βαπτισματος ἡ χαρις. εἰς γαρ υἱον ἐδοθη, και τι ἀκολουθησει ἡ αφανισμος της κτισεως; εἰγαρ ἱνα ἡμεις κτισθωμεν προηλθεν ὁ λογος και προελθοντος αὐτου ἐσμεν, δηλον ὁτι ἀναχωρουντος αὐτου εἰς τον πατερα, ὡς φασιν, οὐκ ἐτι ἐσομεθα· οὑτω γαρ ἐσται, ωςπερ ἠν. οὑτως οὐκ ἐτι ἐσομεθα, ὡςπερ οὐν οὐκ

Die Stelle I. Kor. 15, 28: «Alsdann wird sich ihm auch der Sohn, dem er Alles unterworfen hat, unterwerfen, damit Gott Alles in Allem seie», scheinen nach Allem die Sabellianer auf das Zurückgehen des Sohnes in Gott (seine Auflösung in ihn) bezogen zu haben. Verstunden sie nun unter «Gott» den Vater als Monas, so folgte freilich nothwendig das Aufhören Alles Einzelnen; welches sein Bestehen mit dem Ausgehen des Sohnes erhalten hat, und es wird am Ende der Welt nur noch die Monas, der verborgene Gott sein. Verstunden sie aber unter Gott dem Vater nicht die Monas an sich, sondern inwiefern er die erste Offenbarung der Monas ist, wie Schleiermacher es nimmt, so ist schwer zu erklären, wie sie die Stelle wohl mögen verstanden haben. Denn der Sohn, die erlösende Offenbarung der Gottheit, müßte sich der erschaffenden unterwerfen. Was mag das wohl heißen? Soll die Erlösung aufhören, und nur noch die Schöpfung übrig sein? Soll Alles so werden, wie es vor der Erlösung gewesen ist? Dann wäre aber gerade Gott nicht Alles unterworfen, denn um sich Alles zu unterwerfen, ist ja die Gottheit erlösend geworden. Und wie mag der Sohn ein völlig gleiches προςωπον mit dem Vater sein, was einer der gerühmtesten Vorzüge des Sabellianismus sein soll, wenn er sich unterwirft, d. h. aufhört, und in das erste übergeht? Nehmen sie aber diese Erklärung nicht an, sondern die erste, dann ist der Mangel an Sinn entfernt, das zweite προςωπον dem ersten gleich, d. h. beide vergehen, und die Monas ist Alles in Allem, und das παϑος ist vorbei, und ein Neues steht bevor [62].

ἡμεν. οὐκ ἐτι γαρ προελϑοντος, οὐκ ἐτι ἡ κτισις ἐσται. Auch nach dieser Stelle kehrt der Logos in den Vater zurück, d. h. die Welt und alles Erschaffene hört auf, nach den Aussagen der Sabellianer.

62) S. Hilar. de trinit. l. XI. c. 21 u. ff. erklärt gleichfalls diese Stelle; c. 28 sucht er zu zeigen, daß I. Kor. 15, 24 mit den Worten: «alsdann wird das Ende sein, wenn er Alles Gott und dem Vater wird übergeben haben», nicht eine Vernichtung der

Athanasius aber giebt gegen die Arianer, die aus dieser Stelle gegen die wahre Gottheit des Erlösers Schlüsse ableiteten, folgende Erklärung: «Luc. 1, 35. werde gerade das Gegentheil gesagt, denn da sei von einem ewigen Reich Christi die Rede. Beide Stellen seien so zu vereinigen, daß diese Stelle sich auf Christi Regiment als Gott beziehe; I. Kor. 15, 24—28 aber auf sein in der Zeit sich darstellendes Reich: bei Paulus sei von der Unterwerfung der Welt durch seine Menschwerdung die Rede. Athanasius nimmt dann den Sohn wieder als den Repräsentanten der guten Welt, den

---

Seelen gemeint sei. Dies kann nur gegen die Sabellianer seiner Zeit, die er stets bestreitet, gerichtet sein. Er sagt unter Anderem, die Bedeutung von finis erklärend: finis itaque legis Christus est; et quaero utrum abolitio legis Christus sit, anne perfectio? Sed si legem Christus, qui finis ejus est, non dissolvit, sed adimplet, secundum quod ait: non veni legem solvere, sed adimplere: finis non defectio est, sed consummata perfectio. *Tendunt enim ad finem omnia, non ut non sint, sed ut in eo, ad quod tetenderint, maneant.* — Dominus ita adhortatur: «Beatus, qui permanserit usque ad finem», *non utique ut sit beata defectio, et non esse sit fructus, et merces fidei sui cujusque constituatur abolitio:* sed quia finis propositae beatitudinis inexcessus modus est, beati sunt qui usque ad finem consummandae beatitudinis manserint, non ultra se fidelis spei exspectatione tendente. Finis itaque est manendi immobilis ad quem tenditur status. So sehen wir durchaus eine pantheistische Richtung des Sabellianismus. Nach dieser Bekämpfung der Sabellianer wendet er sich gegen die Arianer: Videamus an traditio regni defectio sit intelligenda regnandi. Quod si quis stultae impietatis furore contendet; farteatur necesse est, Patrem, cum tradidit omnia filio, amisisse tradendo, si tradidisse traditis egere significet. Ait enim Dominus, omnia mihi tradita sunt a Patre meo. Si igitur tradidisse caruisse est, Pater quoque his, quae dedit caruit. Quod si Pater tradendo non caruit; ne filius quidem intelligi potest, his egere, quae tradit. Ergo si tradidisse omnia, his quae tradidit non videtur eguisse; reliquum est, ut in tradendo dispensationis causa noscatur, cur et Pater tradendo non careat, et filius dando non egeat. Die übrige Erklärung ist die des Athanasius.

Inbegriff aller Gläubigen und sagt: «es ist so viel als hieße es, laßt uns Alle dem Sohne uns unterwerfen, laßt uns als seine Glieder erfunden, und in ihm Söhne Gottes werden. Ihr seid, sagt Paulus, Eins in Jesu Christo; alsdann wird er aber anstatt uns dem Vater sich unterwerfen, als das Haupt, anstatt der eignen Glieder. Denn wenn seine Glieder noch nicht Alle unterworfen sind, so ist auch er, ihr Haupt, noch nicht dem Vater unterworfen, erwartend noch seine eigenen Glieder. Der Sohn selbst kann nicht zu den sich erst Unterwerfenden gehören; er ist ja nie ungehorsam gewesen; er würde sich nicht erst am Ende unterwerfen. Wir also sind es, die sich in ihm dem Vater unterwerfen; wir sind es, die in ihm herrschen, bis sich unsere Feinde uns unterwerfen. Denn nur wegen unserer Feinde ist der Herr des Himmels uns gleich geworden, und nahm den menschlichen Thron David's, seines Vaters nach dem Fleische, um ihn wieder aufzurichten, und zu erbauen; damit, wenn er errichtet ist, wir Alle in ihm herrschen, und er das wiederhergestellte Reich dem Vater übergebe, damit Gott Alles in Allem sei, herrschend durch ihn, als seinen Logos, nachdem er durch ihn geherrscht hat, als den menschlichen Erlöser.» Hier sehen wir die Differenz der sabellianischen und katholischen Trinitätslehre. Vor der Schöpfung war der Sohn im Vater, die Welt schuf der Vater durch den Sohn, aber auch nach der συντελεια του κοσμου ist der Sohn noch, und der Vater herrscht durch ihn. Läugnen wir vor der Welt dem Sohne das persönliche Bestehen im Vater ab, und nennen den Glauben hieran eine interesselose Transcendenz, so hört das Bestehen desselben nach dem Welt-Ende auch wieder auf, und Alles mit ihm Entstandene vergeht zugleich. Da wir aber ein Interesse haben, nach dem Welt-Ende uns den Sohn als fortbestehend zu denken, und anders geht es nicht an, als wenn wir ihn als Person glauben, so haben wir auch ein Interesse, ihn vor der Welt als Person zu glauben, d. h. als ewig mit dem Vater und zwar als Person.

Mainz,
gedruckt bei Florian Kupferberg.

Bei demselben Verleger sind in diesem Jahre neu herausgekommen und in allen Buchhandlungen zu haben:

Augustin, des heiligen, Enchiridion, aus dem Lateinischen übersetzt von P. Lichter 12. 6 ggr. oder 27 kr.

Ellmenreich, F., Sammlung kleiner Lustspiele, frei nach dem Franz. bearbeitet, 2 Theile 8. 1 Rthlr. 14 ggr. oder 2 fl. 48 kr.

Diese werden auch einzeln verkauft unter folgenden Titeln:

Der Großpapa	6 ggr. oder 27 kr.
Das beste Loos: ein Mann	5 ggr. oder 24 kr.
Michel und Christine	4 ggr. oder 18 kr.
Die Nachtwandlerin	6 ggr. oder 27 kr.
Der entführte Offizier	4 ggr. oder 18 kr.
Röschens Aussteuer	8 ggr. oder 36 kr.
Der Vampyr	5 ggr. oder 24 kr.
Die beiden Wittwen	4 ggr. oder 18 kr.

Hillebrand, J., Lehrbuch der Literar-Aesthetik oder Theorie und Geschichte der schönen Literatur, mit besonderer Berücksichtigung der deutschen zum Selbststudium und Gebrauch bei Vorträgen. 1r Band gr. 8. 1 Rthlr. oder 1 fl. 48 kr.

Hoffmann, J. J. J., der mathematische Jugendfreund oder populäre Darstellung der Grundlehren der reinen und angewandten Mathematik für Anfänger. 4 Theile 8. 1r Theil Arithmetik. 2r Theil Algebra. 3r Theil Geometrie. 4r Theil Stereometrie, jeder Theil 1 Rthlr. 8 ggr. oder 2 fl. 24 kr.

Klauprecht, Dr. J. L., forstliche Statistik des Spessarts gr. 8. 1 Rthlr. 20 ggr. oder 3 fl. 15 kr.

Lebrün, C., Lustspiele und Erzählungen, enthaltend: 1) Spiele des Zufalls, Lustspiel in 3 Aufzügen. 2) Zeitungstrompeten, Lustspiel in 2 Aufzügen. 3) Postwagenabentheuer, Posse in 3 Aufzügen. 4) Schön Sisi oder die Entstehung der Alpenrose. 5) Bruder Gregor von Jerusalem. 6) List über List. 8. 1 Rthlr. 10 ggr. oder 2 fl. 30 kr.

Papius, K., die Holzwirthschaft. 8. 1 Rthlr. 6 ggr. oder 2 fl. 12 kr.

Prieger, Dr. J. E. P., Kreuznach und seine Heilquellen, mit 1 Abbildung gr. 8. 9 ggr. oder 40 kr.

Rizo, J. N., die neugriechische Literatur. In Vorlesungen, gehalten zu Genf 1826. Uebersetzt von Dr. Ch. Müller. 8. 16 ggr. oder 1 fl. 12 kr.

Sironabad, das, bei Nierstein und seine Mineralquellen, mit zwei lithographirten Abbildungen. gr. 8. 10 ggr. oder 45 kr.

Testamentum, novum, graece et latine exhibens textum graecum ad exemplar complutense expressum cum vulgata interpret. latina edit. Clementis VIII. Edidit et loca parallela uberiora selectamque lect. variet. subministravit P. A. Gratz. Editio nova. 2 Tomi. 8 maj. 2 Rthlr. 16 ggr. oder 4 fl. 48 kr.

Athanasius der Grosse

und

die Kirche seiner Zeit,

besonders

im Kampfe mit dem Arianismus.

In sechs Büchern.

Von

Joh. Adam Möhler,

ausserordentlichem Professor der kath. theolog. Facultät an der Universität zu Tübingen.

II. Theil. IV—VI. Buch.

Mainz, 1827.

Bei Florian Kupferberg.

Non statim boni atque utilis sacerdotis est, aut tantummodo innocenter agere, aut tantummodo scienter praedicare. cum et innocens sibi tantum proficiat, nisi doctus sit, et doctus sine doctrinae sit auctoritate, nisi innocens sit. Non enim apostolicus sermo (Tit. 2, 7—8) probitatis honestatisque hominem tantum saeculo conformat ad vitam, neque rursum per doctrinae scientiam scribam synagogae instituit ad legem: sed perfectum ecclesiae principem perfectis maximarum virtutum bonis instituit, ut et vita ejus ornetur docendo, et doctrina vivendo. Denique ipsum illum, ad quem ei (Paulo) sermo erat, Titum istiusmodi decreto consummandae religionis instruxit: «in omnibus te ipsum bonorum factorum praebens exemplum, docentem cum veneratione verbum sanum, irreprehensibile: ut adversarius revereatur, nihil habens turpe aut malum nobis dicere.» Non ignoravit doctor hic gentium, et, ex conscientia loquentis atque habitantis in se Christi, ecclesiae electus magister, morbidi eloquii grassatura esse contagia, et adversus suavitatem verborum fidelium, desaevituram doctrinae pestiferae corruptionem, quae impiae intelligentiae luem usque ad sedem animae demergens, profundo serperet malo. Ob quod sani sermonis in episcopo voluit esse doctrinam, fidei conscientiam, et exhortationum scientiam, adversus impias, et mendaces, et vesanas contradictiones obtinentem.

S. Hilar. Pictav. de trinit. L. VIII. c. 1.

Athanasius der Grosse

und

die Kirche seiner Zeit.

Zweiter Theil.

Dem Hochwürdigen

Herrn Doctor und Professor der Theologie,

Sebastian v. Drey,

Ritter des Ordens der würtemberg. Krone,

widmet dankbar diese Schrift

der Verfasser.

Viertes Buch.

Die zwei ersten Exile des heil. Athanasius. Die Arianer suchen sich zu befestigen, indem sie ihre Lehre verhüllen. (Eusebius und Marcellus von Ancyra). Glänzender Sieg des Athanasius. (Antonius).

Wir begreifen, wie die Arianer dem heil. Athanasius nur feind sein konnten, wenn wir auf der einen Seite die Kraft der Gründe überlegen, mit welcher er ihre Lehre so siegreich bekämpfte, und auf der andern ihre Entschiedenheit erwägen, keinen Gründen zu weichen. Athanasius würde jedoch wohl als Diakon oder Presbyter kein Gegenstand ihrer besondern Verfolgung geworden sein: sein niedriger Standpunkt würde ihn geschützt haben. Aber die göttliche Vorsehung hatte ihn zum Bischof bestimmt; zum Bischof von Alexandrien, wo die neue Irrlehre aufgekeimt hatte, wo das Haupt der Gemeinde in die nächste Berührung mit allen Bewegungen kommen mußte, die etwa von Seite der Arianer noch versucht werden mochten. Der greise Alexander sah sie voraus, als ihn der Heiland zu sich berufen wollte: und eben deßwegen war ihm daran gelegen, daß gerade Athanasius sein Nachfolger werde. Dieser von dem Vorhaben des Bischofs unterrichtet, ergriff die Flucht. Alexander rief, dem Tode nahe (J. 326.), den Namen des Athanasius aus; es war aber gerade ein anderer Athanasius gegenwärtig, der Antwort gab. Alexander schwieg; nach einer Weile aber wiederholte er denselben Ruf und setzte hinzu: du glaubst, o Athanasius, zu fliehen; du wirst nicht entfliehen [1]). Der Greis hatte richtig vorausgesehen. Denn Athanasius kam wieder nach Alexandrien zurück, und die Wahl des Volkes bestimmte ihn zum Bischof. Eine Synode (v. J. 340.) der zum Patriarchate von Alexandrien gehörigen Bischöfe von Egypten, Libyen, Pentapolis und der Thebaïs, bezeugt also den Hergang der Wahl: «das gesammte Volk der katholischen Kirche war wie ein Leib und eine Seele zusammengekommen, und rief wiederholt und gewaltig aus, daß Athanasius Bischof sein solle. Um das bat es öffentlich Christum, und beschwor uns mehrere Tage und Nächte, ihn zu weihen, und verließ die Kirche nicht, und gab auch nicht zu, daß wir uns entfernen: Alle nannten ihn einen tugendhaften frommen Mann, einen Christen, einen Asceten, einen wahrhaften Bischof» [2]). Es wurden ihm demnach von den anwesenden Bischöfen, wie diese selbst noch hinzusetzen, die Hände aufgelegt, und die Gemeinde schrie laut auf vor Freude. Aber schwere Leiden sollten über die Wählenden und den Gewählten kommen.

Arius wurde vom Exilium zurückgerufen. Es war nämlich in der Umgebung der Schwester Constantins, der Constantia, ein Presbyter, der eben so sehr den Arius begünstigte, als er von der Fürstin begünstigt war. Er benutzte seinen Einfluß bei derselben, um ihr Mitleid für den verbannten Arius zu wecken. Mit Unrecht sei dieser von seinem Vaterlande getrennt; wegen eines blos persönlichen Zwistes mit Alexander sei er der Kirchengemeinschaft beraubt worden; Alexander habe nur seinen Einfluß beim Volke beneidet: dies und Aehnliches sagte der genannte Presbyter. Constantia wagte es lange Zeit nicht, sich bei Constantin für Arius zu verwenden. Als sie aber tödlich erkrankte, empfahl sie den Presbyter, als einen rechtgläubigen Mann ihrem Bruder. Sie sagte noch, sie sei sehr in Sorgen, daß ihn

---

1) Soz. L. II. c. XVII. nach Apollinaris.

2) Apolog. contr. Ar. fol. 129. Tom. I.

(dem Constantin) ein schweres Unglück treffe, daß er sein Reich verliere, weil er gerechte und brave Männer mit ewiger Verbannung bestraft habe. Constantin nahm den empfohlenen Presbyter in seine nächste Umgebung auf, sprach mit ihm wegen des Arius, und entschloß sich, da ihm dieser als rechtgläubig geschildert wurde, ihn vom Elende zurückzurufen. Der Kaiser schrieb sofort dem Verbannten, daß er kommen solle, um sich des kaiserlichen Anblickes zu erfreuen, und bot ihm die öffentliche Post an. Arius erschien mit Euzojus, einem von Alexander der Kirchengemeinschaft beraubten Diakon. Beide betheuerten mit dem Glauben der Kirche übereinzustimmen, und überreichten folgendes Glaubensbekenntniß: «Wir glauben an einen Gott, den allmächtigen Vater, und an Jesum Christum seinen Sohn, den Gott Logos, der aus ihm vor ewigen Zeiten geworden ist, durch welchen Alles gemacht ist im Himmel und auf Erden. . . . Wenn wir das nicht so glauben, und nicht wahrhaft den Vater, Sohn und den heil. Geist annehmen, wie die gesammte katholische Kirche und die heil. Schrift, der wir in Allem glaubenn lehren, so sei Gott unser Richter, jetzt und bei dem künftige, Gerichte. Deßwegen bitten wir deine Frömmigkeit, gottgeliebtester Kaiser, daß wir, die wir Geistliche sind, und den Glauben und die Gesinnung der Kirche und aller heil. Schriften haben, durch deine friedliebende und gottesfürchtige Frömmigkeit, mit unserer Mutter der Kirche vereinigt werden; die Streitigkeiten und der Wortkram sollen aufhören. So werden wir in Frieden mit der Kirche, gemeinschaftlich für das Glück deines Reiches und dein ganzes Geschlecht die gewöhnlichen Bitten zu Gott entrichten.» Der Kaiser freuet sich sehr, und verwendete sich bei den Bischöfen, ihn in die Kirchengemeinschaft aufzunehmen; denn er maßte sich selbst nicht an, ihm ohne das Urtheil derer die Gemeinschaft wiederzugeben, denen es der Natur der Sache nach zusteht [3].

---

3) Socrat. l. I. c. 25. 26. Soz. l. II. c. 27. οὐ μεν ἑαυτῳ ἐπετρεψεν εἰς κοινωνιαν αὐτους δεξασθαι, πρὸ κρισεως και

Als Arius, obschon er noch nicht nach Alexandrien zu reisen die Erlaubniß erhielt, vorläufig doch der Gunst des Kaisers sich versichert hatte, machten auch Eusebius von Nikomedien und Theognis von Nicäa Bewegungen, die Gemeinschaft der Kirche und ihre bischöflichen Stellen wieder zu erhalten. (J. 329.) Sie erließen ein Schreiben an die Bischöfe, worin sie sagen: «obschon sie vor gehaltenem Gerichte seien verurtheilt worden, so hätten sie sich doch mit Ruhe unterworfen. Weil es aber unbillig sei, durch ihr Stillschweigen ihren falschen Anklägern noch Beweise in die Hand zu geben, so zeigten sie an, daß sie im Glauben mit ihnen übereinstimmend, und das Homoousios anerkennend, in keiner Weise der Häresie gefolgt wären. Im Gegentheil hätten sie blos die Anathematismen deßwegen nicht unterzeichnet, weil sie, die den Arius näher gekannt, wohl gewußt hätten, daß seine Ansicht in denselben nicht wäre enthalten gewesen. Auch jetzt wünschten sie nicht so fast von dem Exilium als von dem Verdacht der Häresie befreit zu werden. Würden sie daher wieder aufgenommen, so dürften sich die Bischöfe überzeugt halten, in Allem ihnen gleichgesinnte und mit ihrer Lehre übereinstimmende Kirchenvorsteher zu erhalten. Da Arius, der eigentlich für den Schuldigen gehalten werde, zurückgerufen sei, und sich gereinigt hätte, so könnten sie um so weniger schweigen. Sie bäten daher, den Kaiser für sie anzugehen, und in Bälde einen Entschluß zu fassen.» So erhielten demnach Eusebius und Theognis ihre Stellen wieder, und die schon anstatt ihrer eingesetzten Bischöfe mußten wieder abtreten [4].

Kaum hatten sie sich ihrer Stellen wieder bemächtigt, als sie alle ihre Kräfte aufboten, um Rache zu üben an denen, die mit dem größten Eifer, Kunst und Erfolg die Lehre des Arius bestritten hatten. Zuerst wurde Eustathius

---

δοκιμασιας των τουτου κυριων κατα τον νομον της εκκλησιας.

4) Soz. l. II. c. 16.

Bischof von Antiochien angegriffen. Er war ausgezeichnet durch seine Frömmigkeit eben so sehr als durch großen Verstand, durch Kunst und Schönheit schriftlicher Darstellung. Er hatte mehrere Bücher gegen die Irrthümer der Arianer herausgegeben; besonders unzufrieden aber bezeigte er sich mit Eusebius von Cäsarea. Ueberhaupt vermied und verabscheute er die arianisch gesinnten Bischöfe, und hatte dessen auch kein Hehl. Diese nun versammelten sich in Antiochien (i. J. 330.) und setzten ihn ab. Sie beschuldigten ihn, wie man vermuthet, des Sabellianismus, und des Umgangs mit einer Hure, die, von den Arianern bestochen, durch ihn Mutter geworden zu sein vorgab; nach Athanasius bezüchtigten sie ihn auch eines unehrerbietigen Betragens gegen die Mutter des Kaisers [5]). Mit Eustathius wurden mehrere Presbyter und Diakonen zugleich excommunicirt und verbannt; solche Männer aber, die Eustathius ihrer arianischen Gesinnung wegen der Kirchengemeinschaft beraubt hatte, wurden aufgenommen [6]). Die Gemeinde von Antiochien gerieth darüber in solche Gährungen, daß der Untergang der ganzen Stadt, selbst nach des Eusebius Zeugniß, bevorstand; nur durch die größten Anstrengungen der Behörden, des Kaisers selbst, der Briefe auf Briefe sendete, und durch die Dazwischenkunft der bewaffneten Macht, konnte so großes Unglück verhindert wer-

5) Euseb. de vita Const. M. l. III. c. 59. geht über die Ursache seiner Absetzung gänzlich weg, weil er das Andenken der Bösewichter nicht erneuern wolle. Socrat. l. I. c. 24. bemerkt, daß Eustathius wegen des Sabellianismus, nach Andern aber wegen anderer nicht rühmlichen Ursachen (οὐκ ἀγαθας αἰτιας) angeklagt worden sei, bedauert aber, daß die Bischöfe nur absetzten, aber die Gründe ihres Verfahrens nicht angäben. Hieronymus aber contr. inf. l. III. c. 11. und Theodoret l. l. c. 21. sagen bestimmt, daß eine Hure für falsches Zeugniß gemiethet worden sei; da nun Theodoret noch dazu so viele Nebenumstände angiebt, so glaube ich nicht zweifeln zu dürfen, daß Eustathius auch deßwegen sei angeklagt worden.

6) Ath. hist. ar. ad Monach. c. 4.

den. Eusebius von Cäsarea schlug das ihm angebotene Bisthum von Antiochien aus, ohne daß ihm ein großes Lob dafür, wie ich glaube, gebührte; denn gerade auch der Umstand, daß er Bischof daselbst werden sollte, der so thätig gegen den geliebten Eustathius gewesen war, war Mitursache der Bewegungen geworden.

Sofort wurde Eutropius, Bischof von Hadrianopel, ein sehr gerühmter Mann abgesetzt; denn er hatte immer der Verbreitung der arianischen Lehre sich sehr entgegengesetzt. Basilina, die Gattin des Julius Constantius, und Mutter Julians des Abtrünnigen war ihm vorzüglich abgeneigt. Euphration von Balaneä, Kymatius von Paltus, Kymatius von Taradus, Asklepas von Gaza, Cyrus von Beröa in Syrien, Diodor ein Bischof in Kleinasien, Domnion von Sirmium und Hellanikus von Tripolis, theilten zu verschiedenen Zeiten dasselbe Schicksal mit Eustathius. Einige wurden wegen des Sabellianismus angeklagt, d. h. wegen der Vertheidigung des Homoousios, Andern wurden andere Verbrechen zur Last gelegt; Einige wurden auf Synoden, Andere blos durch einen kaiserlichen Befehl abgesetzt und verbannt; denn Alles vermochten nun die Arianer am kaiserlichen Hofe. An die Stelle der abgesetzten Bischöfe kamen aber Arianer, oder den Arianern doch nicht abgeneigte Männer 7).

Irgendwo mußten denn nun doch wohl die Arianer Widerstand finden. Denn wenn die ausgezeichnetsten katholischen Bischöfe in so schmählicher Weise abgesetzt, die Arianer aber aufgenommen wurden, während Angst und Schrecken allenthalben sich verbreiteten und Niemand zu widersetzen sich getraute, oder mit Erfolg sich widersetzen konnte, mußte nothwendig der gesammte Orient mit der arianischen Lehre befleckt werden. Da wagte es Athanasius, Gegenbewegungen zu machen. Arius nämlich suchte jetzt, vom Kaiser unterstützt, wieder in Alexandrien aufgenommen zu werden. Er wurde abgewiesen. Eusebius von Nikomedien getraute sich

7) Athanas. l. l. c. 5. Socrat. l. I. c. 24. Theodoret. l. I. c. 20.

nun, durch seine Art mehr als der Kaiser zu bewirken hoffend, dem heil. Athanasius die Zumuthung zu machen, den Arius in seine Gemeinschaft wieder aufzunehmen. Der Brief, der ihn hiezu aufforderte, war zugleich mit der mündlichen Drohung übergeben worden, daß, wenn er sich nicht dazu verstehen sollte, es sehr nachtheilig für ihn sein würde [8]. Athanasius erwiederte, daß er der Synode von Nicäa nicht entgegenhandeln werde. Nachdem dieser Versuch seines Zwekkes verfehlt hatte, knüpften die Eusebianer Verbindungen mit den immer noch unruhigen Meletianern in Egypten an. Meletius selbst nämlich hatte sich nach den Beschlüssen von Nicäa ruhig verhalten; aber vor seinem Tode setzte er noch einen gewissen Johannes an seine Stelle. Die übrigen meletianischen Bischöfe und Priester hingegen hatten sich immer in ihrer frühern Stellung, ungeachtet der Beschlüsse von Nicäa behauptet, und keine unbedeutende Zahl von Christen scheinen auf ihrer Seite gewesen zu sein. Diese nun waren in einem beständigen Kampfe mit dem Klerus von Alexandrien. Diese innern Unruhen in der Diöcese von Alexandrien benutzten die Eusebianer: sie suchten die Meletianer, die übrigens in den bestrittenen Glaubenspuncten mit der kathol. Kirche übereinstimmten, mit sich zu verbinden. Nach und nach theilten jedoch die Arianer den Meletianern auch ihre Ansichten mit, so zwar, daß noch lange Zeit hindurch die Arianer in Egypten Meletianer genannt wurden [9]. Diese also machten gemeinschaftliche Sache mit den Eusebianern, und reichten auf deren Betrieb Klagepuncte gegen Athanasius und die mit ihm verbundenen Bischöfe ein. Sie sagten dem Kaiser, dieser trage die Schuld von allen Unruhen; er gestatte die Vereinigung mit der katholischen Kirche nicht, da doch Alle rechtgläubig wären, die sich mit ihr vereinigen wollten; würde aber der Zutritt zur Kirche erlaubt, so sei

8) Soz. l. II. c. 18. εἰ δε ἀπειθησει, κακως αὐτον ποιησειν ἀγραφως ἀπειλει. Socrat. l. I. c. 23.

9) Soz. l. II. c. 21.

gewiß auch allem Streite ein Ende gesetzt. Zudem beschuldigten sie die katholischen Bischöfe vieler Gewaltthätigkeiten; sie, die Meletianer sollten von ihnen gemißhandelt, und ihre Kirchen zerstört worden sein. Athanasius entwickelte dem Kaiser die Verhältnisse mit den Meletianern, und zeigte, wie die Beschlüsse von Nicäa beständig von ihnen verletzt würden, wie diejenigen, die die Gemeinschaft der Kirche wieder verlangten, ihrem Glauben entgegen wären, und wies die sonstigen Unwahrheiten der meletianischen Klagen nach. Die Eusebianer unterstützten aber nach Kräften ihre Freunde, und der Kaiser schickte dem Athanasius den Befehl zu, Keinem die Gemeinschaft der Kirche zu versagen. Das Schreiben enthielt Folgendes: « Da dir mein Wille bekannt ist, so verbiete Keinem, der will, den Zutritt zur Kirche. Denn wenn ich erfahre, daß du Einem, der ihre Gemeinschaft wünscht, sie versagst, oder den Zutritt verhinderst, so werde ich auf der Stelle Einen schicken, der dich auf meinen Befehl absetzt, und dich aus Alexandrien entfernt » 10). Athanasius wagte deßungeachtet Gegenvorstellungen, und Constantin war endlich damit zufrieden. Wundern muß man sich, warum denn auch die Arianer die Gemeinschaft mit der katholischen Kirche wollten. Entsteht doch nur eine jede Kirche durch denselben Glauben ihrer Glieder; denn hätten sie diesen nicht gehabt, so wäre ja die Kirche nicht zu Stande gekommen. Was wollten denn nun diejenigen, die diesen Glauben nicht theilten, in derselben? Diese Ueberzeugung hatte stets die katholische Kirche, und ihre Glieder, weil sie in ihrer Brust fühlen, daß sie nur durch ihren bestimmten Glauben eine Kirche bilden, und durch diesen gegenseitig angezogen werden. Um so nothwendiger aber war es, daß Athanasius standhaft blieb, weil ja allerwärts der katholische Glaube schon wieder bestritten wurde 11), und er selbst durch die Aufnahme des Arius entweder eine Gleichgültigkeit gegen

---

10) Athanas. Apolog. c. Ar. fol. 178. Soz. l. II. c. 22.

11) Socrat. l. I. c. 23. Soz. l. II. c. 18.

die christliche Wahrheit gezeigt, oder bewiesen hätte, daß auch er von Furcht ergriffen, ein Miethling geworden sei.

Die Meletianer brachten nun neue Klagepuncte vor; sie gaben vor, Athanasius habe eine neue Abgabe eingeführt; leinene Kleider für Geistliche habe er zu liefern befohlen. Es waren aber gerade zwei egyptische Priester, Apis und Makarius, in der Nähe des Kaisers; er befragte diese, und wies die Meletianer ab, nachdem er die Unwahrheit ihrer Klage eingesehen hatte. Constantin wurde aber sofort mit einer neuen sehr schweren Anklage gegen Athanasius bestürmt; dieser sollte in eine Verschwörung gegen den Kaiser sich eingelassen, und einem gewissen Philumenos eine Kiste Goldes zur Ausführung dieses Zweckes überschickt haben. Constantin berief nun den Angeklagten in sein Hoflager, fand ihn aber völlig rein, und entließ ihn mit folgendem Schreiben an die Kirche von Alexandrien: «Geliebte Brüder! Ich grüße euch unter Anrufung Gottes, des größten Zeugen meiner Gesinnung, und seines Eingebornen, unseres Gesetzgebers, des Herrn unseres Lebens, der alle Zwietracht hasset. Was soll ich sagen? Daß wir etwa gesund seien? Aber wir könnten uns besser befinden, wenn ihr euch gegenseitig liebtet, und alles Hasses ledig wäret, in welchem wir durch die Streitsucht die Liebe verlassen haben. Ach dieses Wahnsinnes! Wie viel Elend bereitet täglich der aufgeregte Haß! So wurde das Volk Gottes mit Schande überhäuft! Wohin hat sich der Glaube an heilige Gesinnung zurückgezogen? Denn von großer Finsterniß sind wir umgeben, nicht nur wegen mannichfachen Irrthums sondern auch wegen der bösen Handlungen der Undankbaren; indem wir diejenigen, die in der Thorheit Meister sind, ertragen, und die, die Recht und Billigkeit unterdrücken, kennen, und doch ohne Rüge lassen. Wie groß ist unsere Verkehrtheit! Wir widersetzen uns nicht nur den Feinden nicht, sondern folgen noch der ruchlosen Horde, durch welche sich der verderbliche Betrug einen Weg gebahnt hat, ohne Widerstand zu finden. Ist gar kein sittliches Gefühl, nicht einmal mehr das natürliche vorhanden? Denn von evangelischem Sinne mag hier keine Rede mehr sein. Aber die natürliche Liebe möchte Einer sagen ist doch nicht untergegangen. Warum aber erdulden wir, die wir nebst dem angebornen sittlichen Gefühle noch das Evangelium besitzen, die Ränke und die Verkehrtheiten des Feindes, der, wie es den Anschein hat, Alles in Flammen setzen will? Warum sehen wir nicht, obschon wir Augen haben, warum sind wir ohne Gefühl, obschon uns das Evangelium mit solchem erfüllen sollte? Welcher Stumpfsinn hat unser Leben ergriffen, uns, die wir uns selbst vernachläßigen, obschon uns Gott ermahnet? Ist das Uebel nicht unerträglich? Muß man Solche nicht vielmehr für Feinde, als für das Haus und das Volk Gottes halten? ... Kommet also euch selbst zu Hülfe, erwiedert unsere Liebe, und setzt euch mit aller Kraft denen entgegen, die die Gnade unserer Eintracht vernichten wollen; schauet auf Gott und liebet einander. Ich habe euren Bischof Athanasius mit Wohlwollen aufgenommen, und begegnete ihm so, wie ich es meiner Ueberzeugung, daß er ein Mann Gottes sei, entsprechend fand. Euch kömmt es zu verständig zu sein, mir gebührt das Urtheil nicht. Uebrigens wird euch Athanasius, der verehrungswürdigste, meinen Gruß hinterbringen. Ich erkenne seine weise Sorgfalt an, welche mit meiner friedlichen Gesinnung übereinstimmend, fortwährend das Gut des heilbringenden Glaubens festhält; er wird euch das Richtige lehren. Gott behüte euch, geliebte Brüder.»

Nach dem demüthigenden Erfolg dieser Anklage ruheten die Meletianer. Allein sie wurden von den Eusebianern zu abermaligen Bewegungen durch Bestechung gereizt. Diese neuen Anklagen übertreffen aber Alles, was man sich von Gewissenlosigkeit denken kann. — In der Provinz Mareotis hatte ein Mann Namens Ischyras sich selbst zum Priester in einem kleinen Flecken gemacht. Er hatte aber keine Gemeinde und keine Kirche; nur einige seiner Verwandten wohnten seinen Verrichtungen in einem Privathause bei. Schon während der Anwesenheit des Hosius in Alexandrien, als dieser die Sache eines gewissen Presbyters Kolluthos, der eine eigne Gemeinde bildete, weil Alexander den Arius nicht sogleich mit dem Banne belegen wollte, untersuchte, kam das Benehmen des Ischyras zur Sprache. Denn er hatte behauptet, Kolluthos habe ihm die Weihe gegeben. Nebst dem aber daß Hosius die Ordination des Kolluthos für nichtig erklärte: ergab sich sogar, daß Ischyras nicht einmal die Händeauflegung des schismatischen Priesters von Alexandrien erhalten hatte. Er erhielt demnach schon damals die Weisung seine priesterliche Thätigkeit einzustellen. Als jedoch Athanasius die gewöhnliche Visitation in der Mareotis vornahm, klagten die Pfarrer dieses Bezirkes, daß Ischyras immer noch die priesterlichen Verrichtungen fortsetze. Es wurden daher der Pfarrer, dem der Flecken des Ischyras untergeordnet war, so wie Makarius ein alexandrinischer Priester im Gefolge des Athanasius, an ihn abgesendet, mit dem Befehle, ihn zum Gehorsam aufzufordern. Sie trafen ihn krank im Bette liegend an; es wurde daher der Vater des Ischyras ersucht, seinem Sohne die Ausübung des Priesteramtes zu untersagen. Ischyras aber verfügte sich zu den Meletianern, die den Vorfall nach ihrer Art umarbeiteten, und in ihn drangen auszusagen, Makarius habe seinen Kelch zertrümmert, und den Altar umgestoßen. Athanasius aber sollte die Gewaltthätigkeit seines Priesters büßen.

Eine zweite Klage wurde also eingeleitet. Ein meletianischer Bischof Arsenius von Hypsele hatte schon seit geraumer Zeit wegen mancherlei Vergehungen die Flucht ergriffen und hielt sich verborgen. Es wurde ihm nun Geld anerboten, wenn er nicht wieder öffentlich sich zeigen würde. Der Nachfolger des Meletius, Johannes und die Seinigen verbreiteten hierauf das Gerücht, Arsenius sei von Athanasius ermordet worden, der dessen Ueberreste zur Zauberei gebrauche. Sie selbst zeigten eine Hand vor, die dem umgebrachten Arsenius angehört habe. Beide Klagen nun wurden vor Constantin gebracht. Dieser übertrug einem seiner Anverwandten Dalmatius dem Censor die Untersuchung. Athanasius erhielt den Befehl sich zur Vertheidigung in Antiochien zu einer bestimmten Zeit einzufinden; Eusebius von Nikomedien aber, Theognis und einige Andere sollten mit Dalmatius gemeinschaftlich das Gericht bilden.

Den Ischyras reuete es aber bald, einen solchen Schritt gewagt zu haben. Er ersuchte den Athanasius in einem Schreiben, welches von mehreren Priestern unterzeichnet ist, um Wiederaufnahme in die Gemeinschaft, und gestand offen, daß er nur durch die größten Mißhandlungen habe vermocht werden können, eine falsche Anklage gegen seinen Bischof einzureichen. In Betreff des Arsenius gerieth aber Athanasius auf die Vermuthung, daß er noch bei Leben sein möge, obschon er ihn seit sechs Jahren nicht mehr gesehen hatte. Ein treuer Diakon wurde in das obere Egypten gesandt, um wo möglich ihn zu finden. Auch hieng Alles davon ab. Der Diakon war auch so glücklich bald Spuren von ihm zu entdecken. Er hatte sich in einem Kloster verborgen gehalten. Allein der meletianische Priester des Klosters, Pines besorgte seine Einschiffung in das untere Egypten, sobald er die Nachricht von der Ankunft des Diakons und dem Zwecke derselben erhalten hatte. Dieser jedoch nahm den Pines nebst dem Mönche Elias, einem Freunde des Arsenius mit sich nach Alexandrien, wo sie vor der Oberbehörde eingestanden, daß Arsenius noch lebe, und zwar ganz wohlbehalten. Dieser aber hatte sich nach Tyrus geflüchtet, wo er entdeckt wurde, und vor dem Bischofe Paulus nach einigem Zögern sich zu erkennen gab. Athanasius hievon benachrichtigt, überschickte nun dem Constantin die Acten; denn vor Dalmatius und den Bischöfen Eusebius und Theognis weigerte er sich aus guten Gründen zu erscheinen.

Der Kaiser hob das niedergesetzte Gericht auf, und erließ ein Schreiben an Athanasius mit dem Befehle, daß es öffentlich bekannt gemacht werden solle. Am Schlusse heißt es: «da so großer Frevel begangen wurde, so sollen sie erfahren, daß wenn sie abermal Bewegungen machen, das Gericht nicht mehr nach kirchlichen sondern nach bürgerlichen

Gesetzen und in meiner Gegenwart wird gehalten werden.» Arsenius selbst aber wendete sich an Athanasius und versprach der kirchlichen Ordnung sich zu unterwerfen; eben so Johannes [12]) (J. 333.)

Doch die Eusebianer ruheten nicht; es war ihnen ja nicht daran gelegen, daß das Recht siege, sondern daß Athanasius unterdrückt werde. Die Meletianer mußten die alten Klagen wieder vorbringen, und einige neue hinzufügen. Constantin gab ihnen abermal Gehör. Eine Synode in Tyrus sollte die Untersuchung führen (J. 335.), und entscheiden. Eusebius von Cäsarea und der von Nikomedien, Theognis, Maris, Patrophilus, Theodor von Heraklea, Macedonius von Mopsvestia, Georgius von Laodicäa, Ursacius von Singidunum, und Valens von Mursia nebst vielen andern erklärten Arianern waren berufen. Die beiden zuletzt genannten Bischöfe waren Schüler des Arius, ihre Bisthümer aber lagen in Mösien und Pannonien. Warum wurden wohl diese berufen aus so weiter Ferne her? Doch fand sich auch eine Anzahl unparteiischer Bischöfe auf der Synode. Der kaiserliche Commissär war Dionysius, den arianischen Bischöfen mit bewaffneter Macht zu Gebote stehend. Makarius, der des Sacrilegiums wegen des zerbrochenen Kelches beschuldigt war, wurde in Ketten nach Tyrus abgeführt. Athanasius hielt es für gefährlich vor solchem Gerichte zu erscheinen; er machte bei Constantin Gegenvorstellungen, wurde aber zur Abreise gezwungen, und mußte also vor einer Synode sich stellen, in welcher die Meletianer Kläger, die Arianer aber Richter waren.

Arsenius konnte dem Athanasius keine Schwierigkeiten mehr machen, denn er wurde in eigener Person der Synode vorgestellt, und zwar mit beiden Händen [13]). Der Mele-

---

12) Die gesammte Erzählung ist aus Actenstücken genommen, die sich bei Athanasius Apol. c. Ar. fol. 183—194. Tom. I. befinden.

13) Socrat. l. I. c. 28. Soz. l. II. c. 25. geben die näheren Umstände an.

tianer Johannes ergriff vor Scham die Flucht. Eben so leicht war eine andere Klage zu beantworten, welche die Meletianer gegen die Wahl des Athanasius vorbrachten. Sie sagten, nach Alexanders Tod sei zwischen ihnen und den katholischen Bischöfen die Uebereinkunft getroffen worden, eine gemeinschaftliche Wahl vorzunehmen; aber Athanasius sei gegen den Willen der Gemeinde, ohne Zustimmung der Mehrzahl der egyptischen Bischöfe nur von sieben derselben heimlich geweihet worden. Die in Tyrus anwesenden Bischöfe aus Egypten konnten dieses Vorgeben leicht entkräften. Nach ihrem Zeugnisse habe ich früher schon die Wahl des Athanasius beschrieben, und halte mich daher bei dieser Anklage nicht weiter auf.

An sich war auch die Klage des Ischyras, da er sie ja selbst schon einmal zurückgenommen hatte, und die ebengenannten Bischöfe von Egypten die wahre Beschaffenheit der Sache bezeugten, ohne Mühe zu beseitigen. Da aber diese Beschuldigung gegen Athanasius allein noch übrig geblieben war, (denn andere von keinem Belange, und an sich schon ohne allen Schein von Wahrheit übergehe ich) da wegen der Entfernung des Ortes, wo das Verbrechen sollte begangen worden sein, leicht Alles sehr verwickelt und verwirrt werden konnte, so hielten sich die Eusebianer an derselben fest: ihre Beschämung wäre zu groß gewesen, wenn sie ungeachtet aller Künste nicht einmal den Schein eines Vergehens auf den so zuversichtlich Angeklagten hätten werfen können: selbst ihre Weltklugheit hätte alles Ansehen vor der Welt verloren, nicht einmal ein irdischer Gewinn wäre der Lohn vieljähriger Mühen gewesen. Die Synode beschloß, daß eine Commission in die Provinz Mareotis geschickt werden solle, um an Ort und Stelle Alles zu untersuchen. Es wurde aber auch zugleich festgesetzt, daß die Commissäre nicht einseitig gewählt werden dürften. Deßungeachtet wurden Theognis, Maris, Theodor, Ursacius und Valens von den Eusebianern ohne Vorwissen der gesammten Synode zu Commissären bestimmt, die Ankläger mitgegeben, der beklagte Makarius aber in

Ketten zurückgelassen. Der Präfect von Egypten erhielt den Befehl, der Commission in Allem willfährig zu sein.

Die in Tyrus anwesenden fünfzig Bischöfe von Egypten übergaben nun den übrigen Bischöfen, die zur Synode berufen waren eine Beschwerdeschrift, aus welcher noch bedeutende Einzelnheiten sich ergeben. Sie sagen: « Sie hätten schon anfänglich mit Athanasius gegen arianische Richter sich beklagt; denn sie wüßten wohl, daß es auf die Verfolgung aller Rechtgläubigen abgesehen sei. Wenn sie, die übrigen Mitglieder der Synode, damit bisher unbekannt gewesen wären, so könne ihnen die Absicht der Arianer doch jetzt nicht mehr verborgen bleiben. Schon vor vier Tagen hätten dieselben mehrere Männer abgesandt, welche Meletianer nach Mareotis bringen sollten, (um als Augenzeugen Zeugniß zu geben); da es doch bekannt sei, daß es in diesem Bezirke nie Meletianer gegeben habe. Sie sollten bedenken, daß Ischyras selbst eingestanden habe, daß nur sieben Personen seine Gemeinde gebildet hätten. Sie hätten auch eben erfahren, daß alle Bischöfe aufgefordert würden zu bezeugen, daß die Commission mit ihrem Willen gewählt worden sei. Sie (die Bischöfe) möchten doch aus Furcht nicht unterzeichnen; Christen müßten nicht Menschen fürchten, sondern die Wahrheit Allem vorziehen. » Dem kaiserlichen Beamten Dionysius schreiben sie Aehnliches: sie bemerken noch, daß man die Absicht habe, durch die vorschwornen Meletianer, Arianer und Kolluthianer, die allein zur Untersuchung gezogen würden, Ränke gegen sie auszuführen. In einem zweiten Schreiben an Dionysius melden sie diesem, daß, da das gesammte Verfahren voll von Ungerechtigkeit und Arglist sei, sie der unmittelbaren Entscheidung des Kaisers die Sache anheimstellen. Auch der sehr angesehene Bischof Alexander von Thessalonich übergab dem kaiserlichen Commissär eine Denkschrift, worin er sich über die Verletzung des Synodalbeschlusses, daß gemeinschaftlich die Commissäre gewählt werden sollten, beklagt; und ihn auffordert, die nöthigen Vorkehrungen zu treffen, daß nicht Allen die Schuld der verletzten Gerechtigkeit beigelegt werde; die Arianer in Verbindung mit den Meletianern könnten ganz Egypten in Aufruhr versetzen. Hiedurch bewogen, schrieb Dionysius den Eusebianern, daß, da die Commissäre nicht gemeinschaftlich gewählt worden seien, gegen sie Alle eine gerechte Anklage erhoben werden könne. Allein der bloße Wille des kaiserlichen Commissärs nützte nichts. Er war ein Werkzeug der Eusebianer. Athanasius aber verließ unter diesen Umständen Tyrus, und begab sich nach Constantinopel zum Kaiser [14].

Das Verfahren der eusebianischen Commissäre in Mareotis erzählen die Priester dieser Provinz in einem Schreiben an die Synode von Tyrus, aus welchem ich einige Auszüge mittheile. «Gott ist unser Zeuge, es wurde nie ein Kelch zerbrochen, noch ein Altar umgestoßen, weder von unserm Bischof noch von irgend einem Andern aus seiner Umgebung. Alles das ist falsche Angabe. Dieses bezeugen wir, die wir nicht ferne vom Bischof waren; denn wir sind Alle bei ihm, wenn er Mareotis bereiset. Er geht nie allein umher, sondern begleitet von allen Priestern, Diakonen und einer bedeutenden Anzahl Volkes. Daher sprechen und zeugen wir als Solche, die bei der ganzen Visitation bei ihm waren, daß Alles erdichtet sei, wie auch Ischyras eigenhändig bekräftigt hat. — Als daher Theognis, Theodor, Maris, Macedonius, Ursacius und Valens nach Mareotis kamen, entdeckten sie in der That nichts. Da der Augenblick bevorstand, in dem sich ergeben sollte, daß unser Bischof fälschlich angeklagt sei, wurden die Verwandten des Ischyras, und einige Arianer von Theognis Das auszusagen unterrichtet, was man gerne hörte. Niemand aus dem Volke hat gegen den Bischof gezeugt; sie (die abgeordneten Bischöfe) haben nur durch die Furcht, die der Präfect Philagrius verbreitete, und durch die Drohungen der Arianer gethan, was sie wollten. Als wir uns erboten, die Anklage als falsch darzuthun, so erlaubten sie es nicht; ja

14) Diese Briefe alle finden sich bei Athan. apol. c. Ar. fol. 195. u. ff. Tom. I.

sie jagten uns fort. Philagrius gestattete nicht einmal unsere Gegenwart, um auszusagen, welche von den vorgebrachten Zeugen zur Kirche gehören, und welche Arianer (also parteiisch und keine Augenzeugen) seien.» Dieselben Priester übergaben auch dem Präfecten Philagrius ein Schreiben, worin sie ihn bitten, ihr Zeugniß dem Kaiser vorzulegen.

Aus den Acten selbst, die in Mareotis niedergeschrieben wurden, ergab sich später, daß Katechumenen, ja Heiden und Juden als Zeugen gebraucht wurden. Dies ist deßhalb auffallend, weil diese aussagten, sie seien bei der Feier des heil. Opfers zugegen gewesen, als eben Ischyras von Makarius überfallen worden sei; da sie doch, wie Athanasius bemerkt, nicht zugegen sein durften. Uebrigens widersprachen sich die Zeugen selbst, indem Einige sagten, Ischyras sei bei der Ankunft des Makarius krank im Bette gewesen, Andere, er habe eben seine gottesdienstlichen Verrichtungen abgehalten: Einige zeugten, daß Athanasius, Andere daß Makarius den Kelch zerbrochen habe. Die Commissäre selbst aber waren so sehr überzeugt, daß die ganze Untersuchung für Athanasius vortheilhaft geendet habe, daß sie durch nichts anderes der Sache einen Schein zu geben wußten, als indem sie sagten, Athanasius habe diejenigen schon vorher entfernt, die im Stande gewesen wären, ein tüchtiges Zeugniß gegen ihn abzugeben.

Die Synode aber beschloß auf ihren Bericht seine Absetzung. Es wurde ihm untersagt nach Alexandrien zurückzukehren, damit er keinen Aufruhr errege. Der meletianische Oberbischof, so wie seine Anhänger, wurden als Solche, denen Unrecht geschehen sei, in die Kirchengemeinschaft aufgenommen, so zwar, daß ein jeder seine bisherige Würde fernerhin begleiten sollte. Ischyras wurde sogar zum Bischof seines Fleckens ernannt, und später der Befehl gegeben, daß, weil er keine Kirche hatte, ihm eine solche erbaut werden solle [15]). Jedoch wurde der Befehl nicht vollzogen.

15) Athanas. Apolog. c. Ar. fol. 200. u. ff.

In einem Rundschreiben wurde sofort allen Bischöfen bekannt gemacht, die Gemeinschaft mit Athanasius abzubrechen, ihm keine Briefe mehr zuzusenden und keine von ihm anzunehmen. Folgende Gründe werden angegeben: er habe erwiesene Verbrechen begangen. Wegen des zerbrochenen Kelches seien Theognis, Maris u. s. w. Zeugen. Er habe im verwichenen Jahre das aus orientalischen Bischöfen niedergesetzte Gericht verschmäht und die Befehle des Kaisers verachtet. Zu Tyrus sei er unter großer Begleitung angekommen (wahrscheinlich von Zeugen, die er für sich mitbrachte) und habe Stürme auf der Synode veranlaßt; er habe verweigert, sich wegen der ihm vorgeworfenen Verbrechen zu verantworten, gegen die Bischöfe selbst habe er sich ein beleidigendes Benehmen erlaubt, zuweilen sei er, obschon vorgeladen, nicht erschienen. Durch seine Flucht sei er auch anderer Verbrechen, wegen welcher er nicht zur Rede gestanden, überwiesen. So lautete das Synodalschreiben. Mehrere anwesende Bischöfe unterschrieben aber dasselbe nicht; unter andern Marcellus von Ancyra. Sozomenus führt noch einen Bericht an, welchem zu Folge der Confessor Paphnutius, ein egyptischer Bischof den Bischof Maximus von Jerusalem, gleichfalls einen Confessor bei der Hand genommen und mit ihm aus Abscheu vor der verübten Gewaltthat die Sitzung verlassen habe [16]: für Confessoren, sagte er, zieme sich nicht, Beisitzer einer solchen Versammlung zu sein.

Die Synode von Tyrus hatte aber auch noch eine andere Bestimmung. Sie sollte die von Constantin in Jerusalem erbaute Kirche einweihen! Nach solchen Freveln nährten sich die Eusebianer dem Grabe des Herrn! Nachdem diese Weihe vollendet war, wurde auch Arius in die Kirchengemeinschaft aufgenommen und ein Synodalschreiben an die Gemeinde von Alexandrien abgeschickt. Es heißt darin: «Ihnen, den aus verschiedenen Gegenden zur Einweihung des Tempels zum Grabe des Herrn versammelten Bischöfen, habe diese Gnade

16) Soz. l. II. c. 25.

Gottes (den Tempel in Jerusalem einweihen zu dürfen) eine große Freude gemacht. Der Kaiser selbst habe durch seine Briefe sie zu ihren übrigen Maaßnehmungen aufgefordert. So sei denn aller Haß und Neid, der früher die Glieder der Kirche getrennt habe, beseitigt. Sie hätten den Arius und die Seinigen in die Gemeinschaft aufgenommen, die der allem Guten widerstrebende Neid eine Zeitlang von der Kirche ausgeschlossen habe. Der Kaiser selbst habe den Glauben dieser Männer nach eigener Untersuchung richtig erfunden, und ihnen (den Bischöfen) ihr gesundes Bekenntniß überschickt.» Von dem Urtheile der Synode gegen Athanasius wird nichts Ausdrückliches gesagt; nur mochte wohl in den Worten, «daß nun aller Haß und Neid entfernt sei», darauf hingedeutet sein. Athanasius aber bemerkt zu diesem Schreiben, das er anführt [17]), es leuchteten auch wider den Willen der Synode, die Ränke gegen ihn daraus hervor. Denn wenn er es gewesen sei, der die Arianer von der Gemeinschaft der Kirche entfernt gehalten habe, durch die Ränke gegen ihn aber ihre Wideraufnahme bewirkt worden sei, so sei es offenkundig, daß alle Beschuldigungen nur deßwegen seien ersonnen worden, um die Arianer und ihre Irrthümer in die Kirche wieder einzuschwärzen. Und dieses Urtheil ist der Wahrheit gemäß.

Die Synode von Jerusalem wurde aber auf eine sehr unangenehme Weise durch einen Befehl des Kaisers überrascht: die Wirkung der Abreise des Athanasius nach Constantinopel. Er begegnete dem Kaiser in einer Straße seiner Hauptstadt. Constantin sah ihn, und war so betroffen, daß er ihn kaum erkannte. Jemand in seinem Gefolge aber erzählte ihm die Geschichte der Synode von Tyrus. Deßungeachtet war der Kaiser geneigt, den Athanasius gar nicht anzuhören. Als aber dieser sagte, er bitte blos um eine unparteiische Untersuchung unter den Augen des Kaisers, so glaubte dieser, es sei gerecht und billig, wenn ihm das gewährt würde. Er erließ sofort ein Schreiben an die Synode, in welchem er sagt, es scheine

17) Apol. c. Ar. fol. 200.

ihm, daß durch gewaltthätige Handlungen die Wahrheit unterdrückt worden sei; daß man dem Streit und der Zwietracht eine ewige Dauer geben wolle. Er verlange zu wissen, ob die Wahrheit im Auge ohne Mißgunst und Parteilichkeit Alles verhandelt worden sei. Er befiehlt sofort, daß alle in Tyrus gewesene Bischöfe ohne Verzug nach Constantinopel sich begeben sollten. Die Eusebianer erlaubten jedoch nicht allen Bischöfen dem Befehle des Kaisers zu gehorchen; nur Eusebius von Cäsarea und der von Nikomedien, Theognis, Patrophilus, Ursacius und Valens reis'ten dahin ab. Sie verließen aber die bisherigen Klagepuncte, den Mord des Arsenius und den zerbrochenen Kelch, und führten eine ganz neue Beschwerde: Athanasius habe gedrohet, die Kornzufuhr von Alexandrien nach Constantinopel zu verhindern! Der Kaiser gerieth in großen Zorn, wird erzählt, und verbannte den Beschuldigten, ohne ihn zu hören, nach Trier in Gallien [18].

Die Eusebianer drangen nun auch in den Kaiser, daß er erlaube einen neuen Bischof für Alexandrien zu wählen, was er aber durchaus nicht gestattete; sogar mit Drohungen wies er die Eusebianer, weil sie in ihrer Forderung nicht weichen wollten, von sich. Dieser Umstand spricht sehr für die spätere Angabe des Cäsars Constantin, daß Athanasius von seinem Vater nur deßwegen verbannt worden sei, um ihn den Verfolgungen der Arianer zu entziehen. Auch scheint Athanasius selbst dieser Ansicht gewesen zu sein [19]. Sowohl Sokrates als Sozomenus bezweifeln, ob es dem Kaiser mit seinem Zorn gegen Athanasius wegen des zuletzt ihm vorgeworfenen Verbrechens Ernst gewesen sei. Jener sagt: « es giebt Einige, die behaupten, der Kaiser habe deßwegen so gehandelt, um die Kirche zu vereinigen, weil Athanasius in keiner Weise mit den Arianern sich in Gemeinschaft setzen wollte [20]. » Dies

---

18) Socrat. l. I. c. 35. Soz. l. II. c. 27. Athanas. Apol. c. Ar. fol. 202—203.

19) Histor. Arian. ad Monach. c. 50.

20) Socrat. l. I. c. 5. Soz. l. II. c. 28.

verträgt sich sehr gut mit der genannten Aussage des Cäsars Constantin. Auf keinen Fall aber ist es glaublich, daß der Kaiser Constantin den Eusebianern Glauben beigemessen habe. Die steten Veränderungen in ihren Klagen bewiesen ihm gewiß die Absichtlichkeit und die Erdichtung des Ganzen. So wurde also Athanasius verbannt und ihm Ruhe verschafft, zugleich aber auch, wie der Kaiser meinte, der Kirche: die Eusebianer hatten ihr Opfer erhalten, und ihre dem Kaiser bewußten Zwecke, die Arianer, die ja mit dem Glauben der Kirche, wie man den Constantin beredete, übereinstimmten, zurückzuführen, waren erreicht. So schien Alles beendigt.

Athanasius aber wurde mit ausgezeichneter Achtung vom heil. Maximus in Trier (J. 336) empfangen; denn dieser Bischof war fromm und stark im Glauben. Darum schätzte er den Athanasius. Der Cäsar Constantin aber, der in Trier sich aufhielt, erfreuete sich des Athanasius, wegen der Liebe seiner Gemeinde gegen ihn, und wegen des Adels seiner ganzen Person. So liebte ein Jeder von beiden den Athanasius nach seiner Weise. Der Cäsar aber reichte ihm Alles zum irdischen Leben Gehörige in reichem Maaße.

Wenn Constantin, wie ich vermuthe, die Sache vom politischen Standpuncte aus betrachtend, urtheilte, es sei leichter zum Ziele, zur Eintracht in der Kirche nämlich, zu gelangen, wenn Einer Vielen, als wenn Viele Einem geopfert würden, so konnte er bald bemerken, daß er eben so unklug, als ungerecht gewesen sei. Denn die Eusebianer fielen jetzt den Marcellus von Ancyra an, und zeigten dadurch, daß es ihnen noch um etwas mehr zu thun sei, als blos den Athanasius zu stürzen.

Marcellus war während der Synode von Nicäa schon ein tapferer Kämpfer für Christi Lehre gewesen. Später schrieb er gegen Asterius, und das Verfahren der Bischöfe auf der Synode von Tyrus empörte ihn dergestalt, daß er nicht nur ihre Beschlüsse nicht unterzeichnete, sondern es sogar für gottlos hielt mit ihnen nach Jerusalem zu ziehen. Aber dafür sollte auch er in Jerusalem verurtheilt werden;

nur der Befehl des Kaisers zum schleunigen Aufbruch nach Constantinopel rettete ihn noch auf einige Zeit. Kaum aber fanden die Eusebianer ihre Unternehmung gegen Athanasius mit entschiedenem Siege gekrönt, als man des Marcellus wieder gedachte. Gegen den Willen Alexanders, des Bischofs von Constantinopel, wurde in der Hauptstadt des Reiches eine Synode zusammengebracht, und Marcellus abgesetzt. Seine Stelle wurde mit Basilius, einem den Eusebianern nicht ungünstigen Manne besetzt. Der Grund des Verfahrens gegen Marcellus fällt um so mehr auf, als er gerade gegen die Arianer angewendet werden konnte. Er wurde nämlich der Häresie beschuldigt. Freilich einer dem Arianismus geradezu entgegengesetzten, der sabellianischen. Aber wenn man verlangt, daß es mit einer Irrlehre nicht so genau genommen werden solle, so ist es billig, dieselbe Rücksicht gegen eine andere zu nehmen. Marcellus aber, so scheint es, wurde noch dazu einer Lehre beschuldigt, die er nicht bekannte.

Eusebius von Cäsarea schrieb gegen ihn fünf Bücher, deren zwei Erste die Ueberschrift «gegen Marcellus» die drei Letzten «von der kirchlichen Theologie» führen. Das Verfahren, welches sich Eusebius gegen Marcellus erlaubte, und die Vorwürfe, welche den Sabellianismus des Letztern darthun sollen, sind ungemein merkwürdig, und klären die Zeit nach dem nicäischen Concilium sehr auf. Wir sehen wie leidenschaftlich man gegen die Vertheidiger des Letztern war, und wie wenig man die so heftig angefeindete katholische Lehre verstand. Im Eingange seines ersten Buches wirft Eusebius seinem Gegner Bruderhaß vor; nie sei Marcellus, klagt sein Gegner, als Schriftsteller gegen Häretiker aufgetreten, da es deren doch in Gallatien so Viele gebe: erst jetzt beginne er ein sehr weitläufiges Werk zu schreiben. Welche Begründung des Vorwurfes von Bruderhaß! Gerade aus dem früheren Verhalten des Marcellus konnte Eusebius schließen, daß ihn nicht Bruderhaß zum Schreiben bewogen habe; daß, wenn die Arianer auch nur einige Mäßigung beobachtet hätten, Marcellus aus seiner stillen Geschäftigkeit nicht würde herausgetreten sein. Nebst diesem Vorwurfe, klagte er den Marcellus des Mangels an Gelehrsamkeit und der Schriftkenntniß an, und zwar nicht blos deßwegen, weil er zwei verschiedene Josua miteinander verwechselt, den Salomon, als Verfasser der Sprüchwörter, einen Propheten genannt, und die Worte Christi zu Petrus: «gehe weg von mir Satanas» auch auf den eigentlichen Satan bezogen habe, sondern auch wegen eines Grundes, der zwar die Gelehrsamkeit des Eusebius selbst verdächtig machen könnte, der aber die Gemüther dem Marcellus noch weit mehr entfremden sollte, als der Vorwurf einer mangelhaften Gelehrsamkeit selbst. Eusebius klagt ihn an, daß er die Inspiration der heil. Schriften nicht anerkenne, weil er gelehrt habe, die Sprüchwörter müßten historisch erklärt werden, da sie meistens in gewissen Thatsachen, denen sie ihre Entstehung verdankten, auch ihre Erklärung fänden, in welcher Beziehung denn auch die griechischen Sprüchwörter den hebräischen gleich seien. Eusebius findet zwar gar nicht für zweckmäßig, die Veranlassung anzugeben, die den Marcellus zu seinem Excurse über die Sprüchwörter führte, in welchem er sich, selbst nach den wenigen Bruchstücken, die Eusebius aufbewahrt hat, zu urtheilen, als einen gelehrten Mann erwies; allein höchst wahrscheinlich hatte Asterius aus den Sprüchwörtern Beweise für seine arianischen Vorstellungen geschöpft, die Marcellus durch die genannte hermeneutische Regel entkräften wollte. Bald aber erfahren wir, warum denn Marcellus des Bruderhasses schludig, und nicht gelehrt ist. Eusebius sagt, er wage es bald gegen Asterius, bald gegen «den großen Eusebius» von Nikomedien, bald gegen Narcissus, bald gegen Paulinus, den heiligen Mann Gottes, bald gegen den andern Eusebius (von Cäsarea) aufzutreten, mit einem Worte: «alle Väter der Kirche gering zu schätzen[21].» Da er nun, sagt Eusebius, gegen die heiligen

---

21) Adv. Marcell. l. I. c. 4. ὁμου τε παντας ἐκκλησιαστικους πατερας ἀθετει.

Diener Gottes die verläumderische Zunge schärft, wie ist es anders möglich, als daß er gegen den Eingebornen selbst schmäht? [22]) So nichts bedeutend alles Das ist, womit Eusebius den größten Theil seines ersten Buches gegen Marcellus anfüllet, so wichtig ist es doch für die Erklärung der Erscheinungen dieser Zeit: wir sehen, daß die katholischen Bischöfe schon darum, und gerade darum so sehr verfolgt wurden, weil sie gegen jene sich erhoben, die doch als Arianer allgemein erkannt, und zum Theil von der Synode von Nicäa ausdrücklich verworfen waren. Die Katholiken sollten nicht einmal sich vertheidigen dürfen, nicht einmal gegen Jene, die unter dem Vorwande katholisch zu sein, den Gesammtglauben der Kirche angriffen. Noch auffallender wird dieß erscheinen, wenn ich weiter unten einige von den Stellen anführen werde, wegen welchen Marcellus die Männer tadelt, die Eusebius Kirchenväter nennt.

Die Lehre des Marcellus stellt Eusebius in folgenden Sätzen dar: «Er getrauet sich zu sagen, der Sohn, dem Alles übergeben worden, bestehe nicht; er hält ihn für ein bloßes Wort, ähnlich dem in den Menschen, das bald in Gott ruht, ähnlich dem in uns schweigenden, bald redend wirkt, wie das in uns sprechende; er lehrt, daß nachher eben dieses zu einer gewissen Zeit, vor nicht vollen vier hundert Jahren, Fleisch (ich weiß nicht wie) angenommen, und durch dasselbe den auf die Menschen sich beziehenden Rathschluß vollbracht habe, und alsdann Sohn Gottes geworden sei, Jesus Christus und König heiße, und sich als Bild des unsichtbaren Gottes, als Erstgeborner der Natur, was er vorher nicht gewesen, erwiesen habe. Zu dieser Verkehrtheit kömmt noch, daß er Christo nicht einmal von der Zeit an, die er festgesetzt, ein unbegrenztes, ein unendliches Leben und Reich giebt. Endlich, wenn sein Reich aufhöre, und das Fleisch, das er angenommen, selbst, wenn es unsterblich sei, wieder abgelegt habe, verbinde sich das Wort wieder mit Gott, werde Eins

22) L. l. c. 1.

und dasselbe mit Gott, wie vorher.» Marcellus läugne darum, wirft Eusebius ihm anderwärts vor, die drei Hypostasen[23]. In dieser Darstellung ist Einiges wahr, Anderes entstellt, und Einiges ganz falsch. Die Sache verhält sich so. Welche Einwürfe die Arianer gegen die Lehre von der Zeugung des Sohnes aus dem Vater vorbrachten, und wie sie selbst eine Schöpfung statt einer Zeugung, eine Wesensverschiedenheit statt einer Wesenseinheit lehrten, wie sie behaupteten, der Sohn sei etwas Zufälliges, ist bekannt. Sie nannten ferner den Sohn das Bild des Vaters, das seinem Wesen nach sichtbar, da hingegen der Vater seinem Wesen nach unsichtbar sei; indem aber, schloßen sie auch hieraus, der Eine seinem Wesen nach sichtbar, der Andere unsichtbar sei, seien Beide verschiedenen Wesens[24]. Was sie aus dem Ausdrucke der Erstgeborne folgerten ist auch schon gesagt worden. Um nun diesem Allem auszuweichen, sagte Marcellus, der Erlöser sei seiner göttlichen Natur nach nur der Logos; an sich sei er nicht Gottes Sohn, nicht des Vaters (sichtbares) Bild, nicht der Erstgeborne: mit einem Worte, alle Prädicate, die der Logos Gottes, ausserdem, daß er der Logos sei, noch habe, bezögen sich auf sein Verhältniß zur Welt überhaupt, und auf seine Menschwerdung insbesondere. Den Logos aber erklärte er nach der Weise der Apologeten des zweiten Jahrhunderts. So glaubte er die Wesenseinheit des Logos mit dem Vater und zugleich seine Ewigkeit und nothwendiges Sein am besten erklären zu können. Er lehrte darum, daß das Reich des Sohnes als Erlösers einen Anfang, aber nicht, daß das Reich des Logos irgendwann begonnen habe: dieses sei ein ewiges, jenes ein gewordenes, da ja die Erlösung der Menschheit erst zu einer gewissen

---

23) L. l. c. 1.

24) Dies geht aus Aug. serm. 7. n. 4. hervor. Hier sagen nämlich die Arianer: filius visus est patribus, Pater non est visus: invisibilis et visibilis diversae naturae est. cfr. de trinit. l. III. c. 14. wo er jene delirantes nennt, welche behaupten, der Sohn könne seinem Wesen nach gesehen werden.

Zeit angefangen habe [25]). Sei darum die Erlösung der Menschheit vollbracht, so höre das Reich des Sohnes auf, während sein Reich als Logos fortdauere. Warum er den Logos an sich nicht als das Bild des unsichtbaren Gottes anerkennen will, erklärt er in folgender Stelle: «Asterius nennt ihn das Bild des unsichtbaren Gottes, um dadurch zu beweisen, Gott sei von seinem Worte so weit unterschieden, als jeder Mensch von seinem Bilde. Es ist einleuchtend, daß das Wort an sich (καϑ' ἑαυτον) vor der Annahme unseres Leibes nicht das Bild des unsichtbaren Gottes gewesen sei. Denn das Bild soll gesehen werden, damit durch das Bild, das bisher Unsichtbare gesehen werde. Warum nannte also Asterius den Logos Gottes das Bild des unsichtbaren Gottes? Die Bilder zeigen diejenigen, deren Bilder sie sind, auch in ihrer Abwesenheit. Wenn aber Gott unsichtbar ist, so ist auch der Logos unsichtbar; wie kann also der Logos an sich betrachtet, das Bild des unsichtbaren Gottes sein, da er selbst unsichtbar ist? Wie kann der, der als Herr und Gott gezeugt ist, das Bild Gottes sein? Ein Anderes ist das Bild Gottes, ein Anderes Gott; so daß, wer das Bild ist, nicht Herr und Gott ist, sondern nur das Bild Gottes und des Herrn. Ist er aber wirklich Herr und Gott, so ist er nicht das Bild [26]).» Den Ausdruck «Erstgeborner» bezog er auf die Menschheit Christi. «Wie ist es möglich, sagt er, daß der, der immer war, der Erstgeborne von Jemanden sei? Jener erste neue Mensch, durch welchen Gott Alles auf den Ursprung zurückführen wollte, wird in der heil. Schrift der Erstgeborne genannt [27]).» Marcellus leitet also aus der Ewigkeit des Logos ab, daß auf ihn das Zeitwort «der Erste» nicht paße. So viel sehen wir nun vorläufig, daß Marcellus den Arianern sehr scharf und

25) So erklärt die Synode von Sardika ausdrücklich des Marcellus Lehre in der Beziehung.

26) Adv. Marcell. l. I. c. 4.

27) L. l. l. II. c. 3.

sein, nur zu sein zusetzte; daß er aber die Persönlichkeit des Logos nicht verworfen habe, überhaupt nur einen neuen Sprachgebrauch einführte, wenigstens als Katholik nur neu redete, wenn er sagte, der Sohn sei nicht ewig, sondern nur der Logos, wird sich aus Folgendem ergeben:

Marcellus sagte in seiner Schrift: «ich las einstens einen Brief des Bischofs Narcissus von Neronias, nach welchem Hosius dem Narcissus die Frage vorgelegt haben soll, ob auch er wie Eusebius von Pallästina zwei (drei?) Wesen (οὐσιας) in der Gottheit annehme. Aus diesem Briefe ersah ich, daß auch er drei Wesen bekenne.» An einem andern Orte sagt er: «Eusebius von Cäsarea wagt es, den Logos von Gott zu trennen, und den Logos einen andern Gott zu nennen, dem Wesen und der Macht nach vom Vater verschieden[28].» An einem andern Orte tadelt Marcellus den Paulinus, weil er sagte, Christus sei ein zweiter Gott, (δευτερος θεος) zuweilen sogar, er sei ein Geschöpf, es gebe einen ersten und zweiten Gott[29]. Ferner sagt der Bischof von Ancyra: «Nie ist das Bild eines Dinges, und das wovon es das Bild ist, Eins und Dasselbe. (ἐν και τ' ἀυτον). Sondern es sind zwei Wesen, zwei Dinge und zwei Mächte. (δυο οὐσιαι, δυο πραγματα, δυο δυναμεις).» Diese Stellen nun zog Eusebius aus, um zu beweisen, daß Marcellus ein Sabellianer sei! Weil er sagte, Vater, Sohn und Geist seien keine drei Wesen, und zwar wie aus dem Angeführten einleuchtet, sie seien keine drei getrennte Wesen, soll er die Persönlichkeit des Logos aufheben! Weil er es rügte, von einem ersten und zweiten Gott, von einem jüngern Gott zu sprechen[30]; weil er dem Eusebius von Cäsarea vorwarf, daß er lehre, der Sohn sei der Macht und dem Wesen nach

28) L. l. I. c. 4. fol. 25. hier hat die lateinische Uebersetzung διελειν τον λογον του θεου gegeben mit dividere verbum dei. Wie hier ist sie gar oft unrichtig.

29) L. l. fol. 28.

30) Adv. Marcell. l. II. c. 2. fol. 41. οὐτε οὐν νεωτερος τις θεος ἐστι, οὐτε ἀλλος τις μετα ταυτα θεος sagt daselbst Mar-

von dem Vater verschieden, soll er läugnen, der Sohn habe ein persönliches Bestehen! Wir sehen schon hieraus, in welchem Sinne Marcellus drei Hypostasen läugnete; in dem Sinne der Arianer nämlich, nach welchem Hypostasis gleichbedeutend mit Wesen war, und in den drei Personen drei verschiedene Wesen sein sollten. Wenn Marcellus nun in diesem Gegensatze sagt, die drei seien Eins und Dasselbe, so heißt es, sie seien Ein Wesen, oder sie seien Homousioi, wie die Kirche lehrte. Man warf also dem Marcellus den Sabellianismus vor, weil er Katholik und nicht Arianer war, weil er einen Gott und keine zwei oder drei Götter lehrte.

Ferner wirft Eusebius dem Marcellus vor, daß er die Behauptung des Asterius, die Stelle: «ich und der Vater sind Eins,» sei von der bloßen Willenseinheit zu verstehen, tadle, hingegen selbst lehre, Vater und Sohn seien Ein und Dasselbe; (d. h. sie seien Eins, weil Ein Wesen, nicht blos weil ein harmonischer Wille in Vater und Sohn sei[31]). Auch sieht er es als eine ketzerische Behauptung des Marcellus an, weil dieser vertheidigte, daß der Logos ewig sei, und aus Joh. 1, 1. dieses ableite[32]). Damit setzt Eusebius den andern Vorwurf in Verbindung, daß Marcellus keine Zeugung des Logos annehme. In der Vorstellung des Eusebius hob nämlich das Prädicat «Ewigkeit», das Marcellus dem Logos giebt, die Möglichkeit der Annahme einer Zeugung auf, er glaubte, nach endlichen Verhältnißen urtheilend, der Vater als Erzeuger sei nothwendig früher als der Sohn, der Erzeugte: werde nun das Früher- und Spätersein durch die vom Sohne prädicirte Ewigkeit vernichtet, so sei damit zugleich die Zeugung geläugnet. Nun

---

cellus; und ganz naiv führt Eusebius solche Stellen aus ihm tadelnd an.

31) De eccles. theol. l. II. c. 4. fol. 107. cfr. adv. Marcell. L. I. c. 4. fol. 28.

32) Adv. Marcell. L. II. c. 2. fol. 35.

folgert er weiter, werde aber keine Zeugung angenommen, so sei auch der Logos nicht persönlich vom Vater unterschieden[33]. Allein Eusebius vergaß, daß er selbst Stellen aus Marcellus anführt, worin dieser von einer Zeugung, freilich von einer ewigen spricht. «Wie kann der, sagt ja Marcellus in einer schon angezogenen Stelle, wie kann der, der als Herr und Gott gezeugt ist, (als solcher) das Bild Gottes sein?» Hier sagt also der des Sabellianismus angeklagte Bischof nicht nur, daß der Logos gezeugt sei, sondern, daß er als Herr und Gott gezeugt sei, was ja das unzweideutigste Zeugniß von der Persönlichkeit des Logos ist. Der Ausdruck: «er ist als Herr und Gott gezeugt,» bezieht sich nicht auf die Menschwerdung des Logos; Marcellus sagt nämlich, der Logos, als solcher, selbst Herr und Gott, könne nicht das Bild Gottes sein; den Mensch gewordenen Logos aber nennt er das Bild Gottes: ewig also ist nach Marcellus der Logos Herr und Gott. Anderwärts führt Eusebius, ohne daß er sich erinnert, auch noch diese Worte aus Marcellus an: «Woher wollen sie (die Arianer) beweisen, daß ein Gezeugter und ein Ungezeugter sei, wie sie nämlich glauben, daß er gezeugt worden sei[34]?» Anderer Beweise aus Marcellus Reden scheint es nun gar nicht mehr zu bedürfen, um zu zeigen, daß er keine sabellianische Trinitätslehre aufgestellt habe; denn die Lehre von einer ewigen Zeugung des Logos als Herr und Gott, ganz abgesehen von seinem Verhältnisse zur Welt, ist ja dem Sabellianismus geradezu entgegen, der von Gott überhaupt nichts aussagt, als seine Beziehungen zur Welt. Doch muß ich noch bemerken, daß Marcellus

33) L. l. fol. 40. Hier wirft Eusebius dem Marcellus vor, daß er sage, Joh. 1, 1. sei von keiner Zeugung die Rede. Dies kann Marcellus offenbar nur so verstanden haben, daß Johannes von der Präexistenz des Erlösers redend ihn noch nicht Sohn nenne. eccl. theol. l. II. c. 3. sagt Eusebius geradezu: ἐντευϑεν εἰκοτως και ἀϊδιον, τουτ' ἐστιν ἀγεννητον, εἰναι φησι τον λογον.

34) L. l. l. I. c. 4. fol. 28.

gegen die Lehre des Asterius, «der Sohn habe eine empfangene Herrlichkeit (eine aus Gnade geschenkte) bemerkt, er besitze eine eigene (in seinem Wesen gelegene) Herrlichkeit in Gott, was sich von einer unpersönlichen Kraft doch gewiß nicht sagen läßt[35]). Auch bestreitet Marcellus den Sabellius selbst in manchen von Eusebius angeführten Stellen; dieser selbst gesteht, daß der dem Sabellius eigene Ausdruck υἱοπατωρ (Sohnvater) bei seinem Gegner nicht vorkomme; nur giebt er als Beweis, daß Marcellus doch im Grunde mit ihm eine Meinung habe, merkwürdig genug den Grund an: «weil er nur einen Gott lehre![36])»

Aus dem bisher Abgehandelten ersehen wir also, daß Eusebius die Lehre des Marcellus so deutete, daß der Logos nur eine unpersönliche Kraft des Vaters sei. Er gieng so weit, daß er sich des unwürdigen Kunstgriffes bediente, die Rede des Marcellus: «an sich (καθ' ἑαυτον) sei der Logos blos das Wort (μονον λογος) so zu deuten, der Logos sei ein bloßes Wort (ψιλος λογος), was doch sehr verschieden ist[37]). Allein an andern Orten verläßt er diesen Vorwurf, und behauptet Marcellus lehre wie Sabellius, «die Drei seien, nämlich der Vater, der Sohn und der heil. Geist; da es doch unmöglich sei, daß die drei Hypostasen sich zu einer Einheit vereinigten, wenn nicht von einer Monas die Dreiheit ausgehe»[38]). Marcellus hätte hienach

35) Adv. Marcell. l. II. c. 2. fol. 41. οἰκειαν δοξαν; die lateinische Uebersetzung hat privatam opinionem.

36) De ecclesiast. theol. l. I. c. 1. Auch darin findet Eusebius den Sabellianismus, daß Marcellus sagte, vor der Weltschöpfung sei nur Gott gewesen. eccles. theol. l. III. c. 3. οὐκ ἐφριξε ταυτην ἀφεις την φωνην, ἀρνητικην οὐσαν του υἱου. cfr. l. II. c. 2. Eusebius nahm also ausser Gott noch jemanden an, der vor der Weltschöpfung war, d. h. der Sohn ist nach ihm nicht Gott.

37) Adv. Marcell. l. I. c. 4. ψιλον γαρ και τῳ ἀνθρωπειῳ λογῳ ὁμοιον τον χριστον εἰναι ὁμολογειν θελει.

38) De eccles. theol. l. III. c. 4. το λεγειν τα τρια εἰναι, τον πατερα και τον υἱον, και το ἁγιον πνευμα. Σαβελλιου γαρ

gelehrt, daß über dem Vater, Sohn und Geist, ein die Einheit dieser Dreiheit vermittelndes Wesen stehe, daß der Vater, Sohn und Geist einander in Bezug auf ihren Ursprung coordinirt wären, d. h. daß der Sohn nicht im Vater, als eine unpersönliche Kraft des Vaters, sondern mit diesem zugleich in einem Höhern gegründet sei. Hier scheint Eusebius selbst zuzugeben, daß Marcellus drei Personen lehrte, drei Hypostasen, nur soll er wieder nicht katholisch gewesen sein, indem er noch ein höheres Wesen als den Vater, Sohn und Geist angenommen habe. Aber merkwürdig ist, daß in der Beweisstelle, die Eusebius als den Grund seiner Behauptung anführt, nichts von allem dem enthalten ist, was er dem Marcellus auch in so fern als sabellianisch vorwirft. Marcellus sagt nämlich, vom Vater komme der Logos, und vom heil. Geiste werde bald gesagt, er gehe vom Vater, bald er gehe vom Logos aus; mithin gehe er von Beiden zugleich aus. Hierauf bemerkt Marcellus weiter: daß der heil. Geist von Beiden ausgehe, sei gar nicht denkbar, wenn Vater und Sohn getrennte Wesen wären, denn alsdann müßte er entweder blos vom Vater mit Uebergehung des Sohnes, oder blos vom Sohne mit Uebergehung des Vaters ausgehen; da er nun aber vom Vater und vom Sohne ausgehe, so seien diese Beide Eins. Er schließt mit den Worten: « ist

---

και τουτο. ὁ δε και αὐτο Μαρκελλος ὡδε πη γραφων ἀπεφαινετο. ἀδυνατον τρεις ὑποστασεις οὐσας, ἑνουσθαι μοναδι, εἰ μη προτερον ἡ τριας την ἀρχην, ἀπο μοναδος ἐχοι. Die Stelle hat übrigens Schwierigkeiten. Denn was soll es wohl heißen: es ist sabellianisch zu sagen, die Drei seien? Ich vermuthete anfangs, es sei im Texte ἐν oder ἐν και το αὐτο zu suppliren. Allein der Einwurf heißt wohl, die Drei hätten ein coordinirtes Sein. Ferner könnte aus dem folgenden ὡδε πη γραφων folgen, daß mit ἀδυνατον γαρ schon die Rede des Marcellus anfange; allein dann würde Marcellus geradezu sagen, es seien drei Hypostasen, was er doch nach Eusebius immer läugnete. Eusebius scheint daher das ὡδε πη γραφων zu früh gesetzt zu haben. Der lateinische Uebersetzer hat übrigens das ὡδε πη gar nicht gegeben, worin doch eben das Schwierige liegt.

hier nicht deutlich und unwiderleglich ausgesprochen, daß die Monas zwar auf eine unbegreifliche Weise in eine Trias sich ausbreitet, daß sie aber keineswegs eine Trennung gestattet?» Die Monas ist dem Marcellus der Eine Gott, der in Vater, Sohn und Geist bestehet, aber keineswegs steht nach ihm über den Dreien eine Monas, da er ja ausdrücklich sagt, vom Vater gehe der Logos, und von Beiden der Geist aus. Aus der genannten Stelle konnte Eusebius auch schließen, daß Marcellus blos der Trennung der Personen in drei verschiedene Wesen entgegen war; daß er aber den Vater und Logos schon deßwegen nicht für eine Person konnte gehalten haben, weil er ja ein Ausgehen des heil. Geistes vom Vater und vom Logos annimmt, was kaum einen Sinn haben kann, wenn er beide für eine und dieselbe Person gehalten hätte [39]). Marcellus selbst nun drückt sich also aus: es sei eine dreipersönliche, (dreifaltige) Hypostasis; welches letztere Wort ihm, wie aus dem früher Gesagten erhellet, gleichbedeutend mit Wesen (οὐσια) ist [40]). Da er nun eine

---

39) Aus dieser Stelle erhellet, wie unrichtig Theod haer. fabul. l. II. c. 10. lehrt, daß Marcellus gemeint habe, der Sohn sei eine Ausdehnung des Vaters, und der heil. Geist, eine Ausdehnung der Ausdehnung. Vielmehr sagt er, der heil. Geist gehe vom Vater und vom Sohne aus, womit nicht nur die Verschiedenheit des heil. Geistes vom Vater und vom Sohne, sondern die persönliche Verschiedenheit auch dieser beiden gelehrt ist. Theodoret folgt dem Eusebius, ohne den Marcellus selbst gelesen zu haben. Die angeführte Beweisführung des Marcellus für die Wesenseinheit des Vaters und des Sohnes, weil der heil. Geist von Beiden ausgehe, findet sich übrigens auch bei Hilarius.

40) Eccles. theol. l. III. c. 6. μιαν γαρ ὑποστασιν τριπροσωπον — — εισαγει. Nur keine Trennung will Marcellus; daher verwirft er l. I c. 4. δυο διαιρουμενα προσωπα, was nicht wie Fleury hist. eccles. l XII. c. 6. übersetzt personnes distinctes, sondern personnes separées heißt. Hieraus ist zu erklären, warum Basil. ep. 66. 69. dem Marcellus vorwirft, daß er die drei Hypostasen verworfen habe. Marcellus verstand unter ὑποστασις so viel als οὐσια; und was Basilius ὑποστασις nannte, war

Zeugung des Logos aus dem Vater annimmt, so erhellet, daß er unter dem Logos ganz dasselbe verstand, was die übrigen katholischen Kirchenlehrer Sohn nannten, und blos im Ausdruck von ihnen abweicht. Eusebius aber hat wohl bewiesen, daß er selbst die katholische Lehre nicht vortrug und nicht verstand, keineswegs aber, daß Marcellus von derselben abwich.

Keine geringe Aufklärung über den Streit des Eusebius mit Marcellus gewähren einige Stellen bei Hilarius. Dieser sagt nämlich, die Arianer verwerfen das Homousios, weil sie glaubten, es werde damit gelehrt, der Vater und der Sohn seien eine Person, der Vater habe sich aus seiner Unendlichkeit in eine Jungfrau ausgedehnt. Sie verschmäheten die Lehre, daß der Sohn immer gewesen, auch deßwegen, damit man nicht glaube, er sei nicht gezeugt; gleich als werde ihm dadurch, daß man lehre, er sei immer gewesen, die Fähigkeit abgesprochen, gezeugt zu sein. Ferner sagt Hilarius, sie geben vor, Homousios bedeute, daß eine frühere und andere Sache zweien gemeinschaftlich sei, als würde eine frühere Substanz angenommen, welche sich beiden mitgetheilt habe, und diese beide seien die eine frühere Sache [41]). Was hier Hilarius beibringt, ist nur der höhere Ausdruck für den bei Athanasius vorkommenden Einwurf der Arianer, daß, wenn der Sohn ewig sei, Vater und Sohn Brüder sein müßten. Die Einwürfe des Eusebius gegen die Lehre des Marcellus sind mithin nichts Weiteres, als die gewöhnlichen der Arianer gegen die katholische Lehre im allgemeinen.

---

dem Marcellus προσωπον. Der Sprachgebrauch zur Zeit des Basilius war von dem des Marcellus verschieden. Selbst bei Athanasius ja in den Anathematismen von Nicäa kömmt der Sprachgebrauch des Marcellus, daß nur eine ὑποσταις in der Gottheit sei, vor. Wie Marcellus δυο διαιρουμενα προσωπα vorwirft, so Athanasius ὑποστασεις μεμερισμενας, wie weiter unten erhellen wird.

41) Hilar. de trinit. l. IV. c. 4. 5.

Doch hat Marcellus bedeutende Schwächen. Er hätte die traditionelle Lehre von der Identität der Ausdrücke «Sohn Gottes» und «Logos» nicht aufgeben sollen. Dann wäre es nicht so leicht gewesen, ihm nachzusagen, er halte diesen für eine unpersönliche Kraft Gottes und hebe die Zeugung auf. Ohne dies scheint es seltsam, daß er den Logos als solchen nicht Sohn nennen wollte, obschon er vom Logos sagt, er sei gezeugt, was doch nichts anderes heißt, als er sei Sohn. Wahrscheinlich wollte er aber durch diese Unterscheidung den Vorwürfen begegnen, daß der Annahme der Zeugung des Sohnes aus dem Wesen des Vaters etwas Materielles zu Grunde liege. Blos von der Zeugung des Logos sprechend, schien ihm aber eine solche Einwendung gar nicht möglich. Vielleicht erzeugte eine solche Rücksicht schon die Darstellung vom Logos, welche die alten Apologeten gaben: wenigstens erhält diese Vermuthung dadurch Gewicht, daß sie ja die Verschiedenheit des Sohnes Gottes von den heidnischen Göttersöhnen darthun wollten, welche nach den Mythen nur allzu materiell gezeugt waren. Marcellus hätte sich ferner der sabellianischen Ausdrücke von einer Ausdehnung der Monas enthalten sollen; zumal man ohnedies beständig die katholische Trinitätslehre des Sabellianismus beschuldigte. Seine Ansicht von einem Aufhören des Reiches des Erlösers ist ohnedies unkirchlich, jedoch muß bemerkt werden, daß Marcellus selbst nach Eusebius sich nur untersuchend hierüber aussprach [42]).

Wie urtheilte nun Athanasius über Marcellus? Epiphanius erzählt, er habe einst den Athanasius um seine Meinung von Marcellus gefragt; er habe aber nur leise gelächelt. Epiphanius erklärt nun dieses leise Lächeln dahin, Athanasius habe ihn weder vertheidigen noch anklagen wollen; er habe angedeutet, Marcellus sei zwar von einer gottlosen Meinung nicht ferne gewesen, doch habe er sich gereinigt [43]).

---

42) Auch nach Soz. l. II. c. 33. ταυτα ὡς ἐν ζητησει εἰρεσθαι τῳ Μαρκελλῳ.

43) Epiphan. haer. 72. μονον δια του προσωπου μειδιασας ὑπε-

In seiner Geschichte der Arianer aber sagt Athanasius: « es ist Allen bekannt, daß er zuerst die Eusebianer des Irrthums beschuldigt hat, worauf sie eine Gegenklage gegen ihn vorbrachten, und den alten Mann verbannten » [44]. Unser Kirchenvater war demnach überzeugt, daß des Marcellus Absetzung nur eine Wiedervergeltung dafür war, daß er sich den Eusebianern gleich anfangs zu widersetzen wagte, obschon er durch den Ausdruck « der alte Mann » anzudeuten scheint, daß sich einige Altersschwächen in seiner Schrift finden. Das bestätigt auch eine alte Nachricht, welcher zufolge die Eusebianer in ihrer Klageschrift gegen Marcellus an den Kaiser, sein Verbrechen vorzüglich darein setzten, daß er diesen persönlich beleidigt habe, weil er an der Einweihung des von Constantin erbauten Tempels zu Jerusalem keinen Antheil habe nehmen wollen [45]. Sie scheinen demnach selbst kein allzu großes Gewicht auf ihre dogmatischen Gründe gelegt, wenigstens gefühlt zu haben, daß Marcellus, wenn

---

φησι, μοχθηριας μη μακραν αυτον ειναι και ὡς ἀπολογησαμενον εἰχε.

44) Histor. arian. c. 5. Zuviel leitet aus dieser Stelle Natalis Alexander (Tom. VIII. p. 109. ed. Bing.) ab, der überhaupt den Marcellus nicht aus seinem und seines Gegners Worten, sondern nur durch die Urtheile der Alten zu rechtfertigen sucht.

45) Soz. l. II. c. 33. Eusebius wirft adv. Marcell. l. II. c. 4. (Ende) seinem Gegner vor, er habe den Kaiser durch Schmeicheleien zu gewinnen gesucht. Dieser Vorwurf eines Schmeichlers ist um so unedler, als Marcellus, wenn er einer persönlichen Abneigung gegen den Kaiser beschuldigt war, dies nicht anders beseitigen konnte, als wenn er ihm seine Achtung bezeugte und bemerkte, daß nicht Constantin, sondern die Eusebianer die Ursache gewesen seien, wenn er der Kirchweihe nicht beiwohnte. Und was soll man erst sagen, wenn Eusebius es wagt, einen Andern einen Schmeichler Constantins zu nennen! Auf die Berichte des Eusebius in den Angelegenheiten der Kirche den Arianern gegenüber ist überhaupt gar kein Gewicht zu legen. Welch einen elenden Bericht von der Synode von Nicäa giebt er nicht in seiner vita Constantini!

auch nicht mit ihnen doch mit den Katholiken übereinstimme, und daß darum von einer blos dogmatischen Klage nicht viel Ehre und Erfolg zu erwarten sei.

Hier scheint auch der Ort zu sein, an welchem das Verhältniß zwischen Eusebius von Cäsarea und Athanasius, so weit noch geschichtliche Spuren vorhanden sind, erklärt werden muß. Eusebius war seit dem Beginne der arianischen Streitigkeiten stets den egyptischen Bischöfen abhold, und die Niederlage zu Nicäa schwebte ihm immer vor Augen. Er scheint sich manches Feindselige gegen die Egyptier erlaubt, und auch auf der Synode von Tyrus, wo er nach Epiphanius den Vorsitz hatte, allzu parteiisch sich benommen zu haben. Die egyptischen Bischöfe nämlich sagen in dem schon angeführten Schreiben an die Mitglieder der Versammlung, worin sie sich über das ungerechte Verfahren gegen Athanasius beklagen: «ihr wisset warum sie uns feind sind, und warum seit nicht langer Zeit Eusebius von Cäsarea uns abhold ist.» Der Bischof Potammon von Heraklea in Egypten entrüstete sich dergestalt über das Benehmen des Eusebius auf der Synode von Tyrus, daß er vor Schmerz weinte, und folgende Rede an ihn richtete: «Wie, Eusebius, du sitzest als Richter des unschuldigen Athanasius da? Wer kann das erdulden? Wie, saßest du mit mir zur Zeit der Tyrannen nicht im Gefängniß? Mir rissen sie das Aug wegen meines Bekenntnisses der Wahrheit aus; du kamst unbeschädigt davon; nichts hast du durch dein Bekenntniß gelitten, unversehrt bist du hier zugegen. Wie entkamst du dem Gefängnisse? Aus einem andern Grunde, als weil du etwas Unerlaubtes zu thun versprachst, oder vielleicht wirklich gethan hast?» [46]). Der Confessor sprach den Verdacht aus, daß Eusebius möchte den Götzen geopfert, und so sich befreit haben; daß er darum selbst schuldig, nicht Richter sein könne. Auf jeden Fall war es ein unzeitiger Vorwurf; aber das sehen wir, daß Eusebius sehr unbillig gegen Athanasius

46) Epiph. haer. LXIX.

mußte gehandelt haben, und der Muth des Bekenners, dessen Gefühl darob sich empörte, ist zu ehren. Eusebius sprach sich hierauf sehr empfindlich über die Egyptier aus, die er des Uebermuthes, den sie selbst fern von ihrer Heimath nicht unterdrücken konnten, beschuldigte. Dem Athanasius schadete die Freimüthigkeit des Confessors gewiß.

Das Abstoßen dieser beiden Männer, die wohl die ausgezeichnetsten ihrer Zeit waren, Athanasius wegen seines tiefen und scharfen Geistes, Eusebius wegen seiner Gelehrsamkeit, hatte einen tiefern Grund. Er liegt in der innern Verschiedenheit, in welcher beide das Christenthum auffaßten, namentlich den Erlöser. Aus der Ansicht, welche Eusebius von Marcellus gab, und aus seiner Widerlegung desselben erhellet schon, wie weit er von der katholischen Trinitätslehre entfernt gewesen. Man würde sich vielleicht nicht allzu weit von der Wahrheit entfernen, wenn man sagte, Eusebius verhalte sich zum Arianismus, wie Marcellus zum Sabellianismus; beide waren dem Katholicismus nahe, nur war jener etwas hinter demselben zurückgeblieben, dieser etwas über ihn hinausgegangen. Freilich giebt es zwischen dem Arianismus und Sabellianismus keinen consequenten Mittelweg, als allein die katholische Trinitätslehre; auch war es gewiß dem Marcellus leichter, die Verschiedenheit der Personen, als dem Eusebius ihre Einheit festzuhalten; ja Eusebius läugnete diese mit Bestimmtheit. Jedoch ist es eine ganz andere Frage, ob Eusebius Arianer sein wollte; er wollte es aber entschieden nicht sein, und er brachte auch genug vor, wodurch es den Anschein gewinnt, er sei auch in der That nicht Arianer gewesen. Wenn er nun doch dem Arianismus sehr nahe war, während er sich von ihm weit zu entfernen meinte, so müssen wir den Grund davon in dem Mangel an Einsicht in das Wesen sowohl der arianischen als der katholischen Trinitätslehre setzen, und in den Mangel an Consequenz, nicht in den Willen.

Zwei Perioden des Eusebius müssen aber auf jeden Fall unterschieden werden; seine vornicäische, und die nach der

Synode von Nicäa. In der ersten war er gewiß Arianer, und man hat nicht ohne Grund gesagt, er sei eigentlich die Quelle des Arianismus. Er nennt in seinen früheren Schriften, den Sohn im arianischen Sinne das Mittelwesen zwischen Gott und der Welt, ein Geschöpf Gottes (δημιουργημα), das zweite Wesen nach Gott. In folgender Stelle versucht er nämlich also die Idee des Sohnes Gottes zu construiren: «alle geistigen, vernünftigen und unkörperlichen Naturen würden, sagt er, von dem einen alles durchdringen Logos erleuchtet, wie alle irdischen Wesen von der Sonne, damit ein Gesetz Alles beherrsche, und der Logos wie an Tugend, Macht und Wesen, so auch in der Einheit Gottes Ebenbild sei; da ferner jene Wesen ihrer Schwachheit wegen der Veränderung unterworfen seien, und leicht von dem höchsten Vater sich entfernen könnten, weil er wegen des Uebermaßes seiner unaussprechlichen, über alle Größe hinausgehenden Macht, als der Unerschaffene von der erschaffenen Natur nicht erkannt werden könne, habe er nach seiner Güte, um die zu schaffenden Wesen nicht ganz seiner Gemeinschaft zu berauben, ein Mittelwesen zwischen sich und die Creatur hineingesetzt (μεσην τινα παρεμβαλλειν δυναμιν), eine allmächtige, alltugendhafte Kraft, die ganz nahe mit dem Vater umgehe, und um seine Geheimnisse wisse. Man solle sich nur das Verhältniß der Sonne zur Erde denken; wäre sie ganz nahe bei derselben, kein Wesen könnte ihr Licht ertragen, die Menschen würden eher blind werden als sehen. Man dürfe sich also nicht wundern, wenn man etwas Aehnliches in dem Haushalt Gottes entdecke.» (demonst. evang. l. IV. c. 6.) So glaubte Eusebius den Sohn Gottes der Vernunft zugänglich machen zu können. Wenn er daher mit seinem vierten Buch der Demonstration des Evangeliums, das Geheimnißvollere und Tiefere des Christenthums erörtern will, sagt er, daß Gott vorhergesehen habe, die Welt als ein Körper bedürfe eines Hauptes, eines Führers, eines Königs, welchen man auch bei den hebräischen Theologen und Propheten kennen lernen könne. Hier erfahre man, daß es ein

Prinzip aller Dinge gebe, oder vielmehr man lerne ein Wesen kennen, das vor dem Anfang, früher als das Erste, eher als die Einheit gewesen sei, den Unaussprechlichen, den Unbegreiflichen, die Ursache von Allem, den Einen und alleinigen Gott, aus welchem und durch welchen Alles sei, in welchem wir leben, uns bewegen und sind. Dieser nun habe den Ersten von Allem hervorgebracht, die eingeborne Weisheit, die durch und durch geistig und vernünftig, oder vielmehr die Vernunft an sich, ja, wenn man ein Gewordenes Wesen, das an sich Schöne und an sich Gute nennen könne, dieses an sich Gute und an sich Schöne sei. Dieses Wesen habe Gott als die Grundlage von Allem hervorgebracht, ein vollkommenes Werk des Vollkommenen, das weise Kunstwerk des Weisen, die gute Zeugung des guten Vaters, den Verwalter, den Heiland und Arzt, den Herrscher des Weltalls. (l. IV. c. 1. 2.) Er sei daher im Anfange gewesen, wie Johannes sage: « er war im Anfang bei Gott » und sei Gott. (l. l. c. 5.)

Uebereinstimmend mit seiner Vorstellung von dem Sohne als Mittelwesen zwischen Gott und der Creatur setzt er den Sohn und den Geist in die Stufenreihe, obschon an die Spitze der vernünftigen Wesen; er vergleicht den Sohn mit der Sonne, den heil. Geist mit dem Monde, worauf dann die übrigen geistigen Naturen folgen, wie nach der Sonne und dem Monde die übrigen Sterne. Der Vater ist ihm über alle Vergleichung erhaben. Von der üblichen Vergleichung des Vaters und Sohnes mit der Sonne und ihrer Ausstrahlung sagt er, daß dieses wohl angehe, jedoch sei zu bemerken, daß die Strahlen von der Sonne nicht getrennt werden könnten, der Sohn aber habe ein vom Vater getrenntes Sein. Zugleich mit der Sonne sei ihr Glanz gesetzt, aber der Vater sei früher als der Sohn; als der allein nicht Gezeugte, sei er vor der Zeugung des Sohnes gewesen. Endlich sei auch der Unterschied zu berücksichtigen, daß der Glanz von der Sonne nothwendig ausgehe, während der Sohn durch den freien Willen und den Beschluß des Vaters sein Dasein habe. (demonstrat. l. IV. c. 3.) Nach allem dem steht der Vater so hoch über dem Sohne, daß der Sohn nur ganz uneigentlich Gott genannt werden kann. Und welche Masse von Widersprüchen! Der Vater ist der eine und alleinige Gott, und gleichwohl ist auch der Sohn Gott. Der Sohn ist in der Einheit nur Gottes Ebenbild, und doch ist Gott eher als die Einheit (der Sohn). Der Vater ist in Allem, und Alles durch ihn, in ihm leben und sind wir, und doch ist ein Mittelwesen nothwendig, (ὀργανον dem. l. IV. c. 4.) das uns mit Gott verbindet! Daß er übrigens den Vater den Unaussprechlichen, Unbegreiflichen nennt, auch im Gegensatz mit dem Sohne, hängt damit zusammen, daß er sogar sagt, der Vater sei mehr als «Wesen,» (οὐσια. praep. l. IX. c. 21.) d. h. man könne eigentlich gar nichts vom Vater aussagen, während doch Eusebius selbst so Vieles von ihm prädicirt, und anderwärts den Sohn das zweite (μετα την δευτεραν οὐσιαν. praep. l. VII. c. 15.) Wesen nennt, was doch nur im Gegensatz zum Vater, der mithin das erste Wesen, also doch auch ein Wesen wäre, gesagt werden kann.

In den Schriften des Eusebius aber, die er nach der Synode von Nicäa verfaßt hat, finden sich sehr glänzende Stellen gegen die arianischen Irrthümer. Schon Sokrates hat mehrere derselben zur Vertheidigung des Eusebius gesammelt. In diesen bestreitet er diejenigen, die den Sohn nur die vorzüglichste Creatur, die aus Nichts geschaffen sei, nennen; er selbst lehrt, der Sohn sei wahrhaft aus dem Vater geboren; er sei wahrer Gott, so daß Gott nicht sein Schöpfer sondern sein Vater sei. Er sei mit dem Vater, Gott aus Gott, Licht aus dem Lichte, Leben aus dem Leben. Nur so könne der Erlöser Sohn genannt werden. Er widerlegt die Erklärung der Arianer von Sprüchwörtern 8, 32. u. s. w.[47]). Aber deßungeachtet erscheint auch hier der Sohn

47) Socrat. l. II. c. 21. Die Stellen sind vorzüglich aus theol. eccles. l. I. 8—10. entnommen.

als Mittelwesen zwischen Gott und den Geschöpfen [48]). Den Einwurf des Marcellus, daß wenn man mehrere Hypostasen (Wesen) annehme, die Einheit Gottes aufgehoben werde, entfernt Eusebius (de eccl. theol. l. I. c. 11.) so, daß er entgegnet, es sei doch nur ein Gott, der Vater nämlich. Die ganze Stelle heißt also: wenn sie aber befürchten, daß zwei Götter angenommen werden, so sollen sie wissen, daß wenn wir auch die Gottheit des Sohnes bekennen, doch nur ein Gott ist: derjenige, der allein anfangslos und ungezeugt ist; der seine Gottheit durch sich selbst hat, der die Ursache ist, daß der Sohn ist, und auf seine bestimmte Weise ist; von welchem der Sohn selbst bekennet, daß er durch ihn das Leben habe. Deßwegen sagt er, der Vater sei sein Gott und unser Gott. Auch lehrt der große Apostel, das Haupt des Sohnes sei Gott, das Haupt der Kirche aber sei der Sohn. Deßhalb ist er der Herr der Kirche; sein Oberhaupt aber ist der Vater. So ist Ein Gott, der Vater des eingebornen Sohnes, und Ein Haupt Jesu Christi selbst. Wenn nun Ein Grund und Ein Haupt ist, wie sollten zwei Götter sein; ist es nicht Einer, jener nämlich allein, der Keinen über sich, der keine andere Ursache seiner selbst, der eine eigene, anfangslose, ungezeugte Gottheit hat, dem allein die Macht gebührt, der auch dem Sohn von seiner Gottheit und seinem Leben mittheilt, der ihm Alles unterworfen hat, der ihn sendet, der ihm befiehlt, Aufträge giebt, belehrt, Alles übergiebt, der ihn verherrlicht, erhöhet, der ihn zum König von Allem erklärt, der ihm Alles Gericht übergiebt, der will, daß wir ihm gehorchen, der befiehlt, daß er (der Sohn) zur Rechten seiner Majestät sitze. Ihm gehorchend hat der eingeborne Sohn sich selbst erniedrigt, hat die Knechtsgestalt angenommen, und wurde gehorsam bis zum Tode; zu ihm betet er, ihm gehorcht er, wenn er befiehlt; ihm danket er, ihn allein den wahren Gott zu nennen, lehrt er uns; er bekennt, daß er größer sei als er; er will, daß

48) L. I. adv. Marcell. c. 1.

wir ihn als den Gott über alles, und als den seinigen erkennen.» Eusebius trägt auch hier so die Lehre von einem Gott vor, daß er den Sohn nicht mehr für Gott anerkennen kann, der in der That nur dem Namen nach Gott ist; oder wenn er seine Gottheit nicht aufheben will, kann er es nicht vermeiden, mehr als einen Gott anzunehmen. Wenn Marcellus von dem einen Gott sprach, so meinte er, wie die katholische Kirche immer, den Vater, den Logos und Geist zugleich; wenn aber Eusebius von einem Gott spricht, so meint er nur den Vater. Doch dieses Alles ist schon hinlänglich klar geworden, als ich seine Art den Marcellus zu deuten, und zu widerlegen angeführt habe.

Nur noch über den heil. Geist müssen wir den Eusebius vernehmen. Ich habe schon bemerkt, daß Marcellus aus der evangelischen Lehre von dem Ausgehen des Logos aus dem Vater, und dem Ausgehen des heil. Geistes von beiden zugleich, die Einheit des Wesens der drei göttlichen Personen ableitet. Eusebius sagt nun, das Ausgehen des heil. Geistes vom Vater sei leicht zu erklären. «Der Sohn sei in dem Innersten des väterlichen Reiches gewesen, und von da sei er ausgegangen, wie wenn es heiße, es gieng ein Sämann aus zu säen (d. h. der Sohn sei nicht aus dem Wesen des Vaters). Eben so nun sei der heil. Geist stets um den Thron Gottes gewesen; denn nach Daniel stünden ja Myriaden um ihn herum. Von diesen sei er ausgegangen[49]. Vielleicht, lehrt er weiter, wurden alle diese Geister durch den heil. Geist geheiligt; der Sohn aber, der allein mit der väterlichen Gottheit beehrt sei (!), erschaffe Alles, das Unsichtbare und Sichtbare, und die Person des tröstenden Geistes. Der Vater Jesu Christi aber, das unaussprechliche Gut, über jeden Gedanken und Begriff erhaben, der Führer auch des heiligen Geistes, und noch dazu des Sohnes, sei Gott über Alles, durch Alles und in Allem»[50].

---

49) De eccles. theol. l. III. c. 4. fol. 169.
50) L. l. c. 6.

«Der heilige Geist geht vom Vater aus» heißt also dem Eusebius eben so viel, wie wenn ein Gesandter von der Umgebung eines Königs ausgeht.

Um diese gehaltlose durch und durch nichtige, sich selbst überall widersprechende Lehre des Eusebius zu erklären, müssen wir noch etwas tiefer forschen. Der Unterschied liegt gewiß nicht allein in einem Fehler des Verstandes. Eusebius gehört zu jenen nüchternen, verstandesklaren, besonnenen Naturen, die überall mit Sorgfalt nach einem Grunde sich umsehen, und nur auf solchem weiter schreiten wollen, aber mit aller Behutsamkeit nicht entdecken, daß sie auf einem Grunde bauen, der selbst keinen hat. Ich frage daher, wie faßte Eusebius das gesammte Christenthum auf? Hieraus wird ein sehr wichtiger Erklärungsgrund seiner Vorstellung von Christus genommen werden müssen. Eusebius hat manches sehr Schöne, Wahre und hie und da Ergreifende von dem Wesen des Christenthums gesagt. (demonst. ev. l. I. c. 5—7. fol. 9—29.) Allein tief genug scheint er nicht eingedrungen zu sein. Er giebt den Unterschied des Christenthums vom Judenthum also an, daß er sagt, jenes sei universell, dieses particularistisch, jenes verlange eine geistige, dieses eine äußere Gottesverehrung. Diese Unterscheidungen erreicht der menschliche Verstand, wie den eusebianischen Sohn Gottes; Eusebius ist darum zufrieden damit, und weil der Verstand nicht weiter gehen kann, sucht er auch nicht weiter. Allein das Evangelium sagt, es unterscheide sich vom Judenthum wie Gnade und Gesetz, und der Christ vom Juden, wie der Sohn vom Knecht, wie der Freie vom Sklaven. Das geheimnißvolle Reich der Gnade ist dem Eusebius nicht aufgegangen. Darum ist ihm auch Christus nicht der geheimnißvolle, unaussprechliche Gott, sondern über ihm steht der Gott, der sich in ein heiliges Dunkel verbirgt. Von der innern Vernichtung der Sünde durch Christus, von seinem wahren Versöhnungsopfer, davon, daß er allen denen, die an ihn glauben, die seinen Geist, den Geist des Sohnes empfangen haben, die

Macht gegeben, Söhne Gottes zu werden, davon kömmt so viel als Nichts bei Eusebius vor. Darum kündigte nach ihm Christus nur die Vergebung der Sünde an, darum hat er uns nur die wahre Lehre wieder gegeben[51]). Wie also der Christ wahrhaft geistig wird, wie das Gesetz nicht mehr blos von aussen als Forderung den Gläubigen entgegentritt, sondern innerlich und freudig durch die Gnade erfüllt wird, das hat er nicht erklärt. Wie wir also obschon mit dem Gesetz, doch nicht unter dem Gesetz leben, d. h. wie wir Söhne nicht Knechte sind, das hat er übergangen. Darum hat er auch nicht den eigentlichen Grund, sondern blos die Folge von etwas tiefer Liegendem angegeben, wenn er sagt, das Christenthum sei geistig und universell, im Gegensatz zu dem äußerlichen und beschränkten Mosaismus.

Deßhalb stellte auch Christus nach ihm blos die Religion wieder her, wie sie vor Moses war, nicht so fast den Menschen, wie er vor dem Falle war[52]). Er sagt nämlich, vor Moses habe es auch kein, blos auf ein Volk sich beziehendes religiöses Gesetz gegeben, ohne Beschneidung u. dergl. habe man durch die Erfüllung der blos allgemeinen moralischen Gesetze Gottes Wohlgefallen erhalten. Das ist ihm die Frömmigkeit Abrahams und sein Glaube, durch welchen er Gnade vor Gott gefunden. Man darf allein folgende Stelle, in welcher er zeigen will, warum das mosaische Gesetz nicht genüge, ins Auge faßen, um sogleich einzusehen, wie wenig er in die Tiefen der evangelischen Lehre eingedrungen ist. Zu Röm. 8, 3.: «da es dem Gesetze unmög-

---

51) Cf. demonst. ev. l. IV. c. 10. fol. 163. Auch hier beschreibt er das Erlösungswerk, und Alles, was er sagt, besteht darin παν δε το ἀνθρωπινον γενος τοις δια λογων ἡμερων και προσηνεσι φαρμακοις, ταις τε πρασσι και προτρεπτικαις αὐτου διδασκαλιαις ἰάτο και ἐθεραπαινε.

52) Demonst. ev. l. I. c. 6. fol. 16. ὡς εἰναι την καινην διαθηκην οὐδ ἀλλην ἐκεινης της ἀρχαιοτατης των Μωσεως χρονων εὐσεβους πολιτειας.

lich war, weil es schwach war (durch das Fleisch)[53]), hat Gott seinen eingebornen Sohn in der Aehnlichkeit des Fleisches der Sünde geschickt» u. s. w. bemerkt er: «es war nämlich (z. B.) unmöglich, daß aus allen Völkern dreimal des Jahres dem Gesetze Moses zufolge die Weiber nach der Geburt nach Jerusalem eilen, um sich dort zu reinigen. So giebt es noch tausend andere Dinge, (die zwar das Gesetz befiehlt, aber nicht von allen Völkern erfüllt werden können) die jeder nach Muse lesen kann» (demonst. l. I. fol. 26.). Er nahm also eine blos äußere Unmöglichkeit an das Gesetz zu erfüllen, keine innere, die Sünde nämlich, die Christus vernichtet, und dadurch die Möglichkeit gegeben hat, das Gesetz zu erfüllen. Die Unmöglichkeit der Erfüllung des Gesetzes liegt ihm nur darin, weil die mosaischen Ritualgesetze nicht von allen Völkern beobachtet werden könnten! Daß wir auch das Sittengesetz und dies gerade vor Allem ohne den Geist des Sohnes in uns, ohne seine geheimnißvolle Kraft nicht erfüllen können, das wußte er nicht. Eusebius glaubte, durch eine bloße Lehre könne der Mensch wieder hergestellt werden; darum dürfe nur befohlen werden das alte Gesetz abzulegen, und das neue anzunehmen, und Alles sei vollbracht. In seiner Auffaßung des Christenthums ist darum gar kein Grund zu finden, warum auch nur das von ihm sogenannte zweite Princip, der Logos für nöthig gefunden hat, Mensch zu werden. Im Grunde hat er auch keinen andern aufzufinden gewußt, als den, weil die den einzelnen Völkern vorgesetzten Engel dem Satan nicht widerstehen konnten (demonst. l. IV. c. 10. fol. 161.). Er scheint darum die Sünde nur äußerlich, mechanisch gleichsam aufgefaßt zu haben, sie ist nach ihm nicht im Innersten des Menschen; darum bedurfte es auch nur einer äußerlichen Hilfe, der bloßen Lehre. Indem er demnach die tiefe Wunde des Menschengeschlechts nicht kannte, konnte er auch

53) Δια της σαρκος hat er ausgelassen; aber gerade darin liegt die Kraft der paulinischen Rede.

das Wesen des Arztes nicht erkennen. So steht er durchaus auf der Oberfläche; und wenn er von den höhern den Aposteln mitgetheilten Kräften, um die Menschen für das Evangelium zu gewinnen, spricht, so sind sie ihm beinahe nur die Kraft der Wunder, und die der äußern Rede (demonst. l. III. c. 5. 6.); und der heil. Geist ist ihm darum kaum etwas anderes, als ein großer äußerlicher Schutzengel. So viel von Eusebius und seinem Verhältnisse zu dem Kampfe, in welchem er auftrat. Wie und warum die Arianer und Arianisirenden die katholische Lehre nicht verstanden und nicht verstehen konnten, wird auch hieraus einleuchten.

Auf diese Weise konnte Eusebius den heil. Athanasius nicht begreifen; mehr zu den Arianern sich hinneigend, obschon es nicht wollend, faßte er nicht, wie Athanasius mit Recht und Billigkeit diesen so sehr entgegen seyn könne, und ließ sich gebrauchen zu den Ränken gegen ihn. Wie aber Athanasius den Marcellus richtig schätzte, so auch den Eusebius von Cäsarea. Er sah ein, daß beide geleistet haben, was in ihren Kräften stand, und verzieh, daß sie nicht leisteten, was sie nicht konnten. Er war mit dem Bekenntniß des Eusebius auf der Synode von Nicäa nicht unzufrieden, und gebrauchte sogar diese Erklärung zum Beweise gegen die Arianer. So groß das Unrecht war, das ihm zu Tyrus unter der thätigen Theilnahme des Eusebius geschah, so hinderte es ihn doch nicht, den Eusebius dort anzuerkennen, wo er dessen nicht geradezu unwürdig war. Später sagte er deßhalb von einem Schüler des Letztern, seinem Nachfolger im Bisthum von Cäsarea: «Was nun den Akacius betrifft, wie möchte er sich wohl vor Eusebius seinem Lehrer verantworten, der nicht nur das Symbolum von Nicäa unterschrieb, sondern auch seine Angehörigen durch einen Brief belehrte, das sei der wahre Glaube, der auf der Synode von Nicäa ausgesprochen worden sei. Denn wenn er sich auch etwas willkührlich vertheidigte, so verwarf er doch die Formel nicht, und sprach sich gegen die Arianer aus, die da behaupteten, der Sohn sei nicht gewesen bevor er gezeugt worden, und habe sein Dasein erst aus Maria. (de Synod.) Theodoret folgte dem Athanasius, und stellt den Arianern seiner Zeit gleichfalls das Bekenntniß des Eusebius entgegen [54]).

Arius aber wurde, ungeachtet so mächtiger und thätiger Beschützer, ungeachtet der Verbannung des Athanasius, nicht in die Kirchengemeinschaft zu Alexandrien aufgenommen. Ein wahrhafter Bischof läßt seinen Geist in der Gemeinde, wenn er selbst auch abwesend ist. Ja zu großen Erschütterungen der ganzen Stadt würde es gekommen sein, wenn Arius nicht abermal den Befehl vom Kaiser erhalten hätte, sich zu entfernen. Nun sollte er aber zu Constantinopel selbst feierlich in die Kirchengemeinschaft aufgenommen werden. Der Bischof dieser Stadt, Alexander, widersetzte sich aus allen Kräften; allein Eusebius von Nikomedien bedrohte ihn mit der Absetzung, und mit der Wahl eines neuen Bischofes, der mit Arius Gemeinschaft haben werde. Dazu kamen noch der Befehl des Kaisers und heftige Widersprüche in Constantinopel selbst; denn Einige waren für Arius, Andere verwarfen ihn. Da verließ Alexander, wie Sokrates sagt, die Dialektik, d. h. den Versuch durch menschliche Beweise zu zeigen, daß Arius ein Irrlehrer sei, und nahm seine Zuflucht zum Gebete, daß die bevorstehende Schmach von ihm und seiner Kirche abgewendet werden möge. Eusebius und die Seinigen hatten sich schon versammelt; Arius sollte des andern Tages aufgenommen werden. Da gieng er des Abends mit mehreren seiner Anhänger durch die Stadt, wurde aber von dem Bedürfnisse, sich der verdauten Speisen zu entledigen, gezwungen, sich an einen hiefür bestimmten nahe gelegenen öffentlichen Ort zu begeben. Er kam nicht wieder. Als die Seinigen, weil er zu lange ausblieb, sich nach ihm umsehen

---

54) Hist. eccl. l. I. c. 13. Nur dürften sowohl Athanasius als Theodoret die Lehre des Eusebius vom heil. Geist, überhaupt den Zusammenhang seiner Sätze nicht gekannt haben.

wollten, fanden sie ihn todt (J. 336). Die Eingeweide waren mit ihrem Inhalte zugleich abgegangen. Viele urtheilten es sei eine Strafe Gottes; die Arianer aber meinten, sein Tod sei eine Folge der Zauberei[55]). Athanasius sagte, über keines Menschen Tod dürfe der Mensch frohlocken, denn auch er werde sterben. Aber die Umstände, unter welchen des Arius Tod erfolgte, schienen ihm doch auf etwas hinzudeuten, das über Menschenurtheil erhaben sei.

Constantin starb im folgenden Jahre (337). Seine drei Söhne, Constantin, Constans und Constantius theilten sich nach dem Testamente des Vaters in das Reich. Sie veranstalten bald eine persönliche Zusammenkunft in Pannonien, in welcher auch die Zurückberufung der verbannten Bischöfe beschlossen wurde. Constantin schickte an die Gemeinde von Alexandrien folgendes Schreiben. « Eurem heiligen Sinne sind die Gründe gewiß nicht entgangen, aus welchem Athanasius der Verkünder des anbetungswürdigen Gesetzes auf einige Zeit nach Gallien geschickt worden ist. Da die Wuth seiner blutgierigen Feinde seinem Haupte Gefahr drohte, wurde es beschlossen, damit er nicht das Aeußerste erleiden möchte. Um also diesem vorzubeugen, um ihn dem Rachen seiner Widersacher zu entziehen, wurde er mir anvertraut. Er hatte auch in der Stadt, in welcher ich mich aufhielt, an allem Nöthigen Ueberfluß, obschon seine preißwürdige Gesinnung, von göttlicher Hülfe unterstützt, auch die Beschwerden eines harten Lebens gering schätzt. Schon unser Herr, der Augustus Constantin, mein Vater, hatte beschlossen, ihn eurer geliebten Frömmigkeit zurückzugeben; da ihn aber das Loos der Menschen übereilte, und er in die Ruhe eingieng, bevor er seinen Wunsch erfüllen konnte, glaubte ich das Vorhaben des Kaisers, göttlichen Angedenkens, ausführen zu müssen. Ihr wisset selbst, welcher Verehrung Athanasius würdig ist, wenn er zu euch kömmt. Ihr dürft euch nicht

---

55) Socrat. l. I c. 37. 38. Soz. l. II. c. 70. u. n. c. Vales. Athanas. de morte Arii fol. 341.

wundern, wenn ich etwas für ihn gethan habe. Denn mein Gemüth wurde durch die Vorstellung eurer sehnsuchtsvollen Liebe gegen ihn, und durch die Würde eines so großen Mannes dazu bewogen und angetrieben. Die göttliche Vorsehung behüte euch, geliebte Brüder [56])." Die Verbannung hatte zwei Jahr und vier Monate gedauert.

Die egyptischen Bischöfe beschreiben in folgender Weise ihre und des Volkes Theilnahme an seiner Wiederkehr. "Das Volk strömte zusammen, und drückte seine Freude und seine Lust aus, den Ersehnten wieder zu sehen. Die Kirchen waren voll von Freudigkeit, und Dank wurde überall dem Herrn dargebracht. Die Kirchendiener und Priester schauten ihn Alle so an, daß sie sich innig erfreuten, und jenen Tag für den seligsten ihres Lebens hielten. Warum sollen wir aber unsere, der Bischöfe, unaussprechliche Freude erzählen? Denn wir haben schon gesagt, daß wir Alle mit ihm zu leiden glaubten." (Apolog. c. Ar. fol. 131.) Die unbegrenzte Anhänglichkeit der Gemeinde von Alexanderien, so wie der egyptischen Priester und Bischöfe an Athanasius, ist das Erfreulichste unter diesen Stürmen; denn das Gefühl für Recht, vorzüglich aber der kirchliche Sinn und Gemeingeist spricht sich in ihnen sehr schön aus. Für Athanasius aber enthält die Art und Weise seiner Rückkehr das schönste Zeugniß (J. 338.).

Aber diese Freudenbezeugung der Alexandriner war gleichsam nur eine Begrüßung des Athanasius, und eine Stärkung für den Hirten und die Heerde auf die Unfälle hin, die Beider erwarteten. Denn die Eusebianer gaben sich bald wieder alle Mühe, den kirchlichen Glauben zu untergraben. Sie hatten die Wiederkehr des Athanasius schon zu verhindern gesucht; aber aus der Art, wie sie den Bischof Paulus von Constantinopel verdrängten, ließ sich

---

56) Apol. c. ar. fol. 203. Soz. l. III. c. 2. liefert eine Nachricht, gemäß welcher Constantin in seinem Testamente die Zurückberufung des Athanasius angeordnet hätte.

schon die furchtbare Macht erschließen, die sie jetzt behaupteten. Als nämlich Alexander, Bischof von Constantinopel ein acht und neunzigjähriger Greis, dem Tode nahe war — Constantin der Große lebte noch — befragte man ihn, welchen Nachfolger er wünsche: denn, wie wir bisher schon gesehen haben, der Wille eines geliebten Bischofes galt viel auch in Bezug auf die Wahl seines Nachfolgers: dieser sollte aus der Gemeinde selbst, der er vorstehen würde, gewählt werden, und wer kannte die vorhandenen Geistlichen besser, als der Bischof? So sagte denn Alexander: « wenn ihr einen frommen, kenntnißreichen und lehrfähigen Bischof wollet, so wählet den Paulus; wollet ihr aber einen gewandten Geschäftsmann, der im Stande ist, auch mit Beamten umzugehen, so wählet den Macedonius. » Die Eigenschaften des Paulus siegten über die des Macedonius. Der letztere mußte wohl jetzt schon seine Neigung für die Eusebianer sehr merklich zu erkennen gegeben haben; denn auch deßwegen war seiner Wahl ein Theil der Gemeinde entgegen. Paulus ließ sich von den anwesenden Bischöfen weihen, unter welchen sich Eusebius von Nikomedien, den er wohl wegen seiner Irrlehre verabscheute, nicht befand. Dieser aber hatte wegen seiner Nachbarschaft von Constantinopel auf das Recht der Weihe Anspruch gemacht. Als daher Constantin, der bei der Wahl abwesend war, nach Constantinopel zurückkam, wußten ihn die Eusebianer gegen Paulus als einen unwürdigen Mann einzunehmen; er wurde verwiesen. Sie kehrten die Prädicate, die Alexander einem jeden der von ihm Vorgeschlagenen gegeben hatte, um, und sagten, Macedonius sei als fromm und lehrfähig, Paulus aber als in Geschäften gewandt von dem scheidenden Bischofe geschildert worden. Sozomenus bemerkt aber sehr richtig, die gesammte folgende Geschichte beweise den Mangel an Gewandtheit des letzteren in öffentlichen Geschäften, denn er habe den Ränken seiner Feinde nie auszuweichen gewußt. (Soz. l. III. c. 1. 3.) Mit Athanasius aber war auch Paulus nach Constantins des Großen Tode zurückberufen worden: ein Beweis, daß auch seine Verbannung von den Söhnen Constantins als eine Folge der Erbitterung der Eusebianer gegen die Vertheidiger der Synode von Nicäa betrachtet wurde. Bald aber wußten die Eusebianer den Kaiser Constantius ganz in ihre Gewalt zu bekommen; Paulus wurde von einer eusebianischen Synode abermal abgesetzt, und Eusebius selbst vertauschte das Bisthum von Nikomedien mit dem von Constantinopel [57]. Ein schlimmes Vorzeichen für Athanasius.

Ungeachtet sich der jüngere Constantin so wohlwollend gegen Athanasius erwies, hatten es die Arianer doch gewagt, diesen bei den drei Imperatoren anzuklagen. Sie erneuerten mit unbegreiflicher Frechheit die Sache mit Arsenius und mit Ischyras. Doch scheinen sie das nur hervorgesucht zu haben, um den neuen Anklagen einen alten Grund gleichsam unterzulegen. Aufruhr sollte Athanasius gestiftet, so sagten sie jetzt, Morde sollte er begangen, Mehrere mit dem Exil bestraft haben; vorzüglich klagten sie ihn an, daß er, von einer Synode abgesetzt, ohne wieder durch eine solche befähigt worden zu sein, die Verwaltung des Bisthums von Alexandrien angetreten habe. Endlich beschuldigten sie ihn, das für die Armen bestimmte Getraide unterschlagen zu haben...

Diese schrecklichen Inzichten mußten aber von den Eusebianern gewagt werden. Denn die Zurückberufung der Bischöfe war ihnen in der öffentlichen Meinung sehr schädlich geworden; ihre Anhänger verminderten sich allenthalben: nur wenige noch standen, wie Athanasius ausdrücklich versichert, auf ihrer Seite [58]. Waren aber die zurückberufenen Bischöfe einmal ganz fest, so konnten die Eusebianer selbst wegen ihrer Gewaltthaten zur Rechenschaft gezogen werden. Sie versuchten daher das Aeusserste. Constantin und Constans wiesen jedoch ihre Klagen mit Verachtung zurück. Eine

57) Socrat. l. II. c. VII. sagt geradezu Constantius habe ihn dazu berufen.

58) Histor. Arian. c. 9. fol. 349.

Vertheidigungsschrift des Athanasius an Constantius hingegen, auf welchen es vorzüglich ankam, weil Alexandrien zu seinem Reichsantheile gehörte, wirkte nichts. Ein gewisser Pistus, von Alexander einst mit Arius aus der Kirche gestoßen, wurde sogar von einer eusebianischen Synode zu Antiochien an Athanasius Stelle zum Bischof von Alexandrien ernannt. Makarius ein Presbyter, nebst zwei Diakonen Martyrius und Hesychius wurden zum Papste Julius gesandt, auf daß dieser den neuen Bischof von Alexandrien anerkennen und in die Absetzung des Athanasius einwilligen möge. Athanasius aber sandte völlig unvermuthet seine Vertheidiger nach Rom, welche die Abgesandten der Eusebianer so sehr mit Schande überhäuften, daß Makarius, obschon krank, zur Nachtszeit die Flucht ergriff. Julius rühmt besonders die große Zuversicht und die Festigkeit der alexandrinischen Priester in ihrer Vertheidigung des Athanasius, im Gegensatz gegen das haltungslose Benehmen der eusebianischen Gesandschaft [59]. Die beiden zurückgebliebenen Diakonen aber schlugen in der Noth eine Synode vor, in welcher beide Theile vor Julius erscheinen sollten, und die Kläger beweisen würden, was sie jetzt nicht beweisen könnten. Unterdessen war Constantin, der mächtige Beschützer des Athanasius, in einem Feldzuge gegen Constans umgekommen.

Die Bischöfe von Egypten, Libyen und der Pentapolis versammelten sich in Folge dieser neuen Bewegungen zu Alexandrien; und schickten ein Synodalschreiben an sämmtliche Bischöfe der Kirche, in welchem sie den Athanasius gegen alle gegen ihn vorgebrachte Klagen vertheidigten Das Schreiben ist voll von Wahrheit, Kraft und schlagenden Beweisen; vorzüglich begegnet man allenthalben jener innern Sicherheit, die das Bewußtsein der Unschuld und der Wahrhaftigkeit gewährt. Rührend ist es, wenn die versammelten hundert Bischöfe, die Verbannung des Athanasius und seine Leiden, ihre Verbannung und ihre Leiden nennen. Dies ist

59) Ep. Julii ad Ar. apud Athanas. fol. 144 146.

im ächt kirchlichen Sinne geschrieben, in welchem der Metropolit, die Einheit aller seiner Bischöfe ist; wenn daher das Haupt leidet, leiden alle Glieder mit, und sein Leiden ist das Ihrige. So sagen sie: «Wie können diejenigen Theilnahme an den Leiden Anderer lehren, die nicht einmal nach unserer Verbannung ruhen? Denn seine Verweisung, (die des Athanasius) war völlig die Unsrige. Denn wir Alle insgesammt glaubten uns verwiesen, und mit Athanasius dem Vaterlande wiedergegeben; und anstatt der früheren Thränen und Seufzer hat Herzensfreude und Wonne uns wieder durchströmt, welche doch der Herr bewahren möge. O gebe er doch nicht zu, daß Athanasius von den Arianern gestürzt werde! (Apol. c. Ar. fol. 126.)

Die Bischöfe erzählen die ganze Verfolgungsgeschichte des Athanasius, und weisen nach, daß er blos deßwegen auf Leben und Tod angeklagt werde, weil er unerschütterlich fest gegen die Häresie der Arianer geblieben sei. Schon wegen seiner innigen Verbindung mit seinem Bischofe Alexander sei er den Arianern verhaßt worden, sagen sie; als er aber zu Nicäa mit so unerschrockenem Muthe die Kirchenlehre gegen sie vertheidigt habe, habe sich ihr Haß noch mehr entflammt. Ich hebe blos das noch hervor, was die Bischöfe auf die neuen Klagen gegen Athanasius erwiedern. Sie sagen, daß ihre Kirche rein sei von Menschenblut, daß Athanasius Niemanden weder habe ermorden lassen, noch verwiesen habe; ja, daß seit der Rückkehr des Athanasius überhaupt der Art nichts in Egypten vorgefallen sei. Sie beweisen urkundlich, daß die Hinrichtungen, auf welche sich die Arianer beriefen, durch die Staatsbehörde statt gefunden hätten, während Athanasius auf der Rückkehr begriffen, in Syrien sich aufgehalten habe; daß diese Hinrichtungen gar keine Beziehung auf kirchliche Angelegenheiten oder Personen gehabt hätten. Wenn darum Athanasius selbst in Egypten gewesen wäre, was doch nicht einmal der Fall sei, was denn ihn überhaupt die Handlungen des Präfecten berührten? Sie schließen diesen Punkt damit, daß sie bemerken, durch solche falsche Anklagen suchten die Eusebianer nur alle Rechtgläubigen zu entfernen, um ihre Irrlehre frei und unangefochten predigen zu können. Was die Anklage wegen der Unterschlagung des Getraides betrifft, so erzählen sie, daß theils in Egypten, theils in Libyen auf Befehl des Kaisers den Wittwen Getraide ausgetheilt werde; und berufen sich auf das Zeugniß der Betheiligten, daß dieses unter Vermittelung des Athanasius, der nur Mühe und Arbeit dabei habe, bis auf diese Stunde treu fortgesetzt worden sei. Sie vermuthen dann, daß diese Anklage deßwegen von den Arianern sei erdichtet worden, um das Getraide ihrer Kirche zu verschaffen, und der katholischen zu entziehen. Und in der That wurde auch später die katholische Kirche dieser Vergünstigung beraubt, und die Arianer bezogen das Getraidegeschenk.

Die dritte neue Klage bezog sich auf die Freiheit und Selbstständigkeit der Kirche. Athanasius, sagten die Arianer, sei durch eine Synode, durch ein kirchliches Gericht, verurtheilt worden, seine Wiedereinsetzung aber sei durch die Staatsgewalt erfolgt. Die egyptischen Bischöfe werfen nun vorerst dem Eusebius von Nikomedien seinen völligen Mangel an rein kirchlichem Sinn vor, da er die Bischofswürde nach der Größe der Städte und der Menge der Einkünfte zu beurtheilen gewohnt sei, indem er zuerst Berytus mit Nikomedien, dann diese Stadt (vermittelst der Staatsgewalt) mit Constantinopel vertauscht habe. In der heil. Schrift sei aber schon die Untrennbarkeit der Ehe ausgesprochen; um wie viel mehr sei das Verhältniß zwischen dem Bischofe und seiner Kirche unauflöslich. Sie bemerken ferner, Eusebius und Theognis wagten es, das Absetzungsurtheil über einen Bischof auszusprechen, sie, die selbst von der Synode von Nicäa abgesetzt worden seien. Diese allgemeine Synode unterstünden sie sich umzustoßen, und ihre so ungerechte leidenschaftliche Versammlung (von Tyrus) nennten sie eine Synode! Mehrere Mitglieder der Versammlung von Tyrus seien mancherlei Verbrechen wegen angeklagt; andere von einer Synode von Alexandrien abgesetzt worden. Wie man es wagen könne, mit solcher Schuld beladen, Andere anzugreifen! Wie man eine Versammlung überhaupt eine kirchnennen könne, in welcher ein kaiserlicher Commissair den Vorsitz gehabt habe, ein Scharfrichter und ein Staatsanwalt gegenwärtig gewesen seien, von welchen der Letzte die Angeklagten vorgeführt habe, statt des Diakons, wie es bei Synoden der Fall sei[60]; wo die Eusebianer den Commissair beherrscht, und dieser durch seine Soldaten die Befehle durchgesetzt, und die Bischöfe zu seinen Maaßnehmungen gezwungen habe. Wenn die Synode von Tyrus eine kirchliche sein solle, wozu der kaiserliche Commissair und Soldaten? Bedurften sie aber des Kaisers und entlehnten sie ihr Ansehen von ihm, wie sie wohl den kaiserlichen Beschluß (von der Zurückberufung des Athanasius) ablehnen konnten? — Am Schlusse des Schreibens fordern sie zur Theilnahme an dem Schicksal des Athanasius auf, und zu thätiger Mitwirkung, daß den Ränken und der Bosheit der Arianer ein Ende gemacht werde. Der Erfolg dieses Synodalbriefes bestand darin, daß jetzt erst die Eusebianer allenthalben gekannt wurden, und alle katholische Bischöfe erklärten sich sogleich gegen Pistus und für Athanasius[61].

Als aber die Eusebianer durch ihre Gesandtschaft erfuhren, daß in Rom nichts für sie zu gewinnen sei, betrieben sie die Ausführung ihrer Absichten gegen Athanasius auf einer Synode zu Antiochien (J. 341). Die Veranlassung gab die Weihe einer Kirche, deren Bau schon Constantin vor zehn Jahren begonnen hatte. Es war zugleich das Fest der fünfjährigen Regierung der Söhne Constantins des Großen. Athanasius wurde wegen Wiederantrittes

60) Παρην σπεκουλατωρ, και κομμενταριος ἡμας εἰσηγεν ἀντι διακονων της ἐκκλεσιας· σπεκουλατωρ erklären die Glossarien mit ἀποκεφαλιστης und δημιος.

61) Ath. ep. encyclic. παντες ὑμεις οἱ της ἐκκλησιας καθολικης ἐπισκοποι ἐπιστασθε, ὡς δια την ἀσεβειαν εἰκοτως αὐτον ἀναθεματισατε και ἀπεκηρυξατε.

eines Amtes ohne vorhergegangene Erlaubniß einer Synode abgesetzt, und ein Anderer statt seiner gewählt. Den schon genannten Pistus nämlich verließ man, weil er sich durchaus in Alexandrien gegen den vielbegabten Athanasius nicht halten konnte. Die Wahl fiel zuerst auf Eusebius von Emesa, einen sehr gelehrten Mann, gebürtig aus Edessa, und gebildet in der Schule des Eusebius von Cäsarea. Allein er war zu klug und zu rechtlich denkend, als daß er Bischof von Alexandrien hätte werden mögen. Vorzüglich hielt ihn die Betrachtung der liebevollen Anhänglichkeit der Gemeinde von Alexandrien an Athanasius ab[62]. Da Sokrates zu dem eben Angeführten hinzusetzt, er sei später des Sabellianismus wegen angeklagt worden, so muß man gewiß auch einen dogmatischen Grund bei seiner Weigerung, Bischof von Alexandrien zu werden, annehmen. Er wurde Bischof von Emesa. Hingegen ließ es sich ein gewisser Gregorius gefallen, Bischof von Alexandrien zu werden. Er wurde in Antiochien geweihet.

Vier Symbole aber gaben die zu Antiochien versammelten Bischöfe heraus. In dem ersten, welches dem Synodalbriefe beigegeben war, sagen sie: «Wir sind keine Anhänger des Arius, denn wie sollten wir, die wir Bischöfe sind, einem Presbyter anhängen? Auch haben wir keinen andern Glauben angenommen, als den von Anfang an überlieferten. Wir sind vielmehr die Richter seines Glaubens gewesen, und haben ihn gebilligt, den Arius selbst aber vielmehr aufgenommen, als daß wir ihm gefolgt wären. Ihr werdet es aus Folgendem selbst entnehmen. Wir haben von Anfang an gelernt zu glauben an einen Gott — und an einen eingebornen Sohn Gottes, der vor allen Zeiten ist, der mit seinem Vater, der ihn gezeugt hat, ist, durch welchen Alles gemacht wurde.» Eine andere Formel einem andern Brief beigelegt, erklärt sich ungemein weitläufig, kömmt aber dem

62) Socrat. l. II. c. 9. δια το σφοδρα ὑπο του των Αλεξανδρεων λαου ἀσπασασθαι τον Αθανασιον.

Symbolum von Nicäa sehr nahe. «Wir glauben an einen Gott — an einen Herrn Jesum Christum seinen Sohn, den eingebornen Gott, durch welchen Alles ist; gezeugt aus dem Vater vor allen Zeiten, Gott aus Gott, ganz aus dem Ganzen, einzig aus dem Einzigen, vollkommen aus dem Vollkommenen, den König aus dem König, den Herrn vom Herrn, das lebendige Wort, die lebendige Weisheit, das wahre Licht, den Weg, die Wahrheit, die Auferstehung, den Hirten, die Thüre, den Unveränderlichen und Unwandelbaren; das in Nichts ungleiche Bild der Gottheit, des Wesens, des Willens, der Macht und der Herrlichkeit des Vaters; den Erstgebornen Aller Schöpfung, der im Anfang bei Gott war, den Gott Logos, gemäß dem was geschrieben ist: «und Gott war das Wort,» durch welchen Alles gemacht ist, und in welchem Alles besteht. Und an den heil. Geist, der zum Trost, zur Heiligung, zur Weihe den Gläubigen gegeben wird.» Das Uebrige verbreitet sich über die Menschwerdung Christi, und die Persönlichkeit des Vaters, des Sohnes und des heil. Geistes. Am Schlusse wird das Anathema über jene ausgesprochen, die sagen, es sei eine Zeit gewesen, in welcher der Sohn nicht war u. s. w. Mit dieser Formel war man auch katholischer Seits an sich nicht unzufrieden; allerdings wird das Homousios vermißt, wenn aber durch Anderes ausgedrückt wurde, was man mit diesem Worte bezeichnen wollte, so war man eben nicht für das Wort selbst allzusehr eingenommen. Allein mit einer Formel, die in den angehängten Anathematismen sich befindet: «wenn jemand den Sohn eine Creatur nennt, wie eine aus den Creaturen» u. s. w. bezeigte man sich später deßhalb unzufrieden, weil am Ende doch der Sohn als eine Creatur bezeichnet werde, wenn auch als eine von den Uebrigen verschiedene [63]). Auch

63) Socrat. l. II. c. 10. Soz. l. III. c. 5. dessen Bemerkungen zu vergleichen sind. Athanas. de synod. fol. 735. u. ff. Hilar. de synod. fol. 21. Uebrigens mußten die Katholiken gegen dieses Bekenntniß auch deßwegen mißtrauisch sein, weil Asterius, wie

werden Vater, Sohn und Geist der Hypostasis nach drei, nur gemäß ihrer Uebereinstimmung aber Eins (τῃ δε συμφωνιᾳ ἑν) genannt. Hypostasis heißt aber im Sinne der Arianer Wesen.

Dieser Formel war jedoch Theophronius von Tyana einer der versammelten Bischöfe abgeneigt; er gab eine kürzere und bestimmtere, die auch angenommen wurde. In dieser wird dem Marcellus ausdrücklich ein Anathema gegeben, da er in der zweiten Formel nur genannt war. Sie heißt: ich glaube an einen Gott den allmächtigen Vater — — und an seinen eingebornen Sohn, Gott, Wort, Macht, Weisheit unsern Herrn Jesum Christum, durch welchen Alles ist, geboren aus dem Vater vor allen Zeiten, den vollkommenen Gott aus dem vollkommenen, der als persönliches Wesen bei Gott ist (ὀντα προς τον Θεον ἐν ὑποστασει). Und an den heil. Geist, den Tröster, den Geist der Wahrheit, von dem Gott durch die Propheten versprochen hat, daß er ihn ausgießen werde über alle seine Diener, den der Herr seinen Schülern verheißen, und gemäß der Apostelgeschichte geschickt hat.» Die vierte Formel endlich wurde etwas später durch Narcissus, Maris, Theodor und Marcus nach Gallien dem Constans zugesandt. Sie spricht sich also aus: «wir glauben — an seinen eingebornen Sohn, Jesum Christum, der vor allen Zeiten aus dem Vater ist, Gott aus Gott, Licht aus dem Lichte, durch welchen Alles gemacht ist, was auf der Erde und im Himmel ist, das Sichtbare und das Unsichtbare, der Wort, Weisheit, Macht, Leben und Licht ist.» So sprachen die Arianer sich aus; sie glaubten aber nicht was sie sagten, wie sich später zeigen wird. Sie wollten sich nur durch vorgegebene Orthodoxie befestigen, und wenn sie das erreicht hätten, erst ihre Vorstellungen allgemein machen.

---

wir aus Euseb. adv. Marcell. l. I. c. 4. fol. 24. ersehen in seinen Schriften ganz, sogar wörtlich mit ihm übereinstimmt, und doch anderwärts Alles das zugleich vom Sohne Gottes aussagen konnte, was ich im zweiten Buche angeführt habe.

Gregorius der Kappadocier hatte unterdessen seine Sendung nach Alexandrien mit bewaffneter Macht angetreten. Der Präfect Philagrius machte, erhaltenem Befehle gemäß, unter der Form eines Edicts bekannt, daß Gregorius der neue Bischof sei. Eine ausserordentliche Bestürzung bemächtigte sich aller Gemüther. Bald aber sah man den neuen Bischof auch noch in einer arianischen Umgebung! Ein entsetzliches Wehegeschrei erfüllte die ganze Stadt, besonders aber die Wohnungen der höhern Beamten. Hier klagten die Katholiken, ohne kirchlichen Richterspruch sei ihr Bischof abgesetzt worden, den Arianern zu Gefallen sei so Unerhörtes geschehen. Wenn man Klagen gegen den Bischof habe, müsse das Volk versammelt, und Alles nach den kirchlichen Gesetzen in seiner Gegenwart untersucht werden. Sei auch der Bischof schuldig, so dürfe man keinen fremden, eingekauften Bischof der Gemeinde aufdringen, keinen Arianer [64]). So sprach das Volk. Es war gerade die große Fastenzeit, die Vorbereitung auf das Fest der Leiden des Heilandes; die Kirchen waren darum sehr besucht. Allein das arme Volk strömte nebst dem noch deßwegen der Kirche zu, als könnten diese von dem fremden Bischof nicht in Besitz genommen, und durch ihn entweihet werden, wenn nur es in der Kirche sei! Aber Gregorius rückte mit Soldaten ein; Juden und Heiden waren von Philagrius zur Theilnahme an der Eroberung aufgefordert worden! Mit Waffen aller Art drangen sie ein: die gottgeweihten Jungfrauen wurden entblöſ't und gemißhandelt; die Asceten niedergeschlagen, die Kirche geplündert, die Heiligthümer geschändet. Während dieses in einer Kirche verübt wurde, befand sich Athanasius in einer andern. Um allem Unheile vorzubeugen, um nicht auch hier dieselben Gräuel wiederholt zu sehen, was schon bevorstund, ergriff er die Flucht. Die Kirchen aber mußten jetzt den Arianern ausgeliefert werden. Das Volk wurde gezwungen mit den Arianern in Gemeinschaft zu treten, oder alles gemeinschaft-

64) Ath. ep. encyclic. fol. 112. hist. Ar. 5. 10. ep. Julii. k. 43.

lichen Gebetes, des gesammten Cultus zu entbehren. Ja nicht einmal zu Hause konnte das Volk nach Lust beten; denn wer dieses that, und bei den arianischen Versammlungen sich nicht einfand, wurde gemißhandelt. Athanasius bemerkt hiebei: «Eine solche Verfolgung wie diese war noch nie. Denn bei den frühern Verfolgungen konnte doch, wer ihnen entgieng, beten, und wer verborgen war, getauft werden; nun aber eifert die Grausamkeit dem Benehmen der Babylonier nach. Denn wie diese den Daniel, so zeigt der vortreffliche Gregorius jene, die zu Hause beten, dem Präfecten an; mit allem Hohn beaufsichtigt er die Diener der Kirche (die etwa im Geheimen die Heilmittel ausspenden wollen); so daß durch diese Gewaltübung Viele Gefahr laufen nicht getauft, Andere in ihrer Krankheit nicht vom Priester besucht zu werden. Sie weinen und halten dieses Unglück für größer, als die Krankheit selbst. Denn wenn die Diener der Kirche verfolgt werden, so ziehen es die Gläubigen aus Abscheu gegen die arianische Irrlehre vor, Gefahr zu laufen, als sich von den Arianern das Haupt berühren zu lassen» [65]. Weil nun aber Priester und Volk sich doch nicht immer nach Gregorius Befehlen richteten, geschah es, daß Priester und Laien vor Gericht gefordert und gegeißelt wurden. Vier und dreißig Jungfrauen, Frauen und angesehene Männer wurden in diesen Tagen, zumal von Gregorius angeklagt, erhielten öffentlich die Ruthen, und wurden in das Gefängniß geworfen.

So setzte sich Gregorius in Alexandrien fest. Bald aber bereis'te er seinen Metropolitansprengel (342); es geschah in der Begleitung des Philagrius. Wahrscheinlich sprachen sich die egyptischen Bischöfe mit Freimüthigkeit gegen dieses Verfahren aus, und wollten den neuen Metropoliten, der ihnen gegen alle Kirchengesetze sollte aufgedrungen werden, bei dessen Wahl sie nicht waren zugezogen worden, den sie, wie es die Gesetze verlangten, nicht ordinirt hatten, nicht anerkennen. Sie wurden geschlagen und gefesselt. Sera-

---

65) L. I. fol. 116.

pammon wurde verbannt. Potammon konnte wegen der tödlichen Wunden, die er hiebei erhielt, nur mit Mühe wieder zum Bewußtsein gebracht werden, starb aber doch nach wenigen Tagen. Den Mönchen und Andern ergieng es nicht besser. (hist. Ar. §. 12.)

Athanasius hielt sich nach dem Einfall des Gregorius in der Nähe von Alexandrien verborgen auf, um die weitere Entwickelung noch in etwas abzuwarten. Er erfuhr, daß Gregorius den Präfecten veranlaßt habe eine Klageschrift gegen ihn an Constantius einzuschicken, die so eingerichtet wurde, als wäre sie vom Volke ausgegangen. Heiden nämlich und Andere, die nicht zur katholischen Gemeinde gehörten, unterschrieben sie. Constantius sollte dadurch getäuscht werden. Athanasius verfaßte nun ein Rundschreiben an alle Bischöfe, worin er die Geschichte des Einfalls des neuen Bischofes öffentlich bekannt macht. Am Ende fordert er die Bischöfe auf, bei so großem Unglücke der alexandrinischen Kirche nicht gleichgültig zu bleiben; diese, ein so ausgezeichnetes Glied des ganzen Kirchenkörpers von den Häretikern nicht zertreten zu lassen, und sich der Leiden der gemißhandelten Gemeinde anzunehmen; der Apostel sage ja, wenn ein Glied Schmerz empfinde, leiden Alle mit; mit dem Weinenden, sage er, müsse man weinen, die Mißhandlung einer Kirche, sei als die Mißhandlung Aller zu betrachten; der Heiland Aller werde geschmähet, die Gesetze aller Kirchen unterdrückt. Sie sollten darum den Gregorius nicht anerkennen und ihm keine Gemeinschaftsbriefe senden, sie sollten sich aussprechen gegen ihn, und in ihrer Theilnahme den egyptischen Bischöfen und dem Volke die Beruhigung geben, daß sie nicht allein stehen und verlassen seien, und sich freuen mögen der Einheit des Glaubens an Jesus Christus. (epist. encyc. fol. 116—118.)

Nachdem Athanasius die Pflicht gegen seine Gemeinde und die allgemeine Kirche erfüllt hatte, schiffte er sich nach Rom ein, wohin er berufen war, um gegen die Eusebianer auf der Synode, die sie verlangt hatten, eine endliche Entscheidung der Klagen zu bewirken. Der Papst war die einzige Stütze der vielen Verfolgten; denn nebst Athanasius befanden sich auch die wieder vertriebenen Marcellus, Asklepas von Gaza nebst mehreren Bischöfen aus Thracien, Syrien, Phönicien und Palästina bei ihm, um als Glieder gehalten zu werden vom Haupte. Sokrates sagt: «sie entwickelten dem Bischof Julius ihre Angelegenheiten, der sie gemäß des Vorrechts der römischen Kirche mit freimüthigen Briefen beschützte.» Sozomenus aber: «Nachdem der Bischof der Römer die Klagen eines Jeden vernommen hatte, und sah, daß Alle mit dem Dogma von Nicäa übereinstimmten, nahm er sie als gleiches Glaubens mit ihm, in die Gemeinschaft auf. Denn ihm liegt wegen der Würde seines Stuhles die Sorge für Alle ob» 66). Athanasius aber wurde mit besonderer Achtung von Julius empfangen, denn Sozomenus sagt: «die Vorsteher der römischen Kirche und alle abendländischen Bischöfe sahen dieses (die Verfolgung des Athanasius) als eine Gewaltthat gegen sie selbst an; denn in Allem hatten sie anfangs schon den in Nicäa Versammelten beigestimmt, und waren bis jetzt diesem Glauben treu geblieben; als daher Athanasius zu ihnen kam, nahmen sie ihn freundschaftlich auf, und übernahmen es, ihm Recht zu verschaffen 67).

Julius sandte den Eusebianern die Priester Elpidius und Philoxenus zu, auf daß sie desto gewisser zu der Synode kämen, die sie selbst veranlaßt hatten. Allein sie scheuten ein freies, kirchliches Gericht, und fürchteten den Athanasius. Sie wagten es sogar, die Gesandtschaft mehrere Monate hinzuhalten; bei ihrer Entlassung aber gaben sie ihr einen, wie Sozomenus sagt, sehr gezierten, mit rednerischem Schmucke ausgestatteten, höhnischen, und Arges drohenden

66) Socrat. l. II. c. 15. γνωριζουσιν οὐν τῳ ἐπισκοπῳ Ιουλιῳ τα καθ᾽ ἑαυτους· ὁ δε, ἁτε προνομια της ἐν Ρωμῃ ἐκκλησιας ἐχουσης κ. τ. λ. Soz. l. III. c. 8. οἱα δε της των παντων αὐτῳ προσηκουσης δια την ἀξιαν του θρονου. vergleiche Henric. Vales. ad. h. l.

67) L. l. c. 7.

Brief an Julius mit, folgenden Inhaltes: «die Sorglichkeit der römischen Kirche sei männiglich bekannt; sie sei ja die Denkwerkstätte der Apostel, und von Anbeginn die Mutterstadt des rechten Glaubens gewesen [68]). Freilich hätte sie ihren Glauben vom Orient erhalten. Sie (die Eusebianer) glaubten auch wegen der Größe und der überwiegenden Volkszahl der römischen Kirche nicht den Kürzern ziehen zu müssen, denn an Tugend und Gesinnung seien sie überlegen.» Sie rechneten es hierauf dem Julius als Verbrechen an, den Athanasius aufgenommen zu haben, sie zeigten sich sehr ungehalten, weil durch Julius ihre Synode beeinträchtigt, und ihr Urtheil aufgehoben werde. Das sei gegen die Kirchengesetze; denn auch ihre Vorfahrer hätten die Beschlüsse der römischen Kirche gegen Novatian geachtet. Julius ziehe mit parteiischem Sinne die Gemeinschaft des Athanasius der ihrigen vor. Endlich sagten sie, daß sie zwar sehr beleidigt seien, daß sie aber doch die Gemeinschaft mit Julius fortsetzen würden, wenn er die Absetzung der von ihnen Verurtheilten, und die Einsetzung der von ihnen an die Stelle jener eingeweihten Bischöfe genehmige. Würde er es aber nicht thun, so würden sie den entgegengesetzten Weg verfolgen [69]); d. h. auch seine Gemeinschaft aufgeben. Zur Synode, die zu Rom versammelt werde, könnten sie nicht kommen, weil der Termin zu kurz gesetzt sei, auch würden sie durch den persischen Krieg verhindert.

---

68) Φερειν μεν γαρ πασι φιλοτιμιαν των Ρωμαιων ἐκκλησιαν ἐν τοις γραμμασιν ὁμολογουν, ὡς ἀποστολων φροντιστηριον· Der Satz ist absichtlich zweideutig, und ich glaubte keiner der von Valesius getadelten Uebersetzungen, aber auch der seinigen nicht, folgen zu dürfen. φροντιστηριον (Schule) hat wie φιλοτιμια etwas zweideutiges. Ich nehme es wie Aristophanes in seinen Wolken gegen Sokrates. V. 94. sagt nämlich Strepsiades: «ψυχων σοφων τουτ' ἐστι φροντιστηριον.» (ed. Schütz I. 240.) Voß übersetzt: «das ist dir weiser Seelen Denkwirthschafterei.» Die Arianer konnten Roms Primat nicht läugnen, darum spotteten sie über denselben, wie Alle, die von der Kirche abfallen.

69) Soz. l. III. c. 8.

Julius antwortete mit ächt oberhirtlicher Würde, mit eben so kraftvoller Freimüthigkeit als christlicher Milde, mit apostolischer Einfalt und Treuherzigkeit nicht minder, als mit dem Eifer und der Unbestechlichkeit eines Beschützers der unterdrückten Unschuld. Der Brief aber war im Namen der zu Rom gefeierten Synode, die den Athanasius und Marcellus nach sorgfältiger Untersuchung frei sprach, geschrieben worden. Julius sagt im Eingang: « ich habe die mir von meinen Presbytern überbrachten Briefe gelesen, und mich sehr gewundert, wie ihr, was ich in Liebe und in Wahrheit geschrieben habe, mit unziemlicher Zanksucht, erwiedert habt. Der Hochmuth und die Prahlerei derer, die den Brief schrieben, leuchtet aus ihm hervor. Das ist dem Glauben in Christo fremd. Das mit Liebe Geschriebene war billig mit Liebe, nicht mit zanksüchtigem Sinne zu erwiedern. Oder ist es kein Beweis der Liebe, daß ich Presbyter schickte, um Mitleiden zu üben mit den Leidenden, und die Ankläger aufforderte zu kommen, auf daß alle Uneinigkeit in Bälde gelös't und beseitigt werde, unsere Brüder nicht mehr leiden, und auch euch Niemand mehr anklage? — — Nachdem ich den Brief gelesen hatte, dachte ich darüber nach, und hielt ihn längere Zeit zurück, weil ich glaubte es würden doch Einige von euch kommen, damit es keines abermaligen Briefes bedürfe, und der eurige nicht Viele der Unsrigen schmerze, wenn er bekannt würde. Da aber Niemand kam, theilte ich ihn mit, und ich bemerke euch, daß Alle staunten, und kaum glauben konnten, daß er überhaupt von euch geschrieben sei. Denn es war mehr ein Brief der Zanksucht als der Liebe. Wenn der Verfasser des Briefes um des Streites willen ihn schrieb, so paßt das nicht hieher. Denn in kirchlichen Angelegenheiten gilt kein Wortkram, sondern die apostolischen Kanonen, und das Bestreben Keinen der Kleinsten in der Kirche zu ärgern. »

Er sagt hierauf, wenn er um der Unterdrückten willen sie zu einer Synode von freien Stücken aufgefordert hätte, so wäre es ganz mit dem Geiste der Kirche übereinstimmend und Gott angenehm gewesen; da er aber zur Berufung einer Synode von ihren Abgesandten wäre aufgefordert worden, und sie doch nicht erschienen, so erwecke das einen großen Verdacht gegen sie. Die Arianer, die nicht gegen Menschen nur, sondern gegen Jesus Christus, den Sohn des lebendigen Gottes gefrevelt hätten, seien von der Synode von Nicäa abgesetzt worden. Gegen Athanasius und Marcellus aber habe nichts bewiesen werden können. Nicht er also hebe eine Synode auf, sondern sie hätten sich zuerst gegen die Beschlüsse von Nicäa empört, indem sie die von dieser Excomunicirten wieder in die Gemeinschaft aufgenommen hätten. Sie wären auch gegen den Beschluß von Nicäa von einem Bisthum zum andern übergegangen [70]). Wenn sie darum, sagte er sehr fein, in der That meinten, die Würde aller Bischöfe sei gleich, und man dürfe sie nicht nach der Größe der Stadt bemessen, so wäre es doch seltsam, daß sie von kleinern Städten, die ihnen durch Gott zu Theil geworden wären, in größere sich versetzen ließen. Sofort setzt er ihnen die Gründe auseinander, die die römische Kirche bewogen hätten, die Gemeinschaft mit Athanasius und Marcellus fortzusetzen, und wirft den Eusebianern das ungerechte Verfahren zu Tyrus, und die Tyrannei in Egypten vor. Er leitet daraus ihren Widerwillen gegen die Synode von Rom ab, und bemerkt gegen ihre Ausflüchte wegen des zu kurzen Termins und des persischen Krieges, daß sie ja sogar seine Priester mehrere Monate noch aufgehalten hätten, und sich nicht scheuten während eines Krieges selbst auch Gewaltthätigkeiten und Feindseligkeiten in der Kirche auszuüben. Der Krieg mit den Persern stehe in keiner Verbindung mit einer Reise nach Italien.

Es sei eine Rede voll des Bruderhasses, bemerkt er weiter, zu sagen: er (Julius) liebe die Gemeinschaft des Athanasius und Marcellus mehr als die ihrige; denn er habe die Gründe entwickelt, aus welchen ihnen von Rechtwegen

70) Can. X. von Nicäa verbot dieses.

die Gemeinschaft der römischen Kirche gebühre. «Da wir nun nach den Kirchengesetzen und mit Recht mit ihnen verbunden sind, so bitte ich euch um Christi willen, gebet nicht zu, daß die Glieder Christi zerrissen werden, verachtet die Selbstsucht und ziehet den Frieden des Herrn Allem vor. Denn es ist nicht recht und nicht billig, wegen eigennütziger Ursachen, die Unschuldigen der Gemeinschaft zu berauben, und hierin den Geist zu betrüben. Glaubt ihr aber in Manchem Recht zu haben, so sollen diejenigen kommen und es zeigen, die wollen. Athanasius und Marcellus haben sich bereit erklärt, Alles zu beweisen, was sie ausgesagt haben.» Endlich kommt Julius auf die kirchlichen Gerichte, denen der evangelische Geist entwichen sei, und sagt: «wenn sie (Athanasius und Marcellus) auch, wie ihr saget, irgend eine Schuld tragen, so mußte das Gericht nach den kirchlichen Kanonen, und nicht so vor sich gehen (wie in Tyrus und Antiochien). Es mußte uns Allen geschrieben, und so, was recht ist, bestimmt werden. Bischöfe waren es, die gemißhandelt wurden, nicht die nächsten besten Kirchen, sondern solche, deren Gründer die Apostel selbst waren. Warum habt ihr nicht uns vorzüglich in Betreff der alexandrinischen Kirche geschrieben? Oder wisset ihr nicht, daß es Gewohnheit ist, uns zuerst zu schreiben, und alsdann, was recht ist zu entscheiden? Wenn also ein solcher Verdacht gegen die dortigen Bischöfe obwaltete, so mußte es an die diesseitige Kirche berichtet werden. Nun aber wollen die, die uns gar nicht Theil nehmen ließen, die ganz nach ihrer Willkühr gehandelt haben, daß wir, ohne Richter gewesen zu sein, in ihre Beschlüsse einstimmen.» (Hier behauptet Julius seine Primatrechte. Der fromme, edle Papst hat sich nichts angemaßt, wenn er verlangte, daß an ihn in so wichtigen Angelegenheiten berichtet, und dann erst entschieden werde. Denn Sokrates sagt, von der Synode von Antiochien sprechend, die den Athanasius abermal absetzte: «auch Julius, der Bischof von Rom war nicht anwesend, und Niemand vertrat seine Stelle: gleichwohl befiehlt ein kirchlicher Kanon, daß die Kirchen keine Gesetze geben dürfen, ohne Einwilligung des römischen Bischofes [71]).» Es war also in jeder Beziehung schwer gegen die verfolgten Bischöfe gesündigt worden.)

Der Schluß enthält folgende Ermahnung: «ich bitte euch, nehmet es bereitwillig auf, denn es betrifft das allgemeine Wohl, was ich schreibe. Denn was wir von dem seligen Petrus dem Apostel überliefert erhalten haben, das melde ich euch; und ich hätte das Allen Bekannte nicht geschrieben, wenn uns das, was geschehen ist, nicht erschüttert hätte. Die Bischöfe werden vertrieben und von ihren Stellen entfernt, Andere von andern Orten werden anstatt ihrer eingesetzt, so daß die Gemeinden wegen der mit Gewalt Genommenen in Trauer sich befinden, und wegen der ihnen Aufgedrungenen Gewalt leiden: die Bischöfe, die sie wollen, erhalten sie nicht; und die, die sie verabscheuen, müssen sie haben. Ich bitte euch, daß solches nicht mehr geschehe. Erhebet euch vielmehr gegen die, die dergleichen wagen, damit die Kirchen nicht mehr so Arges leiden müssen, damit kein Bischof, kein Priester mehr gemißhandelt, oder gegen seinen Willen, wie uns berichtet worden ist, gezwungen werde, etwas zu thun, auf daß wir den Heiden nicht zum Gelächter werden, und vor Allem, daß wir den Zorn Gottes nicht auf uns ziehen. Denn Jeder aus uns wird am Tage des Gerichtes Rechenschaft geben müssen wegen dessen, was er hier gethan hat. Möchten doch Alle nach Gott gesinnet sein, damit die Kirchen ihre Bischöfe wieder erhalten, und sich in allweg in Christo Jesu unserm Herrn erfreuen; durch ihn sei Preis dem Vater von Ewigkeit zu Ewigkeit. Amen.»

Diese ehrliche und christliche Vertheidigung des unschuldigen Bischofes blieb ohne allen Erfolg. Athanasius hielt sich über drei Jahre in Rom auf. Auf einer Synode in Mayland (345),

---

71) Socrat. l. II. c. 8. καιτοι κανονος ἐκκλησιαστικου κελευοντος, μη δειν τας ἐκκλησιας παρα την γνωμην του ἐπισκοπου Ρωμης κανονιζειν.

die Constans berief, wurde aber endlich beschlossen, daß die Kaiser gebeten werden möchten, eine allgemeine Synode zu versammeln, um die Angelegenheiten der Kirche zu ordnen. Constans willigte ein, und vermochte seinen Bruder Constantius zu gleichem Entschluß. Im Jahre 347 sollte sie zu Sardika in Illyrien gefeiert werden. Unterdessen berief Constans den Athanasius zu sich; später beauftragte er ihn, sich nach Gallien zu begeben, und mit den dortigen Kirchenvorstehern die Reise in die Stadt zu machen, wohin die Synode beschieden war. Es kamen gegen hundert Bischöfe aus dem Occident, und siebenzig aus dem Orient zusammen.

Drei Gegenstände wollte man behandeln [72]. Der verletzte Glaube sollte bestätigt, dann die Sache der von den Eusebianern abgesetzten Bischöfe untersucht, und endlich Alles das erörtert werden, was den Arianern zur Last gelegt wurde. Denn von allen Orten her hatten sich Kläger gegen dieselben eingefunden. Das Synodalschreiben der Bischöfe von Sardika drückt sich also aus: « aus verschiedenen Orten waren Ankläger gegen sie erschienen. Männer, die aus der Verbannung zurückkehrten, wiesen ihre Ketten und Bande auf. Von denen aber, die noch in derselben sich befinden, sind Verwandte und Bekannte geschickt worden, um ihre Klagen vorzutragen; oder um Strafe für die erlittenen Gewaltthätigkeiten derer zu fordern, die in der Verbannung gestorben sind. Und was das Größte ist, es waren Bischöfe, von welchen Einer die Ketten zeigte, die er durch sie um seinen Nacken getragen hatte; Andere bezeugten, daß ihnen durch ihre falsche Anklage der Tod bevorstand. Denn zu solchen verzweifelten Handlungen sind sie geschritten, daß sie Bischöfe getödtet hätten, wenn sie ihnen nicht durch die Flucht entgangen wären. Der selige Theodul unser Mitbischof starb, obschon er ihrer Wuth entfloh. Es wurde nämlich auf ihre Beschuldigungen hin der Befehl zu seiner Hinrichtung gegeben. Andere wiesen die Merkmale der Schwerter, Wun-

72) Hilar. frag. fol. 1291.

den und Narben auf. Andere klagten, daß sie durch den Hunger von ihnen gequält wurden. Das bezeugten auch glaubwürdige Männer. Ja von allen Kirchen erzählten Abgeordnete die Vorfälle, wie bewaffnete Soldaten, und der Pöbel mit Prügel wütheten, wie die Richter droheten, wie falsche Briefe verfertigt wurden.»

Unter solchen Umständen mußte wohl den Eusebianern nicht gut zu Muthe sein. Sie hatten darum wieder kaiserliche Commissäre bei sich, den Musonian und Hesychius. Allein deßungeachtet ergriff sie schon unterwegs eine geheime Furcht; denn Arius und Stephanus, jener ein Bischof aus Palästina, dieser aus Arabien, die zu den abendländischen Bischöfen übertraten, erzählten, daß die Häupter der Eusebianer häufig die mit ihnen heranziehenden Bischöfe versammelt, und sich mit ihnen verabredet hätten, der Synode gar nicht beizuwohnen, sondern nur nach Sardika zu gehen, und sich dann wieder zu entfernen. Sie setzten hinzu, daß viele rechtgläubige Bischöfe unter den Morgenländern sich befänden, daß sie aber durch Drohungen abgehalten würden, sich frei zu erklären.

Die Synode selbst war frei; keine Soldaten, keine kaiserlichen Commissäre, überhaupt kein Zwang sollten das freie Urtheil hemmen [73]. Eine neue Untersuchung über den Glauben der Kirche wurde abgelehnt; die Bischöfe des Occidents sagten, es fehle der Synode von Nicäa nichts. Die Sache des Athanasius und der andern vertriebenen Bischöfe sollte nun untersucht werden. Allein die Eusebianer wollten sich nicht dazu verstehen; sie sagten, jene Männer seien schon gerichtet; man dürfe die Beschlüsse der gegen sie gehaltenen Synoden nicht in Zweifel ziehen. Die Bischöfe, von welchen sie gerichtet worden wären, seien zum Theil gestorben; die

73) Ath. apol. Tom. I. fol. 134. histor. Arian. fol. 352. Hier sagt Athanasius ungemein schön: «die Abendländer kamen allein: ihr Vater war Hosius; die Morgenländer hatten Zuchtmeister und Anwalde bei sich, den Comes Musonius (Musonian) u. s. w.

Zeugen nicht minder. Sie warfen ferner den Abendländern vor, daß sie sich mit Excommunicirten in Verbindung gesetzt hätten, und forderten darum vor Allem, die abgesetzten Bischöfe als unwiderruflich abgesetzt zu betrachten. Das war aber geradezu dem Zweck der Synode entgegen.

Die Abendländer gaben sich alle Mühe die Eusebianer zur Billigkeit zu bewegen. Sie forderten dieselben wiederholt auf, sie sagten: «sie, die Morgenländer seien gekommen der Synode zu Rede zu stehen; warum sie sich dessen entzögen, nachdem sie doch gekommen wären? Entweder hätten sie nicht kommen, oder nachdem sie gekommen, nicht ausweichen sollen. Das sei ein großes Zeugniß gegen sie. Athanasius und seine Mitbeschuldigten seien da; so lange diese abwesend gewesen wären, hätten sie (die Eusebianer) sie angeklagt; nun seien sie gegenwärtig; sie sollten sie also überweisen. Die Synode müsse sie für überwiesene Verläumder halten, und hiernach das Urtheil fällen, wenn sie vorgeben, sie wollten den Athanasius nicht überführen, während sie nicht könnten.» Die Vorstellungen waren fruchtlos. Hosius gewöhnlich nur der Vater der Bischöfe genannt, machte nun die letzten Versuche. Er gieng zu den Eusebianern und sagte: wenn Athanasius schuldig erfunden werde, so würde er gewiß auch von den Abendländern verlassen werden; wenn sich aber seine Unschuld offenbare, und er beweise, daß sie ihn falsch angeklagt hätten, sie aber deßungeachtet ihn nicht anerkennen wollten, so sei er (Hosius) schon mit Athanasius übereingekommen, daß dieser sich mit ihm nach Spanien begeben werde» 74). Auch diese Bemühungen verfehlten ihres Zweckes. Die Eusebianer sagten, sie hätten die Nachricht von den Siegen des Constantius gegen die Perser erhalten; sie müßten zur Siegesfeier nach Hause eilen. So verließen sie Sardika und flohen nach Philippopolis.

Die zurückgebliebenen Abendländer untersuchten nun alle früheren Klagen der Eusebianer gegen Athanasius, sprachen

74) Athan. histor. Arian. ep. Hosii ad Const fol. 370.

ihn frei, und erkannten die Gemeinschaft mit ihm an. Des Marcellus Schrift wurde untersucht, und die Ketzereien, die die Arianer darin finden wollten, entdeckten die Bischöfe nicht. Sie erkannten an, daß er einen ewigen Gott Logos und ein ewiges Reich desselben lehre; daß er nicht erst einen Ursprung desselben seit seiner Geburt aus Maria lehre, und daß andere Puncte von ihm mehr untersucht als geläugnet worden seien [75]). Auch Asklepas wurde nach genauer Untersuchung aufgenommen. Excommunicirt wurden aber hierauf Theodor von Heraklea, Narcissus von Neronias, Akacius von Cäsarea, Stephanus von Antiochia, Ursacius und Valens, Menophantus von Ephesus und Georgius von Laodicäa. (Eusebius von Cäsarea und der von Nikomedien waren schon gestorben). Die Bischöfe setzten hierauf einige Kanonen über die Kirchendisciplin fest, verfertigten ihre Synodalschreiben, schickten eine Gesandtschaft an Constantius und reis'ten nach Haus.

Die erlassenen Synodalbriefe waren an die Kirche von Alexandrien, an die allgemeine Kirche und an den Papst Julius gerichtet. Denn Julius konnte aus wichtigen Gründen nicht selbst auf der Synode zugegen sein, er hatte demnach nur Legaten nach Sardika gesandt; Hosius aber hatte, da Julius abwesend war, den Vorsitz geführt. In dem Briefe an die Kirche zu Alexandrien sagen die Bischöfe, sie hätten die Ränke der Arianer schon gewußt, ehe ihr Schreiben zur Vertheidigung des Athanasius angekommen sei; denn

75) Bei Hil. fragment. II. fol. 1287. Lectum autem est liber, quem conscripsit frater et coepiscopus noster Marcellus: et inventa est Eusebii et qui cum ipso fuerunt exquisita malitia. Quae enim ut proponens Marcellus posuit, haec eadem quasi jam comprobans proferret, adsimularunt. Lecta ergo sunt, quae sequebantur, lecta etiam quae anteposita erant quaestioni; et recta fides ejus inventa est. Neque enim a sancta virgine Maria sicut ipsi confingebant, initium dabat deo Verbo; neque fines habere regnum ejus, sed regnum ejus sine principio et sine fine esse conscripsit.

es sei allgemein bekannt, daß die Arianer nur den überlieferten Glauben untergraben wollten. Schwere Klagen hätten sie gegen Athanasius vorgebracht; unerschrocken und ungebrochenen Muthes jedoch habe er sie zum Gerichte gefordert, aber sie hätten es umgangen. Dann fahren sie fort: «wir bitten euch, geliebte Brüder, vor Allem den wahren Glauben der katholischen Kirche zu bewahren. Denn viele Betrübnisse und Drangsale habt ihr erduldet, viele Gewaltthaten und Bedrückungen hat die katholische Kirche erlitten, aber wer ausharret bis ans Ende wird selig werden. Wenn man euch darum auch späterhin noch mißhandelt, die Betrübniß gelte euch anstatt der Freude. Denn solche Leiden sind ein Theil des Märtyrerthumes; ihr habt bekannt und geduldet, aber es wird nicht unbelohnt bleiben; von Gott werdet ihr den Siegespreis erhalten. So kämpfet denn für die gesunde Lehre, und die Unschuld eures Oberhirten Athanasius unseres Mitbischofes. Auch wir haben nicht geschwiegen um eures Wohles willen. Wir haben vielmehr sorgfältig gethan, was die Liebe fordert, denn wir leiden mit den leidenden Brüdern, und ihre Schmerzen sind unsere Schmerzen.» Sie melden dann der Gemeinde, daß sie die Kaiser gebeten hätten, diejenigen aus ihrer Mitte, die noch gefangen gehalten würden, zu befreien, und den Staatsbehörden zu untersagen, sich in kirchliche Angelegenheiten zu mischen, auf daß Jeder nach dem Wunsche seines Herzens, in Ruhe und Frieden den katholischen und apostolischen Glauben bekennen möge. Von dem aufgedrungenen Gregorius schrieben sie endlich, daß sie ihn nicht als ihren Bischof anerkennen. (Apolog. c. Ar. fol. 159.)

Das Circularschreiben an alle Bischöfe der katholischen Kirche beschreibt die Geschichte der Synode, wie sie schon erzählt worden ist[76]). Der Brief an Julius enthält manches besonders Merkwürdige. Er beginnt also: «Wir sind unserm

---

76.) Apol. c. Ar. fol. 162. u. ff. Frag. Hilar. 1283. u. ff. Theodoret. l. II. c. 8.

Glauben treu geblieben; denn was Jeder erlernt hat, bestätigt und bekräftigt die Erfahrung.» Sie sagen hierauf, Julius, obschon dem Körper nach abwesend, sei doch im Geiste mit ihnen vereinigt und bei ihnen gewesen. Denn während sie in Sardika gegen die Eusebianer thätig sich erwiesen, habe er in Rom die Heerde Christi gegen die Angriffe der Wölfe bewachet. «Es scheine ihnen nun das Zweckdienlichste, wenn an das Haupt, das heißt an den Sitz des Apostels Petrus, von den einzelnen Provinzen aus, die Bischöfe berichten». Dieß ist sehr merkwürdig. Weil die Arianer in egoistischer Absonderung ihre Angelegenheiten gegen Athanasius betrieben, und stets verlangt hatten, daß die allgemeine Kirche mit der zerstörenden Richtung eines Theiles derselben ohne Umstände übereinstimmen solle, anstatt daß der krankhafte Theil Gesundheit von dem Ganzen erhalten möge; verordnet die Synode von Sardika, daß die Theile mit dem Ganzen stets in Uebereinstimmung handeln sollen. Da aber der Papst, auf welchen die Würde Petri übergegangen, das Haupt ist, mit welchem alle Glieder in organischer Verbindung stehen, so sollten auch alle Bewegungen der Einzelkirchen im Einverständniß mit demselben vor sich gehen. Wie durch die allmächtige Kraft des Erlösers das Getrennte Eins wurde, so lag im Arianismus, der die Gottheit des Heilandes läugnete, der Keim der Absonderung, der Eigenmächtigkeit, der Zerstörung, wie seine ganze Geschichte beweiset. Wie daher die katholische Kirche dem Arianismus entgegen arbeitete, so lag es in der Natur der Sache, daß sie durch eine geheime innere Stimme zugleich der absondernden Tendenz desselben begegnete, und darum mit dem unsichtbaren Mittelpuncte und Haupt der Kirche, zugleich den sichtbaren Mittelpunct und das sichtbare Haupt hervorhob. In der Vertheidigung des Athanasius, des Repräsentanten der katholischen Kirche im Kampfe für die Gottheit des Erlösers, wurde also ernstlich auf das Haupt der sichtbaren Kirche hingewiesen. So griff Alles in einander, und das Eine bedingte das Andere. Die, welche die Würde des unsichtbaren Hauptes vertheidigten, schlossen sich an das sichtbare an, und wurden durch dasselbe vertheidigt; auf diese Weise wurden sie ihren Kirchen wieder gegeben, um das unsichtbare Haupt wieder vertheidigen zu können. So wurde die Geschichte des Athanasius ein sehr merkwürdiger Punct für die Geschichte des Primates, und ihre Wirkungen erstreckten sich auch in dieser Beziehung weit in die Zukunft hinein.

Bevor aber der Erfolg der Gesandtschaft der Synode an Constantius angegeben werden kann, müssen die Bewegungen der fliehenden arianischen Bischöfe erzählt werden. Sie begaben sich wie gesagt, nach Philippopolis. Hier verfaßten sie ein Synodalschreiben, von welchem sie vorgaben, daß es zu Sardika erlassen worden sei. So konnte ihr Beschluß als der angesehen werden, welcher von der Gesammtsynode zu Sardika sei verfaßt worden. Dies war auch wirklich hie und da der Fall; denn noch zu den Zeiten Augustins wußte man in Afrika von keiner andern Synode von Sardika etwas, als von der, deren Beschlüsse, in dem Briefe der eusebianischen Bischöfe enthalten sind. Wohl liegt in einer Saumseligkeit der katholischen Bischöfe, die sich auf ihre gute Sache verlassend, meinten, es werde sich Alles von selbst geben, die Ursache davon. Die Eusebianer waren klüger. Das Synodalschreiben der Eusebianer meldet aber den Bischöfen, daß Marcellus, die verabscheuungswürdigste häretische Pest (haereticorum omnium execrabilior pestis), der die Irrthümer des Sabellius, die Bosheit des Paulus von Samosata, und die Gotteslästerungen des Montanus in sich vereinige, excommunicirt bleibe, unerachtet er von mehreren Bischöfen, die seine Lehren nicht kannten, aufgenommen worden sei. Athanasius wird mit allen den Verbrechen, die ihm seit der Synode von Tyrus gemacht worden sind, geschildert; es wird gesagt, daß er durch falsche Briefe, andere Bischöfe, namentlich den Julius hintergangen habe, die ihn in ihre Gemeinschaft sofort aufgenommen hätten. Da diese Bischöfe über Dinge abgeurtheilt hätten, von welchen sie keine Kenntnisse gehabt, so werde das alte Urtheil über Athanasius bestättigt. Schaudern würde Einer, sagen sie weiter, wenn er erst die Verbrechen des Paulus von Constantinopel hörte. Lucius von Hadrianopel habe nach seiner Rückkehr aus der Verbannung das von heiligen Priestern geweihte Opfer den Hunden vorgeworfen. Man könne von ihnen nicht verlangen, solche Wölfe für Schaafe Christi zu halten. Diese Bösewichter, deren einer früher den andern selbst verdammt habe, hätten nun eine Verschwörung eingegangen, und sich gegenseitig die Verbrechen verziehen, die vordem Einer dem Andern, als er noch Bischof gewesen, vorgeworfen habe.

Die Abendländer wollten über die Morgenländer herrschen und ein neues Gesetz einführen, vermöge welchem diese von jenen gerichtet werden sollten[77]). Dieses habe um so weniger statt finden können, als selbst die Abendländer, weit entfernt, Richter sein zu können, dem Gerichte unterworfen wären. Julius, Hosius, Protogenes von Sardika u. s. w. hätten sich nicht geschämt, Gemeinschaft mit Athanasius zu haben; der letztere habe ihn sogar zum Gottesdienste zugelassen. Sie hätten die Häresie des Marcellus bestätigt, und die Gemeinschaft mit dem verbrecherischen Athanasius dem Glauben und der Eintracht der Kirche vorgezogen. (Hier scheint demnach Athanasius auch als Häretiker bezeichnet zu sein). Sie (die Eusebianer) hätten immer gebeten, das Gesetz nicht zu untergraben, die göttlichen Rechte nicht aufzuheben, keine neue Secte einzuführen; aber die Abendländer hätten sogar noch gedroht, und öfter gesagt, sie würden den Athanasius und die übrigen Ver-

77) Hilar. frag. III. fol. 1314. Voluerunt autem etiam Orientalibus episcopis, et veniunt pro judicibus defensores pro defensoribus rei, novam legem introducere putaverunt, ut Orientares episcopi ab Occidentalibus judicarentur. Der Anfang dieser Stelle bedarf einer kritischen Berichtigung, wenn es nicht etwa wie das französische en vouloir à quelqu'un zu nehmen ist, was ich jedoch für unwahrscheinlich halte. Das griechische fehlt.

brecher vertheidigen. Daher seien Julius, Hosius, Maximinus von Trier, Protogenes und Gaudentius von ihnen (den Eusebianern) verdammt worden. — Nebst diesem allgemeinen Grund der Verdammung dieser Bischöfe, werden auch noch besondere angeführt. Julius sei der Stifter alles Unheils; er habe zuerst dem Excommunicirten die Thüre geöffnet, ganz unverschämt habe er den Athanasius vertheidigt. Hosius sei mit den Verbrechern im Oriente schon in Gemeinschaft gewesen, und sei unzertrennlicher Freund eines Zauberers, und Hurers, des Paulinus (eines ehemaligen Bischofs aus Dacien). Vom heil. Maximinus sagten sie, er habe ihre Gesandten in Trier nicht aufgenommen, und zuerst den Paulus von Constantinopel anerkannt u. s. w. Sie fordern demnach die Bischöfe auf, von allen diesen Excommunicirten keine Briefe anzunehmen und ihnen keine zu schicken.

Nachdem dieser Brief geschrieben war, zogen sie gegen Orient zurück. Allein in den Orten, die sie durchziehen mußten, hatten Manche den Muth, ihre Gemeinschaft zu fliehen, ihnen wohl auch ihre Betrachtungsweise der Sache offen zu sagen. Deßhalb wurden in Adrianopel zehn Laien hingerichtet. Mehrere Bischöfe und Priester aber wurden bei dieser Gelegenheit auf Befehl des Kaisers verbannt, oder noch Härteres ihnen zugefügt. So kamen sie zu Constantius, der ihr gesammtes Verfahren billigte [78]). Weil aber die Synode von Sardika beschlossen hatte, daß die vertriebenen Bischöfe wieder eingesetzt werden sollten, schickte Constantius Befehle nach allen Seiten hin, daß die etwa zurückkehrenden Bischöfe sollten aufgefangen werden; im Hafen von Alexandrien war die genaueste Aufsicht angeordnet: eine allzugroße Geschäftigkeit von Seiten der Arianer. Denn die vertriebenen Bischöfe getrauten sich nicht von selbst zu ihren Gemeinden zurückzukehren, und eben, um vom Kaiser Constantius die Erlaubniß hiezu zu erwirken, war die Gesandtschaft von Sardika aus an ihn geschickt worden.

---

78) Athanas. hist. Arian. §. 18 — 20.

Endlich kam diese in Antiochien, wo eben der Kaiser sich aufhielt, an. Zwei Greise, Euphratas Bischof von Cöln und Vicentius von Capua, der einst auf der Synode von Nicäa gewesen war, waren die Abgeordneten. Constans hatte ihnen Empfehlungsschreiben mitgegeben, und seinen Bruder sogar mit einem Kriege bedrohet, wenn er die vertriebenen Bischöfe nicht einsetzen würde. Die beiden Gesandten sollten aber durch eine besondere Betriebsamkeit ihres Zweckes verfehlen. Ein ausgelassener Mensch bestellte eine Hure für die Bischöfe, gleich als hätten sie sie verlangt. Als diese des Nachts in das Zimmer des Euphratas kam, erwachte er und hielt sie für ein Gespenst; er rief den Beistand Christi an, um von allem Unheile unangetastet zu bleiben. Als die Hure dieses bemerkte, erkannte sie, daß hier nicht der Ort für sie sei, und schrie laut auf, klagend, daß man ihr etwas Leides zufügen wolle. Darauf hatte jener junge Mensch gewartet: er stürzte mit mehreren Andern herein, um sich als Zeugen der Unthat des Bischofs darstellen zu können. So sollte die Gesandtschaft verhöhnt und beschämt abgefertigt werden. Allein der große Lärm hatte bald noch viele andere Zuschauer herbeigerufen, und alle in der Sache Betheiligten wurden zu dem Befehlshaber der Stadt abgeführt. Der Bischof Stephanus von Antiochien, der zu Pilippopolis mit den Arianern gewesen war, drang umsonst auf Befreiung seiner Presbyter: denn diese waren es, wie es sich jetzt herausstellte, die der Gesandtschaft die Beschämung bereitet hatten. Die Hure erzählte, von welchen Männern sie gerufen worden sei; diese gestanden ein, daß Stephanus das Kunststück angelegt habe, während sie nur seine Werkzeuge gewesen seien. Stephanus wurde abgesetzt, und an seine Stelle kam der Arianer Leontius.

Sei es, daß Constantius aus diesem Vorfalle auf die Wahrheit aller übrigen Anklagen der Arianer gegen die katholischen Bischöfe schloß, oder daß die große Anzahl der Bischöfe, die bald die Synode von Sardika unterschrieben, (es waren in Allem mehr als 340) auf ihn einen Eindruck machte, oder daß ihn die Drohungen seines Bruders bewogen, oder endlich, daß Alles das zusammenwirkte; er beschloß die Vertriebenen zurückzurufen, und hob alle gegen sie erlassene Befehle auf. (348.) In Alexandrien stund der Rückkehr des Athanasius ohnedies nichts im Wege; denn Gregorius hatte bei einem Volksauflaufe das Leben verloren.

Constantius wünschte den Athanasius selbst zu sprechen. Er schrieb ihm daher: «seine Menschenfreundlichkeit habe es nicht übersehen, daß Athanasius so lange von wilden Stürmen verfolgt worden sei; sein frommer Sinn habe bemerkt, daß er entfernt von seiner Heimath, den Seinigen entzogen, in den Wüsten unter wilden Thieren habe umherirren müssen. Er würde ihm längst schon geschrieben haben, fuhr Constantius fort, wenn er nicht gehofft hätte, daß Athanasius von selbst zu ihm kommen, und Linderung seiner Leiden von ihm verlangen würde. Weil ihn aber vielleicht Furcht davon abgehalten habe, so gebe er ihm hiemit die volleste Zusicherung, daß er ohne alle Besorgniß zu ihm kommen möge. Er habe deßhalb auch seinem Bruder Constans geschrieben, daß er ihm die Erlaubniß gebe, an seinen (des Constantius) Hof zu eilen, um seinem Vaterlande wiedergegeben zu werden.» Athanasius war aber selbst nach diesem Schreiben noch nicht von aller Furcht befreit, und zauderte zu Constantius zu kommen. Der Kaiser überschickte ihm daher noch zwei Briefe, den letzten von Edessa aus durch einen besonders hiemit beauftragten Diakon.

Athanasius verließ nun Aquileja, wo er sich aufgehalten hatte, und begab sich nach Rom, um von Julius Abschied zu nehmen. Die römische Kirche war mit aller Freude erfüllt, den verfolgten Bischof wieder auf seiner Rückkehr zu seiner Gemeinde begriffen zu sehen, und Julius schickte den Alexandrinern ein eigenes Schreiben, worin er ihnen Glück wünscht. Er sagt, er freue sich mit ihnen, seinen geliebten Brüdern, daß sie die Früchte ihres Glaubes so augenscheinlich genössen; man sehe aus dem Erfolge, daß sie ein reines Gebet voll von Liebe zu Gott geschickt hätten. Ebenso freue er sich mit seinem Bruder, dem Mitbischof Athanasius, der bei allen Leiden stets ihrer eingedenk, und obschon dem Leibe nach von ihnen getrennt, doch dem Geiste nach stets unter ihnen gewesen wäre. Er kehre nun mit größerem Glanze zurück, als er sie verlassen habe. Denn kostbare Metalle, Gold und Silber, reinige nur das Feuer. Julius stellt sich nun die Freude bei dem Wiedereintritt des Athanasius in seine Kirche vor, und sagt: «in fremden Ländern waret ihr sein Trost, und unter den Verfolgungen hat euer glaubensvoller Sinn ihn aufrecht erhalten. Mich erquicket es, wenn ich im Geiste eure Freude bei seiner Rückkehr mir vorstelle, wie ihm die ganze fromme Gemeinde zueilet, und mit welchem festlichen Sinne ihr ihm entgegenkommet.» Endlich drückt er seine Freude aus, daß es ihm Gott verliehen habe, dem so großen Mann so nahe gewesen zu sein.

Welches schöne kirchliche Leben war doch damals bei allem Elende, welche Freude in dem Herrn in der ganzen Kirche, wenn es einem Gliede wohl ergieng! Welche Herzlichkeit und selige Innigkeit! Aber wer den wahren Glauben hat, besitzt auch die Liebe, und in der Liebe ist Seligkeit. Nicht blos der Papst Julius bezeugte seine Theilnahme; in Palästina versammelte sich, als Athanasius durchreiste, eine ganze Synode; auch sie übersandte ein Schreiben den Brüdern in Egypten und Libyen. Es heißt darin unter Anderm: «euer Gebet ist wahrhaft erhört worden von dem allmächtigen Gott, der für seine Kirche sorgt, der auf eure Thränen und euer Flehen schaut, und eure Bitte erhört. Ihr waret doch wie zerstreute, verfolgte Schafe, die keinen Hirten haben. Deßwegen hat euch der wahre Hirt vom Himmel heimgesucht, der für seine Schafe sorgt, und giebt euch den, nach welchem ihr euch sehnet. Sieh! auch wir haben Alles für den Frieden der Kirche gethan, wir haben mit eurer Liebe geathmet, wir haben ihn schon begrüßt, durch ihn haben wir uns mit euch in Gemeinschaft gesetzt, und grüßen jetzt euch; damit ihr wisset, daß wir durch das Band des Friedens mit ihm und euch vereinigt sind.»

Constantius aber nahm den Athanasius sehr wohlwollend auf. Er machte diesem unter Anderem die Anforderung, eine der vielen Kirchen, die der katholischen Gemeinde in Alexandrien gehörten, den Arianern abzutreten. Athanasius willigte ein; nur bat er den Kaiser, daß die Arianer auch den Katholiken in Antiochien eine Kirche einräumen möchten, denn hier waren seit der Absetzung des Eustathius nur arianische Bischöfe gewesen, welche denen, die diesem treu geblieben waren, Alles genommen hatten. Der Kaiser fand die Forderung des Athanasius billig, allein die Arianer gaben sie nicht zu. Sie hatten sogar früher verlangt, daß nach dem Tode des Gregorius ein arianischer Bischof abermal den Alexandrinern gegeben werde. Dessen widersetzte sich aber der Kaiser, welcher seinem Worte getreu, den Athanasius als Bischof von Alexandrien entließ, nicht ohne ihn sehr zu bewundern [79]).

Athanasius mußte gewiß einen großen Eindruck auf Constantius gemacht haben; denn dieser ließ mehrere Schreiben ausfertigen, die zu vortheilhaft für jenen waren, als daß sie die bloße Wirkung einer Drohung von Seiten des Constans könnten gewesen sein. An die Bischöfe und Priester der katholischen Kirche ergieng folgendes Rundschreiben. «Der sehr verehrungswürdige Athanasius wurde von der göttlichen Gnade nicht verlassen; wenn er auch auf kurze Zeit menschlicher Prüfung unterworfen war, so wurde er doch von der allwaltenden Vorsehung, wie er es verdiente, beschützt, und erhielt nach dem göttlichen Willen und unserm Beschluß sein Vaterland und seine Kirche wieder, deren Vorsteher er nach Gottes Leitung geworden war. Dem gemäß beschloß unsere Milde, daß alle Verordnungen gegen die, welche mit ihm die Gemeinschaft unterhielten, vergessen werden sollen, daß aller Verdacht gegen sie für die Zukunft aufhöre, und die

---

79) Socrat. l. II. c. 23. Soz. l. III. c. 22. Theodor. l. III. c. 22. Theodor. l. II. c. 12. οὑτω τον Αϑανασιον ϑαυμασας, ἀπεπεμψεν εἰς Αλεξανδρειαν.

Freiheiten, deren seine Kleriker früher genaßen, hiemit, wie es sich geziemt, bestätigt werden. Auch hielten wir es für recht, gemäß unserer Huld gegen ihn weiter zu verfügen, daß die Bischöfe und Priester, die ihm anhiengen, Sicherheit genießen sollen. Es soll als tüchtiger Beweis von eines Jeden rechter Gesinnung angesehen werden, wenn er sich mit ihm vereiniget. Wir wollen, daß alle diejenigen, welche ihrem besseren Urtheile und ihrer Pflicht zufolge seine Gemeinschaft wählen, unsere Gnade nach dem göttlichen Willen genießen. Gott behüte euch.» Dem Volke von Alexandrien schrieb er, dem Athanasius mit Freudigkeit, mit ganzer Seele, und ganzem Gemüthe (ἡδεως δεξασθε και παση ψυχη και γνωμη ἀσπαστον ἡγησασθε) ergeben zu sein; er fordert ferner Alle zur Eintracht und zum Frieden auf, und bedrohet die mit Strafen, die den Frieden stören. Endlich befahl er den bürgerlichen Behörden in Egypten, Alles in den Acten zu zerstören, was gegen Athanasius und die Seinigen in denselben niedergeschrieben war, und die frühere Immunität seinen Klerus genießen zu lassen [80].

Von allen Kirchen wurde nun die Verbindung mit Athanasius erneuert, und viele Bischöfe gestanden, daß sie blos aus Zwang sich früher gegen Athanasius ausgesprochen hätten. Das Ausserordentlichste ist noch dieses, daß Ursacius und Valens, die nach dem Tode des Eusebius von Nikomedien die heftigsten Feinde des Athanasius waren, nach Rom reis'ten und dem Papste Liberius, dem Nachfolger des Julius, schriftlich erklärten, daß Alles von ihnen gegen Athanasius Unternommene falsch und ohne Wahrheit sei. Sie bitten den Papst ihnen gemäß seiner natürlichen Milde zu verzeihen, und sagen, daß sie freudig die Gemeinschaft des Athanasius annehmen würden. Sie erklären am Ende den Arius und alle seine Anhänger für Ketzer. Dem Athanasius aber schickten sie wirklich Gemeinschaftsbriefe, worin sie sagen, daß es

80) Alle die bisher berührten Schreiben finden sich Apolog. c. Ar. fol. 170 — 175.

ihnen sehr zum Troste gereiche, wenn sie von ihm erwiedert würden [81]). Julius aber hatte in prophetischem Geiste geschrieben, wenn er sagte, er sehe die festliche Freude der Alexandriner bei der Wiederkehr des Athanasius 349 voraus. Athanasius war nun gegen acht Jahre seiner Gemeinde entzogen gewesen. Der Tod stand ihm mehr als einmal bevor, und was noch mehr ist, er war nicht nur, wie der heil. Gregorius von Nazianz sehr schön sagt, wegen des Glaubens an die Trinität, sondern mit diesem fortgegangen [82]). Denn die Arianer schienen nun für immer die von dem Evangelisten Marcus gegründete Kirche einzunehmen. Die Gemeinde von Alexandrien aber hatte wegen ihrer Treue gegen den Glauben der katholischen

---

81) L. l. fol. 176—177 stehen diese Briefe. Gibbon hist. of the decline etc. Vol. III. n. 118. p. 397. sagt: I have allways entertained some doubts concerning the retractation of Ursacius and Valens. Seine Gründe sind, weil der an Julius geschriebene Brief einen andern Charakter als der an Athanasius gerichtete habe. The one speaks the language of criminals who confess their guilt and infamy; the other of enemies, who solicit on equal terms an honourable reconciliation. Das letztere habe ich nicht gefunden: dederis enim fiduciam, si tu quoque in rescribendo vicem nobis rependas ist doch gewiß nicht die Sprache eines pochenden Gegners, dann ziemte es sich aber wohl, daß Valens und Ursacius an den Pabst, den Beschützer des Athanasius, anders als an diesen selbst schrieben. Uebrigens finden sich diese Briefe auch bei Hilarius fragment. II. fol. 1298. nicht blos bei Athanasius. Beide aber schrieben, als Valens und Ursacius noch bei Leben waren. Wie konnte man eine Unterschiebung wagen? Bei Athanasius ist eine Uebersetzung der lateinischen Originalien ins Griechische, Hilarius hat diese selbst, wie sich's einem jeden Sprachkenner aufdringen muß. Hosius beruft sich ferner in einem Briefe an den Kaiser Constantius, den ich unten ganz anführen werde, auf ihren Widerruf, und Valens nebst Ursacius geben ja späterhin selbst die Gründe an, warum sie widerrufen hätten. Endlich gehört diese Charakterlosigkeit zur Persönlichkeit des Ursacius und Valens, wie sich genügend zeigen wird.

82) Encom. s. Ath. §. 16. οὑτω γαϱ εγω χαλω την εκεινου δια την τϱιαδα και μετα τϱιαδος φυγην.

Kirche so Vieles gelitten, sie entbehrte des Unterrichtes im wahren heilbringenden Glauben, und die Sakramente waren den hungernden Seelen nicht mehr zur Erquickung gegeben worden. Aber Gottes Hand war mit Athanasius gewesen, er hatte sich nicht wie so Viele in träger Feigheit der Verfolgung entzogen, er war muthig seinen Feinden entgegen gegangen, alle Ränke hatte er siegreich zerstört, und mit seinem Siege war Freiheit von dem Drucke der Knechtschaft errungen; der wahre Glauben an den Erlöser durfte wieder verkündet werden, Gottes Geist konnte sich im heiligen Sacramente wieder in die Gemüther ergießen, und die Gemeinschaft mit der ganzen Kirche, dieses Lebenselement des Katholiken, war wieder gegeben. Welche Freude konnte also größer sein, als die der Alexandriner? Die Gemeinde von Alexandrien schaute sich selbst in ihrem großen Bischofe an, sie fühlte sich mit ihm verherrlicht; denn aus ihr war er hervorgegangen; er war ihr Bischof. Unter der Gefahr von Gut und Blut war auch sie ihm treu geblieben; und wie hätte er siegen können, wenn sie ihn verlassen hätte, wenn sie mit ehebrecherischer Lust jedem Eindringling ihre Liebe zugewendet hätte? Die Rückkehr des Athanasius war ein Fest des Heldenmuthes in Christo, sowohl was die Gemeinde, als was ihren Bischof betrifft. Da war denn auch die Freude im innersten der Seele lebendig geworden, und äusserte sich, wie denn auch ihr Gegenstand religiös war in ächt religiöser Weise. Athanasius selbst beschreibt die Handlungsweise seiner Gemeinde also: «Das Volk munterte sich in den Versammlungen selbst zu heiliger Gesinnung auf. Wie viele Unverheirathete, die schon zur Ehe bereit waren, blieben Jungfrauen für Christus? Wie Viele entschlossen sich zum einsamen Leben? Wie viele Eltern munterten ihre Kinder auf? Wie viele Kinder baten ihre Eltern sie nicht zu hindern, Asceten Christi zu werden? Wie viele Frauen baten ihre Männer, und wie viele Männer ihre Frauen, sich, wie der Apostel sagt, dem Gebete zu widmen? Wie viele Wittwen und Waisen, die früher hungerten und nackt waren, wurden durch den glühenden Eifer des Volkes gespeiset und bekleidet? Es war ein solcher Wettkampf in heiliger Gesinnung, daß jede Familie und jedes Haus einem Tempel glich, wegen der Frömmigkeit seiner Bewohner und ihrem Gebete zu Gott. Ein tiefer und bewunderungswerther Friede war in allen Kirchen» [83]).

Bei ausserordentlichen Fügungen Gottes werden gewöhnlich auch die Menschen ausserordentlich aufgeregt; aber eine jede Zeit hat ihre besondere Weise: damals hatte man es noch nicht vergessen, daß die Virginität auch eine Gabe des heil. Geistes sei, und die Worte Pauli hierüber hatte man noch nicht verwässert. Darum entschloß man sich damals in heiliger Freude zur Keuschheit. Doch auch damals sahen viele Alexandriner ihre innere Freude im äussern Bilde in der Beleuchtung der Stadt widerscheinen, und Andere gaben sie durch Theilnahme am heitern Gastmahle zu erkennen [84]). So stieg die Freude von der höchsten Begeisterung stufenweise herab, bis zur alltäglichen. Verschiedene Gaben sind ausgetheilt: Heil aber der Zeit die keinem Gnadengeschenke des Geistes sich völlig entzieht! Wo man ihn zwingen will, nur nach einer Weise zu wirken, wirkt er in gar keiner.

Gregorius von Nazianz beschreibt das Walten des Athanasius in der ihm wiedergegebenen Gemeinde also: «Er lebte, wie es sich für den geziemt, der einem solchen Volke vorstand. Er lebte, wie er lehrte, und wie er lehrte, so duldete er. Sein Leben nach der Wiederkehr widersprach dem Empfange nicht. Alles stimmte zusammen, wie an einer Leyer: Leben, Lehre, Kampf, Gefahr, seine Sitte vor und nach der Wiederkehr. Als er wieder im Besitze seiner Gemeinde war, begegnete ihm nicht was Vielen, die durch unbändige Leidenschaften blind sind; die Alles was ihnen begegnet umwerfen, wenn es auch der Schonung noch

83) Histor. Arian. §. 25. fol. 359. cf. Greg. Naz. encom. s. Ath. §. 16. 17.

84) Greg. Naz. l. c. Theod. l. II. c. 12.

so werth ist: solche werden vom Zorn beherrscht. Er aber glaubte, daß jetzt vorzüglich die Zeit seines Ruhmes erschienen sei: denn gewöhnlich sind im Unglücke die Menschen verzagt, im Glücke übermüthig. Mit solcher Milde und Schonung behandelte er die, die ihn beleidigt hatten, daß selbst diese nicht sagen konnten, seine Rückkehr sei ihnen lästig gewesen. Allerdings reinigte er den Tempel von jenen, die das Heiligthum schändeten, und Christum verkauften, damit er auch hierin Christum nachahme, nur nahm er keine Geisel, sondern wirkte mit der Kraft der Rede. Er söhnte die streitenden Elemente aus, und zwar so, daß er keines Vermittlers bedurfte. Er befreite die Unterdrückten von dem Zwange, ohne einen Unterschied zwischen seiner und der entgegengesetzten Partei zu machen. Die gesunkene Lehre richtete er wieder auf. Die Predigt von der Dreieinigkeit stellte er auf den Leuchter und erleuchtete alle Seelen mit der Lehre von einem Gott. Der ganzen Kirche gab er wieder Gesetze und zog jedes Gemüth an, indem er Diesen Briefe schickte, Andere belehrte, und Viele ungerufen zu ihm kamen, um sich von ihm unterrichten zu lassen; und Allen gab er ein Gesetz: ihrer Freiheit zu folgen, denn er glaubte, dieses reiche allein zu Allem Guten hin. Mit einem Worte, die Natur zweier geschätzter Steine ahmte er nach. Denn Jenen, die ihn schlugen, wurde er wie der Diamant, den Getrennten wie der Magnet, der durch eine geheime Kraft seiner Natur das Eisen an sich zieht, und den widerspenstigen Stoff mit sich vertraut macht» [85]).

---

85) Encom. n. 18. cf. Socrat. l. II. c. 20. Soz. l. III. c. 21. Ich weiß wohl, daß die aus Gregor von Nazianz angeführte Stelle sich auch auf die Rückkehr des Athanasius aus seinem dritten Exile beziehen kann. Das derselben unmittelbar Vorangehende gehört aber zuverlässig dem Ende seines zweiten Exils an. Hieraus sieht man aber wie unbillig es ist, wenn Gibbon history of the decline and fall of the Rom. Emp. Vol. III. p. 281. von Athanasius sagt: his mind was tainted by the contagion of fana-

So wurde Athanasius im Morgenlande wieder aufgenommen, und so wirkte er. Aber auch im Abendlande wirkte er noch lange Zeit nach seinem Abschiede von demselben fort: er brachte zuerst das eigentliche Mönchsleben dahin. Die Mönche waren bisher im Abendlande theils unbekannt, theils verachtet; besonders in Rom, der üppigen Stadt. Athanasius kam aber, als er zum Papste Julius floh, in Gesellschaft von zwei ausgezeichneten Mönchen dahin: Ammonius und Isidorus begleiteten ihn. Jener wurde so sehr von dem Göttlichen und so wenig von dem angezogen, was die Welt bewundert, daß er alle Schönheiten Roms des Anblickes nicht einmal würdigte; dieser aber machte durch seine Weisheit und die himmlische Freundlichkeit seiner gottergebenen Seele einen so großen und allgemeinen Eindruck, daß selbst Heiden ihn liebten. Viele Bewohner Roms ahmten ihr Leben nach[86]. So kam das Mönchsleben nach Rom, und verbreitete sich bald auch durch Athanasius nach Gallien; er unterhielt mit den dasigen Mönchen eine dauernde Verbindung, und beschrieb ihnen das Leben des heil. Antonius, wodurch er ihnen ein Musterbild geben wollte. Das Musterbild lud aber wieder Viele ein, es in sich auszuprägen.

Liebe zur Keuschheit und Erhabenheit des Geistes über den irdischen Besitz und die vergänglichen Güter, die er gewährt, überhaupt die Freiheit des Geistes von den Banden der endlichen Welt, oder doch die Sehnsucht nach dieser Freiheit, sind die ersten Elemente des Mönchswesens gewesen. Es giebt eine geistige von Gott verliehene Eigen-

---

ticism. Wenn man auch tainted recht gelinde verstehen will, so ist es doch unwahr, was Gibbon urtheilt. Festigkeit und Bestimmtheit des Glaubens ist Fanatismus. Aber richtig was dieser große Geschichtschreiber, der sonst den Athanasius nicht übel schildert, von ihm urtheilt: er hätte sich besser zur Regierung einer großen Monarchie geeignet als Constantins ausgeartete Söhne.

86) Socrat. l. IV. c. 23. Pagi t. I. 676.

thümlichkeit einzelner Menschen, in welchen der Zug zum Göttlichen, Heiligen und Ewigen so lebendig ist, daß die Verbindung mit allem Endlichen und Zeitlichen nur durch einen ganz schwachen Faden erhalten wird. Die eigentlich geistige, gottverwandte Natur im Menschen tritt so stark hervor, daß die entgegengesetzte beinahe erstirbt schon in diesem Leben. Ihr Leben ist mit Christus verborgen in Gott. Sie fassen eigentlich nicht den bewußten Vorsatz, sich der Verbindung mit dem Endlichen so ganz zu entschlagen, um desto freier mit dem Ewigen sich beschäftigen zu können; sich nicht zu verehlichen, das Mindeste nur zu genießen an Speis und Trank, von irdischen Vergnügungen sich ferne zu halten, ist ihnen nicht so fast ein Mittel zu etwas Höherm: vielmehr stehen sie schon in diesem Höhern, und weil dieses ihre ganze Seele erfüllt, alle ihre Sehnsucht befriedigt, enthalten sie sich von selbst des genannten Irdischen; es entfällt ihnen unwillkührlich: ihre äussere Lebensweise ist eine Folge ihrer geistigen Eigenthümlichkeit, nicht ein Mittel zu derselben. Es findet sich gewiß im Leben der meisten Christen, daß in einzelnen Momenten eine heilige Thätigkeit den innern Menschen so sehr beschäftigt, daß die körperlichen Functionen wie aufgehoben sind, und beinahe stille stehen. Was nun bei Vielen in seltenen Momenten, bei Wenigen nur häufiger der Fall ist, das ist bei Einzelnen Auserwählten habituell.

Umgekehrt werden so viele Menschen von den Elementen der vergänglichen Welt so stark angezogen, daß sie diesen ganz gleichartig werden, und aller Sinn für das Höhere in ihnen erstirbt; auch diese dürfen nicht erst das Gottverwandte absichtlich entfernen, um so ganz der Welt leben zu können; sie entschlagen sich nicht des heiligen Sinnes, damit die Leerheit von diesem das Mittel sei, recht selig in endlicher Lust und Freude sein zu können; sie sind schon so mit diesem verwandt, daß nur dieses Anziehungskraft auf sie ausübt; und das Heilige verschwindet von selbst bis auf die leiseste

Spur. Hier ist nur alle Thätigkeit des Menschen auf den entgegengesetzten Pol concentrirt.

So also entstunden die ersten Mönche, Asceten genannt. Nicht aus dem bloßen Gegensatz gegen das in das Endliche aufgegangene Leben so Vieler kann das Mönchsthum erklärt werden, so daß nur ein Extrem das Andere hervorgerufen hätte, um das Gleichgewicht zu erhalten. Die Virginität ist eine Gnadengabe, etwas rein in sich Bestehendes, Ursprüngliches und Radikales gewisser Menschen, das zu ihrem geistigen Leben wesentlich gehört, das eben so unbedingt von zufälligen äußern Einflüssen hervortritt, wie die weiße Blüthe der Lilie. Es kann nie etwas als Gegensatz zu etwas Anderm hervortreten, was nicht in seiner Wurzel auf einer geistigen Eigenthümlichkeit ruhet, also innerlich ist. Die äußere Veranlassung erweckt blos das Innere, das schon, wenn gleich verborgen, vorhanden ist. Freilich kann der göttliche Geist zu gewisser Zeit diese Gabe häufiger austheilen, als zu andern, wenn es ihm zweckmäßig zur Besserung Anderer erscheint. Aber deßungeachtet ist die Virginität etwas Ursprüngliches mit innerer Würde.

Solche heilige Männer zeichneten sich nicht nur durch tiefe Kenntniß der göttlichen Dinge, durch große Frömmigkeit, häufig, vermöge der Klarheit und Bestimmtheit ihres Geistes und ihre Erhabenheit überstörende äussere Einflüsse, durch richtige Schätzung der Dinge, einen Geist des Rathes, sondern auch hie und da durch eine eigentliche Wundergabe, die übernatürliche Kraft Kranke zu heilen, Dämonen zu vertreiben, die Zukunft zu schauen, aus. Der Mensch aber hat eine natürliche Achtung vor dem Heiligen, Großen und Erhabenen; solche Männer wurden darum als vorzügliche Freunde Gottes betrachtet, und oft aus fernen Ländern strömten ihnen die Menschen zu. Alles das bewirkte aber auch, daß sie viele Nachahmer fanden. Unter diesen gab es Manche, die eine Anlage für das Mönchsleben hatten, die aber sich selbst unklar der Bildung und Gestaltung bedurfte.

Bei Solchen war der innere Reichthum an Kraft nicht so groß, daß sie durch sich selbst die wahre Weise des Mönchs gefunden hätten; wurde ihnen aber eine Richtung gegeben, so bewegten sie sich sicher und mit gutem Erfolg. Bei ihnen war die Ascese nicht so fast die Folge eines schon vorhandenen Innern, aber sie entwickelt es doch. Andere aber hatten blos das Aeußere der großen Mönche im Auge; an Fasten und körperliche Entbehrungen glaubten solche, habe sich nothwendig als Folge ihre Größe angeschlossen; und wußten nicht, daß ein innerer Beruf gefordert werde. Sie setzten die Mönchs-Größe in die Wunder-Macht, deren Erreichung sofort ihr Ziel war, und wenn sie sie nicht erlangten, waren sie niedergeschlagen. Die Erhabenheit der großen Mönche über das Irdische setzten Manche blos in feindselige Abstoßung alles Menschlichen, und der Verbildung in den Städten setzten sie gerne Rohheit und Ungeschliffenheit entgegen, die sich als pöbelhafte Affectation in Kleidung und Sitten offenbarte. Manche verloren, ohne daß sie darauf ausgiengen, in der Einsamkeit alle Freudigkeit des Geistes, und finsterer Trübsinn bemächtigte sich ihrer. Viele müheten sich äußerlich ab, und brachten es in den Entbehrungen zu einer erstaunlichen Höhe, aber Innen waren sie doch nicht rein. Die innere Wuth der Sünde entschuldigten sie durch die Gewaltthätigkeiten des Satans, der gerade an ihnen, die die Welt besiegen wollten, seine ganze Kraft ausübe. Bei Allem dem waren sie hochmüthig, und fanden sich nicht nur geschmeichelt, wenn sie von der Welt ihrer äußern Abtödtung wegen bewundert wurden, sondern waren unzugänglich jeglicher Ermahnung, stolz gegen Vorgesetzte, unverträglich gegen die Mitmönche, übermüthig gegen die Bischöfe, und unkirchlich, in der Meinung sie seien vollkommen und genügten in Allem sich selbst. Die Einsamkeit brachten sie sehr oft in Müssiggang und ertödtender Gedankenlosigkeit zu, was durch die Unkunde so Vieler im Lesen noch gar sehr unterhalten wurde. Viele hatten gut angefangen, erlagen aber in der Folge, und beruhigten sich mit dem, was sie schon geleistet hatten. So giengen sie zu Grunde und vermoderten in sich selbst.

Diesen Zustand muß man im Geiste gegenwärtig haben, wenn man die Schrift des Athanasius, worin er das Leben des heil. Antonius beschreibt, recht würdigen will. Man wird ihr gewiß seine Bewunderung nicht versagen können, sei es, daß man glaubt, es sei Alles in jeder Beziehung historisch wahr, oder Manches sei von Athanasius hinzugesetzt. Das Letztere glaube ich annehmen zu müssen, weil hie und da gar zu deutliche Spuren davon sichtbar sind. Doch dürfte keines Falles diese Ansicht zu weit ausgedehnt werden, denn es sind auch wieder Merkmale genug vorhanden, aus denen sich ableiten läßt, daß Athanasius durch historische Nothwendigkeit gebunden war. Der Zweck der Schrift ist, zu zeigen, worauf es eigentlich ankomme beim Mönchsleben; wohin alle Aufmerksamkeit gerichtet sein müsse; nämlich die Einsamkeit und die Entbehrungen zu etwas Höherem zu benützen, zur innern Heiligung, die dahin führenden Mittel genauer zu beschreiben, und vor allen Abwegen zu bewahren, zu zeigen endlich, wie der Mönch, obschon nicht in der Gesellschaft der Menschen, doch für sie wohlthätig werden solle. Ich theile nur das Wissenswürdigste mit.

Antonius, ein Egyptier, stammte von edlen und reichen Eltern ab; sie waren Christen. Als Knabe kannte er nur seine Eltern und sein Haus. Alles übrige kümmerte ihn nicht; an Kinderspielen hatte er keine Freude. Selbst der Unterricht, den angesehene Leute ihren Kindern geben ließen, gefiel ihm nicht, er lernte nicht lesen; einfältig wollte er sein und bleiben. Fleißig hörte er dagegen den biblischen Vorlesungen in der Kirche zu, und bewahrte den Inhalt tief in seinem Herzen. Höchst einfach war jetzt schon seine Nahrung, und er genoß weit weniger, als seine Eltern ihm geben konnten. In einem Alter von etwa achtzehn Jahren verlor er seine Eltern; er übernahm nun die Sorge für seine Schwester und sein Hauswesen. Allein nach sechs Monaten dachte er auf dem Weg nach der Kirche nach, wie die Apostel Alles verlassen, wie auch die ersten Gläubigen in Jerusalem Alles zum Besten der Bedürftigen hingegeben hätten, und welche Hoffnung im Himmel ihnen dafür verheißen sei. Da hörte er in der Kirche die Worte: «wenn du vollkommen sein willst, gehe, verkaufe Alles was du hast, gieb es den Armen und du wirst einen Schatz im Himmel haben; dann komm und folge mir nach.» (Matth. 19. 21.) Antonius war gewohnt alle Lehren des Evangeliums auf sich zu beziehen, so wendete er auch diese auf sich an. Sofort schenkte er seine liegenden Güter, die schön und reitzend waren, der Gemeinde; den Erlös für das bewegliche Eigenthum aber gab er den Armen. Nur für seine Schwester behielt er so viel zurück, daß sie sich ernähren konnte.

Er lebte nun als Ascet vor seinem Hause; denn damals gab es noch keine gemeinsamen Mönchswohnungen, und auch in die Wüste war noch Keiner gegangen; ein Jeder, der für sein Heil besorgt war, lebte nicht weit von seinem Geburtsorte, und blieb allein für sich. Einer von diesen lebte an einem benachbarten Orte; ihn besuchte Antonius, ahmte ihm nach, und verließ ihn nie, ohne Geistesnahrung von ihm mit sich genommen zu haben. Antonius nährte sich von seiner Händearbeit; denn er hatte gehört, wer nicht arbeitet, solle auch nicht essen. Was ihm von seinem Verdienste übrig blieb, gab er den Dürftigen. Gebet war die vorzüglichste Beschäftigung seiner Seele; denn wie nothwendig das Gebet sei, hatte er auch vorlesen gehört. Da er aber beständig und jedesmal mit ganzem Herzen zuhörte, befestigte sich das Vorgelesene in seinem Herzen, und diente ihm statt der Bücher.

In solcher Lebensweise wurde nun Antonius von Jedermann geliebt; er aber gehorchte den tüchtigen Männern, zu denen er kam, gerne, und von einem Jeden eignete er sich die schönsten Eigenschaften an. Von dem Einen nahm er die Sanftmuth, von dem Andern die Tugend des Gebetes, von Dem die Milde, von Jenem die Menschenfreundlichkeit.

Hier ahmte er die Nachtwachen nach, dort hörte er dem Freunde der Weisheit zu (φιλολογουντι). Den bewunderte er wegen seiner Ausdauer, Jenen in seinem Fasten; da beobachtete er den zarten Sinn, dort die Langmuth. Von Allen aber nahm er den frommen Glauben an Christus und die Liebe des Nächsten mit sich. So nun genährt gieng er an seinen Ort zurück. Indem er aber von einem Jeden das Beste mit sich nahm, vereinigte er die Vortrefflichkeit Aller in sich. In Nichts stritt er mit seinen Genossen, als darin ihnen in allem Preiswürdigen gleich zu kommen. So betrübte er nicht nur Niemanden, sondern Jedermann freute sich seiner. Alle Dorfbewohner und guten Leute, die ihn sahen, nannten ihn einen Freund Gottes; die Einen begrüßten ihn als Sohn, die Andern als Bruder.

Satans Versuchungen trafen daher auch vorzüglich ihn, ihn vor Allen wünschte er sich unterwerfen zu können. Aber er erröthete, und durch Glauben, Gebet und Fasten verwahrte er sich. Christum vergegenwärtigte er sich; er gedachte des Adels der Seele, den er uns erworben, und erwog, daß Vernünftigkeit des Menschen Auszeichnung sei. So wurden die Bemühungen des Bösen zu Schande; er, der sich Gott gleich glaubte, wurde von einem Jüngling beschämt; er, der seiner Macht über Fleisch und Blut sich rühmte, wurde von einem Menschen im Fleische besiegt. Denn der Herr wirkte mit ihm, der unsertwegen Fleisch angenommen, und uns den Sieg über den Satan verliehen hat. So gilt es von allen Kämpfern, «nicht ich, sondern die Gnade Gottes mit mir.»

Das war des Antonius erster Sieg, oder vielmehr die That des Heilandes in Antonius, die That dessen, der die Sünde im Fleische verurtheilt hat; damit die Gerechtigkeit des Gesetzes in uns erfüllt werde, die nicht mehr nach dem Fleische, sondern nach dem Geiste wandeln. (Röm. 8, 3. 4.) Aber Antonius ließ in der Wachsamkeit über sich selbst nicht nach. Er hatte vielmehr aus der heil. Schrift gelernt, daß die Tücke des Satans mannigfach seien. Wenn er darum in der Erregung der Wohllust nicht siege, so bemühe er sich nur auf andere Weise uns zu unterdrücken. Er gewöhnte sich darum an eine strengere Lebensweise; und es fiel ihm nicht schwer. Denn da er mit vollem Eifer längere Zeit ausharrte, so wurde es in ihm zu einer guten Gewohnheit, so daß er, was er blos im Kleinen an Andern gesehen, bei weitem übertraf. Er konnte mehrere Nächte ohne Schlaf zubringen; er aß wohl zwei bis vier Tage lang Nichts. Uebrigens bestand seine Speise in Brod und Wasser. Sein Lager war Stroh, oft auch der bloße Boden. Das Salben des Köpers mit Oehl verschmähte er. Er sagte: «dann bin ich stark, wenn ich schwach bin.» (II. Kor. 12, 10.) Es war nämlich sein Grundsatz, daß dann am schönsten die Kraft der Seele hervortrete, wenn die Lüste des Körpers zurücktreten [87]). Das aber war etwas ganz Vorzügliches an ihm: nicht nach dem Maaße der Zeit berechnete er den Weg der Tugend, oder den Werth des Mönchslebens, sondern nach den innern Bestrebungen und Zwecken. Er erinnerte sich darum der vergangenen Zeit nicht mehr; jeglichen Tag machte er vielmehr neue Fortschritte, als fange er das Asceten-Leben erst an. Er führte sich die Rede Pauli zu Gemüth: «das was rückwärts liegt vergessend, strebe ich nur nach dem, was vorwärts liegt.» (Phil. 3, 14.) Auch an den Elias dachte er, der sprach: «es lebt der Herr, vor dessen Angesicht ich heute stehe.» (III. Röm. 18. 15.) Auch dieser habe die vergangene Zeit nicht berücksichtigt, sondern gleich als mache er den Anfang, habe er sich täglich beflissen, als solchen sich zu erweisen, wie man vor Gott erscheinen müsse: reinen Herzens zu sein, und bereit ihm zu gehorchen und keinem Andern.

---

87) C. 7. και ἦν αὐτῳ ἡ τροφη ἀρτος και ἁλας, και το ποιον ὑδωρ μονον. περιναρ κρεων και οἰνον περιττον ἐστι και λεγειν· ὁπουγε οὐδε παρα τοις ἀλλοις σπουδαιοις ηὑρισκετο τι τοιουτον· τοτε ἐλεγεν ἰσχυειν της ψυχης τον τονον, ὁταν αἱ τουσωματος ἀσθενωσιν ἡδοναι.

Nun zog sich Antonius zwanzig Jahre theils in die Gräber, die nahe bei seinem Dorfe waren, theils auf das Gebirge zurück und schloß sich ein. Bekannte begaben sich zu ihm, und drangen mit Gewalt in seine Wohnung. Antonius aber trat hervor, wie mit hohen Geheimnissen erfüllt, und vom göttlichen Geiste berührt. Jedermann staunte, der ihn sah; denn seine körperliche Beschaffenheit war noch ganz dieselbe, und rein seine Seele. Denn er war nicht wie durch einsame Trauer engen und düstern Sinnes geworden, er war nicht wie von Wohllust verweichlicht; weder bemächtigte sich seiner ein Lachen noch eine Scheue, wie man doch eine gewisse Befangenheit hätte erwarten sollen, da er so lange Zeit hindurch nie mehrere Menschen zumal gesehen hatte. Ja nicht einmal eine ungemessene Freude ergriff ihn, als er sich von so Vielen begrüßt sah. Er war ganz sich selbst gleich, als Einer der von der Vernunft geleitet im wahren Naturstande des Menschen sich befindet. Damals heilte er viele Kranke. Aber auch die Gabe zu sprechen hatte ihm Gott verliehen. Viele Betrübte tröstete, viele Entzweite versöhnte er: Allen aber prägte er ein, Nichts in der Welt der Liebe Christi vorzuziehen. Er erinnerte sie an die Zukunft, und stellte ihnen vor, wie groß die Menschenfreundlichkeit Gottes sei, der seines eignen Sohnes nicht geschont, sondern für die Sünden der Welt dahin gegeben habe. Viele bestimmte er für das Mönchsleben und damals wurde die Wüste bevölkert. Sie verließen das Ihrige und widmeten sich einem Gott geweihten Leben.

Einst versammelten sich alle Einsiedler um ihn her, und baten ihn, daß er ihnen eine Rede halte. Da sprach er: « die heil. Schrift enthält der Belehrungen genug. Es ziemt sich aber, daß wir einander im Glauben stärken und uns salben mit der Rede. Ihr nun, meine Kinder, saget eurem Vater, was ihr wisset; und ich als der Aeltere theile euch meine Erfahrungen mit. Bestrebet euch Alle von dem Angefangenen nicht zu lassen; und in der Arbeit nicht zu erliegen. Sagt nie, wir sind in der Uebung alt geworden, vielmehr, als fienget ihr erst an, sprechet: lasset unsern Muth uns vermehren. Alles in dieser Welt wird um seinen Preis verkauft, und Gleiches für Gleiches geboten. Die Verheißung des ewigen Lebens aber wird um Geringes erkauft. Denn es steht geschrieben, die Zahl unserer Jahre beläuft sich auf sechszig oder siebenzig, höchstens auf achtzig, und was darüber ist, ist Pein und Qual. Bleiben wir nun auch achtzig oder hundert Jahre in der Ascese, so werden wir uns nicht auch hundert Jahre nur im Reiche Gottes befinden, sondern in alle Ewigkeit werden wir regieren. Auf der Erde haben wir gekämpft, aber im Himmel ist unsere Verheißung. Den sterblichen Körper ablegend, erben wir Unsterbliches. So ermüdet denn nicht, glaubend ihr hättet etwas Großes gethan. Die Mühen dieser Welt sind nicht zu vergleichen, mit der Herrlichkeit, die uns wird geoffenbaret werden. Glaubet also nicht, ihr habet großen Dingen entsagt, wenn ihr eure Güter, ein wenig Gold und dgl. verlasset. Ihr könnet es ohnedies nicht ins ewige Leben mitnehmen. Was ihr mitnehmet ist Weisheit, Erkenntniß, Gerechtigkeit, Mäßigkeit, Tapferkeit, Liebe, die Sorge für die Armen, der Glaube an Christus, Milde, Gastfreundschaft. Wenn wir diese Güter besitzen, so werden wir finden, daß sie uns im Lande der Sanftmüthigen Gastfreundschaft bereiten.

Sagt doch der Sklave nicht: gestern habe ich gearbeitet, heute arbeite ich nicht. Nicht die vergangene Zeit berücksichtigend wird er lässig in der folgenden. Sondern wie im Evangelium geschrieben steht: «dieselbe Sorgfalt zeiget er immer.» Der Herr wird uns nicht wegen der vergangenen Zeit die gegenwärtige schenken, sondern zürnen würde er uns, wegen der Trägheit. Haben wir ja doch Gott zum Gehülfen. «Wir wissen, daß denen, die Gott dienen, alle Dinge zum Besten dienen.» (Röm. 8, 28.) Damit ihr nicht lässig werdet, gedenket der Worte Pauli: «ich sterbe täglich.» (I. Kor. 15, 31.) Lasset uns so leben, als stürben wir täglich, so werden wir nicht sündigen, Allen vergeben, Keinem zürnen, keinen Schatz in der Erde verbergen, keinen unreinen Gedanken haben.

Fürchtet euch nicht, wenn ihr den Namen «Tugend» höret. Sie ist nicht weit von uns und nicht ausser uns: in uns selbst ist sie, und leicht zu erwerben, wenn wir nur wollen. Die Griechen durchschiffen Meere um Wissenschaften zu erlernen. Ihr habt nicht nöthig in ferne Länder zu reisen wegen des Reiches Gottes und der heil. Gesinnung. Der Herr sagte: «Das Reich Gottes ist inwendig in euch.» (Luc. 17, 21.) Die Tugend bedarf also nur unser, und aus uns bestehet sie. Das geistige Wesen ist dem Menschen natürlich, und darin bestehet sie. Wenn sie also in uns ist, so lasset uns sie als einen Schatz dem Herrn bewahren, damit er sein Werk erkenne, daß es sei, wie er es geschaffen hat.

Den Satan und seine Engel müßt ihr nicht fürchten. Christus hat ihre Macht gebrochen. Die beste Waffe gegen sie ist der Glaube und das fromme Leben. Sie fürchten daher die Asceten, ihr Fasten, ihre Nachtwachen, ihr Gebet, ihre Milde und Ruhe, ihre Erhabenheit über Habsucht und eitlen Ruhm, ihre Demuth und vor Allem ihren frommen gläubigen Sinn gegen Christus. Sie wissen, daß den Gläubigen die Macht gegeben ist auf Schlangen und Skorpionen zu treten, und jegliche Macht des Feindes zu überwinden. Fürchtet euch besonders vor seinem Bemühen euch künftige Dinge zu offenbaren. Denn was nützt es den Zuhörern einige Tage zuvor, was geschieht, zu erfahren? Auch wenn es wahr ist, wie soll es der Mühe werth sein? Das erzeugt keinen heil. Sinn, und ist nicht das Merkmal eines guten Charakters. Denn Keiner von uns wird gerichtet, wenn er etwas nicht wußte, und Keiner selig gepriesen, weil er gelernt hat und weiß. Sondern darüber ergeht das Gericht: ob einer den Glauben bewahrt, und die Gebote reines Sinnes erfüllet hat. Daher muß man das nicht sonderlich schätzen und nicht deßwegen Ascete sein, damit man vorher wisse, sondern damit man im heil. Wandel Gott gefalle. Nicht bitten sollst du, daß dir die Gabe der Weissagung werde, nicht solches mußt du als die Frucht deiner Ascese erwarten, sondern daß Gott uns zum Sieg über den Satan helfe. Wenn aber doch einmal einer die Zukunft wissen will, so lasset uns reines Sinnes sein. Denn ich bin der Meinung, daß ein reiner Sinn, der ganz der Natur gemäß lebt, scharfblickend wird; eine solche Seele hat den Herrn, der Herr eröffnet ihr. So war des Elisäus Geist.

Wenn darum auch die Dämonen mit Prophezeihung kommen, so achtet ihrer nicht; denn sie lügen. Wenn sie euch wegen eurer Ascese loben, und selig euch preisen, durchaus horchet nicht auf sie. Machet das Zeichen des Kreuzes. Verschließet euch ihnen und betet. Das sind keine guten Geister. Wenn die guten Geister sich euch nahen, so kündiget sich ihre Gegenwart in euch durch Sanftmuth und Ruhe an; Freude, Wonne und Muth wird der Seele mitgetheilt, denn der Herr ist mit ihnen, der unsere Freude und die Macht Gottes des Vaters ist. Unsere Seele wird heiter und mit dem Lichte der Engel überstrahlt, eine Sehnsucht nach den göttlichen und künftigen Dingen findet sich ein, ganz und gar möchte man mit ihnen vereinigt werden, und von hinnen gehen.

Lernet also die Geister unterscheiden. Die Gegenwart böser Geister kündigt sich durch Furcht der Seele, Verwirrung und Unordnung der Gedanken, Niedergeschlagenheit, Haß der Asceten, Sorglosigkeit, trauriges Wesen, ungeordnetes Sehnen nach den Seinigen, und durch Furcht vor dem Tode an; ausserdem durch böse Begierden, Geringachtung der Tugend, und Wanken des sittlichen Charakters. Werdet ihr durch eine von diesen Erscheinungen in Furcht gesetzt, und diese entfernt sich, und an ihre Stelle tritt unaussprechliche Freude, Heiterkeit, Muth, Erneuerung des Geistes, Sicherheit und Bestimmtheit der Gedanken, Tapferkeit und Liebe gegen Gott, so vertrauet und betet. Denn die Freude und die Festigkeit des Geistes zeigen die Gegenwart eines heil. Engels an.

Die Heiden sind den bösen Geistern unterworfen; uns hat der Herr befreit, er sprach: « gehe weg von mir Satan, denn es steht geschrieben: den Herrn deinen Gott sollst du anbeten und ihm allein dienen. » (Matth. 4, 10.) Von uns muß er immer mehr und mehr verachtet werden; denn in Christo haben auch wir den Satan besiegt.

Dessen muß man sich nicht rühmen, daß man Dämonen austreiben kann, und seiner Kraft zu heilen darf man sich nicht überheben; so wenig soll man den, der Dämonen austreibt, bewundern, als den, der nicht austreibt, verachten. Eines Jeden Ascese fasse Jeder auf, ahme und eifere ihn nach. Denn Zeichen zu thun ist nicht unsere Sache; das gehört dem Erlöser an. Deßwegen sagt er seinen Schülern: freuet euch nicht, daß die Dämonen euch unterworfen sind; sondern daß eure Namen in dem Himmel geschrieben sind. (Luc. 10, 20.) Denn daß die Namen im Himmel aufgezeichnet sind, ist ein Zeugniß unseres heiligen Sinnes und Lebens. Daher wir Jenen, die sich nicht heiligen Sinnes, sondern der Zeichen rühmen und sagen: Herr, haben wir nicht in deinem Namen Dämonen ausgetrieben und viele Wunderthaten gethan; (Matth. 7, 22.) geantwortet: «ich kenne euch nicht.» Denn die Wege der Unheiligen erkennet der Herr nicht an. So lasset uns bitten um die Gabe, die Geister unterscheiden zu können; auf daß wir nicht jeglichem Geiste glauben, wie geschrieben steht. (I. Joh. 4, 1.)

Ich theile euch meine Erfahrungen mit, und spreche nicht wie ein Unbesonnener, darum lasset mich nochmal davon reden. Der Herr, der es hört, kennet den, der sich des Reinen bewußt ist; er weiß, daß ich nicht meinetwegen rede, sondern aus Liebe zu euch, und eurer Vervollkommnung wegen. Oft haben mich die Dämonen gepriesen, und in jeglicher Weise versucht. Ich sprach: «nichts wird mich von der Liebe Christi trennen.» (Röm. 8, 35.) Nicht ich war's, der sie bändigte, sondern der Herr, der sprach: «ich sah den Satan wie einen Blitz vom Himmel fallen.» (Luc. 10, 18.) Meine Söhnlein, das bezog ich auf mich; so lernet auch ihr Muth fassen in eurem Ascetenleben. Ich bin ein Thor geworden, so höret: Einst kam Satan zu mir und klagte, daß er von den Asceten und allen Christen verabscheut sei. Ich sprach: warum beunruhigst du sie? Er antwortete: Nicht ich, sie selbst sind's, die sich quälen. So sollen sie sich selbst beobachten, und nicht umsonst mich verfluchen. Ich sprach: du bist ein Lügner von Anfang; aber eben jetzt hast du das erstemal die Wahrheit gesprochen. Christus hat dich gebändigt. Ich sprach den Namen Christi (mit vollem Glauben) aus, und er verschwand.

So werfet die Furcht ab. Nie lasset uns traurig werden; Muth lasset uns vielmehr haben, und uns freuen, daß wir Erlös'te sind. Lasset uns denken: der Herr ist mit uns; was vermögen die Feinde? Sie kommen und nehmen die Gestalt an, in der unser geistiges Leben sich eben befindet; sie sind der Widerschein unserer Gedanken [88]). Bist du fleischlichen Sinnes, so bist du ihre Beute: das ist die Strafe der unglücklichen Seelen. Freuest du dich aber in dem Herrn, sinnest du das Ewige, beschäftigst du dich mit dem, was des Herrn ist, so vermögen sie nichts.»

So sprach Antonius. Alle aber erfreuten sich: und in Diesen wurde die Liebe zur Tugend vermehrt, bei Jenen die Nachlässigkeit entfernt, bei Andern falscher Wahn. Sie bewunderten die Gnade, die dem Antonius in der Unterscheidung der Geister gegeben sei.

Auf den Bergen nun waren die Zellen erfüllt mit himmlischen Chören, die sangen, in Wissenschaften arbeiteten, lehrten, beteten, sich der Hoffnung der zukünftigen Dinge erfreuten, arbeiteten um sich wohlthätig zu erweisen, und Liebe und Eintracht unter sich hatten. Ja, es war als sehe man ein für sich bestehendes Land der Gottseligkeit und Gerechtigkeit. Es gab dort Keinen der Unrecht that, oder Unrecht litt; sondern eine Menge von Asceten zwar war

88) C. 42. ἐλθοντεςγαρ (οἱ ἐχθροι) ὁποιους ἀν εὑρωσιν ἡμας, τοιουτοι και αὐτοι γινονται, προς ἡμας, και προς ἁς εὑρισκουσιν ἐν ἡμιν ἐννοιας, οὑτω και αὐτοι τας φαντασιας ἀφομοιουσι.

dort oben, aber ein Sinn Aller in heil. Bestrebung. Wer die Zellen sah und der Mönche Verfassung, konnte ausrufen: «Wie schön sind, Jakob, deine Häuser; deine Zelten, Israel, sind wie schattige Haine, wie ein Freudengarten am Flusse, wie Zelten, die der Herr gepflanzt, wie Cedern am Wasser.» (Num. 24, 5—6.)

Gewöhnlich gieng Antonius wieder in seine Zelle; erhöhte seine Uebungen, und seufzte für sich in der Sehnsucht nach den himmlischen Wohnungen im heftigsten Verlangen. Besonders geschah dies, wenn er das Leben der Menschen sah. Wenn er das Essen und das Schlafen betrachtete, und ihm das geistige Wesen der Seele und ihr Bedürfniß vor Augen stunden, da schämte er sich. Oft wenigstens, wenn er mit andern Mönchen aß, erinnerte er sich seiner geistigen Nahrung, entzog sich der sinnlichen, und gieng weit von ihnen. Er aß für sich wegen des körperlichen Bedürfnisses, oft aber auch mit den Brüdern; des Essens achtete er aber nicht, sondern um offenen Herzens Nützliches vor ihnen zu reden. Er sagte, alle Zeit müsse man vielmehr der Seele, als dem Körper widmen; eine Weile wohl dürfe man der Nothwendigkeit wegen dem Körper zugeben, aber durchaus den geistigen Bedürfnissen obliegen, und der Seele Nutzen suchen; auf daß sie nicht von den Lüsten des Körpers angezogen werde, sondern vielmehr der Leib dem Geiste unterworfen sei. Denn das sei der Sinn des Herrn.

Als die Verfolgung des Maximinus über die Kirche hereinbrach, und die heil. Martyrer nach Alexandrien gebracht wurden, da sprach er: laßt auch uns dahin gehen, um zu kämpfen, wenn der Ruf an uns geht; oder um die Kämpfenden zu sehen. Er hatte eine Sehnsucht Zeuge des Herrn zu werden, aber ausliefern wollte er sich nicht. Er besuchte nun die Bekenner in der Metallgrube und den Gefängnissen, ermuthigte sie vor dem Gerichtshofe, und begleitete sie bis zur Vollendung. Der Richter verbot es ihm; er aber reinigte nur sein Kleid und erschien nun im Schmucke. Er wollte den Muth der Christen zeigen. Der Herr aber rettete ihn zum Nutzen Anderer, damit er die Ascese, die er aus den Schriften gelernt hatte, Viele Andere lehre [89].

Einst wurde ein Mädchen von einem gewissen Martian zu ihm geführt, die von Dämonen besessen war, damit er sie heile. Er gieng nicht aus seiner Zelle; nur schaute er durch eine Oeffnung und sprach: «Mensch, was rufst du mich? Ich bin ein Mensch wie du. Wenn du an Christum glaubst, dem ich diene, so gehe, bitte in deinem Glauben Gott, und es wird geschehen.» Jener faßte ein festes Vertrauen, flehte zu Christus, gieng fort, und seine Tochter wurde gesund. Noch viele Andere wurden durch den Herrn mittelst seiner gesund; er sagte ja: bittet, so wird euch gegeben; im Glauben und brünstigen Gebete wurden sie heil. Antonius aber zog sich in die innere Wüste zurück, theils, um nicht selbst durch die Menge der ihn Besuchenden hochmüthig zu werden, theils, um Niemanden Veranlassung zu geben, mehr von ihm zu denken, als er doch war.

Nach langer Zeit erschien er wieder an den äussern Mönchswohnungen. Alle schauten ihn als Vater an; und er, gleichsam als bringe er Reisegeschenk von dem Gebirge, gab ihnen in seinen Lehren Gaben aus der Fremde, und theilte ihnen die Vortheile, die er dort erfahren, mit. Es war sofort wieder große Freude auf den Bergen, ein Wettkampf in den Fortschritten, und Trost im Glauben, der unter ihnen wuchs. Er theilte die Freude, da er den heitern Muth der Mönche erblickte, und seine alternde Schwester als Jungfrau, die auch selbst andere Jungfrauen leitete.

Alle Mönche fanden sich nun bei ihm ein; er aber sprach immer in folgendem Sinne zu ihnen: «sie sollten an den Herrn glauben und ihn lieben; sich selbst aber vor unreinen Gedanken und fleischlichen Lüsten bewahren, und

---

89) Ὁ δε κυριος ἡν αὐτον φυλαττων, εἰς την ἡμων και την ἑτερων ὠφελειαν. ἱνα και ἐν τῃ ἀσκησει, ἡν ἐκ των γραφων αὐτος μεμαθηκε, πολλοις διδασκαλος γινηται.

wie in den Sprüchwörtern geschrieben sei, durch die Ueberfüllung des Magens sich nicht hintergehen, eitlen Ruhm fliehen, anhaltend beten, vor und nach dem Schlafe Loblieder singen, die Worte der heil. Schrift in die Brust niederlegen und des Lebens der Heiligen sich erinnern, um der Seele, die ihre Vorschriften vor Augen hat, durch Anschauung des Lebens derselben Gestalt zu haben[90]). Vorzüglich rieth er die Worte des Apostels stets zu erwägen: «die Sonne gehe über eurem Zorn nicht unter;» man solle glauben, dies sei von jeglichem Gebote gesagt, damit die Sonne nicht nur nicht über dem Zorne, sondern über gar keiner Sünde untergehe. Denn es sei gut und nothwendig, daß weder die Sonne wegen einer bei Tag begangenen, noch der Mond wegen einer Sünde bei Nacht, oder wegen unheiliger Gedanken uns anklage. Damit das nun sicher geschehe, so müsse man folgende Stelle des Apostels beherzigen: «richtet und prüfet euch selbst.» (II. Kor. 13, 5.) Ein Jeder solle sich täglich Rechenschaft über alle seine bei Tag und bei Nacht gehabten Gedanken ablegen. Habe er gesündigt, so solle er nicht mehr sündigen; habe er nicht gesündigt, so solle er sich nicht rühmen, sondern dem Heiligen treu bleiben, nicht fahrlässig werden, seinen Nächsten nicht verurtheilen und sich selbst nicht rechtfertigen, wie der Apostel gesagt habe: «bis der Herr kommt, der das Verborgene durchforscht.» (I. Kor. 4, 5. Röm. 2, 16.) Denn oft seien wir uns in unsern Handlungen selbst verborgen. Wir also wüßten nichts, der Herr aber wisse Alles. Ihm also sollten wir das Gericht überlassen; wir aber Mitleiden miteinander haben[91]). «Lasset uns, setzte er hinzu, die Lasten einander tragen, uns selbst richten, und worin wir Mangel haben, eifrig ergänzen. Beobachtet auch das, damit ihr Sicherheit

90) C. 55. ἀποστηθιζειν τα ἐν ταις γραφαις παραγγελματα, και μνημονευειν των πραξεων των ἁγιων προς το τῳ ζηλῳ τουτων ῥυθμιζεσθαι την ψυχην ὑπο μιμνεσκομενην ἐκ των ἐντολων.

91) Αυτῳ οὐν το κριμα διδοντες, ἀλληλοις συμπασχωμεν.

gegen die Sünde habet: lasset uns unsere Handlungen und die Bewegungen der Seele, als wollten wir sie einander mittheilen, aufzeichnen und niederschreiben. Gewiß, vor Scham erkannt zu werden, werden wir aufhören zu sündigen, und überhaupt nur Schlechtes zu sinnen. Denn wer möchte gesehen werden, wenn er sündigt? Oder lügt einer nicht lieber, wenn er gesündigt hat, um nur verborgen zu bleiben? Gleichwie nun Niemand im Angesicht Anderer eine unkeusche Handlung begeht, so werden wir uns, aus Scham erkannt zu werden, auch vor bösen Gedanken hüten, wenn wir sie niederschreiben, als würden sie Andern mitgetheilt. Diese Schrift gelte uns anstatt der Augen der Mitasceten. Das Schreiben seie gleich dem Gesehenwerden, und so werden wir gar nichts Schlechtes denken. So uns bildend werden wir den Leib unterwerfen, dem Herrn gefallen und die Tücke des Feindes überwinden.»

So sprach er zu denen, die in seine Nähe kamen. Mit den Leidenden theilte er die Leiden und betete mit ihnen. Oft erhörte ihn der Herr. Aber weder rühmte er sich, wenn er erhört wurde, noch war er unzufrieden, wenn er nicht erhört wurde, sondern immer dankte er dem Herrn. Die Leidenden ermahnte er zur Geduld, und forderte sie auf, zu beherzigen, daß die Heilung weder seine, noch überhaupt Sache der Menschen sei; sondern Gottes allein, der, wem und wann er wolle, helfe. Die Leidenden nahmen nun auch seine Lehre als eine heilende Kraft an: sie lernten nicht kleingläubig zu werden, sondern Vertrauen zu haben. Die aber, die geheilt wurden, lernten nicht dem Antonius, sondern Gott allein zu danken.

Antonius besaß eine große Demuth, und in dieser beobachtete er die kirchliche Ordnung sehr genau. Er wollte, daß der Bischof und der Priester ihm aus Ehre vorangehe. Er schämte sich auch nicht zu lernen, denn oft fragte er und verlangte Auskunft von den Anwesenden: er gestand sehr gefördert worden zu seyn, wenn ihm Einer etwas sagte. — In seinem Antlitz hatte er eine große und ausserordentliche

Anmuth: nicht an Größe und Breite zeichnete er sich vor den übrigen aus, sondern durch die Beschaffenheit seiner Sitten und die Reinheit seiner Seele [92]). Denn da seine Seele nicht von Leidenschaften getrübt war, so war auch seine ganze äussere Erscheinung heiter, so, daß er wegen seiner heitern Seele einen heitern Blick hatte, und man aus den Bewegungen seines Körpers auf die Beschaffenheit des Geistes schließen konnte. Es war, wie geschrieben steht: «wenn die Seele sich freut, blühet das Gesicht.» (Sprüchw. 15, 13.) So also wurde Antonius erkannt, denn wegen der Heiterkeit seines Geistes war er nie finster, und wegen der Freude seiner Seele nie traurig.

Er besaß einen bewunderungswürdigen Glauben und frommen Sinn. Nie hatte er mit den Meletianern, den Untreuen, Gemeinschaft; denn er kannte ihren bösartigen Abfall von Anfang an. Mit Häretikern sprach er nur, um sie von ihrer Irrlehre zu befreien. Die Arianer sagten von ihm aus, er stimme mit ihnen überein. Da riefen ihn die Bischöfe in die Stadt und er sprach: «der Sohn ist kein Geschöpf, und nicht aus Nichts, sondern er ist der ewige Logos aus dem Wesen des Vaters. Die Arianer sind wie die Heiden, denn einem Geschöpfe erweisen sie göttliche Verehrung. Fliehet ihre Gemeinschaft; wie kömmt Licht und Finsterniß zusammen? Selbst die gesammte Schöpfung ist ihnen entgegen, weil sie den Herrn und Schöpfer des Alls, durch den Alles geworden, den gewordenen Dingen beizählen.»

Er hatte eine ungemeine geistige Kraft. Doch das wunderbare ist, daß er, obgleich er die Wissenschaften nicht erlernt hatte, dennoch sehr scharfsichtig und geistreich war. So kamen zwei griechische Philosophen zu ihm, um ihn zu versuchen. Er befand sich aber an der vordern Seite der Gebirge. Er erkannte sie schon durch ihr Aeusseres, und fragte sie sofort durch einen Dollmetscher: Warum

---

92) Οὐχ ὑψει δε, οὐτε τῳ πλατει διεφερε των ἀλλων ἀλλα τῃ των ἠθων καταστασει, και τῃ της ψυχης καθαροτητι.

zwinget ihr Philosophen doch euch zu einem thörichten Menschen? Sie sagten, du bist kein Thor, sondern sehr weise. Er entgegnete: wenn ihr zu einem Thoren gienget, so ist eure Arbeit umsonst; wenn aber zu einem Weisen, so werdet wie ich. Denn das Treffliche muß man nachahmen. Wäre ich zu euch gekommen, so würde ich euch nachgeahmt haben. Kommet ihr nun aber zu mir, so werdet was ich bin, denn ich bin ein Christ. Sie verwunderten sich und giengen fort.

Einst kamen andere zu ihm, in der Absicht, ihn zum Besten zu haben, weil er nicht Lesen erlernt hatte. Antonius sprach nun: Was saget ihr? Ist die Vernunft oder der Buchstabe früher gewesen? Und ist die Vernunft die Erfinderin der Buchstaben, oder die Buchstaben der Vernunft? Da sie nun entgegneten, zuerst sei die Vernunft gewesen, und diese sei die Erfinderin der Buchstaben, so sprach Antonius: Wer also eine gesunde Vernunft hat, dem sind die Buchstaben nicht nothwendig [93]). Da verwunderten sich alle Anwesenden sowohl, als die Philosophen selbst, weil sie so viele Geistesschärfe in dem ununterrichteten Manne fanden. Er hatte auch keine rohen Sitten, obgleich er auf dem Gebirge geboren und alt geworden. Er war vielmehr wohlgesittet, und wie wenn er in der Stadt wäre gebildet worden. (χαριεις και πολιτικος.) Seine Rede aber war gewürzt durch göttliches Salz, so daß ihn Niemand beneidete, sondern vielmehr als sie sich ihm naheten, sich seiner erfreueten.

Es kamen wieder einmal sogenannte griechische Weise zu ihm. Sie wollten von ihm unsern Glauben an Christus gerechtfertigt wissen. Sie fiengen an über die Predigt vom göttlichen Kreuze zu schwätzen und wollten des Kreuzes spotten. Nach einer Weile, während welcher er Mitleiden mit ihrer Unwissenheit hatte, sprach er: Was ist besser, das

---

93) Ὡι τοινυν ὁ νους ὑγιαινει, τουτῳ οὐκ ἀναγκαια τα γραμματα.

Kreuz zu bekennen, oder an eure vergeblichen Götter Ehebruch und Knabenschänderei zu knüpfen? Das Kreuz ist ein Zeichen der Tapferkeit und der Todesverachtung. Zum Heil und zur Rettung der Menschen nahm der Logos, der unverändert blieb, den menschlichen Leib an, damit wie er an der menschlichen Natur, so die Menschen an der göttlichen Gemeinschaft hätten. Ist das nicht würdiger, als die Gottheit dem Unvernünftigen gleich zu machen?

Ist es nicht besser das Kreuz oder was immer für einen Tod, der wegen Nachstellungen erfolgte, standhaft auf sich zu nehmen, als was man von den Irrungen des Osiris und der Isis, von den Nachstellungen des Typhon, von der Flucht und dem Vatermorde des Kronos lies't? Das ist eure Weisheit. Warum schmähet ihr aber nur des Kreuzes, bewundert aber nicht die Auferstehung? Denn Diejenigen, die jenes berichten, erzählen uns dies. Beständig erwähnt ihr des Kreuzes, schweiget aber von den auferweckten Todten, von den sehend gewordenen Blinden, von den vom Aussatz Gereinigten u. s. w. Kündigt dies einen bloßen Menschen, oder Gott an? Es scheinet mir ihr betrüget euch selbst, und gehet nicht mit Aufrichtigkeit an die heil. Schriften. Leset sie in Einfalt, und ihr werdet sehen, daß das, was Christus gethan hat, ihn als Gott, der zum Heil der Menschen unter uns wohnte, erweiset.

Gebet nun auch Rechenschaft von dem Ewigen. Da legt ihr aber eure Religion mystisch und allegorisch aus; und verstehet unter dem Raub der Kore die Erde, unter dem lahmen Hephaistos, das Feuer; unter der Here die Luft. Aber auch so verehrt ihr nicht Gott, sondern die Schöpfung. Ihr müsset aber diese nur bewundern nicht vergöttlichen. Was sagt ihr darauf, auf daß wir einsehen, daß das Kreuz etwas Verächtliches in sich hat?

Sie plauderten lange und wendeten sich da und dort hin; da lächelte Antonius und sprach: Das läßt sich auf den ersten Blick widerlegen. Weil ihr euch aber auf euer Demonstriren stützet, und im Besitz dieser Kunst, verlanget, daß auch wir nicht ohne Beweise Gott verehren, saget an: wie wird die richtige Erkenntniß der Dinge, und vor Allem die Erkenntniß Gottes erlangt, ist sie eine demonstrative Kenntniß oder (eine unmittelbare) durch die Kraft des Glaubens entstanden? Ist die Erkenntniß durch die Kraft des Glaubens, oder die durch Begriffe älter? Da sie nun entgegneten, die durch die Kraft des Glaubens sei die ursprüngliche und eigentliche, dann sprach Antonius: richtig habt ihr geantwortet. Denn der Glaube entspringt aus einer unmittelbaren Richtung der Seele, die Dialektik aber, ist die Kunst der Verbindungen (durch Reflexion, Abstraktion)[94]). Wer also die Kraft des Glaubens hat, dem ist die Demonstration nicht nothwendig, vielleicht sogar überflüssig. Denn was wir durch den Glauben erkennen, das versuchet ihr durch Begriffe euch zu bereiten, und könnet es nicht einmal in Begriffe fassen, was wir erkennen. Daher ist die Erkenntniß durch den Glauben edler und sicherer, als die durch eure sophistischen Schlüsse.

Unser Heiligthum also ruht nicht auf der Weisheit griechischer Schlüsse, sondern auf der Kraft des Glaubens, der uns durch Jesus Christus von Gott gegeben wird. Daß unsere Lehre wahr ist, ergiebt sich daraus: sehet, ohne Wissenschaft glauben wir an Gott und erkennen seine allwaltende Vorsehung durch seine Werke. Wie kräftig unser Glaube ist, die wir uns auf Christus stützen, und wie schwächlich ihr seid, mit eurem sophistischen Wortgezänke, ersehet ihr auch daraus, daß ihr mit all' euren Syllogismen und Sophismen Niemanden vom Christenthum zum Hellenis-

94) Εἰπατε πρωτον ὑμεις, τα πραγματα, και μαλιστα ἡ περι θεου γνωσις, πως ἀκριβως διαγιγνωσκεται, δι' ἀποδειξεως λογων, ἢ δι' ἐνεργειας πιστεως; και τι πρεσβυτερον ἐστι, ἡ δι' ἐνεργειας πιστεως ἢ ἡ δια λογων ἀποδειξις; των δε ἀποκριναμενων, πρεσβυτεραν εἰναι την δι' ἐνεργειας πιστιν, και ταυτην εἰναι την ἀκριβη γνωσιν· ἐφη ὁ Ἀντωνιος, καλως εἰπατε· ἡ μεν γαρ πιστις ἀπο διαθεσεως ψυχης γινεται· ἡ δε διαλεκτικη ἀπο τεχνης των συντεθεντων ἐστι.

mus beweget. Wir aber, die wir den Glauben an Christus predigen, vernichten (ψιλουμεν) euern Aberglauben, indem Alle erkennen, Christus sei Gott, und Gottessohn. Mit euren schönen Worten hindert ihr den Fortgang der Lehre Christi nicht.

Saget nun, wo sind eure Orakel? wo die Zaubereien der Egyptier? die Gaukeleien der Magier? Wann hat das Alles aufgehört, als mit der Erscheinung des Kreuzes Christi? Wie wunderbar! Eure Religion wurde nie verfolgt, sondern sie erbte sich von selbst fort. Die Christen aber werden verfolgt, und dennoch blüht unsere Religion mehr als die eurige und ist gesegneter. Euer gerühmtes Werk verfällt, der Glaube an Christus aber, geschmähet von euch und verfolgt von dem Kaiser, erfüllt den Erdkreis. Oder wann zeigte sich also die Weisheit und die Tugend der Jungfräulichkeit? Wann wurde so der Tod verachtet, als mit der Erscheinung des Kreuzes Christi? Daran wird Niemand zweifeln, der die Märtyrer, die um Christi willen den Tod verachten, und die Jungfrauen der Kirche anschaut, die wegen Christus reine und unbefleckte Körper bewahren.

Das sei genug um zu zeigen, daß der christliche Glaube allein die wahre Gottesverehrung sei. Sehet, ihr selbst habt keinen Glauben, und suchet nur immer wie ihr demonstriren könnet. Wir aber beweisen nicht, wie unser Lehrer sagt, mit überredenden Worten griechischer Weisheit, mit voller Ueberzeugungskraft aber überführen wir durch den Glauben, der dem Gerüste der Begriffe vorangeht[95]. Sehet, hier sind einige Dämonische; versuchet es, sie mit euren Syllogismen zu heilen und zu reinigen. Oder wenn ihr nicht könnet, so höret auf gegen uns zu streiten, und erkennet die Gewalt des Kreuzes Christi. Indem er dieses sagte, rief er Christum an, besiegelte sie mit dem Kreuzeszeichen, und sogleich standen sie unversehrt da, mit gesunden

95) Τῃ δε πιστει πειθομεν ἐναργως προλαμβανουσῃ την ἐκ των λογων κατασκευην.

Sinnen und dankten Gott. Die sogenannten Philosophen wunderten sich ob des Zeichens, und staunten aufrichtig seinen Scharfsinn an; er aber sprach: was wundert ihr euch? Nicht wir sind es, die es thun, sondern Christus ist es, der durch die, so an ihn glauben, wirket. Darum glaubet auch ihr. Ihr werdet erfahren, daß nicht Begriffskunst unsere Sache ist, sondern der Glaube, der durch die Liebe wirksam ist. Wenn ihr den Glauben und die Liebe habet, so werdet ihr nicht mehr Demonstrationen suchen, sondern den Glauben an Christus für genügend durch sich selbst halten. So sprach Antonius; sie aber wunderten sich noch mehr, giengen mit freundlichem Gruße von ihm weg, und gestanden, daß seine Rede nützlich für sie gewesen sei.

Sein Ruf gelangte bis zum Kaiser. Denn Constantin und seine Söhne schrieben an ihn als ihren Vater, als sie solches erfuhren, und baten sich Rückschreiben aus. Allein er achtete diese Schreiben nicht sonderlich, und freuete sich nicht. Er blieb sich selbst gleich; er war wie zuvor, ehe er diese Briefe erhalten hatte. Er rief die Mönche zusammen und sprach: wundert euch nicht, wenn euch der Kaiser schreibet, er ist ein Mensch. Darüber wundert euch vielmehr, daß Gott sein Gesetz dem Menschen gegeben, und durch seinen Sohn zu uns geredet hat. Er wollte nun die Briefe gar nicht annehmen, weil er auf solche nicht antworten könne. Allein er wurde von den Mönchen dazu vermocht, weil es ja christliche Fürsten seien, und sein Benehmen Anstoß erregen könne. Er nahm sie also an, und antwortete: er freue sich, daß sie Christum verehren, und rieth ihnen was zu ihrem Heile führte. Sie sollten das Zeitliche nicht hoch anschlagen, sondern vielmehr des künftigen Gerichtes sich erinnern, und erkennen, daß Christus allein der wahre und ewige König sei. Er bat sie menschenfreundlich zu sein, für die Gerechtigkeit und die Armen zu sorgen. Sie aber empfiengen seine Briefe und freuten sich. So war also Antonius bei Allen beliebt, und Alle schätzten ihn als Vater.

Oft geschah es, daß Antonius, wenn er mit andern sprach, plötzlich verstummte. Erst nach geraumer Zeit, knüpfte er das Gespräch wieder an, und die Anwesenden vermutheten, daß er eine Erscheinung gehabt habe. So sah ihn der Bischof Serapion. Einst wurde er nämlich ausser sich versetzt und seufzte sehr in seiner Anschauung. Nach einiger Zeit wendete er sich zu den Anwesenden, seufzte und zitterte und beugte die Knie, und blieb lange in dieser Stellung. Endlich stund der Greis auf und weinte. Die Anwesenden erzitterten und fürchteten sich sehr, und drangen in ihn zu sagen, was ihn bewegte. Endlich erzählte er gezwungen, daß ein Strafgericht über die Kirche ergehe, und Menschen gleich unvernünftigen Thieren werde überantwortet werden. Die Tempel würden entweiht und die heiligen Gefäße genommen. Nach einigen Jahren ereignete sich das auch in Alexandrien. Er ermuthigte aber die Seinigen indem er sagte: die Macht der Gottlosen werde bald vorüber sein, und der fromme Glaube wieder frei gepredigt werden dürfen, sie sollten nur dem wahren Glauben treu bleiben. Man muß aber nicht unglaubig sein, wenn solche Wunder durch die Menschen geschehen, denn der Heiland versprach: «wenn ihr einen Glauben habt wie ein Senfkorn und ihr saget zu diesem Berge, versetze dich daher, so wird er sich versetzen, und nichts wird euch unmöglich sein.» (Matth. 17, 19.) Und wieder: «was ihr immer in meinem Namen den Vater bitten werdet, das wird er euch geben.»

Antonius gieng nun wieder in das Innere des Gebirgs zurück. Denn er erfreute sich des Schauens der göttlichen Dinge, und war betrübt, wenn er gestört wurde. Aber doch geschah es sehr häufig. Die Richter ersuchten ihn zu ihnen zu kommen, weil sie ihre Stadt nicht verlassen konnten. Da er es abschlug, ließen sie die Verbrecher zu ihm hinführen. Er erwies sich ihnen sehr nützlich, und selbst die Richter zogen Vortheile von ihm: er ermahnte sie, Recht und Gerechtigkeit Allem vorzuziehen, Gott zu fürchten, und überzeugt zu sein, daß ein Gericht über sie ergehe, gleich dem, wie sie richteten. Bei einer solchen Gelegenheit geschah es, daß er, nachdem er einem Kriegsobersten, der sehr in ihn drang, herbeizukommen, das was seinem und der Seinigen Heil angemessen war, gesagt hatte, sogleich wieder in das Gebirg zurückeilte. Da ihn der Kriegsoberste bat, doch etwas zu verzögern, überzeugte er ihn durch folgendes schöne Gleichniß: wie die Fische, wenn sie längere Zeit im Trocknen sich aufhalten, sterben, so vergehen die Mönche, wenn sie unter euch verweilen. Wie der Fisch ins Meer, so muß der Mönch in die Einsamkeit eilen, damit sie in der Zögerung das Inwendige nicht verlieren. Dieses und vieles Aehnliche hörte der Feldherr (στρατηλατης) und staunte und rief aus: « er ist wahrhaft ein Knecht Gottes. Wie sollte denn ein ungebildeter Mann einen solchen Geist haben, wenn er nicht von Gott geliebt wäre? »

Dem Balacius, der sehr grausam gegen die Christen (Katholiken) wegen seines Eifers für die Arianer wüthete, schrieb er einen Brief und kündigte ihm Gottes Strafgericht an. So ermahnte er die Harten; der Gedrückten aber nahm er so sehr sich an, daß man hätte glauben sollen, er leide selbst. Er war wie ein Arzt Egypten gegeben. Wer, der trauerte, kam zu ihm, und gieng nicht in Freuden fort? Wer weinte bei ihm über seine Todten und legte nicht die Trauer ab? Wer kam in Haß zu ihm und verwandelte ihn nicht in Freundschaft? Welcher Arme, muthlos zu ihm kommend, verachtete nicht den Reichthum, und wer war nicht getröstet in seiner Armuth? Welcher fahrlässige Mönch gieng nicht gestärkt von ihm? Welcher Jüngling bestieg das Gebirg, sah den Antonius, und verschmähte nicht die Lüste und liebte die Enthaltsamkeit? Wer von den Dämonen gequält, näherte sich ihm, und hatte nicht Ruhe? Wer kam, von seinen Gedanken geplagt, zu ihm, und gieng nicht in Heiterkeit von dannen? Er erkannte, vermöge seiner Gabe die Geister zu unterscheiden, die inneren Bewegungen eines Jeden genau. Wohin Jeder sich neigte und angezogen war, entgieng ihm nicht. Es betrog ihn Keiner, und Jedem wußte er das für seine Krankheit angemessene zu rathen.

Er starb 105 Jahre alt; er bat noch einmal die Mönche sich rein von Irrlehren zu halten, die Ueberlieferung der Väter zu bewahren, und vor Allem den frommen Glauben an unsern Herrn Jesus Christus, welchen sie aus der heil. Schrift erlernt und oft von ihm eingeschärft erhalten hätten. «Ich gehe, setzte er hinzu, den Weg der Väter. Ich sehe nämlich, daß der Herr mich ruft. Seid nüchtern und verlieret die Früchte eurer vieljährigen Arbeit nicht. Bemühet euch den ersten Muth zu bewahren. Ich bitte euch, meinen Leichnam nicht nach Egypten bringen zu lassen, denn deßwegen bin ich auf das Gebirg gegangen. Ich habe immer, wie ihr wisset, gegen diese Sitte geeifert. Bedecket meinen Leichnam mit Erde. In der Auferstehung der Todten werde ich ihn schon wieder erhalten. Theilet meine Kleider; eine Melote und das Oberkleid, das mir der Bischof Athanasius gegeben hat, bringet ihm wieder; die andere Melote gebet dem Serapion, das Cilicium behaltet ihr. Kinder werdet selig. Antonius geht und ist nicht mehr bei euch!» So sprach er und die Mönche küßten ihn; mit freundlichem heiterem Gesichte blickte er sie noch einmal an, und wurde den Vätern beigesetzt. Die Mönche aber gaben Jedem die Reliquien, wie er es verordnet hatte; und die, so sie empfangen hatten, bewahrten sie als Dinge von großem Werth. Denn wenn sie sie anschauten waren des Antonius Reden mit Freuden ihnen gegenwärtig.

So also wurde Antonius gerühmt und bewundert von Allen, und ersehnt auch von denen, die ihn nie gesehen hatten: ein Beweis seines heiligen Sinnes und daß er von Gott geliebt war. Denn nicht durch Schriften, nicht durch griechische Weisheit, nicht durch irgend eine Kunst, sondern allein wegen seines frommen Glaubens wurde er berühmt. Wenn nicht Gott es wäre, der die Seinigen Allen bekannt machte, wie sollte sein Name so weit gehört werden? Wenn sie auch im Verborgenen handeln, und verborgen bleiben wollen.

Der Herr zeigt sie als Leuchter Allen, damit jene, die von ihnen hören, anerkennen, daß seine Worte die Kraft in sich haben, heilig zu leben [96]).

So faßte Athanasius das Mönchsleben auf. Sollte dieses in der Idee der Väter ein müßiges, äusserliches, phantastisches, menschenscheues Leben sein, wie man so oft behauptet hat?

96) Welche Wirkungen das Leben des heil. Antonius hervorbrachte s. Aug. confess. l. VIII. c. 6. Das Lesen desselben wurde ein Wendepunkt in Augustins Leben. Evagrius übersetzte noch im vierten Jahrhundert die Schrift des heil. Athanasius ins Lateinische.

Fünftes Buch.

Drittes Exil des heil. Athanasius. Enthüllung der Tendenz der Arianer. Ihr Höhepunct und Fall.

Athanasius war im Verlaufe seiner Geschichte zu einer Berühmtheit und einem Ansehen gelangt, das ihm sehr schädlich werden konnte. Sein Ruhm war aus einem großen Kampfe hervorgegangen; er war demnach nothwendig an die Schande seiner Gegner geknüpft. Das lag in der Natur der Sache; aber man verzieh es ihm nicht: gleich als wäre es ihm möglich gewesen, sich zu vertheidigen, ohne zugleich seine Gegner zu widerlegen. Jemehr er aber der Gegenstand ihres Hasses wurde, desto mehr befestigte er sich in den Gemüthern der Katholiken. Auch das konnte mißbraucht werden, und es fehlte nicht an Versuchen, seine Gewalt über die Gemüther zu schändlichen Zwecken zu benützen. Im Occident empörte sich Magnentius; Constans, der Beschützer des Athanasius, so wie mehrere diesem vorzüglich günstige, zur kaiserlichen Familie gehörige Personen, wurden ermordet, und der Mörder bemächtigte sich des Reiches. Auch in Pannonien riefen die Legionen einen gewissen Veteranio zum Augustus aus. Magnentius schickte nun in mehrere Provinzen des römischen Reiches Männer aus, um allenthalben sich Anhänger zu erwerben. Nach Libyen und Egypten kamen Valens und Clementius. Der Letztere scheute sich nicht, sich auch zum heil. Athanasius zu begeben; und es ist gewiß keinem Zweifel unterworfen, daß er ihn für seinen Herrn zu gewinnen suchte, hoffend, daß ganz Egypten dem verehrten Oberbischofe folgen werde. Die Egyptier, setzte man voraus, die durch einige Maaßregeln des Constantius zu Gunsten der Arianer so viel gelitten hatten, würden gern von diesem sich lossagen. Auf der andern Seite versäumte auch Constantius nicht, den Athanasius aufs Neue seiner Gunst zu versichern. Er schickte einige seiner vertrautesten und vielvermögendsten, zugleich dem Athanasius befreundeten Hofleute zu diesem, um ihm Briefe zu überbringen, des Inhaltes, daß er auch nach dem Tode des Constans unberuhigt seine Diöcese beibehalten werde, daß er nur getrost fortfahren möge, die Seinigen zur Frömmigkeit und zum Glauben heranzubilden, und sich nicht fürchten solle vor den Ränken seiner Widersacher. Zugleich erhielt der Präfect von Egypten den Befehl, die bereits begonnenen neuen Bewegungen gegen Athanasius nicht zu berücksichtigen, und sie niederzuhalten. Denn nach dem Tode des Constans, dieses mächtigen Beschützers des Athanasius, erhoben sich sogleich seine alten Feinde wieder. Die Lage des Constantius war bedenklich, denn Magnentius, ein tüchtiger Germane 1), war im Besitze großer Macht. Allein Athanasius in den zweifelhaftesten Umständen nie zweifelhaft, nie gewohnt der Pflicht und äußeren Vortheilen einen gleichen Einfluß auf sich zu gestatten, und stets bereit, sein Leben selbst im Dienste der Pflicht für Nichts zu achten, zeigte, wie bürgerliche Treue auch da statt finden müsse, wo man in anderer Beziehung zugleich dem Oberhaupte des Staates zu sagen verbunden ist: wir müssen Gott mehr als Menschen gehorchen. Er versammelte seine Gemeinde, und befestigte sie in der Treue gegen Constantius, indem er, öffentlich für seine und des Reiches Wohlfahrt zu Gott bittend, den Gehorsam gegen

1) S. Luden Gesch. des teutschen Volks II. B. S. 168. Wenn dieser Geschichtschreiber aber S. 517. n. 10. nicht recht glauben will, ob es dem Athanasius Ernst gewesen, wenn er den Magnentius einen διαβολον nennt, so berücksichtigt er nicht, daß ja durch ihn die einzige Stütze im Staate, Constans, der katholischen Kirche und dem Athanasius entzogen wurde.

ihn zur religiösen Pflicht machte. Er konnte sich in einer später geschriebenen Apologie an Constantius selbst auf das Zeugniß des Statthalters von Egypten berufen, der bei dieser Fürbitte anwesend war, daß sie wirklich statt gefunden.

Durch die erwähnten Versicherungen seiner Gunst wollte sich Constantius eigentlich der Gunst des Athanasius versichern; dadurch gab er eine Blöße, deren er sich gewiß später schämte, und die er bedecken zu müssen glaubte. Als daher Veteranio durch Hinterlist, und Magnentius in offenen Feldschlachten besiegt waren, (J. 351—353) begann wieder der Kampf gegen Athanasius. Seine alten Feinde benützten die Stimmung des Kaisers ihre längst gehegten Plane zu verfolgen, den katholischen Glauben nämlich zu verdrängen, und zogen den Kaiser ganz in ihre Entwürfe. Der Widerstand der katholischen Bischöfe scheint den Constantius auch allmählig immer mehr gegen ihr Bekenntniß aufgebracht zu haben. Es findet wohl ein innerer Zusammenhang statt. Die Eusebianer erkannten den Kaiser willig als Regenten der Kirche an; die Katholiken aber vertheidigten die Selbstständigkeit der ihrigen. Eine jede Secte hat schon wegen ihrer Losgerissenheit vom Ganzen der Kirche die Tendenz eine bloße Staatsreligion zu werden: der Glaube der Arianer an den Heiland als ein beschränktes Wesen, drückte die Idee der allgemeinen Kirche zu einer beschränkten Staatskirche herab: mit der Würde des Heilandes verlor nothwendig seine Stiftung, die Kirche, auch ihre Würde: ihrer in sich würde- und haltungslosen Kirche suchten sie durch ihre Auflösung in den Staat Würde und Haltung zu geben. Das gefiel einem schwachen Regenten wie Constantius. Die katholische Kirche hingegen konnte durch den Glauben an die Göttlichheit des Heilandes nie die dürftige Vorstellung von sich gewinnen, daß sie eine Staatskirche sei. Mit der Behauptung ihrer Selbstständigkeit brachte sie aber auch den Constantius gegen ihren Glauben auf.

Die Arianer, die unterdessen mit allem Eifer die Ketzerei des Photinus auf zwei Synoden zu Sirmium verdammt hatten, frischten theils die alten Klagen wieder auf, theils dachten sie auf neue. Valens und Ursacius nahmen ihre Reue wieder zurück, indem sie vorgaben, sie seien nur dazu gezwungen worden. Von allen Seiten sah Athanasius ein Ungewitter gegen sich aufsteigen. Er sendete daher fünf Bischöfe und drei Priester an Constantius, die die gegen ihn vorgebrachten Klagen widerlegen, und was ihnen sonst zweckmäßig scheine, vorbringen sollten [2]). Es war fruchtlos. Die neuen Klagen aber waren diese: wegen des Athanasius seien Constans und Constantius schon beinahe offene Feinde geworden, und stets habe er jenem gegen seinen Bruder feindselige Gesinnungen beizubringen gesucht. Mit dem Usurpator Magnentius sei er in Verbindungen gestanden. In einer Kirche von Alexandrien habe er vor ihrer Weihe feierlichen Gottesdienst gehalten; und endlich sei er, ungeachtet einer Vorladung zu Constantius zu kommen, nicht erschienen. Wie es sich mit diesen Klagen verhält, wie namentlich bei einer derselben, um sie nur möglich zu machen, die ausgesuchteste Bosheit thätig war, wird sich weiter unten näher ergeben.

In Arles (353) wurde auf Verlangen des Papstes Liberius, von Constantius eine Synode versammelt. Wahrscheinlich hatte der Kaiser die Zustimmung der Bischöfe zur Absetzung des Athanasius einzeln verlangt, der Papst aber geglaubt, daß eine Synode dem Kaiser besser widerstehen könne, als die vereinzelten Bischöfe [3]). Vincentius, Bischof von Capua, mit allen Vertheidigungsmitteln des Athanasius versehen, und beauftragt, den Glauben gegen die Arianer

---

2) Sozom. l. IV. c. 5. verlegt diese Gesandtschaft in eine spätere Zeit. Allein in der vit. Ath. von Montfaucon fol. XXXI. Opp. ed. Bened. Tom. I. wird sie mit mehr Wahrscheinlichkeit hieherbezogen.

3) Daß Liberius die Synode verlangte, sagt er selbst bei Hil. fragm. V. fol. 1330. Propter quae concilium fieri mansuetudinem tuam fueram deprecatus. Vergl. n. g. des Benedictiners Constant z. d. St.

zu handhaben, so wie dafür zu sorgen, daß gesetzlich die Sache des Athanasius untersucht und entschieden werde, vertrat den Papst Liberius auf der Synode.

Es wurde aber sogleich ohne Umstände von den Bischöfen gefordert, den Athanasius zu verdammen. Da sie keine Gründe dazu zu haben glaubten, verweigerten sie ihre Zustimmung. Allein die Drohungen des Kaisers, der Schrecken mit dem er Allen zusetzte, bestimmten endlich die Bischöfe, ihre Unterschrift zu geben. Selbst Vincentius unterzeichnete den Beschluß. Er hatte in der Noth den Vorschlag gemacht, um doch in etwas den erhaltenen Aufträgen zu entsprechen, daß man zwar den Athanasius absetzen möge, allein auch die Lehre der Arianer und ihre erkannten Anhänger verdammen solle. Man entgegnete ihm, daß das Letztere nicht der Zweck der Synode sei; alle seine Bemühungen waren vergeblich. Nur Paulinus, Bischof von Trier, konnte durch keine Drohungen vermocht werden, dem Athanasius die Gemeinschaft zu versagen, und die arianischen Bischöfe anzuerkennen. Die übrigen Bischöfe sahen in dem Schicksale dieses Mannes, was auch ihnen bevorstund, wenn sie gleich ihm die Gerechtigkeit dem Befehle des Kaisers vorgezogen hätten. Paulinus nämlich wurde nach Phrygien verwiesen unter die Montanisten, wo er nach einigen Jahren vor Gram und Hunger starb.

Dem Papste verursachte der Fall des Vincentius, denn so wurde sein Benehmen zu Arles allgemein genannt, tiefen Schmerz. An Hosius, Bischof von Corduba, schrieb er nämlich: « ich habe großes Vertrauen auf den Vincentius gesetzt, weil er mit der Sache genau bekannt, und mit deiner Heiligkeit oft in derselben zu Gericht gesessen war. Ich glaubte das ganze Evangelium könnte durch ihn geschützt werden. Aber nicht nur hat er Nichts durchgesetzt, er ließ sich auch noch zur Verstellung verleiten. Durch sein Benehmen wurde ich mit einem doppelten Gram erfüllt; ich wünschte lieber für Gott zu sterben, damit ich nicht als der neueste Ankläger (gegen Athanasius) erscheine, und man von mir nicht glaube, ich hätte einer unevangelischen Handlungsweise meine Zustimmung gegeben.» Auch andere Bischöfe munterte Liberius auf, sich durch das Betragen des Vincentius nicht im Guten irre machen zu lassen » [4]).

Liberius bemühte sich also auf alle Weise, den Verdacht von sich zu entfernen, daß sein Legat nur der erhaltenen Weisung gemäß nachgegeben habe. Allein dadurch, so wie schon durch die Aufträge, die er seinem Bevollmächtigten zu Arles gegeben hatte, zog er sich selbst den Zorn des Kaisers zu; man gieng schon damit um, auch Klagen gegen ihn vorzubringen, wohl in der Absicht, ihn seiner Stelle zu entsetzen [5]). Man warf ihm vor, er sei auf eine unerlaubte Weise zu derselben gelangt, und suche sich ausgedehntere Rechte anzumaßen; in der Sache des Athanasius endlich habe er gewisse Urkunden vernichtet, aus welcher die Strafbarkeit desselben hervorgehe.

Deßungachtet bot der Papst Allem auf, die Beschlüsse von Arles zu vernichten. Er schickte eine neue Gesandtschaft an den Kaiser, um diesen zur Berufung einer abermaligen Synode zu bestimmen. Zu dieser Sendung erbot sich Lucifer, Bischof von Cagliari, ein freimüthiger, entschlossener, herzhafter Mann, aber von übertriebenem Eifer, und wildem Ungestümm. Beigegeben wurden ihm aus dem römischen Klerus der Priester Pankratius und der Diakon Hilarius. Damit aber Muth mit Weisheit vereint vor dem Kaiser erscheine, bat Liberius den Bischof Eusebius von Vercelli in Ligurien, sich der Gesandtschaft anzuschließen. Dieser Mann war allgemein geachtet wegen seiner wissenschaftlichen Bildung, und verehrt wegen seiner Frömmigkeit. Er zögerte nicht in so wichtiger Angelegenheit seine Dienste anzubieten.

---

4) Hilar. fragm. VI. fol. 1334. Andere Schreiben des Liberius siehe bei Baronius ad ann. 353. n. 20.

5) Hilar. fragm. V. fol. 1329 sagt Liberius in seinem Schreiben an Constantius: Sermo enim pietatis tuae, jam dudum ad populum missus, me quidem, quem patienter omnia ferre necesse est, plurimum lacerat.

Der Papst sagt in seinem Schreiben an den Kaiser: «es sei ihm höchst schmerzhaft, daß er sich unerachtet aller Mühe, die er sich gebe, die Gewogenheit des Kaisers nicht erwerben könne. Er wünsche einen aufrichtigen Frieden mit ihm, der nicht auf trügerischen Worten beruhe, sondern dem Evangelium gemäß sei. Es handle sich nicht mehr um Athanasius allein, sondern um vieles Andere noch, besonders um die Erhaltung des Glaubens, auf welchem ja alle Hoffnung beruhe. Er könne sich nicht vorstellen, welche Briefe er solle unterdrückt haben. Es seien ihm Briefe aus dem Orient und aus Egypten zugekommen; in beiden seien gegen Athanasius dieselben Verbrechen enthalten; sie seien aber von den egyptischen Bischöfen widerlegt worden. Er habe alle erhaltenen Briefe in der Kirche und vor der Synode vorgelesen. Es sei um so weniger Grund vorhanden, etwas zu verheimlichen, als sich ohnedies die Mehrzahl der Bischöfe für Athanasius ausspreche. — Gott sei sein Zeuge, und alle Glieder seiner Kirche, daß er alles Irdische gering schätze; gegen seinen Willen sei er zu seinem Amte erhoben worden. Darum wolle er auch stets dasselbe auf eine Gott gefällige Weise verwalten. Er habe nie seine eigenen Verordnungen vollzogen, sondern für die Aufrechthaltung der apostolischen Sorge getragen. Der Sitte und der Ordnung seiner Vorfahrer sei er treu geblieben, er habe weder zugegeben, daß die Rechte des Episcopats der Stadt Rom vergrößert, noch, daß sie vermindert würden. Sein stetes Verlangen sei, dem durch die Reihenfolge der Bischöfe überlieferten Glauben treu zu bleiben. Seine Sorge für die Kirche erheische, offen mit dem Kaiser zu sprechen. Die Morgenländer verlangten seine Gemeinschaft, seinen Frieden. Allein die Gemeinschaft sei nicht möglich; da Mehrere derselben, schon vor acht Jahren zu Mayland die arianischen Irrlehren nicht hätten verwerfen wollen. Es sei nichts Neues, daß man unter dem Namen des Athanasius die Lehre der Kirche angreife. Mehrere früher als Anhänger des Arius abgesetzte und excommunicirte Priester und Diakonen seien Bischöfe geworden. Solchen Leuten nun sollten die übrigen Bischöfe unterthänig sein! Auch zu Arles habe man sich geweigert des Arius Lehre zu verwerfen, wohl aber den Athanasius der Gemeinschaft beraubt. Der Kaiser möge daher eine Synode gestatten, welche mit aller Umsicht die Sache untersuche, und den Glauben, den zu Nicäa die allgemeine Kirche einstimmig ausgesprochen habe, bewache.» So schrieb Liberius. (Hilar. frag. fol. 1329.)

Die Gesandten bestimmten den Kaiser ohne Mühe, eine neue Synode zu gestatten. Sie wurde nach Mayland (355) berufen. Dem Constantius war es schon einmal gelungen, die Zustimmung der Bischöfe zu erhalten; es schien ihm auch diesmal nicht schwer. Aus dem Oriente waren wenige Bischöfe anwesend; aus dem Occident aber, obschon nicht Alle, doch gegen dreihundert. Eusebius von Vercelli sah nichts Gutes voraus, und wollte darum nicht erscheinen. Allein sowohl die katholischen Bischöfe, als Constantius riefen ihn herbei: jene suchten in ihm eine Stütze für Athanasius, dieser wollte die Beschlüsse gegen Athanasius durch das Ansehen eines so gewichtvollen Mannes beschönigen. Er erschien. Zehn Tage lang mußte er warten, ehe er zu den Berathungen gezogen wurde: die Arianer nämlich hatten unterdessen geheime Zusammenkünfte. Nachdem alle Einleitungen getroffen waren, verlangten die arianischen Bischöfe in der Synode, daß Athanasius verdammt werde. Die katholischen hingegen drangen besonders unter Anleitung des genannten Eusebius darauf, daß vor Allem das Bekenntniß von Nicäa unterschrieben werden müsse, weil Einige zugegen seien, deren Glaube verdächtig sei, die also nicht Richter sein könnten. Dionysius, Bischof von Mayland, hatte schon ein Blatt zur Hand genommen, um die Unterschriften zur Bestätigung des genannten Bekenntnisses zu eröffnen. Valens riß es ihm aus der Hand. Es kam also nicht zur Unterzeichnung des nicäischen Symbolums. Das Gerücht davon verbreitete sich in der Stadt; die Gemeinde von Mayland, hörend, daß der überlieferte Glaube gefährdet sei, gerieth in große Bewegung. Daher wurden der Sicherheit wegen die Sitzungen nicht mehr in der Kirche, wie es bei Synoden üblich war, sondern im kaiserlichen Palaste fortgesetzt. Der Kaiser saß hinter einem Vorhange und hörte den Verhandlungen zu. Ein Edict, worin arianische Behauptungen eingestreut waren, wurde nun den Bischöfen vorgelegt, dessen Inhalt, wie Constantius sich darin ausdrückt, ihm im Traume durch Gott geoffenbart worden sei; auch berief er sich, um seinen Befehlen göttliche Auctorität zu geben, auf seine Siege über alle seine Feinde, in welchen sich offenbar Gott für ihn ausgesprochen habe. Daraus sollten die Bischöfe abnehmen, daß er gewiß Nichts verlange, was nicht dem Rechte und der Wahrheit gemäß sei. Athanasius also sollte, und dies war der Hauptinhalt seiner Befehle, abgesetzt werden; das verlange der Kirchenfrieden, wurde gesagt, dessen Wiederherstellung Constantius einzig bezwecke. Die Commissäre des Kaisers rühmten noch besonders des Kaisers Orthodoxie, obschon Lucifer von Cagliari sie zu verdächtigen suche.

Die Bischöfe sollten nun ohne alle Untersuchung das Edict unterzeichnen; denn die Berufung auf den Traum des Kaisers und seine Waffenthaten sollten ja die Stelle der Beweise gegen Athanasius vertreten. Da sprach Lucifer von Cagliari, der Glaube von Nicäa sei allein fromm und gesund, wenn alle Waffenmacht des Kaisers auftrete, so werde er doch das Edict nicht unterzeichnen. Er hatte die Keckheit das Edict gotteslästerlich zu nennen. Von nun an scheint der Kaiser seine Stelle hinter dem Vorhang verlassen zu haben, um unmittelbaren Antheil an den Verhandlungen zu nehmen. Es war noch Mäßigung von Seiten des Kaisers genug, daß er sich vorläufig nur gegen die Verwegenheit des Lucifer erklärte, und ihm nur bedeutete, es sei seine Sache nicht, ihn vom Arianismus zurückzubringen. Er drang auf die Verdammung des Athanasius. Die Bischöfe entgegneten, es sei dem Valens und Ursacius kein Vertrauen in ihren neuen Anklagen zu schenken, da sie unlängst selbst Alles widerrufen hätten, was je von ihnen gegen den Athanasius sei vorgebracht worden; sie könnten nicht als Ankläger gelten. Da nahm der Kaiser das Wort und sprach: er sei der Ankläger des Athanasius, um seinetwillen sollten sie den Aussagen des Valens und Ursacius glauben. Man antwortete ihm: wenn auch das der Fall sei, so sei doch der Beklagte abwesend; eine Synode sei kein römischer Gerichtshof; obschon er Kaiser sei, müßten doch, da es sich um einen Bischof handle, beide Theile nach den Gesetzen der Kirche gleiche Vortheile genießen. Athanasius sei weit entfernt; wenn er (Constantius) dem Valens und Ursacius auf ihr Wort hin Glauben beimesse, so sei kein Grund vorhanden, warum er nicht auch dem Athanasius auf sein Wort hin glauben wolle, ja er gebe durch sein Verlangen dem Verdachte Raum, daß nicht so fast er den Klagen gegen Athanasius glaube, als daß vielmehr dessen Widersacher erst auf sein Geheiß Klage führten. Der Kaiser lös'te diese Berufungen auf kirchliche Gesetze damit, daß sein Wille Kirchengesetz sei; auch die Morgenländer widersetzten sich ihm nicht, sagte er, wenn er Befehle gebe. Sie sollten darum gehorsamen, oder sie würden verbannt werden. Die Bischöfe staunten, die Hände gegen Himmel emporhebend; sie erinnerten den Kaiser, daß das Reich nicht sein Eigenthum, sondern nur von Gott ihm übergeben sei, der es ihm auch wieder nehmen könne; sie hielten ihm den Tag des Gerichtes vor, und gaben ihm zu beherzigen, daß er die Kirche nicht zu Grunde richten, Kirche und Staat nicht vermischen solle [6]. Der Kaiser zog das Schwerdt und befahl ihnen zu schweigen. Einige sollten sogar auf seinen Befehl hingerichtet werden, was er jedoch wieder zurücknahm. Auch der Vorschlag, daß die Bischöfe auf eigene Kosten nach Alexandrien reisen wollten, um wenigstens auch katholische Ankläger zu hören, wurde ver-

---

6) Συνεβουλευον αὐτῳ μη διαφθειρειν τα ἐκκλησιαστικα, μηδε ἐγκαταμισγειν την Ρωμαΐκην ἀρχην τῃ της ἐκκλησιας διαταγῃ.

worfen. Das Ende war, daß, wer in die Verdammung des Athanasius nicht einwilligte, wirklich verwiesen wurde. Ein Legat des Papstes, der Diakon Hilarius nämlich, wurde sogar von Valens, Ursacius und einigen Verschnittenen thätlich gemißhandelt; sie entblößten und geißelten ihn. Lucifer wurde nach Germanicia verbannt, wo ihn in einem finstern Gefängnisse Niemand besuchen durfte; Eusebius von Vercelli nach Scythopolis; Dionysius von Mayland nach Kappadocien, wo er starb. Die übrigen Bischöfe wichen den Drohungen; sie anerkannten die Gemeinschaft mit den Arianern und verließen die des Athanasius, in dessen Absetzung sie also einwilligten. An die Stelle der abgesetzten katholischen Bischöfe kamen Arianer. So nach Mayland Aurentius, der aus Kappadocien herbeigerufen wurde. Athanasius bemerkt hiebei, daß er noch nicht einmal die lateinische Sprache verstanden habe, während er doch Bischof einer lateinischen Stadt werden sollte; so sei die kirchliche Zucht zerstört, und ein neues Wahlgesetz der Bischöfe eingeführt worden [7].

Von Mayland aus sollte nun das Unheil über die ganze Kirche sich allmählig verbreiten. Dem Papste Liberius schwebte seine Zukunft schon vor, als er einen Trostbrief an die verbannten Bischöfe schrieb. Er preißt im demselben ihren standhaften Glauben, und nennt sie Confessoren. Er versichert sie, daß er im Geiste bei ihnen sei, und drückt seine Trauer aus, daß er, noch in Erwartung schwebend, durch eine harte Nothwendigkeit an der Theilnahme ihres Looses verhindert sei. Gerne, sagt er, hätte er ihr Vorbild im rühmlichen Bekenntniß sein mögen. Nun bitte er sie, daß sie ihm von Gott Kraft erflehen möchten, die immer traurigeren

7) Athanas. hist. arian. §§. 33. 34. 76. Hilar. epist. ad Constantium §§. 7. 8. fol. 1222. Dies Zeugniß ist um so merkwürdiger, als der Brief selbst an Constantius gerichtet ist. Lucifer in der Schrift quod sit moriend. pro Christo u. Sulpitius Severus an mehreren Orten.

Nachrichten mit Standhaftigkeit zu ertragen, und mit unverletztem Glauben an ihrer Verherrlichung Antheil nehmen zu können. (Hilar. frag. VI. fol. 1333.) Bald kam aber der Erste der Verschnittenen am kaiserlichen Hofe, um durch Geschenke und Drohungen den Papst zu bewegen, den Athanasius zu excommuniciren, und mit den Arianern in kirchliche Verbindung zu treten. Liberius entgegnete, er könne den Athanasius nicht verdammen, da er von zwei Synoden für unschuldig sei erklärt worden. Der Kaiser solle vielmehr das gegen Athanasius Beschlossene vernichten, und die Sache von einer Synode untersuchen lassen, die nicht im kaiserlichen Palaste gehalten werde, wo kein Kaiser und kein Comes sei, wo keine Gewaltthätigkeit statt finde, sondern die Furcht vor Gott allein entscheide. Keine Arianer sollten auf ihr zugelassen werden, da sie von der Synode von Nicäa excommunicirt worden seien. Zu einer Synode dürfe Keiner Zutritt haben, der den Glauben bestreite. Zuerst müsse Einigkeit im Glauben hergestellt werden. Auch der Heiland habe keinen Kranken geheilt, als nachdem er sich von seinem Glauben überzeugt gehabt habe. Das habe er von den Vätern gelernt, das solle auch der Verschnittene dem Kaiser hinterbringen. Wenn dieser darnach seine Handlungsweise einrichte, werde es ihm nützen, und die Kirche erbauet werden. Unter Drohungen entfernte sich der Verschnittene, und legte das Geschenk auf dem Grabe des heil. Petrus nieder. Liberius, ein solches Opfer verschmähend, ließ es ihm wieder zustellen.

Dem Präfecten von Rom wurde nun der Befehl zugeschickt, sich entweder heimlich des Liberius zu bemächtigen, oder ihn geradezu öffentlich zu ergreifen, und ins Hoflager des Kaisers zu bringen. Niemand durfte den Liberius sprechen. Schrecken verbreitete sich in der ganzen Stadt; man befürchtete das Aeusserste. Die Matronen flohen auf das Land. Bald wurden alle Zugänge zur Stadt verschlossen, und die blos Ansäßigen aus Rom vertrieben. Vielen Männern wurde Geld angeboten, wenn sie gegen Liberius Klagen vorbrächten.

Endlich wurde er zu Constantius abgeführt. (Athan. hist. Arian. §. 36—38.) Man hat Mühe, alle diese Anstalten zu begreifen. Was fürchtete denn der Kaiser? Er drückte die Häßlichkeit seines Verfahrens am besten durch seine Aengstlichkeit aus.

Theodoret erzählt (l. 4. c. 16.) nun Folgendes: «Constantius der Kaiser sprach zu Liberius: Weil du ein Christ bist, und Bischof unserer Stadt, haben wir beschlossen, dich rufen zu lassen, und dich aufzufodern, die wahnsinnige Gemeinschaft mit Athanasius, dem Bösewicht aufzugeben. Die allgemeine Stimme hat sich gegen ihn entschieden, und ihn durch den Beschluß einer Synode der Gemeinschaft mit der Kirche für unwürdig erklärt. Liberius sprach: Kaiser, die kirchlichen Gerichte müssen gerecht sein. Wenn es dir nun gefällt, setze ein Gericht nieder. Scheint er der Verdammung würdig, dann soll gegen ihn nach der kirchlichen Ordnung das Urtheil gefällt werden. Es geht nicht an ohne Untersuchung zu verurtheilen. Der Kaiser: die allgemeine Stimme hat sich über seine Gottlosigkeit ausgesprochen; er überlistet Alle von Anfang an. Liberius: diejenigen, welche sich gegen ihn erklärt haben, waren keine Augenzeugen dessen, was geschehen ist; sie handelten vielmehr aus eitlem Ruhme, aus Furcht, aus Besorgniß von dir gemißhandelt zu werden. Der Kaiser: welchen eitlen Ruhm meinst du, welche Furcht, welche Mißhandlung? Liberius: die lieben Gottes Ruhm nicht, welche um deiner Geschenke willen, den verurtheilen, den sie nicht gesehen, den sie nicht gerichtet haben. Das ziemt sich für Christen nicht. Der Kaiser: er wurde in seiner Gegenwart auf der Synode von Tyrus gerichtet, und alle Bischöfe stimmten bei. Liberius: nie wurde er in seiner Gegenwart gerichtet; denn diejenigen, die ihn damals verurtheilt haben, verurtheilten ihn ohne Gründe, und nachdem Athanasius das Gericht schon verlassen hatte. Nun nahm Eusebius, der Verschnittene[8]), das Wort: Auf der Synode von Nicäa hat man

8) Athanasius ist besonders den Verschnittenen abhold, sie waren die

gefunden, daß er der katholischen Lehre entgegen ist. Liberius: (der sinnlosen Rede des Verschnittenen nicht achtend) fünf nur haben ihn gerichtet, die mit Ischyras nach Mareotis sich begaben 9). Sie wurden geschickt, um gegen den Angeklagten Acten zu verfertigen. Zwei von diesen Abgesandten sind gestorben, Theodor und Theognis. Drei leben noch, Maris, Valens und Ursacius. Die Synode von Sardika hat die Abgesandten gerade um ihres Betragens willen verurtheilt. Sie haben nachher der Synode (von Rom) Schriften eingereicht, in welcher sie um Verzeihung bitten, daß sie in Mareotis einseitige Acten, um darauf eine falsche Anklage zu gründen, verfertigt hätten. Wir haben ihre Schriften zur Hand. Welchen von diesen, o Kaiser, sollen wir glauben und mit welchen uns in Gemeinschaft setzen, jenen, die den Athanasius früher verurtheilten, und nachher deßhalb um Verzeihung baten, oder jenen, die diese verurtheilt haben? Da sprach der Bischof Epiktetus 10): Kaiser, Liberius hat

größten Feinde der katholischen Lehre. hist. Arianor. §. 38. erklärt also warum sie den Sohn Gottes läugnen: και το παραδοξον της ἐπιβουλης τουτο ἐστι, ὁτι ἡ ἀρειανη αἱρεσις, ἀρνουμενη τον υἱον του θεου ἐξ εὐνουχων ἐχει την βοηθειαν, οἱτινης ὡς τῃ φυσει, οὑτως και την ψυχην ἀγονοι τυχανοντες οὐ φερουσιν ὁλως ἀκουειν περι υἱου.

9) Henricus Valesius ad h. l. sagt: Sed hic quaeri merito potest, quomodo verum sit, quod ait Liberius, quinque solos episcopos condemnasse Athanasium in Synodo Tyri, cum ni ea Synodo plurimi fuerint episcopi. Huic objectioni ita respondendum videtur. Quinque episcopi missi sunt in Mareotem a Synodo Tyri, ut in ea cognoscerent, de sacro poculo, quod ab Athanasio fractum fuisse dicebatur, et de aliis criminibus, qua illi fuerant objecta. Hi quinque episcopi, cum in Mareotem venissent, falsa illic acta conscripserunt. Quae cum postea retulissent ad Synodum, ex eorum fide statim damnatus est Athanasius. Recte ergo hi quinque soli Athanasium damnasse dicuntur, cum ex illorum falsa relatione damnatus fuerit Athanasius.

10) Athanas. hist. Ar. §. 75. giebt nähere Auskunft über diesen Hofbischof. Er nennt ihn einen Neophyten, einen verwegenen Jüng-

nicht so fast die Absicht den Glauben und die kirchlichen Gerichte zu vertheidigen, als vielmehr, sich vor den römischen Senatoren rühmen zu können, daß er den Kaiser überwunden habe. Der Kaiser: der wievielte Theil des Reiches bist du, daß du allein dem unheiligen Manne beistimmst, und den Frieden des Reichs, ja der ganzen Welt störst? Liberius: nicht dadurch, daß ich allein bin, verliert das Wort des Glaubens seine Kraft. Denn auch im alten Testamente widerstanden nur drei dem Befehle. Eusebius der Verschnittene: den Kaiser vergleichst du mit Nabuchodonosor? Liberius: keineswegs, sondern du verdammst ohne Grund einen Mann, den wir nicht gerichtet haben. Ich verlange nur, daß zuerst eine allgemeine Unterschrift den zu Nicäa ausgesprochenen Glauben bestätige. Unsere Brüder sollen von der Verbannung zurückgerufen, und in ihre Stellen wieder eingesetzt werden. Wenn sofort diejenigen, die jetzt die Kirche verwirren, mit dem apostolischen Glauben übereinstimmen, dann sollen sich Alle nach Alexandrien begeben, wo der Beklagte und die Kläger sich aufhalten. Es sollen ihnen Sachwalter gegeben werden, wir untersuchen und fällen dann das Urtheil. Der Bischof Epiktet: die öffentliche Post kann die Ueberfahrt der Bischöfe nicht bestreiten. Liberius: die kirchlichen Angelegenheiten bedürfen der öffentlichen Post nicht. Denn die Kirchen vermögen wohl die Bischöfe bis an das Meer zu bringen. Der Kaiser: das Beschlossene muß bestehen. Das Urtheil der Mehrzahl der Bischöfe muß gelten. Du allein bist der Freund des unheiligen Mannes. Liberius: es ist unerhört, daß der Richter Jemanden eines Verbrechens beschuldigt, wenn der Angeklagte abwesend ist, als habe er eine private Feindschaft. Der Kaiser: er hat Alle insgesammt beleidigt, Keinen aber so, wie mich. Er war nicht zufrieden mit dem Untergange meines ältern Bruders, auch den seligen Constans reizte er beständig gegen mich auf. Ich habe nur

---

ling, der, alle Plane des Constantius auszuführen bereit, von diesem vorzüglich geliebt worden sei.

durch größere Sanftmuth die Anfälle des Gereizten und des Anreizenden ertragen. Ich halte keinen Sieg für so groß, nicht einmal den über Magnentius und Silvanus, als den, wenn dieser häßliche Mann von seinem Amte entfernt wird. Liberius: räche durch die Bischöfe deine Feindschaft nicht; denn die Hände der Bischöfe müssen nur segnen und weihen. Wenn es dir also gefällt, rufe die Bischöfe zurück. Und wenn es sich ergiebt, daß sie mit ihm übereinstimmen, der zu Nicäa den wahren Glauben vertheidigt hat, dann sollen sie wegen des allgemeinen Kirchenfriedens zusammenkommen, damit sie dem Manne, der nichts begangen hat, nicht wehe thun. Der Kaiser: um Eines handelt es sich. Setzest du dich mit der Kirche in Gemeinschaft, so ist es mein Wille, dich nach Rom zurückzuschicken. So stimme für den Frieden, unterschreibe und kehre nach Rom zurück. Liberius: ich habe schon von den Brüdern in Rom Abschied genommen. Denn die Bande der Kirche sind mehr werth, als der Aufenthalt in Rom. Der Kaiser: du hast drei Tage Bedenkzeit, ob du unterschreiben und nach Rom zurück willst, oder dich zu besinnen, welchen Ort der Verbannung du vorziehest. Liberius: drei Tage und drei Monate verändern meine Gesinnung nicht. Schicke mich, wohin du willst.»

Nach zwei Tagen wurde Liberius wieder vorgerufen und nach Beröa verwiesen. Der Kaiser und nachher die Kaiserin boten ihm Reisegeld an. Er lehnte den Antrag ab, weil der Kaiser das Geld für seine Soldaten bedürfe. Endlich sollte Eusebius der Verschnittene ihm noch eine Summe einhändigen. Diesem sagte Liberius: du hast die Tempel des ganzen Reiches ausgeleert, und willst mir, wie einem Verbrecher Allmosen geben. Gehe und werde zuerst ein Christ. Nach drei Tagen verfügte sich der standhafte Papst an den Ort seines Exiliums. Liberius wurde wegen seiner Freimüthigkeit allgemein bewundert [11]). — So ergieng es dem

11) Athanas. hist. Arianor. §. 39. 40. ουτω μεν ουν ὁ λιβεριος, τοτε λεγω, παρα παντων εθαυμαζετο, er erzählt das Ge-

Papste; aber auch andere Bischöfe in Italien wurden verfolgt. Es verbargen sich Viele, als der Vorfall mit Liberius kund wurde. Maximus, Bischof von Neapel, verweigerte aber freimüthig die Unterschrift und erfuhr gleiches Loos mit Liberius. An seine Stelle kam Zosimus, so wie an die des Liberius der römische Diakon Felix, Beide dem katholischen Bekenntnisse zugethan; aber zweideutigen Benehmens, seitdem die Arianer die Oberhand erhielten [12]).

Sehr merkwürdig sind die Unterhandlungen mit Hosius, um auch diesen, jetzt beinahe hundertjährigen Greis, zur Unterschrift gegen Athanasius zu vermögen. Er wurde ins Hoflager des Kaisers gerufen, lehnte aber im Angesicht des Constantius mit Festigkeit die Zumuthung, den Athanasius zu verdammen, ab. Er erhielt die Erlaubniß nach Hause zurückzukehren. Hier aber wurde ihm wieder zugesetzt; Briefe und Gesandte sollten ihn umstimmen. Nun schrieb er aber selbst einen Brief an Constantius folgenden Inhalts. — « Ich bin Confessor geworden, als dein Großvater Maximian die Kirche verfolgte. Wenn auch du mich verfolgst, so bin ich auch jetzt bereit, eher Alles zu erdulden, als unschuldiges Blut zu vergießen, und die Wahrheit zu verrathen. Ich kann dich nicht loben, wenn du dergleichen schreibst und drohest.

---

spräch des Liberius mit Constantius im Auszug. Vergl. Ammianus Marcell. l. XV. c. 7. Dieser, ein Heide, spricht überhaupt mit großer Achtung von Liberius, desto nachtheiliger von Constantius.

12) Socrat. l. II. c. 37. sagt, Felix sei auf die Seite der Arianer getreten. Andere jedoch, setzt er hinzu, behaupteten, er sei kein Arianer gewesen, sondern zum Episkopate gezwungeu worden. Athanas. hist. Ar. §. 75 nennt ihn ἐπισκοπον ἐν τω παλατιῳ; und erzählt also seine Wahl: Epiktet habe mit drei Verschnittenen durch drei Kataskopen (exploratores), denn Episkopen dürfe man sie nicht nennen, den Felix ordiniren lassen. Die drei Verschnittenen hätten die Stelle des Volkes vertreten müssen. Die Handlung endlich sei im Palaste vorgenommen worden, denn das Volk habe keine Kirche dazu hergegeben.

Höre auf dergleichen zu schreiben, stimme nicht mit Arius überein, höre die Morgenländer nicht, traue dem Valens und Ursacius nicht. Denn was sie auch vorbringen, nicht wegen des Athanasius, sondern um ihrer Häresie willen, sagen sie es. Glaube mir Constantius, ich bin dein Großvater dem Alter nach. Ich war in Sardika anwesend, als du und dein seliger Bruder Constans uns Alle beriefen. Ich selbst habe die Feinde des Athanasius gebeten, in die Kirche zu kommen, in welcher ich wohnte, um es vorzubringen, wenn sie etwas gegen ihn haben sollten. Ich versprach ihnen, daß sie zuversichtlich ein gerechtes Gericht erwarten dürften. Das that ich nicht ein-, sondern zweimal, ich bat sie, mir wenigstens ihre Klagen im Vertrauen zu sagen, wenn sie es vor der ganzen Synode nicht wollten. (Er erzählt nun überhaupt, welche Mühe er sich in Sardika gegeben, und wie später Constantius den Athanasius selbst zu sich gebeten habe.) Warum giebst du denn nun dem Valens und Ursacius, obschon sie selbst Reue bezeugt, und schriftlich ihre falsche Beschuldigung eingestanden haben, immer noch Gehör? Sie haben es eingestanden, und zwar ohne Zwang[13]), obschon sie das läugnen; keine Soldaten drangen in sie, dein Bruder wußte gar nichts davon. Denn unter ihm geschah nichts Dergleichen, wie jetzt. Gott bewahre. Aus freien Stücken begaben sie sich nach Rom, und schrieben ihren Widerruf im Angesichte des Bischofs und des Presbyteriums, nachdem sie vorher dem Athanasius Gemeinschaftsbriefe zugeschickt hatten. Wenn sie aber von unrechtmäßig erlittener Gewalt sprechen, wenn auch du solche Gewalt mißbilligst, so höre selbst auf, Gewalt auszuüben, schreibe nicht mehr, schicke keine Comites mehr. Befreie die Verbannten, damit nicht, während du von zugefügter Gewalt sprichst, unter deinem Namen noch größere ausgeübt werde. Denn was geschah denn Aehnliches unter Constans? Welcher Bischof wurde vertrieben? Wann mischte

13) Dasselbe sagt Athanasius hist. Arianor. §. 29.

er sich in kirchliche Gerichte? Welcher Staatsbeamte zwang zu Unterschriften, so daß Valens und die Seinigen dergleichen Dinge vorgeben? Höre auf, ich bitte dich; erinnere dich, daß du ein sterblicher Mensch bist. Fürchte den Tag des Gerichtes, bewahre dich rein auf denselben hin. Mische dich nicht in kirchliche Angelegenheiten, gieb uns hierin keine Befehle: lerne vielmehr in dieser Beziehung von uns. Dir hat Gott das Reich übergeben, uns die Kirche anvertraut. Wie derjenige, der dir dein Reich nimmt, der Ordnung Gottes widerspricht; so befürchte auch, indem du das Kirchliche an dich reissest, daß du großer Schuld dich theilhaft machest. Es steht geschrieben: «gebet dem Kaiser, was des Kaisers ist, und Gott, was Gottes ist.» Uns steht im Bürgerlichen keine Gewalt zu, noch hast du, Kaiser, das Recht zu opfern. Dieses schreibe ich aus Sorgfalt für dein Heil. In Betreff dessen aber, was du mir geschrieben hast, habe ich folgende Gesinnung: Ich stimme den Arianern nicht bei; im Gegentheil verdamme ich sie. Ich unterschreibe mich nicht gegen Athanasius, welchen die römische Kirche und die ganze Synode (von Sardika) für unschuldig erklärt haben. Auch du hast das eingesehen, ihn zu dir berufen, und ihm gestattet, ehrenvoll in sein Vaterland und zu seiner Kirche zurückzukehren. Unter welchem Vorwande nun eine so große Veränderung? Seine alten Feinde sind auch seine jetzigen; was sie jetzt heimlich gegen ihn vorbringen, denn in seiner Gegenwart sind sie still, das haben sie, bevor du den Athanasius beriefest, schon gegen ihn ausgesagt, das kramten sie auch auf der Synode aus. Und wie ich schon gesagt habe, als ich sie ersuchte, Beweise zu führen, so vermochten sie es nicht; denn hätten sie Beweise gehabt, so wären sie nicht so schändlich geflohen. Wer hat dich nun nach so langer Zeit überredet, dein Wort und deine Briefe zu vergessen? Halte ein, folge bösen Menschen nicht, damit du nicht in der Gemeinschaft mit ihnen, dich selbst schuldig machest. Hier giebst du ihnen nach, im Gerichte aber wirst du allein dich vertheidigen müssen. Ihren Feind wollen sie durch dich rächen, sie gebrauchen dich zu ihrem Diener, damit sie durch dich ihre häßliche Ketzerei in die Kirche einschwärzen. Es steht einem weisen Manne nicht zu, andern zu Gefallen sich selbst in die Gefahr zu stürzen. Höre auf; ich bitte dich, Constantius, folge mir. So zu schreiben steht mir zu: dir, was ich geschrieben, zu beherzigen.» Nach mancherlei Drohungen wurde der Greis nach Sirmium verbannt. So war auch diese Säule der Kirche entzogen. (Athanas. hist. Ar. c. 44.)

In Gallien begann um dieselbe Zeit ein glänzender Stern sein mildes, freundliches Licht in die nächtlichen Stürme der argen Zeit zu senden: der heilige Hilarius von Poitiers. Er besaß eine ungemeine Tiefe des Geistes, und dieser gleich, war dessen Schärfe. Die Gabe der Rede war ihm verliehen, wie Wenigen nur zu jeglicher Zeit. An Gelehrsamkeit stund er gleich den hierin gerühmtesten seiner Zeitgenossen. Aber ein sanfter, zartfühlender Sinn zeichnete ihn besonders aus. Dieser hinderte ihn jedoch nicht, freimüthig zu sein, und ein muthvoller Kämpfer für die Wahrheit; ja, wie es bei solchen Charakteren häufig ist: die mildlodernde Flamme erlosch wegen ihrer innern Kraft auch bei Stürmen nicht, und diese konnten sie sogar zu einem verzehrenden Feuer anfachen. Wir werden alle diese Eigenschaften nach und nach in Hilarius sich entwickeln sehen. Kaum war er Bischof geworden[14]), als er in die großen Angelegenheiten der Zeit hineingezogen wurde. Er konnte dieses um so weniger vermeiden, als sein inneres Verdienst ihm sogleich die Stellung anwies, die sonst nur ein vieljähriger Kirchendienst und besondere äussere Würde gewähren:

---

14) Siehe vita S. Hilar. vor der Benedictiner Ausgabe seiner Werke §. 29. Der gelehrte Coustant suchte daselbst zu beweisen, daß er nur nicht erst im Jahr 355, also in demselben Jahre Bischof geworden sei, als er schon verwiesen wurde. Manche Argumente sind schwach. Aber was Gibbon history of the decline etc. Vol. III. p. 280. von Athanasius sagt, gilt auch von Hilarius: in a time of public danger, the dull claim of age and of rank are sometimes superseded etc.

er wurde sogleich das Haupt der gallischen Bischöfe, ihr Organ, ihr Vertreter in Allem. Die Arianer bemühten sich eben jetzt auf alle Weise, die gallischen Bischöfe zur Excommunication des Athanasius zu vermögen. Er hingegen suchte sie zu befestigen in der Treue gegen die Kirche. Um aber den Grund aller Verfolgungen aufzuheben, benützte er eine sehr schickliche Gelegenheit dem Kaiser eine billigere Gesinnung beizubringen. Die Germanen hatten die Grenzen des Reiches überschritten, und Gerüchte von einem hiemit zusammenhängenden Aufstande des gallischen Volkes waren im Umlauf. Hilarius beruhigte aus Auftrag der gallischen Bischöfe den Kaiser; hiebei sagt er nun: «Wir bitten nicht allein mit Worten, sondern unter Thränen, daß die katholischen Kirchen nicht mehr so feindselig behandelt, daß sie nicht mehr unerträglichen Verfolgungen und Unbilden ausgesetzt werden, und zwar, was eigentlich das Häßliche ist, von Brüdern. — Du siehest ein, daß es nicht angeht, die Gläubigen mit Gewalt denen zu unterwerfen, die nicht aufhören, den Samen einer falschen Lehre auszustreuen. Das fordert euer Beruf, deßwegen leitet ihr den Staat, daß alle Unterthanen die so süße Freiheit genießen. In keiner andern Weise können die Verwirrungen beschwichtigt, kann das Zerrissene vereinigt werden, als wenn ein Jeder ohne irgend einen knechtischen Zwang, die volle Freiheit zu leben genießt. Gewiß mußt du die Stimme derjenigen erhören, die ausrufen: ich bin ein Katholik, ich will kein Ketzer sein; ich bin ein Christ, kein Arianer; ich will lieber den Tod im Leibe erdulden, als durch Gewaltthat die keusche Jungfräulichkeit der Wahrheit verletzen. Es muß deiner Heiligkeit billiger scheinen, daß diejenigen, die Gott und das göttliche Gericht fürchten, ihr Gewissen nicht beflecken, sondern die Freiheit haben wollen, jenen Bischöfen zu folgen, welche unverletzt die Bande der Liebe bewahren, und eine ewigwährende, aufrichtige Gemeinschaft wünschen. Es ist unmöglich, es geht in keiner Weise an, daß Widersprüche sich versöhnen, daß Entgegengesetztes sich vereinigt, Wahres und Falsches sich verbindet, daß Tag und Nacht, Licht und Finsterniß Gemeinschaft haben. Gott hat die Erkenntniß von sich gelehrt, nicht aufgezwungen; durch die Bewunderung seiner göttlichen Werke gab er seiner Lehre Ansehen, einen Zwang, ihn zu bekennen, verschmähete er. Wenn für den wahren Glauben ein solcher Zwang angewendet würde, stünden die Bischöfe auf und sagten: Gott ist der Herr des Weltalls, er bedarf keines gezwungenen Gehorsams, keines abgenöthigten Bekenntnisses. Man muß ihn nicht täuschen wollen, sondern seiner würdig sein. Unsertwegen vielmehr, nicht seinetwegen ist er zu verehren. Wir können Keinen in die Kirche aufnehmen, als den, der will, nur den erhören, der bittet, nur den taufen, der bekennet. Mit Einfalt muß man ihn suchen, im Bekenntnisse lernen, mit Liebe umfassen, in Furcht verehren, mit frommer Gesinnung festhalten. Aber was soll das sein, daß die Bischöfe mit Fesseln gezwungen werden, Gott zu fürchten?» — Die übrigen Theile des Briefes klagen mit eben so großer Freimüthigkeit über die Gewaltthaten der öffentlichen Behörden und ihre Eingriffe in kirchliche Angelegenheiten, schildern die Verdienste der vertriebenen Bischöfe, verlangen deren Zurückberufung, und nehmen besonders für Athanasius ein gerechtes freies Gericht in Anspruch [15]).

Dieses so kräftige Wort würde gewiß schon allein den Hilarius den Arianern verhaßt gemacht haben, wenn auch nicht der Umstand noch dazu gekommen wäre, daß er auf der Synode von Beziers die Bemühungen des arianischen Bischofs von Arles, Saturninus, der die Beschlüsse von Arles und Mayland, in Gallien durchsetzen wollte, vereitelte. Hilarius wurde bei dem Cäsar Julian und bei Constantius angeklagt, daß er sich seines Ansehens bediene, einen Aufruhr zu Stande zu bringen. Er wurde nach Phrygien verwiesen.

15) Hilar. ep. ad Constant. opp. fol. 1218. Baronius ad ann. 355. n. 18. leitet von diesem Brief das Gesetz des Constantius ab, daß weltliche Richter die Rechtssachen der Bischöfe nicht vor ihre Gerichte ziehen dürften.

Für Athanasius enthielten diese Landesverweisungen eine glänzende Rechtfertigung. Er selbst bemerkt: (hist. Arian. §. 3.) «Gesetzt, sie haben den Athanasius mit Recht beschuldigt, was haben die andern Bischöfe gethan? Welche Gründe hatte man, oder welcher Arsenius wurde auch dort todt gefunden? Ist auch bei ihnen ein Presbyter Makarius? Ist auch dort ein Kelch zerbrochen worden? Aber daraus erhellet, daß es falsch sei, was sie gegen Athanasius vorbringen; und aus dem gegen Athanasius Erdichteten leuchtet ein, daß es falsch sei, wessen man diese anklagt.»

So war denn in den entferntesten Theilen der Kirche sogar, wo sich immer ein Bischof mit gewissenhafter Freimüthigkeit bewegte, die Unterdrückung erfolgt. Constantius wollte der Verdammung des Athanasius die gehörige Form geben: es sollte scheinen, als hätten ihn die Bischöfe verurtheilt. Viele Bischöfe stimmten nach der genannten Weise freilich auch bei. Allein diese Art die Stimmen gegen Athanasius zu gewinnen, genügte dem Kaiser selbst nicht, wie wir aus seinem ganzen Verfahren gegen ihn ersehen werden; denn er verließ sich so wenig auf sein durch die Abstimmung der Bischöfe gegen Athanasius gewonnenes Recht, daß er vielmehr nur so viel gegen ihn durchzusetzen hoffte, als ihm die Anwendung seiner Macht gewähren konnte: auf diese Weise hätte er nicht einmal der erzwungenen Form bedurft. Durch die Synode von Arles wurde Athanasius unmittelbar gar nicht beeinträchtiget, da sogleich so starke Widersprüche laut wurden. Nach Beendigung der Synode von Mayland aber erließ der Kaiser den Befehl, daß das für die Armen aus der Gemeinde des Athanasius bestimmte Getraide nicht mehr ihnen verabreicht, sondern den Arianern solle gegeben werden. Es wurde einem Jeden erlaubt, diejenigen zu beleidigen, die in seinen Versammlungen sich einfanden, und die öffentlichen Personen erhielten geradezu den Befehl, mit den Arianern in Gemeinschaft zu treten. Den Bischöfen aber, die den Athanasius als ihren Metropoliten verehrten, wurde durch die Reichsbeamten die Weisung gegeben, die Verbindung mit ihm zu verlassen, und das Edict von Mayland zu unterzeichnen. Weigerten sie sich, so wurden auch sie mit der Verbannung bedroht, mit Einziehung ihrer Güter, mit Gefängnißstrafe. Die Städte erhielten den Befehl in ihre Bischöfe zu dringen, dem Willen des Kaisers sich zu unterwerfen. Vertraute Priester des Valens und Ursacius begleiteten die Staatsbeamten, die in den Provinzialstädten mit der Vollziehung der kaiserlichen Befehle beauftragt waren, damit nicht etwa ein natürliches Mitgefühl derselben die Strenge der Verordnungen mildere[16]). Die Person des Athanasius aber sollte erst beunruhigt werden, wenn der gesammte Episkopat sich gegen ihn würde ausgesprochen haben.

Es war gewiß eine sehr peinigende Lage, in der sich Athanasius unterdessen befand. Zuerst in den weitesten Kreisen umsponnen, rückte allmählig das Gewebe immer näher und näher, das ihn umgarnen und stürzen sollte. Allein mit der größten Besonnenheit und Klarheit des Geistes waltete er auch in diesen furchtbaren Verhältnissen und mit der innigen, weisen Sorgfalt stund er seinem Amte vor. Das Bisthum von klein Hermopolis wurde unter diesen Stürmen erledigt. Den Abt Drakontius, einen sehr würdigen Mann, wählte das Volk und der Klerus zum Bischof.

---

16) Athanas. hist. Ar. §. 31. Nach Soz. l. IV. c. 9. wäre allerdings schon im J. 354. die Forderung an Athanasius ergangen, Alexandrien zu verlassen, aber der kaiserliche Commissair sei, sagt er, vom Volke vertrieben worden. Dies ist ohne alle Wahrscheinlichkeit, denn einmal ist kein Ort angegeben, an welchen Athanasius hätte exilirt werden sollen, dann hätte der Kaiser auch ein solches Verbrechen des Volks gewiß nicht ungeahndet gelassen. Bei Athanasius ist durchaus nur von Einer Aufforderung die Rede, nach welcher er Alexandrien verlassen sollte, von der nämlich, die bald erzählt werden wird. Wahrscheinlich verwechselte Sozom. die Aufforderung des Kaisers, daß Athanasius in sein Hoflager sich begeben solle, wovon weiter unten die Rede sein wird, mit der Androhung einer Verbannung. Allein die genannte Aufforderung fällt in eine frühere Zeit.

Allein unter so mißlichen Verhältnissen war das Episkopat nicht gesucht: es stund ja einem jeden Bischofe nur die Wahl zwischen den gröbsten Mißhandlungen oder der Gewissensverletzung frei. Drakontius ergriff die Flucht und gab seinen Mönchen, die auch in ihn drangen, sie nicht zu verlassen, die eidliche Versicherung, daß er das Bisthum nicht annehmen werde. Allein je tüchtiger Drakontius war, je mehr arianische Bischöfe jetzt der Kirche aufgedrungen wurden, desto mehr mußte dem Oberhirten daran gelegen sein, daß ein solcher Mann der verwais'ten Gemeinde nicht entzogen werde. Nebst der Furcht vor den Arianern war es aber auch das Mißtrauen in seine eigenen Kräfte und ein besonderer Umstand, der den Abt abhielt, das Bisthum anzunehmen: es war unter den Mönchen überhaupt die Meinung verbreitet, daß die öffentliche Wirksamkeit zu vielen Sünden Veranlassung gebe, und daß die höhere Ascese durch dieselbe unterbrochen werde. Athanasius erließ daher ein Pastoralschreiben, voll von Herzlichkeit, frommem Eifer und christlicher Erleuchtung an den widerstrebenden Drakontius. Er sagt darin: « Es ziemt sich nicht zu fliehen, da du die Gnade (einem bischöflichen Amte gut vorzustehen) empfangen hast; es stimmt mit deiner Einsicht nicht überein, auch Andern einen Vorwand zur Flucht zu geben. Viele werden sich ärgern, nicht so fast an der Flucht für sich, sondern weil du unter den gegenwärtigen Verhältnissen mit Rücksicht auf die der Kirche drohenden Trübsale fliehest. Ich fürchte, daß, während du um deinetwillen fliehest, du um Anderer willen bei dem Herrn Gefahr laufest. Mit der erfreulichsten Uebereinstimmung hat dich der alexandrinische Landbezirk gewählt. Weichst du aus, so wird nothwendig eine Trennung erfolgen. Das Bisthum wird von Vielen geraubt werden, und wie du selbst weißt, von nicht guten Männern. Die Heiden, die versprochen haben, Christen zu werden, wenn du Bischof werdest geworden sein, werden im Heidenthume bleiben, und du wirst das Licht der Gnade in ihnen auslöschen.

Wie wirst du dich unter diesen Umständen vertheidigen können? Mit welchen Gründen die Anklage gegen dich vernichten? Wie wirst du die heilen, die deinetwegen fallen und sich ärgern? Wie wirst du den Frieden wieder herstellen, wenn du ihn entfernt hast? Geliebter Drakontius, anstatt Freude hast du mir Trauer bereitet; anstatt des Trostes, Ursache zu Wehklagen gegeben. Wir erwarteten, daß du mit uns den Trost theilen werdest; nun müssen wir sehen, wie du fliehest; wie du einst vor Gericht gestellt, und verurtheilt, wie du in dieser Gefahr zu spät Reue bezeugen wirst. Wie magst du Verzeihung hoffen, da die Brüder, für welche Christus gestorben ist, durch deine Flucht Schaden leiden? Du sollst wissen, daß du, bevor du zum Bischof gewählt wurdest, für dich allein stundest, als Bischof aber für deine Gemeinde leben mußt. Ehe du Bischof warest, verlangte Niemand etwas von dir, als Bischof aber erwartet das Volk, daß du ihm Nahrung reichest und das Evangelium verkündest. Wenn nun die Hungrigen Mangel leiden, und du nur dich allein nährest, und unser Herr Jesus Christus kommen wird, und wir vor ihm stehen, welche Vertheidigung wirst du führen, wenn er seine Heerde dem Mangel preisgegeben sieht? Hättest du die Talente nicht erhalten, würde er dich nicht tadeln; da du sie aber empfangen hast, und vergräbst, wird er dich mit Recht bestrafen, und jene Worte sagen: «du mußtest meine Talente dem Wechsler geben, damit ich sie zurückfordern konnte bei meiner Ankunft.»

Wenn du die Umstände fürchtest, so hast du keine tapfere Seele. Gerade jetzt mußt du deinen Eifer für Christus zeigen, und in diesen Gefahren mit Freimüthigkeit auftreten, mit Paulus sprechend: «in Allem sind wir Sieger.» Vorzüglich mußt du bedenken, daß man nicht der Zeit, sondern dem Herrn dienen müsse (ὅτι οὐ πρεπει τῳ καιρῳ δουλευειν, ἀλλα τῳ κυριῳ). Wenn dir aber die Ordnung der Kirche nicht gefällt, und du glaubst, das bischöfliche Amt werde keinen Lohn haben, vielleicht sogar die Anordnung des Herrn verschmähest, so ermahne ich dich, denke Solches nicht, dulde dergleichen Rathgeber nicht: es ist des Drakontius nicht werth. Denn was der Herr durch die Apostel festgesetzt hat, das ist gut und bleibt ewig; die Furchtsamkeit der Brüder aber wird vorübergehen.

Wir müssen die Heiligen und die Väter nachahmen, und beherzigen, daß, wenn wir sie verlassen, wir auch ihrer Gemeinschaft nicht gewürdigt werden. Wen sollst du nach deinen Rathgebern nachahmen? Jenen, der zweifelhaft ist, der zwar folgen will aber zögert, und die Seinigen befragt? Oder den heil. Paulus, der, als ihm die Verkündigung des Evangeliums übergeben wurde, nicht mehr mit Fleisch und Blut zu Rathe gieng? Denn, wenn er auch sagte, ich bin nicht würdig, Apostel genannt zu werden, so erkannte er doch an, was er empfangen hatte, mißkannte den Geber nicht, und schrieb: « wehe mir, wenn ich nicht predige. » Wie nun das Weh über ihn gekommen wäre, wenn er nicht gepredigt hätte, so wurden ihm seine Schüler zur Freude und zum Kranze, als er das Evangelium verkündete. Deßwegen war es ihm angelegen, bis nach Illyrien zu reisen, selbst in Rom und Spanien das Evangelium zu verkündigen, damit sein Lohn der Arbeit gleiche. Er rühmt sich auch des schönen Kampfes, den er gekämpft, und erwartete getrost den Kranz, der ihm werden sollte. Wer nun soll dein Vorbild sein? Ich wünsche, daß du und ich die Heiligen zum Vorbild nehmen.

Der Herr kennt uns besser, als wir uns selbst; er weiß, wem er seine Kirche anvertraut. Glaubt sich Jemand nicht würdig, so schaue er nicht auf sein früheres Leben; sondern erfülle seinen Beruf. Wenn du dies erwägst, beunruhigt dich dein Entschluß nicht? Bist du nicht besorgt, daß Einer der dir Anvertrauten verloren gehe? Glüht nicht das Feuer deines Gewissens? Am Tage des Gerichtes muß Jeder Rechenschaft geben für die, die ihm anvertraut worden sind. Auf deine Rathgeber wirst du die Schuld nicht wälzen können; so wenig als es dem Adam gelang, der sie auf Eva schob.

So eile, Geliebter, zögere nicht, erinnere dich dessen, der dir den Dienst anvertraut. Komme zu uns, die wir dich lieb haben, und nach dem Evangelium rathen; wir begleiten dich, und du gedenkest unser im heil. Dienste. Du bist ja auch nicht der einzige Mönch, der Bischof geworden ist. Viele sind es geworden. (Er zählt nun Mehrere auf.) Sie widerstrebten nicht; den Elias, den Elisäus, die Apostel wählten sie sich zu Mustern, und verachteten das bischöfliche Amt nicht. Sie wurden nicht schlimmer, als vorher; sie wurden selbst gefördert, als sie Andere förderten. Wie Viele haben sie von den Götzen zurückgebracht? Wie viele Diener dem Herrn zugeführt? Ist es etwas Geringes, wenn eine Jungfrau dem Herrn sich weihet, ein Jüngling keusch bleibt, und ein Götzendiener Christum kennen lernt? Wie solltest du dich verschlimmern, wenn du die Heiligen nachahmst?

Glaube also Jenen nicht, die sagen, die bischöfliche Würde gebe Veranlassung zur Sünde. Du kannst auch als Bischof hungern und dursten, wie Paulus. Du kannst keinen Wein trinken, wie Timotheus, fasten wie Paulus. So wirst du, wie Paulus fastend, Andere sättigen durch deine Predigt, und selbst durstend, indem du nicht trinkst, Andere tränken, indem du lehrst. Wir kennen ja auch Bischöfe, die fasten, und Mönche, die essen. Wir kennen Bischöfe, die keinen Wein trinken, und Mönche, die trinken. Wir kennen Bischöfe, die Zeichen thun, und Mönche, die keine thun. Viele Bischöfe waren nie verheirathet, und Mönche sind Väter von Kindern geworden; gleichwie es auch Bischöfe giebt, die Kinder erzeugten, und Mönche, die keine Nachkommenschaft haben 17). Es ist eine Weise erlaubt, und die andere ist nicht verboten. Aber, wo einer immer ist, soll er

17) Es sind hier Bischöfe gemeint, die, ehe sie Bischöfe geworden, verheirathet waren; denn als Bischöfe hatten sie keinen Umgang mehr mit der Frau, wie z. B. der heil. Hilarius, der Vater des Gregorius von Nazianzus, der heil. Gregorius von Nyssa.

kämpfen. Denn der Kranz wird nicht nach äussern Verhältnissen, sondern nach den Werken gegeben werden.

So komme denn eilends herbei. Siehe, das heilige Fest nahet; laß das Volk nicht ohne dich das Fest begehen. Wer soll ihm das Pascha predigen, wenn du nicht da bist? Wer den Tag der Auferstehung verkünden, wenn du dich verbirgst? Wer ihm sagen, wie das Fest geziemend zu feiern sei, wenn du fliehest? O wie Viele werden durch deine Gegenwart gefördert werden, wie Viele Schaden leiden durch deine Abwesenheit! Die Mönche selbst wünschen doch Priester zu haben; bist du also Nichts nütze, so sollen sie dich meiden; bist du etwas nütze, Andere nicht beneiden um dich.» (Ep. ad Drac. fol. 263—268.) Drakontius nahm das Bisthum an, und hatte bald Gelegenheit, Confessor zu werden.

So nahete die Zeit heran, die den heil. Athanasius zu Grunde richten sollte. Es geschah unter furchtbaren Anstalten. Die Notarien Diogenes und Hilarius wurden nach Alexandrien gesandt, mehrere Personen aus dem kaiserlichen Palaste ihnen beigesellt, und der Feldherr der kaiserlichen Armee in Egypten, Syrianus, so wie die Soldaten selbst wurden aufgefordert, streng ihre Pflicht zu erfüllen. Athanasius sollte aufgehoben und allem Anscheine nach ermordet werden. Die Soldaten aber schienen nothwendig, um die etwaigen Bewegungen der Alexandriner zu unterdrücken. Syrian gab dem Athanasius den Befehl, Alexandrien zu verlassen. Dieser erklärte sich bereit und forderte nur, daß ihm der kaiserliche Auftrag hiezu vorgezeigt werde. Als ihm dies verweigert wurde, bat er, daß Syrian ihm wenigstens schriftlich den Inhalt seiner erhaltenen Befehle mittheile. Athanasius hatte alle Gründe hiezu; denn die Beamten erlaubten sich in dieser verwirrten Zeit oft alles Mögliche, wohl wissend, daß sie sich auf den Schutz der Höflinge verlassen durften, oder sie läugneten nachher, was einzugestehen keine Ehre oder keine Vortheile brachte. Aber Athanasius entwickelte noch andere Gründe. Er sagte, er habe Briefe vom Kaiser zur Hand, die ihm die Versicherung geben, ohne alle Störung seinem Amte zu obliegen, er solle keinen beunruhigenden Reden Glauben beimessen, vielmehr für immer des kaiserlichen Schutzes gewiß sein. Ohne neue Briefe von Seiten des Kaisers, dürfe er den frühern nicht entgegen handeln. Wahrscheinlich hatte sich der Kaiser geschämt, sich auf eine so auffallende Weise selbst zu widersprechen, und erlaubte seinem Beamten nicht, seine Aufträge vorzuzeigen; vielleicht wollte er auch, wenn das ganze Unternehmen wie immer mislingen sollte, sich einen kleinen Ausweg offen behalten, und alle Schuld von sich hinweg auf seine Diener wälzen.

Die Gemeinde, der Klerus, die angesehensten Bewohner der Stadt baten gleichfalls für Athanasius; Alle verlangten, daß ihnen die Briefe des Kaisers gezeigt würden, und wenn dies nicht geschehe, daß wenigstens so lange nicht auf die Vollziehung ihres Inhaltes gedrungen werde, bis eine Gesandtschaft an den Kaiser zurückgekommen sei. So wurde denn wirklich der erste Sturm beschwichtigt. Alles freute sich und die gewohnte Stille kehrte nach Alexandrien zurück. Man gab sich arglos dem Versprechen der Beamten hin. Aber nur zwanzig Tage dauerte die Ruhe; sie war hinreichend, die Gemüther sorglos zu machen. Es war Sitte bei mehreren Festen einen Theil der Nacht, die ihnen vorangieng, in der Kirche betend zuzubringen. So wurden gerade auch jetzt die Vigilien eines Festes gefeiert. Die Gemeinde hatte sich um ihren Bischof versammelt. Um Mitternacht aber wurde plötzlich die Kirche mit einer Schaar von fünftausend Mann unter Syrians Anführung umringt, damit Athanasius ja nicht entfliehe. Bewaffnet drang man ein. Athanasius ließ einen Psalm vorlesen, der von dem Volke mit den Worten: «denn ewig währt deine Barmherzigkeit» beantwortet werden sollte. Aber die Kriegstrompete ertönte, Pfeile flogen unter die Gläubigen, und die Schwerdter wurden gezogen. Athanasius floh nicht, er blieb auf der bischöflichen Kathedra; er wollte abwarten, bis seine Gemeinde den Erwürgern würde wie immer entronnen sein, oder das gleiche Schicksal mit ihr theilen. Als aber das Volk sich größtentheils entfernt hatte, drang man mit Ungestüm in ihn, sich zurückzuziehen. Er schlug es aus; bleiben wollte er, bis die gesammte Gemeinde den Tempel verlassen habe. Einige Kleriker und Mönche nahmen ihn aber mit Gewalt in ihre Mitte und zogen ihn ganz erschöpft fort. Er entkam denen, die ihn suchten, und verbarg sich, man wußte lange nicht wo 18). Besonders von diesem Vorfalle an, wo Athanasius in der That auf eine ausserordentliche Weise gerettet wurde, und er selbst schreibt seine Rettung öfters einem besondern Schutze Gottes zu, verbreitete sich die Sage, daß er Uebermenschliches vermöge 19).

Die Verfolgung, die auch nach dieser Schreckensnacht noch über die Gemeinde von Alexandrien ergieng, übertrifft die früher erzählte bei weitem. Ermordungen, Geisselungen, Gefängnißstrafen, Verbannungen wechselten mit einander ab. Aber was noch am meisten schmerzte, war: die Gemeinde sollte dem Syrian das Zeugniß geben, Alles sei ohne die mindeste Störung vorübergegangen. Die Waffen, die man des andern Tages noch in der Kirche vorfand, hatten die Alexandriner aufgehängt, um das Gedächtniß dieser Zeit stets zu erneuern; sie sollten sie entfernen. Allein die Alexandriner berichteten den wahren Hergang dem Kaiser, der jedoch dabei ganz gleichgültig blieb. Nun

18) So erzählt Athanasius selbst Apolog. de fuga §. 24. Apolog. ad Constant. §. 26. Und eine öffentliche Urkunde der Alexandriner an Constantius hist. Ar. §. 80.

19) Soz. l. IV. c. 10. sagt: « Niemand darf zweifeln, daß er bei Gott in Gnade stand, und die Zukunft klar voraus sah. » Er führt mehrere Geschichten als Beweis an. Ammianus Marcellinus erzählt l. 15. c. 15., er habe durch allerlei Künste die Zukunft erforscht, und hält ihn ungefähr für einen Zauberer. Dicebatur enim fatidicarum sortium fidem, quaeve augurales portenderent alites scientissime callens, aliquoties praedixisse futura.

wurden den Katholiken ihre Kirchen wieder genommen, und ihre Priester vertrieben. Die Arianer schickten nach Alexandrien einen neuen Bischof, Georgius; und der Senat und das Volk erhielten sogar den mit Drohungen unterstützten Befehl, den Athanasius aufzusuchen und auszuliefern. Von Alexandrien erstreckte sich die Verfolgung abermal über ganz Egypten; Constantius befahl nämlich, daß nur solche Männer Bischöfe bleiben und werden sollten, die der neuen Ordnung huldigten. So mußten denn die Vorzüglichsten und Geprüftesten weichen und ihre Heerde Eindringlingen preis geben. Drakontius wurde in eine Wüste verbannt. Einige Bischöfe aber giengen aus Furcht und Schrecken ordentlich zu den Arianern über.

Nachdem sich Athanasius eine Zeitlang in Alexandrien oder in dessen Nähe verborgen gehalten hatte, setzte er seine Flucht in die Wüste fort. Hier arbeitete er seine Schutzschrift an den Kaiser Constantius gegen die eben erwähnten neuen Anklagen aus. Die Form seiner Apologie läßt vermuthen, daß er sie dem Kaiser selbst überreichen wollte. Da er aber bald hörte, daß eine Maßregel gegen ihn, an Härte die andere übertraf, zog er sich wieder in die Wüste zurück, und machte sie nur öffentlich bekannt. Er sagt über den ersten ihm vorgeworfenen Punct: Schamröthe überströmt mich, wenn ich mich auch nur gegen die Klage vertheidigen soll, daß ich dich bei deinem Bruder verläumdet habe. Constans, der Christum so sehr liebte, war nicht so leichtsinnig, Verläumdungen anzuhören, und ich nicht von der Art, daß ich den Bruder gegen den Bruder aufgereitzt, oder gegen den Kaiser beim Kaiser gesprochen hätte. Ich bin nicht so unklug und kenne die Worte der heil. Schrift: «bei dir selbst fluche dem Könige nicht; und in deinem innersten Gemache schmähe nicht über die Mächtigen. Denn die Vögel des Himmels werden deine Schmähungen forttragen und sie verkünden.» (Pred. 10, 20.) Wenn nun nicht einmal der heimliche Gedanke, der gegen euch, ihr Könige, gerichtet ist, verborgen bleibt, sollte nicht unglaublich sein, daß ich in Gegenwart des Kaisers bei so großer Umgebung gegen dich gesprochen hätte? Denn nie allein habe ich deinen Bruder gesehen, nie hat blos er mit mir gesprochen, stets war ich mit dem Bischof der Stadt bei ihm: in der Gesellschaft desselben begab ich mich mit den Andern, die den Kaiser umgaben, zu ihm, und ebenso entfernte ich mich wieder. Zeuge ist Fortunatian, Bischof von Aquileja, Hosius u. s. w. (Er führt Mehrere noch namentlich an, und besonders die kaiserlichen Minister, die ihn vorführten.)

Dies ist an sich schon hinlänglich, zu beweisen, daß ich nicht gegen dich gesprochen habe. Diese Männer können es bezeugen. Allein vernimm auch die Ursache meiner Reise zu ihm. Ich verließ Alexandrien, nicht um mich an den Hof deines Bruders, sondern um mich nach Rom zu begeben; wo ich der Kirche meine Angelegenheiten empfahl. Anderes lag mir nicht im Sinne. Deinem Bruder schrieb ich erst, nachdem mich die Eusebianer bei ihm angeklagt hatten, und ich es nicht mehr vermeiden konnte, mich zu vertheidigen. Ich war damals noch in Alexandrien. Ferner schrieb ich ihm, als ich seinem Auftrage gemäß, Abschriften der göttlichen Bücher für ihn zu besorgen hatte. Ich verfertigte sie und übermachte sie ihm. Nach Verlauf von drei Jahren beschied er mich zu sich; er war eben in Mayland. Ich fragte nach der Ursache, denn ich wußte sie nicht, Gott ist mein Zeuge. Einige Bischöfe hatten ihn aber veranlaßt, so sagte man mir, deiner Heiligkeit zu schreiben, daß eine Synode berufen werde. Glaube es, Kaiser, so trug es sich zu; ich lüge nicht. Der Kaiser war bei meiner Ankunft in Mayland sehr gnädig gegen mich, ich durfte ihn sprechen. Er sagte mir nun auch, er habe dich um Berufung einer Synode ersucht.

An welchem Orte, zu welcher Zeit, soll ich nun deinen Bruder gegen dich eingenommen haben? Erinnere dich, daß ich dich dreimal gesprochen habe, ich habe nicht einmal der Eusebianer, die mir doch so sehr wehe thaten, erwähnt. Wenn ich aber nicht einmal dies that, welcher Wahnsinn müßte es gewesen sein, sogar den Kaiser gegen den Kaiser, den Bruder gegen den Bruder aufzureitzen?

In Betreff der zweiten Klage fährt er fort: Mit dem Tyrannen soll ich in einem Briefwechsel gestanden sein! Ich mag seinen Namen nicht einmal nennen, denn das Uebermaß der Verläumdung bringt mich ausser Fassung; untersuche du daher selbst und urtheile. Wenn man Klagen gegen mich in Bezug auf deinen Bruder vorbrachte, so war doch noch Veranlassung da, denn ich wurde gewürdigt, vor ihm zu erscheinen; er schrieb meinetwegen an seinen Bruder, er ehrte mich, wenn ich bei ihm war, und berief mich, wenn ich abwesend war. Den Magnentius aber kenne ich nicht einmal. Welche Verbindung nun zwischen Solchen, die sich nicht einmal kennen? Welchen Vorwand sollte ich gehabt haben, ihm zu schreiben? Welchen Eingang des Briefes wählen? Etwa, du hast wohl gethan, den zu ermorden, der mich beschützt hat, dessen Wohlthaten gegen mich ich nie vergessen werde? Ich preise dich, daß du meine Freunde, meine Glaubensgenossen, die edelsten Männer umgebracht hast? Ich bewundere dich, daß du Diejenigen, die mich in Rom am aufrichtigsten empfiengen, geschlachtet hast? Deine Stiefmutter nämlich, die Eutropium, die in Wahrheit diesen Namen verdient, den edlen Abuterius, den treuen Sperantius und viele andere vortreffliche Männer?

Ich wünschte, daß mein Widersacher selbst mir zur Rede stünde. Bei der Wahrheit selbst möchte ich ihn fragen, welcher von uns mehr wünschen müßte, daß Constans lebe, und wer sich dessen am meisten erfreuete. Wenn er aber doch wohl selbst weiß, daß ein Freund des Constans, kein Freund seines Gegners sein könne, so möchte es mich fast bedünken, daß er selbst gegen Constans beabsichtigte, was er gegen mich erdichtet hat.

Gegen die dritte Klage verantwortet er sich also: «Glaube es, Kaiser; schon während der Fastenzeit wurden wegen der Enge der Tempel und der Menge der Gläubigen sehr viele Kinder, nicht wenig junge Frauen, vorzüglich aber viele alte Frauen so gedrückt, daß sie nach Hause mußten getragen werden. Alle aber waren unzufrieden und wünschten die große Kirche. Wenn nun an dem Vorfeste schon ein so großes Gedränge war, was war an dem Feste selbst zu erwarten? Noch weit Schlimmeres. Es ziemte sich aber nicht, daß Trauer anstatt Freude, Schmerz anstatt Heiterkeit, Weinen statt des Festes dem Volke werde. Nach der Sitte anderer Orte, (er zählt mehrere Beispiele auf) wo man auch noch während des Baues sich in den Kirchen versammelte, wenn in den schon vorhandenen der Raum zu enge war, ließ ich nun die gottesdienstliche Feier daselbst halten. Ich weiß, daß du, fromm wie du bist, die Sehnsucht des Volkes anerkennen und verzeihen wirst, wenn ich das Gebet des so großen Volkes nicht hinderte.

Ich möchte meinen Gegner fragen: wo war es anständig, daß das Volk zum Gebet sich versammelte, in der Wüste oder an einem für das Gebet erbauten Orte? Denn, so sagte es, lieber wolle es auf freiem Felde sich versammeln, als in einer so engen Gefahr drohenden Kirche. Wo war es geziemend und würdig, daß das Volk Amen sage in der Wüste, oder an einem Orte, den man schon Tempel nannte? Du aber, o Kaiser, wo möchtest du wünschen, daß das Volk, für dich zu flehen, die Hände emporhebe, da, wo Heiden vorübergehen, oder an jenem Orte, der deinen Namen trägt, wo der Grund zum Tempel gelegt ist, und den Alle schon so nennen? Hier konnte man die Einmüthigkeit des Volkes erblicken, und so war Gott geneigter das Gebet zu erhören. Wenn nämlich nach dem Versprechen des Heilandes, wo zwei oder drei in seinem Namen versammelt sind, um was sie ihn bitten, gegeben wird; was mußte eine so große Menge bewirken, die einmüthig sprach: Amen. Wie freute sich auch das Volk, sich das erstemal an einem Orte versammelt zu sehen, da es vorher zertheilt war! Alle erfreuten sich darob, nur die Verläumder schmerzte es.

Hätte ich das Volk auf dem Felde sich versammeln lassen, wie würde dann der Widersacher schmähen? Wie beredt würde er sagen: deinen Ort hat er verachtet; er ist dagegen, lachend gieng er vorüber, das Feld wies er anstatt des Ortes an, das dem Bedürfniß gesteuert hätte. Das Volk, das beten wollte, hat er gehindert. Wenn ich so gehandelt hätte, wäre es ihm lieb gewesen, nun da es nicht geschehen ist, ist er betrübt und macht andere Erfindungen!

Endlich sagen meine Ankläger, ich hätte, ungeachtet deines Befehls, Alexandrien nicht verlassen und mich nicht zu dir begeben. Nämlich Montanus überbrachte einen Brief, der mich in der Voraussetzung, als hätte ich dich gebeten, dich in Italien um kirchlicher Bedürfnisse willen sprechen zu dürfen, an den Hof beschied. Ich weiß deiner Heiligkeit Dank, daß du dich würdigtest, für eine bequeme Reise zu sorgen, und meiner Bitte, in der Voraussetzung, ich hätte sie gestellt, entsprachst. Aber Niemand wird von mir ein solches Schreiben aufweisen können. Wenn ich dir auch täglich Briefe schicken könnte, um dich zu sehen, so wäre es mir doch nicht erlaubt die Kirche zu verlassen, da du ja auch gewohnt bist den Bedürfnissen der Kirche zu begegnen, ohne daß die Bischöfe persönlich vor dir erscheinen. Da also der Brief unterschoben war, so war auch ich nicht beauftragt, zu dir zu kommen. Der Brief enthielt keinen Befehl schlechthin zu dir zu kommen, sondern er setzt voraus, ich hätte dich darum ersucht; es war also offenbar, daß der mir überbrachte Brief gegen deinen Willen war. Das wußten Alle, das schrieb ich auch, und Montanus weiß, daß ich es nicht ablehnte, zu dir zu kommen; aber so zu kommen, als hätte ich dich ersucht, das hielt ich für ungeziemend. Ich wollte keine Veranlassung geben zu glauben, ich belästige dich. Auch weiß Montan, daß ich mich schon zur Reise anschickte, wenn du es befehlen solltest; da aber das nicht geschah, wie war ich ungehorsam, da ich ja keinen Befehl zu vollziehen hatte? Später kam auch Diogenes der Notar; aber auch er überbrachte keinen Brief. Ich fragte auch den Feldherrn Syrian, ob er einen Befehl habe. Ich gestehe es, ich verlangte etwas Ausdrückliches hierüber zu lesen. Mit welchem Rechte ich es aber verlangte, geht aus einem Schreiben von dir an mich hervor, in welchem du mir sagtest, daß ich von Niemand beunruhigt werden, sondern mit Ruhe in meiner Kirche ohne Furcht bleiben sollte.

Da nun jene keinen Brief aufzeigten, hätte ich nicht geradezu gegen diesen Brief gehandelt? Mit Recht, o frommer Kaiser, bestand ich demnach darauf, wie ich mit Briefen ins Vaterland zurückkam, so auch nur mit Briefen wieder abzureisen. So nur konnte ich nicht als Flüchtling erscheinen und der Verantwortung unterworfen werden, so nur hatte ich einen Grund meiner Entfernung, da ich zu meiner Abreise beauftragt gewesen wäre. Das verlangte auch das Volk mit den Priestern und sie baten den Syrian darum. Sie baten, daß entweder mir Briefe geschickt, oder die Kirche nicht beunruhigt werden solle, bis die Gemeinde selbst zu dir eine Gesandtschaft werde geschickt haben. Syrian sah das Vernünftige der Vorstellungen ein und sagte es zu, keine Unruhe mehr zu veranlassen, sondern deiner Förmigkeit die Sache zu überlassen.

Alle also verlangten Briefe. Allerdings hat das Wort eines Kaisers dieselbe Kraft wie eine Urkunde; besonders wenn der Ueberbringer es schriftlich bezeugt. Da sie aber nicht unumwunden sagten, es sei dein Befehl, noch, um was ich bat, schriftlich mich von deinem Befehl unterrichteten, im Gegentheil Alles so einleiteten, als handelten sie aus eigener Macht, so faßte ich, ich gestehe es und sage es offen und frei, Verdacht gegen sie. Denn Viele von ihnen waren von Arianern umgeben, speis'ten mit ihnen, beriethen sich mit ihnen, und unternahmen Nichts mit freimüthiger Offenheit, sondern Nachstellungen und Ränke ersannen sie gegen mich. Da sie Nichts so ausführten, daß man den kaiserlichen Befehl erkannte, vielmehr wie Solche handelten, die von einem versteckten Feinde herbeigerufen waren, so überführten sie sich selbst. Da mir also ihre Unternehmungen und Rathschläge noch mehr verdächtig wurden, so wurde ich nun so mehr genöthigt Briefe zu fordern. (Nun erzählt er den nächtlichen Ueberfall.)

Wozu nun solche Pläne, warum machten sie hinterlistigerweise Nachstellungen, da es ihnen erlaubt gewesen wäre zu befehlen und zu schreiben? Daß sie im Verborgenen handelten, machte es noch augenscheinlicher, daß sie keine Aufträge hatten. Was verlangte ich also Ungereimtes, o Kaiser, der du die Wahrheit liebst? Warum sollte solches Verlangen einem Bischofe nicht zustehen? Wenn du die Schrift gelesen hast, so weißt du, wie groß das Verbrechen eines Bischofs ist, der seine Kirche verläßt, und die Heerde Gottes nicht weidet. Die Abwesenheit des Hirten gibt den Wölfen Veranlassung die Heerde anzufallen. Das suchten die Arianer und alle Anderen Häretiker; durch meine Abwesenheit wollten sie Gelegenheit gewinnen das Volk zur gottlosen Lehre zu verführen. So vertheidigte sich Athanasius.

Er setzt in seiner Apologie voraus, daß Constantius kein Arianer sei, und daß Manches von dem, was zu Alexandrien geschehen war, theils geradezu gegen seinen Willen, theils doch nicht ganz mit demselben übereinstimmend sei ausgeführt worden. Darum sagt er zur Vertheidigung seiner Flucht: «Alles habe ich ausgestanden, unter wilden Thieren habe ich gewohnt, um die Gelegenheit abzuwarten, die Verläumder bei dir zu überführen, und deine Billigkeit öffentlich zu zeigen. Welches von Beiden ziehest du vor, o Kaiser, daß ich, während die Sykophanten gegen mich entbrannt waren, und mich zu tödten suchten, mich ausgeliefert hätte, oder daß ich mich eine Zeitlang verborgen hielt, damit in der Zwischenzeit die Ankläger als Häretiker überwiesen, du aber als gerecht und billig anerkannt werdest? Konntest du wollen, daß ich mich vor den Beamten stelle, welche anstatt deiner Drohungen mich gemordet haben würden? Es war ebenso unziemlich für mich ohne dringende Ursache die Flucht zu ergreifen, als bei der drohendsten Lebensgefahr zu bleiben; und deiner wäre es unwürdig gewesen, wenn dir der Tod der Christen und eines Bischofs wäre zugeschrieben worden. Denn auf deine Rechnung wäre doch Alles gesetzt worden.» Es wird Keinem entgehen, mit welcher Feinheit und doch zugleich mit welcher Kraft Athanasius sich vertheidigt. In welchem Abstande stehen die eben so plumpen als unsittlichen Anklagen der Arianer! Für Jeden, der auch nur ganz oberflächlich das Verhältniß des Athanasius zu Constans kannte, mußte es ganz widersinnig erscheinen, daß er in einem Bunde gegen diesen sollte verwickelt gewesen sein. Die andere Anklage: daß Athanasius in einem so vertrauten Verhältnisse mit Constans gestanden sei, daß er ihn gegen seinen Bruder zu reitzen vermocht hätte, steht in einem offenbaren Widerspruche mit der eben berührten. Der erdichtete Brief, nach welchem Athanasius den Kaiser gebeten hätte, zu diesem kommen zu dürfen, möchte wohl mit Vorwissen des Constantius geschrieben worden sein. Konnte denn der Betrug nicht leicht entdeckt werden? In welchem Lichte erschienen dann die arianischen Bischöfe vor dem Kaiser? Aber der Umstand, daß der Kaiser ohne Zweifel um den erdichteten Brief wußte, ist ein eben so in sich häßliches, als den kaiserlichen Thron entwürdigendes Kunststück, und verdiente die kluge Wendung, die Athanasius nahm. Wahrscheinlich wollte man dem Athanasius bei dieser Berufung das Ende seines Lebens geben, und ein Kaiser, wie Constantius, der so viele der Seinigen sogar hatte ermorden lassen, war dessen nicht unfähig. Unternahmen aber die Arianer das Wagestück mit der Erdichtung des Briefes ohne Einverständniß mit dem Kaiser, in welcher traurigen Gestalt erscheint uns dieser abermal? Wäre das Letztere der Fall, so konnten die Arianer das Gelingen ihrer Tücke nur dann für möglich halten, wenn sie von Athanasius die Ansicht hatten, er sei so furchtsam und kraftlos, daß er selbst einem auf einer falschen Unterlage ruhenden kaiserlichen Befehle ohne alle Gegenbemerkung nachkommen, und sogar, wenn er vor dem Kaiser erschienen sei, sein Befremden in keiner Weise darüber ausdrücken werde, wie man doch veranlaßt worden sei, ihm einen Brief zu unterschieben.

Aber soweit gieng der Muthwillen der Arianer, daß sie dem Athanasius seine Flucht nach dem Ueberfalle als ein Zeichen von Feigheit vorwarfen. Er sah sich gezwungen, eine besondere Vertheidigung deßhalb aufzusetzen. In seiner Vertheidigungsschrift beruft er sich auf das Beispiel der Propheten, Jesu Christi selbst und seiner Apostel. Er sagt dann unter Anderem: «Sie bedauren, daß sie mich nicht ermordet haben, und werfen mir Feigheit vor, uneingedenk, daß sie sich selbst Vorwürfe machen. Denn wenn die Flucht des Einen schlecht ist, so ist die Verfolgung des Andern noch schlechter. Jener verbirgt sich, um nicht gemordet zu werden, dieser verfolgt, um zu morden. Tadeln sie nun die Flucht, so sollen sie sich nur schämen, daß sie verfolgen. Sie sollen nur aufhören Nachstellungen zu machen, und man wird sogleich aufhören, sich zu flüchten. Sie fühlen nicht, daß die Flucht der Verfolgten, eine Anklage gegen die Verfolger ist. Niemand flieht den Sanftmüthigen und den Menschenfreundlichen, wohl aber den Grausamen und Gottlosen. — Die Heiligen haben uns im Wort und Beispiel gelehrt, daß die Flucht erlaubt sei; wie werdet aber ihr die Erlaubniß zur Verfolgung in ihrer Lehre und in ihrem Beispiele nachweisen können?» Aus diesem Vorwurfe und der Nothwendigkeit einer Apologie für seine Flucht ersehen wir aber, daß Athanasius nach den Forderungen seiner Zeit wirklich nur im äussersten Falle seine Gemeinde verlassen durfte.

Uebrigens wurde Athanasius selbst in der Wüste auf Befehl des Kaisers von einem gewissen Artemius noch aufgesucht, und an die Könige von Aethiopien stellte er sogar die Forderung [20], ihren Bischof Frumentius anzuhalten, daß er die Gemeinschaft mit Athanasius verlasse. Dieß mußte für den Athanasius um so schmerzlicher sein, als Frumentius, der Apostel der Aethiopier ein Schüler des Athana-

---

20) Vita S. Pachom. in act. Sanctor. 14. May und Gregor Naz. encom. S. Athan. n. 9.

sius, und von ihm zum Bischof geweiht worden war. Constantius sagt in seinem Schreiben an die Fürsten Aezanas und Sazanas, daß Frumentius von einem gottlosen Bischofe sei geweiht worden; er solle sich nach Egypten zu Georgius begeben, um von diesem die christliche Wahrheit zu erfahren, und als ächter Bischof eingesetzt zu werden, wenn er anders dessen würdig sei, und dann wieder zurückkehren. Es sei sonst Gefahr, daß alle ihre Länder von einem gefährlichen Irrthum ergriffen würden, von der katholischen Lehre nämlich, zumal wenn, was zu befürchten sei, Athanasius selbst in ihr Reich kommen werde. Constantius wollte demnach verhindern, daß der verfolgte Bischof eine Zufluchtsstätte bei seinem Schüler und Freunde Frumentius erhalte [21]). In diesem Schreiben spricht ferner der Kaiser offen aus, daß Athanasius ein Irrlehrer, also das Symbolum von Nicäa Irrlehre sei; unzweideutig erklärt er sich auch, daß ein diesem entgegengesetzter Glaube, der herrschende (πιστις κρατουσα) werden solle, und zwar nicht blos im römischen Reiche, sondern allenthalben wohin sich der Einfluß der kaiserlichen Macht erstreckte.

So war denn der Wunsch des Kaisers erfüllt: Athanasius war von seiner Stelle vertrieben. Da aber dies nicht anders möglich war, als daß mit ihm unzählige andere Bischöfe ihre Gemeinden verlassen mußten, so dürfte sich leicht die Bemerkung darbieten, daß jetzt die katholische Kirche am Rande des sie verschlingenden Abgrundes gestanden sei. Folgende Bemerkung des Athanasius über den Zustand der Kirche ist auch gar nicht geeignet, von dieser Besorgniß zu befreien. Er sagt nämlich: (hist. Arianor. §. 53.) Welche Kirche verehrt nun Christum mit Freiheit? Wenn sie (mit Freimüthigkeit) frommgläubig ist, so ist sie in Gefahr, und wenn sie sich auch verstellt, doch in Furcht. Alles hat Con-

21) Das Schreiben findet sich, apolog. ad imperat. Constant. §. 31. Ist aber ein späterer Zusatz des Athanasius so wie manches Andere am Ende dieser Apologie.

stantius, soviel an ihm liegt, mit Heuchelei und gottlosem Sinn erfüllt. Denn wenn irgendwo Einer ist, der dem Glauben treu bleibt und Christum liebt, es giebt aber überall viele Solche, wie die Propheten und der große Elias waren, so verbergen sie sich und gehen in die Höhlen der Erde, oder halten sich in den Wüsten auf.» Allein diese Klage wegen der Nothwendigkeit des sich Verbergens ist doch nur auf die Bischöfe und auf andere hervorragende Personen zu beziehen; nur an wenigen Orten, wie in Egypten und in Constantinopel, wo die Verfolgung am heftigsten war, waren auch mehrere Gemeindeglieder gezwungen worden, die Stadt zu verlassen. Geläugnet kann es jedoch nicht werden: die katholische Kirche befand sich in der traurigsten, betrübtesten Lage, aber es waren auch Keime eines baldigen gesegneten Wachsthums genug vorhanden.

Athanasius sagte mit Recht, Constantius glaube, er könne die Wahrheit mit den Menschen stürzen, das sei aber nicht so. (hist. Ar. §. 52.) Die Hoffnung der katholischen Kirche gründete sich darauf, daß ja nur mit der äussersten Gewaltthat ihr gegenwärtiger Zustand herbeigeführt war; und wenn auch noch so Viele arianisch gesinnt wurden, der Kern der Gemeinden blieb doch der Kirche treu. Athanasius bezeugt dies, wenn er sagt: «in jeder Kirche aber bewahren sie den empfangenen Glauben, und erwarten ihre Lehrer, verwerfen die Christum bekämpfende Lehre, welche wie eine Schlange vermieden wird.» (hist. Ar. §. 42.) Wenn selbst auch ein arianischer Bischof predigte, es schadete nicht immer so viel, als man sich denken mag. Freilich wenn er seine eigenthümlichen Lehrmeinungen vortrug, so mußte die Pietät der Christen verschwinden: wenn er sagte, Christus ist ein Geschöpf, ist aus Nichts, veränderlich, hörte nothwendig der tiefe Glaube auf, wenn es Eingang fand. Allein das getrauten sich selbst die strengen arianischen Bischöfe nur selten von der Kanzel herab zu verkünden; kluge Weltleute, wie sie meistens waren, predigten sie überhaupt vom Sohne Gottes, und das noch katholische Volk dachte sich dabei, was es nach der katholischen Lehre sich zu denken hätte. War demnach öfters auch der Bischof noch so weit von der Gesinnung der katholischen Kirche entfernt, das Volk blieb meistens derselben treu. Hilarius (contr. Auxent. c. 6.) sagt nämlich: «Von diesem gottlosen Betruge (daß sie anders denken als predigen) kömmt es, daß unter den Bischöfen des Antichrists, das Volk Christi nicht zu Grunde geht, indem es glaubt, die Worte haben ihren natürlichen Sinn. Die Gläubigen hören, daß Christus Gott sei, und sie glauben er sei, was er genannt wird. Sie hören ihn Sohn Gottes nennen, und glauben, eben deßwegen sei er wahrer Gott. Sie hören, er sei vor allen Zeiten, und meinen, es sei so viel als ewig. Die Ohren des Volks sind heiliger, als die Herzen der Bischöfe. (Sanctiores aures populi, quam corda sunt sacerdolum.)

Ferner brachten die vertriebenen Bischöfe den Arianismus und seine Verfechter in einen so üblen Ruf, daß er und sie in der öffentlichen Meinung sinken mußten. Athanasius bemerkt Folgendes: «ihre Verbannung betrachteten sie als einen Wirkungskreis. Als sie die Länder und Städte durchwanderten, predigten sie den wahren Glauben, obschon sie sich in Fesseln befanden, und verwarfen die arianischen Irrlehren. So kam gerade das Gegentheil von dem zu Stande, was die Verfolger wollten. Je weiter der Ort der Verbannung entfernt war, desto weiter verbreitete sich der Haß gegen sie, und ihre Reise war schon eine Predigt gegen die Gottlosigkeit der Arianer. Jeder, der die Verbannten sah, bewunderte sie als Bekenner, und verabscheute ihre Feinde nicht blos als unsittliche Menschen, sondern als Starfrichter und Mörder.» (l. l. §. 34.)

Die verbannten Hirten standen ferner in einer beständigen Verbindung mit ihrer Heerde, trösteten sie, und ermuthigten sie auf alle Weise. So haben wir noch Bruchstücke von einem Briefe, den Athanasius an seine verlassene Gemeinde schrieb. «Gott wird euch trösten; euch betrübt freilich, daß Andere durch Gewaltthat eure Kirchen in

Besitz genommen haben, ihr aber unterdessen ausserhalb derselben sein müsset. Aber jene haben die Tempelstätte, ihr den apostolischen Glauben. Jene sind in den Kirchen, aber von dem Glauben ferne; ihr zwar seid ausserhalb der Kirchen, aber der Glaube ist in euch. Was ist mehr, der Glaube oder der Tempel? Offenbar der Glaube. Wer also hat mehr verloren, oder wer besitzt mehr, wer im Besitz des Glaubens oder des Tempels ist? Es ist zwar eine Wohlthat um den Tempel, wenn der apostolische Glaube darin gepredigt wird, wenn der Heilige darin wohnt[22]. — Ihr seid selig, weil ihr durch den Glauben in der Kirche seid, auf dem festen Glaubensgrunde wohnet; dies sei euch genug, die Fülle des Glaubens nämlich, die unerschütterlich in euch bleibt. Durch die apostolische Ueberlieferung kam er zu euch, oft wollte ihn ein verabscheuungswerther Haß erschüttern, aber er vermochte es nicht. Als darum Petrus, durch die Eingebung des Vaters bekannte: «du bist der Sohn des lebendigen Gottes,» so wurde ihm erwiedert: «selig bist du Simon, Jonas Sohn, denn Fleisch und Blut hat es dir nicht geoffenbart, sondern mein Vater, der im Himmel ist.» Niemand also vermag etwas über euern Glauben, (weil er ein vom Vater im Himmel selbst in euch angezündetes Licht ist) geliebteste Brüder, und wenn einst Gott auch die Kirchen, wie wir hoffen, wieder zurückgeben wird, so muß doch auch dann der Glaube höher stehen, als sie.» (opp. fol. 968.)

An allen Bewegungen der Kirche von ganz Egypten nahm er auch während seines Exils den lebhaftesten Antheil. Er entwickelte den Seinigen die Irrthümer der arianischen

---

22) Vergl. Hil. contra Auxent. c. 12. Unum moneo, cavete Antichristum; male vos parietum amor cepit, male ecclesiam Dei in tectis aedificiisque veneramini, male sub his pacis nomen ingeritis. — Montes mihi et sylvae et lacus et carceres, et voragines sunt tutiores: in his enim prophetae aut manentes aut demersi spiritu prophetebant.

Häresie und die Wahrheit der katholischen Lehre, sprach den Wankenden Muth ein, lobte die Festen, und richtete Alle wieder auf. Als um die Zeit der Ankunft des Georgius den Bischöfen eine arianisirende Formel vorgelegt wurde, schrieb er ihnen unter Anderm: «(epist. encycl. fol. 270.) Nichts soll uns vermögen, uns von der Liebe Christi zu trennen, wenn uns auch die Häretiker mit dem Tode bedrohen. Wir sind Christen und keine Arianer. Solche Freimüthigkeit ziemt sich für uns. Denn wir haben nicht den Geist der Knechtschaft wieder zur Furcht erhalten, sondern zur Freiheit hat uns Gott berufen. In der That schmählich wäre es, und allzu schmählich, wenn wir den Glauben, den wir vom Heiland durch seine Apostel erhalten haben, wegen des Arius und seines Gleichen verlören. In dieser Gegend (wo sich Athanasius verbarg) haben die Meisten den Muth, bis zum Todte ihren Ränken zu widerstehen, zumal sie eure Standhaftigkeit vernommen haben. Deßhalb bitte ich euch, haltet fest an dem Glauben, den die Väter zu Nicäa bezeugt haben, mit Freudigkeit und Muth und festem Vertrauen vertheidigt ihn, werdet Allen ein Vorbild, und zeiget Allen, jetzt müsse man für die Wahrheit kämpfen. Nicht allein das macht Märtyrer, wenn man den Götzen keinen Weihrauch streuet, sondern auch das ist ein glänzendes Zeugniß des Gewissens, wenn man seinen Glauben (gegen Häretiker) nicht verläugnet. Ihr wisset wie Alexander bis zum Tode gegen den Irrthum kämpfte, wie viele Trübsale er, obschon ein Greis, ausgestanden, wie viele Andere auch im Kampfe gegen diese gottlose Lehre duldeten. Sie haben den Ruhm ihres Bekenntnisses bei Christus. So lasset auch uns, da der Kampf das Höchste gilt, da es sich darum handelt, den Glauben zu läugnen oder zu bewahren, solchen Eifer und solche Gesinnung haben. Was wir empfangen haben, lasset uns bewahren, und an dem zu Nicäa bezeugten Glauben, wie an einer Feste halten. Lasset uns also, angethan mit dem göttlichen Worte, uns denen entgegensetzen, die die Wuth im Hause des Herrn verbreiten wollen; wir wollen den leiblichen Tod nicht fürchten. Auch nach meinem Blute dürsten sie bis jetzt. Darum aber kümmere ich mich nicht. Denn ich weiß, daß derer, die ausdauern, ein großer Lohn erwartet, und daß auch ihr ausdauert, wie die Väter, und den Gemeinden ein Vorbild seid. Haltet fortan die fremde Lehre ab, und ihr werdet den Ruhm haben; sagen zu können: «wir haben den Glauben bewahrt,» und der Kranz des Lebens wird euch zu Theil werden, den der Herr Jenen verheißen hat, die ihn lieben.»

Wenn auch die Brüder uns verlassen, (hist. Ar. §. 47.) redete Athanasius anderswo seine Mitleidenden an, wenn Freunde und Bekannte weit sich entfernen, und Keiner sich findet, der den Schmerz theilt, und tröstet, so ist doch Gott die vorzüglichste Zuflucht. Auch Elias war allein, als er verfolgt wurde, aber Gott war dem Heiligen Alles in Allem. Auch der Heiland hat uns dieses Vorbild hinterlassen; auch er wurde allein gelassen, als er von seinen Feinden Nachstellungen litt, damit auch wir, obgleich verfolgt und von den Menschen verlassen, nicht muthlos werden, sondern auf ihn vertrauen, und die Wahrheit nicht verrathen. Wenn diese auch eine Zeitlang unterdrückt wird, am Ende erkennen sie selbst ihre Verfolger an.»

So suchte Athanasius seine Gemeinde sowohl, als seine Mitbischöfe in der Treue zu bewahren, obschon er stets flüchtig, und, wie er selbst bekennet, unter wilden Thieren seinen Aufenthalt hatte. War denn nun freilich die Lage der katholischen Kirche eine sehr traurige und schmerzliche, die Kraft ihrer Oberhirten erhielt und leitete sie doch stets, und es fehlte viel, daß sie dem Untergange nahe war. Wie Athanasius nämlich, so stunden auch die andern Vertriebenen immer in einem Verkehr mit ihren Gemeinden, und ihre Worte waren um so wirksamer, als ihre Treue gegen den Heiland so rein, so fest, so geprüft erschien [23].

---

23) Vergl. Hilar. de synod. c. 1—2. Hier sagt er zwar, daß er längere Zeit nicht habe schreiben können, aber er giebt den galli-

Ein anderer Grund der Hoffnung der katholischen Kirche lag selbst dort verborgen, von wo aus die meiste Gefahr sich verbreitete: in den arianischen Bischöfen. Die große Gefahr, die von diesen drohete, leuchtet freilich von selbst ein. Innigst sind Lehre und Verfassung in der Kirche miteinander verbunden: mit einer wesentlichen Veränderung der ersten kann diese nicht bestehen, und umgekehrt. Die ganze Verfassung beruhet auf einem durchgebildeten, überirdischen Gemeinschaftsgeiste, sie wuchs aus dem Grunde jener Liebe hervor, die in den Christen entsteht, wenn sie mit vollem durch und durch gesundem Herzen erkennen und anerkennen, daß der Erlöser wahrer Gottes Sohn und wir in ihm wieder geboren seien zum ewigen Leben. Diesen läugnend konnte die Verfassung von den Arianern nicht mehr verstanden, und darum auch nicht beibehalten werden. Wie eine fremde Lehre, so war ein fremdes Glied in die Abgliederung des kirchlichen Organismus gekommen; weil es sich nicht organisch von innen herausgebildet hatte, sondern von aussen war in das Ganze hineingeschoben worden, so mußte auch dieses, wenn es so fort gieng, allen Halt verlieren, und aus einander fallen. Dieses fremde Glied war der Kaiser, der sich selbst zum Reichsoberbischof gemacht hatte. Er wählte sich seine Unterbischöfe; und der kirchliche Verband wurde gar nicht mehr berücksichtigt, wenigstens bei der Besetzung der bischöflichen Stellen in den wichtigsten Städten, deren Bischöfe dann auch den kräftigsten Einfluß bei Besetzung der Bisthümer in den Landstädten hatten. Wie

---

schen Bischöfen, an welche diese Schrift gerichtet ist, das Zeugniß: gratulatus sum in domino, incontaminatos vos et illaesos ab omni contagio detestandae haereseos perstitisse vosque comparticipes exilii mei, in quod me Saturninus intruserat, negata ipsi usque hoc tempus toto jam triennio communione, fide mihi ac spiritu cohaerere. Necessarium mihi ac religiosum intellexi, ut unus quasi episcopus episcopis mecum in Christo communicantibus salutaris ac fidelis sermonis colloquia transmitterem — — O gloriosae conscientiae vestrae inconcussam stabilitatem! o firmam fidelis Petrae fundamine! etc.

nun von dem fremden Obergliede, dem Reichsoberbischof, Metropoliten, die dem kirchlichen Geiste entfremdet waren, ausflossen, so von diesen, ihnen verwandte Bischöfe, von diesen Priester und Diakonen. Wäre die der Kirche natürliche Ordnung bewahrt worden, so konnten keine ihrem Geiste fremde Bischöfe, also keine mit fremder Lehre befleckten Männer in sie kommen; die Beibehaltung des kirchlichen Organismus hätte kirchliche Bischöfe erzeugt.

Diese obschon völlig verkehrte dem Anscheine nach so gefahrvolle Ordnung nun erzeugte sogar Hoffnungen für die katholische Kirche. Denn die in solcher Weihe den Gemeinden gewordenen Bischöfe, die nicht durch die Thüre eingegangen, sondern wie Diebe und Räuber eingebrochen waren, waren der Natur der Sache nach den Gemeinden auch verhaßt; solche Bischöfe benahmen sich auch als Feinde; auf den kaiserlichen Schutz sich verlassend, mißbrauchten sie ihre Gewalt und entfremdeten sich immer mehr die Gemüther. Georgius von Alexandrien hatte in seinen früheren Jahren das Schweinefleisch als Unterhändler einer Abtheilung von Soldaten geliefert; er mußte aber als schlechter Haushälter die Flucht ergreifen, und irrte längere Zeit herum. Roh und unwissend, wie ohne alle, so insbesondere ohne geistliche Bildung, bewahrte er diesen seinen Charakter auch als Bischof. Die Habsucht und die Art, die ihm von seiner frühern Beschäftigungen noch anklebte, trieb ihn auch jetzt, daß er die Salzseen, die Sümpfe, in welchen die Papyrus-Staude wuchs, in Pacht nahm, sogar die Güter mancher Verstorbener wußte er sich unter mancherlei Titeln anzueignen. Er machte den Ankläger der Bürger beim Kaiser, anstatt der Versöhner zu sein, wie es sich für einen Bischof ziemte; und mischte sich in mancherlei bürgerliche Verhältnisse, die ihn der gesammten Stadt verhaßt machten[24].

24) Ammian. Marcell. l. 22. c. 11. hat dem Gregorius ein böses Zeugniß hinterlassen. Unter Anderem sagt er, Gregorius habe dem Kaiser den Vorschlag gemacht, daß er wohl eine Haussteuer als eine Regalie den Alexandrinern auferlegen dürfe, weil die

Vom Kaiser eingesetzt, ein Staatsbischof, glaubte er über alle Billigkeit hinaus sich gefällig erzeigen zu müssen. Die Sitten, die unter den Soldaten herrschen, übte er auch als Bischof aus. Er glaubte durch Zwang sich befestigen zu können. Wenn daher die Gemeindeglieder nicht in die gottesdienstlichen Versammlungen der Arianer giengen, sondern sich ausserhalb der Stadt versammelten, so ließ er die Soldaten anrücken. Ihr Befehlshaber, der Manichäer Sebastian, war stets bereit ihm seine bewaffnete Hülfe anzubieten. Einst hatten sich die alexandrinischen Katholiken, wie gewöhnlich, nahe am Gottesacker versammelt. Sebastian rückte mit einem großen Haufen heran, ließ ein großes Feuer anzünden, und bedrohete die noch Anwesenden mit diesem Schreckmittel, wenn sie sich nicht zum Arianismus bekennen wollten. Da seine Drohungen umsonst waren, ließ er sie wenigstens mit frisch abgeschnittenen Palmruthen, an welchen die Dornen noch sich befanden, hauen. Einige wurden getödtet und ihre Leichname den Hunden hingeworfen. Sie wurden, und werden jetzt noch, als Märtyrer verehrt. Bei Allem, was die Arianer in der Kirche ausführten, schützten sie endlich den Namen des Kaisers vor, und es empörte alle Gemüther, wenn in den Angelegenheiten der Kirche, des Hauses Christi, dem er selbst, das unsichtbare Oberhaupt, die rechten, die bleibenden und einzigen Verwalter, seine Stellvertreter, gegeben hatte, die weltliche Macht stets genannt wurde. So wurde der Arianismus durch sich selbst, durch seine eigenen Anhänger, unendlich verhaßt [25]).

Wie in Alexandrien, so war es auch in Constantinopel. Schon die hinterlistige Weise, eines Fürsten ganz unwürdig,

---

Stadt von Alexander erbaut worden sei. Daher fluchten ihm sogar die Heiden, und ermordeten ihn unter Julian.

25) Athanas. histor. Ar. §. 53 — 63. §. 59. πασι γαρ φοβερους ἑαυτους ἐδεικνυον, και προς παντας ἀλαζονευοντο, βασιλεα πασιν ὀνομαζοντες, και ἀπειλοντες μεν τον ἐκεινου φοβον. Gregor. Naz. c. 21. Theodor. l. II. c. 14. u. a.

in welcher man den Bischof Paulus nach einem öffentlichen Bade gelockt, und dann in die Wüsten des Taurus abgeführt hatte, mußte einen unauslöschlichen Eindruck zurücklassen. Aber hier hatte man ihn auch noch durch einen sechstägigen Hunger auf das äusserste gebracht und am Ende gar erwürgt! Den neuen Bischof, Macedonius, führte der Präfect des Prätorimus, Philipp, von demselben Bade, wohin er den Paulus beschieden hatte, in die Kirche in einem Wagen zurück, um ihm ohne weitere Umstände die bischöfliche Weihe geben zu lassen. Bei dem Gedränge der Katholiken, der Arianer, die beide die Kirche besetzen wollten, durch das Einhauen der Soldaten hatten gegen dreitausend Menschen das Leben verloren. So war Macedonius Bischof geworden[26]. Die Katholiken, die den Macedonius nicht anerkennen wollten, wurden theils verbannt, theils mit Schlägen gemißhandelt; Einigen wurden sogar glühende Eisen in die Stirne eingedrückt, um sie zu brandmarken; Andern wurden ihre Güter eingezogen. Sogar auf die Novatianer erstreckte sich die Verfolgung, weil sie mit den Katholiken in der Trinitätslehre übereinstimmten. Sie wurden auf alle Weise gemißhandelt; man zwang auch sie zur Theilnahme an dem arianischen Gottesdienste, warf einige in Gefängnisse und riß eine ihrer Kirchen in Constantinopel nieder. Ihr Bischof Agelius ergriff die Flucht. Die Katholiken, denen man auf Befehl des Kaisers gar keinen Tempel gelassen hatte, wohnten den gottesdienstlichen Versammlungen der Novatianer bei[27].

In Antiochien war Leontius vorsichtig und klug genug, keine allzuschreienden Ungerechtigkeiten zu begehen, auch nicht geradezu gegen den katholischen Glauben zu predigen; er hielt sich nur an die feinern Wege, die diesen allmählig untergraben mußten; er wählte Niemanden in den Klerus,

---

26) Athanas. hist. Arianor. §. 7. Socrat. l. II. c. 16. Theodor. l. II. c. 5.

27) Socrat. l. II. 27. 38. Soz. l. IV. c. 2. 3. 20.

der ihm des katholischen Glaubens verdächtig schien: nur Arianern ertheilte er die Weihen. Ohne katholische Lehrer mußte aber der katholische Glauben von selbst allmählig aufhören. Der Zweck dieser Bestrebungen entgieng begreiflich den Katholiken nicht. Es war aber schon so weit gekommen, daß nur noch einige Lajen die Stütze der Katholiken waren: der Asket Diodor nämlich, der nachher so berühmt als Bischof von Tarsus wurde, und Flavian, später selbst Bischof von Antiochien. Beide höchst ehrwürdig durch ihre Frömmigkeit, und einflußreich durch wissenschaftliche Bildung, versammelten die Katholiken, die nicht zur Gemeinde der Eustathianer gehörten, in ihren Häusern, an den Gräbern der Märtyrer, und unterhielten so die Flamme des wahren Glaubens: die Katholiken konnten auch in die Versammlungen der Arianer gehen, wenn sie wollten; sie sangen aber: Ehre sei dem Vater, dem Sohne und dem heil. Geiste, während ihre Gegner sagten: Ehre sei dem Vater, durch den Sohn im heiligen Geiste. Unsere Väter wollten sich so von den Arianern sichtbar unterscheiden: denn die letztere Doxologie misbrauchten dieselben zur Stütze ihrer Ansichten. Flavian soll auch zuerst die bald allgemein gewordene katholische Doxologie in Antiochien eingeführt haben [28]). So erhielt sich der Gegensatz stets im lebhaften Angedenken, so trugen selbst die arianischen Bischöfe recht viel dazu bei, ihre Lehre verhaßt zu machen, indem sie sich persönlich verhaßt machten.

Endlich war es gerade die Zeit der Verbannung der katholischen Bischöfe, in welcher sie am eifrigsten durch wissenschaftliche Untersuchungen die katholische Lehre vertheidigten. Um diese Zeit schrieb Athanasius mehrere seiner scharfsinnigen Abhandlungen; und Hilarius gab sein Werk von der Trinität heraus. Dieses müssen wir nun kennen lernen, und wir

---

28) Theodoret l. II c. 10. nennt den Leontius την γνωμην κρυψινους, και τας ὑφαλους πετρας μιμουμενος. c. 25. enthält eine besondere Schilderung dieses Mannes.

werden begreifen, daß die katholische Kirche eine unendliche Fülle von Glauben und göttlicher Kraft in sich hatte, und diese allein hinreichte, um bei aller Verfolgung dennoch dem Untergange nicht nahe gewesen zu sein.

Die zwölf Bücher des Hilarius von der Trinität sind mit weit mehr Kunst geschrieben, als ähnliche Arbeiten des Athanasius, der unstet und flüchtig, keine Zeit auf Anordnung des Stoffes verwenden konnte. Hilarius, zwar auch verbannt, lebte doch weit sicherer und ruhig. Er ordnet seine Gedanken mit reifer Ueberlegung, künstliche Einleitungen, die jedoch stets im genauesten Zusammenhange mit dem Zwecke seiner Arbeit stehen, gehen jedem Buche voran; er schickt feste Bestimmungen der Begriffe der katholischen Trinitätslehre voraus, und geht dann von den schwächern Beweisen zu den stärkern und stärksten über. Seine größte Stärke liegt in der Entwickelung der Beweiskraft biblischer Stellen, und mit bewunderungswürdigem Scharfsinne weiß er die eigentlichen wichtigen Momente hervorzuheben und ans Licht zu stellen. Meistentheils stellt er große Massen zusammen, zeigt die Verbindung des Einzelnen mit dem Ganzen, und folgert mit zwingender Bündigkeit 29). Da solche Behandlung aber zuweilen den Ueberblick erschwert, und die kunstreich verflochtenen Argumente dem Leser den Hauptpunkt konnten verlieren lassen, faßt er sehr häufig in kurzen Sätzen den Inhalt einer weitläufigen Erörterung zusammen. Die Sprache und Darstellung aber sind oft schwer verständlich; der Grund liegt zum Theil in der noch mangelhaften Bildung der lateinischen Sprache für derlei Untersuchungen, zum Theil in einer Eigenthümlichkeit des Hilarius. Er scheint nur durch Kunst und große Anstrengung gewisse Mängel der Natur zwar besiegt

---

29) So sehr ich es auch wünsche, kann ich doch gerade die scharfsinnigsten Erörterungen des Hilarius nicht mittheilen. Denn um dies zu leisten, müßte ich allzu weitläufig werden. Dahin gehört beinahe das ganze X. Buch. Aber zum Glück sind die scharfsinnigsten Betrachtungen nicht immer die wichtigsten.

zu haben, ohne sie aber nie ganz überwältigen zu können [30]. Den Werth und Gehalt seiner Schrift aber erkannten selbst diejenigen an, die seine Ueberzeugung nicht theilten.

Die meisten Bücher eröffnet Hilarius mit der Empfehlung des Glaubens, denn für diesen eben war seine Zeit zu kraftlos. Er sagt, um zu zeigen, wie alles blos menschliche Bestreben uns nie über den Irrthum und den Zweifel in Betreff Gottes und der göttlichen Dinge erhebe: «Unbefriedigt durch die Lehre der Philosophen von Gott, las ich die Worte: ««ich bin der, der ich bin.»» — «Er umfaßt die Himmel mit seiner Hand und die Erde mit seinen Fingern.» So erkannte ich, daß Gott das Sein in sich selbst und der Grund alles Seins, daß er eben deßwegen, ewig, unendlich, unbegreiflich sei. Ich sah ein, daß er zwar in Begriffe nicht beschlossen, aber doch durch das Gefühl ergriffen werden könne [31]. Hiemit beruhigte sich mein nachdenkender Geist: er begriff, daß ihm durch seine Natur nichts Anderes gelassen sei, wodurch er seinem Schöpfer eine größere oder geringere Ergebenheit bezeigen könne, als daß er begreife, er sei so erhaben, daß er nicht begriffen, doch im Glauben erfaßt werden könne, indem der Glaube die Einsicht erlangt, wie nothwendig ihm die Religion sei, aber die Unendlichkeit der ewigen Macht den Begriff übersteige. (l. I. c. 8.) Das ist das vollkommene Wissen von Gott, so um ihn zu wissen, daß man weiß, er sei zwar unaussprechlich, entziehe sich aber doch nicht ganz unserer Erkenntniß. Man muß an ihn glauben, ihn anerkennen, ihn verehren, und so ihn aussprechen [32].

30) C. II. vit. S. Hil. hätte Constant die Bemerkungen von Bouchet und du Saussay mehr berücksichtigen sollen.

31) De trinit. l. I. c. 7. ita Deus pulcherrimus est confitendus, ut neque sit intra sententiam intelligendi, neque extra intelligentiam sentiendi.

32) L. II. c. 7. Perfecta scientia est, sic Deum scire, ut licet non ignorabilem, tamen inennarrabilem scias; credendus est, intelligendus est, adorandus est, et *his officiis eloquendus*.

Nachdem ich das Gesetz und die Propheten gelesen hatte, traf ich auf die Stelle: «im Anfang war das Wort, und das Wort war bei Gott, und Gott war das Wort. — Er kam in das Seinige und die Seinigen nahmen ihn nicht auf; Allen aber, die ihn aufnahmen, gab er die Macht, Söhne Gottes zu werden.» — Hier fand der furchtsame, schüchterne Geist mehr Hoffnung als er erwartete. Damit aber eben die Macht, Gottes Sohn zu werden, durch die Schwäche des schüchternen Glaubens nicht gehindert werde, indem man durch die Schwierigkeit dahin zu gelangen, mit großer Mühe hofft, was man lieber wünscht und weniger glaubt, ist das Wort Gottes Mensch geworden, damit durch den Mensch gewordenen Gott, der Mensch zu dem Worte, das Gott ist, hinanwachse. Freudig ergriff mein Geist die Lehre von diesem göttlichen Geheimnisse. Als Mensch sollte ich zu Gott hinanwachsen zu einer neuen Schöpfung, durch den Glauben gerufen zur himmlischen Wiedergeburt, die in meiner Macht steht; ich erkannte die Liebe des Vaters und Schöpfers: nicht mehr sollte ich in das Nichts zurücksinken, da ich eben aus dem Nichts hervorgerufen wurde, um zu sein. Und alles das maaß ich nicht mit dem Maaßstabe menschlicher Einsicht; denn der gewöhnliche Verstand faßt den himmlischen Rathschluß nicht, da er meint, nur das sei möglich, was im Bereiche seiner Kraft stehe, und er durch sich selbst leisten könne. Ich erwog Gottes Kraft nach der Erhabenheit seiner Macht, nicht mit dem Verstande, sondern mit der Unendlichkeit des Glaubens (non sensu, sed fidei infinitate). Ich glaubte nicht deßwegen nicht, daß der Gott Logos im Anfange bei Gott sei, und daß er Fleisch geworden, und unter uns gewohnt habe, weil ich es nicht begriff, sondern ich erwog, daß ich darum wissen könne, wenn ich glaubte. (l. I. c. 12.)

Der heilige Paulus sagt: «laßt euch nicht verführen durch die Philosophie und leeren Betrug, durch Menschenlehre, nach den Anfangsgründen der Welt, und nicht nach Christo. Denn in ihm wohnt die ganze Fülle der Gottheit leibhaftig. Auch ihr seid erfüllt in ihm, der das Haupt aller Macht und Gewalt ist. In ihm seid ihr auch beschnitten, nicht durch Beschneidung mit der Hand, durch Hinwegnahme des Fleisches am Leibe, sondern mit der Beschneidung Christi. In ihm seid ihr begraben in der Taufe, in ihm seid ihr auch auferstanden durch den Glauben an die Kraft Gottes, der ihn von den Todten erweckt hat. Denn Gott hat euch, die ihr todt waret in Sünden und in der Vorhaut eures Fleisches, mit ihm lebendig gemacht, da er euch alle Sünden aus Gnade erlassen hat, indem er die Handschrift des Gesetzes, das wider uns zeugte, auslöschte, sie ans Kreuz heftete und vernichtete.» Der feste Glauben verschmäht also die verfänglichen und unnützen Fragen der Philosophie, nicht giebt sich, dem Truge menschlicher Thorheiten unterliegend, die Wahrheit zur Beute des Irrthums hin. Er hält Gott nicht nach dem Sinne gewöhnlicher Einsicht fest, er beurtheilt Christum nicht nach den Anfangsgründen der Welt, denn in ihm wohnt die Hülle der Gottheit leibhaftig. Indem die Unendlichkeit der ewigen Macht in ihm ist, übertrifft er alle Fassungskraft eines endlichen Geistes. Zu seiner Gottheit uns hinziehend, verpflichtet er uns nicht mehr zur Beobachtung körperlicher Gebote, sondern der Geist soll, beschnitten von den Lastern, innerlich sich reinigen. Daher werden wir in der Taufe mit Christus begraben, damit wir in das ewige Leben zurückkehren. Indem die Wiedergeburt zum Leben, der Tod aus dem Leben ist, und wir der Sünde sterbend für die Unsterblichkeit wiedergeboren werden sollen, starb er, der Unsterbliche für uns, daß wir zur Unsterblichkeit aus dem Tode mit ihm erweckt würden. Er nahm das Fleisch der Sünde, um in der Annahme des Fleisches die Sünden zu vergeben. Er zerstörte durch seinen Tod das Gesetz des Todes, um durch die neue Schöpfung unseres Geschlechtes in sich das frühere Gesetz zu vertilgen, duldete er das Kreuz. Diese Thaten Gottes, erhaben über die Fassungskraft der menschlichen Natur, unterliegen auch den natürlichen Begriffen des Verstandes nicht; denn die Thätigkeit eines unendlichen Wesens fordert eine unendliche Fassungskraft: (quia infinita aeternitatis operatio infinitam metiendi exigit opinionem) daß Gott Mensch geworden, der Unsterbliche gestorben ist, der Ewige begraben worden, ist eben so unbegreiflich, als daß umgekehrt aus dem Menschen Gott, aus dem Todten ein Unsterblicher, aus dem Begrabenen ein Ewiger werde. (l. I. c. 13.)

Das Unvollkommene faßt den Vollkommenen nicht; was aus einem Andern das Sein hat, kann keine erschöpfende Kenntniß weder seines Schöpfers, noch seiner selbst haben. Es fühlt, daß es ist, und trachtet über sich selbst nicht hinaus. Es verdankt seine Bewegung nicht sich, sondern dem Urheber. Indem es aus einem Andern ist, folgt nothwendig, daß es gerade darin zum Thoren werde, worin es vollkommen weise zu sein glaubt. Indem es die Beschränktheit seiner Natur nicht erwägt, und glaubt, daß Alles innerhalb der Grenzen seiner Schwachheit beschlossen sei, rühmt es sich einer falschen Weisheit: über seine Kraft wissen zu wollen, geht nicht an, und die Unmacht des Wissens entspricht der Unmacht des Seins (quam infirmum subsistendi est virtute, tam sensus sit). Wenn also ein im Sein unvollkommenes Wesen, ein vollkommenes Wesen anspricht, einem solchen gebührt der Vorwurf der falschen Weisheit. Der Apostel sagt: «Christus hat mich nicht gesandt zu taufen, sondern das Evangelium zu verkünden, nicht in weiser Rede, auf daß das Kreuz Christi nicht kraftlos werde. Wir aber predigen Jesum Christum den Gekreuzigten, den Juden ein Aergerniß, den Heiden eine Thorheit.» So ist aller Unglaube Thorheit; weil er auf die Weisheit seiner unvollkommenen Einsicht sich stützend, und Alles nach der Schwäche seines Wahnes bemessend, glaubt, das könne nicht geschehen, was er nicht einsieht. Der Unglaube geht aus der Schwäche hervor, indem einer meint, das sei nicht geschehen, wovon er bestimmen möchte, daß es nicht geschehen könne. (l. III. c. 24.)

Gott kann nur durch Gott erkannt werden, gleichwie auch Gott keine Ehre von uns empfängt, als durch Gott. Denn wie er zu ehren sei, wüßten wir nicht, wenn er seine Verehrung nicht gelehrt hätte, so wüßten wir auch von Gott nichts, wenn er nicht auf Erden erkannt worden wäre. Der Haushalt der göttlichen Geheimnisse hat sein Gesetz: für die Verehrung Gottes werden wir durch Gott belehrt. (l. V. c. 20.) Wir müssen daher unsere Unweisheit anerkennen, damit wir weise werden; nicht auf unbesonnene Weise, sondern im Bewußtsein der Schranken unserer Natur, auf daß, was die irdische Weisheit nicht faßt, uns durch die göttliche Kraft gegeben werde. **Wir müssen zur Einsicht gelangen, daß das allein von Gott in Wahrheit zu glauben sei, worin er selbst Zeuge und Geber ist.** (hoc solum de Deo bene credi intelligamus, ad quod de se credendum ipse sibi nobiscum et testis et auctor est. l. III. c. 26.) [33]). Denn es giebt Viele, die zu glauben vorgeben, und doch dem Glauben sich nicht unterwerfen; sie machen sich selbst vielmehr einen Glauben, als daß sie ihn empfangen; von menschlicher Leerheit aufgeblasen, sind sie darin weise, worin sie wollen, und wollen nicht darin weise sein, was wahr ist. **Aber das kömmt der wahren Weisheit zu, zuweilen darin weise zu sein, worin man nicht will** [34]).

---

33) Vergl. l. IV. c. 14. Non subeunt ingenia nostra in coelestem sapientiam, neque incomprehensibilem virtutem sensu aliquo infirmitas concipiet. Ipsi de Deo credendum est, et iis, quae cognitioni nostrae de se tribuit, obsequendum. Aut enim more gentilium denegandus est, si testimonia ejus improbabuntur, aut si, ut est, Deus creditur, non potest aliter de eo, quam ut ipse de se est testatus, intelligi.

34) Multi enim sunt, qui simulantes fidem, non subditi sunt fidei, sibi fidem ipsi potius constituunt, quam accipiunt, sensu humanae inanitatis inflati, dum quae volunt sapiunt, et nolunt sapere, quae vera sunt: cum sapientiae haec veritas sit, ea interdum sapere, quae nolis.

Der ungläubige Sinn gelangt nur äusserst schwer zur Erkenntniß des wahren Glaubens: denn dem durch Mangel an Frömmigkeit engen Gemüthe befreundet sich die religiöse Lehre nicht. Daher kömmt es, daß, was Gott im Menschen für das Geheimniß des menschlichen Heils gethan hat; der unfromme Sinn nicht einsieht und nicht faßt, daß das Werk seines Heils Gottes Kraft sei. Wenn er darum die Geburt, die Schwächen der Kindheit, die Entwickelung des Knabenalters, die Jugend, die Leiden des Körpers, die Leiden am Kreuze, den Kreuzestod sieht, so glaubt er der Heiland sei nicht wahrer Gott. (l. V. c. 18.)

Viele Kirchen in allen Provinzen des römischen Reiches sind mit der Krankheit dieser tödtlichen Predigt befleckt, durch die lange Gewohnheit und den falschen Namen der wahren Religion hat sie sich befestigt. Der Wille geht schwer zur Heilung, der im Eifer für seinen Irrthum durch die Beistimmung so Vieler das Ansehen der öffentlichen Meinung in Anspruch nimmt. Denn gefährlich ist der Irrthum, wenn er in den Meisten ist. Der Fall Vieler, wenn er sich auch begreift, hält, sich aufzustehen schämend, an dem Ansehen fest: wegen der Zahl giebt sich der Irrthum unverschämt für Wahrheit aus, und weil er mit Vielen irrt, hält er es für einen Beweis der Wahrheit, und glaubt sich in einem geringeren Irrthum befangen, weil er ihn mit Vielen theilt (l. VI. c. 1.)

Auch von einer andern Seite aus erkenne ich, daß es ein schwieriger und steiler Weg ist, den ich in Vertheidigung der evangelischen Lehre betrete. Im Bewußtsein meiner Schwäche würde ich mich zurückgezogen haben, aber durch die Gluth des Glaubens angefeuert, durch die Wuth der Häretiker bewogen, durch die Gefahr der Unwissenden bestürzt, kann ich nicht verschweigen, was auszusprechen ich nicht wage. Eine doppelte Gefahr quält mich: daß mein Stillschweigen und mein Auftreten für schuldig erfunden werden könne, daß die Wahrheit verlassen werde. Denn mit unglaublichen Künsten eines verkehrten Geistes treibt sich die häretische Frechheit herum. Erstens giebt sie sich den Schein der Frömmigkeit, dann schließt sie sich der Weisheit der Welt an, und endlich erschwert sie durch den Schein einer gegebenen Begründung die Erkenntniß der Wahrheit. Denn, indem sie Einen Gott bekennt, täuschet sie mit Frömmigkeit; den Sohn annehmend, betrügt sie die Zuhörer mit dem Namen; indem sie auch sagt, er sei nicht gewesen, bevor er geboren worden, thut sie der Weisheit der Welt genug; einen unveränderlichen und unkörperlichen Gott predigend, schließt sie die Geburt Gottes aus Gott, durch die Angabe eines hinterlistigen Grundes aus: sie bedient sich unserer Lehre gegen uns, und streitet mit dem Glauben der Kirche gegen den Glauben der Kirche. So bereitet sie uns die größte Gefahr, sowohl, wenn wir antworten, als wenn wir schweigen, indem sie durch das, was nicht geläugnet wird, das verkündet, was geläugnet wird. (l. VII. c. 1.) Wenn ich nun nach dem Gesetze, den Propheten und den Aposteln, Einen Gott verkündige, so ist Sabellius da, und glaubt ich stehe für ihn; läugne ich aber, nach dem Sinne des Sabellius Einen Gott, und bekenne, daß auch Gottes Sohn wahrer Gott sei, so erwartet mich eine neue Häresis, um zu zeigen, daß zwei Götter von mir gepredigt worden. (l. VII. c. 3.)

Aber sie scheinen nur sich von allem Einzelnen Gründe zu geben, indem sie ihre einzelnen Behauptungen auf einige Zeugnisse der heiligen Schrift stützen; diese, falsch verstanden, schmeicheln nur den Unwissenden, indem sie blos einen Schein der Wahrheit durch die Verkehrtheit der Auslegung geben. (l. IV. c. 7.) Der beste Lehrer ist aber der, der den Sinn des Gesagten aus dem Gesagten vielmehr selbst schöpft, als daß er ihn hineinlegt, ihn vielmehr aus dem Gesagten ableitet, als daß er ihn hineinleitet, er soll keine Gewalt anwenden, daß das in den Stellen enthalten sei, wie er sich vor der Lesung schon vorgenommen hat, daß sie verstanden werden müßten. Wenn von den göttlichen Dingen die Rede ist, so laßt uns zugeben, daß

Gott eine Kenntniß seiner selbst habe, und laßt uns dann seinen Aussprüchen uns mit frommer Verehrung unterwerfen. Denn der ist sich ein gültiger Zeuge, der nicht anders erkannt wird, als durch sich selbst [35]).

Der katholischen Kirche kömmt aber eine eigene Kraft gegen die Häretiker zu. Das ist das Ausgezeichnetste, was von so Vielen bekämpft und doch von Keinem besiegt wird. Wie es einige Arten von Heilmitteln giebt, die nicht nur gegen einzelne Krankheiten nützlich sind, sondern gegen alle, so gewährt auch die katholische Kirche nicht nur gegen einzelnes Siechthum, sondern gegen alle Krankheiten Hilfe; die durch keine besondere Art (von Häretikern) geschwächt, durch keine Zahl überwunden, durch keine Verschiedenheit getäuscht werden kann: eine und dieselbe besteht sie gegen Alle und Jede: Es ist etwas Großes, daß in ihr, der Einen, so viele Heilmittel sind, als es Krankheiten giebt, und in ihr so viele Lehren der Wahrheit sich finden, als es Bestrebungen des Irrthums giebt. (l. II. c. 22.)

Ich hoffe, daß die Kirche ein solches Licht über ihre Lehre auch für die Thorheit der Welt verbreite, daß, wenn diese auch das Geheimniß des Glaubens nicht aufnimmt, doch einsieht, daß von uns gegen die Häretiker die Wahrheit des Geheimnisses verkündet werde. Denn groß ist die Gewalt der Wahrheit: durch sich selbst kann sie erkannt werden; aber sie leuchtet nebst dem selbst auch aus dem,

---

35) De trinit. l. I. c. 18. Optimus enim lector est, qui dictorum intelligentiam expectet ex dictis potius, quam imponat, et retulerit magis, quam attulerit, neque cogat, id videri dictis contineri, quod ante lectionem praesumserit intelligendum. *Cum itaque de rebus Dei erit sermo, concedamus cognitionem sui deo, dictisque ejus pia veneratione famulemur. Idoneus enim sibi testis est, qui nisi per se cognitus non est.* Uebrigens hat er den Grundsatz: in divinis rebus non frequentius dicta, sed tantum dicta sufficiunt. l. IV. c. 19.

was ihr entgegen ist, hervor. In ihrem eigenen Wesen stets unveränderlich, erwirbt sie erst ihre eigene Kraft (kömmt zum vollen Bewußtsein derselben); indem sie täglich angegriffen wird. Denn das ist die Eigenthümlichkeit der Kirche, daß sie dann siegt, wenn sie angefeindet wird, dann verstanden wird, wenn man sie des Irrthums überführen will, dann Alle gewinnt, wenn sie verlassen wird. Sie wünscht zwar, daß Alle bei ihr und in ihr bleiben; sie möchte lieber Keinen aus ihrem ruhigen Schooße werfen und dem Verderben überlassen, wenn sie der Wohnung bei einer so großen Mutter unwürdig werden: aber wenn die Häretiker sich von ihr entfernen oder ausgeworfen werden, so gewinnt sie ebensoviel durch das Vertrauen, daß bei ihr die Seligkeit zu erlangen sei, als sie an Gelegenheit verliert, aus sich das Heil zu spenden. Das leuchtet selbst aus den Bestrebungen der Häretiker ein. Denn da die Kirche vom Herrn gegründet, von den Aposteln befestigt, und Eine für Alle ist, von welcher sich mannichfaltiger Irrthum abgesondert hat, und nicht geläugnet werden kann, daß aus dem Fehler einer falschen Einsicht, die Glaubenstrennung entstanden sei, indem man, was man lies't, seinem Sinne vielmehr anpaßt, als daß der Sinn der Lesung folge: so geschieht es doch, daß sie, indem sich die einzelnen abgesonderten Parteien selbst widerstreben, sie nicht nur allein durch ihre, sondern auch durch die Lehre ihrer Gegner verstanden wird. Indem demnach gegen sie, die Eine, Alle gerichtet sind, so widerlegt sie den Irrthum Aller schon dadurch, daß sie Allein, und Eine ist. Alle Häretiker also treten gegen die Kirche auf: aber, indem sie sich Alle einander selbst besiegen, so siegen sie doch nicht für sich. Denn ihr Sieg über einander ist der Sieg der Kirche über Alle, indem eben das eine Häresis gegen die andere bekämpft, was auch der Glaube der Kirche in der andern verwirft: während sie sich bekämpfen, bestätigen sie unsern Glauben. Sabellius sucht sich zu halten; indem er sagt: «die Werke, die verrichtet worden sind, kommen nur dem göttlichen Wesen zu: Vergebung der Sünden, das Gesicht der Blinden, das Leben der Todten ist nur allein von Gott. Kein anderes Wesen, als das sich der Gottheit bewußte, würde sagen: «ich und der Vater sind Eins.» Warum dichtest du mir ein anderes Wesen an? Warum machst du mich zu einem andern Gott? Die Werke, die Gott eigen sind, hat nur Gott verrichtet.» Dagegen bringen nun die, die vom Sohne aussagen, er habe ein dem Vater unähnliches Wesen Folgendes vor: «du kennst das Geheimniß deines Heiles nicht, an den Sohn mußt du glauben, der die Welt geschaffen, der den Menschen gebildet hat, der aus Maria geboren wurde, gesandt vom Vater, der vom Tode auferstanden zur Rechten Gottes sitzt, der Richter der Lebendigen und der Todten ist. In ihm mußt du wiedergeboren werden, ihn bekennen, sein Reich verdienen.» So streiten sie unter sich für uns. (l. VII. c. 4—6.)

Der Apostel hat uns nicht einen von der Vernunft entblös'ten Glauben zurückgelassen. Allerdings führt dieser vorzüglich zum Heil; geht aber dem Glauben die Wissenschaft nicht zur Seite, so mag er sich im Kampfe wohl in einem sichern Hinterhalt verstecken, aber die feste Sicherheit zu siegen, wird er nicht haben: nach der Flucht bleibt zwar den Schwachen das Lager, aber nicht als Bewaffneten die unerschrockene Tapferkeit. Die hochmüthigen Reden gegen Gott müssen also gedemüthigt werden, die Bollwerke trügerischer Gründe zerstört, die gegen den frommen Glauben sich erhebenden Geister zermalmt, nicht mit fleischlichen Waffen, sondern mit geistigen, nicht mit irdischer Kunst, sondern mit himmlischer Weisheit. So sehr sich die göttlichen von den menschlichen Dingen unterscheiden, so weit soll die himmlische Weisheit die irdische übertreffen. (l. XII. c. 20.)

So verbreitet sich der heil. Hilarius geistreich und tief über das Wesen des Glaubens, und sein Verhältniß zum Wissen; über die Natur der katholischen Kirche und ihr Verhältniß zu den Häretikern im allgemeinen und denen seiner Zeit insbesondere. Dergleichen Betrachtungen enthalten gewöhnlich seine Einleitungen. Mit dem zweiten Buch beginnen seine Untersuchungen über die heil. Trinitätslehre. Zuerst rühmt er nun den ursprünglichen, zwar bestimmten aber einfachen Glauben, und klagt, wie durch die Mißverständnisse und die Verdrehungen desselben durch die Häretiker die Kirche gezwungen werde, die ursprüngliche Form desselben zu verlassen. Den Gläubigen, sagt er, genügte Gottes Wort, das wir nach dem Zeugnisse des Evangelisten mit der Kraft selbst, die seine Wahrheit bezeuget, empfiengen, wenn der Herr sagt: «gehet hin und lehret alle Völker und taufet sie im Namen des Vaters, des Sohnes, und des heiligen Geistes.» Denn was ist in ihm nicht enthalten, was sich auf das Geheimniß unseres Heiles bezieht? Was wird vermißt, oder was ist dunkel? Alles ist vollkommen, weil es von dem Vollkommenen stammt. In jener Formel ist die Bedeutung der Namen, die Wirkung ihres Inhaltes, die Ordnung ihrer Thätigkeiten und die Einsicht in ihr Wesen gegeben. Er befahl zu taufen im Namen des Vaters, des Sohnes und des heil. Geistes, d. h. auf das Bekenntniß des Grundes, des Eingebornen aus ihm, und des Gnadengeschenkes. Es ist Ein Grund von Allem: Ein Gott Vater, aus welchem Alles ist; Ein Eingeborner, unser Herr Jesus Christus, durch welchen Alles ist; und Ein Geist, die Gabe in Allen. So ist Alles nach seiner Kraft und Würde geordnet; Eine Macht, aus welcher Alles, Eine Zeugung, durch welche Alles, Ein Geschenk der vollkommenen Hoffnung. Nichts fehlt dieser so großen Vollkommenheit; denn im ewigen Vater ist uns Unvergänglichkeit, im Sohne seinem Gleichbilde, Gottähnlichkeit, im heiligen Geiste, seinem Geschenke, der Genuß zugesichert.

Bei dieser Einfalt der Lehre und des Bekenntnisses, das wir in der Taufe ablegen, sollten sich Alle genügen lassen [36]. Aber durch die Verbrechen der Häretiker, und derer, die auf Gott schmähen, werden wir gezwungen, Unerlaubtes zu unternehmen, das Steile zu ersteigen, das Unaussprechliche auszusprechen, Verbotenes zu wagen. Im Glauben allein sollten wir die Gebote erfüllen, nämlich den Vater anbeten, mit ihm den Sohn verehren, und des heil. Geistes voll sein. Aber wir werden gezwungen, unsere geringe Kraft zum Unaussprechlichen zu erheben, an fremder Sünde Theil zu nehmen, und was im Heiligthum des Geistes beschlossen sein sollte, durch gefährliche Rede zu Tage zu fördern. Denn Viele sind aufgestanden, welche die Einfalt der himmlischen Worte nach der Willkühr ihres Verstandes, nicht nach der Wahrheit an sich, aufnehmen, indem sie andere Erklärungen geben, als die Kraft der Worte verlangt. Denn nicht durch die Schrift, sondern durch den Sinn des Lesers entsteht die Häresis; in der Auffassung, nicht in der Rede ist das Verbrechen. Wenn der Name des Vaters gehört wird, ist nicht damit auch schon die Natur des Sohnes ausgesprochen? Wird der heil. Geist nicht sein, was er genannt wird? Denn im Vater kann das nicht mangeln, wodurch er Vater ist, im Sohne nicht fehlen, wodurch er Sohn ist; und im heil. Geiste muß das sein, was man empfängt (Gottes Kraft). Aber Menschen in ihrem Geiste verkehrt, verwirren Alles, und gehen durch die Verkehrtheit ihres Sinnes so weit, daß sie selbst die Natur umkehren: sie nehmen dem Vater, was ihm gebührt, indem sie dem Sohne nehmen, wodurch er Sohn ist. Sie nehmen es aber, da er nach ihnen nicht der Natur nach Sohn ist, sondern es erst wird. Das ist aber der Natur entgegen, wenn der Erzeugte nicht in sich hat, was der Erzeuger. Der ist nicht der Sohn, der ein anderes und

36) August. de trinit. l. VI. c. 10. spricht das Gebührende über diese ganze Stelle des Hilarius aus, und erläutert sie.

ein dem Vater unähnliches Wesen hat. Wie sollte er aber Vater sein, wenn er nicht im Sohne das wieder erkennt, was sein Wesen und seine Natur ist? (l. II. c. 1—3). Der Glaube ist in sich bestimmt; aber soviel an den Häretikern liegt, ist aller Sinn ungewiß [37]).

Daher müssen vor Allem die Begriffe bestimmt werden. Der Vater ist der, in welchem Alles, was ist, bestehet. In Christus und durch Christus ist er der Grund aller Dinge. Uebrigens hat er sein Sein in sich selbst; (ejus esse in sese est) was er ist, nimmt er nicht woanders her, sondern was er ist, ist er aus sich und in sich. Die erste Unbegreiflichkeit.

Der Sohn ist die Zeugung aus dem Ungezeugten; der Unsichtbare aus dem Unsichtbaren; denn er ist das Bild des unsichtbaren Gottes: wer den Sohn sieht, sieht den Vater. Er ist ein Anderer, als der Vater: weil der Vater und der Sohn sind; nicht das Wesen der Gottheit ist ein anderes und anderes, weil beide Eins sind. Er ist Gott von Gott, weil von dem ungezeugten Gott der eingeborne Gott: nicht zwei Götter sind es, sondern Einer von dem Einen; nicht zwei Ungezeugte, weil der Sohn gezeugt ist von dem Ungezeugten. Der Eine ist von dem Andern nicht verschieden, weil das Leben des Lebenden im Lebendigen ist. Es ist keine Theilung zu denken, denn dem Leiden ist Gott nicht unterworfen; und er selbst sagt: «Der Vater ist in mir und ich im Vater.» Sein Sein erhielt er nicht wie Andere, denn er ist der Eingeborne und hat das Leben in sich, wie der das Leben in sich hat, der ihn zeugte. (Joh. 5, 26). Er ist kein Theil des Vaters, denn der Sohn bezeugt selbst: «Alles, was der Vater hat, ist mein; und Alles, was mein ist, ist dein»; (Joh. 16, 17. 17, 10.) und der Apostel sagt: «in ihm wohnt alle Fülle der Gottheit leibhaftig.» (Kol. 2, 9.). Aber ein bloßer Theil hat nicht Alles. Er ist also der Vollkommene aus dem Vollkommenen, weil der, der

37) L. II. c. 5. forma fidei certa est, sed quantum ad haereticos omnis sensus incertus est.

Alles hat, ihm Alles gegeben. Er ist ein wahrer Sohn, kein angenommener; denn er selbst sagt: «wer mich sieht, sieht den Vater.» Er ist ewig gezeugt, und dennoch eine vom Vater verschiedene Person. Aus welchem Grunde?

Der Fischer sagt: «im Anfang war das Wort.» Was heißt das: «es war im Anfang?» Die Zeiten gehen vorüber, die Jahrhunderte verschwinden, die Alter vergehen. Aber das Wort war im Anfang. Betrachte die Welt, vernimm, was von ihr geschrieben steht: «im Anfang schuf Gott Himmel und Erde.» Das also wird im Anfang, was geschaffen ist. Das wird von der Zeit festgehalten, was im Anfang wurde. Mein ungelehrter Fischer aber hat alle Zeit besiegt. Denn das Wort war, was es ist; es wird in keine Zeit geschlossen, denn es war vielmehr im Anfang, als daß es geworden wäre. Was aber im Anfang war, konnte nicht nicht gewesen sein. Wie spricht nun weiter der Fischer für sich selbst? «Alles ist durch dasselbe gemacht worden.» Da Alles von ihm ist, so auch die Zeit selbst.

Es liegt in der Natur der Rede, (des Wortes) daß sie sein kann; aber sie unterliegt dem Schicksale, daß sie bald gewesen ist; sie ist nur, wenn sie gehört wird. Wie war aber im Anfang, was weder vor der Zeit noch nach der Zeit ist? (d. h. wie kann vom Worte (vom Logos) gesagt werden, daß es ein bloßes vorübergehendes Machtwort Gottes sei, da ein solches eigentlich nie ist, als etwas vorübergehendes, vom Worte aber gesagt ist: es war im Anfang.) Das sage ich; aber anders spricht der Fischer für sich. Wenn du auch oberflächlich den ersten Satz verstanden hast, den nämlich, «im Anfang war das Wort», was wirst du von dem folgenden sagen: «und das Wort war bei Gott?» Möchtest du etwa das «bei Gott» als die Rede des geheimen Gedankens auffassen? War etwa der Apostel zu unwissend, daß er den Unterschied zwischen «in Einem Sein» und «bei Einem Sein» nicht kannte? Denn das, was im Anfange war, wird so dargestellt, daß es nicht in, sondern mit einem Andern war. Aber es kömmt noch: «und Gott war das Wort»; da hört die bloße Rede, der bloße Gedanke auf, das Wort ist ein Wesen, kein Schall, eine Natur, kein bloßes Wort. Das sprach der Apostel, der an der Brust des Herrn es vernommen hatte. Er sagte aber auch: die Finsterniß faßte ihn nicht; (l. II. c. 16. 21.) die zweite Unbegreiflichkeit.

Seine Zeugung also? Ich weiß sie nicht, ich forsche nicht darnach, und bin doch getröstet. Die Erzengel wissen sie nicht, die Engel haben sie nicht gehört, die Endlichkeit faßt sie nicht, der Sohn sagte es nicht, und die Apostel fragten nicht. Du weist das nicht, was deine eigene Person angeht. Ich frage dich nicht, woher hast du deinen Sinn, dein Leben, deinen Geist? Auch das frage ich nicht, was ist der Geruch, das Gesicht, das Gehör? Gewiß weiß Niemand, was er doch übt. Sondern das frage ich: woher giebst du Jenen, die du erzeugest, die genannten Dinge? Wie theilst du ihnen den Sinn mit, wie zündest du die Augen an, wie befestigst du das Herz? Erzähle wenn du kannst: du hast also selbst Dinge deren Natur du nicht kennst, und du theilst mit, was du nicht verstehst: mit Gleichmuth erträgst du deine Unwissenheit rücksichtlich deiner selbst, aber mit Uebermuth in Betreff Gottes. (Aequanimiter imperitus intuis, insolenter in rebus Dei ignarus) Du sagst, da ist keine Glaubenspflicht, wo nichts begriffen werden kann. Im Gegentheil, gerade diese Pflicht erkennt der Glaube an, daß er das, wovon man ausgeht, nicht begreifen könne (l. II. c. 7—11.).

Die Einheit des Vaters und Sohnes erklärt Hilarius näher also. Wo derselbe Name gebraucht wird, wird angezeigt, daß dasselbe Wesen gemeint ist. Es sind darum (da zwei einen Namen «Gott» haben) nicht zwei Wesen, sondern ein Wesen. Denn der Sohn Gottes ist Gott: das wird durch den Namen bezeichnet. Ein Name zählt nicht zwei Götter, denn Gott ist der Name einer und derselben Natur; denn da der Vater Gott ist, und der Sohn Gott, und der, der göttlichen Natur eigene Namen in Beiden ist, so sind Beide Eins. Obschon der Sohn gemäß der Zeugung sein Bestehen hat, bewahrt er die Einheit im Namen, (der dasselbe Wesen anzeigt). Der Glaube an den Sohn zwingt also die Gläubigen nicht zum Bekenntniß zweier Götter, da er aussagt: der Vater und der Sohn haben Eine Natur, wie Einen Namen [38]). Indem wir also Gott aus Gott bekennen, und Einen wahren Gott festhalten, verfallen wir weder in die Vereinerleiung des Sohnes und Vaters (mit Sabellius) noch schweifen wir in den Glauben an einen zweiten Gott aus (wie die Arianer); denn wir glauben weder an einen einfaltigen Gott, noch an zwei. Inzwischen läugnen wir weder, noch bekennen wir (unbedingt) das « Einssein. » So wird die Vollkommenheit des Glaubens erhalten, indem das Einssein auf Beide bezogen wird, und beide doch nicht Einer sind [39]). Wir bekennen

38) L. VII. c. 13. Nomen enim, quod rem unamquamque significat, rem quoque ejusdem generis ostendit: et jam non res duae sunt, sed res generis ejusdem est. Filius namque dei, Deus est: hoc enim significatur ex nomine. Non duos Deos connummerat nomen unum, quia unius atque indifferentis naturae unum Deus nomen est. Cum enim et Pater Deus est et proprium naturae divinae nomen in utroque sit, uterque unum sit: quia cum subsistat filius ex nativitate naturae, unitatem tamen servat in nomine: nec ad professionem duorum deorum nativitas filii credentium fidem cogit, quae patrem et filium, ut unius naturae, ita unius profitetur et nominis. Den Ausdruck genus habe ich mit Wesen übersetzt, denn was im Anfang ejusdem generis heißt, heißt unten ejusdem naturae. res bei generis ejusdem ist pleonastisch. Kürzer drückt übrigens Hilarius l. V. c. 35. sich über die Einheit also aus: per id unus deus, quia ex natura Dei Deus.

39) L. VII. c. 2. eam responsionis formam tenuimus, quae in Deo ex Deo praedicato, et uno Deo ac vero professo, neque in unius veri Dei unione deficeret, neque ad fidem alterius Dei excederet; dum neque solitarius nobis deus in confessione neque duo sunt. Et inter haec unum neque negando, neque confitendo, fidei conservata perfectio est, dum et quod unum

demnach weder eine Getrenntheit, noch eine Einerleiheit, sondern eine Einheit [40]).

Was nun aber die andere Seite des Sohnes Gottes betrifft, seine Erscheinung auf Erden, so sagt Hilarius: Er ist aus einer Jungfrau Mensch geworden und nahm die Natur des Fleisches an, auf daß durch diese Vereinigung (per hujus admixtionis societatem) der Leib des ganzen menschlichen Geschlechtes in ihm geheiligt sich befinde; (sanctificatum in eo universi generis humani corpus existeret) so daß, gleichwie Alle in ihm dadurch, daß er sich verkörpern wollte, (neu) geschaffen wurden, so auch er auf Alle durch das Unsichtbare in ihm bezogen würde. Was soll in der Anerkennung einer so großen Barmherzigkeit Würdiges von uns entgegengegeben werden? Er, der Alles umfaßt, in welchem und durch welchen Alles ist, wird nach menschlicher Weise geboren, und er, bei dessen Stimme die Engel zittern, Himmel und Erde und alle Elemente sich auflösen, wird als weinendes Kind gehört!

Glaubt Jemand, es sei dieses Gottes unwürdig, der soll nur bekennen, daß er ihm destomehr in Dank verpflichtet sei, je weniger es der göttlichen Majestät geziemend sein soll. Nicht er bedurfte Mensch zu werden, da der Mensch durch ihn geschaffen ist; aber wir bedurften, daß Gott Fleisch wurde, und unter uns wohnte, das heißt, daß er durch die Annahme eines Menschen, das Innerste der ganzen Menschheit bewohnte. (l. II. c. 25.) Hilarius nahm also die Erklärung des Athanasius von der Erlösung an.

Vom heil. Geiste, fährt er fort, geziemt sichs weder zu schweigen, noch ist es nöthig zu sprechen. Schweigen können

sunt, refertur ad utrumque et uterque non unus est. Unio drückt bei Hilarius das Eigenthümliche des Sabellius aus. So kömmt es vom vierten Buch bis zum zwölften beständig vor, so wie auch in seinen Erklärungen der Psalmen.

40) L. I. c. 5. neque unionem, sed unitatem, neque solitarium sed unum.

wir nicht wegen derer, die ihn nicht kennen; zu sprechen aber ist überflüssig, da er nach der Lehre des Sohnes und Vaters zu bekennen ist. Nur meine ich, daß ich mich darüber schon gar nicht verbreiten dürfe, aber sei, da er ja gegeben, empfangen und gehabt wird; und mit dem Bekenntnisse des Vaters und Sohnes verbunden, kann er auch vom Bekenntnisse des Vaters und des Sohnes nicht getrennt werden. Denn das Ganze ist uns unvollkommen, wenn etwas vom Ganzen fehlt. Wenn man aber sagt, durch wen und wer er sei, und warum er gegeben werde, so sage ich, er ist durch den, aus welchem und durch welchen Alles ist, (er geht vom Vater und Sohn aus) er ist eine Gabe der Gläubigen, und der Geist Gottes [41]). Er ist der Tröster in uns, der Leiter in alle Wahrheit. Daraus sehen wir den Willen des Spenders, und die Bestimmung der Gabe selbst: unsere Schwachheit würde weder den Vater, noch den Sohn fassen, sie würde die so schwierige Lehre von der Menschwerdung Gottes nicht glauben, wenn wir nicht durch die Gabe des heil. Geistes erleuchtet würden. Es heißt: «diejenigen, die vom Geiste Gottes getrieben werden, sind Kinder Gottes» und: «in einem Geiste sind wir Alle zu einem Leibe getauft», «es sind verschiedene Gaben, aber Ein Geist.» (Röm. 8, 14. I. Kor. 12, 4. 13.) So wissen wir denn die Ursache, warum er gegeben wird; wir kennen seine Wirkungen, und ich weiß nicht, was noch zweifelhaft sein mag, wenn man die Ursache, die Bestimmung und die Kraft seiner Sendung kennt. Laßt uns also so reicher Gaben uns bedienen, und die Mittheilung dieses so nothwendigen Geschenkes erflehen. Denn der Apostel sagt: «Wir aber haben nicht den Geist dieser Welt empfangen, sondern den Geist, der aus Gott ist; damit wir

41) Constant bemerkt irgendwo, daß es scheine, schon damals habe der Streit wegen des Ausgangs des heil. Geistes begonnen. Uebrigens sieht man, wie genau sich Hilarius auch an die biblischen Stellen anschließen will.

wissen, was uns von Gott gegeben ist.» Er wird also auch der Erkenntniß wegen empfangen. Gleichwie nämlich die menschliche Natur müßig ist, wenn die Bedingungen ihrer Thätigkeit aufhören: denn von dem Auge ist kein Gebrauch zu machen, wenn das Licht fehlt, die Ohren sind umsonst, wenn es keine Töne giebt, nicht als ob die Natur (Anlage) selbst aufhöre, wenn diese Bedingungen ihrer Thätigkeit fehlen, nur der Gebrauch hört auf; so hat auch die menschliche Seele, wenn sie nicht durch den Glauben den Geist einsaugt, zwar die Natur (Anlage) Gott zu erkennen, aber das Licht der Erkenntniß wird sie nicht haben (wird ihn nicht wirklich erkennen) diese eine Gabe Christi aber wird Allen angeboten, und indem sie allenthalben ist, wird sie in so weit wirklich gegeben, in wie weit sie ein Jeder nehmen will, in so weit wohnt sie in uns, als Einer ihrer werth sein will. Sie ist bis zum Ende der Zeiten mit uns, dieser Trost unserer Erwartung, dieses Unterpfand unserer Hoffnung, dieses Licht der Geister, dieser Glanz der Seelen. Diesen Geist also muß man erflehen, seiner würdig sich zeigen, und durch Gehorsam gegen die Gebote bewahren (l. II. c. 21—35.).

So nun bestimmte Hilarius die Begriffe von Vater, Sohn und Geist; freilich nicht ohne zugleich auch Beweise damit zu verbinden. Aber gleichwie nicht geläugnet werden kann, daß Manche dem katholischen Dogma entgegen waren, weil sie es nicht verstanden, so war es schon ein großes Verdienst, dasselbe nur klar dargestellt zu haben. Das ist ein vorzügliches Verdienst des Hilarius. Uebrigens sehen wir, daß die Väter, selbst im hitzigsten Kampfe, die praktische Bedeutung des Dogma hervorgehoben haben, und erhalten dadurch abermal den Beweis, daß es ihnen nicht um todte Formeln und Begriffe zu thun war.

Die Lehre nun, daß der Erlöser der wahre Sohn des Vaters und wahrer Gott sei, führt Hilarius in dem Folgenden weiter aus. Er bemerkt: In einem besondern Sinne nennt der Sohn den Vater seinen Vater, und dieser jenen seinen Sohn. Der Sohn sagt: mein Vater, der Vater: mein Sohn. Eben darum heißt er auch der Eingeborne, und öfters wird noch das «eigen» zu Sohn gesetzt. Wenn er nun ebenso wie Alle Sohn Gottes ist, worin liegt das Ausgezeichnete? Nach allgemeinen Gesetzen findet eine Geburt und Zeugung, wie es von dem Sohne doch geschrieben steht, nur dann statt, wenn die Eigenthümlichkeit des Wesens des Zeugenden sich dem Erzeugten mittheilt. Ist das nicht der Fall, so findet auch keine Zeugung, sondern eine Schöpfung statt. (l. VI. c. 30. l. VII. c. 14.)

Im Evangelium Johannis heißt es: «so sehr hat Gott die Welt geliebt, daß er seinen eingebornen Sohn dahingab, damit Jeder, der an ihn glaubt, nicht verloren gehe, sondern das ewige Leben habe.» Aus Liebe schickte Gott seinen Sohn und als Beweis seiner Liebe. Wenn aber die Versicherung seiner Liebe darin besteht, daß er eine Creatur für die Creaturen hingab, für die Welt, was aus der Welt ist, und um das aus Nichts Geschaffene zu erlösen, den dahingab, der auch aus Nichts geschaffen ist, so wird diese geringe, bedeutungslose Dahingabe auch nur einen dürftigen Glauben erzeugen. Das aber ist werthvoll, was die Liebe beweiset, und Großes wird nach Großem geschätzt. Indem Gott die Welt liebte, hat er keinen angenommenen, sondern seinen eigenen Sohn, den Eingebornen dahingegeben. Hier ist Eigenthümlichkeit, Zeugung, Wahrheit, nicht Schöpfung, Annahme, Falschheit (vorgeblicher Sohn). Das ist das Unterpfand der Liebe, daß er für das Heil der Welt seinen Sohn, den Eingebornen, gegeben hat[42]). Das also ist

42) L. VII. c. 40. Deus mundum diligens, hoc dilectionis suae in id testimonium protulit, ut unigenitum filium suum daret. Si dilectionis hinc fides est, creaturam creaturis praestitisse et pro mundo dedisse, quod mundi est, et ad ea, quae ex nihilo sunt substituta redimenda, eum qui ex nihilo sub-

das wahre Heil, das die Kraft des Glaubens, an Jesum Christum, als den Sohn Gottes, zu glauben; denn es ist keine Liebe an Gott den Vater in uns, ausser durch den Glauben an seinen Sohn [43]).

Auch bei Paulus ist es stets hervorgehoben, daß der Erlöser im eigentlichen Sinne der Sohn Gottes sei. Er sagt: «wir sind mit Gott versöhnt, durch den Tod seines Sohnes.» (Röm. 5, 10.) und: «treu ist Gott, durch den ihr zur Gemeinschaft seines Sohnes berufen seid.» (I. Kor. 1, 9.) Er sagt sein Sohn; der Name (Sohn) drückt das Wesen aus; daß er aber wahrer Sohn sei, der Zusatz der (proprietatis) Eigenthümlichkeit (sein). Paulus, dieses Gefäß der Auswahl, hat nichts Unbestimmtes, Kraftloses gesprochen (was der Fall wäre, wenn er zwar sagte, sein Sohn, ohne den wahren Sohn Gottes zu verstehen). Er weiß wohl, wer die angenommenen Söhne sind, diejenigen, die es durch den Glauben zu sein verdienen. Denn er sagt: «Diejenigen, die vom Geiste Gottes getrieben werden, sind Söhne Gottes; ihr habt nicht den Geist der Knechtschaft wieder zur Furcht erhalten, sondern den Geist der Sohnschaft, «dem wir rufen Abba, Vater.» (Röm. 8, 14. 15.) Das ist der Name, den wir durch die Wiedergeburt erhalten:

---

stitit praebuisse, non facit magni meriti fidem vilis et spernanda jactura. Pretiosa autem sunt, quae commendant caritatem et ingentia ingentibus aestimantur. Deus diligens mundum, filium non adopticum sed suum, sed unigenitum dedit. Hic proprietas est, nativitas est, veritas est. Non creatio, non adoptio, non falsitas est. Hinc dilectionis et caritatis fides est mundi saluti et filium et suum et unigenitum praestitisse.

43) L. l. c. 42. Haec igitur salus vera est, hoc perfectae fidei meritum, Jesum Christum filium Dei credidisse. Non est enim dilectio in nobis ad Deum Patrem, nisi per filii fidem. Wenn ich fidei meritum mit Kraft des Glaubens übersetzt habe, so ist es keine Willkühr. Man vergleiche nur die vorher angeführte Stelle genau.

unser Glaube giebt die Sohnschaft: die Werke, die wir im göttlichen Geiste verrichten, gewähren uns diesen Namen, und wir rufen vielmehr Vater, als daß uns der Gebrauch dieses Namens durch die Eigenthümlichkeit unseres Wesens zukäme: es ist der Name der Gesinnung: den Namen Sohn erhalten, und es sein, ist nicht dasselbe. Aber laßt uns einsehen, welchen Glauben der Apostel von dem Sohne Gottes hat. Er sagt: «Wenn Gott für uns ist, wer ist gegen uns? Er hat seines eigenen Sohnes nicht gescheut, sondern ihn für uns hingegeben.» (Röm. 8, 31.) Ist hier von einem angenommenen Sohne die Rede, wo das Prädicat der Eigenthümlichkeit klar ausgesprochen ist? Der Apostel will die Liebe Gottes gegen uns zeigen. Damit er nun die Größe der Liebe Gottes durch eine Vergleichung darthue, sagt er, er habe seines eigenen Sohnes nicht geschont. (Er stellt den eigenen den angenommenen gegenüber). Wohl nicht für die anzunehmenden Söhne hat er ihn angenommen, wohl nicht für die Creatur eine Creatur, sondern für die Fremden hat er Seinen, für die aus Gnade Werdenden seinen Eigenen dahingegeben. Erforsche die Kraft der Stelle, damit du die Größe der Liebe einsiehst. Mit Nachdruck hebt er den wahren Sohn von Natur hervor, indem er ὁςγε του ἰδιου υἱου οὐκ ἐφεισατο sagt, denn die lateinische Uebersetzung filium suum drückt das Griechische nicht ganz aus, damit er, nachdem er vorher von mehreren Söhnen, die es durch die Annahme geworden sind, gesprochen hatte, nun den eigenen Sohn, den Eingebornen kennen lehre. (l. VI. c. 44. 45.)

Oefters sagt der Heiland, Niemand kenne den Vater, nur er kenne ihn. Gehört der Sohn zur Schöpfung, so sieht man nicht ein, warum nur der Sohn den Vater kennen soll, und nicht Alle. Kennt er ihn aber allein, so ist er auch sein Sohn in einem eigenthümlichen Sinne, im Gegensatz zur gesammten Schöpfung; dann ist er aber Sohn von Natur. (l. VI. c. 28.)

Bei Johannes (5, 18.) heißt es: «deßwegen suchten die Juden noch mehr ihn zu tödten, weil er nicht nur den Sabbath auflös'te, sondern weil er Gott seinen eigenen Vater nannte, und sich selbst Gott gleich machte.» Hier ist keine Rede der Juden, sondern eine Erklärung des Evangelisten, der die Ursache nachweisen will, warum die Juden den Herrn tödten wollten. Hier hört alle Ausflucht auf; indem durch das Ansehen des Apostels der Sohn als eigenthümlicher, geborner Sohn dargestellt wird. Noch steht dabei: «er machte sich Gott gleich.» — Gleichheit entsteht nur durch die Natur. Uebrigens ist zu bemerken, daß auch dort keine Gleichheit statt findet, wo eine Einerleiheit ist, (d. h. wo eine Gleichheit prädicirt wird, werden Zwei gesetzt: Einer der ist was ein Anderer; gegen Sabellius,) eben so wenig als dort, wo eine Verschiedenheit waltet. In der Gleichheit liegt also weder eine Einfaltigkeit noch eine Verschiedenheit, weil alle Gleichheit weder verschieden noch allein ist. (l. VII. c. 15.) [44]). Wenn gezeigt ist, daß der Sohn wahrer Sohn Gottes sei, so ist eben dadurch auch bewiesen, daß er Gott ist. Aber dies erhellet auch noch aus besondern Gründen. Die Natur eines jeden Wesens erhellet aus seiner Kraft. Da nun die Kraft die Natur bezeuget, so lasset uns sehen, ob der Sohn wahrer Gott sei. Durch ihn ist Alles geschaffen; wie kann ihm nun das Prädicat «wahrer Gott» abgesprochen werden, wenn er die Kraft Gottes hat? Nun heißt es zwar allerdings: «Gott sprach: es werde das Firmament, und Gott machte das Firmament.» [45]). Allein dem Worte die Kraft geben, ist eben so viel, als das Wort

44) Hinc enim est sola illa, quae vere esse possit aequalitas: quia natura aequalitatem sola possit praestare nativitas. Aequalitas vero nunquam ibi esse credatur ubi unio est; nec tamen illic requiritur, ubi differt. Ita similitudinis aequalitas nec solitudinem habet nec diversitatem, quia omnis aequalitas nec diversa nec sola est.

45) Aus dieser Stelle leiteten die Arianer ab, daß der Sohn nur Werkzeug sei, Mittel.

selbst sprechen. Das ist der Beweis einer vollkommenen Macht, wenn die Natur dessen, der wirkt, eben das vollbringt, was die Rede dessen, der spricht, anzeigt. Wie der Sohn dem Vater gleich ist an Macht, so auch an Unbegreiflichkeit und Erkenntniß; denn Niemand kennt den Vater als der Sohn, und auch den Sohn Niemand, als der Vater. Während also der Sohn den Vater kennt, wird er selbst von Niemanden erkannt. Wenn er nun dem Vater an Macht, und all dem Genannten gleich ist, warum ist er nicht wahrer Gott? (l. IV. c. 4. 5.)

Nun sagen zwar die Häretiker, an Kraft sei er Gott gleich, aber nicht ein Wesen. Das ist ein großer Unverstand, da ja aus der Gleichheit des Wesens eben erst die Gleichheit der Kraft hervorgeht. Denn nie erreicht ein dem Wesen nach Geringeres an Kraft das Höhere. Und was sagen sie von der Allmacht des Vaters, wenn seiner Kraft die Kraft eines geringern Wesens gleich gestellt wird? Aber nebstdem heißt es: «wie der Vater das Leben in sich selbst hat, eben so hat er auch dem Sohne gegeben, das Leben in sich selbst zu haben.» Leben ist gleichbedeutend mit Natur und Wesen; wie es aber der Vater hat, so hat er es dem Sohne gegeben. Die Gleichheit des Lebens ist Gleichheit der Kraft, denn Gleichheit der letzteren kann ohne Gleichheit des erstern nicht gedacht werden. Darauf ruht unsere Hoffnung, ein gleiches Wesen im Sohne wie im Vater zu erkennen. (de Synod. c. 19.) Das oben berührte Vorhaben der Juden, den Heiland zu steinigen, gieng von den Worten aus: «mein Vater wirkt bis jetzt, und ich wirke.» (J. 5, 17.) Der Herr erklärt nun seine Geburt aus dem Vater und die Kraft seines Wesens, indem er sagt: «der Sohn kann nichts von sich selbst thun, wenn er es nicht den Vater thun sieht.» Durch die Worte: «mein Vater wirkt bis jetzt, und ich wirke,» ist ausgedrückt, daß seine Wirksamkeit, wie die seines Vaters durch den Sabbath nicht eingestellt werden könne; es ist ausgesprochen, daß er eine stete Wirksamkeit habe; damit man aber nicht schließen möge, er sei der Vater selbst, da er sich ihm gleich gestellt hat, so setzt er hinzu, der Sohn könne für sich nichts thun, er thue, was er den Vater thun sehe. Im Bewußtsein, daß die väterliche Natur und Kraft in ihm sei, (per virtutis ac naturae paternae in se conscientiam) die er durch die Zeugung erhalten, spricht er dies. Bei Gott giebt es kein körperliches Sehen, das Sehen ist die Kraft der Natur; (das Sehen drückt kein Lernen aus, wie die Arianer sagten.)

Der Sohn fährt dann fort: «Alles, was der Vater thut, dasselbe thut eben so auch der Sohn.» Hieraus leuchtet abermal ein, daß im Sohne dieselbe Natur sei, da er dasselbe vermag. Es heißt «eben so» (ὁμοιως). Wo eine Aehnlichkeit des Wirkens ist, ist die Einfaltigkeit (solitudo) ausgeschlossen. Hier ist demnach die Geburt des Sohnes und das Geheimniß unsers Glaubens auf das Vollkommenste ausgesprochen. Indem er dasselbe thut, thut er es zugleich eben so (auch er thut es); und indem er eben so thut, thut er dasselbe. Das «eben so» zeigt die Zeugung an; das «dasselbe» das gleiche Wesen. (In dem «eben so» ist eine Zweiheit ausgesprochen, will er sagen: «dasselbe thun» könnte den Sabellius begünstigen, indem aber «eben so» dabei steht, ist eine Verschiedenheit der Person bei der Einheit des Wesens gelehrt.)

Der Heiland spricht weiter: «der Vater liebt den Sohn und zeigt ihm Alles, was er thut, und noch größere Werke, als diese wird er ihm zeigen, daß ihr euch wundern werdet. Wie nämlich der Vater die Todten erwecket und belebet, so belebet auch der Sohn die, die er will.» Das Zeigen drückt keine Unwissenheit aus (wie die Arianer behaupten); denn er sagt ja voraus, was geschehen werde, nämlich, daß er Todte auferwecken werde: der bedarf also des Gelehrtwerdens nicht, der Alles schon weiß, worüber er belehrt werden soll. Zeigen heißt also nur, daß er eben wie die väterliche Natur und durch diese Todte erwecke. Die Kraft ist gleichgestellt durch die Einheit derselben Natur. Das Zeigen ist eine Belehrung für uns, daß wir nämlich die Zeugung nicht aufheben (nicht annehmen, es finde keine Zeugung statt, der Sohn sei der Vater.) In dem Grade bedarf er des Belehrtwerdens nicht, daß er erwecket, wen er will. Wollen ist die Freiheit der Natur, welche mit der vollkommenen Kraft in der Selbstständigkeit des Willens besteht.

Endlich heißt es: «damit Alle den Sohn ehren, wie den Vater. Wer den Sohn nicht ehrt, ehrt den Vater nicht, der ihn gesandt hat.» Damit ist Alles beschlossen, und der Inhalt unseres ganzen Glaubens ist in dieser Rede des Herrn ausgesprochen. Er ist der Sohn, weil er durch sich nichts thun kann, sondern die väterliche Gottheit in ihm ist; er ist Gott, weil er dasselbe thut, was der Vater; gleich sind sie, weil beiden dieselbe Ehre gebührt; verschieden, weil der, der geschickt wird, von dem verschieden ist, der ihn schickt. (l. VII. c. 17—21.)

In einer andern (Joh. 10, 17.) Rede sagt der Herr: «meine Schaafe hören meine Stimme, und ich kenne sie; ich kenne sie und sie folgen mir, und ich gebe ihnen das ewige Leben, und sie werden in Ewigkeit nicht zu Grunde gehen, und Niemand wird sie aus meiner Hand rauben. Der Vater, der sie mir gegeben hat, ist größer als Alle, und Niemand kann aus der Hand meines Vaters rauben. Ich und der Vater sind Eins.» Wie klar ist hier die Gottheit des Sohnes ausgesprochen! Entweder muß man andere Evangelien aufweisen, die uns belehren sollen, oder wenn nur sie uns belehren, warum glauben wir ihrer Lehre nicht? Als Sohn ist er bezeichnet und als Eins mit dem Vater. Mit der größtmöglichen Bestimmtheit (quanta potest verborum absolutione) ist ausgesprochen, daß er als gezeugt, und in der Natur Gottes seiend geglaubt; und daß obgleich der Sohn obwohl Eins mit dem Vater, doch auch Gott nicht als einfaltig und der Sohn als der Vater selbst genommen werden soll. Der Vater ist größer als der Sohn, weil er aus ihm geboren. Die Juden aber, wird weiter erzählt, wollten ihn steinigen, weil, obschon Mensch, er sich selbst zum Gott mache. Du (Arianer) kannst ihn nicht steinigen, weil er, zur Rechten Gottes sitzend, von dir nicht erreicht werden kann; aber der Wille ist derselbe. Der Jude sagt, da du Mensch bist, machest du dich zum Gott; du, da du eine Creatur bist, machest dich zum Gott.

Ferner sagt Jesus: «wenn ich die Werke des Vaters nicht thue, glaubet mir nicht.» Der Sohn thut die Werke des Vaters; er ist also nichts von Aussen hinzugekommenes; da ist keine Adoption; wo die Werke des våterlichen Wesens verrichtet werden, da ist keine Anmaßung, wo nichts gefordert wird, als daß man dem Beweise der Werke glaube. Der Sohn hat Alles in sich durch die Zeugung, was Gottes ist, und deßwegen ist das Werk des Sohnes das Werk des Vaters; denn der Erzeugte ist jenem Wesen nicht fremd, von dem er kömmt, und hat jene Natur in sich, von welcher er das Sein hat. Endlich sagt der Herr: «damit ihr wisset und glaubet, daß der Vater in mir ist, und ich im Vater;» das besagt eben so viel als das: «ich und der Vater sind Eins.» Das ist die Natur der Zeugung, das das Geheimniß des beseligenden Glaubens, daß man nicht theile, was Eins ist, und den Sohn als wahren lebendigen Gott aus dem lebendigen Gott bekenne. Gott ist durch und durch Leben, es giebt keine Theile in ihm; das Leben des Vaters ist also im Sohne, und das Leben des Sohnes im Vater, der Ganze im Ganzen. Daher ein Gott, weil der Eine im Einen ist: eine Gottheit in Beiden. Nicht ein anderes Wesen ist der Sohn und darum nur ist er Sohn. Wenn deßhalb der apostolische Glaube den Vater predigt (wobei der Sohn schon mitgedacht wird) so predigt er Einen Gott, wenn er den Sohn verkündigt (wobei der Vater schon mitgesetzt ist) auch nur Einen Gott, weil Ein und dasselbe göttliche Wesen in Beiden ist. Denn Gott aus Gott, oder Gott in Gott macht keine zwei Götter, da Einer aus dem Einen, in dem Wesen wie im Namen des Einen bleibt. (l. VII. c. 26—32.)

Bei Johannes 14, 16. sagt der Heiland weiter: « ich bin der Weg, die Wahrheit und das Leben. Niemand kömmt zum Vater als durch mich » u. s. w. Er, der der Weg ist, führt uns nicht auf Abwege; die Wahrheit täuscht nicht, das Leben läßt uns nicht im ertödtenden Irrthum. Man kann zweifeln, ob er uns Alles das durch seine Lehre, oder durch das Bekenntniß seines Wesens sei; denn wir könnten glauben, daß wir vielmehr durch seinen Unterricht, als durch den Glauben, daß in ihm das väterliche Wesen sei, zum Vater gelangen. Dieser Zweifel ist leicht zu lösen. Denn auf die Frage des Philippus: « zeige uns den Vater, » erwiederte der Herr: « so lange Zeit bin ich bei euch und ihr kennt mich nicht? » Warum sagt er nun, daß sie ihn nicht kennen? Er hatte das gethan, was nur Gottes Werke sind, er hatte der Natur befohlen, und sie hatte gehorcht, er hatte Gebrechen der Natur geheilt, Todte erweckt, Sünden vergeben, und doch erkannten sie ihn noch nicht. Darauf bezieht sich seine Rede: « so lange Zeit u. s. w. » Mithin ist er nicht blos durch seine Lehre der Weg, die Wahrheit und das Leben, sondern durch seine Person und den Glauben an ihn.

Der Heiland sagt weiter: « wer mich sieht, sieht den Vater. » Was kann das heißen, als daß im Sohne das gleiche Wesen des Vaters sei? Denn die Anschauung des Sohnes, ersetzt die des Vaters; und indem der Eine in dem Einen bleibt, wird der Eine von dem Einen nicht (dem Wesen nach) unterschieden. Damit man aber an kein körperliches Sehen denken möge, setzt er hinzu: « glaubet mir, daß ich im Vater bin, und er in mir, wenn aber nicht, so glaubet um der Werke willen. » Da die Kraft Sache der Natur ist, und die Thätigkeit eine Wirkung der Kraft, so sollte durch die Wirkungen seiner Kraft, die Einheit seiner Natur mit der väterlichen erkannt werden; (naturae in se paternae unitas nosceretur.) so daß man, wenn man ihn durch die Kraft seiner Natur als Gott erkannt habe, auch Gott den Vater in den Wirkungen seiner Natur erkenne, und da er so groß ist, als der Vater, der Sohn die Anschauung des Vaters in sich gewähre, und der Vater dadurch dem Wesen nach ununterschieden vom Sohne gedacht werde, durch die Erkenntniß nämlich, daß eine und dieselbe Macht in Beiden sei. Wenn es endlich heißt: «wer mich sieht, sieht auch den Vater,» so wird durch dieses «auch» erwiesen, daß die Meinung des Sabellius unstatthaft sei. (l. VII. c. 41. l. IX. c. 52.)

Aber die Einheit des Vaters und Sohnes, sagt man, sei eine bloße Einheit des Willens; gleich als wäre der Vortrag der göttlichen Weisheit dürftig, und als hätte der Sohn nicht sagen können: ich und der Vater wollen Eins, oder gleich als wäre dies Eins und Dasselbe damit: ich und der Vater sind Eins. Sogar einer der Rede Unkundige hätte nicht gesagt: «wer mich sieht, sieht den Vater,» wenn er hätte sagen wollen: «wer meinen Willen sieht, erkennet in demselben den Willen des Vaters.» Wenn nun aber die Rede selbst keine solche Auslegung gestattet, so sehen wir auch noch wohl aus andern Gründen ein, daß keine bloße Willenseinheit gemeint sein könne, sondern die Rede verstanden werden müsse, wie sie lautet. Wenn sie nämlich deßwegen Eins sind, weil sie Eines wollen, entgegengesetzte Wesen aber nicht Eines wollen können, wie kann nun der Wille Eins sein, wenn nicht auch das Wissen Eins ist? (d. h. Eines Wollen, setzt Eine Intelligenz voraus; dieselbe Intelligenz und derselbe Wille sind aber ohne Einheit des Wesens nicht denkbar. Hilarius hatte oft genug gesagt, daß dieselben Eigenschaften dasselbe Wesen voraussetzen, und eben die Eigenschaften das Wesen seien. (l. IX. c. 70.)

Nun werfen die Arianer ein, daß die Rede Jesu bei Joh. 17, 20. 21. eine bloße Willenseinheit zwischen Vater und Sohn klar ausspreche, indem er bitte, daß die Gläubigen Eins sein sollen, wie er selbst im Vater und der Vater in ihm sei. Da nun doch wohl die Menschen in Gott nicht aufgelös't werden, und in eine ununterscheidbare

Masse allesammt zurückkehren könnten, so sei die Einheit der Gläubigen offenbar nur eine Willenseinheit, der Gegensatz von widersprechenden Bewegungen der Seele; wie sie folglich der Wille, nicht die Natur, einige, so sei es auch in Bezug auf den Sohn und Vater. (Die Art, wie Hilarius diesen Einwurf auflös't, zeigt wieder recht schön, wie der Katholicismus zwischen dem die Welt von Gott trennenden, Alles mechanisch begreifenden Arianismus, und dem Gott und Welt vermischenden Sabellianismus die wahre Mitte hält.)

Er bemerkt nämlich: es ist keine bloße Willenseinheit, was die Gläubigen vereiniget; es ist die durch den Einen Glauben empfangene Wiedergeburt, in deren Folge erst die Willenseinheit eintritt. Das ist aber eine Einheit der Natur (eine wesenhafte). Paulus sagt: « soviel euer getauft sind in Christo, die haben Christum angezogen. Da ist weder Jude noch Grieche —; ihr Alle seid Eins in Christo Jesu. » (Gal. 3, 27. 28.) Was soll hier die bloße Uebereinstimmung des Willens, da Alle in der einen Taufe, den einen Christus angezogen haben? Wenn also Christus sagt: « sie sollen Eins sein, wie du Vater in mir und ich in dir, so sollen auch sie in uns sein, » so ist die Einheit des Wesens in Vater und Sohn, das Vorbild der wesenhaften Einheit der Gläubigen.

Ferner lehrt Christus weiter: alle Gläubigen sollen in Eins vollendet sein, damit die Welt erkenne, daß der Vater ihn gesandt habe. Er giebt auch den Grund an, in welchem sie Eins sein sollen, wie der Vater und Sohn; nämlich in der Mittheilung der Herrlichkeit (Joh. 17, 22), die er selbst empfangen habe. Nicht durch den Willen also sind sie Eins, sondern sie sind Eins, durch etwas, das sie erst empfangen, durch die Herrlichkeit nämlich. Aber wie bildet die empfangene Herrlichkeit Alle zu einer Einheit? Ich frage, ob Christus nicht durch seine wahrhafte Natur (per naturae veritatem) in uns sei? Wenn das Wort Fleisch geworden, und wir wahrhaft das Fleisch gewordene

Wort im Abendmahl empfangen, das die Natur unseres Fleisches unzertrennlich angenommen, wie sollte er nicht wesenhaft in uns sein? So also sind wir Alle Eins, weil in Christus der Vater, und Christus in uns ist. Wer also läugnen will, daß der Vater dem Wesen nach in Christus sei, der läugne zuvor, daß er (der Läugnende) nicht wesenhaft in Christo, oder Christus in ihm sei[46]). Endlich wird uns auch der heilige Geist zur Vereinigung gegeben, was wieder anzeigt, daß die Einheit der Gläubigen keine bloße Willenseinheit ist.

So findet also eine Einheit des Wesens statt im Verhältnisse des Vaters zum Sohne. Wenn nun aber der Sohn um Verherrlichung bittet, und dieses dagegen zu sein scheint, so ist zu bemerken, daß ja auch gesagt ist, daß der Sohn den Vater verherrliche. Die gegenseitige Verherrlichung benimmt nun weder dem Vater etwas, noch verringert sie den Sohn. Diese Stelle zeiget gerade die Einheit der Macht an, indem der Sohn dem Vater wieder giebt, was er erhält. Worin die Verherrlichung bestehe, ist in den Worten niedergelegt: «das ist das ewige Leben, daß sie

---

46) L. VIII. c. 13. Si enim vere verbum caro factum est, et vere nos verbum carnem cibo dominico sumimus, quomodo non naturaliter in nobis manere existimandus est, qui et naturam carnis nostrae jam inseparabilem sibi homo natus assumsit et naturam carnis suae ad naturam aeternitatis sub sacramento nobis communicando carnis admiscuit? Ita enim omnes unum sumus, quia et in Christo Pater est, et Christus in nobis est. Quisquis ergo naturaliter Patrem in Christo negabit, neget prius non naturaliter vel se in Christo, vel Christum sibi inesse, quia in Christo Pater et Christus in nobis, unum in his esse nos faciunt. Si vere igitur carnem corporis nostri Christus assumsit, et vere homo ille, qui ex Maria natus fuit, Christus est, nosque vere sub mysterio carnem corporis sui sumimus (et per hoc unum erimus, quia Pater in eo est et ille in nobis) quomodo voluntatis unitas asseritur, cum naturalis per sacramentum proprietas perfectae sacramentum sit unitatis.

dich erkennen und den, den du gesandt hast.» Der Sohn wird verherrlicht, indem er die Gewalt über alles Fleisch erhielt, da er selbst Fleisch geworden ist. Dadurch aber, daß er den Hinfälligen, den Sterblichen das ewige Leben giebt, und sie zur Kenntniß des Vaters führt, wird dieser verherrlicht. Aber der Sohn ist das Wort, und das Wort war im Anfang bei Gott; dieses kann keine Abnahme leiden, und keine Zunahme. So bittet er denn eigentlich für die angenommene Menschheit, daß auch diese dem Vater werde, was er schon war. (l. VII. c. 12—16.)

Die Einwürfe der Arianer, die darauf beruheten, daß sie durch das vom Menschlichen in Christo Gesagte, das Göttliche in ihm herabwürdigten, lös't Hilarius ebenso, wie Athanasius; d. h. er unterscheidet Beides genau, jedoch so, daß die Gottheit und Menschheit eine Person bilden[47]. Die Menschheit in Christo wird vergöttlicht, ohne daß sie aufhört, ihr Wesen zu verlieren; darauf beruhet auch schon die gegebene Erklärung der Stelle, in welcher Christus um Verherrlichung bittet. Ueber diese Lehre bemerkt aber Hilarius sehr schön gegen die Arianer, die in Christo überhaupt nur eine Erhöhung durch seine Menschwerdung, aber keine eigentliche Erniedrigung der Gottheit annahmen, daß, weil Alles Endliche einen natürlichen Abscheu vor der Verringerung habe, man es weit leichter glaube, daß der Mensch göttlich werde, weil darin auch unsere Hoffnung

---

47) L. IX. c. 3. Mediator ipse in se ad salutem ecclesiae constitutus, et illo ipso inter Deum et homines mediatoris sacramenti utrumque unus existens, dum ipse ex unitis in id ipsum naturis, naturae utriusque res eadem est; ita tamen ut neutro careret in utroque, ne forte Deus esse homo nascendo desineret, et homo rursum Deus manendo non esset. Eine der scharfsinnigsten Argumentationen l. IX. c. 10. 11. beruht auf einer unrichtigen Leseart bei Kol. 2, 15. wo Hilarius anstatt τας ἀρχας, την σαρκα las. Auch c. 40—42. ist eine glänzende Stelle, aber nicht hieher gehörig, weil sie zu lang ist, und mit Wenigem der ganze Gang des Hilarius nicht anschaulich wird.

sich schmeichle, als daß Gott Mensch werde, was ein göttliches Geheimniß sei. Zunehmen, lasse sich die menschliche Klugheit gefallen, denn das sei dem Gesetze der menschlichen Entwickelung angemessen; weil ihr aber Erniedrigung zuwider sei, widerstrebe sie auch in Christo eine Erniedrigung zu glauben. Darum sei die Erniederung des Sohnes Gottes auch nur uns ein Geheimniß, nicht Gott, der stets seiner Natur nach sich gleich bleibe, wenn auch bei scheinbarer Abnahme; uns aber, bemerkt er zugleich, ist die Geburt des Göttlichen im Menschlichen das Zeugniß, daß auch das Menschliche ins Göttliche wiedergeboren werden könne[48]).

In der Annahme aber, daß die menschliche Natur in Christo vergöttlicht worden sei, konnte auch von derselben kein eigentliches Nichtwissen mehr prädicirt werden. Wenn man daher den Einwurf vom Nichtwissen des Tages und der Stunde vorbrachte, so bringt Hilarius eine Anzahl von Stellen aus dem alten Testamente herbei, wo Gott so dargestellt wird, als wisse er etwas nicht, oder als wolle er sich erst überzeugen, ob es denn wirklich so sei. So bei dem bevorstehenden Untergange von Sodoma; hier heiße es (Genes. 18, 20.), er habe beschlossen herabzusteigen, um zu sehen, ob die Sünden dieser Stadt wirklich so groß seien, damit er es wisse, wenn es nicht also sei. An andern Stellen werde so von Gott gesprochen, als erfahre er eben erst etwas, gleich als habe er es früher nicht gewußt. (Genes. 22, 11.)

48) L. IX. c. 29. Cum potior natura in inferiorem nata fidem praestet, inferiorem in naturam nasci posse potiorem. Et quidem secundum legem et consuetudinem mundi, promtior magis spei nostrae, quam divini sacramenti effectus est. — — Naturae ergo nostrae necessitas in augmentum mundi lege provecta, non imprudenter profectum naturae potioris exspectat: cui et incrementum secundum naturam est. — — Hoc non sibi sed nobis est sacramentum. Cf. Leo I. sermo in nat. Dom. c. 2. Minus mirum est, hominem ad divina proficere, quam deum ad humana descendere.

So sei es denn nun auch mit dem Sohne; in ihm, sage der Apostel, seien alle Schätze der Weisheit und Erkenntniß verborgen (Kol. 2, 2.); verborgen seien sie, aber doch in ihm. (l. IX. c. 62. 63.) Der Sohn also wisse deßwegen den Tag nicht, weil er ihn verschweige (ihn in sich verbirgt) und wenn er frage, wo Lazarus liege, so sei es nicht ein Nichtwissen der Weisheit, sondern der Rede. Er, der gewußt habe, daß Lazarus gestorben und begraben sei, wisse auch den Ort [49]).

Das Betrübtsein Christi bis zum Tode (Matth. 26, 28.) erklärt er wörtlich «bis zum Tode» nicht «wegen des Todes» [50]). Das Letztere könne, bemerkt er, auch wegen anderer Stellen nicht angenommen werden, wo Christus sich bereit erkläre, den Kelch zu übernehmen; auch sei ja der Tod der Uebergang zur Verherrlichung seiner Menschheit gewesen, und schon deßwegen könne er den Tod nicht gefürchtet haben. Wie dieses möglich sei, da er die Lehre von der Verachtung des Todes stets vorgetragen habe; er könne darum nicht selbst ein Beispiel der Furcht vor ihm gegeben haben. Aber bis zum Tode sei er betrübt gewesen, wegen der Theilnahme an dem Zustande seiner Schüler, die, noch nicht vollkommen in seine Geheimnisse eingeweiht, wegen dieser schmachvollen Todesart an ihm irre werden konnten. Dieses habe gewährt bis zum Tode, wo durch die wunderbaren Ereignisse ihnen der Muth wiedergegeben worden sei. Das Gebet, daß der Kelch vorübergehen möge, sei darum ein Gebet für seine

49) L. l. c. 73. Filius itaque diem idcirco, quia tacet, nescit, et Patrem solum idcirco scire ait, quia solus uni sibi non tacet. c. 66. Non nesciens intelligendus est nescire, sed loquens.

50) L. X. n. 36. Ac primum humanae intelligentiae sensum rogo; quid sit tristem esse usque ad mortem. Non enim ejusdem significationis, tristem esse propter mortem, et tristem esse usque ad mortem. c. 39. tristitia igitur usque ad mortem est: quia in morte motu terrae, dici tenebris, discissione veli monumentorum reseratione, mortuorum resurrectione confirmanda jam apostolorum fides esset, quam et nocturnae custodia terror etc. crucis damnatio commoveret.

Schüler und um seiner Schüler willen. Das gehe aus Johannes (17, 11. 12.) hervor. Die Erscheinung des Engels zur Stärkung, finde sich nicht in allen Manuscripten. Sei aber auch die Erzählung richtig, so könnten die Arianer keinen Beweis daraus für sich entnehmen, weil angenommen werden müsse, daß um derer willen die Stärkung stattgefunden habe, um welcher willen er besorgt gewesen. Das Gebet, die Traurigkeit, die Stärkung sei also für uns, für welche Alles geschehen [51]). Auch sei er ja, selbst nach der Lehre der Arianer, der Schöpfer der Engel, wie er darum im eigentlichen Sinne von einem Engel gestärkt werden könne?

Da die Annahme eines körperlichen Schmerzes mit dem Glauben an die schon vergöttlichte Menschheit nicht übereinzustimmen schien, behauptet Hilarius, wenngleich der Leib Christi der Wuth seiner Feinde und ihren Waffen zugänglich gewesen sei, weil er ja einen wahren Leib gehabt habe, so habe doch Christus keinen eigentlichen Schmerz empfunden. Die drei Jünglinge im Feuerofen hätten Gott Hymnen gesungen, die Martyrer seien freudig durch das Feuer ihres Glaubens in alle Marter gegangen, die Festigkeit und Tapferkeit ihres Geistes, habe alle Empfindungen des Körpers aufgehoben; wohin der Geist gerichtet gewesen, dahin habe er auch den Körper mit sich genommen. Wenn nun schon bloße Menschen durch die Sehnsucht nach der ewigen Herrlichkeit ihre Leiden nicht gefühlt, ihrer Wunden vergessen, um ihren Tod nicht gewußt hätten, wie könne der Leib Christi so schwach gewesen sein, dessen Kleidersaum schon Kraft gewesen, dessen Speichel und Rede die schwachen Körper geheilt habe? (l. X. c. 46.) [52]).

---

51) Er nennt darum l. X. c. 41. die arianische Irrlehre die haeresis infirmitatis. Da Hilarius nicht die Angst Christi überhaupt, sondern nur die Furcht vor dem Tode läugnet, so ersieht man, wie weit er vom Monophysitismus entfernt war. Denn die Monophysiten mußten alles Trauern u. s. w. läugnen, ins Doketische hinüber ziehen.

52) Münscher IV. B. S. 20. hat den Hilarius nicht verstanden,

So löſ'te Hilarius die Einwürfe der Arianer. Dieſe ihre Einwürfe aus bibliſchen Stellen ſind ſchwer zu löſen; wer mag es läugnen? Aber ſie verhalten ſich zum Glauben der Chriſten, wie die Einwürfe, die man gegen das Daſein eines ſelbſtbewußten Gottes, gegen die Freiheit des Menſchen aus dem Vorherwiſſen und Vorherbeſtimmen Gottes, gegen die Unſterblichkeit und Geiſtigkeit der menſchlichen Seele, aus ihrer anerkannten vielfachen Abhängigkeit vom Leib machen kann, zum allgemeinen religiöſen Glauben. Wer dieſen beſitzt, läßt ſich durch jene Schwierigkeiten nicht irre machen, ſo daß er ſich durch ſie erſt beſtimmen ließe, ob er glauben ſolle oder nicht. So mit jenen Stellen aus der heil. Schrift. Nicht ſie giebt uns erſt den Glauben an den Sohn Gottes: dieſer iſt eine Wirkung der geheimnißvollen Gnade. Aber im Glauben, den man einmal hat, verſucht man, jene Schwierigkeiten, die die heil. Schrift darbietet, zu löſen, wie die genannten Schwierigkeiten gegen den allgemeinen religiöſen Glauben. Daher ſagt auch Hilarius, ehe man annehme der Sohn Gottes (als Solcher) ſelbſt habe gelitten, müſſe man

---

wenn er ihn des Monophyſitismus beſchuldigt. S. 21. ſagt er auch: « zum Ueberfluß ſagt der Biſchof von Pictavium noch ausdrücklich, daß Chriſtus den übrigen Menſchen zwar der Geſtalt nach ähnlich, aber nicht ein Menſch von eben dem Körper und eben der Seele, wie ſie ſei. » Dieſes Urtheil kömmt daher, daß Münſcher das, was Hilarius als Vorwurf der Häretiker anführt, als deſſen eigene Meinung bezeichnet de trinitate l. X. c. 21. heißt es nämlich: *arguere nos solent*, quod Christum dicamus esse natum non nostri corporis atque animae hominem. S. 20. ſagt Münſcher ferner, Hilarius lehre, Chriſtus habe eine andere Seele gehabt als wir, weil ſie andern Urſprungs ſei, als die unſrige, da er ſage, Chriſti Seele ſei aus Gott. Allein Münſcher beachtete nicht, daß der Biſchof von Pictavium gegen den Traducianismus überhaupt ſich erklärt, und ſagt, eine jede Seele werde von Gott bei der Zeugung geſchaffen, alſo auch die Seele Chriſti. l. l. c. 22. Sed ut per se sibi assumsit ex Virgine corpus, ita ex se sibi animam assumsit, *quae utique nunquam ab homine gignentium originibus praebetur.*

eingestehen, man verstehe jene Stellen nicht [53]); und schließt das ganze zehnte Buch damit: «In der Einfalt besteht der Glaube, im Glauben die Gerechtigkeit, im Bekennen die Frömmigkeit. Nicht durch die Kenntniß schwieriger Fragen ruft uns Gott zum seligen Leben, und er martert uns nicht durch kluge Redekunst. Bestimmt und leicht ist der Weg zur Ewigkeit, es ist der Glaube, daß Jesus durch Gott von den Todten erweckt und unser Herr sei. Niemand mißbrauche also das, was ich in Unwissenheit gesprochen habe, zum Unglauben. Anerkennen aber müssen wir, daß Christus gestorben sei, auf daß wir leben.» (l. X. c. 70.)

Während aber die verbannten katholischen Bischöfe auf diese Weise unerschüttert im Geiste und Glauben, die Lehre der Kirche vertheidigten, stellte sich klar heraus, was denn eigentlich die Arianer wollten. Sie herrschten nun unbedingt, und scheueten sich nicht mehr, mit ihren eigentlichen Absichten hervorzutreten. Aber mit dem Gipfel ihrer Größe, auf welchem sie sich enthüllten, war ihr Fall verbunden. Sie hatten von der Synode von Nicäa an bis auf diese Zeit den katholischen Glauben, nur in abweichenden Formeln, öffentlich vorgegeben, allerdings manche Fälle ausgenommen, in welchen ihre eigentliche Tendenz auch in öffentlichen Handlungen durchschimmerte; jetzt aber sprachen sie sich wieder klar und offen aus, wie einst Arius, dessen Lehre sie oft genug verdammt hatten, so lange es nicht an der Zeit schien, sie zu bekennen. Viele, die bisher auf ihrer Seite gestanden, staunten nun ob der furchtbaren Entdeckung: sie erkannten ihre Genossen, und trennten sich; was, wie bei jeder Häresie, so auch jetzt, ein Hauptgrund der Hoffnung der katholischen Kirche war.

Diese Enthüllung des Arianismus nahm aber folgenden Gang. Die von Sardika nach Philippopolis geflüchteten

53) L. X. n. 30. religiosius fuerat dicti intelligentiam confiteri, quam ad impiae stultitiae furorem prorumpere, ut eum assereres, ne pateretur orasse, quem pati velle cognovisses.

Bischöfe setzten in ihrer Noth ein Glaubensbekenntniß auf, das an sich keinen Tadel verdient. Christus ist nach demselben vor allen Zeiten aus dem Vater geboren, er ist Gott aus Gott, Licht aus dem Lichte, der, durch welchen Alles, das Sichtbare und Unsichtbare, geschaffen wurde. Diejenigen werden verworfen, welche behaupten, der Sohn sei aus Nichts, oder aus einem andern Wesen, und nicht aus Gott, und daß eine Zeit gewesen, in der er nicht war. Die Synode von Sirmium (351), die des Photinus Lehre verdammte, spricht sich durchweg eben so aus. Sie fügte noch 27 Anathematismen dazu, die meistens gegen sabellianisirende Vorstellungen gerichtet sind. (Hilar. de Synod. fol. 1172—1177.) Ihre Lage war damals bedenklich: so verheimlichten sie also noch ihre Lehre.

Nachdem man sich aber von Seiten der Arianer während des heftigsten Angriffes auf die Person des Athanasius geweigert hatte, etwas über den Glauben auszusprechen, wurde endlich, nachdem dieser Held völlig unterdrückt war, zu Sirmium, als Constans sich eben da aufhielt (J. 357) eine Formel herausgegeben, welche entschieden den Arianismus enthält [54]). Sie bekennt einen allmächtigen Gott, den Vater, und einen Herrn Jesum Christum, der vor der Zeit aus dem Vater geboren wurde, und verwirft die Predigt von zwei Göttern. Weil aber, sagt sie weiter, das Wort «Wesen» (ουσια) Vielen unangenehm sei, so solle weder Homousios, noch Homoiusios gebraucht werden. Dieses sei nicht in der Schrift enthalten, und die Geburt des Sohnes sei den Menschen unbekannt. Auch finde kein Zweifel statt, daß der Vater größer sei als der Sohn, er übertreffe ihn an Ehre, Würde, Herrlichkeit und Majestät [55]), so wie durch den Namen

54) Ueber diese Synode. S. Petav. ad haeres. LXXII. Epiph. fol. 311. ed. Col.

55) Bei Hilarius de Synod. fol. 1157. claritate et majestate; bei Athanasius de Synod. n. 28. werden diese beiden Wörter mit θεοτητι gegeben, was freilich noch bezeichnender ist.

Vater. Zwei Personen seien der Vater und der Sohn, welcher mit allem dem, dem Vater unterworfen sei, was ihm dieser unterworfen habe. Der Vater sei unsichtbar, unsterblich, nicht leidensfähig; der Sohn aber aus dem Vater geboren, Gott aus Gott, Licht aus dem Lichte. Man bemerkt hier leicht, daß, wenn im Anfang ein Gott bekannt, und dieser Eine Gott der Vater genannt wird, der Sohn von der göttlichen Würde ausgeschlossen sei. Wenn nun auch gegen das Ende der Sohn noch Gott genannt wird, so kann dieses keinen andern Sinn mehr haben, als daß er ein gewordener Gott sei. Daß dieses der Sinn des zweiten Bekenntnisses von Sirmium sei, kann um so weniger bezweifelt werden, als klar gesagt ist, der Vater stehe an Ehre, Würde und Majestät über dem Sohne, der ihm mit allen Uebrigen (wie alles Uebrige) unterworfen sei. Es konnte nur noch eine Art von Ironie sein, wenn der Sohn noch Gott genannt wurde.

An der Verfassung der Formel hatte vorzüglich Potamius, Bischof von Lissabon, Antheil; Valens, Ursacius nebst Germinius werden aber ausdrücklich im Eingange, als mit derselben einverstanden, genannt. Diese Formel wurde auch Hosius zu unterschreiben gezwungen. Auf alle Weise gequält, that er, was der Kaiser verlangte. Gegen Athanasius jedoch erklärte er sich nicht, auch rief er noch vor seinem Tode, der bald erfolgte, seine Unterschrift zurück. (Ath. hist. ar. §. 46.) In demselben Jahre wurde ferner Liberius durch Bedrohung mit dem Tode gezwungen, (l. l. §. 41. φοβηθεις τον ἀπειλουμενον θανατον) eine von den Arianern angefertigte Formel, welche, ist nicht bekannt, durch seine Unterschrift zu billigen. Das waren traurige, schmerzliche Begebenheiten für die ohnedies so sehr gebeugte katholische Kirche. Welchen Einfluß konnte das Ansehen solcher Männer auf schwache Gemüther haben! Man darf sich nicht wundern, wenn Hilarius im Uebermaaße des Schmerzes dem Hosius vorwirft, er sei stets ein Heuchler gewesen, und wiederholt gegen Liberius ausruft: Anathema, dem Verbrecher! Aber Athanasius verlor auch hier die Besinnung und seine gewohnte Mäßigung nicht. Er zeigt sich nirgends erbittert über Hosius und Liberius; er lobt ihre früheren Verdienste und tadelt mehr die Tyrannei der Verfolger, als die Nachgiebigkeit der Verfolgten. Aber Liberius gieng weiter als Hosius. Er verdammte nicht nur den Athanasius, sondern setzte sich in eine feierliche Verbindung mit den Morgenländern, d. h. mit den Arianern. In einem Schreiben an diese nämlich sagt er: Gleichwie die Schrift sage: «fället ein gerechtes Gericht ihr Menschen-Söhne» so vertheidige er den Athanasius nicht mehr. Weil ihn sein Vorfahrer, Julius, aufgenommen habe, habe er geglaubt ihn ohne Vorwürfe nicht verlassen zu dürfen. Nachdem er aber eingesehen, daß sie ihn mit Recht verdammt hätten, so stimme er auch ihren Beschlüssen bei. Er nehme die Briefe des Athanasius nicht mehr an, und trete in ihre Gemeinschaft; die Glaubensformel nehme er gerne an, in keinem Puncte habe er widersprochen. Weil er nun in Allem mit ihnen eines Sinnes sei, so möchten sie sich würdigen ihm beizustehen, daß er von seiner Verbannung befreiet, in seinen bischöflichen Sitz wieder zurückkehren dürfe. In einem Briefe an Ursacius, Valens und Germinius bezeugt er diesen, als Söhnen des Friedens, als Freunden der Eintracht und der Einheit der katholischen Kirche, daß der Friede einen größern Werth habe, als das Martyrthum, und in einem Schreiben an Vincentius von Capua meldet er diesem, daß er den Streit wegen des Athanasius aufgegeben habe; er bittet ihn, alle Bischöfe von Campanien zu berufen, ihnen seine Schritte bekannt zu machen, und sie zu veranlassen an den Kaiser zu schreiben. Am Ende wird gesagt, vor Gott sei er schuldlos, sie möchten zusehen; wenn sie wollten, daß er im Exil zu Grunde gehe, so werde Gott der Richter zwischen ihm und ihnen sein [56].

---

56) Diese Briefe s. bei Hilar. frag. 1336—1340. dem ersten Schreiben hat Hilarius seine harten Noten beigefügt. Anathema tibi a me Liberi — Iterum tibi anathema et tertio praevaricator,

Dieses Benehmen zwei so ausgezeichneter Bischöfe machte gewiß den Arianern noch mehr Muth. Das zweite sirmische Bekenntniß wurde jedoch von den gallischen Bischöfen nicht nur nicht angenommen, sondern geradezu verworfen, so sehr sie auch eingeschüchtert waren. Die Nachricht hievon verbreitete sich schnell, selbst bis in den Orient. Auch hier wurden jetzt manche Bischöfe aufmerksam gemacht, die bisher gegen Athanasius und die Synode von Nicäa gekämpft hatten, daß sie eigentlich eine Irrlehre begünstigten [57]). Basilius von Ancyra nämlich, derselbe, der von der Synode von Sardika war abgesetzt worden, und auf der ersten von Sirmium vorzüglich gegen Photinus thätig gewesen war, berief nun eine Versammlung von Bischöfen nach Ancyra (J. 358), um den gefährdeten ererbten Glauben, wie sie sagt, sicher zu stellen. Sie setzte ein sehr langes Bekenntniß auf, welches in eine Reihe von Anathematismen zusammengezogen wurde. Die Synode spricht sich gegen diejenigen aus, die behaupteten, der Sohn sei dem Vater dem Wesen nach unähnlich, und blos an Willen und Macht ähnlich, und darum läugneten, daß der Sohn wahrhafter Sohn Gottes, keine

---

Liberi. Man hat jedoch gezweifelt, ob diese Noten von Hilarius seien. S. Coustant ad fragm. VI. fol. 1338. not. a. Seine Gründe sind wichtig. Liberius hat übrigens höchst wahrscheinlich nicht die zweite sirmische Formel unterzeichnet.

57) Hilar. de Synod. c. 3. Nam fidei vestrae imperturbatae inconcussaeque fama, quosdam Orientalium episcopos ad aliquem pudorem nutritae exinde haereseos auctaeque commovit, et auditis iis, quae apud Sirmium conscripto impiissime erant — — contradixerunt. Auch aus dem Synodalschreiben der Synode von Ancyra bei Epiph. haeres. LXXIII. n. 2. wird darauf hingewiesen, daß die Synode von Sirmium Veranlassung zu ihren Beschlüssen gegeben habe. Sie sagt nämlich: « Nachrichten aus Illyrien geben Besorgnisse, daß der Glaube in Gefahr sei. » Geradezu wollten sie die Veranlassung ihrer Beschlüsse nicht entdecken, weil ja der Kaiser selbst die zweite Synode von Sirmium gebilligt hatte. Diese Synodalepistel hebt übrigens die noch zu erzählenden Vorfälle in Antiochien, jedoch auch nicht ganz bestimmt, hervor.

Creatur sei. Sie selbst lehrt: der Sohn sei dem Vater in Allem und dem Wesen nach ähnlich. Jedoch billigt sie die Formel Homousios nicht. Uebrigens berufen sich die Bischöfe auf die Formeln von Antiochien, von Philippopolis und die erste von Sirmium, deren nähere Erklärung von ihnen gegeben sei [58]). In diesem Bekenntnisse wird zuerst öffentlich das Wort «ähnliches Wesen» gebraucht, um die Ueberzeugung vom Verhältnisse des Sohnes zum Vater zu bezeichnen [59]); auch werden hier diejenigen zuerst verworfen, die da sagten, der Sohn sei dem Vater unähnlich (ἀνομοιος). Hier scheiden sich also zuerst auf eine feierliche Weise die sogenannten halben Arianer von den strengen, die jetzt auch Anomöer heißen. Die Veranlassung zur öffentlichen Verwerfung der letztern gab Eudorius, Bischof von Germanicia. Er befand sich am Hofe des Constantius, als das Bisthum von Antiochien durch den Tod des Leontius erledigt wurde. Unter dem Vorwande, daß seine Kirche seiner Gegenwart bedürfe, bat er um Entlassung vom Hofe; allein er reis'te nach Antiochien, und wußte sich die Oberhirtenstelle dieser Stadt zu verschaffen. Sogleich begab sich nun auch Aetius, begleitet von seinem Zögling Eunomius, nach Antiochien, um bei Eudorius, der auch sein Schüler war, zu leben. Aetius aber, längst als strenger Arianer bekannt, und deßungeachtet von Leontius zum Diakon geweiht, aber auch genöthigt, Antiochien zu verlassen, wurde nun sogleich wieder von Eudorius in seine frühere Würde eingesetzt. Ueberhaupt hatte dieser kein Hehl, daß er des Aetius, des Anomöers Grundsätze theile. Die zweite Formel von Sirmium billigte er in dem Grade, daß

58) Hilar. de Synod. n. 12—16. Epiphan. haeres. LXXIII. n. 3. u. ff.

59) Nach Philostorg. l. I. c. 9. hätten Eusebius von Nikomedien, Theognis u. s. w. schon die Formel von Nicäa nur so unterschrieben, daß sie zu ὁμοουσιος, heimlich ein ι gesetzt hätten, somit wäre ὁμοιουσιος schon älter. Allein dies ist offenbar erdichtet, wie denn dieser Geschichtschreiber nicht wenig, den Arianern zu Gefallen, die Geschichte entstellt.

er ihren Verfassern besondern Dank abstattete, weil sie die Abendländer zu bessern Gesinnungen gebracht hätten 60). Hätte Aetius seine Behauptungen blos in niedern Kreisen verbreitet, wahrscheinlich würden sie von den genannten Bischöfen von Ancyra nicht öffentlich verdammt worden sein. Da aber Einer der angesehensten Reichsbischöfe ihnen beipflichtete, und von Sirmium her so ganz verwandte Lehren kamen, schien es den bessern Arianern nothwendig, sich zu erheben, und gegen die Anomöer sich öffentlich zu erklären.

Die Bischöfe von Ancyra begnügten sich aber mit ihrem dem strengen Arianismus entgegengesetzten Bekenntnisse noch nicht. Sie suchten den Kaiser für ihre Formel zu gewinnen. Basilius begab sich mit Eustathius von Sebaste an den kaiserlichen Hof, wo sie ihren Zweck in dem Grade erreichten, daß Constantius sogar den Eudoxius in seinem Episkopate von Antiochien nicht bestätigte. In seinem Schreiben an die Antiochener sagt Constantius, er sei weit entfernt, solchen Männern wie Eudoxius hold zu sein. Den Aetius solle man eigentlich nicht einmal nennen. Er fodert die Antiochener auf, sich an die erste Untersuchung 61) über den Glauben zu erinnern, in welcher gezeigt worden sei, daß der Heiland der Sohn Gottes, und dem Wesen nach dem Vater ähnlich sei. Aber diese Leute (Eudoxius und Aetius) redeten, was

---

60) Sozom. l. IV. c. 13. Hier kommt die seltsame Rede vor: « Aetius brachte starke und mannichfaltige Gründe vor, daß er selbst denen nicht recht zu glauben schien, die mit ihm gleiches glaubten. » Der c. 14. erwähnte Brief des Georgius von Laodicäa, worin dieser den Macedonius, Basilius u. A. zu einer Synode auffordert, ist merkwürdig. Er sagt, wenn man der Stadt Antiochien, wo Eudoxius alle Verworfene gerade hervorziehe, nicht zu Hülfe komme so sei Antiochien verloren. Man sieht, wie jetzt selbst Arianer ihren Arianismus verabscheuten.

61) Sozom. l. IV. c. 23. των πρωτων λογων wahrscheinlich ist die Synode von Antiochien J. 341 gemeint. Uebrigens wird daselbst der Sohn nicht ähnlich am Wesen mit dem Vater genannt; jedoch sagen die gebrauchten Formeln das Nämliche.

ihnen einfalle. Ihre Anhänger sollten vorläufig von der kirchlichen Gemeinschaft entfernt werden, bis der Kaiser eine Strafe bestimme, die ihrer Wuth angemessen sei, im Falle sie sich nicht ändern. Am Ende fordert Constantius Alle auf, dem Glauben der Väter treu zu bleiben, und ihn gegen die neuen Angriffe zu retten. Es sei Zeit, daß sich die Kinder des Lichtes erheben. Man habe endlich die Künste der Feinde entdeckt.» So nahm der Kaiser eine zwanzigjährige Präscription in Anspruch! Er beruft sich auf den Glauben der Väter, den er verfolgt, und gestattet Niemanden vom ererbten Glauben abzuweichen, den er selbst verlassen hatte. Ein Mann voll von Widersprüchen; der in der That nur darin mit sich einig war, den katholischen Glauben zu vernichten, aber gewiß nicht wußte, was er an die Stelle desselben setzen solle. Er selbst hatte die zweite Formel von Sirmium gebilligt, und verwirft sie jetzt, um die von Antiochien zu billigen, die er in der von Sirmium verworfen hatte. Valens aber und Ursacius waren so wenig als Constantius in Verlegenheit zu bringen. Sie verwarfen selbst ihre Formel, die sie als die zweite von Sirmium gegeben hatten, und sagten, sie hätten geglaubt, «ähnliches Wesens» sei soviel als «gleiches Wesens»; darum hätten sie Beides verworfen, als wenn sonst Nichts in ihrer Formel enthalten gewesen wäre, was selbst die frühern von Antiochien und Sirmium aufhob [62].

62) Philostorg. l. IV. c. 8. legt dem Basilius zur Last, daß er dem Eudorius Feind geworden sei, weil er selbst Bischof von Antiochien habe werden wollen. Auch bei Epiphan. haeres. LXXII. n. 23. wird von Privathaß der Arianer, menschlichem Streite u. s. w. gesprochen. Allein bei Theodor. l. II. c. 25. wird ihm eine ἀξιεπαινος βιοτη beigelegt. Ich ziehe den Theodoret dem parteiischen Philostorgius und dem unsichern Epiphanius vor, und glaube somit, daß Basilius aus wirklichem Glaubenseifer sich den Anomöeren widersetzte. Uebrigens vermuthe ich, daß Hilarius auf Basilius sehr gewirkt habe; wenigstens glaube ich in dem Bekenntnisse von Ancyra, sehr unzweideutige Spuren davon entdeckt zu haben: die Argumente für die Gottheit des Sohnes, die Basilius beibringt, sind oft denen des Hilarius so ganz ähnlich.

Die Bemühungen des Eustathius und Basilius führten eine dritte Synode von Sirmium herbei (359), die abermals ein Glaubensbekenntniß, welche die Semiarianer und Anomöer vereinigen sollte, herausgab. Dieses Symbolum verwirft den Arianern zu Gefallen den Gebrauch des Wortes «Wesen», als für das Volk unverständlich, und nicht in der heil. Schrift gebräuchlich, überhaupt; es will demnach weder die Formel gleiches Wesens, noch ähnliches Wesens dulden. Sonst erklärt es sich den Simiarianern zu lieb dahin, daß der Sohn dem Vater «in Allem» ähnlich sei, so daß die Semiarianer die Aehnlichkeit auch im Wesen darunter sich denken, die Anomöer aber auch ihre Eigenthümlichkeit darin finden konnten. Die Formel hat zur Aufschrift: «der katholische Glauben, der in Gegenwart des — ewigen Kaisers Constantius unter dem Consulate der Flavier Eusebius und Eustathius zu Sirmium am 22. Mai herausgegeben wurde.» Diese Aufschrift führte ich deßwegen an, weil sie dem Athanasius zu beißenden Bemerkungen, die ich unten mittheilen werde, Veranlassung gegeben hat. Constantius aber ließ nun die verbreiteten Abschriften der zweiten Formel von Sirmium aufsuchen, und befahl unter Strafe ihre Einlieferung; allein es war zu spät [63]).

Um nun aber die streitenden Arianer vollständig zu versöhnen, und zugleich die neuen Formeln auch den katholischen Bischöfen aufzudringen, sollte eine allgemeine Synode zu Nikomedien, nach geändertem Entschlusse aber zu Nicäa versammelt werden. Endlich wurde es für das zweckdienlichste erachtet, die Morgenländer und Abendländer zu trennen, und diese nach Rimini in Aemilien, jene nach Seleucien in Isaurien zu berufen. Nach Rimini kamen gegen vierhundert Bischöfe, unter ihnen etwa achtzig Arianer. Ihre Häupter waren Valens, Ursacius, Germinius und Auxentius. Unter den katholischen Bischöfen zeichneten sich Restitutus von Carthago, der heilige Phöbadius von Agen

63) Socrat. l. II. c. 30.

und der heilige Servatius von Tungern aus. Als man an den Glaubenspunct kam, forderten die katholischen Bischöfe, daß das Symbolum von Nicäa festgehalten, und die arianische Häresis verdammt werde. Da sich aber die Arianer beiden Forderungen widersetzten und die dritte Formel von Sirmium zur Unterschrift vorlegten, wurden die genannten arianischen Bischöfe nebst einigen Andern excommunicirt. Eine Gesandtschaft sollte nun dem Kaiser das Ergebniß der Synode mittheilen. In dem mitgegebenen Briefe sagt diese, sie halte es für gottlos von dem Symbolum von Nicäa abzugehen; durch dieses allein werde der arianischen Häresis kräftig begegnet; es sei eben so große Verwegenheit etwas hinzuzusetzen, als gefährlich, etwas wegzunehmen. Sie benachrichtigt endlich den Kaiser von ihrem Beschlusse gegen die Häupter der Arianer, und bittet um die Erlaubniß, daß die versammelten Bischöfe in ihre Kirchen zurückgehen dürften. Der Kaiser aber war schon von der Geschichte der Synode von Rimini benachrichtigt, ehe die Gesandtschaft ankam: die Häupter der Arianer waren ihr zuvorgekommen. Constantius bewies sich gegen diese, die ja seine Formel vertheidigten, sehr gnädig. Die Abgesandten der Synode aber durften nicht vor ihm erscheinen: er gab Staatsgeschäfte vor, die ihn verhinderten, sich mit ihnen zu beschäftigen. Dasselbe ließ er auch die Bischöfe von Rimini wissen; er sagte, er habe ihrer Gesandtschaft Adrianopel zum einstweiligen Aufenthalt angewiesen, bis er die Sache untersuchen könne: sie sollten die Antwort in Rimini abwarten, die er ihren Bevollmächtigten geben werde. Diese wurden nach Nice in Thracien geschickt: das lange Warten sollte sie umstimmen. Unterdessen bearbeitete man sie auf alle Weise, täuschte die Einfältigen, und schreckte die Unterrichteteren. Sie unterschrieben endlich eine Formel, worin sie bekennen, daß der Sohn dem Vater gleich sei nach der Schrift: mit Hinweglassung des Zusatzes «in Allem.» Sie nahmen in einer besondern Urkunde, die Restitutus, ihr Haupt ausfertigte, die zu Nicäa excommunicirten Arianer

14 *

in ihre Gemeinschaft auf, gestehen, daß sie jetzt eines Bessern belehrt, sie für katholische Christen halten, und widerrufen alles in Rimini Geschehene. Nun durften sie zurückkehren, und die Antwort des Kaisers bringen. Die in Rimini versammelten Bischöfe wollten anfänglich mit ihren abtrünnigen Gesandten Nichts gemein haben: sie trennten sich von ihnen. Als ihnen aber eröffnet wurde, daß sie Rimini nicht verlassen dürften, als bis sie unterschrieben hätten, verließ die Meisten der Muth. Nur achtzehn blieben ihrer Ueberzeugung treu, unter ihnen Phöbadius und Servatius. Da kam der Präfect Taurus zu ihnen und unter Thränen sprach er: « Schon sieben Monate sind hier die Bischöfe eingeschlossen, der Winter und die Armuth quälen sie. Wird kein Ende werden? Folget der Mehrzahl. » Sie widerstanden und erklärten sich bereit eher Alles zu dulden, als daß sie von ihrem Entschlusse abgiengen. Endlich setzte man ihnen mit dem Vorwurfe zu, daß sie die Kirche um eines Wortes willen trennten, der gesammte Orient sei ihnen entgegen. Valens sprach noch dazu mehrere Anathematismen feierlich aus, die den Arianismus völlig zu vernichten schienen. So gaben sie nach, in der Voraussetzung wohl dem Homousios aber nicht dem Sinne der Kirche entsagt zu haben. So war es auch. Sie kehrten nun nach Hause.

Auf der Synode zu Seleucien war die Verwirrung noch weit größer. Hier gab es Katholiken, aber nur wenige; an Zahl wurden sie von strengen Arianern übertroffen, an deren Spitze Akacius von Cäsarea und Eudoxius standen; die meisten Bischöfe waren Semiarianer und ihre Häupter Basilius von Ancyra, und Macedonius von Constantinopel. Diese waren mit der Formel von Nicäa zufrieden, nur das Homousios ausgenommen. Die strengen Arianer aber lehrten, der Sohn sei eine Creatur, und dem Wesen nach vom Vater verschieden. Hilarius, der auch zur Synode berufen war, lernte hier die Gesinnungen der Letzteren kennen. Er berichtet, daß man einen Predigtauszug des Eudoxius vorgelesen habe, nach welchem dieser vor der Gemeinde sagte, wenn der Vater einen Sohn hätte, müßte er auch eine Frau haben[64]. Je mehr sich der Sohn anstrenge, den Vater zu erkennen, desto mehr ziehe sich der Vater vor ihm zurück, damit er von ihm nicht erkannt werde.

Es kam so weit im gegenseitigen Kampfe, daß der kaiserliche Commissär Leonas nicht mehr bei der Versammlung sich einfinden wollte. Für die dritte Formel von Sirmium entschlossen sich aber endlich die Akacianer. Es nützte Nichts. Die Semiarianer setzten den Akacius, Eudoxius, Georgius von Alexandrien u. A. ab.

Gleichwie aber in Constantinopel Valens und die Seinigen über die Katholiken den Sieg errungen hatten, so nun auch die Akacianer oder Anomöer über die Semiarianer. Ursacius und Valens vereinigten sich mit Akacius und dieser nahm die Formel von Nice an. Die Gesandten von Seleucien mußten ebendieselbe unterzeichnen, wie die von Rimini sie eben unterzeichnet hatten. Auf einer Synode von Constantinopel (J. 360) gaben ferner Akacius und Valens die Anomöer, das heißt ihre Personen besonders den Aetius, der verwiesen wurde, auf, weil es so der Kaiser wollte, der durch offene Begünstigung der starren Arianer allzusehr anzustoßen glaubte, während sie ihren Lehren treu blieben; sie bestätigten auch hier die Beschlüsse, die endlich in Rimini waren durchgesetzt worden. Gegen die Häupter der Semiarianer aber suchte man theils sittliche, theils kirchliche Verbrechen auf, wie einst gegen die katholischen Bischöfe, um sie absetzen zu können. Macedonius, Bischof von Constantinopel, Eleusius von Cyzikam, Basilius von Ancyra, Eustathius von Sebaste u. A. verloren ihre Stellen. Eudoxius erhielt Constantinopel.

---

64) Lib. contr. Const. §. 13. Es hieß in der Predigt: « Erat Deus quod est. Pater non erat, quia neque ei filius: nam si filius, necesse est, ut et femina sit et colloquium et sermocinatio, et conjunctio conjugalis verbi, et blandimentum, et postremum ad generandum naturalis machinula. » O miseras aures meas etc. setzt Hilarius hinzu.

Das war der Ausgang dieses Vereinigungsversuchs, der ein Gewebe von Heuchelei, Ränkesucht, Gewaltthat und Abscheulichkeit jeglicher Art ist. Die Bischöfe in allen Provinzen wurden nun auch wieder zur Unterschrift gezwungen. Liberius und Vincentius von Capua blieben jetzt standhaft und vertilgten die Flecken der frühern Schwachheit.

Der Arianismus hatte demnach (in den Formeln) einen vollständigen Sieg errungen. Die unbestimmte Formel, «der Sohn ist dem Vater ähnlich, nach der Schrift» konnte zu Allem gemißbraucht werden[65]). Wie unredlich die Arianer verfuhren, ersieht man noch aus Folgendem. Valens hatte zu Rimini unter seinen ausgesprochenen Anathematismen auch diesen vorgebracht: «wer sagt, der Sohn sei eine Creatur gleich den übrigen Creaturen, dem sei Fluch.» Die katholischen Bischöfe, die in der Angst aller Besonnenheit ledig waren, stimmten freudig ein, weil sie meinten, der Sohn sei dadurch von der Creatur ausgenommen. Als aber die Akacianer zu Constantinopel dem Valens Vorwürfe darüber machten, daß in Rimini der Sohn nicht geradezu für eine Creatur sei erklärt worden, sagte er öffentlich, es sei auch nirgends gesagt, daß er keine Creatur sei. Er habe in jenem Anathematismus nur gesagt, der Sohn sei keine Creatur, wie die übrigen, obschon er eine sei. (Hilar. frag. X. 1351.) Ferner bemerke man das heuchlerische Benehmen des Eudorius[66]). Er erhob den Eunomius zur bischöflichen Würde von Cyzikum; weil aber dieser sein Freund als strenger

---

65) Hilar. fragm. X. fol. 1352. Similem secundum scripturas esse dixistis. Quasi non secundum scripturas similis Deo et homo sit, et regno coelorum granum sinapi et sermentum et sagena.

66) Sozom. l. IV. c. 24. wird erzählt, daß er in seiner ersten Predigt zu Constantinopel sagte: der Vater ist nicht fromm, aber der Sohn ist fromm. ὁ μεν πατηρ ἀσεβης, ὁ δε υἱος εὐσεβης. Als das Volk murrte, sagte er: «ruhig; der Vater ist nicht fromm, weil er keinem seine Frömmigkeit (Abhängigkeit) bezeiget, aber der Sohn bezeigt sie dem Vater.» Nun verwandelte sich der Unwille des Volkes in ein Gelächter.

Arianer leicht Anstoß erregen konnte, rieth er ihm, vor der Hand seine Ansichten zu verbergen, bis die Zeit werde gekommen sein, in der man sich frei werde aussprechen können. Allein Eunomius, obschon er in diesen Plan eingieng, entdeckte sich aus Ungeschicklichkeit doch zu früh. Das Volk drang nun wiederholt in den Kaiser, ihm diesen Bischof zu nehmen, und Eudorius selbst setzte ihn ab, mit dem er doch völlig übereinstimmend dachte!

Es währte jedoch nicht mehr lange, bis vollends ohne allen Rückhalt die eigentliche Gesinnung der Arianer sich herausstellte: der Kaiser selbst trug Alles dazu bei. Wie dieser bei allem Vorgeben, Glaubenseinigkeit herzustellen, die Zwistigkeiten hegte, und nur wegen mancherlei Besorgnissen sich nicht offen für den strengen Arianismus erklärte, beweis't vorzüglich sein unkluges Benehmen zu Antiochien. Für diese Stadt mußte, da Eudorius sich nach Constantinopel versetzt hatte, ein neuer Bischof gewählt werden. Die Wahl traf den heil. Meletius, einen in jeder Beziehung höchst würdigen Mann, in dem aber die Arianer wegen seiner bisher gezeigten Mäßigung einen Anhänger vermutheten. Der Kaiser, der damals selbst in Antiochien war, schrieb als Text bei seiner Antrittsrede die Worte vor: «der Herr schuf mich im Anfange seiner Wege,» jene Stelle also, auf welche sich die Arianer vorzüglich stützten. Georgius von Laodicäa und Akacius von Cäsarea mußten zuerst darüber sprechen: sie erklärten sie als Arianer. Meletius aber begann mit den Worten: der weise Prediger schreibt: «das Ende einer Rede sei besser als der Anfang.» Nun sagt er, dieses erklärend, daß es besser sei, von Streitigkeiten zu lassen, als sie anzufangen; in der Kirche dürfe kein Glied mit Ausschluß der übrigen herrschen wollen, das Haupt dürfe den Füßen nicht sagen, ich bedarf eurer nicht. So nur könnten Streitigkeiten aufhören: der Einzelne müsse sich im Geiste des Ganzen bewegen. Er entwickelt nun überhaupt die kirchliche Einheit, und die Nothwendigkeit derselben aus der Erlösung, weil Christus in den Gläubigen sei. Von diesem Einwohnen Christi in den Gläubigen kömmt er auf die Frage: «wollet ihr einen Beweis des in mir sprechenden Christus?» (II. Kor. 13, 3.) und erklärt sehr schön und kurz die biblische Lehre von Christus nach dem Glauben der katholischen Kirche, ohne übrigens sich der bestrittenen Formel zu bedienen, geht schnell über den vorgeschriebenen Text hinweg, den er im katholischen Sinne erklärt, sagt dann, daß man nichts weiter wisse und zu wissen nöthig habe, als daß Christus der wahre Sohn aus dem Vater, Gott aus Gott sei, und schließt damit: möchte es uns doch Gott verleihen, daß wir mit dem weisen Abraham sagten: «nun fieng ich an mit meinem Herrn zu sprechen: ich aber bin Staub und Asche,» auf daß wir uns nicht wie die Cedern auf dem Libanon erheben. Denn nicht mit beredten Worten menschlicher Weisheit, (I. Kor. 2, 3.) sondern durch den Glauben wird die wahre, friedliche Weisheit erworben. Daran wollen wir nicht zweifeln; was wir aber immer thun, sei so, daß wir Gott dem Vater mit seinem Sohne im heiligen Geiste gefallen.» Diese sehr kurze passende Rede war eine gerechte Strafe für die muthwillige Forderung des Kaisers. Es war ihm gesagt, daß er anstatt den Kampf zu enden, ihn vielmehr unterhalte, daß er als Glied der Kirche nicht Andern den Glauben anbefehlen, sondern ihn von der Kirche empfangen müsse, daß sonst dem Streite kein Ende werden würde, daß sich die Arianer von dem, was allein noth thue, durch den Glauben dem Vater mit seinem Sohne im heil. Geiste zu gefallen, losgesagt, und in hochmüthiger menschlicher Weisheit das Göttliche ergründen wollten. Die Katholiken erfreuten sich ob der Freimüthigkeit ihres neuen Bischofs, und waren voll von heiterem Troste, daß sie so unerwartet, nach so langem Entbehren, einen ächten Hirten von Christus erhielten. Allein nach vier Wochen wurde Meletius abgesetzt[67]). Dies gab aufs Neue zu Streitigkeiten Veranlassung, die die gesammte Kirche trennten. Die Versammlung der arianischen Bischöfe

---

67) Bei Epiph. haer. LXXIII. n. 23. findet sich diese Rede.

in Antiochien bei der genannten Einsetzung des Meletius (J. 361) beschloß aber feierlich, «daß der Sohn, dem Vater unähnlich an Wesen und Willen, aus Nichts geschaffen sei» [68]. So also war man nach schrecklichen Kämpfen zu dem Irrthum des Arius mit Herz und Mund zurückgekehrt. Nun sieht man ein, was der Kampf gegen Athanasius, und von ihm ausgehend, gegen so viele Bischöfe, für einen Zweck hatte.

Die katholischen Bischöfe, die die Stütze der Kirche zu sein, auserwählt waren, thaten bei diesen Stürmen, was sie konnten; sie schrieben, da sie nicht handeln durften. Der heilige Hilarius war mit den Gesandten von Seleucien, man weiß nicht recht wie, nach Constantinopel gekommen. Als er gewahrte, in welcher Gefahr der Glaube der Kirche sei, bat er, vor dem Kaiser über den Glauben an den Erlöser sprechen zu dürfen; eine Bitte, der sich die Arianer sehr widersetzten. Sie wurde nicht gewährt. Aber die Schrift, in welcher er dem Kaiser sein Gesuch vortrug, ist sehr merkwürdig. Er sagt: Erkenne den Glauben, den du schon lange vernehmen willst und nicht vernimmst. Denn diejenigen, bei welchen du ihn suchest, schreiben das Ihrige, aber nicht das, was Gottes ist, und erfüllen so die Welt mit Irrthum und Streitigkeiten, die in einem beständigen Kreislauf sich fortbewegen. Es ist Sitte geworden immer nur Glaubensbekenntnisse zu schreiben, und zu neuern. Nachdem man angefangen hat, Neues vielmehr zu machen, als das Empfangene zu bewahren, wird weder das Alte festgehalten, noch das Neue bekräftigt. Der Glaube richtet sich mehr nach der Zeit, als nach dem Evangelium. Man beschreibt ihn nach den Jahren, und bewahrt ihn nicht nach dem Bekenntnisse bei der Taufe. Es ist nur allzu bedauernswerth, daß eben so viele Glauben sich vorfinden als Willen, eben so viele Lehren als Sitten, und eben so viele Ursachen zu neuen Gotteslästerungen, als Laster (bei den einzelnen Personen). Wir

68) Socrat. l. II. c. 35. Soz. l. IV. c. 28.

schreiben Glaubensbekenntnisse, wie wir wollen, und wie wir nicht wollen, werden sie verstanden. Während ein Gott, ein Herr, eine Taufe und ein Glaube ist, haben wir den Glauben verloren, der der alleinige ist; und indem mehrere Glauben sind, kam es so weit, daß gar keiner mehr ist.

Wir wissen, daß seit dem Concilium von Nicäa nichts als Glauben geschrieben werden. Während der Kampf um Worte, um Neuerungen geht, während Einer des Andern Gemeinschaft verliert, verlieren allesammt Christum. In einem ungewissen Winde von Lehren werden wir herumbewegt: wir verwirren, wenn wir lehren, und irren, wenn wir belehrt werden. Zuerst hat man «gleiches Wesens» zu lehren verboten; dann «ähnliches Wesens»; sofort den Gebrauch von Wesen entschuldigt, endlich auch ganz verdammt. Was ist noch heilig und unverletzlich geblieben? Alle Jahre und Monate beschließen wir neue Glauben, und was wir beschlossen haben, reuet uns wieder; wir vertheidigen die Reuigen, und verdammen die Vertheidiger, wir verwerfen das Unsrige im Fremden, und das Fremde im Unsrigen; wir zerfleischen einander und verzehren uns am Ende selbst.

Man sucht den Glauben, als wäre er verloren. Man schreibt ihn, als wäre er nicht im Herzen. Im Glauben schon wiedergeboren, lehrt man uns erst den Glauben, gleich als gebe es eine Wiedergeburt ohne Glauben. Nach der Taufe lernen wir erst Christum kennen, als gebe es eine Taufe ohne den Glauben, ohne Christus. Wir bessern, als wäre es keine Sünde, wenn man gegen den heil. Geist sündigt[69]. Um das siebenfache verlängern wir den apostolischen Glauben, und wollen doch den evangelischen Glauben nicht bekennen, unsere Gottlosigkeiten vertheidigen wir vor dem Volke in großer Geschwätzigkeit, und durch eitles Wortgepränge täuschen wir den Glauben der Einfalt; wir glauben von unserm

---

69) C. 12. n. 17. in Math. erklärt Hilarius, was die Sünde im heil. Geiste sei: läugnen nämlich, daß Christus Gott, und in ihm der Geist des Vaters, das väterliche Wesen sei.

Herrn Christus das nicht, was er zu glauben lehrte, und durch den prächtigen Namen des Friedens gerathen wir in die Einheit des Unglaubens 70). Wir verwerfen Neuerungen, und empören uns durch Neuerungen gegen Gott; unter den Worten der Schrift lügen wir, was der Schrift entgegen ist. Wandelbar, leichtfertig, frevelhaft verändern wir das Bleibende, verwüsten das Empfangene, unternehmen das Gottlose.

Die Sitte der Seefahrer, in den Hafen zurückzukehren, aus welchem sie abfuhren, wenn ein Sturm zu wüthen beginnt; die Sitte leichtfertiger Jünglinge, die, wenn sie die väterliche Art aufgebend, in Ueppigkeit ihr Vermögen schwinden sehen, es für das Beste halten, zur Weise des Vaters zurückzukehren, gewährt allein Sicherheit. Es ist auch für uns das Sicherste bei diesem Schiffbruche des Glaubens, bei dieser beinahe völligen Vergeudung des himmlischen Erbgutes zum ersten und alleinigen evangelischen Glauben, den wir in der Taufe bekennen, wenn er verstanden ist, zurückzukehren. Ich meine nicht, daß das, was in der Versammlung der Väter beschlossen wurde, als gottlos zu verwerfen sei; ich sage es nur, weil es durch menschliche Verwegenheit zu Widersprüchen Veranlassung gab, indem man unter dem Vorwande der Neuerung das Evangelium verläugnete und verbessern wollend, selbst neuerte.

Ich erkenne daher, Herr Kaiser Constantius, deine fromme gutgemeinte Absicht an, nur bei dem zu bleiben, was geschrieben ist. Aber um das bitte ich, daß mir gestattet werde, vor der Synode, die eben jetzt über den Glauben streitet, Weniges über die heil. Schrift in deiner Gegenwart zu sprechen. Du suchst den Glauben, Kaiser: so höre ihn; aber nicht nach neuen Aufsätzen, sondern aus den Büchern Gottes. Bedenke, daß es sich hier nicht um eine philosophische Frage handelt, sondern um die Lehre des Evan-

70) Constantius wollte den Arianismus zu einen Glauben der ganzen Kirche erheben; nun sagt er, das sei eine Einheit im Unglauben geworden.

geliums. Ich bitte nicht so fast um Gehör um meinetwillen, sondern aus Rücksicht auf dich und die Kirche. Ich habe meinen Glauben in mir, ich bedarf des äussern nicht. Was ich empfangen habe, bewahre ich, was Gottes ist, ändere ich nicht.

Erwäge, daß es keinen Häretiker giebt, der nicht vorgebe, daß er nach der heil. Schrift seine Lästerungen predige. Daher ist Sabellius ohne Vater und Sohn, indem er nicht versteht, was es heißt, «ich und der Vater sind Eins.» Daher vertheidigt Montanus durch wahnsinnige Frauen einen andern Parakleten. Daher hassen Manichäus und Marcian das Gesetz, weil sie lesen, der Buchstabe tödtet und der Fürst dieser Welt sei der Satan. Alle sprechen von der heil. Schrift, ohne den Sinn der Schrift; sie geben Glauben ohne den Glauben vor; denn nicht im Lesen, sondern im Verstehen besteht die Schrift» [71]). So Hilarius.

Diese Schrift, voll von Wahrheit, Geist und Kraft giebt ein treues Gemälde dieser Zeit: sie zeigt das tiefe Elend, die grenzenlose Verwirrung, in welche der Arianismus seine Anhänger verstrickt hatte: wie sie immer das Evangelium vorgebend, es gerade verloren hatten, wie sie recht lange Bekenntnisse aufsetzend, meinten, viele Worte entschädigten für den Mangel an Gehalt und Wahrheit. Sie zeigt aber auch, wie in der katholischen Kirche der ächt evangelische Geist vorhanden war, obschon man nicht stets das Evangelium im Munde führte: die Väter hatten es im Herzen [72]). Formeln aufzugeben wäre ihnen etwas Unbedeu-

71) Hilar. Opp. 1225 — 1232.

72) De Synod. §. 63. schreibt er den Bischöfen in Gallien, die fest an der Synode von Nicäa hielten: Sed inter haec, o beatos vos in Domino et gloriosos, qui perfectam atque apostolicam fidem conscientiae professione retinentes, conscriptas fides hucusque nescitis. *Non enim eguistis littera, qui spiritu abundatis.* Neque officium manus ad scribendum desiderastis, qui quod corde a vobis credebatur, ore ad salutem profitebamini. Nec necessarium habuistis, episcopi legere, quod re-

tendes an sich gewesen, wenn der wahre Glaube damit gerettet werden konnte. Aber mit jenen verloren die Arianer diesen. Klug war es, daß Hilarius die Verwirrung so darstellt, als wären auch die Katholiken Ursache daran, indem er immer «wir» handeln so verkehrt, sagt. Es war weniger beleidigend für den Kaiser. Aber Constantius erfuhr das Vergebliche seiner Bemühungen, wenn ihm Hilarius bedeutet: er bedürfe des äussern Glaubens nicht, der innere genüge ihm: d. h. bei aller Unterdrückung sei doch der katholische Glaube fest in den Gemüthern.

Auch Athanasius ließ eine Stimme aus der Wüste hören. Stets genau die Ereignisse beobachtend und die genaueste Kunde von Allem einziehend, gab er denen, die mitten im Schauplatze lebten, eine zusammenhängende Erzählung und Würdigung dessen, was sie zwar entweder mitangesehen, oder wovon sie, wenn auch nur leise, unmittelbar berührt worden waren, was sie aber eben, weil auch sie von der Verwirrung ergriffen wurden, nicht scharf und mit allseitigem, richtigem Ueberblick auffassen und beurtheilen konnten. «Es wundert mich sehr, sagt er, was denn wohl so dringend aufforderte, die Welt in Unruhe zu versetzen, und daß diejenigen, die man für Bischöfe hielt, auf und abliefen, fragend, wie sie an den Herrn Jesus Christus glauben

---

generati neophyti tenebatis. Sed necessitas consuetudinem intulit, exponi fides et expositis subscribi. *Ubi enim sensus conscientiae periclitatur, illic littera postulatur. Nec sane scribi impedit, quod salutare est confiteri.* Welche Weisheit! Er verwirft also die kirchlichen Symbole nicht; er hält sie für nothwendig, wenn der Geist entfliehen will, wie es jedesmal bei der Entstehung der Häresien der Fall ist. Es ist merkwürdig, daß Hilarius von den gallischen Bischöfen sagt, sie hätten bisher keinen geschriebenen Glauben gehabt. Und doch hatten sie das nicäische Symbolum? Es heißt also so viel, sie lebten mit demselben, aber nicht unter demselben d. h. es war kein Zwang für sie, wie bei den arianischen Formeln, da der äußere Glauben dem innern völlig entsprach.

sollten? Denn wenn sie geglaubt hätten, hätten sie nicht so gesucht, als glaubten sie nicht. Die Katechumenen ärgerten sich, und die Heiden erhoben ein Hohngelächter, daß die Christen, gleich als erwachten sie eben vom Schlafe, fragten: worin denn der Glaube an Christum bestehe? Daß die, welche sich als Lehrer ein Ansehen über das Volk beilegen, sich selbst für Ungläubige erklärten, indem sie ja das suchten, was sie nicht hätten? Sie schrieben eine Formel, Ursacius, Valens und Germinius, und setzten das Consulat, Jahr und Tag, an welchem es geschah voraus, damit jedermann wisse, daß jetzt unter Constantius ihr Glauben angefangen habe! Den Kaiser nennen sie in der Ueberschrift den Ewigen, und von Christus läugnen sie es! Sie schrieben nicht, «so glauben wir,» sondern: «der katholische Glaube ist (an dem genannte Tage) herausgegeben worden!» (ἐξετεθη ἡ καθολικη πιστις). Als ob damals der katholische Glaube angefangen habe! Gerade machten sie es, wie die Montanisten, die sagten: «uns ist es zuerst geoffenbart worden, mit uns fängt der (vollkommene) Glauben der Christen an» 73).

Die Synode von Nicäa, fährt Athanasius fort, schrieb, als sie die Verordnung wegen der Paschafeier gab; «Folgendes hielten wir für gut;» denn damals erst wurde hierin Allen ein Gesetz gegeben. In Betreff des Glaubens aber sagten die Väter keineswegs: «wir hielten für gut,» sondern «so glaubt die katholische Kirche;» und sogleich bekannten sie, was sie glaubten, um anzuzeigen, daß ihr Glaube nicht neu, sondern daß er der Apostolische sei, und das, was sie niederschrieben, nicht von ihnen sei erfunden worden, sondern das enthalte, was die Apostel gelehrt haben 74). Nun geht er die Variationen der arianischen Lehr-

73) De Synod. c. 4. ἡμιν πρωτον ἀπεκαλυφθη, και αφ' ἡμων ἀρχεται ἡ πιστις των χριστιανων.

74) Ἱνα δειξωσιν, ὁτι μη νεωτερον, ἀλλ' αποστολικον ἐστιν αὐτων το φρονημα· και ἁ ἐγραψαν, οὐκ ἐξ αὐτων εὑρεθη, αλλα ταυτ' ἐστιν, ἁπερ ἐδιδαξαν οἱ ἀποστολοι.

meinungen von Arius angefangen, bis zu ihrer letzten Formel von Antiochien durch [75]. Da es Sitte der Arianer war, in ihren Formeln stets Bannflüche auf Bannflüche über alle mögliche Ketzereien zu häufen, so sagt Athanasius anderwärts (ep. encyc. n. 10—11.) «Möchten sie doch offen und klar sich aussprechen, damit sie als Widersacher Christi Jedem erkenntlich wären. Nun verschweigen sie das Ihrige, und sprechen von Anderem. Wenn ein Arzt gerufen würde, und von den gesunden Gliedern zwar spräche, aber von den kranken schwiege, würde man ihn gewiß des Wahnsinnes beschuldigen. Aber so machen sie es; das Eigenthümliche ihrer Häresie übergehen sie und von andern Ketzereien sprechen sie. Keiner, der des Ehebruchs angeklagt wird, vertheidigt sich gegen den Diebstahl, und Niemand würde den anerkennen, der, wenn er des Mordes beschuldigt wird, sagen würde, er habe nie einen Meineid begangen. Die Arianer sollten, wenn sie Christum lieben, zuerst ihre eigenen Schmähungen gegen ihn entfernen, und die gesunde Lehre bekennen, und nicht gegen das sich vertheidigen, wessen man sie nicht anklagt.» Durch dieses Kunststück hatten sie aber viele berückt.

Als aber Hilarius die alle Grenzen übersteigende Anmaßung des Kaisers Constantius sah, daß er ohne alle Rücksicht die Gewissen verletzte, daß er ganz entschieden sei, nicht blos die Formeln, sondern den Glauben der katholischen Kirche umzustoßen, da schrieb er nicht mehr an, sonder gegen ihn. Man brachte die Katholiken zur Verzweiflung. Er beginnt seine Schrift also: Nun ist die Zeit zu sprechen, denn die Zeit zu schweigen ist vorbei. Erwarten wir Christum: denn der Antichrist herrscht. Die Hirten müssen rufen, denn die Miethlinge sind geflohen. Laßt uns die Seele für unsere Schaafe dahingeben: denn die Räuber sind einge-

75) Die Schrift von den Synoden geht in ihrer ersten Anlage nach nur bis 359. Das Weitere wurde erst später von ihm hinzugesetzt; also auch seine Urtheile über die Semiarianer. S. die Einleitung in diese Schrift von Montfaucon fol. 716. u. ff.

drungen, und der wüthende Löwe geht herum. Zum Martyrthum laßt uns mit diesen Worten eilen; denn der Engel des Satans hat sich in einen Engel des Lichtes umgekleidet. Laßt uns durch die Thüre eingehen, denn Niemand kömmt zum Vater, als durch den Sohn. Die falschen Propheten mögen sich ihres Friedens erfreuen: in der Häresis und im Schisma werden die Geprüften erkannt. Laßt uns standhaft in der Verfolgung ausdauern, gleichwie sie vom Beginne der Welt an nicht war: aber auch vertrauen, daß die Tage abgekürzt werden, um der Auserwählten willen. Laßt uns stehen vor den Richtern und Gewalthabern für Christi Namen: denn selig ist, wer ausharret bis ans Ende. Laßt uns den nicht fürchten, der zwar den Leib, aber die Seele nicht tödten, aber fürchten laßt uns den, der Leib und Seele in das ewige Feuer werfen kann. Lasset uns unbekümmert um uns sein. Denn die Haare unsers Hauptes sind gezählt. Durch den heiligen Geist laßt uns der Wahrheit folgen, damit wir durch den Geist des Irrthums der Lüge nicht glauben. Laßt uns mit Christus sterben, damit wir mit Christus regieren. Länger zu schweigen ist Feigheit, keine Bescheidenheit: denn es ist eben so gefährlich immer zu schweigen als nie. Nach dem Exilium der heiligen Männer habe ich mich zwar von der Gemeinschaft des Saturnius, des Valens und Ursacius zurückgezogen, aber wir vergönnten ihnen eine Zeit der Reue, damit die Neigung für den Frieden nicht verschwiegen bleibe, aber auch die siechen Glieder, die ihre Krankheit dem ganzen Körper mittheilen möchten, könnten abgeschnitten werden. Ich habe während der ganzen Zeit meines Exiliums Nichts verschmäht, was eine erlaubte und zu billigende Einheit hätte herbeiführen können. Ich habe Nichts, was der Verein, der sich damals als Christi Kirche log, aber nur eine Synagoge des Satans ist, verdient hätte, gesagt oder geschrieben. Ich habe ihren Umgang nicht vermieden, ich bin in ihre Bethäuser gegangen, obgleich die Kirchengemeinschaft abgebrochen war, um nur eine Aussicht für den Frieden zu lassen, und eine reuevolle Rückkehr vom Irrthum einzuleiten. Ich spreche also nicht unüberlegt, weil ich lange geschwiegen habe. Auch jetzt spreche ich um keiner andern Ursache, als um Christi willen. Ihm war ich es schuldig, bis jetzt zu schweigen, ihm bin ich es schuldig, jetzt nicht mehr zu schweigen.

O möchte es mir doch der allmächtige Gott, der Vater unsers Herrn Jesu Christi, verliehen haben, ihn unter Nero, unter Decius zu bekennen; durch die Barmherzigkeit Jesu Christi und glühend im heiligen Geiste, hätte ich es nicht gescheut, wie Jesaias, zerrissen zu werden: ich hätte mich erinnert, daß die drei Jünglinge im Feuerofen sangen, ich hätte das Kreuz und das Zerbrechen der Beine nicht gefürchtet, eingedenk, daß auch der Mörder ins Paradies gerufen wurde. Einen glücklichen Kampf gegen entschiedene Feinde hätte ich gekämpft. Ich hätte gewußt, daß es Verfolger seien, die mit Feuer und Schwerdt zur Verläugnung Christi zwingen. Aber nun kämpfen wir gegen einen täuschenden Feind, gegen einen schmeichelnden Verfolger, gegen den Antichrist Constantius. Er hauet nicht den Rücken, sondern pfleget des Bauches (giebt die Bisthümer den Abtrünnigen.) Er straft nicht mit dem Leben, sondern macht reich zum Tode [76]); er wirft nicht in Gefängnisse zur Freiheit, sondern beehret im Pallaste mit der Knechtschaft; er quälet nicht die Lenden, aber er bemeistert sich des Herzens; er schlägt nicht das Haupt mit dem Schwerdte ab, aber er tödtet durch Gold; er bedrohet nicht öffentlich mit dem Feuer, aber im Verborgenen zündet er die Hölle an. Er vermeidet den Kampf, damit er nicht besiegt werde, aber er schmeichelt, um so zu herrschen. Er bekennet Christum, damit er ihn läugne; er sorget für die Einigkeit, auf daß kein Friede sei. Er ehret die Priester, damit sie aufhören, Bi-

76) Man erinnere sich, was oben nach Theodoret l. II. c. 16. Liberius dem Constantius sagte, daß man durch seine Geschenke bewogen, den verdamme, den man nicht kenne, den Athanasius nämlich. Gregor von Naz. or. 21. nennt solche φιλοχρυσους μαλλον ἢ φιλοχριστους.

schöfe zu sein. Er erbauet Kirchen, und reißet den Glauben nieder.

Die Diener der Wahrheit müssen die Wahrheit sagen. Wenn ich Falsches vorbringe, so sei meine Rede verflucht; wenn aber ihre Wahrheit allgemein anerkannt ist, so verlasse ich die Grenzen der apostolischen Freimüthigkeit und Mäßigung nicht; denn erst nach langem Schweigen spreche ich mich aus. Johannes sagte auch zu Herodes: « es ist dir nicht erlaubt, das zu thun. » Ich rufe dir zu, Constantius, was ich dem Nero gesagt hätte, was Decius und Maximian von mir würden gehört haben: du streitest gegen Gott, du wüthest gegen seine Kirche, du verfolgst die Heiligen, du hassest die Verkünder Christi, du vernichtest die Religion, du bist ein Zwingherr nicht in menschlichen, sondern in göttlichen Dingen. Das würde ich dir und jenen gemeinschaftlich gesagt haben: aber nun höre, was dich allein trifft. Du lügst dich als Christen, und bist ein neuer Feind Christi. Du machst Glauben (Glaubensbekenntnisse), und lebst gegen den Glauben. Du bist ein Lehrer des Unheiligen, unbekannt mit dem Heiligen. Die Bisthümer giebst du den Deinigen; die Guten vertauschest du mit den Schlechten. Die Bischöfe sperrst du ein; deine Heere läßt du zum Schrecken der Kirche heranrücken; du zwingst Synoden zusammen, und treibst die Abendländer vom Glauben zum Unglauben; du schließest sie in eine Stadt ein, hungerst sie aus, verzehrst sie durch Kälte, verschlechterst sie durch Heuchelei. Durch Ränke nährst du die Uneinigkeit der Morgenländer, liebkosend lockest du sie noch hervor, und reitzest dazu an als Beschützer. Ein neuer, unerhörter Sieg der Klugheit: ohne Martyrthum verfolgst du. Du läßt den Unglücklichen nicht einmal die Entschuldigung, daß sie dem ewigen Richter die Narben ihrer zerfleischten Leiber zeigen, um durch die Nothwendigkeit die Schwäche vertheidigen zu können. Alle Wehen der Verfolgung mäßigst du so, daß du in der Sünde die Verzeihung, im Bekennen das Martyrthum ausschließest. Du hassest, und willst den Verdacht vermeiden, du lügst, ohne daß man es merken soll, du bist freundlich ohne Herzensgüte, du thust, was du willst, und offenbarst nicht, was du willst. Mit dem Golde des Staates belastest du das Heiligthum Gottes; was du den Kirchen nimmst, durch Edicte einziehest, durch Strafen auspressest, bringst du Gott zu. Mit einem Kusse empfängst du die Bischöfe, aber auch Christus ist mit einem Kusse verrathen worden. Du beugst dein Haupt, um dich von den Bischöfen segnen zu lassen, und erhebst die Füße, um ihren Glauben zu zertreten. Du erläßt (den Klerikern) die Kopfsteuer, die Christus bezahlte, damit er nicht ärgere; als Kaiser schenkst du die Abgaben, um die Christen zur Verläugnung einzuladen; was dir gehört, läßt du nach, damit man das verliere, was Gottes ist. Das, falsches Schaf, ist dein Pelz. — Der Rest dieses Buches enthält zur Geschichte der arianischen Streitigkeiten Gehöriges, und dogmatische Untersuchungen.

Diese Schilderung enthält eine furchtbare Wahrheit. Als Charaktergemälde ist sie ein Meisterstück, alle Züge sind treffend, sie lehren uns den Constantius in seinem Verhältnisse zur Kirche kennen, als sähen wir ihn selbst. Hilarius entwickelt eine seltene Menschenkenntniß, feine Beobachtungsgabe, und eine große Kunst alle zerstreuten Züge zu einem lebendigen Ganzen zu verbinden, aus den verschiedenen Lebenszeichen eines Menschen, das Leben selbst zu erfassen, und aus der Hülle, das, was sich unter ihr verbirgt, zu erkennen. So scharf Alles gezeichnet ist, so ist nicht einmal etwas übertrieben, ja Hilarius konnte noch Anderes und Stärkeres aufnehmen, wenn er wollte. Er übergeht des Constantius Morden in der eigenen Familie. Er will nur, was vom kirchlichen Standpunct aus gegen ihn gesagt werden konnte, aufnehmen. Aber man erschrickt bei der Lesung dieser Stellen. Ich meine nicht so fast deßwegen, weil die Noth der Kirche in diesem Bilde des Kaisers so lebendig uns vorschwebt, weil die Lage der Kirche so traurig war, daß ein Mann von so zartem, sanftem Sinne wie Hilarius, zu solchem Feuereifer erglühen konnte, als weil der Unterthan gegen den Fürsten also schreibt. Aber wenn man die Menschen bis zur Verzweiflung treibt, muß man auch gefaßt sein, die Sprache der Verzweiflung zu hören.

Die Bücher des Lucifers von Cagliari, die er unter den Titeln: «für Athanasius gegen Constantius», «von den abtrünnigen Königen», «daß man sterben müsse für den Sohn Gottes», um diese Zeit herausgab, sind in noch grelleren Farben geschrieben. Wenn wir aber von Hilarius nicht wissen, ob er seine zuletzt angeführte Schrift an Constantius schickte, was nicht wahrscheinlich ist, obschon er den Kaiser öfters in derselben anredet, so ist es von Lucifer gewiß, daß er die seinigen ihm überreichen ließ. Constantius konnte sich keinen Begriff von solcher Kühnheit machen, und schickte ihm seine Schriften mit der Anfrage zurück, ob er wirklich der Verfasser sei. Lucifer bekannte sich ohne Rückhalt als Verfasser, erklärte sich bereit zu sterben, und sandte sie durch einen gewissen Bonosus wieder an den Kaiser. Athanasius dem auch diese Bücher zukamen, lobt in zwei Briefen an Lucifer seinen Muth und seine Standhaftigkeit. So stunden die Parteien um diese Zeit einander gegenüber.

Sechstes Buch.

Vereinigungsversuche und Vereinigungen. Grundsätze hiebei. Des Athanasius Schicksale unter Julian, Jovian und Valens; sein viertes und fünftes Exil; er ist der Ruhepunct der ganzen Kirche; bestreitet die Apollinaristen; sein Tod. Nachtrag.

Im vorigen Buche sahen wir, wie der Arianismus den Gipfel seiner Größe erreichte, und wie er nach aussen siegend, und die katholische Kirche mit Vernichtung bedrohend, schon in sich selbst vernichtet war. Er konnte christliche Gemüther täuschen, so lange man sein Wesen nicht kannte. Als dieses erkannt war, zerfielen die Arianer in Parteien, bei welchem Zerfalle die Besseren und Tieferen unter ihnen dem Katholicismus so nahe gebracht wurden, daß die Scheidewand hinsichtlich der Lehre von der Gottheit Christi kaum noch bestand. In sich selbst entzweiet, ja verviertheilet, fand der Arianismus nur noch Stütze und Haltung in der Staatsgewalt, die ihn zu seiner Größe erhoben hatte. Da starb Constantius und Julian folgte ihm nach. (J. 362.) Damit war auch der äussere Halt des Arianismus dahin. Denn Julian, keiner Partei hold, begünstigte auch keine. Indem aber die Arianer von der Staatsgewalt nur nicht geradezu gehalten wurden, mußten sie in sich selbst vollends sinken: nicht in der Ueberlieferung und im christlichen Gemüthe befestigt, hatte er nun nirgends eine Feste. Julian rief die vertriebenen Bischöfe zurück; wenn er nun auch keineswegs die Absicht hatte, die katholische Kirche damit zu heben, sondern vielmehr die Christen durch das Beisammensein arianischer und katholischer Bischöfe noch mehr zu verwirren: die Bischöfe wurden doch zurückgerufen, und konnten die im Sturme zerstreuten Glieder sammeln. Hilarius war jedoch unter Constantius schon nach Gallien zurückgekommen: den lästigen Mann wollte man aus Constantinopel sobald als möglich entfernen.

Nachdem die Arianer sich in sich selbst gesondert hatten, war auch den Katholiken das Urtheil über sie erleichtert: sie sonderten nun auch, näherten sich den Einen, und blieben im alten feindlichen Verhältnisse gegen die Andern. Athanasius sagt: «Die Männer, welche das Symbolum von Nicäa ganz annehmen, und nur wegen des Homousios zweifelhaft sind, müssen wir nicht als Feinde betrachten. Wir stehen ihnen nicht als Feinden, nicht als Widersachern der Väter (der Tradition) gegenüber: wir besprechen uns mit ihnen als mit Brüdern: nur das Wort hält uns auseinander. Sie bekennen, daß der Sohn aus dem Wesen des Vaters ist, und nicht aus einer andern Substanz; sie verwerfen den Irrthum, daß der Sohn ein Geschöpf sei, sie bekennen, daß er der wahre Sohn des Vaters, Sohn von Natur und ewig mit dem Vater sei als das Wort und die Weisheit. Zu diesen gehört Basilius von Ancyra nach seiner Schrift vom Glauben.» (de synod. c. 41.)

Athanasius hatte demnach die Ansicht, daß es sich den Semiarianern gegenüber nur um ein Wort handle. Er hatte ja selbst in seinen eigenen Schriften unzähligemal, wenn von dem Verhältnisse des Sohnes zum Vater die Rede war, gesagt: «der Sohn sei in Allem dem Vater ähnlich»; wie er sich denn überhaupt in seinen Schriften höchst selten an eine bestimmte Redeweise auch in anderer Beziehung hielt [1].

---

1) Vergl. or. I. c. 35. in welchem Capitel mehreremal ὁμοιος gebraucht ist. c. 41. ὁμοιος κατα παντα του πατρος· c. 44. ὑψιστος και ὁμοιος ὢν του πατρος· or. II. c. 22. δια το ἰδιον της οὐσιας και την κατα παντα ὁμοιοτητα του υἱου

Aber etwas anderes war es doch, sich gegen das Homousios, das in einer öffentlichen Bekenntnißschrift aufgenommen war, erklären und diese Formel verwerflich finden, als eine andere in privat Schriften zu gleicher Zeit gebrauchen. Die öffentlichen Symbole müssen so bestimmt als möglich sich ausdrücken, und der ganze Streit mit den Arianern hat deutlich gezeigt, wie sie in jede andere Formel ihre Ansichten hineinlegten. Athanasius sucht daher zu zeigen, daß die nicäische Formel vor der der Semiarianer den Vorzug verdiene. Er sagt: «man solle gelassen und ruhig untersuchen. Wenn man die Formel «ähnliches Wesens» gebrauche, so drücke das streng genommen nicht aus, was man sagen wolle; denn das Messing sei zwar ähnliches Wesens wie das Gold, Zinn wie Silber, aber doch anderes Wesens; sage man daher der Sohn sei ähnliches Wesens mit dem Vater, so könne man offenbar etwas ganz anderes darunter verstehen, als was der Glaube enthalte. Gebrauche man aber gleiches Wesens, so drücke man gut aus, was man wolle, nämlich, daß der Sohn Gott wie der Vater, daß ein Wesen in beiden sei. Aehnlich werde eigentlich (κυρια λεξις) nur von Formen und Eigenschaften gebraucht; aber nicht um das eigentliche Sein eines Dinges zu bezeichnen. Menschen, die man ähnlich nenne, seien es an Gestalt und Sitten; in Betreff ihres Wesens aber sage man nicht, sie seien sich ähnlich, sondern sie seien dieselben, oder, sie seien gleicher Natur (ὁμοφυεις) [2]. Da ferner «gleiches Wesens» nicht dahin mißverstanden werden könne, daß man meine, es werde ein über dem Vater und Sohn stehendes, beiden gemeinschaft-

---

προς τον πατερα. Bei Hilarius kömmt eben so oft das similis u. similitudo als aequalis u. aequalitas vor z. B. comment. in Ps. 131. n. 22. de synod. §. 71. de trinit. überall.

2) De synod. §. 41. §. 53. το ὁμοιον οὐκ ἐπι των οὐσιων, ἀλλ' ἐπι σχηματων και ποιοτητων λεγεται· ἐπι γαρ των οὐσιων οὐχ ὁμοιοτης, ἀλλα ταυτοτης ἀν λεχθειη κ. τ. λ.

liches Wesen angenommen, indem ja die Formel von Nicäa sage, der Sohn sei aus dem Vater geboren, so sei gar kein Grund vorhanden, die Formel zu tadeln [3]).

Hilarius, der besonders während seiner Verbannung Gelegenheit genug hatte, die Arianer genau kennen zu lernen, verbreitet sich umständlicher über die Vereinigung und die Differenzpuncte. Bald nachdem die Semiarianer die Formel von Ancyra herausgegeben hatten, und die neuen Synoden bevorstanden, wollte er die gallischen Bischöfe in Stand setzen, sich mit Weisheit bei dem bevorstehenden Wendepuncte zu benehmen. Er beurtheilt die Formeln der Arianer, die zweite von Sirmium ausgenommen, mit großer Gelindigkeit. Er sucht zu zeigen, daß der katholische Glaube in ihnen enthalten sei, und bedauert nur, daß die arianischen Bischöfe selbst nicht glauben, was sie in ihren Formeln sagten, nur einige ausgenommen [4]). Freilich ist es dem Hilarius oft begegnet, daß er das Zweideutige der arianischen Formeln durch Schlüsse, die er macht, zu beseitigen wußte. Der Katholik konnte allerdings in jeder Formel, die Hilarius vertheidigte, seinen Glauben finden, und so können auch die gefallenen Bischöfe gerechtfertigt werden. Wenn es aber gewiß ist, was Hilarius sagte, daß die meisten arianischen Bischöfe den Inhalt ihrer eigenen Bekenntnisse nicht annahmen, und der Erfolg die Wahrheit dieses Urtheiles bekräftigte, so müssen von uns die zweideutigen

---

3) §. 50. *εἰ μεν οὐν ἀλλην ἀρχην ἐνθυμειται τις και ἀλλον πατερα, δια το ισαζον των λεγομενων κ. τ. λ.*

4) De Synod. §. 62. Nam tantum ecclessiarum orientalium periculum est, ut rarum sit, hujus fidei aut sacerdotes aut populum inveniri — — Non peregrina loquor, nec ignorata scribo: audivi ac vidi vitia praesentium non laicorum sed episcoporum. Nam absque episcopo Eleusio, et paucis cum eo, ex majori parte asianae decem provinciae, inter quas consisto, vere Deum (Christum) nesciunt. Atque utinam penitus nescirent; cum procliviore enim venia ignorarent, quam obtrectarent.

Ausdrücke an sich so scharf als möglich genommen werden: denn durch diese entkräfteten sie alles Uebrige.

Hilarius gieng aber von einer Ansicht aus, die seinem Herzen eben so sehr als seinem tüchtigen Urtheile das Wort spricht. Er sagt: es sei sehr schwer den Inhalt seines eigenen Glaubens zu dollmetschen, das was im eigenen Gemüthe vorgehe, in völlig entsprechende Begriffe zu fassen; um wie viel schwieriger sei es nun, den Sinn Anderer sicher auszumitteln?[5]) Er urtheilte darum von den Formeln das Beste, und das war einem Vermittler angemessen. Eben so vortrefflich war sein anderer Grundsatz: «die Semiarianer, die sich wieder an die Katholiken anzuschließen suchten, seien als Solche zu betrachten, die von einer schweren Krankheit sich erholten, die also weder ganz gesund noch ganz krank seien, die mithin schonend und milde behandelt werden müßten.» Er schmähet darum dieselben nicht nur nirgends, sondern lobt sie, daß sie endlich einmal erwachten. Er redet sie also an: «o ihr Männer, die ihr endlich für die apostolische und evangelische Lehre eifert, denen die Gluth des Glaubens in der so großen Finsterniß der häretischen Nacht ein Licht angezündet hat! Wie viele Hoffnung gewähret ihr, den wahren Glauben wieder zu gewinnen, indem ihr euch muthvoll dem verwegenen Unglauben widersetzet!»[6]) Er sagt: sie gewährten Hoffnung: für ganz gesund hielt er sie also, wie gesagt, nicht: man konnte schon daraus schließen, daß sie den Sohn nicht in jeder Beziehung wahrhaft würdigten, weil der heil. Geist

5) L. c. §. 5. cum difficillimum sit, sensum ipsum propriae meae fidei secundum intelligentiae interioris affectum loquendo proferre, nedum facile sit intelligentiam eorum, quae ab aliis dicuntur, expônere.

6) L. l. §. 78. o studiosi tandem apostolicae atque evangelicae doctrinae viri, quos fidei calor in tantis tenebris haereticae noctis accendit! Quantum spem revocandae verae fidei attulisti etc.

bei den meisten Semiarianern nicht in seiner Würde anerkannt wurde. Ein Haupt der Semiarianer, Macedonius, war ja Pneumatomacher.

Hilarius gestehet, daß an sich die Formel Homousios im Sinne der Sabellianer verstanden werden könne, und bemerkt dann, man könne sie mit frommem Glauben gebrauchen, und mit frommem Glauben auch vermeiden [7]; wenn man aber in der Sache übereinstimme, warum solle man argwöhnisch das Wort schmähen? Eben so könne man mit dem Homoiusios richtig die Gottheit des Sohnes ausdrücken. Da aber das Letztere doch eher mißverstanden werden könne, so solle man gemeinschaftlich sich dem möglichen Mißverständniß des Homousios entgegensetzen, und die darin niedergelegte Sicherheit des Glaubens nicht schwächen [8]. «Ihr seid keine Arianer, redet er den Basilius von Ancyra und die ihm Gleichgesinnte an, warum wollet ihr aber, indem ihr das Homousios läugnet, für Häretiker gehalten werden»? Oft, sagt er dann zur Vertheidigung der Formel, habe ihn das im Leben getäuscht, was sich ähnlich gewesen sei; bei näherer Untersuchung aber habe sich ergeben, daß eine innere Verschiedenheit doch unter den sich ähnlichen Dingen statt gefunden habe.

Mit diesen Grundsätzen war in der katholischen Kirche Niemand unzufrieden als Lucifer von Cagliari. Sein ohne-

---

7) §. 67—71. Multi ex nobis, fratres carissimi, ita unam substantiam patris et filii praedicant, ut videri possint, non magis id pie quam impie praedicare: habet enim hoc verbum in se et fidei conscientiam et fraudem paratam — — Potest una substantia pie dici, et pie taceri. Quid verbis columniam suspiciose movemus, rei intelligentia non dissidentes? Credamus et dicamus unam esse substantiam; sed per naturae proprietatem, non ad significationem impiae unionis. Was unio bedeute siehe oben.

8) L. I. § 88. Damnemus in commune vitiosam intelligentiam, non auferamus fidei securitatem.

dies heftiges Wesen war durch die grausamen Mißhandlungen, die er erlitt, noch heftiger geworden; es artete in einen bleibenden Starrsinn aus. Hilarius vertheidigte darum seine ausgesprochenen Grundsätze gegen ihn; aber eingedenk der Verdienste und des guten Willens des Mannes, mit eben der Milde, als er den Semiarianern begegnete [9]. Auf diese aber machte das Verfahren des Hilarius einen so erfolgreichen Eindruck, daß sie mit den gallischen Bischöfen in Gemeinschaft traten. Diese erfuhren durch jene, wie sehr sie in Rimini getäuscht worden waren; denn eben in der Meinung, daß sie den Morgenländern einen Gefallen erweisen, wenn sie in etwas, in Formeln nämlich, nachgeben, hatten sie die Formeln «Wesen» und «gleiches Wesens» aufgegeben. Nun erfuhren sie, daß selbst die Bessern unter den orientalischen Bischöfen den neuern Bestrebungen der Arianer entgegen seien. Sie versammelten sich daher zu Paris (J. 360.) und widerriefen, was zu Rimini durch Gewaltthat geschehen war. Sie hoben die Gemeinschaft mit den Anomöern auf, und erklärten den Saturnin des bischöflichen Namens für unwürdig. Als nun noch Hilarius nach Gallien zurückgekommen war, brachte er durch seine gewohnte Milde, Weisheit und Kraft (J. 360—362.) auf mehreren Synoden Alles in Ordnung: ganz Gallien nahm den alten Glauben mit erneuertem Muthe auf [10].

Wie Viele von denjenigen, welche bisher auf der Seite der Arianer gewesen, nach der Gemeinschaft mit der Kirche sich jetzt sehnten, und mit welcher weisen Klugheit Athanasius wirkte, sehen wir vorzüglich aus seinem Schreiben an die Antiochener [11]. Er schrieb im Namen jener berühmten

---

9) Diese Schrift ist an die von den Synoden angeschlossen fol. 1205. u. ff.

10) S. Constant. in vita S. Hil. §. 98. u. ff. wo die Beweisstellen aus Hieronymus und Sulpitius Severus zu finden sind.

11) Tomus ad Antioch. fol. 770. u. ff.

in Alexandrien (J. 362.) gehaltenen Synode nach Antiochien: «Sie, die versammelten Bischöfe, seien zwar überzeugt, daß die Vorsteher der Kirche in Antiochien als gute Haushälter Alles das thun, was zur Friedigung der Kirche diene. (τα της ἐκκλησιας ἁρμοζεσθαι.) Da er aber vernehme, daß sehr Viele, welche früher aus Streitsucht von der Kirche getrennt gewesen seien, den Frieden der Kirche wünschten, so müsse er ihnen doch schreiben. Denn nichts sei so lieblich und angenehm, als daß die Brüder in Eintracht seien. Sie sollten alle Jene, die die Gemeinschaft wünschten, herbeirufen, als Väter sie, wie ihre Söhne, aufnehmen, und als Lehrer und Beschützer gegen sie gesinnet sein. Sie sollten nur fordern, daß die, welche übertreten wollten, den Glauben von Nicäa annehmen, und vom heil. Geiste nicht glauben, daß er eine Creatur sei. Denn das erst heiße wahrhaft von den Arianern sich trennen, wenn man die heilige Dreiheit nicht theile.»

Aufschluß über diesen Theil des genannten Briefes giebt ein anderer an den Bischof Rufinian, der sich bei Athanasius befragte, wie es mit den zurückkehren Wollenden zu halten sei. Er schreibt diesem, auf der Synode zu Alexandrien sei festgesetzt worden, so wie auch hierauf in Griechenland, Spanien und Gallien, daß die Häupter der Arianer, wenn sie sich änderten, zur Gemeinschaft zugelassen würden, ohne jedoch Kleriker bleiben zu dürfen. Denjenigen aber, welche theils aus Unwissenheit, theils aus Zwang zu den Arianern übergetreten wären, habe man die Erlaubniß ertheilt, im Klerus zu bleiben. Sie hätten eine gewisse Oekonomie als Entschuldigung vorgebracht; sie hätten nämlich vorgegeben, sie seien nicht mit den Arianern im Glauben einstimmig gewesen; aber aus Furcht, daß, wenn sie sich widersetzten, Arianer an ihre Stellen kämen, hätten sie lieber der Gewalt nachgegeben, und die Last getragen, als ihre Gemeinden dem Verderben preis gegeben. Athanasius hofft, daß Rufinian diese Milde der Synode von Alexandrien nicht verdammen werde [12]). Die Antiochener also will Athanasius zu einem milden Verfahren aufmuntern; sie sollen die zurückkehrenden Arianer ohne Buße aufnehmen, und so die Vereinigung erleichtern.

Ein wichtiger Grund, der die Vereinigung hinderte, lag auch in der Sprache. Wir haben früher schon gehört, daß Marcellus nur Eine Hypostase in der Gottheit annahm, weßwegen ihn Eusebius, der drei Hypostasen lehrte, des Sabellianismus beschuldigte. Auch Athanasius, der sich des Ausdrucks «drei Hypostasen» bediente, hatte doch hie und da ὑποστασις und ουσια für eins und dasselbe genommen, und demzufolge wie Marcellus sich ausgedrückt. Die von dem Arianismus nun Zurücktretenden wünschten den Ausdruck «drei Hypostasen» beizubehalten; er konnte auch nicht mehr bedenklich sein, da sie jetzt Ein Wesen in den Dreien annahmen. Die Katholiken billigten also diesen Ausdruck, und die bekehrten Arianer nahmen dafür «Ein Wesen, Eine Gottheit» an. Man würde aber nicht richtig urtheilen, wenn man sagen wollte, der ganze Streit sei ein Wortstreit gewesen, und die eingeleitete Vereinigung habe auf dem Grunde ausgetauschter Formeln statt gefunden. Denn wenn die Arianer drei Hypostasen gleiches Wesens annahmen, so hatten sie sich wesentlich geändert; die Katholiken hatten aber nur, was sie immer glaubten, auch in einer andern, ohnedies schon gebräuchlich gewesenen Form auszudrücken verstattet: der neue Ausdruck vermehrte aber die Klarheit ihrer Lehre, und erleichterte die Vereinigung. Wie der Katholicismus die Auflösung des Gegensatzes zwischen Montanismus und Gnosticismus, zwischen Pelagianismus und Prädestinatianismus ist, (indem er weder die Freiheit, noch die Gnade aufhebt, sondern beide sich durchdringen läßt), so vernichtet er auch in sich die Gegensätze des Sabellianismus und Arianismus, und drückte das sogar in seinen

12) Fol. 963. Dieser Brief des Athanasius gehört zu seinen schönsten.

Formeln aus. Der Sabellianismus hatte recht, wenn er Gott im Erlöser erkannte, aber unrecht, wenn er in der Gottheit die Personen läugnete: er nahm Ein Wesen, aber keine Personen an. Der Arianismus hatte recht, wenn er drei Personen festhielt, aber unrecht, wenn er die Einheit des Wesens derselben verwarf. Der Katholicismus nimmt die Einheit des Wesens, wie Sabellius, und die Dreiheit der Personen, wie Arius zugleich auf, vereinigt beide somit in sich, und drückte diese Vereinigung durch die Eine ουσια des Sabellius, in den drei ὑποστασεις des Arius aus.

Athanasius erzählt jene Vorgänge in seinem genannten Schreiben an die Antiochener also: «Wir haben sie (die Zurücktretenden) gefragt, ob sie wie die Arianer getrennte Hypostasen, die anderes Wesens seien, meinten, drei Principien oder drei Götter. Allein sie versicherten, sie meinten nicht so. Indem wir sie aber weiter fragten, wie sie es denn meinten, so antworteten sie: «« wir erkennen keine Dreiheit, die es blos dem Namen nach ist; sondern der Vater besteht (ὑφεστωτα) in Wahrheit (ist eine Person), ebenso der Sohn und der heil. Geist. Wir erkennen also eine Dreiheit, aber Eine Gottheit und Ein Princip; wir bekennen, daß der Sohn gleiches Wesens mit dem Vater, und der heil. Geist keine Kreatur, sondern dem Wesen des Sohnes und des Vaters eigen und untrennbar davon ist.»» Wir billigten nun diese Erklärung und Vertheidigung und wendeten uns hierauf an jene, die von ihnen beschuldigt wurden, weil sie nur Eine Hypostasis annahmen. Diese sagten: «« wir meinen: ὑποστασις und ουσια sei Eins und dasselbe. Wir glauben daher Eine Hypostasis, weil der Sohn aus dem Wesen des Vaters, und dieselbe Natur in beiden ist.»» So ergab sich's, daß beide dasselbe wollten. Doch bekannten sie Alle, daß man besser thue, wenn man bei dem Sprachgebrauch der Synode von Nicäa verbleibe.»

Der dritte Hauptpunct des Schreibens an die Antiochener war, daß sie sich unter einander selbst vereinigen sollten. In

Antiochien war nämlich noch die alte katholische Gemeinde, die sich seit der Absetzung des Eustathius in geringer Anzahl erhalten hatte. Da aber auch manche Katholiken den damals von den Eusebianern eingesetzten Bischof anerkannten, weil ja die Eusebianer den Arianismus noch nicht bestimmt bekannten, so blieben diese in der Gemeinschaft der sich verhüllenden arianischen Bischöfe, bis sie sich nach der Wahl und Absetzung des Meletius auch von den nun gewiß nicht mehr zweifelhaften Arianern feierlich trennten. Da aber Meletius durch arianische Bischöfe seine Stelle erhalten hatte, so fand zwischen den Meletianern und den strengen Eustathianern keine Vereinigung statt. So fanden sich also in Antiochien nebst den Arianern zwei katholische Gemeinden. Lucifer war, anstatt der Synode von Alexandrien beizuwohnen, nach Antiochien, um eine Vereinigung der Katholiken zu Stande zu bringen, abgereist. Allein nach seinen überstrengen Grundsätzen dem Meletius feind, ordinirte er auch den Eustathianern einen Bischof in der Person des Paulinus, und vermehrte so die Verwirrung, anstatt sie zu heben. Die Uneinigkeit in Antiochien sollte nun das Schreiben des Athanasius gleichfalls heben; allein es kam zu spät: Lucifer hatte schon den neuen Bischof geweihet; ja er gieng noch weiter: er mißbilligte die Beschlüsse der Synode von Alexandrien, obschon er einige seiner Diakonen beauftragt hatte, an ihr Antheil zu nehmen. Seine Meinung war, daß alle jene Bischöfe, die die Synode von Rimini unterschrieben hatten, abgesetzt werden sollten. So entstand ein zweites Schisma in der katholischen Kirche, in welchem Hilarius, ein Sardinier, eben jener Diakon in Rom, der die Gesandtschaft einst an Constantius begleitet, und viele Mißhandlungen zu erdulden gehabt hatte, so weit gieng, daß er die gefallenen Bischöfe und die übertretenden Arianer nochmals taufte. Dieses Schisma gewann jedoch nur wenig Anhänger.

Ganz scheiterten also Julians Plane nicht. Aber dieser Kaiser hatte doch durch die Klugheit des Athanasius seine Absicht wenig erreicht, wenn er glaubte, daß durch die

Rückkehr der Bischöfe die Entzweiung der Christen sich mehren werde: die katholische Kirche nahm, wenn sie nur Freiheit hatte, schnellen Fortganges zu. Athanasius, die Seele der milden und weisen Verfahrungsweise der katholischen Bischöfe war ihm daher vorzüglich verhaßt. Ja selbst die noch übrigen Heiden in Alexandrien konnten der Kraft seiner Rede nicht widerstehen: auch in dieser Beziehung wuchs die Kirche, ungeachtet Julian die Heiden auf alle Weise begünstigte [13]). Dies wurde dem Kaiser berichtet; man sagte ihm, in kurzer Zeit werde kein Verehrer der Götter mehr vorhanden sein, wenn Athanasius in Alexandrien bleibe. Julian gab also den Befehl, daß er Alexandrien verlassen, sogar daß er getödtet werden solle. Athanasius verließ getrost Alexandrien, und mit scharfem Blicke die Verhältnisse durchschauend sagte er: Julian sei eine Wolke, die sich bald verliere. Allein als er auf dem Nil in das obere Egypten reisen wollte, setzte ihm ein kaiserliches Schiff schnell nach. Auf die Kunde davon, befahl er aber dem Steuermann umzukehren, und wieder geradezu abwärts gegen Alexandrien zu fahren. Er vermuthete, in einem nach Alexandrien gerichteten Schiffe werde man den Athanasius nicht suchen. So geschah es auch. Die mit seinem Morde Beauftragten, fragten sogar die Begleiter des Athanasius, wo er wäre? Sie erwiederten, er sei nicht weit von da; seine Mörder schifften weiter, ihn in Oberegypten suchend. Er aber hielt sich theils in Alexandrien, theils anderwärts bis zum Tode des Julian verborgen [14]).

Es scheint nicht zu geringfügig, die Briefe selbst genauer kennen zu lernen, die Julian gegen Athanasius schrieb. Im ersten [15]) sagt er den Alexandrinern: «es wäre billig gewesen,

---

13) Socrat. l. III. c. 11. Ruf. l. I. c. 33. Theodor. l. III. c. 5.

14) Theodoret l. III. c. 9. Je mehr ich Julians Charakter studire, desto glaubhafter wird mir die Erzählung, daß er den Athanasius tödten wollte. Nach einem Brief des Ammonius in acta S. 14. Man kann aber Athanasius nicht immer in Alexandrien gewesen sein, wie Theodoret berichtet.

15) Ep. XXVI. Jul. imper. opp. ed. Spanheim fol. 399.

daß der, der durch so viele kaiserliche Befehle verwiesen worden sei, wenigstens Einen Befehl abgewartet hätte, wer ihn ermächtigte, in seine Heimath zurückzukehren, und daß er nicht in wahnsinniger Verwegenheit alle Gesetze, als wären sie nicht vorhanden, verachte. Er habe den vom seligen Constantius vertriebenen Galliläern (so nannte er gewöhnlich die Christen), zwar die Rückkehr in ihr Vaterland, aber nicht in ihre Kirchen gestattet. Da er nun vernehme, daß Athanasius in gewohnter Frechheit den von den Galliläern sogenannten bischöflichen Stuhl wieder besetzt habe, und dies dem frommen Volke der Alexandriner sehr unangenehm sei, so befehle seine Menschenfreundlichkeit, daß Athanasius Angesichts dieses Briefes die Stadt verlasse, wenn er nicht schärfere Strafen sich zuziehen wolle!»

Das alexandrinische Volk war aber so weit entfernt die Anwesenheit des Athanasius unangenehm zu finden, daß es vielmehr den Kaiser bat, seinen Befehl zurückzunehmen. Julian erwiederte den Alexandrinern [16]: «wenn sie auch (die Alexandriner) einen schlechten Gründer ihrer Stadt aufzuweisen hätten, so hätten sie selbst in diesem Falle keinen Grund sich nach dem Athanasius zu sehnen. Da nun aber Alexander der Erbauer, und der König Serapis nebst der Isis, der Königin von ganz Egypten, ihre beschützende Gottheit seien, so sei ihr Verlangen ganz verwerflich. Der kranke Theil (die Christen) der Stadt maaße sich den Namen Stadt an. Julian schwört hierauf bei den Göttern, daß er sich schäme, daß sich nur ein Alexandriner zu den Galliläern bekennen möge. Hätten doch vor Zeiten die Hebräer ihren Vätern gedient; sie aber, die einst unter Alexander Egypten erobert, unterwürfen sich den Verächtern ihrer vaterländischen Sitten, und vergäßen den seligen Zustand, in dem sie sich befunden hätten, als noch ganz Egypten in der Gemeinschaft mit den Göttern gestanden und durch sie an allen Gütern Ueberfluß gehabt habe! Was denn aber die Galliläer ihnen

16) Ep. LI.

Gutes gebracht hätten? Alexander habe ihre Stadt erbaut, und die Ptolomäer hätten sie geordnet; nicht durch die Lehre der verhaßten Galliläer wäre sie zu so großer Blüthe erhoben worden. Die Römer endlich hätten die Regierung übernommen, als die Ptolomäer schlecht zu herrschen angefangen hätten. Das seien die Wohlthaten der Götter gegen sie. Hierauf erinnert er sie an den Alles belebenden Gott Helios, dessen Abglanz die irdische Sonne sei, und sagt, wenn sie diese verehrten und ihn (den Kaiser) nachahmten, so würden sie nicht irre gehen. Wollten sie aber ihrem Aberglauben ergeben bleiben, so sollten sie wenigstens den Athanasius nicht wieder sich wünschen. Dieser habe Schüler genug, die ihre Ohren kitzeln könnten. Der Kaiser ruft nun aus, es wäre wohl zu wünschen, daß Athanasius allein zur Schule der bösen Galliläer gehöre. Seine zahlreichen Schüler also sollten ihnen die Schrift auslegen. Wünschten sie aber etwa den Athanasius wegen seiner übrigen Gewandtheit (ἐντρεχεια), denn er höre, daß er ein verschmitzter Kopf sei, (πανουργον γαρ εἰναι τον ἀνδρα πυνϑανομαι) so sollten sie wissen, daß er gerade deßwegen sei verwiesen worden; denn es gehe nicht an, daß ein unternehmender Mann (πολυπραγμων ἀνηρ) Volksführer sei, zuma Athanasius, der es noch für etwas Großes halte, wenn er seinen Kopf verliere.

In einem Briefe an den Präfecten von Egypten Ekdicius [17]), bezeichnet Julian den Grund seines Hasses gegen Athanasius näher. In diesem Schreiben bedrohet er die Mannschaft des Präfecten mit einer Strafe von hundert Pfund Gold, wenn Athanasius nicht sogleich vertrieben werde; denn durch seine Thätigkeit würden alle Götter verachtet [18]); er wage es unter seiner Herrschaft edle Frauen sogar zu taufen. Keine Nachricht vernehme er daher von Ekdicius lieber, als daß Athanasius verbannt sei.

17) Ep. VI. fol. 376.

18) Τῃ αὐτου χειρι πανυ με λυπει το κατα φρονεισϑαι τους ϑεους παντας.

Julian verlor sich wirklich bald wie eine Wolke, nach des Athanasius Weissagung. Jovian wurde nach ihm vom Heere als Augustus begrüßt. Der neue Kaiser hatte sich schon unter der vorigen Regierung bereit erklärt, eher seine Stelle als Tribun niederzulegen, als zum Heidenthum überzugehen. Er bekannte sich nun sogleich öffentlich zur katholischen Kirche; Freiheit des religiösen Glaubens wurde aber Allen gestattet [19]. Athanasius erhielt nicht nur die Erlaubniß sein bischöfliches Amt wieder zu verwalten, sondern der Kaiser zeichnete ihn sehr aus. Jovian nämlich schrieb ihm sogleich nach dem Antritte seiner Regierung: « er bewundere seine Tugend, seine gottähnliche Gesinnung, seine Liebe zum Heilande, seine Thaten; er lobe ihn, daß er erhaben über alle Leiden, sich vor seinen Verfolgern nicht gefürchtet, daß er alle Gefahren, selbst die des Todes gering geachtet, und den ihm so theuern wahren Glauben festhaltend, für die Wahrheit gekämpft habe, und ein Muster des tugendhaften Lebens der gesammten christlichen Kirche geworden sei. Er solle in seine Kirche zurückkehren, und das Volk Gottes weiden. » Auch einen andern Brief erließ er an Athanasius, worin er diesen auffordert, ihm einen genauen Unterricht im christlichen Glauben zu geben. Athanasius sagt in der Antwort, daß es sich für einen Kaiser, der gottgefällig sein wolle, zieme, sich lernbegierig zu zeigen, und Liebe zu den göttlichen Dingen in sich zu tragen, und erfüllet sofort, was der Kaiser ihm befohlen hatte [20].

Jovian wünschte nun auch den Athanasius persönlich kennen zu lernen, der sich also zu ihm nach Antiochien begeben mußte. Hier waren aber auch arianische Kleriker angekommen, um abermal den Athanasius anzuklagen; mit ihnen jedoch auch mehrere aus der Gemeinde, um ihn zu vertheidigen. Unter jenen befand sich Lucius, der Bischof von

---

19) Socrat. l. III. c. 25. μηδενι όχληρος των όποσουν πιστευοντων.

20) Athanas. opp. fol. 779 — 782. Theodor. l. IV. c. 2 — 3.

Alexandrien werden wollte. Sie sagten: «Wir bitten deine Macht, dein Reich und deine Frömmigkeit, höre uns.» Der Kaiser erwiederte: «Wer und woher seid ihr?» — Wir sind Christen. — Woher und aus welcher Stadt? — Aus Alexandrien. — Was wollet ihr? — Wir bitten deine Macht und dein Reich, gieb uns einen Bischof. — Ich habe befohlen, daß Athanasius, den ihr vorher schon hattet, auf dem Stuhle sitzen soll. — Wir bitten dein Reich; er war seit vielen Jahren in Verbannung und im Anklagestand. — Nun sprach ein Soldat dazwischen, der dem Kaiser sagte, es seien Arianer, Ueberbleibsel des Kappadociers Georgius, der die Stadt und die Welt verwüstet habe. Der Kaiser spornte nun sein Pferd, und setzte seinen Weg auf das Land fort. Die Arianer aber kamen zum zweitenmal zum Kaiser mit den Worten: «Wir haben Klagen und Beweise gegen Athanasius. Vor dreißig Jahren schon wurde er von Constantin und Constantius ewigen Andenkens, und von dem gottgeliebtesten, philosophisch gesinntesten und seligsten Julian verbannt. — Der Kaiser entgegnete: Was vor zwanzig und dreißig Jahren geschehen ist, ist verjährt. Sprechet mir nicht mehr von Athanasius. Ich weiß warum ihr ihn anklaget, und warum er verbannt wurde.

Zum drittenmal beunruhigten die Arianer den Kaiser. Wir haben, sagten sie, auch jetzt wieder andere Klagen gegen Athanasius. — Der Kaiser bemerkte: aus euerm Haufen und aus eurer Redseligkeit kann ich das Richtige nicht entnehmen. Wählet zwei aus euch, und zwei aus dem Volke. Ich kann nicht jedem Einzeln aus Euch antworten. Nun sprachen die aus dem Volke: Das sind Ueberbleibsel von dem unheiligen Gregorius, der unsere Provinz verwüstet, und nicht zugegeben hat, daß in unsern Städten Friede und Ordnung sei [21]. Die Arianer: Wir bitten dich, wen du

21) Bei Athanas. fol. 782. u. ff. ἐν ταις πολεσι βουλευτην μη ἐάσαντες οικησαι; anstatt ἐασαντες muß es wohl ἐάσαντος heißen; was aber βουλευτης bedeute, ist mir zweifelhaft, daher die Uebersetzung blos dem Sinne nach.

immer willst, nur den Athanasius nicht. Der Kaiser: Ich habe euch schon gesagt, daß die Sache des Athanasius beendiget sei. Ungeduldig setzte er hinzu: fort, fort. Die Arianer: Wir bitten dich; wenn du den Athanasius schickst, gehet unsere Stadt zu Grunde; Niemand hält sich zu ihm. Der Kaiser: Ich habe mich erkundigt, und erfahren, daß er rechtgläubig und ein guter Lehrer ist. Die Arianer: Mit dem Munde spricht er schön, im Herzen ist er hinterlistig. Der Kaiser: Es ist genug, was ihr von ihm bezeuget, daß er richtig und gut lehrt. Wenn er nun zwar wohl richtig lehrt und spricht, im Herzen aber schlecht denkt, so hat er es mit Gott zu thun. Denn als Menschen hören wir nur die Rede: Gott allein kennt das Innere. Die Arianer: Erlaube, daß wir uns zum Gottesdienste versammeln dürfen. Der Kaiser: wer hindert euch hierin? Die Arianer: Er erklärt uns für Häretiker und Dogmatisten. Der Kaiser: Das ist seine und aller guten Lehrer Pflicht. Die Arianer: Wir bitten deine Macht; wir können ihn nicht ertragen, auch die Güter der Kirche nimmt er weg. Der Kaiser: Ihr seid also einer Geldklage wegen gekommen, und nicht wegen kirchlichen Angelegenheiten? Gehet doch und ruhet.

Der Kaiser wurde sehr oft um des Athanasius willen beunruhigt. Ein cynischer Philosoph klagte, daß ihm der Katholikus (eine Art von Beamten) mit Beziehung auf Athanasius sein Haus genommen haben. Der Kaiser sagte: Wenn der Katholikus es gethan hat, was klagst du den Athanasius an? — Solcher Klagen kamen mehrere. Man glaubte sich eine Art von Wichtigkeit zu geben, wenn man den großen Mann neckte. Das nun war des Athanasius persönliche Lage unter Jovian.

Die Semiarianer stunden aber immer noch in einer haltungslosen Mitte zwischen den Katholiken und den Arianern, so Viele ihrer auch schon übergetreten seyn mochten: die jetzt ausdrücklich gemachte Forderung den heiligen Geist nicht als Creatur, sondern als Eine Gottheit mit Vater und Sohn zu bekennen, unterhielt eine Kluft zwischen ihnen und den Katholiken. Den Katholiken aber sehr nahe, glaubten sie bei einem katholischen Kaiser leicht die Oberhand über die strengen Arianer gewinnen zu können. So überreichten sie ihm denn das Gesuch, daß die Kirchen der Anomöer ihnen möchten ausgeliefert werden. Der Kaiser erwiederte blos: « ich hasse die Zanksucht; die, welche den Frieden lieben, liebe und ehre ich. » Das faßten sogleich die blos weltklugen, strengen Arianer, die von Akacius den Namen haben, auf, und traten zur katholischen Kirche über. Sie sagen in dem an den Kaiser gerichteten Schreiben: « sie wüßten, daß er den Frieden und die Eintracht vor Allem liebe; es entgehe ihnen auch nicht, daß er mit Recht, als die Grundlage dieser Einheit, den wahren Glauben betrachte. Damit man nun nicht meinen möge, daß sie in die Klasse derer gehören, welche die Wahrheit verfälschen, so berichteten sie ihm, daß sie den längst auf der Synode von Nicäa ausgesprochenen Glauben billigen und festhalten. Das Homousios habe von den Vätern eine so sichere Erklärung erhalten, daß kein Mißverstand möglich sei. Das Wort « Wesen » sei gegen Arius, der auf eine gottlose Weise behauptet habe, der Sohn sei aus Nichts geschaffen worden, was die Anomöer mit noch größerer Frechheit und Unverschämtheit zur Zerstörung der kirchlichen Eintracht auch jetzt noch behaupteten. Sie legten daher das Bekenntniß von Nicäa als das ihrige bei.»

Schon in der alten Kirche hatte man einen gerechten Abscheu vor diesem Frevel der Akacianer. Man wußte, daß sie diesen Schritt ohne Glauben, ohne Reinheit thaten, daß sie sich blos an die anschlossen, die das Uebergewicht hatten, daß sie den von ihnen früher vertriebenen von dem Kaiser aber hochgeschätzten Meletius nur gewinnen wollten, um einer gefürchteten Wiedervergeltung vorzubeugen [22]. So war demnach auch eine Partei der strengen Arianer, obschon durch Heuchelei (auf kurze Zeit), übergetreten.

---

22) Socrat. l. III. c. 25. προς τους κρατουντας ἀποκλινοντες φανερως ἀπεδειξαν κ. τ. λ.

Die Regierung des weisen Kaisers Jovian, der sein Verhältniß zur Kirche begriffen zu haben scheint, der selbst nicht gleichgültig in religiös-kirchlicher Beziehung, doch auch Niemanden zwingen wollte, und es der Kraft der Kirche überließ, sich zu behaupten, dauerte nur acht Monate. Er starb plötzlich, aufrichtig auch selbst von den Heiden betrauert (J. 364). Sein Nachfolger Valentinian wählte für sich den Occident, die Regierung des Orients seinem Bruder Valens überlassend. Jener bekannte sich zur katholischen Kirche, dieser zur Secte der Arianer; jener gestattete Religionsfreiheit, dieser nahm das System des Constantius wieder auf. Die Macedonianer (Semiarianer) baten sogleich den Valens eine Synode feiern zu dürfen, um, wie sie sagten, den Glauben zu verbessern. Zu Lampsakus stellten sie nun das Bekenntniß von Antiochien (v. J. 341) wieder her, hoben die Beschlüsse von Rimini und Constantinopel auf, und setzten die akacianischen Bischöfe ab. Sobald aber Valens die Richtung der Macedonianer erkannt hatte, zwang er sie zu streng arianischen Bekenntnissen, und forderte dies bald auch von den Katholiken und Novatianern in seinem Gebiete. Gefängnißstrafen, Absetzungen von Bischöfen und Zwangsmittel aller Art sollten den Arianismus wieder befestigen. Wie aber unter Jovian die Akacianer katholisch geworden waren, so wurden sie unter Valens wieder arianisch; die Semiarianer hingegen, von allen Seiten verlassen, auf einige Zeit katholisch: sie suchten im Occident eine Stütze. Eine Gesandtschaft an den Papst Liberius überreichte ihr Bekenntniß.

Endlich (J. 367) erschien von Valens der allgemeine Befehl, daß alle von Constantius abgesetzten und unter Julian zurückberufenen Bischöfe wieder verbannt werden sollten. Die kaiserlichen Beamten in Alexandrien wurden hart bedrohet, wenn sie den Athanasius nicht entfernten. Das Volk von Alexandrien suchte dem Präfecten ein Mittel an die Hand zu geben, durch welches er den Auftrag umgehen könne. Man sagte ihm: der Befehl des Kaisers verlange, daß die von Constantius verbannten, von Julian aber zurückberufenen Bischöfe ihre Sitze verlassen sollten. Athanasius sei nun wohl von Constantius verbannt, aber nicht von Julian zurückgerufen, vielmehr sei er allein auch von diesem gezwungen worden, sich von seiner Gemeinde zu trennen.

Die erfinderische Liebe der Gemeinde von Alexandrien verfehlte aber ihres Zweckes. Nun brauste sie auf, und die heftigsten Bewegungen droheten die Stadt zu erschüttern. Der Präfect versprach die Sache dem Kaiser vorzulegen. Allein den Athanasius verließ die Gabe des Rathes auch hier nicht. Er sah blutige Stürme voraus, wenn er bleibe. Als daher das Volk wieder beruhigt war, entfernte er sich. Und sieh! in der folgenden Nacht wurde die Kirche überfallen, in welcher er wohnte. Man fand ihn nicht, ungeachtet alle Winkel durchsucht wurden. Er hielt sich in den Gräbern verborgen. Valens aber, fürchtend für Alexandriens Ruhe, rief ihn jedoch nach einigen Monaten wieder zurück. Achtung für Gewissensfreiheit, oder Rührung bei dem Anblicke der Anhänglichkeit der Gemeinde an ihren Bischof war die Triebfeder bei diesem Entschlusse des Valens gewiß nicht. Denn allenthalben, wo die persönliche Größe des Bischofs, und die Furcht vor Empörung ihm nicht entgegentrat, wurden mit aller Härte die katholischen Bischöfe den Herzen der Gläubigen entrissen. Wie war es möglich, daß in einem Manne ein Gefühl für Recht und Billigkeit wohnte, der ein Schiff, auf welchem sich achtzig katholische Priester befanden, verbrennen ließ, ohne daß sie etwas anderes verschuldet hatten, als daß sie es wagten, dem Kaiser Vorstellungen über die Verfolgungen der ihrigen zu machen, die man marterte, in Gefängnisse warf, vor die Gerichtshöfe um ihres Glaubens willen schleppte, und die man ihres Vermögens unter diesen Bedrückungen beraubte? [23]) Von nun an aber konnte der Held dieser Zeit im Frieden seiner Gemeinde vorstehen.

---

23) Ueber Athanasius, Socrat. l. IV. c. 13. Soz. l. VI. c. 12.

Die Verfolgung des Valens schadete im Ganzen genommen der Kirche nicht sehr viel: sie verzögerte nur die Erlösung aus der schon vorhandenen Verwirrung. Ungeachtet Alles dessen, was schon gethan war, war nämlich diese noch immer sehr groß, und ist für uns kaum zu überschauen. War denn durch die ungeheuern Stürme, die die Kirche trafen, nicht Alles aus seinen Fugen getreten? Wo war denn auch nur ein Theil derselben unerschüttert geblieben? Es war unmöglich, daß die so sehr auseinander getretenen Verhältnisse in kurzer Zeit sich ordneten. Jetzt konnte man auch erst recht erkennen, wie tief die Kirche verwundet war. Die Nachwehen ließen fühlen, wie lebensgefährlich das feindliche Schwerdt sich in den Körper Christi eingesenkt hatte. Die Kirche glich einem edlen Heere, das durch die Tücke und die Arglist der Feinde zersprengt war; ein falsches Losungswort war verbreitet, der Freund kannte oft den Freund nicht mehr, Verbündete bekriegten sich selbst, und Widersacher reichten sich in gefährlichem Irrthum die Hand. Einen Zweck, Eine Richtung hatten wohl alle Katholiken, aber es war dem Feinde gelungen, es so weit zu bringen, daß Viele sich gegenseitig selbst nicht mehr erkannten. Viele waren schwach genug zu meinen, daß die Synode von Rimini den Vorzug vor der von Nicäa verdiene, weil sie weit zahlreicher gewesen sei; die jetzt lebhaft besprochene Lehre von der Gottheit des heil. Geistes war ein neuer Stoff zu Unruhen. Daß Marcellus vom Papste und von der Synode von Sardika anerkannt worden war, benützten immer noch Viele, den Katholiken den Vorwurf des Sabellianismus und dadurch irre zu machen, und die apollinaristischen Bewegungen gesellten sich noch zu allem dem! Das Schisma von Antiochien griff weit tiefer ein, als man es bei dem ersten Anblick vermuthet. Antiochien war die Metropole von zehn großen Provinzen; aber drei Bischöfe waren in ihr. Wenn wir auch von dem Arianer Euzojus ganz absehen, an welchen der beiden katholischen Bischöfe sollten die zahlreichen Provincial-Bischöfe sich wenden? Der getheilte Mittelpunct hatte keine Kraft, und behauptete nirgends hin den Einfluß, den der große Metropolit stets hatte, und bei Bischofswahlen, bei Streitigkeiten, bei allen Angelegenheiten ausübte. Die Bischöfe der übrigen Glieder der Kirche waren auch getheilt zwischen Paulinus und Meletius; also konnte auch durch das Ansehen der Gesammtkirche dem Uebel kein Ende gemacht werden. In vielen minder bedeutenden Städten lagen gleichfalls der arianische und katholische Bischof gegenseitig im Kampfe, und die Bischöfe mit den Gemeinden.

Für diesen so verwirrten Zustand hatte aber die Kirche die kraftvollsten Männer erzeugt. Hilarius verließ Gallien, als daselbst die Ordnung wieder hergestellt war; er vereinigte seine Thätigkeit mit Eusebius von Vercelli, der Asien durchwandert und Viele mit der katholischen Kirche vereinigt hatte, um in Oberitalien den Einfluß der noch vorhandenen Arianer zu schwächen. Hilarius wirkte hier durch seine Sanftmuth, und durch das Ansehen, das ihm seine hochgeschätzten Schriften gaben, noch mehr als Eusebius. (Rufin. l. I. c. 31.) Der Papst Damasus begann seine große Thätigkeit; der heil. Basilius nahm allmählig die Stellung ein, die seinem Geist, seiner Frömmigkeit, seiner Gelehrsamkeit, und seinem Eifer gebührte; um so nützlicher wirkend, als er mit andern großen Männern, mit Gregorius von Nazianz, der den Athanasius in Alexandrien gesehen, und seines Umganges und seines Unterrichtes sich erfreut hatte, mit Gregor von Nyssa u. A. innigst verbunden war. Der greise Athanasius war aber noch eine Zeitlang der Mittelpunkt aller der Bestrebungen, und der Ruhepfeiler dieser Männer. Sein Ansehen beherrschte Alles; und was ein großes Geschenk Gottes für die ganze Kirche war: die jugendliche Kraft verließ auch das Alter dieses Mannes nicht. So sammelte sich allmählig die zerstreute Schaar der Gläubigen, um die einzelnen der genannten Häupter, und Alle um Athanasius; sie lernten sich allmählig wieder erkennen, und bildeten wie innerlich so äusserlich Eine Heerde, unter Einem Hirten. Das Gute gewährte gewiß auch der Kampf mit den Arianern, daß der

Widerstand große Talente in der Kirche erweckte, herrliche Kräfte entfaltete, die die ewige Zierde der Kirche bleiben werden. In so fern war es auch gut, daß der Staat den Arianismus stützte: dieser für sich hätte sich gegen die Kirche keinen Augenblick halten können: es wäre kein Kampf möglich geworden, und die verborgene Kraft der Kirche wäre dann nicht hervorgetreten.

Nachdem Damasus (368) eine Synode, welche den Valens und Ursacius absetzte, gehalten, und dem Athanasius die Beschlüsse derselben übersandt hatte, versammelte auch dieser eine Synode, und erließ zwei Synodalschreiben, das eine an die afrikanischen Bischöfe, das andere an Damasus. In jenem bemühte er sich das Ansehen der Formel von Rimini, des Erzeugnisses von Valens und Ursacius, zu vernichten. Er sagt: die Synode von Rimini sei als eine Bestätigung der Synode von Nicäa zu betrachten, nicht als eine Verletzung derselben. Denn so lange die Bischöfe frei gewesen wären, hätten sie auch dieser das Zeugniß gegeben. Erst als Gewaltthat eingetreten sei, hätten die Bischöfe eine andere Formel angenommen, welche mithin gar nicht als die Gesinnung der Bischöfe ausdrückend betrachtet werden könne. Er vertheidigte überhaupt die Synode von Nicäa mit der ihm eignen Gewandtheit. Dem Papst aber dankte er für seinen Eifer gegen Valens und Ursacius, kann es aber nicht begreifen, warum nicht auch dem Auxentius von Mayland dasselbe Schicksal, das er in jeder Beziehung verdiene, getroffen habe.

Arianische Bischöfe konnte die Kirche eigentlich nicht absetzen; aber diese Männer gaben sich für katholische aus, und dieser Titel sollte ihnen genommen, und den Gläubigen bekannt werden, daß sie sich von ihnen zurückziehen müßten, als solchen, die der Lehre der Kirche widerstrebten. Aber Auxentius war ein ungemein schlauer Mann; schon Hilarius hatte nichts gegen ihn vermocht, ja er mußte auf höhern Befehl Mayland verlassen, denn Auxentius wußte den Hof des Valentinian zu gewinnen: er läugnete seinen Arianismus, er verdammte sogar den Arius, und war doch Arianer [24]. Aus Rücksicht gegen den Hof war nun Damasus minder streng gegen Auxentius gewesen. Von Athanasius aber gezwungen, versammelte der Papst eine abermalige Synode (J. 370), deren Schreiben nur ein Auszug der Epistel des Athanasius an die Afrikaner ist [25]. Auxentius wurde feierlich excommunicirt. So wurde der Occident auf Betrieb des Athanasius allmählig gereinigt.

Für den Orient und namentlich für die Kirche von Antiochien zu sorgen, forderte der heil. Basilius, seit dem Jahre 370 Bischof zu Cäsarea in Kappadocien in mehreren Briefen, so wie auch durch Abgesandte den Athanasius auf. Von diesen Briefen glaube ich einige um so mehr mittheilen zu müssen, als sie den Standpunct genau bezeichnen, welchen jetzt Athanasius einnahm, und zugleich die Lage der orientalischen Kirche vortrefflich schildern. Durch den Diakon Dorotheus übersandte Basilius folgenden Brief: «Ich glaube nicht, daß irgend Jemand einen so großen Schmerz über den gegenwärtigen Zustand, oder vielmehr Verwirrung der Kirche empfindet, als du, wenn du die alte Zeit mit der jetzigen vergleichst, den großen Unterschied zwischen dieser und jener erwägst und bedenkst, daß, wenn die Dinge in dem Grade wie bisher sich verschlimmern, die Kirchen in kurzer Zeit mit einem völligen Umsturz bedroht werden. Ich habe oft bei mir darüber nachgedacht, ob uns der Verfall der Kirchen so bejammernswerth erscheine, als er jenen erscheinen muß, die die alte frühere Ordnung und die Eintracht der Kirchen des Herrn gesehen haben. Gleichwie aber der größte Schmerz dich getroffen hat, so glaube ich auch, daß es dir zukomme, mit deiner Weisheit, die meiste Sorge für die Kirche zu übernehmen. Nach der geringen Kenntniß, die ich von der Lage der Dinge habe, scheint es mir, daß auf einem Wege

---

24) Hilar. c. Aux. §. 6. Des Auxentius Glaubensbekenntniß. §. 13.

25) Ueber chronologische Streitigkeiten in Betreff dieser Synode, und damit verbundener Umstände, sieh vita Athanas., Montf. fol. 86.

nur der Kirche könne Hilfe gebracht werden: wenn die abendländischen Bischöfe mit uns handeln. Denn wenn sie den Eifer, den sie gegen Einen oder Zwei, die unter ihnen der Irrlehre schuldig erfunden wurden, (Aurentius, Valens und Ursacius) verwendeten, auch auf die diesseitigen Kirchen übertragen wollten, so würde gewiß das Gemeinwesen gefördert werden; die die Gewalt haben, müßten die Menge scheuen, und ohne Widerrede würden die Gemeinden allerwärts ihnen (den vereinigten Bischöfen) folgen. Wer ist nun aber tüchtiger dieses durchzusetzen als du? Wer sieht schärfer, was Noth thut, als du? Wer besitzt mehr Gewandtheit das Zweckmäßige durchzusetzen? Wer fühlt mit der Noth der Brüder inniger mit, als du? Wer besitzt die Achtung des gesammten Abendlandes in höherem Maaße als dein verehrungswürdiges graues Haupt? Hinterlasse, verehrtester Vater, ein Denkmal, werth deines Lebens. Deine tausend Kämpfe für den frommen Glauben schmücke noch mit diesem Werke. Sende einige Männer, mächtig in der gesunden Lehre aus deiner heiligen Kirche zu den abendländischen Bischöfen. Erzähle ihnen des Elend, das uns drückt, gieb ihnen die Mittel an die Hand, wie uns geholfen werden könne. Werde den Kirchen ein Samuel. Leide mit den darniederliegenden Kirchen. Schicke deine Gebete um Frieden zum Himmel. Bitte um die Gnade vom Herrn, daß er den Kirchen ein Denkmal des Friedens schicke. Ich weiß, daß die Briefe in so wichtigen Angelegenheiten zu schwach sind. Aber du bedarfst weder von andern der Aufmunterung, gewiß eben so wenig, als die edelsten Kämpfer des Zurufes von Knaben; noch belehren wir einen Unwissenden, sondern dem schon thätigen geben wir nur einen neuen Antrieb.

In den übrigen Angelegenheiten des Orients bedarfst du wohl Mehrerer, und nothwendig müssen die vom Occident erwartet werden. Die Ruhe in der Kirche von Antiochien hängt aber offenbar von dir ab. Die Einen müssen nachgeben, die Andern sich ruhig verhalten, und so der Kirche durch die Einigkeit ihre Kraft wieder geben. Denn daß du nach der Sitte der geschicktesten Aerzte mit den edelsten Theilen die Hülfe beginnen mußt, weißt du selbst am besten. Was dürfte nun aber der Gesammtheit der Kirchen theurer sein, als die von Antiochien? Wenn diese in sich selbst versöhnt wäre, so wäre keine Hinderniß mehr vorhanden, daß die Gesundheit des Hauptes dem ganzen Körper sich mittheilte. Aber die Krankheiten dieser Stadt bedürfen in der That deiner Weisheit und deiner evangelischen Theilnahme; sie wird ja nicht von Häretikern zerrissen, sondern selbst von jenen getrennt, die miteinander übereinstimmen. Hier zu vereinigen, und in die Eintracht eines Körpers zurückzuführen, kann nur der, der den ausgetrockneten Gebeinen durch seine geheimnißvolle Macht die Kraft zu geben vermag, daß sie wieder mit ihren Nerven und ihrem Fleische sich vereinigen. Aber in allweg wirkt der Herr das Große durch die, die seiner würdig sind. Wir hoffen daher, daß ein so großer Dienst sich für dich gezieme, in dessen Folge die Verwirrung des Volkes beendigt, die Vorsteherschaften über einzelne Theile der Gemeinde aufhören, Alle sich einander in Liebe unterwerfen und die alte Kraft der Kirche erneuern.»

Nachdem Athanasius den Presbyter Petrus an Basilius abgesandt hatte, schickte dieser denselben Diakon Dorotheus, der den eben mittgetheilten Brief nach Alexandrien überbracht hatte, abermal dahin ab, um mit dem Rathe des Athanasius ausgerüstet nach Rom sich zu begeben, und dort die nöthige Hülfe zu verlangen. Er gab ihm folgenden Brief an Athanasius mit: «Die Meinung, die wir längst von deiner Ehrwürden hatten, bestätigt die fortschreitende Zeit, oder vielmehr sie vermehrt sich durch stets neue Beweise. Während die Kraft der meisten Bischöfe hinlänglich in Anspruch genommen ist, wenn sie für das Ihrige sorgen; so reicht das für dich nicht hin, sondern deine Sorgfalt für alle Kirchen ist so groß, als die unsrige für die uns eigens von dem gemeinschaftlichen Herrn anvertraute Gemeinde. Denn ohne Unterlaß arbeitest du Abhandlungen aus, ermahnst, schreibst Briefe, und schickst Abgeordnete, die den besten Rath ertheilen. Auch jetzt hast du uns aus deinem heiligen Klerus den verehrungswürdigen Bruder Petrus gesandt; wir haben ihn mit aller Freude empfangen, und den guten Zweck seiner Reise, deinen Vorschriften gemäß, das sich Widerstrebende zusammenzuführen, das Zerstreute zu sammeln, anerkannt. Indem nun auch wir unsere Kräfte mit diesen Bemühungen zu vereinigen uns bestreben, so glaubten wir, die Sache am zweckmäßigsten damit zu beginnen, wenn wir uns an dich, das Haupt Aller, wenden, und deinen Rath und deine Führung benützen. Deßwegen haben wir den Bruder Dorotheus, einen Diakon der Kirche, der der geehrte Meletius vorsteht, einen Mann von erleuchtetem Eifer für den wahren Glauben, der selbst sich nach dem Frieden der Kirche sehnt, zu dir abgesandt, daß er deinem Rathe, der durch dein Alter, deine Erfahrung in den Geschäften, und die Sorge, die dir von dem Geiste über die Uebrigen anvertraut ist, Sicherheit gewährt, folge, und so seinen Zwecken entgegen arbeite. Er wird gewiß eine freundliche Aufnahme bei dir finden, du wirst ihn mit der Hülfe deines Gebetes stärken, mit Briefen begleiten, oder vielmehr du wirst einige tüchtige Männer aus deiner Umgebung ihm beigesellen, daß unsere Absichten erreicht werden. Uns schien es nämlich vortheilhaft, dem Bischof von Rom zu schreiben, daß er unsere Angelegenheiten untersuche, (ἐπισκεψασθαι τα ἐνταυθα) die Kirchen visitire und Bescheid gebe. Wenn es nicht angehen dürfte, daß er durch einen gemeinschaftlichen Synodalbeschluß Einige hieher absendet, so mag er mit der ihm zukommenden Macht in der Sache allein verfahren, (αὐθεντησαι περι το πραγμα)[26]) und einige Männer, tüchtig die Beschwerden des Wegs zu ertragen, und ausgezeichnet durch milden aber festen und kräf-

26) Ep. 70. schreibt Basilius an Damasus; hier sucht er den Papst durch Berufung auf frühere Beispiele, namentlich auf eine Gesandtschaft des Papstes Dionysius zu bestimmen, eine Visitation im Orient anzuordnen.

tigen Charakter senden, um die Verkehrten bei uns auf den richtigen Weg zu führen, und auf eine geschickte und kluge Weise durch Gründe, und mit den Actenstücken der Synode von Rimini versehen, das durch Zwang daselbst Geschehene zu vernichten. Ohne daß Jemand es weiß, ohne Geräusch sollen sie zu Wasser sich zu uns begeben, um den Feinden des Friedens zuvorzukommen.» In dem übrigen Theil des Briefes spricht sich Basilius gegen Marcellus aus, und tadelt es, in der Voraussetzung, daß Marcellus irrig gelehrt habe, daß man im Abendlande immer nur gegen Arius sich erkläre, aber nie gegen jenen; auch das solle geschehen, auf daß jene die Gelegenheit (zur Anfeindung der katholischen Lehre) suchen, keine fänden.

In einem andern Briefe schreibt Basilius an Athanasius: «je mehr die Krankheiten der Kirche zunehmen, desto mehr richten Aller Augen sich auf dich; überzeugt, daß nur in deiner Obhut, der Trost für diese Unfälle zu finden sei. Es ist von Allen, die auch nur ein wenig vom Hörensagen oder aus Erfahrung dich kennen gelernt haben, anerkannt, daß du durch die Kraft deines Gebetes, und durch die Weisheit deiner Anordnungen aus diesem furchtbaren Sturme uns retten kannst. Höre darum nicht auf für unsere Seelen zu bitten und uns aufzurichten durch deine Briefe. Wenn du wüßtest, wie nützlich uns diese wären, so würdest du keine Gelegenheit versäumen, uns zu schreiben. Wenn es mir aber durch die Mitwirkung deines Gebetes vergönnt würde, dich zu sehen, deinen Geistesreichthum zu genießen, und meinem Lebenslaufe das Zusammentreffen mit dir, dem wahrhaft großen und apostolischen Manne, hinzuzusetzen, so würde ich in allweg glauben, daß ich durch die Barmherzigkeit Gottes für alle Trübsal meines Lebens entschädigt sei[27].» Alle Bemühungen, die katholische Kirche in Antio-

---

27) Die von Basilius an Athanasius geschriebenen hier angeführten Briefe sind in der höchst schätzbaren Benediktiner Ausgabe, n. 66. 69. 80. Nach der ältern Ausgabe n. 48. 52. 49.

chien zur Ruhe zu bringen, wurde aber, so lange Athanasius und Basilius lebten, nicht erreicht.

Es ist ein sehr bedauernswerther Verlust für die Kirchengeschichte, daß wir von den Briefen des Athanasius überhaupt nur so wenige, und von seinem Briefwechsel mit Basilius gar keinen mehr übrig erhalten haben. Aber wir besitzen noch Antworten des Athanasius auf einige den Basilius betreffende Briefe, aus welchen wir wenigstens in einem Falle sehen, was Athanasius seinem Freunde oder vielmehr seinem Sohne Basilius, denn dieser nennt ihn nur seinen Vater, geworden ist.

Basilius war nämlich deßhalb verunglimpft worden, weil er es bei mancherlei Veranlassungen vorzog, nur zu verlangen, den heil. Geist keine Creatur zu nennen, als geradezu zu fordern, ihm den Namen «Gott» zu geben; obschon er selbst dem heil. Geiste Alles das beilegte, was ihn als Gott darstellt, und ihn bei andern Veranlassungen auch Gott nannte. Aus folgendem Vorfalle wird die Art und Weise des Basilius einleuchten. Die katholischen Priester in Tarsus, die sich von ihrem arianischen Bischofe getrennt hatten, und, wie in diesen Zeiten öfters der Fall war, für sich die Gläubigen versammelten, kamen mit dem Cyriakus, einem aus ihrer Mitte in einen Zwist wegen der Forderungen, die man von den Uebertretenden in Betreff der Lehre vom heil. Geiste machen solle; beide Theile wendeten sich an Basilius, der also zurückschrieb: «die Vereinigung wird statt finden, wenn wir uns in jenen Dingen, in welchen wir die Gemüther nicht verletzen, den Schwachen anbequemen. Da nun Viele gegen den heil. Geist sich aussprechen, so bitte ich euch, daß ihr sie, so viel in euern Kräften liegt, auf eine kleine Zahl zurückbringet. Diejenigen, die bekennen, daß der heil. Geist kein Geschöpf sei, nehmet in eure Gemeinschaft auf, damit die Lästerer allein zurückgelassen werden, und entweder aus Scham zur Wahrheit zurückkehren, oder wenn sie in der Sünde bleiben, wegen ihrer kleinen Zahl kein Gewicht mehr haben. Laßt uns nichts weiter fordern; denjenigen, die sich vereinigen wollen, laßt uns das Bekenntniß von Nicäa vorlegen; stimmen sie diesem bei, so laßt uns fordern, den heil. Geist kein Geschöpf zu nennen. Wer sich dazu bekennet, werde in die Kirche aufgenommen. Ich meine mehr solle man nicht fordern.» (ep. 113.) Basilius spricht dann noch die Hoffnung aus, daß auch diese, wenn sie länger in der katholischen Gemeinschaft würden gewesen sein, durch den Beistand des heil. Geistes noch weiter würden gefördert werden. Wir sehen hieraus, daß Basilius nach des Athanasius Beispiele, denn dieser hatte ihm früher sein Verfahren bekannt gemacht, aus kluger Nachgiebigkeit, um desto mehr Häretiker für die Kirche zu gewinnen, die Forderungen ermäßigte, und dem gemäß sich auch in andern Reden und Schriften benahm.

Dem Athanasius nun war diese Art des Basilius von den Priestern Johannes, Antiochus und Palladius, so wie die für ihn daraus hervorgegangenen Verunglimpfungen gemeldet worden. Den beiden Erstern schrieb er: «Ich freue mich, daß ich euern Brief auch jetzt empfieng, zumal ihr ihn von Jerusalem aus schriebet. Ich danke euch, daß ihr mir von von den dortigen Brüdern, und jenen, welche unter dem Vorwande von Untersuchungen die Einfalt verwirren, Nachricht mitgetheilt habt. Aber auf solche mag die Vorschrift des Apostels angewendet werden: «auf die Streitsüchtigen muß man nicht merken, die nur trachten immer etwas Neues zu sagen oder zu hören.» Ihr aber, die ihr die Grundlage, welche da ist Jesus Christus, unser Herr, und das Bekenntniß der Väter von der Wahrheit habet, wendet euch weg von ihnen. Werdet vielmehr den Brüdern nützlich, lehret sie Gott fürchten, und seine Gebote halten, damit sie nach der Lehre der Väter, und durch die Beobachtung der Gebote dem Herrn am Tage des Gerichtes wohlgefällig sein mögen. Ich habe mich sehr über die Kühnheit derer gewundert, die sich unterstehen, unsern geliebten Bischof Basilius, den wahrhaften Diener Gottes zu schmähen. Denn aus ihrem

Geschwätze geht hervor, daß sie nicht einmal die Lehre der Väter lieben. Grüßet die Brüder. Euch grüßen die, so bei mir sind, lebet wohl im Herrn, geliebte, theure Söhne.»

An Palladius sendete er diesen Breif: «Auch deinen besondern Brief habe ich mit Freude empfangen, besonders weil du dich in demselben nach deiner Gewohnheit als einen rechtgläubigen Christen aussprichst. — Was du mir von den Mönchen in Cäsarea geschrieben hast, hat mir schon Dianius gemeldet: daß sie nämlich unserm geliebten Basilius ihrem Bischofe böße sind und ihm widerstreiten. Dir nun danke ich, daß du mir hierüber geschrieben hast; ihnen aber habe ich, was nöthig war, schon gesagt; nämlich, daß sie als Söhne ihrem Vater gehorchen, und dem nicht entgegen sein möchten, was er billigt. Denn wenn er in Bezug auf die Wahrheit verdächtig wäre, so würden sie sich ihm mit Recht widersetzen. Wenn sie aber versichert sein können, wie wir denn Alle dessen gewiß sind, daß er der Ruhm der Kirche ist, ein Kämpfer für die Wahrheit und Lehrer der Bedürftigen, so muß man gegen einen solchen Mann nicht kämpfen, sondern ihn vielmehr, der sich des Guten bewußt ist, anerkennen. Nach dem nämlich, was mir der geliebte Dianius geschrieben hat, sind sie ohne Grund betrübt. Denn er ist, wie ich dessen fest überzeugt bin, den Schwachen schwach geworden, damit er die Schwachen gewinne. Sie, die Geliebten, aber sollen sein Ziel, welches die Wahrheit ist, und sein kluges Benehmen unter den vorwaltenden Umständen (την οἰκονομιαν) beachten, und den Herrn preisen, daß er einen solchen Bischof Kappadocien gegeben hat, wie er jedem Lande zu wünschen wäre. Du nun, Geliebter, bemühe dich, sie zur Befolgung dessen zu bewegen, was ich ihnen geschrieben habe. Denn das wird sie als Solche empfehlen, die gegen ihren Vater wohlwollend sind, und den Frieden der Kirchen sichern. Lebe wohl im Herrn, geliebter Sohn.» (opp. fol. 956—957.)

Den letzten von Basilius an Athanasius geschriebenen schon erwähnten Brief erhielt dieser, als der große Sturm über seinen jüngern Freund und Mitbischof schon vorübergegangen war [28]). Er wurde also auch noch mit der besonders tröstenden Nachricht erfreut, daß die standhafte Vertheidigung des katholischen Glaubens nicht aufhöre. Nachdem Valens in mehreren asiatischen Provinzen die katholischen Bischöfe theils abgesetzt, theils zum arianischen Bekenntnisse gezwungen hatte, versuchte er dasselbe zum zweitenmal in Cäsarea; denn schon als Basilius noch Presbyter war, hatte derselbe Kaiser einen vergeblichen Versuch gemacht, in der genannten Stadt den Arianismus emporzubringen: durch die Bemühungen des Basilius und des Gregorius von Nazianzus war es ihm mißlungen. Nun (372) beauftragte er den Präfecten Modestus, den Basilius zu bewegen, das Homousios aufzugeben. Der Präfect drohte mit der Hinwegnahme seines Vermögens, mit Landesverweisung, mit dem Tode. Basilius antwortete: er müsse noch mit andern Dingen drohen, wenn er seine Befehle durchsetzen wolle. Vermögen habe er keines, all sein Gut sei sein Glaube. Was Landesverweisung sei, verstehe er nicht. Jedes Land sei ihm eine Fremde, weil das ganze Leben nur eine Wanderung sei; in jedem Lande finde er auch seine Heimath, weil Alles Gottes Eigenthum sei. Den Tod für Christus verachteten selbst Frauen, und er freue sich dessen, damit er desto eher zu Gott komme. Modestus staunte über diese Festigkeit und suchte gelindere Mittel anzuwenden: Basilius versetzte, nicht einmal die Ordnung der Worte des nicäischen Symbolums werde er um des Kaisers willen verändern, geschweige das Homousios auswerfen. Solchem Bischof habe er noch nicht begegnet, sagte Modestus. Basilius: so hast du auch noch keinen Bischof getroffen. Wir sind stets nachgiebig nicht nur gegen den Kaiser, sondern gegen den Geringsten aus dem Volke; nur im Glauben an Gott nicht. Wenn dieser Gefahr läuft verachten wir Alles, und schauen nur auf ihn.

Der Zorn des Kaisers änderte sich in Hochachtung um; denn den glaubensvollen, festen und bestimmten Mann

---

28) S. vita Basil. von Garnier (opp. ed. Benedict. Tom. III.) c. XX. n. 5. fol. CII.

achtet auch der Feind, während er den sich selbst verlassenden, nachgiebigen Feigling doch innerlich verachtet. Er kam nun selbst nach Cäsarea, und stellte sich unter die Laien, als eben die Christen in der Kirche versammelt waren. Der Gesang, die ehrwürdige Ordnung der Versammlung, die hohe Würde des Basilius, der mitten in der Gefahr, denn er wußte des Kaisers jetzige Gesinnung noch nicht, eine gottselige Ruhe und eine tiefe Sammlung des Geistes zeigte, bewegten den Kaiser tief. Als es zum Opfer kam, reichte auch Valens das Seinige dar. Die Diakonen nicht wissend, ob der Bischof das Opfer des Valens als eines Kirchenverfolgers annehmen werde, zauderten, es dem Kaiser abzunehmen; diesen verließen nun alle Kräfte des Körpers, er zitterte, und war im Beginn zu fallen, als ihn ein Kirchendiener noch stützte. Basilius hielt sich diesmal nicht an die Gesetze der Kirche; unter solchen Umständen nahm er das Opfer an. Doch wurde er nachher wieder, jedoch nicht mehr mit solcher Heftigkeit beunruhigt [29].

Das sind die letzten aus dem Arianismus unmittelbar hervorgegangenen Ereignisse, während der Lebenszeit des Athanasius. Wie sich allmählig die frühere Ruhe in der Kirche vollends wiedergebar, wie die Stürme sich legten, gehört nicht hieher. Aber die Fragen müssen nun kurz beantwortet werden? Was hat denn nun Athanasius geleistet? Was wurde er seiner Zeit? — Durch seine Schriften zerbrach er als Theolog den Arianismus in sich selbst; durch den Widerstand aber, den er als Bischof wagte, geschah es, daß allmählig die ganze Kirche in sein Interesse hineingezogen wurde, und die Arianer, nur mit einer Masse von Verbrechen und Schandthaten belastet, bis zu dem Puncte kamen, wo ihnen seine Person gleichgültig und die täuschende Gewißheit geworden war, ihre Lehre auf den Trümmern des ererbten Glaubens aufpflanzen zu können. So ruheten ihre Glaubensbekenntnisse auf dem Grunde einer unübersehbaren Reihe von

29) Gregor. Naz. or. XX. Gregor. Nyssen. l. I. c. Eunom. fol. 712.

Ungerechtigkeiten: sie waren mit dem Blute der Gemordeten aufgezeichnet; man konnte sie nie vorlesen hören, ohne das Klagegeschrei der Verbannten, der Gefesselten, der auf jegliche Weise Gemißhandelten zugleich zu vernehmen. Dies widerlegte sie in den Augen des geraden, arglosen Menschen mehr als alle Beweisführungen gegen sie. Hätte Athanasius aus falscher Friedensliebe nachgegeben, hätte er sich gemächlich von seinen Feinden mit Aufgebung seines bischöflichen Amtes zurückgezogen, wie Andere, so würde Alexandrien mit einem Arianer geräuschlos besetzt worden sein, ohne Widerstand hätte die Kirche in Bälde allenthalben nur Gegner ihrer selbst als ihre Häupter in sich gehabt. So aber wurde die allgemeine Aufmerksamkeit rege gehalten; die Arianer waren erkannt, ehe sie sich zu erkennen gaben: ihre Personen waren gehaßt, ehe sie ihre Lehre offen bekannten, und mit jenen wurde diese erst recht verabscheut.

Athanasius aber sah, ehe er starb, auch den Arianismus seinem Tode nah: so war der Zweck seines Lebens erfüllt. Die Männer waren unter ihm herangewachsen, die nach ihm die Stütze der Kirche werden sollten: sie schöpften aus ihm, entwickelten das Seinige weiter, und wandten es auf des Arius spätere Nachfolger an: sein Geist war auf sie übergegangen, und sein Heldenmuth erfüllte sie. Das ist das Verhältniß des Athanasius zu seiner Zeit. Der Kampf, den die Kirche gegen den Arianismus bestand, wäre würdig gewesen, daß sie ihn in jeder Beziehung allein gekämpft hatte, daß nicht späterhin die Kaiser durch bürgerliche Gesetze sie hätten unterstützen wollen: sie wurde gegen das bereits Erstorbene, nur noch als Schatten fortlebende, gestützt: dessen bedurfte sie nicht. Aber Manche aus der neuern Zeit stellten ihren rühmlich erworbenen Sieg, als Sieg der Staatsgewalt dar, eine Ansicht, die, wie sie unwahr ist, doch auch nicht möglich gewesen wäre, wenn der Staat die Kirche in allweg ihrer eignen Kraft überlassen hätte.

Mittelbar mit dem Arianismus steht aber auch noch die Zurechtweisung der Apollinaristen durch Athanasius in Verbindung. Apollinaris selbst war ein gelehrter und um die Kirche in vieler Beziehung sehr verdienter Mann. Er hatte mit seinem Vater Julians despotisches Gesetz, das den Christen die formelle Bildung des Geistes durch die griechische Literatur untersagte, durch Arbeiten mancherlei Art weniger drückend zu machen gesucht; er hatte ein sehr geschätztes apologetisches Werk für das Christenthum verfaßt, und war ein strenger Gegner der Arianer. Seine Verbindung mit Athanasius zog ihm den Haß seines arianischen Bischofes, des Georgius von Laodicäa zu, der ihn deßhalb, obgleich unter einem andern Vorwande, excommunicirte: sein Zusammentreffen mit Athanasius in Laodicäa fiel nämlich in die glanzvolle Periode des letztern, da er, nach der Synode von Sardika zu Constantius berufen, so ruhmvoll nach Alexandrien zurückkehren konnte. Der freundliche Empfang des Athanasius durfte daher damals nach den Gesetzen der Klugheit kein Grund der Excommunication eines ohnedies angesehenen Mannes sein. Apollinaris wurde also dem Scheine nach von Georgius wegen seines vertrauten Umganges mit einem braven, gebildeten Heiden von der Gemeinschaft ausgeschlossen. So hatte er das Glück und den Muth an den Schicksalen des Athanasius Antheil zu nehmen. Athanasius wechselte auch Briefe mit ihm, und Apollinaris berief sich öfter auf sie, als einen Beweis seiner Orthodoxie. Ja was uns die Fehlgriffe des Apollinaris noch bedauernswerther macht, ist der Umstand, daß selbst seine Irrlehre zur Vertheidigung der Gottheit des Erlösers von ihm ersonnen wurde. Er läugnete nämlich, daß Christus eine vernünftige Seele gehabt habe, um die Einheit des Göttlichen und Menschlichen in Christo recht festhalten, und so sichern Fußes gegen die Arianer behaupten zu können, daß die Leiden, überhaupt das Niedrige und Schmachvolle von dem ganzen Christus ausgesagt werden könne; daß mithin diejenigen biblischen Stellen, welche dergleichen von Christus enthielten, von den Arianern mit Unrecht zur Herabsetzung der göttlichen Würde Christi gebraucht würden. Athanasius nennt übrigens in seinen Büchern gegen die apollinaristische Vorstellung, aus Achtung seines Verhältnisses zu Apollinaris, weder ihn selbst, noch kömmt überhaupt der Name Apollinarist in demselben vor. Wie Athanasius die Irrthümer der Schüler des Marcellus von Ancyra, oder wenn dieser sie selbst, wie manche behaupten, gelehrt haben sollte, dessen eigene Irrthümer unter dem Namen des Sabellianismus bekämpfte, um weder der Wahrheit, noch der Freundschaft etwas zu vergeben, so benahm er sich auch gegen Apollinaris.

Mit aller Genauigkeit nach jeder Beziehung läßt sich aber die eigentliche Ansicht des Apollinaris nicht mehr bestimmen; blos von seiner Schule dürfte das geleistet werden können. Aber auch unter dieser dürfen wir uns keinen kirchlichen Verein denken, welcher das Lehrstück, worin er von der katholischen Kirche sich trennte, auf eine gleichmäßige Weise ausgebildet hätte. Schon zur Zeit des Athanasius fanden verschiedene Auffassungsweisen des Hauptunterschiedes des Apollinarismus von der katholischen Lehre statt 30). Hieraus läßt sich erklären, warum die alten Nachrichten über die eigentlichen Behauptungen des Apollinaris nicht stets dieselben sind. Alle Apollinaristen stimmten darin überein, daß der Logos, die zweite göttliche Hypostase, die Stelle der Vernunft, oder des innern Menschen, wie sie auch sagten, in Christo vertreten habe. In der Beschreibung der Vorstellungen aber, die Apollinaris sich von dem Fleische und der blos sinnlichen Seele bildete, gehen die Nachrichten auseinander. Einigen Ueberlieferungen zufolge hätte nach Apollinaris Christus einen wahren menschlichen Leib gehabt, einen Leib, wie der unsrige ist; nach andern hingegen hätte er behauptet, daß Christus seinen Leib vom Himmel mit-

30) Adv. Apollin. l. I. c. 3. sagt Athanasius: και οὐκ ἐστιν εἱς ὁ λογος αὐτων, πολλαι γαρ της ἀπιστιας αἱ παρατροπαι, ἀνθρωπινοις λογισμοις ἐπινοημενοι· c. 2. ποτε μεν ἀκτιστον και ἐπουρανιον λεγοντες την του Χριστου σαρκα, ποτε δε ὁμουσιον της θεοτητος. cf. c. 21.

herabgenommen habe. Neuere Dogmengeschichtschreiber lösten diese Widersprüche also, daß sie sagten, die Kirchenväter hätten die Meinungen des Apollinaris verdreht; sie hätten, nicht zufrieden, den Apollinaris eines Irrthums überführen zu können, ihm durch Consequenzen noch mehrere aufgedrungen, um ihn desto verhaßter zu machen. Eine leichte Art die Schwierigkeiten zu entfernen. Die Kirchenväter hätten also den Apollinaris ebenso behandelt, wie Häretiker von den ältesten Zeiten an bis auf die neuern herab gegen die katholische Lehre verfuhren. Allein dagegen streiten folgende Betrachtungen. Athanasius stritt gegen keine Person, sondern gegen Lehren; er konnte also keine Person verhaßt machen wollen. Sein Verhältniß zu Apollinaris gestattete ihm ohnedies nicht, ihm etwas Falsches aufzubürden, sein Grundirrthum mußte den Athanasius schon genug schmerzen. Er führt ferner die Beweise seiner Gegner an; diese beriefen sich nämlich, um ihren Irrthum von einem himmlischen Körper Christi zu unterstützen, auf I. Kor. 15, 47.: «Der zweite Mensch ist vom Himmel.» Die Berufung auf diese Stelle läßt keine andere Deutung zu, als daß manche Apollinaristen wirklich angenommen haben, der Leib Christi sei vom Himmel herabgekommen, denn blos den Leib ja verstanden sie unter dem Menschen, den Christus gehabt. Man kann zwar sagen, daß Apollinaris blos gemeint habe, der Leib Christi sei durch seine Verbindung mit dem Logos vergöttlicht, himmlisch geworden. Allein dasselbe sagten ja auch die Kirchenväter; hätte darum Apollinaris oder die Seinigen es blos so gemeint, so wäre gar kein Grund zu einem Mißverständniß über diesen Punct vorhanden gewesen. Endlich läßt sich aus der Gesammtheit der Vorstellungen, welche den Apollinarismus auszeichnen, durchaus kein Interesse ableiten, welches seine Anhänger könnte gehindert haben, einen vom Himmel mitgebrachten Leib anzunehmen. Hatten sie einmal die Lehre von einer vollkommenen Menschheit in Christo aufgegeben, und eine magische Erlösung angenommen, wie aus dem Folgenden hervorgehen wird, was konnte sie hindern, Christo auch einen nicht menschlichen Leib zu geben? Ja ergab sich nicht sehr leicht aus dem wunderlich unterstützten Bestreben der Apollinaristen, Christo Unsündlichkeit zu vindiciren, die Annahme, ihm nicht blos einen menschlichen Geist, sondern auch einen menschlichen Leib abzusprechen? Da jedoch Athanasius den Apollinaris nicht nennt, da er ferner auch eine apollinaristische Ansicht darlegt, nach welcher Christus einen wahren menschlichen Leib gehabt hat, so sind wir durch seine Schrift nicht berechtigt, dem Apollinaris gerade die genannte Ansicht von einem vom Himmel mitgebrachten Leibe beizulegen: es folgt zunächst nur, daß in seiner Schule dieselbe aufgestellt wurde. Hingegen sagt Gregorius von Nazianz ausdrücklich, in einer Schrift des Apollinaris habe er jene Vorstellung gefunden; aber andere Kirchenväter führen auch ausdrückliche Stellen aus Schriften dieses Mannes an, welche das Gegentheil enthalten. Es ist nun ein doppelter Fall möglich, um die Lösung des bezeichneten Widerspruchs in den Nachrichten über des Apollinaris Meinungen zu finden; entweder hat Gregorius die Schrift eines Apollinaristen mit einem Werke des Apollinaris selbst verwechselt, oder Apollinaris hat zu verschiedenen Zeiten verschiedene Ansichten in seinen Schriften niedergelegt. Auf jeden Fall aber gehört die Lehre von einem mit vom Himmel herabgenommenen Leibe des Logos der Schule des Apollinaris an, und zwar gleich mit dem Entstehen derselben.

Ich gehe zur weitern Entwickelung der apollinaristischen Lehre, und zu der Art ihrer Begründung über. Daß Christus einen Leib ohne vernünftige Seele angenommen habe, schien ihnen aus Joh. 1, 14. «das Wort ist Fleisch geworden» hervorzugehen. (adv. Apollin. l. II. c. 1.) Hätte Christus eine vernünftige Seele gehabt, sagten sie weiter, so müßte er auch gesündigt haben: denn würde er alles Menschliche gehabt haben, so hätte er auch menschlich gedacht; es sei aber unmöglich, daß in den menschlichen Gedanken keine Sünde sei. Nähme man also eine denkende Seele in Christo an, so würde auch in ihm ein Kampf der

Sünde gesetzt: er bedürfte selbst auch der Reinigung. Nicht vom Fleische gehe die Sünde aus, sondern von dem das Fleisch bewegenden Princip; Niemand sündige, der nicht zuvor die Sünde im Geiste empfangen habe, worauf erst der Leib zur Vollendung der Sünde wirke. Die Erneuerung unseres Fleisches habe demnach Christus gezeigt durch die Aehnlichkeit seines Fleisches; die Erneuerung des Geistes in uns, indem wir ihn nachahmen, uns ihm verähnlichen, und uns der Sünde (soweit es möglich ist) enthalten. (l. I. c. 2. l. II. c. 6.) Daher heiße es: «es kömmt der Fürst dieser Welt und findet Nichts in mir» Joh. 14, 30. (l. II. c. 10.) Mit diesen Gründen verträgt sichs an sich, daß Apollinaris nicht läugnete, daß Christus einen wahren menschlichen Leib gehabt habe.

Um aber diesen Satz von der Unmöglichkeit des Freiwerdens des menschlichen Geistes von der Sünde zu begründen, stellten sie eine ganz neue Rechtfertigungslehre auf. Sie sagten (l. II. c. 6.): «die bloße Ankunft Gottes habe die Sünde gelös't;» (es war also auch nicht nothwendig, wollten sie sagen, daß der Erlöser vollkommener Mensch war). Demnach scheinen sie eine blos imputative Gerechtigkeit angenommen zu haben. Athanasius fragt sie: «wie möget ihr behaupten, daß es unmöglich sei, daß der einmal (vom Satan) gefesselte Mensch wieder entfesselt werde; so daß ihr Gott die Unmacht, dem Satan aber die Macht beilegt, indem ihr saget, unvertilgbar sei die Sünde in der Natur der Menschen, wie auch die andern Häretikern? Wie möget ihr behaupten, deßwegen sei die nicht (von der Sünde) gefesselte Gottheit in der Aehnlichkeit des Fleisches und der Seele gekommen, damit sie ungefesselt bleibe, und so die reine Gerechtigkeit erscheine? — Ihr saget durch Verähnlichung und Nachahmung würden die, welche glauben, gerettet, nicht durch Erneuerung und das Werden wie im Anfang.» (l. II. c. 11.) Sie meinten also, die Sünde bleibe auch im Wiedergebornen; und wenn sie dennoch sagten, durch die Ankunft Gottes sei die Sünde gelöſ't, ſo kann es wohl nichts anders bedeuten, als der Menſch habe durch Chriſtus das Vertrauen erhalten, daß ihm die Sünde vergeben ſei, Chriſti Gerechtigkeit werde dem Menſchen blos angerechnet, nur müſſe er auch Chriſtus nachzuahmen ſuchen. Die Lehre, daß auch im Wiedergebornen die Sünde als ſolche bleibe, führt nothwendig zur Annahme einer blos äuſſerlichen Rechtfertigung; ſo wie umgekehrt die äuſſerliche Imputationstheorie zur Annahme, daß auch im Wiedergebornen die Sünde bleibe. Luthers Irrthümer klären die der Apollinariſten ſehr auf. Nach dem oben Angeführten lehrten die Apollinariſten, es ſei unmöglich, daß der menſchliche Geiſt ohne Sünde ſich bewege. Da ſie dieſen Satz zur Unterſtützung ihres Hauptſatzes aufſtellten, des Satzes nämlich: daß Chriſtus keinen menſchlichen Geiſt gehabt haben könne, ſo bedeutet er nichts Anderes, als: in der Natur des Menſchen, in ſeiner angeſchaffenen Eigenthümlichkeit liege die Sünde. Es kann hier von keinem freien Sündenfalle die Rede ſein, denn ſonſt hätten ſie ja doch Chriſto, dem durch den heil. Geiſt empfangenen, eine unſündliche Seele geben können: ſie wollten alſo ſagen, in der Natur des geſchaffenen, endlichen Geiſtes liegt die Sünde, darum könne Chriſtus keinen ſolchen gehabt haben. Eben dieſe Lehre ſtellten Luther anfänglich auf, und Melanchthon in ſeinen Hypotypoſen, wenn ſie ſagen, der Menſch habe keine Freiheit, ſondern Alles ſei von Gott prädeſtinirt, alſo auch der Sündenfall, was doch wohl nichts Anderes heißt, als daß alle Menſchen, folglich auch der erſte ſündigen mußten, oder: die Sünde liegt in der beſchränkten Natur des Menſchen. So ſind wir freilch nur im Glauben, nicht in der That gerecht. Als ſie ſpäterhin etwas chriſtlicher und vernünftiger denken lernten, durch den Kampf mit den Katholiken belehrt, gaben ſie dieſe, die Idee Gottes vernichtende Lehre auf, und ſagten nur noch, durch Adams freien Fall, in welchem Alle ſündigten, ſei die Sünde in uns ſo eingewurzelt, daß ſie auch durch die Wiedergeburt nicht entfernt werden könne, und Matthias Flacius gieng, um den Glauben als allein rechtfertigend darzustellen, so weit, daß er sagte, die Erbsünde sei die Substanz des Menschen, also unvertilgbar. Auch das lehrten die Apollinaristen. (l. I. c. 21. ὀνομαζοντες ποτε ἁμαρτιαν ἐνυποστατον.)

Das Nachahmen Christi hat nun freilich keinen wahren Sinn mehr im Munde des Apollinaristen; denn es ist ein Nachahmen, wie wenn der Affe den Menschen nachahmt, ein bloßes Nachmachen, da ja doch immer die Sünde im Menschen bleiben, und in jedem Gedanken und in jeder Handlung erscheinen soll. Wie kann das Christum nachahmen heißen, wenn man blos ein äusserliches Absehen meint? Bei dem Nachahmen Christi mußten sich die Apollinaristen überhaupt etwas Sonderbares gedacht haben; denn in Christo war die innere Gesinnung, als eine blos göttliche, gut und wahr, aber die äussere Handlung nach ihnen ein Schein, da er kein vollkommner Mensch war. Wenn sie nun lehrten, man solle Christum nachahmen, und man ihn in der innern Gesinnung doch nicht nachahmen konnte, da ja jeder Gedanke des Menschen, auch des Christenmenschen sündhaft ist; so blieb blos das Nachmachen übrig, aber auch das äussere Nachmachen war nicht möglich, da die Werke sich bei Christus mehr oder weniger in einen Schein auflös'ten, sein Handeln als menschliches betrachtet, da er ja nicht vollkommener Mensch war. Was sollte man denn nun nachahmen? Auch diesen dunkeln Punct klärt die lutherische Lehre auf. Nachdem man eine heil. Gesinnung selbst durch den heil. Geist für unmöglich gehalten, und darum diese und die aus ihr strömenden guten Werke, als in gar keinem Verhältnisse zur Rechtfertigung stehend, gedacht hatte, gerieth man auf jene nothwendige Frage, warum denn doch eine gute Handlungsweise, gute Werke gefordert würden, und beantwortete sie damit, daß man sagte, sie seien nothwendig, wenigstens nützlich, aber nicht zur Seligkeit: weil sie Gott befohlen habe, müsse man sie verrichten, d. h. man stellte die guten Werke, die Nachahmung Christi, wie die Apollinaristen in ein blos äusseres, mechanisches Verhältniß zum Christen, man veränderte die Nachahmung, gleich ihnen in ein Nachmachen. Etwas Anderes wußte man mit den Werken nicht mehr anzufangen. Es ist aber Schade, daß die Lehre der Apollinaristen von einer blos imputativen Gerechtigkeit nirgends weiter entwickelt erscheint. —

Ein weiterer Grund der Apollinaristen war, daß, wenn man Christo eine vernünftige Seele gebe, zwei Christi, zwei Söhne angenommen würden. Die Menschheit bilde eine Person, und die Gottheit ebenfalls eine. Dieses nun sei nur durch die Annahme zu vermeiden, daß in Christo der Logos die Stelle einer vernünftigen Seele vertreten habe. (l. I. c. 21.) Nun versuchten sie aber aus der vermeintlichen katholischen Lehre von zwei Söhnen Folgerungen abzuleiten, die Niemand zugeben werde, und somit die Lehre selbst nicht. Man glaube nach ihr, sagten sie, an einen gewordenen Gott, man bete einen Menschen an, die Menschheit in Christo nämlich; nach ihr sei ein Mensch für die Welt gestorben, ein Theil der Schöpfung werde göttlich verehrt. (l. l. I. c. 4. l. II. c. 4.)

Sie hingegen lehrten, sagten sie weiter, es sei nur ein und derselbe Christus; (αὐτος και ὁ αὐτος l. II. c. 4.) so werde nur Ein Sohn angebetet, so sei Gott für die Welt gestorben, Gott sei gekreuzigt worden. Das sage auch die Schrift ausdrücklich, wenn es heiße: « den Herrn der Herrlichkeit haben sie gekreuzigt, » worunter doch der Logos zu verstehen sei. (l. II. c. 4. 13.) Die Apollinaristen lehrten demnach wirklich, der Logos als solcher sei leidensfähig, weil man sonst auf den Werth der Leiden Christi sich nicht verlassen könne. Sie verwarfen also die katholische Lehre, daß Christus eine vernünftige Seele gehabt habe, auch darum, weil dann die Leiden auf diese zurückfielen, was uns nichts nütze. Ihre mechanische Rechtfertigungslehre führte sie auf den Abweg, Gott ein eigentliches Leiden beizulegen.

Daher bedienten sie sich der Formel, Christus habe ein unerschaffenes Fleisch gehabt, er sei gleiches Wesens mit seiner Gottheit, um so nur einen Sohn Gottes und einen wirklich leidenden Gott festhalten zu können. Wenn sie aber sagten, Christus habe ein unerschaffenes Fleisch gehabt, so wollten sie damit nicht sagen, es sei nicht erschaffen worden, sondern es sei durch seine Vereinigung mit dem Unerschaffenen zu einer Natur, unerschaffen geworden, was doch einen Widerspruch enthält. (ὁτι ἀκτιστον γεγονε τῃ ἑνωσει τῃ προς τον ἀκτιστον l. I. c. 4. c. 21.) Daher endlich die Formeln: «wir sagen: der aus Maria (der ganze Christus) ist gleiches Wesens mit dem Vater;» (ἡμεις τον ἐκ Μαριας λεγομεν ὁμοουσιον του πατρος l. I. c. 10.) «Gott ist aus einer Jungfrau geboren, nicht Gott und Mensch.» (l. II. c. 4.) Man vergleiche hiemit die Lehre Luthers und seiner Freunde von der Allgegenwart des Leibes Christi, was in der That nichts anders heißt, als daß die Menschheit Christi gleiches Wesens mit seiner Gottheit geworden sei, denn wo eine göttliche Eigenschaft ist, sind alle, und die Eigenschaften Gottes sind ja sein Wesen.

Das nun ist die Theorie der Apollinaristen, die Athanasius vor sich hatte. Er bemerkt nun dagegen, wenn es heiße, das Wort sei Fleisch geworden, so sei der ganze Mensch unter dem Fleische zu verstehen (l. II. c. 1.). — Sei aber auch in der Stelle bei Johannes blos das Fleisch genannt, so werde sie durch Paulus ergänzt; denn dieser spreche wie von einer Gestalt Gottes, die in Christo gewesen, so auch von der Gestalt eines Knechtes. Gleichwie man unter jener die Fülle der Gottheit, so verstehe man unter dieser den ganzen Menschen, den Geist mit dem leiblichen Organismus [31]). Die Gestalt eines Knechtes habe der Sohn Gottes angenommen, das Gestaltende im Menschen sei aber der Geist, so wie man ja einen vom Geiste verlassenen Leichnam ἀμορφος nenne. Indem also Christus die Gestalt eines

---

31) L. II. c. 1. ὡσπερ γαρ ἡ μορφη του θεου το πληρωμα της του λογου θεοτητος νοειται, οὑτως και ἡ μορφη του δουλου, ἡ νοερα της ἀνθρωπων συστασεως φυσις συν τῃ ὀργανικῃ καταστασει ὁμολογειται.

Knechtes gehabt, dürfe der Geist nicht fehlen [32]). Daß er eine Seele gehabt habe, könne ferner deßwegen nicht bezweifelt werden, weil es heiße: «er gab seine Seele für uns hin;» und abermal: «ich lasse meine Seele für meine Schaafe.» Frage man nun, was das für eine Seele sei, so gebe die Stelle: «fürchtet die nicht, die den Leib tödten, aber die Seele nicht tödten können,» hinreichenden Aufschluß. (l. II. c. 17.) Seele sei also nichts anders als der Geist. Diese Seele nun sei auch gemeint: wenn es heiße: «meine Seele ist betrübt bis in den Tod.» Abermal werde gesagt: «ἐνεβριμησατο τῳ πνευματι» Joh. 10, 33; dies könne von der Gottheit in ihm nicht gesagt sein, weil eine solche Affection der Gottheit fremd sei; aber eben so wenig finde sie sich in einem vernunftlosen Fleische. — Christus habe gebetet, was gleichfalls weder seiner Gottheit, noch einem bloßen Leibe zukomme. (l. II. c. 13.) Unerklärlich sei es nach der apollinaristischen Lehre, daß es heiße, Christus habe an Alter wie an Weisheit zugenommen: die apollinaristische Vorstellung sei doketisch (l. II. c. 13.) [33]). Ohne Annahme einer vernünftigen Seele könne man ferner in keiner Weise die Versuchung Christi erklären, noch sich deutlich machen, was es heiße, er sei in Allem uns ähnlich geworden, die Sünde ausgenommen. (l. II. c. 9.) Endlich sei er in die Unterwelt hinabgestiegen, um den dortigen Seelen das Evangelium zu verkündigen. Der Leib aber, der gestorben sei, und begreiflich mit der blos sinnlichen, von dem Leib nicht trennbaren Seele, sei im Grabe geblieben; es müsse mithin angenommen werden, daß er mit der vernünftigen Seele die vernünftigen Seelen in der Unterwelt erlös't habe. (l. II. c. 15.)

---

32) L. l. δια τουτο νεκρωθεις ἀνθρωπος ἀμορφος λεγεται, και λυεται ὁλως, της ψυχης της ἀλυτον ἐχουσης την φυσιν, ἀποχωρησασης του σωματος.

33) Cf. l. I. c. 15. ταυτα δε οὐτε σαρκος ἀνοητου ἀν εἰη, οὐτε θεοτητος ἀτρεπτου, ἀλλα ψυχης νοησιν ἐχουσης, λυπου-

Wenn es von Christus heiße, der zweite Mensch, der Herr, sei aus dem Himmel I. Kor. 15, 47., so bedeute das, wie aus dem ganzen Zusammenhang hervorgehe, nicht, daß Christus Fleisch vom Himmel mit sich herabgenommen, sondern der Apostel wolle zeigen, daß der aus der Erde gebildete Leib, ein himmlischer werde [34]). Ohne diese Annahme könne man die Genealogie Christi nicht erklären: warum er denn Davids Sohn u. s. w. heiße, wenn er einen himmlischen Leib habe? (l. II. c. 10.)

Wichtiger und im Wesen des Christenthums gelegen ist noch folgende Antwort des Athanasius auf die Annahme eines himmlischen Leibes. Er sagt: habe sich Christus, um sündenfrei zu bleiben, nicht mit einem menschlichen Leibe vereinigen können, so müßten die Menschen verzweifeln; denn daraus folge, daß sie, die den irdischen Leib nicht entfernen könnten, in keine wahrhafte Verbindung mit Gott kommen könnten, weil ja Christus, wenn eine solche möglich gewesen wäre, keinen himmlischen Leib angenommen hätte. Die ganze Erlösung habe keinen Sinn, und die erste Menschenbildung in Adam wäre verloren [35]). (l. I. c. 4.)

Auf den Grund, den die Apollinaristen für ihre Annahme, daß in Christus keine vernünftige Seele gewesen sei, weil diese ohne Sünde nicht gedacht werden könne, antwortet er ferner, daß dadurch der Schöpfer angeklagt werde, der die Sünde dem Menschen müsse eingepflanzt haben. Dann sei nicht zu verstehen, warum Gott dem Menschen Gebote gegeben, und auf die Uebertretung Strafe gesetzt habe. Die Sünde gehöre nicht zur Natur des Menschen, daher habe er sie auch vor dem Ungehorsam nicht gekannt. Durch den freien Ungehorsam sei die Sünde auf Anstiften des Satans erst in den Menschen gekommen, die fortan zu jeglicher Begierde wirke.

μενης και ταραττομενης, ἀδημονουσης και νοητως ἐπαισθανομενης του παθους.

34) Οὐχι ἐξ οὐρανου την σαρκα ἐπιδειξαμενος, ἀλλα την ἐκ γης οὐρανιον συστησαμενος.

35) L. I. c. 4.

So wirke die Sünde **in der Natur** des Menschen zu jeglicher Begierde; aber deßwegen habe der Satan nicht **eine Natur gemacht**. Der Satan könne keine Natur hervorbringen, das sei manichäisch. Verkehrt habe der Satan die Natur, und so habe der Tod seine Herrschaft geübt [36]). Liege also nicht im Wesen des menschlichen Geistes die Sündhaftigkeit, sondern sei sie erst nach der Schöpfung zu ihm hinzugekommen, so könne auch Christus eine vernünftige Seele gehabt haben [37]).

Indem aber der Mensch mit Freiheit in seine geistige Natur die Sünde aufgenommen, und von dem Fluche des Todes getroffen, sich selbst nicht die Freiheit wieder geben könne, sei Gottes Sohn als Mensch erschienen, und habe, wie die Schrift sage, **im Fleische die Sünde** verdammt. Was das wohl heiße « im Fleische »? Da im bloßen Fleische die handelnde Kraft nicht liege, und auch Gott (im Erlöser) die Sünde nicht kenne, so sei nothwendig durch jene Natur in Christo, aus welcher (im Menschen) die Sünde hervorvorgehe (d. h. durch seine vernünftige Natur), die Sünde

36) L. I. c. 13. ταυτα οὑτως φρονειτε, κατηγοροι γινομενοι του δημιουργου της φυσεως· ὁτε τον Ἀδαμ ἀχρηθεν ἐπλασεν ὁ θεος, μητοιγε συμφυτον αὐτῳ δεδωκε την ἁμαρτιαν· τις οὐν ἑτι χρεια ἡν της ἐντολης; πως δε αὐτον κατεδικασεν ἁμαρτησαντα; πως δε και προ της παρακοης καλον και πονηρον οὐκ οἰδεν ὁ Αδαμ; ἐποιησεν αὐτον φυσιν ἀναμαρτητον, και θελησιν αὐτεξουσιον· φθονῳ δε διαβολου θανατος εἰσηλθεν εἰς τον κοσμον, εὑρομενου δε της παραβασεως την ἐπινοιαν· και οὑτως ἐκ παρακοης ἐντολης θεου γεγονεν ὁ ανθρωπος δεκτικος της ἐπισπορας του ἐχθρου, και ἐνεργει λοιπον ἡ ἁμαρτια ἐν τῃ φυσει του ἀνθρωπου προς πασαν ἐπιθυμιαν· οὐ φυσιν ἐν αὐτῳ ἐργασαμενου του διαβολου, μη γενοιτο οὐτε φυσεως ἀν εἰη δημιουργος ὁ διαβολος, κατα την των Μανιχαιων ἀσεβειαν, ἀλλα φυσεως παρατροπην ἐκ παραβασεως εἰργασατο, και οὑτως ἐβασιλευσεν ὁ θανατος παντων ἀνθρωπων.

37) L. II. c. 6 κατ' ἀναγκην το ἑμαρτανειν συμβεβηκε, προδηλον, ὁτι το μη ἁμαρτανειν κατα φυσιν γεγονε.

verdammt, und die Gerechtigkeit geübt worden [38]). Diese vernünftige Seele des Menschen sei darum auch durch Christus von der Sünde befreit worden. Nur so könne Christus auch Vorbild sein (l. I. c. 5.)

Die Apollinaristen hatten zur Unterstützung ihrer Lehre, daß Christus keine vernünftige Seele gehabt habe, wie wir hörten, gesagt, zur Natur der Seele gehöre das Sündigen in dem Grade, daß selbst der Wiedergeborne in der Sünde bleibe. Athanasius verwirft nun auch dieses, um desto sicherer zeigen zu können, daß Christus eine vernünftige Seele gehabt habe. Er sagt nämlich nach der Lehre der Apollinaristen, daß die Sünde in dem Geiste des Menschen bleibe, auch nach der Wiedergeburt in Christus, sei Christus umsonst gekommen. Er sei gekommen, um den Tod zu vernichten. Wo habe nun aber der Tod geherrscht, als im Innern des Menschen, in seiner geistigen Seele? Die Sünde des Geschöpfs sei verflucht worden, seine Handlungsweise, nicht das Geschöpf selbst. Diese böse Handlungsweise müsse daher durch den Erlöser genommen werden, und darin bestehe die Wiedergeburt. Es sei darum seltsam, wenn sie sagen, durch Nachahmung werde der Glaubende gerecht, obgleich die Sünde in ihm bleibe. Eine Nachahmung der Thaten finde nur statt, wo dieselbe Kraft zu Thaten vorhanden sei [39]). Durch die neue Schöpfung, nicht durch

38) L. II. c. 6. εἰ δε μη ἐν τῃ ἁμαρτησασῃ φυσει ἡ ἀναμαρτασια ὠφθη, πως κατεκριθη ἡ ἁμαρτια ἐν τῃ σαρκι, μητε της σαρκος το πρακτικον ἐχουσης, μητε της θεοτητος ἁμαρτιαν γινωσκουσης; — — ἱνα δι' ἧς φυσεως ἡ προχωρησις της ἁμαρτιας γεγονε, δι' αὐτης και ἡ ἐπιδειξις της δικαιοσυνης γενηται, και οὑτως λυθῃ τα ἐργα του διαβολου, ἐλευθερωθεισης της ἀνθρωπων φυσεως ἀπο της ἁμαρτιας και δοξασθῃ ὁ θεος.

39) L. I. c. 20. ματην οὐν φανταζεσθε του φρονουντος και ἀγοντος την σαρκα ἐν ἑαυτοις δυνασθαι την καινοτητα κατεργαζεσθαι, οἰομενοι δια μιμησεως· οὐ νοουντες, ὁτι μιμησις, προαγουσης πραγματειας γινεται μιμησις, ἐπει οὐκ ἀν λεγοιτο μιμησις· ἐν δε Χριστῳ σαρκος μονης καινοτητα

bloße Nachahmung (bloßes Nachmachen) erreichten also die Menschen das Heil. In diesem Sinne werde Christus der Erstling genannt. Nach ihrem (der Apollinaristen) Sinne könne Christus nicht der Erstgeborne vieler Brüder genannt werden; nicht das Haupt des Körpers der Kirche, (da er der Bruder und das Haupt von bleibenden Sündern wäre). Da also die Apollinaristen den Glauben an Christus blos mechanisch auffaßten, setzt Athanasius hinzu: « der Glaube besteht darin, daß er vertrauet, daß das Unmögliche möglich, die Schwäche Kraft, das dem Leiden (der Sünde) Unterworfene vom Leiden befreit, das Verwesliche unverweslich, das Sterbliche unsterblich werde. » (l. II. c. 11.) «« Das ist ein großes Geheimniß, sagt der Apostel, ich meine in Christo und der Kirche. »» Athanasius will sagen, daß unter dem rechtfertigenden Glauben kein **bloßes** Vertrauen auf die Zurechnung der Verdienste Christi, während die Sünde im Menschen bleibe, verstanden werde, sondern zugleich eine göttliche Kraft, die die Sünde innerlich vernichte; es finde eine geheimnißvolle Verbindung zwischen der Kirche und Christus statt, wie durch die Ehe Mann und Weib ein Leib würden; so daß wir in der Lebensgemeinschaft mit Christus der Sünde gestorben und mit Christus in Gott verborgen leben. Er setzt hinzu: « die Gottheit kann nicht, **um sich zu rechtfertigen**, denn sie hat nicht gesündigt. » Die Apollinaristen scheinen demnach, wenn sie in der obenangeführten Stelle sagten: « so erschien die reine Gerechtigkeit », gemeint zu haben, indem die Gottheit selbst unsere Strafe duldete, sei in Allweg die göttliche Gerechtigkeit versöhnt worden; Gott erscheine darum durch das Leiden des Sohnes gerecht, wenn er uns auch nicht strafe, obschon wir stets Sünder bleiben. Ueber diesen Punct nur noch eine Stelle:

ὁμολογουντες, πλανωμουνοι βλασφημειτε· εἰγαρ του ἀγοντος την σαρκα δυνατον ἠν ἀνθρωποις την καινοιητα κατεργασασθαι ἑαυτοις χωρις χριστου, ἐπεται δε τῳ ἀγοντι το ἀγομενον, τις ἠν χρεια του χριστου ἐπιδημιας; Hier giengen die Apollinaristen auf eine sonderbare Weise in den Pelagianismus über.

«Warum hat das Gesetz nichts Vollkommenes hervorgebracht? (Heb. 7, 19.) Warum hat der Tod auch über Jene geherrscht, die nicht wie Adam sündigten? Warum sagt der Herr: «wenn euch der Sohn befreit hat, dann seid ihr wahrhaft frei?» Erfolgt dieß nicht gemäß jener Neuheit in ihm, und jener Vollendung, durch welche wir, die wir glauben, erneuert werden, indem wir die vollkommene Neuheit Christi wiederholen, und Gemeinschaft mit derselben haben? Aber Alles (Irrige) habt ihr erdacht, um nur eine einzige Verneinung zu unterstützen»[40]. Das ist auch das Gewöhnliche bei den Häretikern, ein Irrthum führt zu Allen.

Auf die Erklärung, die die Apollinaristen der Stelle: «der Satan findet in mir nichts» gaben, daß nämlich der Satan nicht die menschliche Vernunft in Christo gefunden habe, die nothwendig sündige, antwortet Athanasius, wenn man das «Nichts» auf die Substanz des Menschen beziehe, so sei nicht abzusehen, wie daraus blos folgen solle, daß keine vernünftige Seele in Christo gewesen sei; es folge eben so gut, daß dann Christus auch keinen menschlichen Leib gehabt habe. Es sei also blos die Unsündlichkeit Christi damit ausgesprochen. (l. II. c. 10.)

Gegen die Vorstellung, daß die Gottheit als solche in Christo gelitten habe, erklärt sich Athanasius aus allen Kräften; er sagt, wenn es heiße, daß der Herr der Herrlichkeit gekreuzigt worden sei, so bedeute das blos, daß die Schmach den Logos getroffen habe, was hinlänglich sei, während nur seine Seele und sein Leib wirklich den Leiden unterworfen gewesen wären. (l. II. c. 16.) Dann bemerkt er weiter: «die Arianer haben also zu reden gelernt: Wer ist denn der, der aus Maria geboren wurde? Ist er Gott oder Mensch? Sie erwarten nun, wenn du sagst «Mensch», daß du seine Gottheit läugnest; und wenn du sagst «Gott», daß du seine wahre Menschheit verwerfest. Eben so fragen sie: wer hat gelitten? Wer ist gekreuzigt worden? Damit, wenn du sagst,

---

40) L. I. c. 21. ἀλλ' ὑμιν παντα επινενοηται, ινα μιαν της ἀρνησεως κατασκευασητε γνωμην.

Gott, du Gott beschimpfest; wenn du sagst, der Mensch, als Jude redest. Deßhalb lehren die heil. Schriften, daß das Wort auf eine unaussprechliche Weise aus dem Vater als Gott gezeugt, in den jüngsten Tagen aber Mensch geworden sei: auf daß man ihn sowohl als Gott bekenne, als auch seine wahre Menschheit nicht läugne. Wo vom Fleische die Rede ist, ist der ganze Christus darunter zu verstehen, die Sünde ausgenommen. (ἐκει πασης της συστασιας ἡ ἁρμονια χωρις ἁμαρτιας) Auf die Menschheit beziehen die heil. Schriften seine Leiden, und darüber gehen sie nicht hinaus. Von der Gottheit des Logos aber bekennen sie seine Unveränderlichkeit und Unaussprechlichkeit; deßhalb wird der Logos als Gott anerkannt, der Mensch von Menschen abgeleitet. (δια τουτο θεολογειται μεν ὁ λογος, γενεαλογειται δε ἀνθρωπος) Damit er in beiderlei Beziehung natürlich und wahrhaft sei, Gott wegen der Ewigkeit, der Gottheit und der Weltschöpfung; Mensch wegen der Geburt aus dem Weibe, und wegen der Zunahme an Alter. Gott wegen seiner belebenden Wohlthaten und seiner mächtigen Wunderwerke; Mensch wegen seiner uns ähnlichen Affectionen und Schwächen. Gott ist der Logos, insofern er die Unsterblichkeit, Unverweslichkeit und Unveränderlichkeit in sich hat; Mensch weil er an das Kreuz geheftet wurde, Blut vergossen hat, weil sein Leib begraben, weil er in die Unterwelt stieg und von den Todten erweckt wurde. So wurde Christus von den Todten auferweckt, und erweckt als Gott selbst die Todten.» (l. II. c. 18.)

In Betreff des Vorwurfes, daß nach der katholischen Lehre zwei Söhne und zwar unter diesen ein erschaffener angebetet werde, weil sie nicht festsetze, daß die menschliche Natur des Erlösers gleiches Wesens mit der Gottheit geworden sei, sagt er, daß die Menschheit in Christo nicht als Menschheit angebetet werde, sondern weil es die Menschheit sei, die der unerschaffene Logos angenommen habe. Man trenne das Göttliche und Menschliche nicht in Zwei, sondern bete den Einen und ganzen Christus an. «Ein Geschöpf, sagt er, beten wir nicht an. Das ist heidnisch und arianisch, sondern den Herrn der Geschöpfe, der Fleisch geworden ist, beten wir an, den Logos Gottes. Obschon das Fleisch für sich betrachtet ein Theil der Schöpfung ist, so ist es doch der Leib Gottes geworden. Diesen Leib trennen wir nicht vom Logos, um ihn anzubeten; auch sondern wir nicht den Logos von seiner Menschheit, wenn wir ihn anbeten wollen. Wohl wissend, was geschrieben steht: «das Wort ist Fleisch geworden» erkennen wir ihn auch im Fleische als Gott an. Wer möchte so thöricht sein, daß er dem Herrn sagte: trenne dich von deinem Leibe, daß ich dich anbete? [41])» So schrieb Athanasius gegen die apollinaristischen Irrthümer.

Nun läßt sich das Verhältniß bestimmen, in welchem Athanasius zu den spätern nestorianischen und monophysitischen Streitigkeiten steht. Stellen wir die Formeln zusammen, deren sich Athanasius bei verschiedenen Veranlassungen über die Vereinigung der göttlichen und menschlichen Natur in Christo bediente, so finden wir eine große Verschiedenheit des Ausdrucks, wie er sich denn überhaupt nicht gern über irgend eine Lehre einer und derselben Formel bediente, was anderwärts schon erinnert worden ist. Er gebraucht von der Menschheit Christi den Ausdruck, daß sie vergöttlicht worden sei (θεοποιησις) an unzähligen Stellen; (z. B. or. I. c. ar. c. 42.) damit will er aber nicht sagen, daß die Menschheit in Christo in seine Gottheit übergegangen wäre, oder daß sie aufgehört habe, Menschheit zu sein. Von allem bisher Vorgetragenen abgesehen, erhellet dieses schon daraus, daß er dasselbe auch von den in Christo wiedergebornen Menschen sagt [42]). Ferner gebraucht er die Ausdrücke προσληφθεισα σαρξ or. I. c.

---

41) Epistola ad Adelphium §. 7. cf. adv. Apollin. l. I. c. 6 οὐ γαρ σωμα γεγονε, τουτῳ προσαγετε και την προσκυνησιν· ἀρ' οὐν και προσκυνειται ὀφειλομενως, και θεικως προσκυνειται θεος γαρ και λογος ἐστι· οὐ το σωμα ἰδιον τυγχανει.

42) Adv. Apollin. l. I. c. 12. sagt er, wenn Christus seiner Menschheit nach in die Gottheit aufgegangen wäre, ὁμοουσιος mit derselben geworden wäre, so müßten es alle Wiedergeborene werden. Der Monophysitismus ist, wie man sieht, in seiner strengsten Consequenz pantheistisch.

ar. c. 47. or. IV. c. 32.) συναψις und συναφη, την σαρκα ἐνδυσασθαι. (or. IV. c. 22.) Wenn diese Ausdrücke eine lockere Verbindung anzudeuten scheinen, so sagt er hingegen in andern Stellen ἑνωσις ἀλυτος, ἀδιαιρετος; (adv. Apollin. l. II. c. 2. 6.) nennt Maria Gottesgebärerin an sehr vielen Stellen (z. B. or. III. c. ar. c. 14. 33.) und verwahrt sich wiederholt gegen die Vorstellung, ein anderer Sohn sei es, der gelitten, und ein anderer, der nicht gelitten habe, sondern der Logos sei es, der das Leiden auf sich genommen, (dessen Menschheit gelitten habe) er, der dem Leiden nicht unterworfene, unkörperliche Logos. (adv. Apoll. l. I. c. 12.)

Zwar bedient sich Athanasius auch des Ausdruckes συγκρασις ἀλυτος (adv. Apollin. l. II. c. 16.); allein dies heißt bei ihm nicht, daß eine ununterscheidbare Vermischung des Göttlichen und Menschlichen in ihm statt gefunden habe, denn dagegen spricht sich nicht nur seine ganze Darstellung des Verhältnisses beider Naturen zu einander aus, in welcher er, was jeder von Beiden zukömmt, genau unterscheidet, sondern auch bestimmte Ausdrücke. So sagt er zu den Apollinaristen «wenn ihr euch mit einer unvermischten Vereinigung zu einer Person nicht begnüget» (ἀσυγχυτῳ φυσικῃ ἑνωσει) u. s. w. Er drückt sich darum so aus, es sei eine ἑνωσις κατα φυσιν, keine ἑνωσις κατα ὑποστασιν (adv. Apollin. l. I. c. 12. l. II. c. 2. 5.) Uebersetzt man diese Formeln wörtlich nach dem spätern Sprachgebrauch, so heißen sie: es sei eine Einheit der Natur, nicht der Person. Allein Athanasius gebraucht ὑποστασις nicht in der spätern Bedeutung von Person, sondern es heißt bei ihm Wesen, Natur; und φυσις bedeutet Person. Die Formeln müssen demnach so gegeben werden: es finde eine Einheit der Person, aber nicht der Natur (des Wesens) statt. Dies ergiebt sich daraus, weil er an derselben Stelle sagt, wenn eine Einheit καθ' ὑποστασιν statt finde, so müsse die Menschheit in Christo ὁμοουσιος mit der Gottheit sein, was er gegen die Apollinaristen stets bestreitet; οὐσια ist also gleichbedeutend mit ὑποστασις [43]) im spätern Sinne.

---

43) Bekannt ist der Streit, ob Athanasius der Verfasser des kleinen

Endlich findet sich auch der Ausdruck ἡ γαρ θελησις θεοτητος μονης (adv. Apollin. l. II. c. 10.) «nur die Gottheit allein wollte (in Christo.)» Diesen Ausdruck konnten die Monotheleten für sich anführen. Athanasius wollte aber nur sagen, daß der göttliche Wille in Christus durchaus den menschlichen bestimmt habe, es sei in ihm durchaus nur eine göttliche Willensrichtung gewesen, ohne daß dadurch gesagt werden soll, es sei kein menschliches Willensvermögen in ihm gewesen. Gegen die Arianer nämlich, die aus den Worten: «nicht mein, sondern dein Wille geschehe» folgerten, daß in Christo nur ein, und zwar ein endlicher Wille sich

Aufsatzes de incarnatione Verbi sei, den Montfaucon tom. II. fol. 1. unter die zweifelhaften Schriften des Athanasius setzt. Gewiß hat schon Leontius aus den Schriften des Theodoretus sehr erhebliche Zweifel gegen die Aechtheit desselben erhoben, und Montfaucons Gründe sind auch gar nicht zu verwerfen. Was mich besonders bestimmt, sie für unächt zu halten, ist der Umstand, daß Athanasius nie einen dogmatischen Aufsatz ausarbeitete ohne bestimmte Beziehung auf diese oder jene Häresis. In diesem Aufsätzchen ist aber gar keine Veranlassung angegeben. Vergleichen wir dieses mit einem andern gleichfalls unterschobenen fol. 33., wo so bestimmt der Nestorianismus bestritten wird, so kann man gewiß nicht zweifeln, daß auch jenes unterschoben sei. An dieser Frage liegt aber zur Bestimmung des Lehrtropus des Athanasius gar nichts. Das, was ich angeführt habe, läßt nicht den mindesten Zweifel übrig, daß er den Monophysiten völlig entgegen sei. Münscher B. IV. S. 15. behauptet die Aechtheit; die Gründe aber, auf die er sich beruft, sind ja eben das Bestrittene in der Sache. Gieseler K. Gesch. I. S. 312. hat sich zu übereilt auf den Münscher'schen Beweis der Aechtheit berufen. Merkwürdig für die Nachweisung, was μια φυσις bei den ältern Kirchenvätern war, ist ein Brief, der dem Papste Julius zugeschrieben wird. (Mansi tom. II. fol. 1197. der jedoch die Aechtheit bezweifelt) Μια φυσις u. προςωπον ἑν wird ganz gleichbedeutend genommen, und die Vereinigung des Göttlichen und Menschlichen in Christo mit der Einheit des Geistes und Leibes im Menschen verglichen, die auch μια φυσις genannt wird. Geist und Leib sind aber nicht eine Natur, sondern eine Person, nach unserer Art zu enden, φυσις ist demnach = Person dem Sinne nach.

gefunden habe, eben wegen des hier ausgesprochenen Gegensatzes zwischen dem menschlichen und göttlichen Willen, sagt er, in diesen Stellen seien klar zwei Willen in Christo ausgesprochen. (δυο θεληματα ἐνταυθα δεικνυσι το μεν ἀνθρωπινον, ὁπερ ἐστι της σαρκος, τοδε θεϊκον, ὁπερ θεοῦ. de incarn. c. Ar. c. 21.) Sahen demnach die Monophysiten später nur auf einzelne Ausdrücke bei Athanasius, so konnten sie ihn für sich anführen, eben so die Monotheleten. Hätten sie aber alle Formeln zusammengestellt, und den athanasischen Sprachgebrauch erforschet, und noch mehr, hätten sie auf die gesammte Darstellung, die Athanasius von dem Verhältnisse beider Naturen gegeben, ihr Augenmerk gerichtet, so würden sie nie in ihm eine Stütze zu finden geglaubt haben. Bei Athanasius finden sich die Nestorianer, wie die Monophysiten mit ihren Verzweigungen genau widerlegt. Aus der noch unbestimmten Redeweise konnte sich jedoch der später so betrübte ärgerliche Zwist entwickeln. Athanasius aber ist frei von aller Schuld, obschon ihn die genannten Häretiker oft für sich anführten.

Die angeführte Widerlegung der apollinaristischen Vorstellungen wurde von Athanasius gegen das J. 372 ausgearbeitet. Im folgenden Jahre, nach überwiegenden Gründen, die Pagi und Montfaucon entwickelt haben, also im J. 373 starb der große, heilige Mann. Was er der Kirche geworden ist, was er geduldet und gewirkt hat, enthält das bisher Erzählte: seine Thaten und Leistungen sprechen sein Lob aus, das nicht in Worte gefaßt werden kann.

Durch die reiche Beziehung, in welche Athanasius die Lehre von der Trinität und der Person Christi mit andern Glaubenslehren zu setzen wußte, und in der Natur der Sache liegt dies wohl, da ja einer Seits die Trinität der Grund von Allem ist, und anderer Seits eine jede Lehre nur dadurch wissenschaftlich behandelt werden kann und sollte, daß ihr Verhältniß zu allem Uebrigen nachgewiesen wird, behandelte er eine bedeutende Anzahl von Lehrstücken, die die wichtigsten in der christlichen Glaubenslehre sind. Ich habe sie in dem Zusammenhang vorgelegt, in welchem sie bei Athanasius selbst erscheinen. Nur die Lehre von der Gnade und der Eucharistie schien ohne Unterbrechung des Zusammenhangs nicht in der Ordnung aufgenommen werden zu können, in welcher auch sie von ihm berührt wurde.

Was Athanasius von der Gnade lehrte, kann zwar aus den bisher angeführten, zerstreuten Stellen geschlossen werden; jedoch scheint nicht unzweckmäßig, das in etwas zu ordnen, was er über diese so wichtige Lehre vortrug. Indem er den tiefen Verfall des menschlichen Geschlechts so sehr hervorhob, indem er darauf eigentlich seine Beweisführung von der Nothwendigkeit der Ankunft des Sohnes Gottes zurückführte, wurde er durch den innern Zusammenhang der Ideen nothwendig auf die Gnade geführt, und zwar auf jene, die der jetzige Sprachgebrauch vorzüglich so nennt. Seine Gründe für die Gottheit des Sohnes und des heil. Geistes sind ohnedies auch so oft auf das zurückgeführt, was wir unter Gnade verstehen. Jedoch darf man keine allzu scharfen Bestimmungen hierüber erwarten, denn er hatte keine Veranlassung dazu.

Es giebt Stellen, in welchen er semipelagianisch sich auszudrücken scheint. So wenn er sagt (or. II. c. ar. c. 14.) «wir flehten in dem uns angebornen Gesetze durch die unaussprechlichen Seufzer des Geistes und riefen: «Herr, unser Gott, erwirb uns wieder;» ferner: «sie (die Juden) kannten das Gesetz, und es war möglich dadurch ein tugendhaftes Leben zu führen» (de incarnat. c. 5.) Die erste Stelle scheint dem Semipelagianismus deßwegen das Wort zu reden, weil in derselben von dem Menschengeschlechte unmittelbar vor Christus, in seiner Sehnsucht nach dem Erlöser die Rede ist, welches somit ohne die Gnade zum Bewußtsein seiner Sündhaftigkeit gekommen wäre, und folglich den Anfang zur Bekehrung durch sich selbst gemacht hätte. Ich bemerke hiebei, daß es etwas zweifelhaft ist, was man unter den Seufzern des Geistes zu verstehen hat: vielleicht werden sie nach Röm. 8, 26., wo vom heil. Geiste die Rede ist, als eine Wirkung desselben betrachtet. Obschon sich diese Ansicht von der Stelle mit dem Beisatze: «in dem uns angebornen Gesetze» vereinigen ließe, so ist sie doch nicht wahrscheinlich. Auf keinen Fall war Athanasius der Meinung, daß durch die Erbsünde der Mensch durch und durch satanisch geworden sei, so daß er nicht einmal ein dunkles, kraftloses Gefühl der Unbehaglichkeit und der Verkehrtheit seines Zustandes, und damit den Wunsch nach Befreiung davon, gehabt hätte, was offenbar auch der Geschichte widerspräche. Dies ist aber nicht semipelagianisch. Das Vorhandensein jenes allerdings dunkeln und kraftlosen Gefühls ist die Bedingung der Möglichkeit des Anfangs aller Besserung, aber nicht der Anfang selbst, der nur von Gott kommen kann. Jene Seufzer wären demnach die Wirkung von jenen aus dem ursprünglichen Zustande noch übrig gebliebenen guten, wenn gleich vergifteten Keimen, welche wir auch in der heidnischen Welt noch entdecken, und woran sich die Erlösung knüpfen mußte, wenn sie möglich sein sollte; sie wären das letzte krampfhafte Ringen der ursprünglichen Natur mit dem Tode, die letzte verzweifelte Anstrengung im Kampfe mit der Schlange, die ihre Beute vollends in allen Gliedern zerbrechen, und in ihren finstern Abgrund verschlingen wollte, was auch würde geschehen sein, wenn der Erlöser nicht gekommen wäre, und der Schlange den Kopf zertreten hätte. Wären auch diese dürftigen Keime nicht mehr vorhanden gewesen, so war auch keine Wiederbringung des alten Geschlechts mehr möglich, es hätte vertilgt werden müssen, wie Athanasius gegen Apollinaris sagt: denn was nur Sünde ist, kann nicht mehr gut werden, ein solches ist eine böse Substanz geworden. Diese Lehre des Athanasius ist somit keineswegs Semipelagianismus, welcher eine eigentliche kraftvolle Reue und den Anfang des wahren Glaubens, als durch die bloße Kraft des Menschen möglich, annimmt. Rücksichtlich der zweiten Stelle ist aber zu bemerken, daß in derselben der Mensch in abstrakto betrachtet werde; in welchem Sinn allerdings nicht geläugnet werden kann, daß wir die Kraft haben, das Gesetz zu erfüllen. Daß aber Athanasius es so meinte, geht daraus hervor, daß er unmittelbar zuvor sagt, an sich sei das Bild Gottes im Menschen hinreichend gewesen, Gott zu erkennen und in ihm zu bleiben, er habe ihm aber doch die Schöpfung und das Gesetz gegeben, daß dadurch seine Schwäche unterstützt werde, d. h. daß die angeborne Idee von Gott, und die sittliche Anlage sich entwickeln und zum Bewußtsein des Menschen gelange.

Athanasius lehrt oft, wie die im zweiten Buche schon angeführten Stellen beweisen, daß, während in der Kirche Christi sein Wort verkündet werde, er selbst innerlich die Herzen verwunde, und zur kräftigen Reue und zum Glauben führe. (z. B. de incarnat. c. 30.) Dieses kann nicht so verstanden werden, daß seine Lehre, blos als Lehre betrachtet, dieses bewirke; denn Athanasius will daraus die Auferstehung Christi beweisen, sein Leben auch nach seinem Tode. Indem also dieses sein Wirken an seine noch wirksame Person geknüpft ist, kann nicht von der Lehre allein die Rede sein; es wird vielmehr die Herzensverwunderung durch jenes geheimnißvolle verborgene Einwirken im heil. Geiste darunter verstanden. Am Schlusse seiner Abhandlung über Matth. 11, 22. sagt er, nachdem seine Bemühungen gegen die Arianer erschöpft waren: «Gott aber ist mächtig, die Augen ihres Herzens zu öffnen, daß sie die Sonne seiner Gerechtigkeit schauen, und den erkennen, den sie einst verworfen haben, und mit starkem frommem Geiste mit uns ihn verherrlichen» [44]. So leitet er also den Anfang des wahren Glaubens nur von Gottes Gnade ab.

Vom ersten glücklichen Kampfe des Antonius gegen die Sünde sagt Athanasius in der schon angeführten Stelle: «das war des Antonius erster Sieg, oder vielmehr die That des Heilandes in Antonius, die That dessen, der die Sünde im Fleische verurtheilt hat, damit die Gerechtigkeit des Gesetzes in uns erfüllt werde, die nicht mehr nach dem Fleische, sondern nach dem Geiste wandeln.» Nachdem Athanasius die Tugenden des heil. Antonius beschrieben hatte, bemerkt er: «denn mit ihm wirkte der Herr, der wegen uns Fleisch geworden, und unserm Fleisch den Sieg gegen den

44) C. 7. fol. 108. δυνατος δε έστιν ό θεος άνοιξαι τους όφθαλμους της καρδιας αύτων, προς κατανοησιν του ήλιου της δικαιοσυνης· ίν' έπιγνοντος όν παλαι ήθελουν, συντονῳ τῳ τες εύσεβειας λογισμῳ συν ήμιν αύτον δοξασωσιν κ. τ. λ.

Satan verliehen hat, so daß jeder, der standhaft kämpft, sagen kann; « nicht ich, sondern die Gnade Gottes mit mir » [45]). Hier ist die eigene Thätigkeit des Menschen, so wie die That Gottes bei allem Guten trefflich ausgesprochen.

Nun noch zum Schlusse die Lehre des Athanasius von der reellen Gegenwart Christi im Abendmahle. Man hatte aus der Stelle Matth. 12, 31—32. wo gesagt wird, daß zwar die Sünde gegen den Sohn des Menschen, die Sünde gegen den heiligen Geist aber nicht vergeben werde, Zweifel gegen die Gottheit des Sohnes erhoben, indem der heil. Geist höher als er gestellt werde, da ja die Sünde gegen diesen nicht verziehen, die Sünde gegen jenen aber verziehen werde. Nachdem Athanasius die Erklärung jener Stelle nach Origenes und Theognostus, die er zwar lobt, aber nicht annimmt, angeführt hat, giebt er seine eigene. Er sagt: nach dem Zusammenhang sei die Sünde gegen den heil. Geist die Läugnung der Gottheit Christi; unter dem heil. Geist sei also in der Stelle der Sohn Gottes im Gegensatz zu « Menschen=Sohn » zu verstehen. Die Wunder Christi, die Zeichen seiner Allmacht hätten die Juden dem Belzebul zugeschrieben, d. h. die einleuchtendsten Beweise seiner Gottheit dem Teufel; diese Sünde nun werde nicht vergeben. Nach der Erklärung dieser Stelle aus dem unmittelbaren Zusammenhang, versucht er sie durch Parallelstellen zu erläutern. Unter andern beruft er sich auf Joh. 6, 63.: « der Geist macht lebendig, das Fleisch nützt Nichts: die Worte, die ich zu euch geredet habe, sind Geist und Leben. » Auch in dieser Stelle, will er sagen, sei die Gottheit Christi mit dem Worte « Geist » bezeichnet, und wie es hier heiße: « das Fleisch (die Menschheit in Christo für sich) nütze Nichts, » so werde in der fraglichen Stelle auch gesagt, die Sünde gegen des Menschen=Sohn werde vergeben, aber daß man in seinen Werken den Gottes=Sohn, die Gottheit im Menschen=Sohn nicht anerkenne, das werde nicht vergeben.

---

45) Vita S. Ant. e. 5. συνεργει γαρ ὁ κυριος αὐτῳ, ὁ σαρκα δι' ἡμας φορεσας, και τῳ σωματι δους τὴν κατα διαβολου νικην, ὥστε των ὀντως ἀγωνιζομενων ἑκάστον λεγειν, οὐκ ἐγωγε, ἀλλ' ἡ χαρις του θεου ἡ συν ἐμοι.

Die ganze Stelle von der Eucharistie lautet nun also: «Er spricht von dem Essen seines Leibes; da er nun sah, daß Viele sich ärgerten, sprach er: «das ärgert euch? Wenn ihr aber des Menschen-Sohn werdet hinaufsteigen sehen, wo er vorher war? Der Geist macht lebendig, das Fleisch aber nützt Nichts. Die Worte, die ich zu euch geredet habe, sind Geist und Leben.» Auch hier sprach er Beides von sich aus, das Fleisch und den Geist. Den Geist unterscheidet er vom Leibe, damit sie nicht allein das Erscheinende (το φαινομενον), sondern auch das Unsichtbare von ihm glauben, und lernen möchten, daß das, was er sage, nicht fleischlich, sondern geistig sei. Denn für wie viele reichte der Körper zur Speise hin, so, daß er die Nahrung für die ganze Welt werden könnte? Deßwegen erwähnte er der Himmelfahrt des Menschen-Sohns, damit er sie von fleischlichen Gedanken losmache, und sie lernen möchten, daß das erwähnte Fleisch eine himmlische Speise von oben herab sei, und eine geistige Nahrung von ihm gegeben werde. Was ich gesprochen habe, sagt er, ist Geist und Leben. Es ist, wie wenn er gesagt hätte: das was gesehen, und für das Leben der Welt hingegeben wird, ist das Fleisch, welches ich trage: aber dieses und sein Blut wird geistig von mir zur Nahrung gegeben, so, daß diese auf geistige Weise einem Jeden mitgetheilt, und Allen eine Versicherung der Auferstehung zum ewigen Leben wird. So zog auch der Herr die Samaritin vom Fleischlichen hinweg und nannte Gott einen Geist: damit sie nicht mehr fleischlich, sondern geistig von Gott denke. So schaute auch der Prophet den Fleisch gewordenen Logos und sprach: «der Geist unseres Antlitzes ist der Herr Christus;» (Thren. 4, 20.) damit man nicht aus dem Erscheinenden abnehme, daß der Herr bloßer Mensch sei; sondern wenn man «Geist» höre, erkenne, Gott sei im Fleische» 46).

46) Epist. IV. ad Serap. c. 19. περι της του σωματος βρωσεως διαλεγομενος, και δια τουτο πολλους εώρακως τους σκανδαλισθεντας, φησιν ὁ κυριος· τουτο ὑμας σκανδαλιζει; εὰν οὐν θεωρητε τον υἱον του ἀνθρωπου ἀναβαινοντα, ὁπου

Man hat aus dieser Stelle geschlossen, daß, weil Athanasius von einem geistigen Genusse des Leibes und Blutes Christi in der Eucharistie spreche, er unter «geistig» verstehe, was man seit Zwingli und Calvin damit meint. Allein davon war Athanasius weit entfernt. Er will blos sagen, daß man unter Fleisch und Blut, das in der Eucharistie gereicht wird, nicht blos Fleisch und Blut, sondern die mit der Menschheit vereinigte Gottheit, die vergöttlichte Menschheit Christi empfange. Das lehrt der Schluß der angeführten Stelle ganz deutlich: «damit man nicht aus dem Erscheinenden abnehme, daß der Herr bloßer Mensch sei, sondern wenn man «Geist» höre, erkenne, Gott sei im Fleische.» Die Johanneische Stelle gebrauchend, um nachzuweisen, daß unter «Geist» die Gottheit Christi ver-

---

ἠν το προτερον; το πνευμα ἐστι το ζωοποιουν, ἡ σαρξ οὐκ ὠφελει οὐδεν· τα ρηματα, ἁ ἐγω λελαληκα ὑμιν, πνευμα ἐστι και ζωη. και ἐνταυθα γαρ ἀμφοτερα περι ἑαυτου εἰρηκε, σαρκα και πνευμα· και το πνευμα προς το κατα σαρκα διεστειλεν, ἱνα μη μονον το φαινομενον, ἀλλα και το ἀορατον αὐτου πιστευσαντες μαθωσιν, ὁτι και ἁ λεγει, οὐκ ἐστι σαρκικα, ἀλλα πνευματικα· ποσοις γαρ ἠρκει το σωμα προς βρωσιν, ἱνα και του κοσμου παντος τουτο τροφη γενηται; ἀλλα δια τουτο της εἰς οὐρανους ἀναβασεωσ ἐμνημονευσε του υἱου του ἀνθρωπου, ἱνα της σωματικης εὐνοιας αὐτους ἀφελκυση, καὶ λοιπον την εἰρημενην σαρκα ἀνωθεν οὐρανιον, και πνευματικην τροφην παρ' αὐτου διδομενην μαθωσιν· ἁ γαρ λελαληκα, φησιν, ὑμιν, πνευμα ἐστι και ζωη· ἰσον τῳ εἰπειν, το μεν δεικνυμενον και διδομενον ὑπερ της του κοσμου σωτεριας, ἐστιν ἡ σαρξ, ἡν ἐγω φορω· ἀλλ' αὐτη ὑμιν και το ταυτης αἱμα παρ' ἐμου πνευματικως δοθησεται τροφη, ὡστε πνευματικως ἐν ἑκαστῳ ταυτην ἀναδιδοσθαι, και γινεσθαι πασι φυλακτηριον εἰς ἀναστασιν ζωης αἰωνιου. οὑτως και την Σαμαρειτιν ἀφελκων ὁ κυριος ἀπο των αἰσθητων, πνευμα εἰρηκε τον θεον· ὑπερ του μηκετι σωματικως διανοεισθαι περι του θεου· οὑτως και ὁ προφητης θεωρων τον λογον τον γενομενον σαρκα εἰρηκε, πνευμα πρωσωπον ἡμων χριστος κυριος· ἱνα μη ἐκ του φαινομενου νομιση τις ἀνθρωπον ψιλον εἰναι τον κυριον· ἀλλα και πνευμα ἀκουων, γινωσκη θεον εἰναι τον ἐν σωματι ὀντα.

standen werde, würde Athanasius ja gar nichts zu seiner Argumentation Passendes sagen, wenn die Stelle nicht im katholischen Sinne interpretirt würde. Vielmehr setzt er voraus, daß in der Eucharistie der ganze Christus gegenwärtig sei, daß Alle das glauben, und so erreicht er seinen Zweck. Daher sagt er: «auch hier sprach er beides von sich aus, den Geist und das Fleisch (die Gottheit und die Menschheit). Den Geist unterscheidet er vom Leibe, (die Gottheit von der Menschheit), damit sie nicht allein das Erscheinende (Sichtbare, die Menschheit), sondern auch das Unsichtbare (die Gottheit) von ihm glauben, und lernen möchten, daß das, was er sage, nicht fleischlich, sondern geistig sei, (daß er kein bloßes Fleisch, sondern seine mit demselben vereinigte Gottheit gebe, wodurch allerdings, das sonst Unmögliche möglich wird).» Wenn darum Athanasius sagt: «für wie Viele reichte der Körper zur Speise hin,» so will er damit nur sagen, daß Christus nicht gemeint habe, sein Leib solle fleischlich und materiell unter sie vertheilt werden, denn so hatten die Juden den Herrn verstanden, und will aufmerksam darauf machen, daß das Geistige, wie denn auch der Leib Christi mit der Gottheit ein Geist sei, Ganz empfangen werde, wenn man es empfange. Darum legt Athanasius ein besonderes Gewicht auf die Himmelfahrt Christi, auf welche der Heiland hingedeutet habe, denn mit der Erhöhung Christi in den Himmel lehrte man, werde die Verherrlichung der Menschheit, ihre Vergöttlichung vollendet. «Himmlische Speise,» «geistige Nahrung,» «geistige Mittheilung» bedeuten daher etwas ganz Anderes, als was später «geistig» genannt wurde. Wie «Geist» die Gottheit Christi, dann aber auch die Menschheit bedeutet, mit welcher sich jene vereinigt hat, so wird unter «geistig» das Göttliche in Christo, und das vereinigte Göttliche und Menschliche verstanden.

Besonders erhellet dieses aus einer andern Stelle. (de incarnat. c. Ar. c. 16.) Hier sagt unser Kirchenvater: «der Heiland lehrte uns in seinem Gebete in diesem Leben um das wesentliche Brod (ἀρτον ἐπουσιον) bitten, d. h. um das künftige, dessen Erstling wir in diesem Leben schon haben, indem wir des Fleisches des Herrn theilhaftig werden. Er selbst sagt: «das Brod, das ich geben werde, ist mein Fleisch für das Leben der Welt.» Denn ein lebendiger Geist ist das Fleisch des Herrn, weil es von dem belebenden Geiste empfangen wurde. Denn was aus dem Geiste geboren ist, ist Geist.» Hier nennt also Athanasius den ganzen Christus «Geist», weil die Menschheit vom Geiste, (d. h. von der Gottheit des Sohnes, denn so erklärt er die Empfängniß des Heilandes) empfangen wurde. Hier sieht man die Bedeutung vom geistigen Genusse des Leibes und Blutes Christi.

Aus der Stelle: «das ist mein Leib» zieht Athanasius ferner einen Beweis gegen Paulus von Samosata. Dieser nämlich behauptete, Christus sei ein bloßer Mensch, durch welchen Gottes Wort gesprochen habe, wie durch die Propheten. Er läugnete sofort daß das Wort Gottes Fleisch geworden sei, d. h. zu einer Person mit der Menschheit sich vereinigt habe. Athanasius bemerkt nun: «Paul von Samosata (sein Anhang) soll sich bessern, und dem göttlichen Worte gehorsam werden, denn der Heiland sagt: «das ist mein Leib;» er sagt nicht, der Christus (der bloße Mensch) ist ein anderer als der Logos, sondern mit mir ist er, und ich mit ihm.» (or. IV. c. Ar. c. 36.) Unter den Worten: «das ist mein Leib» verstund also Athanasius die wahre mit der Gottheit vereinigte Menschheit. Bestätigt wird all das Gesagte durch seine ganze Darstellung von dem Verhältnisse des Göttlichen und Menschlichen in Christo, nach welcher Christus in jeder Beziehung, in der er zur Kirche steht, nur als die Einheit von Beiden, als Gott-Mensch aufgefaßt wird.

Mainz,
gedruckt bei Florian Kupferberg.